중국선진우언(상)

中國先秦寓言

최봉원 역주

明文堂

서문

우언(寓言)이란 줄거리를 갖춘 간략한 고사에 우의(寓意)를 기탁하는 방법으로 모종의 도리를 표현하여 권계(勸誡)·풍유(諷喩)·교훈(敎訓) 작용을 하는 일종의 문학 형식이다. 우리나라에서는 우화(寓話)라는 말로 더 익숙하다.

중국의 우언은 서양의 《이솝우언》이나 인도의 《백유경(百喩經)》과 같이 독립된 우언 전집의 형태가 아니고 거의가 《좌전(左傳)》《장자(莊子)》《열자(列子)》《한비자(韓非子)》《전국책(戰國策)》 등 춘추전국시대의 역사산문과 제자백가(諸子百家)의 전적들에 산재되어 있다. 이는 당시의 혼란한 시대상황과 밀접한 관계가 있다. 중국은 주(周)나라 말기에 이르러 중앙정권이 날로 쇠약해지면서 제후들이 자기의 역량을 강화하기 위해 내정과 외교방면에서 자기를 보필할 인재가 필요했고, 이를 틈타 제자백가와 책사(策士)들이 우후죽순처럼 출현하여 기발한 설법(說法)으로 제후들에게 유세하거나 정치주장을 펴나갔다. 이때 그들은 자기의 설리(說理)나 주장을 관철하기 위해 우언을 적절히 활용했는데, 그 이유는 우언이 성현(聖賢)의 말이나 역사사실 또는 민간고사를 원용함으로써 상대방에게 신뢰를 주고 권계(勸誡) 작용을 하여 강력한 설득력을 지니고 있기 때문이었다.

중국의 우언은 선진(先秦)시대의 역사 산문과 제자 산문에 등장한 이래, 끊이지 않고 후세의 역사·철학·정치·문학 등 모든 분야의 문장에 널리 활용되면서 많은 전고(典故)와 고사성어(故事成語)를 탄생시키는 등 중국인의 언어생활에 지대한 영향을 주었다. 우언은 또 그 나름의 일정한 형식과 체제를 갖추고 오랜 전통을 이어가며 문학형식으로 발전하여 오늘날에는 「우언문학」으로서 부동의 지위를 확보하고 있다. 그리하여 중국과 대만을 비롯한 중화문화권의 학계에서는 이미 오래전부터 우언문학에 대한 연구가 활발히 진행되어 왔고, 출간된 우언선집도 이미 수십 종에 이르고 있다.

우리나라는 중국과 지리적으로 이웃해 있고 한자문화권 하에서 항상 중국 문화의 영향을 받아왔기 때문에 중국의 우언은 자연히 우리나라에 전래되어 우리의 언어생활과 문학작품에 많은 영향을 주었다.

이처럼 우언은 학문적으로 중요한 연구 대상이기도 하지만, 또한 짤막한 내용이 매우 흥미롭고 우리에게 교훈을 줄 수 있다는 점에서도 일반 독자들의 읽을거리로 충분한 가치를 지니고 있다. 그러나 그간 우리 국내에서는 학계의 연구 영역에서 다루어졌을 뿐 일반 독자들이 직접 우언을 접하기가 쉽지 않았다. 그래서 필자는 우언 연구가들에게 번역된 자료를 제공하는 동시에 일반 독자들에게 중국 우언을 소개한다는 취지에서 역주를 계획하고 중국·대만·홍콩 등지에서 출간된 여러 우언선집(寓言選集) 자료를 수집하여 이들 작품을 선진(先秦) 양한(兩漢)으로부터 명(明) 청(淸)에 이르기까지 시대별로 구분한 후, 먼저 중국 우언의 보고(寶庫)라 할 수 있는 선진우언 작품가운데 인구에 회자되는 240여 편을 선정하여 역주를 완료했다.

역주 방법에 있어서는 한문(漢文) 학습과 우언 연구를 병행할 수 있도록 매 작품마다 '원문 및 주석' '번역문' '해설'의 세 부분으로 나누어 상세히 설명하였고, 우리말 번역은 기본적으로 직역을 원칙으로 하되 원문의 구조상 직역이 매끄럽지 못할 경우 약간의 의역과 동시에 의미 보충을 하여 읽기에 편하도록 하였으며, 주석(注釋)은 인명·지명이나 전고(典故) 등에 대한 풀이 외에도 한문 학습에 필요한 일반 단어에 이르기까지 상세하게 정리하였다.

그간 많은 노력과 심혈을 기울였음에도 불구하고 필자의 천학비재(淺學菲才)로 인해 오류가 적지 않을까 우려된다. 이점 독자들의 부단한 관심과 아낌없는 질정(叱正)을 바란다.

2016. 6.

최봉원

일러두기

- 본서에 수록된 우언의 문선(文選)은 근래 중국과 대만 및 홍콩 등지에서 출판된 8종의 우언선집〔《선진우언선역(先秦寓言選譯)》·《중국역대우언선(中國歷代寓言選)》·《선진우언선(先秦寓言選)》·《중국우언전집(中國寓言全集)》·《중국고대우언정품상석(中國古代寓言精品賞析)》·《역대우언선(歷代寓言選)》·《신역역대우언선(新譯歷代寓言選)》·《중국철리우언대전(中國哲理寓言大全)》: 이상 본서 참고문헌 참조〕을 중심으로 2종 이상의 우언선집에 수록된 작품을 대상으로 선정하였다.
- 본서에 수록된 우언의 원문은 본서 참고문헌의 「원문교감」항목에 열거한 판본을 중심으로 교감하였다. 다만 원문을 제외한 문장의 단락·구두점의 위치·문장부호의 표기 등은 상황에 따라 저본 외에 여러 출판사의 역주본들을 참고하여 필자 나름대로 가장 문의(文意)에 적합하다고 판단되는 방향으로 정리하였으며, 간혹 저본과 기타 판본 간에 나타나는 이자(異字)에 대해서는 각주에 설명을 첨가하였다.
- 본서에 수록된 우언 작품의 제목은 대부분 여러 우언선집에서 사용한 제목 가운데 하나를 선택했고, 간혹 필자 임의대로 붙인 경우도 있다.
- 본서의 구성은 《관자(管子)》《안자춘추(晏子春秋)》《좌전(左傳)》《손자(孫子)》… 등 우언 작품이 수록된 원전을 시대별로 구분하여 소개하고, 매 작품을 '원문 및 주석' '번역문' '해설'의 세 부분으로 나누어 다음과

같은 원칙을 적용하였다.

1. 공통부분

1) 본서의 '번역문', '해설' 부분의 우리말 설명에는 한자 표기가 필요할 경우 우리말 뒤의 ( ) 속에 한자를 표기하였다.

예 묵자(墨子 : 약 B.C. 468 - B.C. 376)는 성이 묵(墨), 이름이 적(翟)이며, 행적은 잘 알려져 있지 않다.

2) 인용문 또는 들어낼 필요가 있는 문구에 대해서는 「 」『 』를 사용하여 표시하였다.

예 1) 제(齊)나라에 큰 가뭄이, 오래도록 지속되자, 경공(景公)이 여러 신하들을 소집하여 물었다 : 「하늘이 오래도록 비를 내리지 않고 백성들 또한 굶주린 기색이 역력하여 내가 사람을 보내 점을 쳐보니 점쟁이가 말하길 : 『재앙이 높은 산과 큰 하천에 있다.』라고 했소. 과인이 부세를 좀 거두어 영산에 제사를 지내려 하는데 괜찮겠소?」

2) 이에 신숙시(申叔時)가 「견우혜전(牽牛蹊田)」의 고사를 인용해 초장왕의 옳지 못한 생각을 되돌리게 했다.

3) 서명과 작품명은《 》로 표시하였다.

예《좌전(左傳)》은《춘추좌씨전(春秋左氏傳)》의 약칭이며 원명은《좌씨춘추(左氏春秋)》로…

4) 옛 지명 또는 용어 등에 간단한 해석이 필요할 경우 [ ] 안에 처리하였다.

예 안영(安嬰 : ? - B.C. 500)은 자가 평중(平仲)이며, 제(齊)나라 이유(夷維) [지금의 산동성 고밀현(高密縣)] 사람으로, 안자(晏子)는 그에 대한 존칭이다.

5) 본서에 나오는 인명 · 지명 · 작품명 등은 모두 우리말 발음으로 표기하고 ( ) 속에 한자를 넣되, 같은 단어가 자주 나올 경우 처음에만 한자를 표기하고 나머지는 주로 우리말 발음으로 표기하였다.

예 백아(伯牙)는 거문고를 잘 타고 종자기(鍾子期)는 백아가 타는 거문고의 소리를 듣고 그 뜻을 잘 간파했다. 백아가 거문고를 타서 그 뜻이 높은 산에 있으면, 종자기가 이내 태산(泰山)을 말하고,

6) 중국의 현행 성(省) 이름은 모두 우리말 발음으로 표기하였다.

甘肅省→감숙성	江西省→강서성	江蘇省→강소성	廣東省→광동성
廣西省→광서성	貴州省→귀주성	吉林省→길림성	福建省→복건성
四川省→사천성	山東省→산동성	山西省→산서성	陝西省→섬서성
新疆省→신강성	安徽省→안휘성	寧夏省→영하성	遼寧省→요녕성
雲南省→운남성	浙江省→절강성	青海省→청해성	河南省→하남성
河北省→하북성	湖南省→호남성	湖北省→호북성	黑龍江省→흑룡강성

2. '원문 및 주석' 부분

1) 원문에 한하여 인명 · 지명 등 고유명사는 밑줄 '__'로 표시하였다.

예 惠子謂莊子曰 :「魏王貽我大瓠之種, 我樹之成而實五石。以盛水漿, 其堅不能自擧也。

2) 주석은 각주 형식을 채택하고, 먼저 원문에서 한 문구를 따다가 번역을 한 후, 주석이 필요한 부분을【 】와〖 〗로 묶어 설명하였으며, 한자(漢字)는 ( )속에 한글 독음을 달았다.

예 管仲對曰 :「意者, 君乘駁馬而洀桓, 迎日而馳乎?」→ 관중이 대답했다 :「제가 생각건대, 임금께서 박마(駁馬)를 타고 배회하다가, 해를 향해 달린 것이겠지요?」

【意者(의자)】: 생각건대.

【駁馬(박마)】: 청색과 백색이 섞여 있는 말. 모양이 마치 박(駁)이라는 야수를 닮았다.

【洀桓(주환)】: 배회하다. 여기서는「구경하다」의 뜻.〖洀〗: 盤(반)의 옛글자.

3) 인명이나 관직 명칭, 주(州) · 군(郡) · 현(縣) 등의 행정단위 및 일반지명,

산이나 강 등의 자연지명 등은 명칭 앞에 식별이 용이하지 않을 경우에 한해 [국명] [인명] [지명] 등을 별도로 표기하였다.

예 【齊(제)】: [국명] 지금의 산동성 북부와 하북성 남부 일대에 걸쳐 있던 주대(周代)의 제후국.

【晏子(안자)】: [인명] 안영(晏嬰). 시호는 평(平), 자는 중(仲)이며 역사에서는

4) 보충설명이 필요하다고 여겨지는 경우에는 '※' 표를 사용하여 설명을 추가했다.

예 【請(청)】: (청컨대) …하십시오. ※상대방에게 부탁이나 권고할 때 사용하는 경어이다.

3. '번역문' 부분

1) 본서의 우리말 번역은 직역을 원칙으로 하되, 직역으로 인해 문맥이 매끄럽지 못할 경우 본래의 뜻을 훼손하지 않는 범위 안에서 약간의 의역을 했다.

2) 원문에 문자의 생략 또는 의미의 함축으로 인해 보충설명이 필요할 경우 ( ) 안에 넣어 문맥을 원활하도록 하였다.

예 士師曰:「若初眞得鹿, 妄謂之夢; 眞夢得鹿, 妄謂之實。→ 법관이 (나무꾼에게) 말했다:「당신은 당초에 정말로 사슴을 잡았는데,

4. '해설' 부분

'해설' 부분에서는 먼저 작품의 요지를 개괄하고 나서 말미에 우의(寓意)를 설명하였다. 다만 말미의 우의를 설명하는 부분에서는 기본적으로 기존 여러 우언집의 해설 부분을 참고한 후 필자의 관점에 따라 첨삭하여 기술하였다.

차례

《시자(尸子)》 우언

《신자(申子)》 우언

《열자(列子)》 우언

《맹자(孟子)》 우언

《오릉자(於陵子)》 우언

《장자(莊子)》 우언

《관자管子》 우언

관자(管子 : ?-B.C. 645)는 이름이 이오(夷吾), 자는 중(仲)이며, 영상(潁上)[지금의 안휘성] 사람으로 춘추시대 초기의 정치가이다. 제(齊)나라의 재상으로 제환공(齊桓公)을 보필하여 제환공으로 하여금 제후들을 규합하고 천하를 바로잡아 제후의 맹주가 되게 했다.

《관자(管子)》는 관중이 지었다고 전해졌으나 실제로는 후인들이 관중의 언행을 모아 편찬한 것이다. 《한서(漢書)·예문지(藝文志)》에 86편이라 했는데 지금 전하는 것은 76편이다.

001 부마잔최난(傅馬棧最難)

《管子 · 小問》

원문 및 주석

傅馬棧最難[1]

桓公觀於廐, 問廐吏曰 : 「廐何事最難?」[2] 廐吏未對, 管仲對曰 : 「夷吾嘗爲圉人矣, 傅馬棧最難。[3] 先傅曲木, 曲木又求曲木; 曲木已

1 傅馬棧最難 → 마구간의 울타리를 엮어 짜는 일이 가장 어렵다
【傅(부)】: 엮다, 짜다, 만들다.
【馬棧(마잔)】: 마구간의 울타리.

2 桓公觀於廐, 問廐吏曰 : 「廐何事最難?」 → 제환공(齊桓公)이 마구간을 살펴보면서, 마구간 지기에게 물었다 : 「마구간은 어떤 일이 가장 어려운가?」
【桓公(환공)】: 제환공(齊桓公). 춘추시대 제(齊)나라의 군주. 제희공(齊僖公)의 아들로 이름은 소백(小白)이며, 진문공(晉文公) · 진목공(秦穆公) · 송양공(宋襄公) · 초장왕(楚莊王)과 더불어 춘추오패(春秋五覇)의 하나. 43년간(B.C. 685-B.C. 643) 재위했다.
【廐(구)】: 마구간.
【廐吏(구리)】: 마구간을 돌보는 낮은 벼슬. 마구간 지기.

3 廐吏未對, 管仲對曰 : 「夷吾嘗爲圉人矣, 傅馬棧最難。 → 마구간 지기가 미처 대답을 하기 전에, 관중(管仲)이 대답했다 : 「제가 일찍이 말 사육사 노릇을 해보니, 마구간의 울타리를 엮어 짜는 일이 가장 어렵습니다.
【管仲(관중)】: [인명] 이름은 이오(夷吾), 자는 중(仲)이며, 제(齊)나라 사람으로 춘추시대의 저명한 정치가. 본래 빈한했던 제나라는 제환공 때 관중을 재상으로 삼아 제후들을 규합하고 천하의 맹주가 되었다.
【夷吾(이오)】: [인명] 관중의 이름.
【嘗(상)】: 일찍이.
【圉人(어인)】: 말 사육사.

傅，直木無所施矣。[4] 先傅直木，直木又求直木；直木已傅，曲木亦無所施矣。」[5]

번역문

마구간의 울타리를 엮어 짜는 일이 가장 어렵다

제환공(齊桓公)이 마구간을 살펴보면서 마구간 지기에게 물었다.

「마구간은 어떤 일이 가장 어려운가?」

마구간 지기가 미처 대답을 하기 전에 관중(管仲)이 대답했다.

「제가 일찍이 말 사육사 노릇을 해보니 마구간의 울타리를 엮어 짜는 일이 가장 어렵습니다. 먼저 굽은 나무를 가지고 엮으면 굽은 나무는 또 굽은 나무를 요구하게 되고, 굽은 나무로 이미 엮은 후에는 곧은 나무는 쓰지 못합니다. 먼저 곧은 나무를 가지고 엮으면 곧은 나무는 또 곧은 나무를 요구하게 되고, 곧은 나무로 이미 엮은 후에는 굽은 나무는 쓰지 못합니다.」

해설

울타리를 엮을 때 한 번 굽은 나무를 쓰게 되면 계속 굽은 나무를 쓰게 되고, 한 번 곧은 나무를 쓰게 되면 계속 곧은 나무를 쓰게 되듯이, 사람을

4 先傅曲木，曲木又求曲木；曲木已傅，直木無所施矣。→ 먼저 굽은 나무를 가지고 엮으면, 굽은 나무는 또 굽은 나무를 요구하게 되고; 굽은 나무로 이미 엮은 후에는, 곧은 나무는 쓰지 못합니다.

5 先傅直木，直木又求直木；直木已傅，曲木亦無所施矣。」→ 먼저 곧은 나무를 가지고 엮으면, 곧은 나무는 또 곧은 나무를 요구하게 되고; 곧은 나무로 이미 엮은 후에는, 굽은 나무는 쓰지 못합니다.

기용하는 데 있어서도 한 번 사악한 사람을 기용하게 되면 사악한 사람이 계속 사악한 사람을 끌어들여 정치가 문란해지고, 한 번 어진 사람을 기용하게 되면 어진 사람이 계속 어진 사람을 끌어들여 정치가 안정된다.

이 우언은 관중(管仲)이 마구간 울타리를 엮는 일을 가지고 인재를 기용하는 일에 비유하여 제환공(齊桓公)으로 하여금 인재의 기용에 신중하도록 주의를 당부한 것이다.

002 박상호의(駮象虎疑)

《管子 · 小問》

원문 및 주석

駮象虎疑[1]

桓公乘馬, 虎望見之而伏。[2] 桓公問管仲曰 : 「今者寡人乘馬, 虎

1 駮象虎疑 → 박(駮)의 형상이 나타나자 호랑이가 두려워하다
【駮(박)】: [맹수 이름] 모양은 말과 비슷하며 호랑이나 표범 등을 잡아먹는다. ※《설문해자(說文解字)》의 「駮」에 대한 풀이는 「獸, 如馬, 鋸牙, 食虎豹。(맹수로, 모양은 말과 같이 생겼으며, 톱니를 가지고 있고, 호랑이와 표범을 잡아먹는다.)」라고 했다.
【象(상)】: 형상, 모습.

2 桓公乘馬, 虎望見之而伏。 → 제환공(齊桓公)이 말을 타고 외출했는데, 호랑이가 이를 보고 땅에 납작 엎드렸다.
【桓公(환공)】: 제환공(齊桓公). 춘추시대 제(齊)나라의 군주로 43년간(B.C. 685-B.C. 643) 재위했다. 제희공(齊僖公)의 아들로 이름은 소백(小白)이며, 진문공(晉文公) · 진목공(秦穆公) · 송양공(宋襄公) · 초장왕(楚莊王)과 더불어 춘추오패(春秋五霸)의 하나.
【望見(망견)】: 보다, 바라보다.
【之(지)】: [대명사] 그, 그것, 즉 「환공의 말」.
【伏(복)】: 엎드리다.

3 桓公問管仲曰 : 「今者寡人乘馬, 虎望見寡人而不敢行, 其故何也?」 → 환공이 돌아와 관중(管仲)에게 물었다 : 「오늘 과인이 말을 타고 나갔는데, 호랑이가 과인을 보고 감히 꼼짝을 못했소. 그 까닭이 무엇이오?」
【管仲(관중)】: [인명] 이름은 이오(夷吾), 자는 중(仲)이며, 제(齊)나라 사람으로 춘추시대의 저명한 정치가. 본래 빈한했던 제나라는 제환공 때 관중을 재상으로 삼아 제후들을 규합하고 천하의 맹주가 되었다.
【今者(금자)】: 오늘.

望見寡人而不敢行, 其故何也?」[3] 管仲對曰:「意者, 君乘駮馬而洀桓, 迎日而馳乎?」[4] 公曰:「然」。[5] 管仲對曰:「此駮象也。駮食虎豹, 故虎疑焉。」[6]

번역문

박(駮)의 형상이 나타나자 호랑이가 두려워하다

제환공(齊桓公)이 말을 타고 외출했는데 호랑이가 이를 보고 땅에 납작 엎드렸다. 환공이 돌아와 관중(管仲)에게 물었다.

「오늘 과인이 말을 타고 나갔는데 호랑이가 과인을 보고 감히 꼼짝을 못했소. 그 까닭이 무엇이오?」

관중이 대답했다.

....

【寡人(과인)】: 과덕지인(寡德之人)이란 뜻으로 임금이 자신을 낮추어 부르는 말.
【不敢行(불감행)】: 감히 꼼짝을 못하다.
【故(고)】: 이유, 까닭.

4 管仲對曰:「意者, 君乘駮馬而洀桓, 迎日而馳乎?」→ 관중이 대답했다:「제가 생각건대, 임금님께서 박마(駮馬)를 타고 배회하다가, 해를 향해 달린 것이겠지요?」
【意者(의자)】: 생각건대.
【駮馬(박마)】: 청색과 백색이 섞여 있는 말. 모양이 마치 박(駮)이라는 야수를 닮았다.
【洀桓(주환)】: 배회하다. 여기서는 「구경하다」의 뜻. 【洀】: 盤(반)의 옛글자.
【迎日(영일)】: 해를 향하다, 해를 마주하다. ※ 판본에 따라서는 「영(迎)」을 「근(近)」이라 했다.
【馳(치)】: 달리다.

5 公曰:「然」。→ 환공이 말했다:「그렇소.」

6 管仲對曰:「此駮象也。駮食虎豹, 故虎疑焉。」→ 관중이 대답했다:「이 말은 박의 형상입니다. 박은 호랑이나 표범을 잡아먹기 때문에, 그래서 호랑이가 두려워한 것입니다.」
【食(식)】: [동사] 먹다.
【豹(표)】: 표범.
【故(고)】: 그래서.
【疑(의)】: 의심하다. 여기서는 「두려워하다, 겁내다.」의 뜻.

「제가 생각건대, 임금님께서 박마(駁馬)를 타고 배회하다가 해를 향해 달린 것이겠지요?」

환공이 말했다.

「그렇소.」

관중이 대답했다.

「이 말은 박(駁)의 형상입니다. 박은 호랑이나 표범을 잡아먹기 때문에, 그래서 호랑이가 두려워한 것입니다.」

해설

호랑이는 사고력이 없어 본질과 현상을 구별하지 못하기 때문에 태양을 마주하고 달리는 박마(駁馬)를 보자 엉겁결에 박(駁)으로 잘못 알고 몸을 엎드려 항복의 자세를 취했다. 만일 환공(桓公)이 태양을 마주하고 달리지 않았거나 호랑이가 환공을 자세히 관찰할 수 있었다면, 아마도 환공이 큰 화를 당했을지도 모른다.

이 우언은 관중이 환공으로 하여금 사물을 잘 관찰하여 표면적인 현상에 현혹되지 말고 사물의 본질을 명확히 인식해야 사고를 미연에 방지할 수 있다는 것을 권고한 것이다.

《안자춘추(晏子春秋)》 우언

안영(晏嬰 : ?-B.C. 500)은 자가 평중(平仲)이며, 제(齊)나라 이유(夷維)[지금의 산동성 고밀현(高密縣)] 사람으로, 안자(晏子)는 존칭이다. 제영공(齊靈公) 26년(B.C. 556) 아버지 안약(晏弱)이 죽자 뒤를 이어 제나라의 경(卿)이 되었는데, 영공(靈公)·장공(莊公)·경공(景公) 삼대에 걸쳐 재상을 지내면서 근검절약으로 제후들에게 이름이 널리 알려졌다. 《사기(史記)》에 그의 열전이 있다.

《안자춘추》는 본래 안자가 지은 것으로 알려졌으나, 내용 전체가 안자의 언행을 기술한 것으로 보아 후인들이 편찬한 것으로 여겨진다. 《한서(漢書)·예문지(藝文志)》에 8편이라 했는데, 오늘날 전하는 판본 역시 8편이다. 8편 중 내편(內篇) 6편은 주로 절검을 숭상하는 내용이 많고, 외편 2편은 유가(儒家)의 뜻이 아닌 내용이 많다. 그래서 당(唐) 유종원(柳宗元)은 일찍이 이를 묵자(墨子)의 제자들이 지은 것으로 의심하기도 했다.

003 경공구우(景公求雨)

《晏子春秋·內篇諫上》

원문 및 주석

景公求雨[1]

齊大旱逾時, 景公召羣臣問曰:「天不雨久矣, 民且有飢色, 吾使人卜, 云:『祟在高山廣水。』寡人欲少賦斂以祠靈山, 可乎?」羣臣莫對。[2] 晏子進曰:「不可! 祠此無益也。夫靈山固以石爲身, 以草木爲

1 景公求雨 → 경공(景公)이 비가 오기를 빌다
【景公(경공)】: 춘추시대 제(齊)나라의 군주. 58년간(B.C. 547-B.C. 490) 재위했다.
【求雨(구우)】: 비가 오기를 빌다.

2 齊大旱逾時, 景公召羣臣問曰:「天不雨久矣, 民且有飢色, 吾使人卜, 云:『祟在高山廣水。』寡人欲少賦斂以祠靈山, 可乎?」羣臣莫對。→ 제(齊)나라에 큰 가뭄이 들어 오래도록 지속되자, 경공(景公)이 여러 신하들을 소집하여 물었다:「하늘이 오래도록 비를 내리지 않고, 백성들 또한 굶주린 기색이 역력하여, 내가 사람을 보내 점을 쳐보니, 점쟁이가 말하길:『재앙이 높은 산과 큰 하천에 있다.』라고 했소. 과인이 부세를 좀 거두어 영산(靈山)에 제사를 지내려 하는데, 괜찮겠소?」여러 신하들이 대답을 하지 않았다.
【齊(제)】: [국명] 지금의 산동성 북부와 하북성 남부 일대에 걸쳐 있던 주대(周代)의 제후국.
【大旱(대한)】: 크게 가물다.
【逾時(유시)】: 때를 넘기다, 즉「오래되다」의 뜻. ※「파종할 때를 넘기다.」라고 풀이한 경우도 있다.
【召(소)】: 부르다. 소집하다.
【雨(우)】: [동사] 비가 내리다.
【且(차)】: 또한.
【飢色(기색)】: 굶주린 기색.
【使(사)】: …로 하여금 …하게 하다.

髮, 天久不雨, 髮將焦, 身將熱, 彼獨不欲雨乎? 祠之何益?」[3] 公曰:「不然, 吾欲祠河伯, 可乎?」[4] 晏子曰:「不可! 河伯以水爲國, 以魚鱉爲

....

【卜(복)】: 점치다.
【祟(수)】: 재해, 재앙.
【廣水(광수)】: 큰 강. 대하.
【寡人(과인)】: 과덕지인(寡德之人)이란 뜻으로 임금이 자신을 낮추어 부르는 말.
【欲(욕)】: …하고자 하다, …하려고 하다.
【少(소)】: [정도부사] 약간, 조금.
【賦斂(부렴)】: 세금을 거두다.
【祠(사)】: 제사지내다.
【靈山(영산)】: 신령스러운 산.
【可乎(가호)?】: 되겠는가? 괜찮겠는가?
【莫對(막대)】: 대답을 하지 않다.

3 晏子進曰:「不可! 祠此無益也。夫靈山固以石爲身, 以草木爲髮, 天久不雨, 髮將焦, 身將熱, 彼獨不欲雨乎? 祠之何益?」→ 안자(晏子)가 진언했다:「안됩니다. 영산(靈山)에 제사지내는 것은 이로울 게 없습니다. 대저 영산이란 본래 돌을 몸으로 삼고, 초목을 모발로 삼고 있어, 하늘이 오래도록 비를 내리지 않으면, 장차 모발이 누렇게 타들어가고, 몸에 열이 날 터인데, 그 혼자 비를 마다하겠습니까? 영산에 제사지내는 것이 무슨 도움이 되겠습니까?」
【晏子(안자)】: [인명] 안영(晏嬰). 시호는 평(平), 자는 중(仲)이며 역사에서는 안평중(晏平仲)이라 칭한다. 제(齊)나라의 대부로 영공(靈公)·장공(莊公)·경공(景公) 삼대에 걸쳐 재상을 지냈으며, 유능하고 근면 검소한 인품으로 세상에 널리 알려졌는데, 후인들이 그의 행적과 간언(諫言)을 모아《안자춘추(晏子春秋)》를 펴냈다.
【進曰(진왈)】: 진언하다, 간하다.
【此(차)】: [대명사] 이, 이것. 즉「영산(靈山)」.
【夫(부)】: [발어사] 대저, 무릇.
【固(고)】: 본래.
【以(이)…爲(위)…】: …로 …을 삼다.
【髮(발)】: 모발, 터럭.
【將(장)】: 장차 …할 것이다.
【焦(초)】: 눋다, 타다. 여기서는「누렇게 변하다」의 뜻.
【彼(피)】: [대명사] 그, 즉「영산(靈山)」.
【不欲(부욕)】: 마다하다, 요구하지 않다.

4 公曰:「不然, 吾欲祠河伯, 可乎?」→ 경공이 말했다:「그렇지 않으면, 내가 하백(河伯)에게 제사를 지내려 하는데, 괜찮겠소?」
【不然(불연)】: 그렇지 않으면.
【河伯(하백)】: 황하(黃河)의 신.

民, 天久不雨, 水泉將下, 百川竭, 國將亡, 民將滅矣, 彼獨不欲雨乎? 祠之何益?」[5] 景公曰 : 「今爲之奈何?」[6] 晏子曰 : 「君誠避宮殿暴露, 與靈山河伯共憂, 其幸而雨乎!」[7] 于是景公出野暴露, 三日, 天果大雨, 民盡得種時。[8] 景公曰 : 「善哉! 晏子之言, 可無用乎? 其維有德!」[9]

5 晏子曰 : 「不可! 河伯以水爲國, 以魚鱉爲民, 天久不雨, 水泉將下, 百川竭, 國將亡, 民將滅矣, 彼獨不欲雨乎? 祠之何益?」 → 안자가 말했다 : 「안됩니다. 하백은 물을 나라로 삼고, 물고기 · 자라와 같은 수족들을 백성으로 삼고 있어, 하늘이 오래도록 비를 내리지 않으면, 수위(水位)가 낮아지고, 모든 하천이 말라, 나라가 망하고, 백성이 멸할 것인데, 그 혼자 비를 마다하겠습니까? 하백에게 제사를 지낸다 해도 무슨 도움이 되겠습니까?」
【鱉(별)】 : 자라.
【下(하)】 : 줄어들다.
【百川(백천)】 : 모든 하천.
【竭(갈)】 : 물이 마르다.

6 景公曰 : 「今爲之奈何?」 → 경공이 말했다 : 「그러면 지금 이를 위해 어찌하면 좋겠소?」
【奈何(내하)】 : 어찌 하다, 어떻게 하다.

7 晏子曰 : 「君誠避宮殿暴露, 與靈山河伯共憂, 其幸而雨乎!」 → 안자가 말했다 : 「임금님께서 정성된 마음으로 궁전을 떠나, 영산 · 하백과 함께 걱정하신다면, 혹시 요행으로 비가 내릴 수도 있을 것입니다.」
【誠(성)】 : 정성된 마음, 성심.
【避(피)】 : 떠나다.
【暴露(폭로)】 : 야외에서 노숙하다.
【共憂(공우)】 : 함께 걱정하다.
【其(기)】 : 혹시, 아마도, 어쩌면.
【幸(행)】 : 요행으로, 다행히.

8 于是景公出野暴露, 三日, 天果大雨, 民盡得種時。 → 그리하여 경공이 야외로 나아가 노숙을 하며, 사흘이 지나자, 과연 하늘이 큰 비를 내려 백성들 모두가 파종할 시기를 얻었다.
【于是(우시)】 : 이에, 그리하여.
【果(과)】 : 과연.
【盡(진)】 : 모두, 다.
【種時(종시)】 : 파종할 때.

9 景公曰 : 「善哉! 晏子之言, 可無用乎? 其維有德!」 → 경공이 말했다 : 「좋구나! 안자의 말을, 어찌 채택하지 않을 수 있겠는가? 안자는 덕이 있는 사람이로다!」
【用(용)】 : 채용하다, 채택하다.
【其(기)】 : [대명사] 그, 즉 「안자」.
【維(유)】 : 爲(위), …이다.

번역문

경공(景公)이 비가 오기를 빌다

제(齊)나라에 큰 가뭄이 들어 오래도록 지속되자 경공(景公)이 여러 신하들을 소집하여 물었다.

「하늘이 오래도록 비를 내리지 않고 백성들 또한 굶주린 기색이 역력하여 내가 사람을 보내 점을 쳐보니 점쟁이가 말하길, 『재앙이 높은 산과 큰 하천에 있다』고 했소. 과인이 부세를 좀 거두어 영산(靈山)에 제사를 지내려 하는데 괜찮겠소?」

여러 신하들이 대답을 하지 않았다. 안자(晏子)가 진언했다.

「안됩니다. 영산에 제사지내는 것은 이로울 게 없습니다. 대저 영산이란 본래 돌을 몸으로 삼고 초목을 모발로 삼고 있어, 하늘이 오래도록 비를 내리지 않으면 장차 모발이 누렇게 타들어가고 몸에 열이 날 터인데 그 혼자 비를 마다하겠습니까? 영산에 제사지내는 것이 무슨 도움이 되겠습니까?」

경공이 말했다.

「그렇지 않으면 내가 하백(河伯)에게 제사를 지내려 하는데 괜찮겠소?」

안자가 말했다.

「안됩니다. 하백은 물을 나라로 삼고 물고기 · 자라와 같은 수족들을 백성으로 삼고 있어 하늘이 오래도록 비를 내리지 않으면 수위(水位)가 낮아지고 모든 하천이 말라 나라가 망하고 백성이 멸할 것인데 그 혼자 비를 마다하겠습니까? 하백에게 제사를 지낸다 해도 무슨 도움이 되겠습니까?」

경공이 말했다.

「그러면 지금 이를 위해 어찌하면 좋겠소?」

안자가 말했다.

「임금님께서 정성된 마음으로 궁전을 떠나 영산 · 하백과 함께 걱정하신다면 혹시 요행으로 비가 내릴 수도 있을 것입니다.」

그리하여 경공이 야외로 나아가 노숙을 하며 사흘이 지나자, 과연 하늘이 큰 비를 내려 백성들 모두가 파종할 시기를 얻었다.

경공이 말했다.

「좋구나! 안자의 말을 어찌 채택하지 않을 수 있겠는가? 안자는 덕이 있는 사람이로다!」

해설

가뭄이 심할 때 비를 내려달라고 신에게 비는 의식은 당시 사람들이 굳게 믿고 의심하지 않는 보편적인 흐름이었다. 그래서 경공(景公)은 재정이 궁핍한 상황에도 불구하고 백성들로부터 세금을 거두어 기우제를 지내려 했다.

이에 안자(晏子)는 경공의 무리한 계획을 저지하기 위해, 신령의 존재를 부정하지 않으면서 사실을 근거로 경공을 설득했다. 즉 산의 초목이 말라 타들어 가면 산신도 비를 원할 것이고, 또한 오래도록 비가 내리지 않으면 모든 하천이 고갈되어 나라가 망하고 백성이 멸할 것임으로 수신(水神)도 비를 내리게 한다는 것이다. 그리하여 안자는 경공에게 정성된 마음으로 궁전을 떠나 노숙하며 영산 · 하백과 함께 비를 빌도록 권했고, 경공이 이를 실행함으로써 사흘이 지나 마침내 큰 비가 내렸다.

이 우언은 재난이 닥치더라도 모든 소원을 신에게 의탁하지 말고 자신이 극복해야 한다는 논리를 제시하면서 안자의 민본사상(民本思想)을 찬양한 것이다.

004 양도살삼사(兩桃殺三士)

《晏子春秋·內篇諫下》

원문 및 주석

兩桃殺三士[1]

公孫接、田開疆、古冶子事景公, 以勇力搏虎聞。晏子過而趨, 三子者不起。[2] 晏子入見公曰:「臣聞明君之蓄勇力之士也, 上有君臣之義, 下有長率之倫, 內可以禁暴, 外可以威敵, 上利其功, 下服其勇, 故尊其位, 重其祿。[3] 今君之蓄勇力之士也, 上無君臣之義, 下無

1 兩桃殺三士 → 두 개의 복숭아가 세 명의 용사를 죽이다

2 公孫接、田開疆、古冶子事景公, 以勇力搏虎聞。晏子過而趨, 三子者不起。→ 공손접(公孫接)·전개강(田開疆)·고야자(古冶子)는 경공(景公)을 섬겼는데, 용력(勇力)으로 호랑이와 싸워 이름을 날렸다. 안자(晏子)가 (그들에게 경의를 표하는 뜻에서) 빠른 걸음으로 지나갔으나, 세 사람이 일어나지 않았다.
【公孫接(공손접)】: [인명] 경공이 양성하는 용사.
【田開疆(전개강)】: [인명] 경공이 양성하는 용사.
【古冶子(고야자)】: [인명] 경공이 양성하는 용사.
【事(사)】: 섬기다.
【景公(경공)】: 춘추시대 제(齊)나라의 군주로 58년간(B.C. 547-B.C. 490) 재위했다.
【以(이)…聞(문)】: …로써 이름이 나다.
【搏虎(박호)】: 호랑이와 싸우다.
【過而趨(과이추)】: 빠른 걸음으로 지나가다. ※ 이는 안자가 그들에게 경의를 표한 것이다.
【三子者(삼자자)】: 세 사람.

3 晏子入見公曰:「臣聞明君之蓄勇力之士也, 上有君臣之義, 下有長率之倫, 內可以禁暴, 外可以威敵, 上利其功, 下服其勇, 故尊其位, 重其祿。→ 안자가 들어가 경공을 알현하고 말했다

長率之倫, 內不可以禁暴, 外不可以威敵, 此危國之器也, 不若去之。」[4] 公曰 :「三子者, 搏之恐不得, 刺之恐不中也。」[5] 晏子曰 :「此

:「제가 듣건대, 현명한 군주가 양성하는 용사는, 윗사람에 대해 군신(君臣)의 도의가 있고, 아랫사람에 대해 장유(長幼)의 윤리가 있으며, 대내적으로 폭동을 방지할 수 있고, 대외적으로 적을 위협할 수 있다고 했습니다. 위에서는 그들의 공을 칭찬하고, 아래에서는 그들의 용맹에 탄복합니다. 그래서 그들의 지위를 존중하고, 그들의 봉록을 후하게 줍니다.

【晏子(안자)】: [인명] 안영(晏嬰). 시호는 평(平), 자는 중(仲)이며, 역사에서는 안평중(晏平仲)이라 칭한다. 제(齊)나라의 대부로 영공(靈公) · 장공(莊公) · 경공(景公) 삼대에 걸쳐 재상을 지냈으며, 유능하고 근면 검소한 인품으로 세상에 널리 알려졌는데, 후인들이 그의 행적과 간언(諫言)을 모아 《안자춘추(晏子春秋)》를 펴냈다.

【臣(신)】: 신, 저. ※ 군주에 대한 신하나 백성의 자칭.

【明君(명군)】: 현명한 군주.

【蓄(축)】: 기르다, 양성하다.

【長率(장솔)】: 윗사람과 아랫사람. 장유(長幼). 〖率〗: 少(소).

【倫(윤)】: 윤리.

【可以(가이)】: …할 수 있다.

【禁暴(금폭)】: 폭동을 막다, 폭동을 방지하다.

【威敵(위적)】: 적에게 위엄을 떨치다.

【利(이)】: 찬양하다, 칭찬하다.

【服(복)】: 탄복하다, 감복하다.

【重(중)】: 후하다.

4 今君之蓄勇力之士也, 上無君臣之義, 下無長率之倫, 內不可以禁暴, 外不可以威敵, 此危國之器也, 不若去之。」→ 그런데 지금 임금님이 양성하는 용사들은, 윗사람에 대해 군신의 도의가 없고, 아랫사람에 대해 장유의 윤리가 없으며, 대내적으로 폭동을 방지할 수 없고, 대외적으로 적을 위협할 수 없습니다. 이는 나라를 위태롭게 하는 것들이니, 제거해버리는 것이 낫습니다.」

【危國之器(위국지기)】: 나라를 위태롭게 하는 물건.

【不若(불약)】: 不如(불여), …만 못하다, …하는 것이 낫다.

【去(거)】: 제거하다, 없애다.

【之(지)】: [대명사] 그, 그것, 즉 「공손접 · 전개강 · 고야자」.

5 公曰 :「三子者, 搏之恐不得, 刺之恐不中也。」→ 경공이 말했다 :「세 사람은 (힘이 장사라), 그들을 붙잡으려다 잡지 못할까 두렵고, 찔러 죽이려다 적중하지 못할까 두렵소.」

【搏(박)】: 잡다, 체포하다.

【恐(공)】: 두렵다, 겁나다.

【不得(부득)】: 얻지 못하다. 여기서는 「잡지 못하다」의 뜻.

【刺(자)】: 찌르다.

【中(중)】: 적중하다.

皆力攻勍敵之人也, 無長幼之禮。」[6] 因請公使人少餽之二桃, 曰:「三子何不計功而食桃?」[7] 公孫接仰天而嘆, 曰:「晏子, 智人也, 夫使公之計吾功者, 不受桃, 是無勇也, 士衆而桃寡, 何不計功而食桃矣?[8] 接一搏特, 再搏乳虎, 若接之功, 可以食桃, 而無與人同矣。」援桃而起。[9] 田開疆曰:「吾仗兵而卻三軍者再, 若開疆之功, 亦可

---

6 晏子曰:「此皆力攻勍敵之人也, 無長幼之禮。」→ 안자가 말했다:「이들은 모두 힘에 의존하여 강한 적을 공격하는 사람들이라, (서로 간에) 장유유서(長幼有序)의 예절이 없습니다.」
【力攻勍敵(역공경적)】: 힘에 의존하여 강한 적을 공격하다.
【此(차)】: 이들, 즉「공손접 · 전개강 · 고야자」.
【皆(개)】: 모두, 다.

7 因請公使人少餽之二桃, 曰:「三子何不計功而食桃?」→ 그리하여 (안자가) 경공으로 하여금 사람을 시켜 그들에게 복숭아 두 개를 보내도록 청하고, (세 사람에게) 말했다:「세 분들은 어찌 (자신의) 공을 헤아리지 않고 복숭아를 먹겠습니까?」
【因(인)】: 그리하여, 이로 인해.
【請(청)】: 요청하다.
【使(사)】: …으로 하여금 …하게 하다, …을 시켜 …하게 하다.
【少餽(소궤)】: 적게 보내다. 〖餽〗: 주다, 보내다. ※ 세 사람에게 복숭아 두 개를 보내기 때문에「少」자를 썼다.
【之(지)】: [대명사] 그들, 즉「공손접 · 전개강 · 고야자」.
【三子(삼자)】: 세 분.
【何(하)】: 왜, 어째서.
【計(계)】: 헤아리다, 따지다.
【食(식)】: [동사] 먹다.

8 公孫接仰天而嘆, 曰:「晏子, 智人也, 夫使公之計吾功者, 不受桃, 是無勇也, 士衆而桃寡, 何不計功而食桃矣? → 공손접이 하늘을 우러러 탄식하며 말했다:「안자는, 지혜로운 사람이라, 그가 경공으로 하여금 우리의 공을 헤아리게 한 것인데, (만일) 복숭아를 받아들이지 않는다면, 이는 용기가 없는 것이다. 사람은 많고 복숭아는 적으니, 어찌 공을 헤아리지 않고 복숭아를 먹겠는가?
【仰天(앙천)】: 하늘을 우러러 보다.
【夫(부)】: [지시대명사] 그, 즉「안자」.
【是(시)】: 이, 이것, 즉「복숭아를 받지 않는 것」.

9 接一搏特, 再搏乳虎, 若接之功, 可以食桃, 而無與人同矣。」援桃而起。→ 나는 한 번 큰 황소와 싸우고, 다시 새끼를 낳은 호랑이와 싸웠다. 나와 같은 공로는, 복숭아를 먹을 수 있고,

以食桃, 而無與人同矣。」 援桃而起。[10] 古冶子曰 : 「吾嘗從君濟于河, 黿銜左驂, 以入砥柱之流。[11] 當是時也, 冶潛行水底, 逆流百步,

나와 견줄 수 있는 사람은 없다.」 말하고 나서, 복숭아를 가지고 자리에서 일어났다.
【接(접)】: 공손접이 자신의 이름을 「나」라는 의미로 사용한 것.
【特(특)】: 큰 황소.
【乳虎(유호)】: 새끼를 난 호랑이.
【若(약)】: …와 같은.
【無與人同(무여인동)】: 더불어 견줄 사람이 없다.
【援(원)】: 가지다, 잡다, 취하다.
【起(기)】: (자리에서) 일어나다.

10 田開疆曰 : 「吾仗兵而卻三軍者再, 若開疆之功, 亦可以食桃, 而無與人同矣。」 援桃而起。→ 전개강이 말했다 : 「나는 무기를 가지고 삼군(三軍)을 퇴각시킨 것이 두 번이다. 나와 같은 공로도, 역시 복숭아를 먹을 수 있고, 나와 더불어 견줄 수 있는 사람은 없다.」 말하고 나서, 복숭아를 가지고 자리에서 일어났다.
【仗(장)】: 가지다, 지니다.
【兵(병)】: 무기, 병기.
【卻(각)】: 퇴각시키다, 물리치다.
【三軍(삼군)】: 삼군. ※ 춘추시대의 큰 나라는 상군(上軍) · 중군(中軍) · 하군(下軍)의 삼군을 두었다. 따라서 삼군은 군대의 총칭을 말한다.
【再(재)】: 두 번, 두 차례.

11 古冶子曰 : 「吾嘗從君濟于河, 黿銜左驂, 以入砥柱之流。→ (그러자) 고야자가 말했다 : 「나는 일찍이 임금을 따라 황하(黃河)를 건너는데, 큰 자라가 수레의 왼쪽 말을 물고, 지주(砥柱)의 물속으로 들어갔다.
【嘗(상)】: 일찍이.
【從(종)】: 따르다, 좇다.
【濟(제)】: 건너다.
【河(하)】: 황하(黃河).
【黿(원)】: 큰 자라.
【銜(함)】: 입에 물다.
【左驂(좌참)】: 수레의 왼쪽 말. ※ 옛날에는 세 마리 또는 네 마리의 말이 수레를 끄는데, 바깥쪽에서 끄는 말을 「참(驂)」이라 하고, 가운데서 끄는 말을 「복(服)」이라 했다.
【砥柱(지주)】: [산 이름] 지주산. 일명 삼문산(三門山)이라고도 한다. 지금의 하남성 삼문협(三門峽) 동북쪽 황하 변에 있는데, 산이 물속에 있어 마치 기둥과 같기 때문에 지주(砥柱)라 했다. 삼문협 댐의 건설로 인해 산은 이미 수몰되었다.
【流(유)】: 강물.

順流九里, 得黿而殺之, 左操黿尾, 右挈黿頭, 鶴躍而出。[12] 津人皆曰:『河伯也!』視之則大黿之首也。[13] 若冶之功, 亦可以食桃而無與人同矣。二子何不反桃!」抽劍而起。[14] 公孫接、田開疆曰:「吾勇不子若, 功不子逮, 取桃不讓, 是貪也; 然而不死, 無勇也。」皆反其桃, 挈領而死。[15] 古冶子曰:「二子死之, 冶獨生之, 不仁; 恥人以言, 而

....

12 當是時也, 冶潛行水底, 逆流百步, 順流九里, 得黿而殺之, 左操黿尾, 右挈黿頭, 鶴躍而出。→ 이때, 나는 물밑으로 잠행하여 백 보를 거슬러 올라가서, 흐름을 따라 9리를 내려와 자라를 잡아 죽인 다음, 왼손으로 말의 꼬리를 잡고, 오른손으로 자라의 머리를 들어, 학처럼 사뿐히 뛰어올라 수면 위로 나왔다.
【當是時(당시시)】: 이때.
【冶(야)】: 고야자가 「나」라는 의미로 자신의 이름을 사용한 것.
【順流(순류)】: 물의 흐름을 따라 내려가다.
【之(지)】: [대명사] 그것, 즉 「자라」.
【操(조)】: (손으로) 쥐다, 잡다.
【挈(설)】: (손으로) 들다.
【鶴躍(학약)】: 학처럼 사뿐히 뛰어오르다.

13 津人皆曰:『河伯也!』視之則大黿之首也。→ 나루터의 뱃사람들은 모두:『하백이다!』라고 말했는데, 그것을 살펴보니 큰 자라의 머리였다.
【津人(진인)】: 나루터의 뱃사람.
【河伯(하백)】: 수신(水神) 이름.

14 若冶之功, 亦可以食桃而無與人同矣。二子何不反桃!」抽劍而起。→ 나와 같은 공로도, 역시 복숭아를 먹을 수 있고 나와 더불어 견줄 사람은 없다. 그런데 당신들 두 사람은 어째서 복숭아를 되돌려주지 않는가!」 말하고 나서, 칼을 뽑아들고 일어섰다.
【若(약)】: …와 같은.
【反(반)】: 返(반), 반환하다, 되돌려주다.
【抽劍(추검)】: 칼을 뽑다.

15 公孫接、田開疆曰:「吾勇不子若, 功不子逮, 取桃不讓, 是貪也; 然而不死, 無勇也。」皆反其桃, 挈領而死。→ (이에) 공손접과 전개강이 말했다:「우리의 용맹은 그대만 못하고, 공로도 그대에게 미치지 못하는데, 복숭아를 취해 양보하지 않았다. 이것은 탐욕이다. 그런데 죽지 않는 다면, 용기가 없는 것이다.」말을 마친 후 모두 복숭아를 돌려주고, 목을 베어 자결했다.
【不子若(부자약)】: [不若子의 도치형태] 그대만 못하다. 〖若〗: 如(여), …와 같다.
【不子逮(부자체)】: [不逮子의 도치형태] 〖逮〗: 미치다.
【是(시)】: 이, 이것, 즉 「복숭아를 취해 양보하지 않는 것」.

夸其聲, 不義; 恨乎所行, 不死, 無勇。[16] 雖然, 二子同桃而節, 冶專其桃而宜。」亦反其桃, 挈領而死。[17] 使者復曰 :「已死矣。」公殮之以服, 葬之以士禮焉。[18]

번역문

두 개의 복숭아가 세 명의 용사를 죽이다

공손접(公孫接) · 전개강(田開疆) · 고야자(古冶子)는 경공(景公)을 섬겼는

【然而(연이)】: 그런데, 그러나
【挈領(설령)】: 刎頸(문경), 목을 베다.

16 古冶子曰 :「二子死之, 冶獨生之, 不仁; 恥人以言, 而夸其聲, 不義; 恨乎所行, 不死, 無勇。→ 고야자가 말했다 :「두 사람이 죽고 나 홀로 살아 있는 것은, 어질지 못한 것이요; 말로써 남을 부끄럽게 하고 자신의 명성을 자랑하는 것은, 의롭지 못한 것이며; 자신의 소행에 대해 후회하면서 죽지 않는 것은, 용기가 없는 것이다.
【恥(치)】: [사동용법] 부끄럽게 하다, 수치를 느끼게 하다.
【夸(과)】: 자랑하다, 과장하다.
【恨(한)】: 후회하다.
【乎(호)】: [개사] 於(어), …에 대해.

17 雖然, 二子同桃而節, 冶專其桃而宜。」亦反其桃, 挈領而死。→ 비록 그렇다 해도, 두 사람이 함께 한 개의 복숭아를 먹는다면 절도에 맞는 것이고, 내가 단독으로 한 개의 복숭아를 먹는 것도 합당한 것이다.」 말을 마친 후 그 역시 복숭아를 되돌려주고, 목을 베어 자결했다.
【同桃(동도)】: 한 개의 복숭아를 함께 먹다.
【節(절)】: 절도에 맞다.
【專其桃(전기도)】: 단독으로 한 개의 복숭아를 먹다.
【宜(의)】: 합당하다.

18 使者復曰 :「已死矣。」公殮之以服, 葬之以士禮焉。→ 경공의 사자가 와서 보고했다 :「이미 모두 죽었습니다.」 경공은 그들에게 수의를 입혀 염을 하고, 용사의 예로써 장사를 지냈다.
【復曰(복왈)】: 보고하여 말하다.
【殮(염)】: 염하다.
【服(복)】: 수의를 입히다.
【葬(장)】: 매장하다, 장사지내다.
【士禮(사례)】: 용사의 예.

데, 용력(勇力)으로 호랑이와 싸워 이름을 날렸다. 안자(晏子)가 (그들에게 경의를 표하는 뜻에서) 빠른 걸음으로 지나갔으나 세 사람이 일어나지 않았다. 안자가 들어가 경공을 알현하고 말했다.

「제가 듣건대, 현명한 군주가 양성하는 용사는 윗사람에 대해 군신(君臣)의 도의가 있고 아랫사람에 대해 장유(長幼)의 윤리가 있으며, 대내적으로 폭동을 방지할 수 있고 대외적으로 적을 위협할 수 있다고 했습니다. 위에서는 그들의 공을 칭찬하고 아래에서는 그들의 용맹에 탄복합니다. 그래서 그들의 지위를 존중하고 그들의 봉록을 후하게 줍니다. 그런데 지금 임금님이 양성하는 용사들은 윗사람에 대해 군신의 도의가 없고 아랫사람에 대해 장유의 윤리가 없으며, 대내적으로 폭동을 방지할 수 없고 대외적으로 적을 위협할 수 없습니다. 이는 나라를 위태롭게 하는 것들이니 제거해버리는 것이 낫습니다.」

경공이 말했다.

「세 사람은 (힘이 장사라) 그들을 붙잡으려다 잡지 못할까 두렵고, 찔러 죽이려다 적중하지 못할까 두렵소.」

안자가 말했다.

「이들은 모두 힘에 의존하여 강한 적을 공격하는 사람들이라 (서로 간에) 장유유서(長幼有序)의 예절이 없습니다.」

그리하여 (안자가) 경공으로 하여금 사람을 시켜 그들에게 복숭아 두 개를 보내도록 청하고 (세 사람에게) 말했다.

「세 분들은 어찌 (자신의) 공을 헤아리지 않고 복숭아를 먹겠습니까?」

공손접이 하늘을 우러러 탄식하며 말했다.

「안자는 지혜로운 사람이라 그가 경공으로 하여금 우리의 공을 헤아리게 한 것인데 (만일) 복숭아를 받아들이지 않는다면, 이는 용기가 없는 것이다. 사람은 많고 복숭아는 적으니 어찌 공을 헤아리지 않고 복숭아를 먹겠는가? 나는 한 번 큰 황소와 싸우고 다시 새끼를 낳은 호랑이와 싸웠다. 나와 같은 공로는 복숭아를 먹을 수 있고, 나와 견줄 수 있는 사람은 없다.」

말하고 나서 복숭아를 가지고 자리에서 일어났다.

전개강이 말했다.

「나는 무기를 가지고 삼군(三軍)을 되각시킨 것이 두 번이다. 나와 같은 공로도 역시 복숭아를 먹을 수 있고, 나와 더불어 견줄 수 있는 사람은 없다.」

말하고 나서 복숭아를 가지고 자리에서 일어났다.

(그러자) 고야자가 말했다.

「나는 일찍이 임금을 따라 황하(黃河)를 건너는데, 큰 자라가 수레의 왼쪽 말을 물고 지주(砥柱)의 물속으로 들어갔다. 이때 나는 물밑으로 잠행하여 백 보를 거슬러 올라가서, 흐름을 따라 9리를 내려와 자라를 잡아 죽인 다음, 왼손으로 말의 꼬리를 잡고 오른손으로 자라의 머리를 들어 학처럼 사뿐히 뛰어올라 수면 위로 나왔다. 나루터의 뱃사람들은 모두 『하백이다!』라고 말했는데, 그것을 살펴보니 큰 자라의 머리였다. 나와 같은 공로도 역시 복숭아를 먹을 수 있고, 나와 더불어 견줄 사람은 없다. 그런데 당신들 두 사람은 어째서 복숭아를 되돌려주지 않는가!」

말하고 나서 칼을 뽑아들고 일어섰다.

(이에) 공손접과 전개강이 말했다.

「우리의 용맹은 그대만 못하고 공로도 그대에게 미치지 못하는데 복숭아를 취해 양보하지 않았다. 이것은 탐욕이다. 그런데 죽지 않는 다면 용기가 없는 것이다.」

말을 마친 후 모두 복숭아를 돌려주고 목을 베어 자결했다.

고야자가 말했다.

「두 사람이 죽고 나 홀로 살아 있는 것은 어질지 못한 것이요, 말로써 남을 부끄럽게 하고 자신의 명성을 자랑하는 것은 의롭지 못한 것이며, 자신의 소행에 대해 후회하면서 죽지 않는 것은 용기가 없는 것이다. 비록 그렇다 해도 두 사람이 함께 한 개의 복숭아를 먹는다면 절도에 맞는 것이고, 내가 단독으로 한 개의 복숭아를 먹는 것도 합당한 것이다.」

말을 마친 후 그 역시 복숭아를 되돌려주고 목을 베어 자결했다. 경공의 사자가 와서 보고했다.

「이미 모두 죽었습니다.」

경공은 그들에게 수의를 입혀 염을 하고 용사의 예로써 장사를 지냈다.

해설

공손접(公孫接) · 전개강(田開疆) · 고야자(古冶子) 세 사람은 자신의 공로를 믿고 자만하며 군신(君臣)의 도의와 조정(朝廷)의 예절을 무시하여 나라와 백성에 대해 화근으로 작용했다. 안자(晏子)가 이러한 화근을 제거하도록 청했으나 경공(景公)은 그들의 용력을 두려워하여 난처한 기색을 보였다. 이에 안자는 기지를 발휘하여 세 용사에게 복숭아 두 개를 주고 서로 알아서 처리하도록 유도했다. 세 사람은 안자의 계략을 분명히 알면서도 용사의 절조를 견지하여 모두 자살로 끝을 맺었다.

이 우언은 경공 신변의 우환을 제거한 안자의 기지를 통해, 대응하기 힘든 강적을 만났을 때 굳이 강경한 방법으로 난관을 돌파하려 하지 말고, 상대방 스스로 힘을 소모하여 와해될 수 있도록 교묘한 방법을 찾아 문제를 해결해야 한다는 이치를 설명한 것이다.

005 사서(社鼠)

《晏子春秋 · 內篇問上》

원문 및 주석

社鼠[1]

夫社, 束木而塗之, 鼠因往託焉, 熏之則恐燒其木; 灌之則恐敗其塗, 此鼠所以不可得殺者, 以社故也。[2] 夫國亦有焉, 人主左右是

1 社鼠 → 지신(地神) 사당의 쥐
【社(사)】: 지신(地神) 사당. 토지신을 모시는 사당.

2 夫社, 束木而塗之, 鼠因往託焉, 熏之則恐燒其木; 灌之則恐敗其塗, 此鼠所以不可得殺者, 以社故也。→ 지신(地神) 사당은, 먼저 나무를 가지고 엮은 다음 여기에다 진흙을 바르는데, 이로 인해 쥐가 (구멍을 파고) 들어가 몸을 의탁한다. (불을 놓아) 연기를 쏘이자니 나무를 태울까 두렵고; 물을 주입하자니 진흙을 망가뜨릴까 두렵다. 이 쥐를 죽일 수 없는 까닭은, 바로 지신 사당 때문이다.
【夫(부)】: [발어사] 대저, 무릇.
【束木(속목)】: 나무를 엮다. 〖束〗: 묶다, 결박하다. 여기서는 「엮다, 얽어매다」의 뜻.
【塗(도)】: 바르다, 칠하다.
【因(인)】: 이로 인해, 그리하여.
【託(탁)】: 몸을 의탁하다.
【熏(훈)】: 연기를 쏘이다.
【恐(공)】: 두렵다.
【燒(소)】: 불태우다.
【灌(관)】: 물을 주입하다.
【所以(소이)】: 까닭, 이유, 원인.
【以(이)…故(고)】: …때문.

也。[3]

번역문

지신(地神) 사당의 쥐

지신(地神) 사당은 먼저 나무를 가지고 엮은 다음 여기에다 진흙을 바르는데, 이로 인해 쥐가 (구멍을 파고) 들어가 몸을 의탁한다. (불을 놓아) 연기를 쏘이자니 나무를 태울까 두렵고, 물을 주입하자니 진흙을 망가뜨릴까 두렵다. 이 쥐를 죽일 수 없는 까닭은 바로 지신 사당 때문이다.

무릇 나라에도 역시 (이러한 쥐가) 있는데 임금의 측근들이 바로 그렇다.

해설

옛날의 지신(地神) 사당은 나무와 진흙을 가지고 지어 쥐들이 그 외벽을 파고 들어가 산다. 그 쥐들을 퇴치하기 위해 불을 놓아 연기를 쏘이자니 나무를 태울까 염려되고, 물을 붓자니 흙벽을 망가뜨릴까 염려된다.

임금 주변에도 마치 쥐와 같은 사악한 간신배들이 임금의 비호 하에 백성들에게 해를 끼치고 있다. 이처럼 쥐나 간신배들이 생존하고 번식할 수 있는 것은 그들에게 비호처가 있기 때문이다. 그래서 이러한 화근을 제거하려면 반드시 그들의 비호처를 제거해야 하는데, 이 또한 상당한 희생을

3 夫國亦有焉, 人主左右是也。→ 무릇 나라에도 역시 (이러한 쥐가) 있는데, 임금의 측근들이 바로 그렇다.
【人主(인주)】: 임금, 군주.
【左右(좌우)】: 측근, 주변 사람.
【是(시)】: 바로 그렇다.

감수하지 않으면 안 된다.

이 우언은 지신 사당과 쥐의 관계를 빌려 국가와 간신배의 관계를 풍자한 것이다.

※ 참고 : 이 고사는 《한비자(韓非子)·외저설우상(外儲說右上)》에도 보이는데, 고사 내용은 같으나 《한비자》의 경우 고사 구조가 제환공(齊桓公)과 관중(管仲) 두 사람의 문답 형식으로 이루어져 있다.

006 안자지어(晏子之御)

《晏子春秋 · 內篇雜上》

원문 및 주석

晏子之御[1]

晏子爲齊相, 出, 其御之妻從門間而闚。[2] 其夫爲相御, 擁大蓋, 策駟馬, 意氣揚揚, 甚自得也。旣而歸, 其妻請去。[3] 夫問其故, 妻曰 :

1 晏子之御 → 안자(晏子)의 마부
【晏子(안자)】 : [인명] 안영(晏嬰). 시호는 평(平), 자는 중(仲)이며 역사에서는 안평중(晏平仲)이라 칭한다. 제(齊)나라의 대부로 영공(靈公) · 장공(莊公) · 경공(景公) 삼대에 걸쳐 재상을 지냈으며, 유능하고 근면 검소한 인품으로 세상에 널리 알려졌는데, 후인들이 그의 행적과 간언(諫言)을 모아 《안자춘추(晏子春秋)》를 펴냈다.

2 晏子爲齊相, 出, 其御之妻從門間而闚。 → 안자(晏子)가 제(齊)나라의 재상을 지낼 때, 외출을 하는데, 안자 마부의 아내가 문틈으로 몰래 엿보았다.
【御(어)】 : 마부.
【從(종)】 : …로부터.
【闚(규)】 : 엿보다.

3 其夫爲相御, 擁大蓋, 策駟馬, 意氣揚揚, 甚自得也。旣而歸, 其妻請去。 → 남편은 재상의 마부로, 수레의 일산(日傘) 아래에 앉아 의기양양해 하며 매우 자신만만했다. 얼마 후 (마부가) 집에 돌아오자, 그의 아내가 헤어질 것을 요청했다.
【擁(옹)】 : 끌어안다.
【策(책)】 : 채찍질하다.
【駟馬(사마)】 : 네 필의 말.
【甚(심)】 : 매우.
【自得(자득)】 : 자신만만하다.
【旣而(기이)】 : 잠시 후, 그 후.
【去(거)】 : 떠나다. 여기서는 「헤어지다」의 뜻.

「晏子長不滿六尺, 相齊國, 名顯諸侯。今者妾觀其出, 志念深矣, 常有以自下者。[4] 今子長八尺, 迺爲人僕御, 然子之意, 自以爲足, 妾是以求去也。」[5] 其後, 夫自抑損, 晏子怪而問之, 御以實對, 晏子薦以爲大夫。[6]

번역문

안자(晏子)의 마부

안자(晏子)가 제(齊)나라의 재상을 지낼 때 외출을 하는데, 안자 마부의 아내가 문틈으로 몰래 엿보았다. 남편은 재상의 마부로 수레의 일산(日傘)

4 夫問其故, 妻曰 : 「晏子長不滿六尺, 身相齊國, 名顯諸侯。今者妾觀其出, 志念深矣, 常有以自下者。→ 남편이 그 이유를 묻자, 아내가 대답했다 : 「안자는 키가 여섯 자도 안 되지만, 제나라의 재상이 되어 제후들 사이에서 이름을 떨치고 있습니다. 오늘 내가 그의 외출하는 모습을 보니, 사려가 깊고 항상 겸손한 태도를 지니고 있었습니다.
【故(고)】: 이유, 까닭, 연고.
【顯(현)】: 드러내다, 떨치다.
【妾(첩)】: 첩. 아내가 「저, 나」라는 의미로 자신을 호칭한 말.
【志念(지념)】: 사려, 심지.
【自下(자하)】: 자신을 낮추다, 겸손한 태도를 지니다.

5 今子長八尺, 迺爲人僕御, 然子之意, 自以爲足, 妾是以求去也。」→ 지금 당신은 팔척장신(八尺長身)으로, 겨우 남의 밑에서 마부 노릇을 하고 있습니다. 그러나 당신의 뜻은, 스스로 만족스럽게 여기고 있습니다. 그래서 나는 헤어지기를 청하는 것입니다.」
【迺(내)】: 乃(내), 단지, 겨우.
【僕御(복어)】: 마부.
【以爲(이위)】: …라 여기다, …라고 생각하다.
【是以(시이)】: 그래서, 이로 인해.
【求(구)】: 요구하다, 요청하다.

6 其後, 夫自抑損, 晏子怪而問之, 御以實對, 晏子薦以爲大夫。→ 그 후, 남편은 스스로 신중하고 겸손해졌다. 안자가 이를 이상하게 여겨 그 이유를 물었다. 마부가 사실대로 대답하니, 안자가 그를 추천하여 대부가 되었다.
【抑損(억손)】: 신중하고 겸손하다.
【怪(괴)】: 이상히 여기다.
【以實對(이실대)】: 사실대로 대답하다.

아래에 앉아 의기양양해 하며 매우 자신만만했다. 얼마 후 (마부가) 집에 돌아오자, 그의 아내가 헤어질 것을 요청했다.

남편이 그 이유를 묻자, 아내가 대답했다.

「안자는 키가 여섯 자도 안 되지만 제나라의 재상이 되어 제후들 사이에서 이름을 떨치고 있습니다. 오늘 내가 그의 외출하는 모습을 보니 사려가 깊고 항상 겸손한 태도를 지니고 있었습니다. 지금 당신은 팔척장신(八尺長身)으로 겨우 남의 밑에서 마부 노릇을 하고 있습니다. 그러나 당신의 뜻은 스스로 만족스럽게 여기고 있습니다. 그래서 나는 헤어지기를 청하는 것입니다.」

그 후 남편은 스스로 신중하고 겸손해졌다. 안자가 이를 이상하게 여겨 그 이유를 물었다. 마부가 사실대로 대답하니 안자가 그를 추천하여 대부가 되었다.

해설

마부라는 직책은 설사 재상의 수레를 몬다 해도 대단한 것이 못된다. 그럼에도 불구하고 안자(晏子)의 마부는 재상인 안자보다도 오히려 의기양양했다. 문틈으로 남편의 이러한 모습을 엿보던 마부의 아내는 수치심을 느껴 마부가 귀가하자마자 헤어질 것을 제의했다. 마부는 아내의 말을 듣고 이내 잘못을 깨달아 뉘우친 후 행동거지가 매우 겸손해졌다. 안자는 능히 깨달아 뉘우칠 줄 아는 마부와 그 아내의 훌륭한 모습에 감명을 받아 마부를 추천하여 일약 대부가 되게 했다.

이 우언은 아내의 충고를 겸허히 받아들여 행운을 얻은 마부의 경우를 통해 사람은 누구나 자신을 정확히 알아야 한다는 이른바 「자지지명(自知之明)」의 중요성을 강조한 것이다.

007 괘우두매마육(掛牛頭賣馬肉)

《晏子春秋·內篇雜下》

원문 및 주석

掛牛頭賣馬肉[1]

靈公好婦人而丈夫飾者, 國人盡服之, 公使吏禁之, 曰:「女子而男子飾者, 裂其衣, 斷其帶。」[2] 裂衣斷帶相望, 而不止。[3] 晏子見, 公

1 掛牛頭賣馬肉 → 소머리를 걸어 놓고 말고기를 팔다
【掛(괘)】: 걸다, 걸어 놓다.

2 靈公好婦人而丈夫飾者, 國人盡服之, 公使吏禁之, 曰:「女子而男子飾者, 裂其衣, 斷其帶。」 → 제영공(齊靈公)이 여자들의 남장한 모습을 좋아하자, 도성(都城)의 부녀자들이 모두 남자 옷을 입었다. 이에 영공이 관리를 파견하여 이를 금하고 말했다:「여자가 남장 하는 자는, 옷을 찢고 허리띠를 잘라 버릴 것이다.」
【靈公(영공)】: 제영공(齊靈公). 춘추시대 제(齊)나라의 군주로 28년간(B.C. 581-B.C. 554) 재위했다.
【好(호)】: [동사] 좋아하다.
【婦人(부인)】: 부녀자. 여기서는「여자」의 범칭.
【丈夫(장부)】: 장부. 여기서는「남자」의 범칭.
【飾(식)】: 꾸미다, 치장하다.
【國人(국인)】: 도성(都城)의 사람들.
【盡(진)】: 모두.
【服(복)】: [동사] 입다.
【使(사)】: 파견하다.
【裂(열)】: 찢다.
【斷(단)】: 끊다, 자르다.
【帶(대)】: 띠, 허리띠.

3 裂衣斷帶相望, 而不止。→ 그 후 옷을 찢기고 허리띠를 잘린 자들이 많았지만, 그러나 (그

問曰 : 「寡人使吏禁女子而男子飾者, 裂斷其衣帶, 相望而不止者, 何也?」[4] 晏子對曰 : 「君使服之于內, 而禁之于外, 猶懸牛首于門, 而賣馬肉于內也。[5] 公何以不使內勿服, 則外莫敢爲也。」[6] 公曰 : 「善。」使內勿服, 不踰月, 而國人莫之服。[7]

················

러한 풍조가) 멈추지 않았다.

【相望(상망)】: 서로 바라보다. 여기서는 수가 많다는 것을 뜻한다.

【不止(부지)】: 멈추지 않다.

4 晏子見, 公問曰 : 「寡人使吏禁女子而男子飾者, 裂斷其衣帶, 相望而不止者, 何也?」 → 안자(晏子)가 영공을 알현하자, 영공이 물었다 : 「과인이 관리를 파견하여 여자들이 남장하는 것을 금하고, 그들의 옷과 허리띠를 찢고 잘랐는데도, 도처에 흔히 보이며 멈추지 않는 것은, 무슨 까닭이요?」

【晏子(안자)】: [인명] 안영(晏嬰). 시호는 평(平), 자는 중(仲)이며, 역사에서는 안평중(晏平仲)이라 칭한다. 제(齊)나라의 대부로 영공(靈公) · 장공(莊公) · 경공(景公) 삼대에 걸쳐 재상을 지냈으며, 유능하고 근면 검소한 인품으로 세상에 널리 알려졌는데, 후인들이 그의 행적과 간언(諫言)을 모아 《안자춘추(晏子春秋)》를 펴냈다.

【寡人(과인)】: 과덕지인(寡德之人)이란 뜻으로 임금이 자신을 낮추어 부르는 말.

【何(하)】: 어째서, 왜, 무슨 까닭.

5 晏子對曰 : 「君使服之于內, 而禁之于外, 猶懸牛首于門, 而賣馬肉于內也。 → 안자가 대답했다 : 「군주가 궁 안에서는 입게 하고, 궁 밖에서 금지하는 것은, 마치 대문에 소머리를 걸어 놓고 안에서 말고기를 파는 것과 같습니다.

【使(사)】: …하게 하다, …하도록 시키다.

【服(복)】: [동사] 입다.

【內(내)】: 안. 여기서는 「궁 안, 궁내」를 가리킨다.

【外(외)】: 밖. 여기서는 「궁 밖, 궁외」를 가리킨다.

【猶(유)】: 마치 …같다.

【懸(현)】: 걸다, 걸어 놓다.

6 公何以不使內勿服, 則外莫敢爲也。」 → 임금님께서 왜 궁 안의 여자들로 하여금 남자 옷을 입지 못하도록 하지 않으십니까? 그러면 궁 밖의 여자들이 감히 입지 못할 것입니다.」

【何以(하이)】: 왜, 어째서.

【不使(불사)】: …으로 하여금 …하지 않게 하다.

【勿(물)】: …하지 말라.

【則(즉)】: 그러면.

【莫敢(막감)】: 감히 …하지 못하다.

【爲(위)】: 하다, 행하다.

7 公曰 : 「善。」 使內勿服, 不踰月, 而國人莫之服。 → 영공이 말했다 : 「좋소.」 그리하여 궁 안에

번역문

소머리를 걸어 놓고 말고기를 팔다

제영공(齊靈公)이 여자들의 남장한 모습을 좋아하자 도성(都城)의 부녀자들이 모두 남자 옷을 입었다. 이에 영공이 관리를 파견하여 이를 금하고 말했다.

「여자가 남장하는 자는 옷을 찢고 허리띠를 잘라 버릴 것이다.」

그 후 옷을 찢기고 허리띠를 잘린 자들이 많았지만 (그러한 풍조가) 멈추지 않았다. 안자(晏子)가 영공을 알현하자, 영공이 물었다.

「과인이 관리를 파견하여 여자들이 남장하는 것을 금하고 그들의 옷과 허리띠를 찢고 잘랐는데도 도처에 흔히 보이며 멈추지 않는 것은 무슨 까닭이요?」

안자가 대답했다.

「군주가 궁 안에서는 입게 하고 궁 밖에서 금지하는 것은 마치 대문에 소머리를 걸어 놓고 안에서 말고기를 파는 것과 같습니다. 임금님께서 왜 궁 안의 여자들로 하여금 남자 옷을 입지 못하도록 하지 않으십니까? 그러면 궁 밖의 여자들이 감히 입지 못할 것입니다.」

영공이 말했다.

「좋소.」

그리하여 궁 안에서 입지 못하도록 하자 한 달이 되기도 전에 도성에 남자 옷을 입는 여자들이 한 사람도 없었다.

서 입지 못하도록 하자, 한 달이 되기도 전에 도성에 남자 옷을 입는 여자들이 한 사람도 없었다.

【踰(유)】: 지나가다, 넘다.

【莫之服(막지복)】: 한 사람도 입는 사람이 없다.

해설

제영공(齊靈公)은 여자들이 남장을 하고 다니는 풍조를 바로잡기 위해 남장을 하고 다니는 여자들의 옷을 찢고 허리띠를 잘라버리는 조치를 취했지만 그러한 풍조가 좀처럼 사라지지 않았다. 당황한 영공이 안자(晏子)에게 묻자, 안자는 궁 안에서 권장하고 궁 밖에서 금지하는 것을 마치 대문에 소머리를 걸어놓고 안에서 말고기를 파는 것에 비유하며 군주의 조치가 공평하지 않다는 것을 지적했다. 그리하여 영공이 궁 안에서 부녀자들의 남장을 금하자 불과 한 달이 되기 전에 도성 안에서 그러한 풍조가 완전히 사라졌다.

이 우언은 군주가 시행하는 모든 법령은 상하(上下)가 일치하고 친소(親疎)의 구분이나 내외(內外)의 차별 없이 공평무사(公平無私)해야 비로소 호소력도 있고 설득력이 있다는 도리를 설명한 것이다.

008 안자사초(晏子使楚)

《晏子春秋 · 內篇雜下》

원문 및 주석

晏子使楚[1]

晏子使楚, 以晏子短, 楚人爲小門于大門之側而延晏子。[2] 晏子不入, 曰 : 「使狗國者, 從狗門入; 今臣使楚, 不當從此門入。」[3] 儐者更

1 晏子使楚 → 안자(晏子)가 사신으로 초(楚)나라에 가다
【晏子(안자)】: [인명] 안영(晏嬰). 시호는 평(平), 자는 중(仲)이며, 역사에서는 안평중(晏平仲)이라 칭한다. 제(齊)나라의 대부로 영공(靈公) · 장공(莊公) · 경공(景公) 삼대에 걸쳐 재상을 지냈으며, 유능하고 근면 검소한 인품으로 세상에 널리 알려졌는데, 후인들이 그의 행적과 간언(諫言)을 모아 《안자춘추(晏子春秋)》를 펴냈다.
【使(사)】: 출사하다, 사절로 나아가다, 사신으로 가다
【楚(초)】: [국명] 지금의 호남성 · 호북성과 강서성 · 절강성 및 하남성 남부에 걸쳐 있던 주대(周代)의 제후국.

2 晏子使楚, 以晏子短, 楚人爲小門于大門之側而延晏子。→ 안자(晏子)가 사신으로 초(楚)나라에 갔는데, 안자의 키가 작기 때문에, 초나라 사람이 대문 옆에 작은 문을 만들어 안자를 안내했다.
【以(이)】: …로 인해, …때문에.
【短(단)】: 짧다. 여기서는 「키가 작다」의 뜻.
【爲(위)】: 만들다, 설치하다.
【側(측)】: 옆, 곁.
【延(연)】: 인도하다, 안내하다.

3 晏子不入, 曰 : 「使狗國者, 從狗門入; 今臣使楚, 不當從此門入。」 → 안자가 들어가지 않고, 말했다 : 「개의 나라에 사신으로 왔다면, 개의 문으로 들어가지만; 지금 내가 초나라에 사신으로 와서, 이 문으로 들어가는 것은 합당하지 않습니다.」

道, 從大門入, 見楚王。[4] 王曰 : 「齊無人耶, 使子爲使?」[5] 晏子對曰 : 「齊之臨淄三百閭, 張袂成陰, 揮汗成雨, 比肩繼踵而在, 何爲無人?」[6] 王曰 : 「然則何爲使子?」[7] 晏子對曰 : 「齊命使, 各有所主, 其賢者使使賢主, 不肖者使使不肖主。嬰最不肖, 故宜使楚矣。」[8]

················

【從(종)】: …로부터.
【臣(신)】: 신, 저. ※ 군주에 대한 신하나 백성의 자칭.
【不當(부당)】: 부당하다, 합당하지 않다.

4 儐者更道, 從大門入, 見楚王。→ 빈객을 영접하는 관리가 길을 바꾸어, 대문으로 들어가, 초왕(楚王)을 알현했다.
【儐者(빈자)】: 빈객을 영접하는 관리.
【更道(경도)】: 길을 바꾸다.

5 王曰 : 「齊無人耶, 使子爲使?」 → 초왕이 말했다 : 「제(齊)나라에는 사람이 없는가, 어째서 그대를 사신으로 파견했소?」
【使子爲使(사자위사)】: 그대를 파견하여 사신으로 삼다, 즉 「그대를 사신으로 파견하다」의 뜻. ※ 앞의 「使」는 동사로 「파견하다, 보내다」의 뜻이고, 뒤의 「使」는 명사로 「사신, 사절」의 뜻. 〖子〗: 그대, 당신. 〖爲使〗: 사신으로 삼다.

6 晏子對曰 : 「齊之臨淄三百閭, 張袂成陰, 揮汗成雨, 比肩繼踵而在, 何爲無人?」 → 안자가 대답했다 : 「제나라의 도읍 임치(臨淄)에는 7,500호(戶)가 있어, 옷소매를 펼치면 (해를 가려) 그늘을 이루고, 땀방울을 휘두르면 비가 내리는 듯하며, 사람들이 어깨를 잇대고 뒷사람의 발끝이 앞사람의 발꿈치와 이어집니다. 그런데 어찌 사람이 없다 하겠습니까?」
【臨淄(임치)】: [지명] 춘추시대 제나라의 도읍. 지금의 산동성 임치시(臨淄市).
【三百閭(삼백려)】: 옛날에는 25호(戶)를 1여(閭)라 하여 7,500호이나, 여기서는 인구가 많음을 뜻한다.
【張袂(장메)】: 옷소매를 펼치다. 〖張〗: 펼치다, 넓히다. 〖袂〗: 옷소매.
【成陰(성음)】: 그늘을 이루다.
【揮汗(휘한)】: 땀방울을 휘두르다. 〖揮〗: 휘두르다, 흔들다.
【成雨(성우)】: 비를 이루다. 여기서는 「비가 내리는 듯하다」의 뜻.
【比肩繼踵(비견계종)】: 어깨를 나란히 하고 뒷사람의 발끝이 앞사람의 발꿈치와 이어지다. 즉, 사람이 매우 많은 것을 비유한 말.
【何爲(하위)】: 어찌, 왜.

7 王曰 : 「然則何爲使子?」 → 초왕이 말했다 : 「그렇다면 어째서 그대를 사신으로 임명했소?」
【然則(연즉)】: 그러면, 그렇다면.

8 晏子對曰 : 「齊命使, 各有所主, 其賢者使使賢主, 不肖者使使不肖主。嬰最不肖, 故宜使楚矣。」 → 안자가 대답했다 : 「제나라가 사신을 임명할 때는, 각기 알맞은 대상이 있어서 현명

번역문

안자(晏子)가 사신으로 초(楚)나라에 가다

안자(晏子)가 사신으로 초(楚)나라에 갔는데 안자의 키가 작기 때문에 초나라 사람이 대문 옆에 작은 문을 만들어 안자를 안내했다.

안자가 들어가지 않고 말했다.

「개의 나라에 사신으로 왔다면 개의 문으로 들어가지만, 지금 내가 초나라에 사신으로 와서 이 문으로 들어가는 것은 합당하지 않습니다.」

빈객을 영접하는 관리가 길을 바꾸어 대문으로 들어가 초왕(楚王)을 알현했다.

초왕이 말했다.

「제(齊)나라에는 사람이 없는가, 어째서 그대를 사신으로 파견했소?」

안자가 대답했다.

「제나라의 도읍 임치(臨淄)에는 7,500호(戶)가 있어 옷소매를 펼치면 (해를 가려) 그늘을 이루고, 땀방울을 휘두르면 비가 내리는 듯하며, 사람들이 어깨를 잇대고 뒷사람의 발끝이 앞사람의 발꿈치와 이어집니다. 그런데 어찌 사람이 없다 하겠습니까?」

....

한 자는 현명한 군주에게 사신으로 보내고, 현명하지 못한 자는 현명하지 못한 군주에게 사신으로 보냅니다. 저 안영(晏嬰)은 가장 현명하지 못하기 때문에, 그래서 초나라에 보내는 사신으로 적합합니다.」

【主(주)】: 주인. 여기서는 「알맞은 대상」을 가리킨다.

【使使(사사)】: 사신으로 파견하다. ※ 앞의 「使」는 동사로 「보내다, 파견하다」의 뜻이고, 뒤의 「使」는 명사로 「사절, 사신」의 뜻.

【不肖者(불초자)】: 현명하지 못한 자.

【嬰(영)】: 안영(晏嬰)이 자신의 이름을 「나, 저」라는 뜻으로 대신한 것.

【故(고)】: 그래서.

【宜(의)】: 합당하다, 적합하다.

초왕이 말했다.

「그렇다면 어째서 그대를 사신으로 임명했소?」

안자가 대답했다.

「제나라가 사신을 임명할 때는 각기 알맞은 대상이 있어서 현명한 자는 현명한 군주에게 사신으로 보내고, 현명하지 못한 자는 현명하지 못한 군주에게 사신으로 보냅니다. 저 안영(晏嬰)은 가장 현명하지 못하기 때문에, 그래서 초나라에 보내는 사신으로 적합합니다.」

해설

초왕(楚王)은 안자(晏子)의 키가 왜소하다는 점을 꼬투리 잡아 작은 문으로 들어오게 함으로써 모욕을 주는 동시에 제(齊)나라를 깎아내리려 했다. 안자는 이를 간파하고 작은 문을 개가 드나드는 문이라 하며, 만일 자신이 작은 문으로 들어간다면 이는 자신이 개의 나라를 방문하는 것이라 했고, 또 초왕이 제나라에 인재가 없기 때문에 안자를 사신으로 보냈다고 폄하하자, 안자는 이에 대해 현명한 사람을 현명한 군주의 나라에 보내고, 현명하지 못한 사람을 현명하지 못한 군주의 나라로 보내는 것이 제나라의 원칙이라며, 자신은 제나라에서 가장 현명하지 못하기 때문에 초나라로 보내는 사신에 적합하다고 하여 초왕의 말문을 막아버렸다.

이 우언은 상대방의 오류를 예리하게 포착하여 추궁함으로써 상대방으로 하여금 남의 품위를 훼손하는 행위가 결코 자신에게 이익이 되지 않는다는 것을 깨닫도록 경고한 것이다.

※ 참고 : 이 고사는 한(漢) 유향(劉向) 《설원(說苑)·봉사(奉使)》에도 보이는데, 《안자춘추》와 비교할 때 약간의 문자 출입이 있을 뿐 내용은 완전히 일치한다.

009 남귤북지(南橘北枳)

《晏子春秋 · 內篇雜下》

원문 및 주석

南橘北枳[1]

晏子將使楚, 楚王聞之, 謂左右曰 :「晏嬰, 齊之習辭者也, 今方來, 吾欲辱之, 何以也?」[2] 左右對曰 :「爲其來也, 臣請縛一人, 過王

1 南橘北枳 → 남쪽 지방의 감귤과 북쪽 지방의 탱자
【橘(귤)】: 감귤.
【枳(지)】: 탱자.

2 晏子將使楚, 楚王聞之, 謂左右曰 :「晏嬰, 齊之習辭者也, 今方來, 吾欲辱之, 何以也?」→ 안자(晏子)가 장차 초(楚)나라에 사신으로 나가려 하자, 초왕이 이 소문을 듣고 자기 주변의 측근들에게 일러 말했다 :「안영(晏嬰)은, 제(齊)나라의 능변가로서 지금 마침 우리나라에 오려고 한다. 내가 그에게 모욕을 주려고 하는데, 어찌하면 되겠는가?」
【晏子(안자)】: [인명] 안영(晏嬰). 시호는 평(平), 자는 중(仲)이며, 역사에서는 안평중(晏平仲)이라 칭한다. 제(齊)나라의 대부로 영공(靈公) · 장공(莊公) · 경공(景公) 삼대에 걸쳐 재상을 지냈으며, 유능하고 근면 검소한 인품으로 세상에 널리 알려졌는데, 후인들이 그의 행적과 간언(諫言)을 모아 《안자춘추(晏子春秋)》를 펴냈다.
【將(장)】: 장차 …하려 하다.
【使(사)】: 출사하다, 사신으로 나아가다.
【楚(초)】: [국명] 지금의 장강(長江) 중류 지역에 있던 주대(周代)의 제후국.
【左右(좌우)】: 측근, 주변 사람.
【晏嬰(안영)】: [인명] 앞의 주 2【안자(晏子)】 참조.
【齊(제)】: [국명] 지금의 산동성 북부와 하북성 남부 일대에 걸쳐 있던 주대(周代)의 제후국.
【習辭者(습사자)】: 능변가, 말솜씨가 뛰어난 사람.
【方(방)】: 마침.

而行, 王曰：『何爲者也?』 對曰：『齊人也。』 王曰：『何坐?』 曰：『坐盜。』」[3] 晏子至, 楚王賜晏子酒, 酒酣, 吏二縛一人詣王, 王曰：「縛者曷爲者也?」[4] 對曰：「齊人也, 坐盜。」 王視晏子曰：「齊人固善盜乎?」[5] 晏子避席對曰：「嬰聞之, 橘生淮南則爲橘, 生于淮北則爲枳, 葉徒相似, 其實味不同。[6] 所以然者何? 水土異也。 今民生長于齊不

【欲(욕)】: …하려고 하다, …하고자 하다.
【辱(욕)】: 욕보이다, 모욕을 주다.
【何以(하이)】: 어찌하면 되겠는가?

3 左右對曰：「爲其來也, 臣請縛一人, 過王而行, 王曰：『何爲者也?』 對曰：『齊人也。』 王曰：『何坐?』 曰：『坐盜。』」 → 측근들이 대답했다：「안자가 올 때, 저희들이 한 사람을 포박하여, 임금님 앞을 지나가면, 임금님께서：『뭐하는 사람인가?』라고 물으십시오. 저희들이：『제나라 사람입니다.』라고 대답하면, 임금님께서：『무슨 죄를 지었는가?』라고 물으십시오. 그러면 저희들이：『절도죄를 지었습니다.』라고 대답할 것입니다.」
【爲(위)】: [개사] 於(어), …에.
【縛(박)】: 묶다, 포박하다.
【過(과)】: 지나가다.
【何爲者(하위자)】: 뭐하는 사람, 어떤 사람.
【何坐(하좌)】: 무슨 죄를 지었는가? 【坐】: 죄를 짓다, 죄에 연루되다.
【坐盜(좌도)】: 절도죄를 짓다.

4 晏子至, 楚王賜晏子酒, 酒酣, 吏二縛一人詣王, 王曰：「縛者曷爲者也?」 → 안자가 도착하자, 초왕이 안자에게 술을 접대하고, 술이 거나하게 취했을 때, 두 명의 관리가 한 사람을 포박하여 왕 앞에 당도했다. 왕이 말했다：「포박된 자가 무엇 하는 사람인가?」
【賜(사)】: 주다, 하사하다. 여기서는 「접대하다」의 뜻.
【酣(감)】: 얼근하게 취하다, 거나하게 취하다.
【詣(예)】: 이르다, 당도하다.
【縛(박)】: [피동용법] 묶이다.
【曷爲者(갈위자)】: 무엇하는 사람.

5 對曰：「齊人也, 坐盜。」 王視晏子曰：「齊人固善盜乎?」 → 관리가 대답했다：「제나라 사람인데, 절도죄를 지었습니다.」 왕이 안자를 보고 말했다：「제나라 사람은 본래 도둑질을 잘합니까?」
【固(고)】: 본래.
【善盜(선도)】: 도둑질을 잘하다.

6 晏子避席對曰：「嬰聞之, 橘生淮南則爲橘, 生于淮北則爲枳, 葉徒相似, 其實味不同。 → 안자가 자리에서 한 발짝 옆으로 물러나 대답했다：「제가 듣건대, 귤나무는 회남(淮南)에서 나

盜, 入楚則盜, 得無楚之水土使民善盜耶?」[7] 王笑曰 : 「聖人非所與熙也, 寡人反取病焉。」[8]

번역문

남쪽 지방의 감귤과 북쪽 지방의 탱자

안자(晏子)가 장차 초(楚)나라에 사신으로 나가려 하자, 초왕이 이 소문을 듣고 자기 주변의 측근들에게 일러 말했다.

면 귤이 되고, 회북(淮北)에서 나면 탱자가 되는데, 잎은 비록 흡사하지만 그 열매는 맛이 다릅니다.
【避席(피석)】: 자리를 피하여 한 발짝 옆으로 물러나다, 피석하다. ※ 옛날에는 자리를 깔고 앉는데, 자기가 말을 하고자 할 때 웃어른이나 상대방에 대한 공경의 표시로 좌중에서 일어나 한 발짝 옆으로 물러나는 것을 말한다.
【淮(회)】: [강 이름] 지금의 안휘성과 강소성을 흐르는 강.
【于(우)】: [개사] 於(어), …에서.
【徒(도)】: 다만. 여기서는 「비록」의 뜻이 강하다.
【相似(상사)】: 서로 비슷하다, 흡사하다.

7 所以然者何? 水土異也。今民生長于齊不盜, 入楚則盜, 得無楚之水土使民善盜耶?」 → 그렇게 되는 까닭은 무엇이겠습니까? 물과 토양이 다르기 때문입니다. 지금 백성이 제나라에서 생장하면 도둑질을 안 하지만, 초나라로 들어오면 곧 도둑질을 합니다. 그것은 초나라의 물과 토양이 백성들로 하여금 도둑질을 잘하게 만드는 것이 아니겠습니까?」
【所以然者(소이연자)】: 그렇게 되는 까닭. 〖所以…〗: …한 까닭.
【何(하)】: 무엇.
【得無(득무)】: 莫非(막비), …아님이 없다.
【使】: …로 하여금 …하게 하다.

8 王笑曰 : 「聖人非所與熙也, 寡人反取病焉。」 → 왕이 웃으며 말했다 : 「성인(聖人)을 희롱하면 안 되는 것인데, 과인이 오히려 모욕을 자초했습니다.」
【非所(비소)】: …해서는 안 되다.
【熙(희)】: 희롱하다.
【寡人(과인)】: 과덕지인(寡德之人)이란 뜻으로 임금이 자신을 낮추어 부르는 말.
【反(반)】: 오히려, 반대로.
【取病(취병)】: 욕을 먹다, 모욕을 자초하다. 〖病〗: 辱(욕), 모욕.
【焉(언)】: [어조사].

「안영(晏嬰)은 제(齊)나라의 능변가로서, 지금 마침 우리나라에 오려고 한다. 내가 그에게 모욕을 주려고 하는데 어찌하면 되겠는가?」

측근들이 대답했다.

「안자가 올 때 저희들이 한 사람을 포박하여 임금님 앞을 지나가면 임금님께서 『뭐하는 사람인가?』라고 물으십시오. 저희들이 『제나라 사람입니다.』라고 대답하면 임금님께서 『무슨 죄를 지었는가?』라고 물으십시오. 그러면 저희들이 『절도죄를 지었습니다.』라고 대답할 것입니다.」

안자가 도착하자, 초왕이 안자에게 술을 접대하고 술이 거나하게 취했을 때 두 명의 관리가 한 사람을 포박하여 왕 앞에 당도했다.

왕이 말했다.

「포박된 자가 무엇 하는 사람인가?」

관리가 대답했다.

「제나라 사람인데 절도죄를 지었습니다.」

왕이 안자를 보고 말했다.

「제나라 사람은 본래 도둑질을 잘합니까?」

안자가 자리에서 한 발짝 옆으로 물러나 대답했다.

「제가 듣건대, 귤나무는 회남(淮南)에서 나면 귤이 되고, 회북(淮北)에서 나면 탱자가 되는데 잎은 비록 흡사하지만 그 열매는 맛이 다릅니다. 그렇게 되는 까닭은 무엇이겠습니까? 물과 토양이 다르기 때문입니다. 지금 백성이 제나라에서 생장하면 도둑질을 안 하지만 초나라로 들어오면 곧 도둑질을 합니다. 그것은 초나라의 물과 토양이 백성들로 하여금 도둑질을 잘하게 만드는 것이 아니겠습니까?」

왕이 웃으며 말했다.

「성인(聖人)을 희롱하면 안 되는 것인데 과인이 오히려 모욕을 자초했습니다.」

해설

초왕(楚王)은 본래 자작극을 연출하여 제(齊)나라 사람을 도둑으로 몰아 안자(晏子)와 제나라에 대해 인격(人格)과 국격(國格)을 모독하려 했다. 그러나 안자는 귤나무가 회남(淮南)에서 자라면 귤이 달리고 회북(淮北)에서 자라면 탱자가 달리듯이, 사람도 나라의 물과 토양에 따라 달라진다는 논리를 전개하여, 본래 다른 나라에서 선량했던 사람이 초(楚)나라로 들어오면 도둑질을 잘하게 된다고 반박했다. 이에 초왕이 안자의 능변에 더 이상 대응을 하지 못하고 욕을 보이려다 오히려 욕을 자초했음을 스스로 인정했다.

이 우언은 남에게 해코지를 가하면 자신에게 좋은 결말이 돌아오지 않고, 남을 욕보이려 하면 오히려 그 욕을 자초하게 된다는 이치를 설명한 것이다.

010 촉추망조(燭鄒亡鳥)

《晏子春秋 · 外篇》

원문 및 주석

燭鄒亡鳥[1]

景公好弋, 使燭鄒主鳥而亡之, 公怒, 詔吏欲殺之。[2] 晏子曰 : 「燭鄒有罪三, 請數之以其罪而殺之。」 公曰 : 「可。」[3] 於是召而數之公

1 燭鄒亡鳥 → 촉추(燭鄒)가 새를 날려 보내다
【燭鄒(촉추)】 : [인명] 제(齊)나라 궁중의 하인.
【亡(망)】 : 도망하다, 달아나다. 여기서는 「날려 보내다」의 뜻.

2 景公好弋, 使燭鄒主鳥而亡之, 公怒, 詔吏欲殺之。 → 제(齊)나라 경공(景公)이 새 사냥을 좋아하여, 촉추(燭鄒)로 하여금 새를 관리하도록 했으나 새를 날려 보내, 경공이 화를 내며, 관리에게 명하여 그를 죽이려 했다.
【景公(경공)】 : 제경공(齊景公). 춘추시대 제(齊)나라의 군주로 58년간(B.C. 547 - B.C. 490) 재위했다. 제(齊)나라는 지금의 산동성 북부와 하북성 남부 일대에 걸쳐 있던 주대(周代)의 제후국.
【好(호)】 : [동사] 좋아하다, 즐기다.
【弋(익)】 : 오늬에 줄을 매어 쏘는 화살. 여기서는 「새 사냥」을 뜻한다.
【使(사)】 : …로 하여금 …하게 하다.
【主(주)】 : 주관하다, 관리하다.
【詔(조)】 : 명하다.
【欲(욕)】 : …하려고 하다, …하고자 하다.

3 晏子曰 : 「燭鄒有罪三, 請數之以其罪而殺之。」 公曰 : 「可。」 → 안자(晏子)가 말했다 : 「촉추는 세 가지의 죄를 지었습니다. 청컨대, 이를 열거해 보고 나서 그 죄에 따라 그를 죽였으면 합니다.」 경공이 말했다 : 「좋소.」
【晏子(안자)】 : [인명] 안영(晏嬰). 시호는 평(平), 자는 중(仲)이며, 역사에서는 안평중(晏平仲)

前, 曰:「燭鄒! 汝爲吾君主鳥而亡之, 是罪一也;[4] 使吾君以鳥之故殺人, 是罪二也; 使諸侯聞之, 以吾君重鳥以輕士, 是罪三也。」[5] 數燭鄒罪已畢, 請殺之, 公曰:「勿殺! 寡人聞命矣。」[6]

이라 칭한다. 제(齊)나라의 대부로 영공(靈公) · 장공(莊公) · 경공(景公) 삼대에 걸쳐 재상을 지냈으며, 유능하고 근면 검소한 인품으로 세상에 널리 알려졌는데, 후인들이 그의 행적과 간언(諫言)을 모아 《안자춘추(晏子春秋)》를 펴냈다.

【數之(수지)】: 그 죄를 열거하다. 〖數〗: [동사] 열거하다. 〖之〗: [대명사] 그것, 즉 세 가지의 죄상.

【以(이)】: 의하다, 근거하다, 따르다.

4 於是召而數之公前, 曰:「燭鄒! 汝爲吾君主鳥而亡之, 是罪一也; → 그리하여 (촉추를) 불러 경공 앞에서 그 죄를 열거하며, 말했다:「촉추! 너는 우리 임금님을 대신하여 새를 관리하다가 새를 날려 보냈으니, 이것이 첫 번째의 죄이고;

【於是(어시)】: 그리하여.

【召(소)】: 부르다.

【汝(여)】: 너, 당신.

【爲(위)】: …을 위해, …을 대신하여.

【是(시)】: 이것, 즉 새를 날려 보낸 것.

5 使吾君以鳥之故殺人, 是罪二也; 使諸侯聞之, 以吾君重鳥以輕士, 是罪三也。」 → 우리 임금님으로 하여금 새로 인해 사람을 죽이게 하였으니, 이것이 두 번째의 죄이고; 제후들이 소문을 듣고, 우리 임금님께서 새를 중시하고 사람을 경시한다고 여기도록 하였으니, 이것이 세 번째의 죄이다.」

【使(사)】: …하여금 …하게 하다.

【以(이)…之故(지고)】: …로 인해, …로 말미암아, …때문에.

【以吾君重鳥以輕士(이오군중조이경사)】: 우리 임금이 새를 중히 여기고 선비를 경시한다고 여기게 하다. ※ 앞의 〖以〗: 以爲(이위), …라고 여기다, …라고 생각하다. 뒤의 〖以〗: [연사] 而(이).

6 數燭鄒罪已畢, 請殺之, 公曰:「勿殺! 寡人聞命矣。」 → 촉추의 죄에 대한 열거를 끝내고, 죽일 것을 청하자, 경공이 말했다:「죽이지 마시오! (그대의) 뜻을 따르겠소.」

【已(이)】: 이미.

【畢(필)】: 마치다, 끝내다.

【勿(물)】: …하지 말라.

【寡人(과인)】: 과덕지인(寡德之人)이란 뜻으로 임금이 자신을 낮추어 부르는 말.

【聞命(문명)】: 명령에 따르다, 뜻에 따르다.

번역문

촉추(燭鄒)가 새를 날려 보내다

제(齊)나라 경공(景公)이 새 사냥을 좋아하여 촉추(燭鄒)로 하여금 새를 관리하도록 했으나 새를 날려 보내 경공이 화를 내며 관리에게 명하여 그를 죽이려 했다.

안자(晏子)가 말했다.

「촉추는 세 가지의 죄를 지었습니다. 청컨대, 이를 열거해 보고 나서 그 죄에 따라 그를 죽였으면 합니다.」

경공이 말했다.

「좋소.」

그리하여 (촉추를) 불러 경공 앞에서 그 죄를 열거하며 말했다.

「촉추! 너는 우리 임금님을 대신하여 새를 관리하다가 새를 날려 보냈으니 이것이 첫 번째의 죄이고, 우리 임금님으로 하여금 새로 인해 사람을 죽이게 하였으니 이것이 두 번째의 죄이고, 제후들이 소문을 듣고 우리 임금님께서 새를 중시하고 사람을 경시한다고 여기도록 하였으니, 이것이 세 번째의 죄이다.」

촉추의 죄에 대한 열거를 끝내고 죽일 것을 청하자, 경공이 말했다.

「죽이지 마시오! (그대의) 뜻을 따르겠소.」

해설

제경공(齊景公)은 촉추(燭鄒)가 새를 관리하지 못하고 날려 보냈다는 것만으로 촉추를 죽이려 했다. 이에 안자(晏子)는 겉으로 보기에 마치 왕의 편을 들어 죄인을 문책하듯 교묘한 방법으로 촉추의 세 가지 죄를 열거하면서, 은연중 경공으로 하여금 자신의 이해관계를 깨달아 마음을 돌릴 수 있도록 유도했다. 왜냐하면 경공의 면전에서 강력하게 간할 경우 오히려 역효과를 낼 수 있기 때문이었다.

이 우언은 남에게 과오를 시정하도록 권할 경우, 직설적으로 강력하게 간하는 방법보다 상대방이 깨달아 긍정적으로 받아들일 수 있도록 완곡하고 교훈적인 방법을 채택하는 것이 중요하다는 이치를 설명한 것이다.

011 대붕여초명(大鵬與焦冥)

《晏子春秋 · 外篇不合經術者》

원문 및 주석

大鵬與焦冥[1]

景公問晏子曰 : 「天下有極大物乎?」[2] 晏子對曰 : 「有。北溟有鵬, 足游浮雲, 背凌蒼天, 尾偃天間, 躍啄北海, 頸尾咳于天地, 然而瀏

....

1 大鵬與焦冥 → 대붕(大鵬)과 초명(焦冥)

【大鵬(대붕)】: 전설 속의 큰 새. ※《장자(莊子) · 소요유(逍遙遊)》: 「북해에 물고기가 있는데, 그 이름을 곤이라 한다. 곤의 길이는 몇 천 리가 되는지 모른다. 그것이 변하여 새가 되면, 그 이름을 붕이라 한다. 붕의 등은, 몇 천 리가 되는지 알 수가 없는데; 한 번 떨치고 날아오르면, 그 날개가 마치 하늘에 드리운 구름과도 같다.(北冥有魚, 其名爲鯤。鯤之大, 不知其幾千里也。化而爲鳥, 其名爲鵬。鵬之背, 不知其幾千里也; 怒而飛, 其翼若垂天之雲。)」

【焦冥(초명)】: 일명 초명(鷦螟), 또는 초명(蟭螟)이라고도 한다. 지극히 미세한 벌레로 모기의 속눈썹에 둥지를 튼다.

2 景公問晏子曰 : 「天下有極大物乎?」 → 제경공(齊景公)이 안자(晏子)에게 물었다 : 「천하에 지극히 큰 물건이 있소?」

【景公(경공)】: 제경공(齊景公). 춘추시대 제(齊)나라의 군주로 58년간(B.C. 547-B.C. 490) 재위했다.

【晏子(안자)】: [인명] 안영(晏嬰). 시호는 평(平), 자는 중(仲)이며, 역사에서는 안평중(晏平仲)이라 칭한다. 제(齊)나라의 대부로 영공(靈公) · 장공(莊公) · 경공(景公) 삼대에 걸쳐 재상을 지냈으며, 유능하고 근면 검소한 인품으로 세상에 널리 알려졌는데, 후인들이 그의 행적과 간언(諫言)을 모아 《안자춘추(晏子春秋)》를 펴냈다.

漻乎不知六翮之所在。」[3] 公曰：「天下有極細者乎?」[4] 晏子對曰：「有。東海有蟲, 巢于蟁睫, 再乳再飛, 而蟁不爲驚。臣嬰不知其名, 而東海漁者命曰焦冥。」[5]

3 晏子對曰 : 「有。北溟有鵬, 足游浮雲, 背凌蒼天, 尾偃天閒, 躍啄北海, 頸尾咳于大地, 然而漻漻乎不知六翮之所在。」 → 안자가 대답했다 : 「있습니다. 북해(北海)에 붕(鵬)이라는 큰 새가 있는데, 다리는 구름 속에서 노닐고, 등은 푸른 하늘 위로 솟아 있으며, 꼬리는 하늘에 길게 가로 놓여 있습니다. 북해를 뛰어올라 먹이를 쪼아 먹을 때면, 목과 꼬리가 천지에 가득합니다. 그러나 날개는 한없이 넓어 끝이 어디에 있는지 알 수가 없습니다.」
【北溟(북명)】: 북해(北海).
【浮雲(부운)】: 뜬구름.
【背(배)】: 등.
【凌(릉)】: 높이 솟다.
【偃(언)】: 옆으로 눕다, 길게 가로 놓이다.
【天閒(천간)】: 하늘. 〖閒〗: 間(간).
【躍啄(약탁)】: 뛰어올라 먹이를 쪼다.
【頸尾(경미)】: 목과 꼬리.
【咳(해)】: 該(해), 충만하다, 가득 차다.
【然而(연이)】: 그러나.
【漻漻乎(요요호)】: 한없이 넓은 모양.
【六翮(육핵)】: 여섯 개의 깃촉. 즉 「날개」를 가리킨다.
【所在(소재)】: 소재지, 있는 곳.

4 公曰 : 「天下有極細者乎?」 → 경공이 또 물었다. : 「천하에 지극히 작은 것이 있소?」
【極細者(극세자)】: 지극히 미세한 것, 지극히 작은 것.

5 晏子對曰 : 「有。東海有蟲, 巢于蟁睫, 再乳再飛, 而蟁不爲驚。臣嬰不知其名, 而東海漁者命曰焦冥。」 → 안자가 대답했다. : 「있습니다. 동해(東海)에 벌레가 있는데, 모기의 속눈썹에 둥지를 틀고, 번식하여 날아가기를 반복하지만, 모기는 이를 전혀 느끼지 못합니다. 저는 그 이름을 모르는데, 동해의 어부들은 이를 초명(焦冥)이라고 부릅니다.」
【巢于(소우)…】: …에 둥지를 틀다.
【蟁(문)】: 蚊(문), 모기.
【睫(첩)】: 속눈썹.
【再乳再飛(재유재비)】: 번식하여 날아가는 것을 반복하다. 〖乳〗: 번식하다.
【不爲驚(불위경)】: 놀라지 않다. 여기서는 「느끼지 못하다」의 뜻.

번역문

대붕(大鵬)과 초명(焦冥)

제경공(齊景公)이 안자(晏子)에게 물었다.

「천하에 지극히 큰 물건이 있소?」

안자가 대답했다.

「있습니다. 북해(北海)에 붕(鵬)이라는 큰 새가 있는데 다리는 구름 속에서 노닐고, 등은 푸른 하늘 위로 솟아 있으며, 꼬리는 하늘에 길게 가로 놓여 있습니다. 북해를 뛰어올라 먹이를 쪼아 먹을 때면 목과 꼬리가 천지에 가득합니다. 그러나 날개는 한없이 넓어 끝이 어디에 있는지 알 수가 없습니다.」

경공이 또 물었다.

「천하에 지극히 작은 것이 있소?」

안자가 대답했다.

「있습니다. 동해(東海)에 벌레가 있는데 모기의 속눈썹에 둥지를 틀고 번식하여 날아가기를 반복하지만 모기는 이를 전혀 느끼지 못합니다. 저는 그 이름을 모르는데 동해의 어부들은 이를 초명(焦冥)이라고 부릅니다.」

해설

제경공(齊景公)이 안자(晏子)에게 천하에 지극히 큰 것과 지극히 작은 것이 존재하는가를 묻자, 안자는 대붕(大鵬)과 초명(焦冥)을 들어 설명했다.

이 우언은 지극히 크고, 지극히 작은 것들이 모두 객관적으로 세상에 병존하고 있기 때문에 우리가 알던 모르던 그에 대한 인식이 필요하다는 것을 설명한 것이다.

《좌전左傳》 우언

《좌전(左傳)》은 《춘추좌씨전(春秋左氏傳)》의 약칭이며, 원명은 《좌씨춘추(左氏春秋)》로 《공양전(公羊傳)》 《곡량전(穀梁傳)》과 더불어 춘추삼전(春秋三傳)의 하나이다. 《좌전》은 노(魯)나라 은공(隱公) 원년(B.C. 722)으로부터 애공(哀公) 27년(B.C. 468)까지, 즉 춘추시대로부터 전국초기에 이르기까지 255년간의 역사를 노(魯)나라를 중심으로 편년체로 기록한 중국 최초의 역사책이다. 내용은 노나라뿐만 아니라 주왕조(周王朝)와 주요 제후국들의 흥망성쇠를 비롯하여 정치 · 경제 · 군사 · 문화 등 여러 방면에 있어서 중대한 사건들을 상세하게 기록했다. 복잡한 사건들을 세련된 언어로 명료하게 기록했을 뿐만 아니라 사건 · 인물에 대한 묘사가 생동적이어서 문학적으로도 매우 우수한 작품이라 평가받고 있다.

《좌전》의 작자에 관해서는 좌구명(左丘明)이라 전해지고 있으나 설이 분분하며, 좌구명의 생애 사적 또한 춘추시대 노(魯)나라의 태사(太史)라는 것 말고는 밝혀진 것이 없다.

《좌전》은 한대(漢代) 이후 매우 성행하여 역대로 주석 작업이 활발하게 이루어져 왔는데, 중요한 주석서로는 한(漢) 복건주(服虔注), 한(漢) 가규주(賈逵注), 진(晉) 두예집해(杜預集解), 당(唐) 공영달소(孔穎達疏), 송(宋) 임요수구해(林堯叟句解), 청(淸) 고염무(顧炎武)의 《좌전보정(左傳補正)》, 요내(姚鼐)의 《좌전보주(左傳補注)》, 유문기(劉文淇)의 《좌전구소고증(左傳舊疏考證)》 등이 있다.

012 벌진환진(伐陳還陳)

《左傳 · 宣公十一年》

원문 및 주석

伐陳還陳[1]

冬, 楚子爲陳夏氏亂故, 伐陳。[2] 謂陳人無動, 將討於少西氏。[3] 遂

1 伐陳還陳 → 진(陳)나라를 정벌하여 진(陳)나라에 돌려주다
【伐(벌)】: 정벌하다.
【陳(진)】: [국명] 지금의 하남성 회양현(淮陽縣)에 있던 주대(周代)의 제후국.
【還(환)】: 돌려주다.

2 冬, 楚子爲陳夏氏亂故, 伐陳。→ 노선공(魯宣公) 11년 겨울, 초장왕(楚莊王)이 진(陳)나라 하징서(夏徵舒)의 반란을 이유로, 진(陳)나라를 정벌했다.
【冬(동)】: 여기서는 「노선공(魯宣公) 11년 겨울」을 가리킨다.
【楚子(초자)】: 초(楚)나라의 군주. 여기서는 「초장왕(楚莊王)」을 가리킨다. 〖楚〗: 지금의 호남성 · 호북성과 강서성 · 절강성 및 하남성 남부에 걸쳐 있던 주대(周代)의 제후국.
【爲(위)…故(고)】: …을 이유로.
【夏氏亂(하씨난)】: 하씨의 난. 진(陳)나라 사람 하징서(夏徵舒)는 진영공(陳靈公) 및 대부 공녕(孔寧) · 의행보(儀行父)가 자기 어머니와 사통했기 때문에 선공(宣公) 10년에 난을 일으켜 진영공을 살해하고 스스로 진나라의 군주가 되었다.

3 謂陳人無動, 將討於少西氏。→ 진나라 사람들에게는 장차 소서씨(少西氏)를 토벌하려는 것이니 동요하지 말라고 일렀다.
【謂(위)】: 이르다, 알리다.
【動(동)】: 놀라다, 동요하다.
【將(장)】: 장차 …하려고 하다, 장차 …할 것이다.
【討(토)】: 토벌하다.
【少西氏(소서씨)】: 소서씨. 하징서의 조부 이름이 소서(少西)이기 때문에, 하씨 집안을 소서씨(少西氏)라 불렀다.

入陳, 殺夏徵舒, 轘諸栗門, 因縣陳, 陳侯在晉。[4] 申叔時使於齊, 反, 復命而退。[5] 王使讓之曰 :「夏徵舒爲不道, 弑其君, 寡人以諸侯討而戮之, 諸侯、縣公皆慶寡人, 女獨不慶寡人, 何故?」 對曰 :「猶可辭乎?」[6] 王曰 :「可哉!」 曰 :「夏徵舒弑其君, 其罪大矣, 討而戮之,

....

4 遂入陳, 殺夏徵舒, 轘諸栗門, 因縣陳, 陳侯在晉。→ 그리하여 진나라에 쳐들어가, 하징서를 죽여, 이를 율문(栗門)에서 거열(車裂)하고, 이 기회를 틈타 진나라를 초(楚)나라의 현(縣)으로 삼았다.

【遂(수)】: 그리하여.

【轘(환)】: [형벌] 거열(車裂). 옛날 형벌의 하나로, 사람의 사지(四肢)를 각각 다른 수레에 묶고 그 수레를 반대 방향으로 끌어서 찢어 죽이는 형벌.

【諸(제)】: 之於(지어)의 합음.

【栗門(율문)】: 진(陳)나라의 성문 이름.

【因(인)】: (기회를) 틈타다.

【縣(현)】: [동사] 현(縣)으로 삼다.

【陳侯(진후)】: 여기서는 진영공(陳靈公)의 태자[이름은 오(午), 후의 진성공(陳成公)]를 가리킨다.

【晉(진)】: [국명] 지금의 산서성 일대에 있던 주대(周代)의 제후국. B.C. 375년 조씨(趙氏)·한씨(韓氏)·위씨(魏氏)가 진(晉)의 영토를 삼분하여 각기 조(趙)·한(韓)·위(魏) 세 나라로 독립했다.

5 申叔時使於齊, 反, 復命而退。→ 초나라의 대부 신숙시(申叔時)가 제(齊)나라에 사절로 나갔다가, 돌아와, 복명하고 나서 (말없이) 곧장 물러나왔다.

【申叔時(신숙시)】: [인명] 초(楚)나라의 대부.

【於(어)】: [장소를 나타내는 개사] …에.

【使(사)】: 출사하다, 사절로 나아가다.

【齊(제)】: [국명] 지금의 산동성 북부와 하북성 남부에 걸쳐 있던 주대(周代)의 제후국.

【反(반)】: 返(반), 돌아오다.

【復命(복명)】: 복명하다, 명령을 집행하고 그 결과를 보고하다.

【退(퇴)】: 물러나오다.

6 王使讓之曰 :「夏徵舒爲不道, 弑其君, 寡人以諸侯討而戮之, 諸侯、縣公皆慶寡人, 女獨不慶寡人, 何故?」 對曰 :「猶可辭乎?」→ (이에) 초장왕이 사람을 보내 그를 꾸짖어 말했다 :「하징서가 부도덕한 일을 자행하고, 자기의 임금을 죽여, 과인이 제후들을 이끌고 그를 토벌하여 죽였소. 제후와 현공들이 모두 과인을 치하했는데, 당신 혼자서 과인을 치하하지 않은 것은 무슨 까닭이오?」 신숙시가 대답했다 :「해명해도 되겠습니까?」

【王(왕)】: 여기서는 초장왕(楚莊王)을 가리킨다.

【使(사)】: 보내다, 파견하다.

君之義也。[7] 抑人亦有言曰：『牽牛以蹊人之田, 而奪之牛。』牽牛以蹊者, 信有罪矣; 而奪之牛, 罰已重矣。[8] 諸侯之從也, 曰討有罪也。今縣陳, 貪其富也。以討召諸侯, 而以貪歸之, 無乃不可乎?」[9] 王曰

【讓(양)】: 꾸짖다, 나무라다.
【爲不道(위부도)】: 부도덕한 일을 행하다.
【弑(시)】: 죽이다, 시해하다.
【寡人(과인)】: 과덕지인(寡德之人)이란 뜻으로 임금이 자신을 낮추어 부르는 호칭.
【以(이)】: …로써, …을 가지고. 여기서는「인솔하다, 거느리다.」의 뜻.
【討(토)】: 토벌하다.
【戮(육)】: 죽이다.
【縣公(현공)】: 춘추시대 초(楚)나라 현대부(縣大夫)의 존칭.
【慶(경)】: 경하하다, 치하하다.
【女(여)】: 汝(여), 너, 당신.
【獨(독)】: 유독, 혼자, 홀로.
【何故(하고)】: 무슨 까닭, 무엇 때문.
【可(가)】: …할 수 있다, …해도 된다.
【辭(사)】: 해명하다, 설명하다.

7 王曰:「可哉!」曰:「夏徵舒弑其君, 其罪大矣, 討而戮之, 君之義也。→ 초장왕이 말했다:「해보시오!」신숙시가 말했다:「하징서가 자기의 임금을 죽였으니, 그 죄가 크고, 하징서를 토벌하여 죽인 것은, 군왕의 정의(正義)입니다.

8 抑人亦有言曰:『牽牛以蹊人之田, 而奪之牛。』牽牛以蹊者, 信有罪矣; 而奪之牛, 罰已重矣。→ 그러나 사람들 사이에는 또:『소를 끌고 남의 밭을 밟고 지나가면, 그 소를 빼앗는다.』라고 하는 말이 있습니다. 소를 끌고 남의 밭을 밟고 지나간 것은, 확실히 죄가 되지만; 그 소를 빼앗은 것은, 징벌이 너무 무겁습니다.
【牽(견)】: 끌다.
【以(이)】: [연사] 而(이).
【蹊(혜)】: 밟고 지나가다.
【之(지)】: [지시대명사] 그.
【信(신)】: 확실히.
【已(이)】: 극히, 매우, 심히.

9 諸侯之從也, 曰討有罪也。今縣陳, 貪其富也。以討召諸侯, 而以貪歸之, 無乃不可乎?」→ 제후들이 (군왕을) 따른 것은, 죄지은 사람을 토벌한 것이라고 말합니다. (그런데) 지금 진나라를 (초나라의) 현(縣)으로 삼은 것은, 진나라의 재부(財富)를 탐한 것입니다. 토벌한다는 명분으로 제후들을 소집하고, 탐욕으로 끝을 맺는다면, 안 되는 것 아닙니까?」
【從(종)】: 좇다, 따르다.
【其(기)】: [대명사] 그, 즉 진(陳)나라.

:「善哉! 吾未之聞也。反之, 可乎?」對曰:「可哉! 吾儕小人, 所謂『取諸其懷而與之』也。」[10]

번역문

진(陳)나라를 정벌하여 진(陳)나라에 돌려주다

노선공(魯宣公) 11년 겨울, 초장왕(楚莊王)이 진(陳)나라 하징서(夏徵舒)의 반란을 이유로 진(陳)나라를 정벌했다. 진나라 사람들에게는 장차 소서씨(少西氏)를 토벌하려는 것이니 동요하지 말라고 일렀다. 그리하여 진나라에 쳐들어가 하징서를 죽여 이를 율문(栗門)에서 거열(車裂)하고, 이 기회를 틈타 진나라를 초(楚)나라의 현(縣)으로 삼았다.

초나라의 대부 신숙시(申叔時)가 제(齊)나라에 사절로 나갔다가 돌아와 복명하고 나서 (말없이) 곧장 물러나왔다. (이에) 초장왕이 사람을 보내 그를 꾸짖어 말했다.

「하징서가 부도덕한 일을 자행하고 자기의 임금을 죽여 과인이 제후들을 이끌고 그를 토벌하여 죽였소. 제후와 현공들이 모두 과인을 치하했는

....

【召(소)】: 소집하다, 부르다.
【歸之(귀지)】: …으로 귀착하다. 즉 「끝을 맺다, 결말짓다」의 뜻.
【無乃(무내)…乎(호)】: …이 아니겠는가? 아마도 …일 것이다.

10 王曰:「善哉! 吾未之聞也。反之, 可乎?」對曰:「可哉! 吾儕小人所謂『取諸其懷而與之』也。」→ 초장왕이 말했다:「좋소! 나는 아직 그런 말을 들어보지 못했소. 그 땅을 돌려주면, 되겠소?」신숙시가 대답했다:「됩니다! 이는 우리 소인배들이 말하는 『남의 품속에서 꺼내온 것을 다시 남에게 돌려준다.』라는 것입니다.」
【反(반)】: 돌려주다.
【吾儕(오제)】: 저 같은, 우리 같은. 〖儕〗: 輩(배).
【諸(제)】: 之於(지어)의 합음.
【懷(회)】: 품, 품속.
【與(여)】: 주다.

데, 당신 혼자서 과인을 치하하지 않은 것은 무슨 까닭이오?」

신숙시가 대답했다.

「해명해도 되겠습니까?」

초장왕이 말했다.

「해보시오!」

신숙시가 말했다.

「하징서가 자기의 임금을 죽였으니 그 죄가 크고, 하징서를 토벌하여 죽인 것은 군왕의 정의(正義)입니다. 그러나 사람들 사이에는 또 『소를 끌고 남의 밭을 밟고 지나가면 그 소를 빼앗는다.』라고 하는 말이 있습니다. 소를 끌고 남의 밭을 밟고 지나간 것은 확실히 죄가 되지만, 그 소를 빼앗은 것은 징벌이 너무 무겁습니다. 제후들이 (군왕을) 따른 것은 죄지은 사람을 토벌한 것이라고 말합니다. (그런데) 지금 진나라를 (초나라의) 현(縣)으로 삼은 것은 진나라의 재부(財富)를 탐한 것입니다. 토벌한다는 명분으로 제후들을 소집하고 탐욕으로 끝을 맺는다면 안 되는 것 아닙니까?」

초장왕이 말했다.

「좋소! 나는 아직 그런 말을 들어보지 못했소. 그 땅을 돌려주면 되겠소?」

신숙시가 대답했다.

「됩니다! 이는 우리 소인배들이 말하는 『남의 품속에서 꺼내온 것을 다시 남에게 돌려준다.』라는 것입니다.」

해설

초장왕(楚莊王)이 진(陳)나라 하징서(夏徵舒)의 부도덕한 행위를 처벌한다는 명분으로 진나라를 정벌하고 나서 진나라를 자기의 영토로 삼았다. 이에 신숙시(申叔時)가 「견우혜전(牽牛蹊田 : 소를 끌고 남의 밭을 밟고 지나가다)」의 고사를 인용하여 초장왕의 옳지 못한 생각을 되돌리게 했다.

이 우언은 애당초 명분이 좋아도 정도(正道)를 지키지 않거나 사사로운 마음이 개입되면 착오를 범하게 된다는 사실을 통해, 무슨 일을 처리하든 간에 이치에 합당해야 한다는 것을 지적한 것이다.

013 웅계단미(雄鷄斷尾)

《左傳 · 昭公二十二年》

원문 및 주석

雄鷄斷尾[1]

賓孟適郊, 見雄雞自斷其尾。問之, 侍者曰 :「自憚其犧也。」[2] 遽歸告王, 且曰 :「雞其憚爲人用乎? 人異於是。犧者, 實用人, 人犧實難, 已犧何害?」王弗應。[3]

1 雄鷄斷尾 → 수탉이 자신의 꼬리를 자르다
【雄鷄(웅계)】: 수탉.

2 賓孟適郊, 見雄雞自斷其尾。問之, 侍者曰 :「自憚其犧也。」→ 어느 날 빈맹(賓孟)이 교외에 나가, 수탉이 스스로 자신의 꼬리를 자르는 것을 보았다. (빈맹이) 그 이유를 물으니, 시종(侍從)이 말했다 :「(수탉은) 자신이 희생(犧牲)이 되는 것을 두려워하는 것입니다.」
【賓孟(빈맹)】: [인명] 빈기(賓起). 주경왕(周景王)의 총신이자, 경왕이 총애하는 아들 자조(子朝)의 스승.
【適(적)】: 往(왕), 가다.
【郊(교)】: 교외.
【侍者(시자)】: 시종. 곁에서 시중을 드는 사람.
【憚(탄)】: 두려워하다, 겁내다.
【犧(희)】: 희생. 제사 때 제물로 바치는 짐승. 여기서는 동사용법으로「희생이 되다」의 뜻.

3 遽歸告王, 且曰 :「雞其憚爲人用乎? 人異於是。犧者, 實用人, 人犧實難, 已犧何害?」王弗應。→ (빈맹이) 급히 돌아와 경왕(景王)에게 보고하고 나서, 또 말했다 :「닭은 아마도 사람에게 쓰이는 것을 두려워하나 보지요? 사람은 이와 다릅니다. 희생이란, 사람에 의해 쓰이는 것이니, 남의 희생이 되는 것은 실로 어렵지만, 자신의 희생이 되는 것은 무슨 해가 되겠습니까?」경왕이 응답하지 않았다.

번역문

수탉이 자신의 꼬리를 자르다

어느 날 빈맹(賓孟)이 교외에 나가 수탉이 스스로 자신의 꼬리를 자르는 것을 보았다. (빈맹이) 그 이유를 물으니 시종(侍從)이 말했다.

「(수탉은) 자신이 희생(犧牲)이 되는 것을 두려워하는 것입니다.」

(빈맹이) 급히 돌아와 경왕(景王)에게 보고하고 나서, 또 말했다.

「닭은 아마도 사람에게 쓰이는 것을 두려워하나 보지요? 사람은 이와 다릅니다. 희생이란 사람에 의해 쓰이는 것이니, 남의 희생이 되는 것은 실로 어렵지만 자신의 희생이 되는 것은 무슨 해가 되겠습니까?」

경왕이 응답하지 않았다.

해설

주경왕(周景王)의 태자가 죽자 왕자들 모두가 서로 왕위를 계승하려고 했다. 경왕은 왕자들 가운데 자조(子朝)를 총애하여 태자로 옹립하려 했으나 결단력이 부족했다. 경왕의 총신 빈맹(賓孟)은 태자의 옹립 문제로 파벌 간의 투쟁이 격렬해지자 「웅계단미(雄鷄斷尾)」고사를 인용하여 경왕에게 조속히 결단을 내리도록 권했다.

【遽(거)】: 바로, 즉시.
【王(왕)】: 여기서는 「주경왕(周景王)」을 가리킨다.
【其(기)】: 아마도.
【爲人用(위인용)】: 사람에 의해 쓰이다.
【實用人(실용인)】: 남에게 쓰이다.
【人犧(인희)】: [동사용법] 남의 희생이 되다.
【己犧(기희)】: [동사용법] 자신의 희생이 되다.
【何害(하해)】: 무슨 해로움이 있는가?
【弗(불)】: 不(불).

이 우언은 결단을 내려야할 때 과감히 결단을 내리지 못하면 혼란을 초래하게 되고, 결단을 내려야할 때 과감히 결단을 내리면 전체를 위해 일부가 희생되더라도 재난을 면할 수 있음을 비유한 것이다.

《손자孫子》 우언

손자(孫子 : B.C.?-?)는 이름이 무(武)이며, 춘추시대 말기의 걸출한 군사 전략가이다. 그는 본래 제(齊)나라 사람이었으나 병법을 가지고 오왕(吳王) 합려(闔閭)를 접견한 후 중용되어 오(吳)나라 장수로 활약했다. B.C. 506년에는 오원(伍員)과 함께 군사를 이끌고 강대국인 초(楚)나라의 도읍을 공략하여 중원의 제후들에 대해 오나라의 위세를 떨치게 했다.

그의 저서 《손자(孫子)》는 중국 최초의 병법서로서 일명 《손자병법(孫子兵法)》이라고도 하는데, 춘추말기와 그 이전의 작전 경험을 토대로 전쟁의 중요한 규율을 게시함으로써 후세에 군사 전략에 지대한 영향을 끼쳤다. 본래 《한서(漢書) · 예문지(藝文志)》에는 82편이라 했으나 지금은 13편이 전하며, 조조(曹操) · 두우(杜佑) · 매요신(梅堯臣) 등의 주석서가 있다.

014 동주공제(同舟共濟)

《孫子 · 九地》

원문 및 주석

同舟共濟[1]

夫吳人與越人相惡也, 當其同舟而濟, 遇風, 其相救也, 如左右手。[2]

1 同舟共濟 → 한배를 타고 함께 강을 건너다
【濟(제)】: (물을) 건너다.

2 夫吳人與越人相惡也, 當其同舟而濟, 遇風, 其相救也, 如左右手。→ 대저 오(吳)나라와 월(越)나라는 서로 앙숙지간이지만, 그들이 같은 배를 타고 함께 강을 건널 때, 바람을 만나자, 서로 구조하는 모습이, 마치 왼손과 오른손 같았다.
【夫(부)】: [발어사] 대저, 무릇.
【吳(오)】: [국명] 지금의 강소성 남부와 절강성 북부 일대에 있던 춘추시대의 제후국. 후에 회하(淮河) 유역까지 영토를 확장했으나, B.C. 473년 월(越)나라에 멸망했다.
【越(월)】: [국명] 지금의 절강성 동쪽에 있던 춘추시대의 제후국. 후에 강소성과 산동성 일대까지 영토를 확장했다.
【相惡(상오)】: 서로 앙숙이다, 서로 증오하다.
【當(당)】: …할 때.
【遇(우)】: 만나다.
【相救(상구)】: 서로 구조하다.
【如(여)】: 마치 …같다.

번역문

한배를 타고 함께 강을 건너다

대저 오(吳)나라와 월(越)나라는 서로 앙숙지간이지만, 그들이 같은 배를 타고 함께 강을 건널 때 바람을 만나자, 서로 구조하는 모습이 마치 왼손과 오른손 같았다.

해설

중국 역사에서 오(吳)나라와 월(越)나라는 서로 양립할 수 없는 원수지간이다. 그러나 큰 재난을 만나 서로의 생명에 위험이 닥치자, 일단 원한을 접어두고 서로 구조하기 위해 온힘을 쏟았다. 만일 이러한 상황에서 여전히 서로 적대할 경우 모두가 공멸한다는 것은 자명한 이치이다.

이 우언은 비록 원수지간이라 해도 함께 불리한 상황에 처하게 되면 서로 적대시하여 공멸하는 것보다는 협조하여 난관을 극복하는 것이 피차 유리하다는 이치를 설명한 것이다.

《복자宓子》 우언

복부제(宓不齊 : B.C. 521 - ?)는 자가 자천(子賤)이며, 춘추시대 노(魯)나라 사람이다. 공자(孔子)의 제자로 일찍이 선보현(單父縣)의 현령을 지냈다.

《복자(宓子)》는 복부제가 지었다고 전하는데, 이미 망실되어 전하지 않고 그 일문(佚文) 일부가 청(淸) 마국한(馬國翰)의 《옥함산방집일서(玉函山房輯佚書)》에 보인다.

015 양교여방(陽橋與魴)

《宓子 · 佚文》

원문 및 주석

陽橋與魴[1]

宓子賤爲單父宰, 過於陽晝曰 : 「子亦有以送僕乎?」[2] 陽晝曰 : 「吾少也賤, 不知治民之術。有釣道二焉, 請以送子。」[3] 子賤曰 : 「釣

1 陽橋與魴 → 양교(陽橋)와 방어(魴魚)
【陽橋(양교)】: [물고기 이름].
【魴(방)】: [물고기 이름] 방어.

2 宓子賤爲單父宰, 過於陽晝曰 : 「子亦有以送僕乎?」 → 복자천(宓子賤)이 선부(單父)의 현령이 되어, (부임하는 길에) 양주(陽晝)의 집을 지나면서 양주에게 물었다 : 「당신도 나에게 무엇을 선물할 수 있습니까?」
【子賤(자천)】: 복자(宓子)의 자.
【單父(선부)】: [지명] 옛 현(縣)이름. 지금의 산동성 선현(單縣). ※ 일설에는 춘추시대 노(魯)나라의 읍(邑) 이름이라 했다.
【宰(재)】: 지방 장관. 여기서는 「현령(縣令)」을 가리킨다.
【過於(과어)…】: …을(를) 지나다.
【陽晝(양주)】: [인명] 복자(宓子)의 친구로 보인다.
【子(자)】: 당신, 그대.
【亦(역)】: …도, 또한.
【有以(유이)…乎(호)?】: …할 수가 있는가? …할 방법이 있는가?
【送(송)】: 주다, 선물하다.
【僕(복)】: 저. ※ 상대방에게 자신을 낮추어 부르는 호칭.

3 陽晝曰 : 「吾少也賤, 不知治民之術。有釣道二焉, 請以送子。」 → 양주가 말했다 : 「나는 어려서부터 비천하여, 백성을 다스리는 방법을 모릅니다. 다만 낚시하는 방법 두 가지가 있는

道奈何?」[4] 陽晝曰:「夫扱綸錯餌, 迎而吸之者, 陽橋也, 其爲魚薄而不美;[5] 若存若亡, 若食若不食者, 魴也, 其爲魚博而厚味。」子賤曰:「善!」[6] 未至單父, 冠蓋迎之者交接於道。子賤曰:「車驅之, 車驅之! 夫陽晝之所謂陽橋者至矣。」[7] 於是至單父, 請其耆老尊賢者,

....

데, 그것을 당신에게 드리고자 합니다.」

【賤(천)】: 비천하다, 신분이 낮다.

【術(술)】: 방법.

【釣道(조도)】: 물고기를 낚는 방법, 낚시 방법.

【以(이)】: …을.

4 子賤曰:「釣道奈何?」→ 복자천이 말했다:「낚시 방법은 어떻게 하는 것입니까?」

【奈何(내하)】: 어찌하다, 어떻게 하다.

5 陽晝曰:「夫扱綸錯餌, 迎而吸之者, 陽橋也, 其爲魚薄而不美; → 양주가 말했다:「낚싯대를 들어 올려 낚싯밥을 던졌을 때, 바로 먹이를 맞아 낚아채는 놈이, 양교인데, 그 물고기는 육질이 얇고 맛이 좋지 않으며;

【夫(부)】: [발어사] 대저, 무릇.

【扱綸錯餌(급륜조이)】: 낚싯줄을 들어 미끼를 놓다. 〖扱〗: 擧(거), 들어 올리다. 〖綸〗: 낚싯줄. 〖錯〗: 措(조), 두다, 놓다. 〖餌〗: 낚싯밥, 미끼, 먹이.

【迎而吸之者(영이흡지자)】: 먹이를 맞아 낚아채는 놈. 〖吸〗: 당기다, 끌어당기다. 즉 「낚아채다」의 뜻.

【爲魚(위어)】: 물고기의 육질.

【薄而不美(박이불미)】: 얇고 맛이 좋지 않다. 〖薄〗: 얇다. 〖不美〗: 맛이 좋지 않다.

6 若存若亡, 若食若不食者, 魴也, 其爲魚博而厚味。」子賤曰:「善!」→ 보일 듯 말듯하고, (미끼를) 무는 듯 마는 듯 하는 놈이, 방어인데, 그 물고기는 육질이 많고 맛이 좋습니다.」 복자천이 말했다:「훌륭합니다.」

【若存若亡(약존약망)】: 마치 있는 듯도 하고 없는 듯도 하다. 즉 「보일 듯 말듯하다.」 〖若〗: 마치 …같다, …하듯 하다.

【若食若不食(약식약불식)】: 마치 먹는 것 같기도 하고 안 먹는 같기도 하다. 즉 미끼를 무는 듯 마는 듯하다.

【博而厚味(박이후미)】: 두텁고 맛이 좋다. 〖博〗: 많다, 풍부하다. 〖厚味〗: 맛이 좋다.

7 未至單父, 冠蓋迎之者交接於道。子賤曰:「車驅之, 車驅之! 夫陽晝之所謂陽橋者至矣。」→ 아직 선부에 이르기도 전에, 그를 마중하는 관리들이 거리에서 줄을 이었다. 복자천이 말했다:「수레를 빨리 몰게, 빨리! 양주가 말한 양교 같은 자들이 왔네.」

【冠蓋(관개)】: 관리들의 의관과 거개(車蓋: 고위 관리들이 타는 수레 위에 비나 볕을 가리기 위해 설치한 휘장), 즉 「관리」를 가리킨다.

而與之共治單父。[8]

번역문

양교(陽橋)와 방어(魴魚)

복자천(宓子賤)이 선부(單父)의 현령이 되어 (부임하는 길에) 양주(陽晝)의 집을 지나면서 양주에게 물었다.

「당신도 나에게 무엇을 선물할 수 있습니까?」

양주가 말했다.

「나는 어려서부터 비천하여 백성을 다스리는 방법을 모릅니다. 다만 낚시하는 방법 두 가지가 있는데, 그것을 당신에게 드리고자 합니다.」

복자천이 말했다.

「낚시 방법은 어떻게 하는 것입니까?」

양주가 말했다.

「낚싯대를 들어 올려 낚싯밥을 던졌을 때 바로 먹이를 맞아 낚아채는 놈이 양교인데, 그 물고기는 육질이 얇고 맛이 좋지 않으며, 보일 듯 말듯하고 (미끼를) 무는 듯 마는 듯 하는 놈이 방어인데, 그 물고기는 육질이 많고 맛이 좋습니다.」

....

【交接(교접)】: 잇닿다, 연접하다, 줄을 잇다.
【夫(부)】: [지시대명사] 그.

8 於是至單父, 請其耆老尊賢者, 而與之共治單父。→ 그리하여 선부에 부임하자, 연로하고 존엄과 재능을 갖춘 사람들을 청하여, 그들과 함께 선부를 다스렸다.
【於是(어시)】: 이에, 그리하여.
【至(지)】: 이르다, 도착하다. 즉 「부임하다」의 뜻.
【耆老尊賢者(기로존현자)】: 연로하고 명망 있는 사람. 〖耆〗: 연로한, 나이가 많은. 〖尊賢〗: 존엄과 재능을 갖추다.
【共治(공치)】: 함께 다스리다.

복자천이 말했다.

「훌륭합니다.」

아직 선부에 이르기도 전에 그를 마중하는 관리들이 거리에서 줄을 이었다.

복자천이 말했다.

「수레를 빨리 몰게 빨리! 양주가 말한 양교 같은 자들이 왔네.」

그리하여 선부에 부임하자 연로하고 존엄과 재능을 갖춘 사람들을 청하여 그들과 함께 선부를 다스렸다.

해설

정치인이 나라를 잘 다스리자면 관리 능력이 뛰어난 인재에게 의존해야 한다. 그러나 그러한 인재를 어떻게 식별하는가? 복자(宓子)는 양주(陽晝)의 낚시 방법을 가지고 그것을 비유했다. 즉, 양교는 낚싯밥을 던지면 바로 먹이를 맞아 낚아채지만 육질이 얇고 맛이 좋지 않으며, 방어는 미끼를 무는 듯 마는 듯하지만 육질이 많고 맛이 좋다. 사람도 이와 마찬가지다. 양교와 같은 사람은 나서기를 좋아하고 권세에 빌붙어 아첨하며 자기의 이익을 꾀하는 데 능하지만 속이 비고 덕망과 재능이 없어 믿고 맡기기에 부적합하다. 반면에 방어와 같은 사람은 나서길 좋아하지 않고 탐욕도 부리지 않지만 덕망과 재능을 겸비하여 믿고 맡길 수가 있다.

이 우언은 진실하지 못하고 무엇을 바라는 사람들이 왕왕 자기의 이익을 추구할 목적으로 열정적인 태도를 보이는데, 이러한 위장전술에 미혹되지 않으려면 반드시 스스로 허실을 변별할 수 있는 능력을 갖추어 현명하게 대처해야 한다는 이치를 설명한 것이다.

《묵자墨子》 우언

묵자(墨子 : 약 B.C. 468-B.C. 376)는 성이 묵(墨), 이름이 적(翟)이며, 행적은 잘 알려져 있지 않다. 《사기(史記)》에는 그에 관한 열전(列傳)이 없고 《사기(史記)·맹자순경열전(孟子荀卿列傳)》의 말미에 「묵적은 송(宋)나라의 대부로, 성을 지키고 적을 방어하는데 능하며 절검(節儉)을 제창했는데, 어떤 사람은 그가 공자(孔子)와 같은 시대라 하고, 어떤 사람은 그가 공자 이후라고 한다.」라는 간략한 기록이 있으며, 이밖에 《신서(新序)》·《시자(尸子)》·《안자춘추(晏子春秋)》·《한비자(韓非子)》·《여씨춘추(呂氏春秋)》·《회남자(淮南子)》·《열자(列子)》·《전국책(戰國策)》·《저궁구사(渚宮舊事)》 및 갈홍(葛洪)의 《신선전(神仙傳)》 등에 묵자에 관한 기록이 일부 전해지고 있다.

묵자는 본래 유가(儒家)의 교육을 받았다. 그러나 귀족통치를 대변하는 유가의 예치(禮治)에 불만을 품고 유가를 떠나 묵가학파(墨家學派)를 창립하여 유가학설의 반대자가 되었다.

묵자의 사상은 그의 후학들이 편찬한 《묵자(墨子)》에 담겨 있다. 《묵자》는 《한서(漢書)·예문지(藝文志)》에 71편이라 기재되어 있으나 현재 전해지고 있는 것은 53편뿐이다. 《묵자》의 내용은 묵자의 언행과 묵자 이후 묵가(墨家)의 저술을 포함하여 다방면에 걸쳐 있는데, 그 가운데 중심이 되는 것은 상현(尙賢)·상동(尙同)·겸애(兼愛)·비공(非攻)·절용(節用)·절장(節葬)·천지(天志)·명귀(明鬼)·비락(非樂)·비명(非命) 등 십론(十論)을 풀이한 23편이다.

016 염사(染絲)

《墨子 · 所染》

원문 및 주석

染絲[1]

子墨子言見染絲者而歎曰：「染於蒼則蒼，染於黃則黃。所入者變，其色亦變。[2] 五入必，而已則爲五色矣。故染不可不不愼也。非獨染絲然也，國亦有染。」[3]

1 染絲 → 실을 염색하다
【染(염)】: 물들이다, 염색하다.

2 子墨子言見染絲者而歎曰：「染於蒼則蒼，染於黃則黃。所入者變，其色亦變。→ 묵자(墨子)가 실을 염색하는 사람을 보고 탄식하며 말했다 :「푸른 물감에 염색을 하면 푸르게 되고, 누런 물감에 염색을 하면 누렇게 된다. 염료가 변하면, 실의 색깔 역시 변한다.
【子墨子(자묵자)】:「子」는 본래 남자에 대한 존칭이나, 옛날에는 스승에게도「子」자를 붙였다. 따라서「자묵자」는 제자의 스승에 대한 호칭으로「스승 묵자」라는 뜻이다.
【蒼(창)】: 앞의「蒼」은 명사로「푸른 염료, 물감」이란 뜻이고, 뒤의「蒼」은 형용사로「푸르게 변하다」의 뜻.
【所入者(소입자)】: 들어가는 것, 즉 사용하는 염료.
【其(기)】: [대명사] 그것, 즉「실」.

3 五入必，而已則爲五色矣。故染不可不愼也。非獨染絲然也，國亦有染。→ 다섯 번 염색을 하면 색깔도 다섯 번 변한다. 그래서 염색은 신중하지 않으면 안 된다. 비단 실을 염색하는 경우만 그런 것이 아니고, 나라에도 역시 염색과 같은 문제가 있다.
【必(필)】: 畢(필), 마치다, 끝내다.
【爲五色(위오색)】: 다섯 색깔이 되다, 즉 색깔이 다섯 번 변하다.
【不可不(불가불)】: …하지 않을 수 없다.

번역문

실을 염색하다

묵자(墨子)가 실을 염색하는 사람을 보고 탄식하며 말했다.

「푸른 물감에 염색을 하면 푸르게 되고, 누런 물감에 염색을 하면 누렇게 된다. 염료가 변하면 실의 색깔 역시 변한다. 다섯 번 염색을 하면 색깔도 다섯 번 변한다. 그래서 염색은 신중하지 않으면 안 된다. 비단 실을 염색하는 경우만 그런 것이 아니고 나라에도 역시 염색과 같은 문제가 있다.」

해설

염색은 염료를 쓰는 대로 색깔이 변한다. 묵자(墨子)는 이러한 현상을 「국역유염(國亦有染 : 나라에도 역시 염색과 같은 문제가 있다)」이란 말로 정치에 비유하고 있다. 즉 「근묵자적, 근묵자흑(近朱者赤, 近墨者黑 : 붉은 인주를 가까이하면 붉게 되고, 먹을 가까이하게 되면 검게 물든다.)」라는 말처럼, 군주가 현인을 가까이 하면 나라가 잘 다스려지고 백성이 편안하지만, 소인을 가까이하면 나라가 위태로워지고 민생이 불안해진다.

이 우언은 객관적인 외부 환경이 인간에게 심각한 영향을 주기 때문에 각별히 유의해야 한다는 점을 비유한 것이다.

....

【愼(신)】: 신중하다, 신중히 하다.
【非獨(비독)】: 비단 …뿐만 아니라.
【然(연)】: 그렇다.

017 합문구도(闔門求盜)

《墨子・尙賢上》

원문 및 주석

闔門求盜[1]

富者有高牆深宮, 牆立旣, 謹上爲鑿一門。[2] 有盜人入, 闔其自入而求之, 盜其無自出。[3] 是其故何也? 則上得要也。[4]

1 闔門求盜 → 문을 닫고 도둑을 잡다
【闔(합)】: 닫다.
【求(구)】: 수색하다, 잡다.

2 富者有高牆深宮, 牆立旣, 謹上爲鑿一門。→ 어느 부자가 높은 담장에 깊숙한 집을 지니고 사는데, 담장을 쌓고 나서, 그 위에 작은 문 하나만을 냈다.
【高牆(고장)】: 높은 담장.
【深宮(심궁)】: 깊숙한 가옥.
【立(입)】: 세우다, 설치하다, 만들다.
【旣(기)】: [동사용법] 이미 끝내다.
【謹(근)】: 僅(근), 다만.
【鑿(착)】: 뚫다. 여기서는 「내다, 만들다」의 뜻.

3 有盜人入, 闔其自入而求之, 盜其無自出。→ 도둑이 들어온 후, 도둑이 들어온 문을 닫고 수색하니, 그 도둑은 나갈 곳이 없었다.
【闔其自入(합기자입)】: 도둑이 들어온 문을 닫다.

4 是其故何也? 則上得要也。→ 이는 무슨 까닭인가? 바로 요점을 잘 간파했기 때문이다.
【是(시)】: 이, 이것.
【上得(상득)】: 잘 간파하다.
【要(요)】: 요점, 관건.

번역문

문을 닫고 도둑을 잡다

어느 부자가 높은 담장에 깊숙한 집을 지니고 사는데, 담장을 쌓고 나서 그 위에 작은 문 하나만을 냈다. 도둑이 들어온 후 도둑이 들어온 문을 닫고 수색하니 그 도둑은 나갈 곳이 없었다. 이는 무슨 까닭인가? 바로 요점을 잘 간파했기 때문이다.

해설

도둑이 드는 것을 염려한 부자는 건축의 설계와 시공을 오직 도둑을 막고 침입한 도둑을 잡는 것에 초점을 맞추어 담장을 높이 쌓고 그 위에 작은 문 하나만을 내어 침입한 도둑을 속수무책으로 만들었다.

이 우언은 어떤 일을 막론하고 일의 관건을 정확히 포착해야 문제를 바로 해결할 수 있다는 이치를 설명한 것이다.

018 초왕호세요(楚王好細要)

《墨子 · 兼愛中》

원문 및 주석

楚王好細要[1]

昔者楚靈王好士細要, 故靈王之臣皆以一飯爲節, 脇息然後帶, 扶牆然後起。比期年, 朝有黧黑之色。[2] 是其故何也? 君說之, 故臣

1 楚王好細要 → 초(楚)나라 왕이 가느다란 허리를 좋아하다
【楚王(초왕)】: 초나라의 군주. 여기서는 「초영왕(楚靈王)」을 가리킨다. 〖楚〗: 지금의 호남성 · 호북성과 강서성 · 절강성 및 하남성 남부에 걸쳐 있던 주대(周代)의 제후국.
【好(호)】: [동사] 좋아하다.
【細要(세요)】: 가느다란 허리. 〖要〗: 腰(요), 허리.

2 昔者楚靈王好士細要, 故靈王之臣皆以一飯爲節, 脇息然後帶, 扶牆然後起。比期年, 朝有黧黑之色。→ 옛날에 초(楚)나라 영왕(靈王)은 허리가 가느다란 사람을 좋아했다. 그래서 영왕의 신하들은 모두 하루에 한 끼로 절제하고, (숨을 내쉬고) 호흡을 멈춘 다음에 허리띠를 매는가하면, 담장에 의지한 다음에 천천히 일어났다. 일 년이 지나자, 조정의 관리들은 모두 얼굴이 검고 수척한 기색을 띄었다.
【士(사)】: 사람에 대한 범칭.
【以(이)…爲(위)…】: …로써 …하다.
【節(절)】: 절제하다.
【脇息(협식)】: 호흡을 멈추다.
【帶(대)】: [동사용법] 허리띠를 매다.
【扶(부)】: 기대다, 짚다, 의지하다.
【比(비)】: 及(급), 되다, 이르다.
【朝(조)】: 조정. 여기서는 「조정의 관리」를 가리킨다.
【期年(기년)】: 일 년, 일주년.

能之也。[3]

번역문

초(楚)나라 왕이 가느다란 허리를 좋아하다

옛날에 초(楚)나라 영왕(靈王)은 허리가 가느다란 사람을 좋아했다. 그래서 영왕의 신하들은 모두 하루에 한 끼로 절제하고, (숨을 내쉬고) 호흡을 멈춘 다음에 허리띠를 매는가하면 담장에 의지한 다음에 천천히 일어났다.

일 년이 지나자 조정의 관리들은 모두 얼굴이 검고 수척한 기색을 띠었다. 이것은 무엇 때문인가? 임금이 좋아하기 때문에, 그래서 신하들이 그렇게 하는 것이다.

해설

임금의 취향은 신하들에 대해 지대한 영향을 준다. 그것이 건전한 취향이면 국가에 이익이 될 수 있지만 불량한 취향이라면 나라에 큰 해가 될 수 있다. 그래서 임금은 자신의 취향을 신하들에게 강요해서도 안 되고 신하들도 무조건 임금의 취향에 영합해서도 안 된다.

이 우언은 통치자의 그릇된 취향으로 인해 사회에 왜곡된 풍조가 야기되는 것을 경계한 것이다.

【黧黑(여흑)】: 얼굴이 검고 수척하다.

3 是其故何也? 君說之, 故臣能之也。→ 이것은 무엇 때문인가? 임금이 좋아하기 때문에, 그래서 신하들이 그렇게 하는 것이다.

019 묵자여무마자(墨子與巫馬子)

《墨子・耕柱》

원문 및 주석

墨子與巫馬子[1]

巫馬子謂子墨子曰:「子兼愛天下, 未云利也; 我不愛天下, 未云賊也。功皆未至, 子何獨自是而非我哉?」[2] 子墨子曰:「今有燎者於此, 一人奉水將灌之; 一人摻火將益之, 功皆未至, 子何貴於二人?」[3]巫

1 墨子與巫馬子 → 묵자(墨子)와 무마자(巫馬子)
【巫馬子(무마자)】: [인명] 전국시대의 철학자.

2 巫馬子謂子墨子曰:「子兼愛天下, 未云利也; 我不愛天下, 未云賊也。功皆未至, 子何獨自是而非我哉?」 → 무마자(巫馬子)가 묵자(墨子)에게 말했다:「그대는 천하를 고루 사랑하지만, 아직 이익이 없고; 나는 천하를 사랑하지 않지만, 아직 피해가 없습니다. 효과가 아직 나타나지 않았는데, 당신은 어째서 오직 자기만 옳고 나는 그르다고 합니까?」
【謂(위)…曰(왈)】: …에게 일러 말하다.
【子(자)】: 당신, 그대.
【兼愛(겸애)】: 고루 사랑하다, 차별 없이 평등하게 사랑하다.
【云(운)】: 有(유), …이 있다.
【賊(천)】: 해로움, 피해.
【功(공)】: 효과.
【未至(미지)】: 나타나지 않다.
【獨(독)】: 오직, 다만.
【自是而非我(자시이비아)】: 자기만 옳고 나는 그르다.

3 子墨子曰:「今有燎者於此, 一人奉水將灌之; 一人摻火將益之, 功皆未至, 子何貴於二人?」 → 묵자가 말했다:「지금 어떤 사람이 여기에 불을 질렀습니다. 한 사람은 물을 들고 불에

馬子曰:「我是彼奉水者之意, 而非夫摻火者之意。」[4] 子墨子曰:「吾亦是吾意, 而非子之意也。」[5]

번역문

묵자(墨子)와 무마자(巫馬子)

무마사(巫馬子)가 묵자(墨子)에게 말했다.

「그대는 천하를 고루 사랑하지만 아직 이익이 없고, 나는 천하를 사랑하지 않지만 아직 피해가 없습니다. 효과가 아직 나타나지 않았는데, 당신은 어째서 오직 자기만 옳고 나는 그르다고 합니까?」

묵자가 말했다.

끼얹으려 하고; 한 사람은 불을 가지고 그것을 더 타오르게 하려고 합니다. 효과는 모두 아직 나타나지 않았습니다. 당신은 두 사람 중에서 누구를 더 소중히 여기겠습니까?」

【子墨子(자묵자)】:「子」는 본래 남자에 대한 존칭이나, 옛날에는 스승에게도 「子」자를 붙였다. 따라서 「자묵자」는 제자의 스승에 대한 호칭으로 「스승 묵자」라는 뜻이다.

【燎(요)】: 방화하다, 불을 지르다.

【奉(봉)】: 捧(봉), 들다.

【將(장)】: 장차 …하려고 하다.

【灌(관)】: 澆(요), (물을) 붓다, 뿌리다, 끼얹다.

【之(지)】: [대명사] 그것, 즉 「불」.

【摻(삼)】: 가지다, 지참하다.

【益(익)】: 더하다, 보태다, 즉 「왕성하게 하다」의 뜻.

【貴(귀)】: 귀하게 여기다, 소중히 여기다.

4 巫馬子曰:「我是彼奉水者之意, 而非夫摻火者之意。」→ 무마자가 말했다:「나는 물을 들고 온 그 사람의 뜻을 옳다고 생각하고, 불을 들고 온 그 사람의 뜻을 옳지 않다고 생각합니다.」

【是(시)】: 옳다고 생각하다.

【彼(피)】: 그, 저.

【意(의)】: 뜻, 마음.

【夫(부)】: [지시대명사] 그, 저.

【非(비)】: 옳지 않다고 생각하다.

5 子墨子曰:「吾亦是吾意, 而非子之意也。」→ 묵자가 말했다:「나도 역시 나의 뜻을 옳다고 생각하고, 당신의 뜻을 옳지 않다고 생각합니다.」

「지금 어떤 사람이 여기에 불을 질렀습니다. 한 사람은 물을 들고 불에 끼얹으려 하고, 한 사람은 불을 가지고 그것을 더 타오르게 하려고 합니다. 효과는 모두 아직 나타나지 않았습니다. 당신은 두 사람 중에서 누구를 더 소중히 여기겠습니까?」

무마자가 말했다.

「나는 물을 들고 온 그 사람의 뜻을 옳다고 생각하고, 불을 들고 온 그 사람의 뜻을 옳지 않다고 생각합니다.」

묵자가 말했다.

「나도 역시 나의 뜻을 옳다고 생각하고, 당신의 뜻을 옳지 않다고 생각합니다.」

해설

묵자(墨子)와 무마자(巫馬子)의 논쟁은 실현되지 않은 효과로 인해 동기를 긍정하느냐 부정하느냐의 문제와 결부된다. 그러나 효과가 아직 실현되지 않았다 하여 좋은 발상의 동기를 부정하는 것도 옳은 생각은 아니다. 이렇게 볼 때, 묵자의 겸애(兼愛)는 효과가 아직 실현되지 않았다 해도 그 동기가 선량한 마음에서 출발한 것이고, 무마자는 자신이 천하를 사랑하지 않아도 사람들에게 피해를 주지 않는다고 하여 용심(用心)이 묵자보다 고루하다. 현실 생활에서 동기와 효과가 일치하지 않을 수 있는 것은 동기가 좋아도 효과가 미흡하거나 상황에 따라 역효과가 나는 경우가 있기 때문이다.

이 우언은 어느 한 가지 일에 대해 판단하려면 마땅히 동기와 효과를 결부시켜 고려해야 한다는 것을 지적한 것이다.

020 제살흑룡(帝殺黑龍)

《墨子 · 貴義》

원문 및 주석

帝殺黑龍[1]

子墨子北之齊, 遇日者, 日者曰:「帝以今日殺黑龍於北方, 而先生之色黑, 不可以北。」[2] 子墨子不聽, 遂北至淄水, 不遂而反焉。日者曰:「我謂先生不可以北。」[3] 子墨子曰:「南之人不得北, 北之人

---

1 帝殺黑龍 → 천제(天帝)가 흑룡(黑龍)을 죽이다
【帝(제)】: 여기서는 「천제(天帝)」를 가리킨다.

2 子墨子北之齊, 遇日者, 日者曰:「帝以今日殺黑龍於北方, 而先生之色黑, 不可以北。」→ 묵자(墨子)가 북쪽으로 제(齊)나라에 가다가, 점쟁이를 만나자, 점쟁이가 말했다:「천제(天帝)가 오늘 북쪽 지방에서 흑룡을 죽이는데, 선생은 피부색이 검으니, 북쪽에 가면 안 됩니다.」
【子墨子(자묵자)】:「子」는 본래 남자에 대한 존칭이나, 옛날에는 스승에게도 「子」자를 붙였다. 따라서 「자묵자」는 제자의 스승에 대한 호칭으로 「스승 묵자」라는 뜻이다.
【之(지)】: 가다.
【齊(제)】: [국명] 지금의 산동성 북부와 하북성 남부 일대에 걸쳐 있던 주대(周代)의 제후국.
【日者(일자)】: 점쟁이, 점치는 사람.
【以(이)】: [개사] …에.
【色(색)】: 색깔. 여기서는 「피부 색깔」을 말한다.
【不可以北(불가이북)】: 북쪽에 가면 안 되다. 〖不可以〗: …하면 안 되다. 〖北〗: [동사용법] 북쪽에 가다.

3 子墨子不聽, 遂北至淄水, 不遂而反焉。日者曰:「我謂先生不可以北。」→ 묵자가 점쟁이의 말을 듣지 않고, 끝내 북쪽으로 가서 치수(淄水)에 이르렀다가, 여의치 않아 되돌아 왔다.

不得南, 其色有黑者, 有白者, 何故皆不遂也?[4] 且帝以甲乙殺青龍於東方, 以丙丁殺赤龍於南方, 以庚辛殺白龍於西方, 以壬癸殺黑龍於北方, 若用子之言, 則是禁天下之行者也。[5] 是圍心而虛天下也, 子之言不可用也。」[6]

....

이에 점쟁이가 말했다 : 「내가 선생에게 북쪽으로 가면 안 된다고 일렀는데요.」
【遂(수)】: 마침내, 끝내.
【淄水(치수)】: [강 이름] 지금의 산동성 익도현(益都縣) 남쪽을 흐르는 강.
【不遂(불수)】: 마음대로 되지 않다, 여의치 않다.
【反(반)】: 返(반), 되돌아오다.

4 子墨子曰 : 「南之人不得北, 北之人不得南, 其色有黑者, 有白者, 何故皆不遂也? → 묵자가 말했다 : 「남방 사람들이 북방에 갈 수 없고, 북방 사람들이 남방에 올 수 없다고 한다면, 피부 색깔이 검은 사람도 있고, 흰 사람도 있는데, 어째서 모두가 자기 마음대로 못한다는 것입니까?
【不得(부득)】: 不能(불능), …할 수 없다, …해서는 안 된다.
【何故(하고)】: 왜, 어째서, 무슨 까닭으로.

5 且帝以甲乙殺青龍於東方, 以丙丁殺赤龍於南方, 以庚辛殺白龍於西方, 以壬癸殺黑龍於北方, 若用子之言, 則是禁天下之行者也。 → 그리고 천제가 갑을일에 동방에서 청룡을 죽이고, 병정일에 남방에서 적룡을 죽이고, 경신일에 서방에서 백룡을 죽이고, 임계일에 북방에서 흑룡을 죽이는데, 만약 당신의 말대로라면, 이는 천하의 행인들을 다니지 못하도록 하는 것입니다.
【且(차)】: 그리고, 또한.
【以(이)】: [개사] …에.
【甲乙(갑을)】: 옛날에 「갑(甲)·을(乙)·병(丙)·정(丁)·무(戊)·기(己)·경(庚)·신(辛)·임(壬)·계(癸)」 등 열 가지를 「천간(天干)」, 「자(子)·축(丑)·인(寅)·묘(卯)·진(辰)·사(巳)·오(午)·미(未)·신(申)·유(酉)·술(戌)·해(亥)」 등 열두 가지를 「지지(地支)」라 하고, 이를 합쳐 「간지(干支)」라 했는데, 갑자(甲子)·을축(乙丑) 등과 같이 천간과 지지를 결합하여 날짜를 기록하는 방법으로 사용했다. 여기서 갑을(甲乙)이라 함은 갑(甲)자가 들어 있는 날과 을(乙)자가 들어 있는 날을 가리키며, 이하 병정(丙丁)·경신(庚辛) 등도 같은 의미이다.
【若(약)】: 만약, 만일.
【用(용)】: 按(안), …대로 하다, …에 따르다, …에 의거하다.

6 是圍心而虛天下也, 子之言不可用也。」 → 이는 인심을 거역하고 천하를 공허하게 만드는 것이니, 당신의 말은 따를 수가 없습니다.」
【圍(위)】: 違(위), 위반하다, 거역하다.
【心(심)】: 인심(人心).
【虛(허)】: [사동용법] 공허하게 만들다.

번역문

천제(天帝)가 흑룡(黑龍)을 죽이다

묵자(墨子)가 북쪽으로 제(齊)나라에 가다가 점쟁이를 만나자 점쟁이가 말했다.

「천제(天帝)가 오늘 북쪽 지방에서 흑룡을 죽이는데 선생은 피부색이 검으니 북쪽에 가면 안 됩니다.」

묵자가 점쟁이의 말을 듣지 않고 끝내 북쪽으로 가서 치수(淄水)에 이르렀다가 여의치 않아 되돌아 왔다. 이에 점쟁이가 말했다.

「내가 선생에게 북쪽으로 가면 안 된다고 일렀는데요.」

묵자가 말했다.

「남방 사람들이 북방에 갈 수 없고 북방 사람들이 남방에 올 수 없다고 한다면, 피부 색깔이 검은 사람도 있고 흰 사람도 있는데 어째서 모두가 자기 마음대로 못한다는 것입니까? 그리고 천제가 갑을일에 동방에서 청룡을 죽이고, 병정일에 남방에서 적룡을 죽이고, 경신일에 서방에서 백룡을 죽이고, 임계일에 북방에서 흑룡을 죽이는데, 만약 당신의 말대로라면 이는 천하의 행인들을 다니지 못하도록 하는 것입니다. 이는 인심을 거역하고 천하를 공허하게 만드는 것이니 당신의 말은 따를 수가 없습니다.」

해설

미신은 모두 신비주의를 기반으로 삼고 있다. 이른바 「천제가 갑을일에 동방에서 청룡을 죽이고, 병정일에 남방에서 적룡을 죽이고, 경신일에 서방에서 백룡을 죽이고, 임계일에 북방에서 흑룡을 죽인다.」라고 하는 말은 사람의 시각과 청각으로 탐색이 불가능하고 검증할 수도 없으며, 다만 음양가(陰陽家)들이 임의로 날조한 것을 근거로 할 뿐이다. 그리하여 묵자는 이러한 미신의 황당한 현상을 부정하고 폭로함으로써 사람들로 하여금 미신의 위해를 인식하도록 했다.

이 우언은 비과학적이고 객관성이 결여된 미신을 맹신하고 숭상하는 사회의 그릇된 관념을 부정하고 경계한 것이다.

021 격인가지자(擊鄰家之子)

《墨子 · 魯問》

원문 및 주석

擊鄰家之子[1]

有人於此, 其子强梁不材, 故其父笞之。[2] 其鄰家之父, 擧木而擊之曰 :「吾擊之也, 順於其父之志。」則豈不悖哉?[3]

1 擊鄰家之子 → 이웃집 아들을 매로 때리다
【擊(격)】: 치다, 때리다.

2 有人於此, 其子强梁不材, 故其父笞之。→ 여기에 어떤 사람이 있는데, 자기의 아들이 난폭하고 무능했다. 그래서 아버지가 아들의 볼기를 때렸다.
【强梁(강량)】: 난폭하다
【不材(부재)】: 재능이 없다, 무능하다.
【笞(태)】: 볼기를 치다.

3 其鄰家之父, 擧木而擊之曰 :「吾擊之也, 順於其父之志。」則豈不悖哉? → 그러자 이웃집 노인이 막대기를 들고 나와 그 아이를 때리고 말했다 :「내가 그 아이를 때린 것은, 아이 아버지의 뜻에 따른 것이다.」 어찌 황당하지 않는가?
【鄰家之父(인가지부)】: 이웃집 노인. 〖父〗: 노인에 대한 존칭.
【擧(거)】: 들다.
【順於(순어)…】: …에 순응하다, …에 따르다. 〖於〗: [개사] …에.
【悖(패)】: 황당하다, 터무니없다, 이치에 맞지 않다.

번역문

이웃집 아들을 매로 때리다

여기에 어떤 사람이 있는데 자기의 아들이 난폭하고 무능했다. 그래서 아버지가 아들의 볼기를 때렸다. 그러자 이웃집 노인이 막대기를 들고 나와 그 아이를 때리고 말했다.

「내가 그 아이를 때린 것은 아이 아버지의 뜻에 따른 것이다.」

어찌 황당하지 않는가?

해설

옛날에 부모가 자식을 훈계하는 방법으로 매를 드는 것은 흔한 일이었다. 이는 자식에 대해 행할 수 있는 부모의 권리이자 책무로 타인이 간여할 수 있는 일이 아니다. 그럼에도 불구하고 이웃집 노인은 매를 들어 남의 자식을 때리고 나서 그 부모의 뜻에 따른 것이라고 얼토당토않은 말을 했다. 사회규범은 이웃에게 남의 자식을 매질하여 가르치라는 권리를 부여하지 않는다. 따라서 이는 분명 월권이며 쓸 데 없이 남의 일에 참견하는 불필요한 행위이다.

이 우언은 남을 돕는다는 명분으로 분수에 맞지 않게 사단을 일으키는 몰지각한 행위를 꾸짖고 풍자한 것이다.

022 공수위작(公輸爲鵲)

《墨子 · 魯問》

원문 및 주석

公輸爲鵲[1]

公輸子削竹木以爲鵲, 成而飛之, 三日不下, 公輸子自以爲至巧。[2] 子墨子謂公輸子曰 :「子之爲鵲也, 不如匠之爲車轄。須臾劉三寸之木, 而任五十石之重。[3] 故所爲功, 利於人謂之巧, 不利於人謂之

1 公輸爲鵲 → 공수반(公輸盤)이 까치를 만들다

【公輸(공수)】: [인명] 공수반(公輸盤). 춘추시대 노(魯)나라의 이름난 장인으로, 일명 노반(魯班) 또는 공수반이라고도 한다.

【爲(위)】: 만들다.

2 公輸子削竹木以爲鵲, 成而飛之, 三日不下, 公輸子自以爲至巧。→ 공수반(公輸盤)이 대나무와 나무를 조각하여 까치를 만드는데, 완성한 후에 그것을 날려 보냈더니, 사흘 동안 내려오지 않았다. 공수반은 스스로 가장 교묘하다고 여겼다.

【公輸子(공수자)】: 공수반. 【子】: [남자에 대한 미칭].

【削(삭)】: 깎다, 조각하다.

【以爲(이위)…】: 이로써 …을 만들다.

【自以爲(자이위)】: 스스로 …라 여기다.

【至巧(지교)】: 가장 교묘하다.

3 子墨子謂公輸子曰 :「子之爲鵲也, 不如匠之爲車轄。須臾劉三寸之木, 而任五十石之重。→ 묵자가 공수반에게 말했다 :「당신이 까치를 만든 것은, 장인이 수레의 비녀장을 만든 것만 못합니다. 순식간에 세 치의 나무를 잘라 만들어, 오십 섬의 무게를 감당합니다.

【子墨子(자묵자)】:「子」는 본래 남자에 대한 존칭이나, 옛날에는 스승에게도「子」자를 붙였다. 따라서「자묵자」는 제자의 스승에 대한 호칭으로「스승 묵자」라는 뜻이다.

拙。」[4]

번역문

공수반(公輸盤)이 까치를 만들다

공수반(公輸盤)이 대나무와 나무를 조각하여 까치를 만드는데, 완성한 후에 그것을 날려 보냈더니 사흘 동안 내려오지 않았다. 공수반은 스스로 가장 교묘하다고 여겼다.

묵자가 공수반에게 말했다.

「당신이 까치를 만든 것은 장인이 수레의 비녀장을 만든 것만 못합니다. 순식간에 세 치의 나무를 잘라 만들어 오십 섬의 무게를 감당합니다. 그래서 일의 성과가 사람에게 이로우면 이를 일러 교묘하다 하고, 사람에게 이롭지 않으면 이를 일러 졸렬하다고 합니다.」

....

【鵲(작)】: 까치.
【車轄(거할)】: 수레바퀴 축의 비녀장. 【轄】: 비녀장, 즉 바퀴가 벗어나지 않도록 굴대 머리 구멍에 끼우는 못.
【須臾(수유)】: 잠깐 동안, 순식간, 삽시간.
【劉(유)】: 베다, 자르다.
【任(임)】: 싣다, 적재하다, 감당하다.
【石(석)】: [중량 단위] 석, 섬. 120근(斤). ※ 옛날 30근을 1균(鈞), 4균을 1석(石)이라 했다.

4 故所爲功, 利於人謂之巧, 不利於人謂之拙。」→ 그래서 일의 성과가, 사람에게 이로우면 이를 일러 교묘하다 하고, 사람에게 이롭지 않으면 이를 일러 졸렬하다고 합니다.」
【故(고)】: 고로, 그래서.
【所爲(소위)】: 행하는 바, 하는 일.
【功(공)】: 공과, 성과.
【拙(졸)】: 졸렬하다.

해설

공수반(公輸盤)이 나무를 깎아 만든 까치를 날려 보내 삼 일 동안 내려오지 않았다는 것은 놀라운 발명임에 틀림없다. 이는 오늘날 항공을 나는 비행기의 시초일 수도 있다. 그러나 묵자(墨子)는 지금 당장 인류사회에 대해 유리한가 아니면 불리한가를 가지고 교졸(巧拙)을 가늠하는 기준으로 삼아 공수반이 만든 까치를 부정하고 목공이 만든 수레바퀴의 비녀장을 긍정했다.

이 우언은 실사구시(實事求是)의 관점에 따라 인류사회에 대한 유·불리만을 가지고 가치를 판단한 묵자의 가치관을 지적한 것이다.

023 다언무익(多言無益)
《墨子 · 佚文》(見於《太平御覽》)

원문 및 주석

多言無益[1]

子禽問曰 :「多言有益乎?」[2] 墨子曰 :「蝦蟆、蛙、蠅, 日夜恒鳴, 口乾舌擗, 然而不聽。[3] 今觀晨鷄, 時夜而鳴, 天下振動。多言何益? 唯其言之時也。」[4]

1 多言無益 → 말이 많으면 이로울 것이 없다

2 子禽問曰 :「多言有益乎?」→ 자금(子禽)이 물었다 :「말을 많이 하면 이로움이 있습니까?」
【子禽(자금)】: [인명] 묵자(墨子)의 제자.

3 墨子曰 :「蝦蟆、蛙、蠅, 日夜恒鳴, 口乾舌擗, 然而不聽。→ 묵자(墨子)가 말했다 :「두꺼비 · 개구리 · 파리는, 밤낮으로 항상 울어, 입이 마르고 혀가 해지지만, 그러나 (아무도) 듣지 않는다.
【蝦蟆(하마)】: 두꺼비.
【蛙(와)】: 개구리.
【蠅(승)】: 파리.
【恒(항)】: 항상.
【鳴(명)】: 울다.
【乾(건)】: 마르다.
【擗(벽)】: 해지다.
【然而(연이)】: 그러나.

4 今觀晨鷄, 時夜而鳴, 天下振動。多言何益? 唯其言之時也。」→ 지금 아침에 우는 수탉을 보면, 새벽에 맞춰 우는데, 천하가 진동한다. 말이 많으면 무슨 이로움이 있겠는가? 다만 말을 해야 할 때가 있는 것이다.」

번역문

말이 많으면 이로울 것이 없다

자금(子禽)이 물었다.

「말을 많이 하면 이로움이 있습니까?」

묵자(墨子)가 말했다.

「두꺼비 · 개구리 · 파리는 밤낮으로 항상 울어 입이 마르고 혀가 해지지만, 그러나 (아무도) 듣지 않는다. 지금 아침에 우는 수탉을 보면 새벽에 맞춰 우는데 천하가 진동한다. 말이 많으면 무슨 이로움이 있겠는가? 다만 말을 해야 할 때가 있는 것이다.」

해설

두꺼비나 개구리나 파리는 밤낮으로 울어도 관심을 가지고 듣는 사람이 없지만, 수탉이 때에 맞춰 새벽에 울면 천하를 진동시켜 모든 사람들이 일어나 활동을 시작한다. 즉 하루 종일 많이 운다고 효과가 있는 것이 아니라 한 번이라도 필요할 때 우는 것이 효과적이다.

이 우언은 동물의 울음소리가 사람에게 미치는 효과를 사람의 언행에 비유하여, 말이란 많이 한다고 해서 이로운 것이 아니라 적절하고 필요한 시기를 선택해야 효과가 있음을 강조한 것이다.

....

【晨鷄(신계)】: 아침에 우는 수탉.

【時夜(시야)】: 밤에 시간 알리는 일을 맡다. 여기서는 「닭이 새벽에 때를 맞추어 우는 것」을 가리킨다.

【唯(유)】: 다만.

【時(시)】: 때, 시기. 여기서는 「적절한 때」를 가리킨다.

《위문후서(魏文侯書)》 우언

위문후(魏文侯 : B.C. ?-?)는 위(魏)나라를 건립한 사람으로 50년간(B.C. 446-B.C. 397) 재위하며 위성자(魏成子)·적황(翟璜)·이리(李悝)·악양(樂羊)·오기(吳起)·서문표(西門豹) 등 탁월한 신하들을 기용하여 혁혁한 정치 업적을 쌓았다.

《위문후서(魏文侯書)》는 위문후가 지었다고 전하는데, 내용은 주로 위문후가 신하들의 직언(直言)을 허용하고 간언(諫言)을 받아들이며, 어진 사람을 존경하고 선비들에게 자세를 낮추는 등 그의 덕행에 관한 고사를 기술한 것이다. 원서는 이미 오래전에 일실되었고, 후인(後人)들이 《전국책(戰國策)》·《여씨춘추(呂氏春秋)》·《한시외전(韓詩外傳)》·《회남자(淮南子)》·《신서(新序)》·《설원(說苑)》 등으로부터 일부 일문(佚文)을 수집하여 청(淸) 마국한(馬國翰)의 《옥함산방집일서(玉函山房輯佚書)》에 수록했다.

024 오부족시(五不足恃)

《魏文侯書》

원문 및 주석

五不足恃[1]

魏文侯問狐卷子曰：「父賢足恃乎?」對曰：「不足。」[2]「子賢足恃乎?」對曰：「不足。」[3]「兄賢足恃乎?」對曰：「不足。」[4]「弟賢足恃乎?」對曰：「不足。」[5]「臣賢足恃乎?」對曰：「不足。」[6] 文侯勃然作

1 五不足恃 → 다섯 가지 모두 믿고 의지하기에 부족하다.
【不足(부족)】: …하기에 부족하다, …할 수 없다.
【恃(시)】: 믿다, 의지하다.

2 魏文侯問狐卷子曰:「父賢足恃乎?」對曰:「不足。」→ 위문후(魏文侯)가 호권자(狐卷子)에게 물었다:「아버지가 어질면 족히 의지할 수 있습니까?」호권자가 대답했다:「할 수 없습니다.」
【魏文侯(위문후)】: 전국시대 위(魏)나라의 건립자. ※ 본문 작자 참조. 【魏】: 지금의 하남성 북부 · 섬서성 동부 · 산서성 서남부 및 하북성 남부에 걸쳐있던 주대(周代)의 제후국.
【狐卷子(호권자)】: [인명] 위(魏)나라의 고명한 선비.
【賢(현)】: 어질다, 덕과 재능이 있다.

3「子賢足恃乎?」對曰:「不足。」→ (위문후가 물었다.)「아들이 어질면 족히 의지할 수 있습니까?」호권자가 대답했다:「할 수 없습니다.」

4「兄賢足恃乎?」對曰:「不足。」→ (위문후가 물었다.)「형이 어질면 족히 의지할 수 있습니까?」호권자가 대답했다:「할 수 없습니다.」

5「弟賢足恃乎?」對曰:「不足。」→ (위문후가 물었다.)「아우가 어질면 족히 의지할 수 있습니까?」호권자가 대답했다:「할 수 없습니다.」

6「臣賢足恃乎?」對曰:「不足。」→ (위문후가 물었다.)「신하가 어질면 족히 믿고 의지할 수 있습니까?」호권자가 대답했다:「할 수 없습니다.」

色而怒曰：「寡人問此五者於子，一一以爲不足者，何也?」[7] 對曰：「父賢不過堯，而丹朱放；子賢不過舜，而瞽瞍頑；兄賢不過舜，而象傲；[8] 弟賢不過周公，而管叔誅；臣賢不過湯、武，而桀、紂伐。[9] 望

---

7 文侯勃然作色而怒曰：「寡人問此五者於子，一一以爲不足者，何也?」→ 문후가 갑자기 얼굴색을 붉히고 화를 내며 말했다：「과인이 그대에게 이 다섯 가지를 물었는데, 하나하나 모두 할 수 없다고 여기는 것은, 무슨 까닭이오?」

【勃然(발연)】: 갑자기.

【作色(작색)】: 얼굴색을 붉히다.

【寡人(과인)】: 과덕지인(寡德之人)이란 뜻으로 임금이 자신을 낮추어 부르는 말.

【子(자)】: 그대, 당신.

【以爲(이위)】: …라고 여기다, …라고 생각하다.

8 對曰：「父賢不過堯，而丹朱放；子賢不過舜，而瞽瞍頑；兄賢不過舜，而象傲；→ 호권자가 대답했다：「아버지가 어질기로는 요(堯)를 능가하는 사람이 없으나, (요의 아들인) 단주(丹朱)는 추방되었고; 아들이 어질기로는 순(舜)을 능가하는 사람이 없으나, (순의 아버지인) 고수(瞽瞍)는 매우 우둔하며; 형이 어질기로는 순(舜)을 능가하는 사람이 없으나, (순의 아우인) 상(象)은 매우 오만합니다.

【不過(불과)】: 능가하지 못하다.

【堯(요)】: 상고시대 당(唐)의 요임금.

【丹朱(단주)】: [인명] 요(堯)의 아들.

【放(방)】: [피동용법] 추방되다.

【舜(순)】: 상고시대 우(虞)의 순임금.

【瞽瞍(고수)】: 맹인, 소경. 여기서는 소경인 순(舜)의 아버지를 가리킨다. 그는 작은 아들 상(象)과 공모하여 순(舜)을 살해하려다 실패하고 구금되었다.

【頑(완)】: 어리석다, 우둔하다.

【象(상)】: 순(舜)의 아우.

【傲(오)】: 교만하다, 오만하다.

9 弟賢不過周公，而管叔誅；臣賢不過湯、武，而桀、紂伐。→ 아우가 어질기로는 주공(周公)을 능가하는 사람이 없으나, (주공의 형인) 관숙(管叔)은 죽임을 당했고; 신하가 어질기로는 탕왕(湯王)과 무왕(武王)을 능가하는 사람이 없으나, 걸왕(桀王)과 주왕(紂王)은 토벌을 당했습니다.

【周公(주공)】: 주(周)나라의 정치가. 문왕(文王)의 아들이며, 무왕(武王)의 아우. 성왕(成王)을 도와 주나라 왕실의 기초를 다졌다.

【管叔(관숙)】: 이름은 선(鮮). 주(周)나라 무왕(周武王)이 상(商)을 멸한 후, 관(管)지방[지금의 하남성 정주시(鄭州市)]에 봉해졌다. 무왕이 죽고 어린 성왕(成王)이 즉위하여 주공(周公)이 섭정을 하자, 관숙과 채숙(蔡叔)이 불만을 품고 상(商)나라 주왕(紂王)의 아들인 무경(武庚)

人者不至, 恃人者不久。君欲治, 從身始。人何可恃乎?」[10]

번역문

다섯 가지 모두 믿고 의지하기에 부족하다

위문후(魏文侯)가 호권자(狐卷子)에게 물었다.

「아버지가 어질면 족히 의시할 수 있습니까?」

호권자가 대답했다.

「할 수 없습니다.」

(위문후가 물었다.)

「아들이 어질면 족히 의지할 수 있습니까?」

호권자가 대답했다.

「할 수 없습니다.」

과 함께 반란을 일으켰다가 평정된 후 피살되었다.
【誅(주)】: [피동용법] 죽임을 당하다, 처형되다.
【湯(탕)】: 상(商)의 건립자.
【武(무)】: 주(周)의 건립자.
【桀(걸)】: 하(夏)의 마지막 임금. 포악한 군주로 이름이 났다.
【紂(주)】: 상(商)의 마지막 임금. 포악한 군주로 이름이 났다.
【伐(벌)】: [피동용법] 토벌되다.

10 望人者不至, 恃人者不久。君欲治, 從身始。人何可恃乎?」→ 남에게 (도와주기를) 바라는 사람은 자기의 목적을 달성하지 못하고, 남에게 의지하려는 사람은 오래가지 못합니다. 임금님께서 나라를 잘 다스리려면, 자신부터 다스리기 시작하십시오. 다른 사람을 어찌 믿고 의지할 수 있겠습니까?」
【望人(망인)】: 남에게 바라다.
【不至(부지)】: 이르지 못하다, 도달하지 못하다. 즉 「목적을 달성하지 못하다.」
【恃人(시인)】: 남에게 의지하다.
【欲(욕)】: …할 생각이다, …하려고 하다.
【從(종)】: …부터.
【身(신)】: 자기 자신.

(위문후가 물었다.)

「형이 어질면 족히 의지할 수 있습니까?」

호권자가 대답했다.

「할 수 없습니다.」

(위문후가 물었다.)

「아우가 어질면 족히 의지할 수 있습니까?」

호권자가 대답했다.

「할 수 없습니다.」

(위문후가 물었다.)

「신하가 어질면 족히 믿고 의지할 수 있습니까?」

호권자가 대답했다.

「할 수 없습니다.」

문후가 갑자기 얼굴색을 붉히고 화를 내며 말했다.

「과인이 그대에게 이 다섯 가지를 물었는데 하나하나 모두 할 수 없다고 여기는 것은 무슨 까닭이오?」

호권자가 대답했다.

「아버지가 어질기로는 요(堯)를 능가하는 사람이 없으나 (요의 아들인) 단주(丹朱)는 추방되었고, 아들이 어질기로는 순(舜)을 능가하는 사람이 없으나 (순의 아버지인) 고수(瞽瞍)는 매우 우둔하며, 형이 어질기로는 순(舜)을 능가하는 사람이 없으나 (순의 아우인) 상(象)은 매우 오만합니다. 아우가 어질기로는 주공(周公)을 능가하는 사람이 없으나 (주공의 형인) 관숙(管叔)은 죽임을 당했고, 신하가 어질기로는 탕왕(湯王)과 무왕(武王)을 능가하는 사람이 없으나 걸왕(桀王)과 주왕(紂王)은 토벌을 당했습니다. 남에게 (도와주기를) 바라는 사람은 자기의 목적을 달성하지 못하고, 남에게 의지하려는 사람은 오래가지 못합니다. 임금님께서 나라를 잘 다스리려면 자신부터 다스리기 시작하십시오. 다른 사람을 어찌 믿고 의지할 수 있겠습니까?」

해설

호권자는 위문후의 물음에 여러 가지 역사적 사례를 예로 들어, 이 세상에는 아버지나 아들이나 형이나 동생이나 신하 할 것 없이 어느 누구도 믿고 의지할 수 있는 사람이 없으며, 믿고 의지할 수 있는 것은 오로지 자신뿐이라 했다.

이 우언은 어떤 일을 막론하고 뜻하는 바를 이루기 위해서는 남을 믿지 말고 자신의 주관적인 노력에 의존해야 한다는 「자립(自立)·자강(自强)」의 정신을 강조한 것이다.

《호비자(胡非子)》 우언

호비(胡非 : B.C. ?-?)는 묵자(墨子)의 제자이다. 《호비자(胡非子)》는 호비가 지었다고 전하는데, 원서는 일찍이 망실되어 전하지 않고 현재 송(宋) 이방(李昉)이 편찬한 《태평어람(太平御覽)》과 청(淸) 마국한(馬國翰)의 《옥함산방집일서(玉函山房輯佚書)》에 일문(佚文) 2편이 전할 뿐이다.

025 궁여시(弓與矢)

《胡非子》

원문 및 주석

弓與矢[1]

一人曰 :「吾弓良, 無所用矢。」[2] 一人曰 :「吾矢善, 無所用弓。」[3] 羿聞之曰 :「非弓何以往矢, 非矢何以中的?」 令合弓矢, 而教之射。[4]

---

1 弓與矢 → 활과 화살

2 一人曰 :「吾弓良, 無所用矢.」→ 한 사람이 말했다 :「나의 활은 매우 좋은데, 사용할 화살이 없습니다.」
【良(량)】: (품질, 성능 등이) 좋다, 양호하다.
【無所(무소)…】: …이 없다.

3 一人曰 :「吾矢善, 無所用弓。」→ 다른 한 사람이 말했다 :「나의 화살은 매우 좋은데, 사용할 활이 없습니다.」
【善(선)】: (품질, 성능 등이) 좋다, 양호하다.

4 羿聞之曰 :「非弓何以往矢, 非矢何以中的?」 令合弓矢, 而教之射。→ 후예(后羿)가 이 말을 듣고 말했다 :「활이 없으면 어떻게 화살을 쏘아 보낼 수 있으며, 화살이 없으면 어떻게 표적을 맞힐 수 있는가?」 그리하여 그들에게 활과 화살을 하나로 합치도록 하고 나서, 그들에게 활 쏘는 법을 가르쳤다.
【羿(예)】: 후예(后羿). 신화 전설에 나오는 활을 잘 쏘기로 이름난 궁수 이름.
【何以(하이)】: 어떻게.
【往(왕)】: 방출하다, 내보내다. 즉 「쏘아 보내다」의 뜻.
【中(중)】: 맞히다, 명중하다
【的(적)】: 표적.
【令(령)】: …하도록 시키다, …로 하여금 …하게 하다.

번역문

활과 화살

한 사람이 말했다.

「나의 활은 매우 좋은데 사용할 화살이 없습니다.」

다른 한 사람이 말했다.

「나의 화살은 매우 좋은데 사용할 활이 없습니다.」

후예(后羿)가 이 말을 듣고 말했다.

「활이 없으면 어떻게 화살을 쏘아 보낼 수 있으며, 화살이 없으면 어떻게 표적을 맞힐 수 있는가?」

그리하여 그들에게 활과 화살을 하나로 합치도록 하고 나서 그들에게 활 쏘는 법을 가르쳤다.

해설

활은 화살이 없으면 작용을 못하고, 화살 또한 활이 없으면 작용을 못한다. 활과 화살이 서로 하나로 합쳐야만 제 역할을 할 수 있듯이 인간관계도 마찬가지다. 서로 협력해야 하는 상황에서 협력하지 않으면 아무것도 이룰 수가 없다.

이 우언은 활과 화살을 빌려 인간관계에서 협력의 중요성을 강조한 것이다.

《시자尸子》 우언

시교(尸佼 : 약 B.C. 390-B.C. 330)는 진(晉)나라 사람이라는 설과 노(魯)나라 사람이라는 설이 있다. 그는 진(秦)나라 재상인 상앙(商鞅)의 정책에 깊이 참여하여 상앙의 책사 역할을 했으나, 상앙이 사형을 당하자 자신도 이에 연루되어 처형당할까 두려워 촉(蜀)으로 도망했다.

《시자(尸子)》는 시교가 지은 책으로, 원서는 남송(南宋)에 이르기까지 잔존하다가 그 후에 점차 일실되었는데, 청(淸) 건륭(乾隆) 연간에 임조린(任兆麟)의 《시자》 교본(校本)이 나오고, 가경(嘉慶) 연간에 손성연(孫星衍)의 《시자집본(尸子集本)》과 왕계배(汪繼培)의 호해루본(湖海樓本)이 나왔다. 현재 대만삼민서국(臺灣三民書局)의 《신역시자독본(新譯尸子讀本)》은 이들 임본(任本)·손본(孫本)·왕본(王本)을 근거로 정리하여 새로 편찬한 것이다.

026 녹(鹿)

《尸子 · 勸學》

원문 및 주석

鹿[1]

鹿馳走, 無顧, 六馬不能望其塵。所以及者, 顧也。[2]

번역문

사슴

사슴이 마구 질주하며 뒤를 돌아보지 않으면 여섯 마리의 말이 끄는 수레조차도 (따라 잡지 못해) 사슴이 일으키는 먼지를 볼 수가 없다. (사슴

1 鹿 → 사슴

2 鹿馳走, 無顧, 六馬不能望其塵。所以及者, 顧也。→ 사슴이 마구 질주하며, 뒤를 돌아보지 않으면, 여섯 마리의 말이 끄는 수레조차도 (따라 잡지 못해) 사슴이 일으키는 먼지를 볼 수가 없다. (사슴이) 따라 잡히는 까닭은, 자주 뒤를 돌아보기 때문이다.
【馳走(치주)】: 질주하다, 마구 내달리다.
【顧(고)】: 뒤를 돌아보다.
【六馬(육마)】: 여섯 마리의 말이 모는 수레.
【不能望其塵(불능망기진)】: 사슴의 먼지조차 볼 수가 없다. 즉 사슴이 매우 빨리 달려서 뒤를 좇는 자들이 사슴이 일으키는 흙먼지조차 보지 못한다는 뜻.
【所以(소이)…】: …한 까닭.
【及(급)】: 미치다. 여기서는 피동용법으로 「따라 잡히다」의 뜻.

이) 따라 잡히는 까닭은 자주 뒤를 돌아보기 때문이다.

해설

동물들은 침략자를 만나면 직접 맞아 싸우거나 도망하는 두 가지 방식으로 대응하는데, 본문에 등장하는 사슴의 경우는 후자에 속한다. 본래 사슴이 달리는 속력은 여섯 마리의 말이 모는 수레보다도 월등히 빠르기 때문에 속력 하나만 가지고 본다면 충분히 사냥꾼의 위험으로부터 벗어날 수가 있다. 그러나 자주 뒤를 돌아보다가 속력에 영향을 주어 결국 잡히고 만다.

이 우언은 어느 목표를 향해 나아가려면 오로지 앞을 향해 전심전력으로 매진해야지 딴전을 부리면 실패한다는 것을 경계한 것이다.

027 맹분불역용(孟賁不易勇)

《尸子·佚文》

원문 및 주석

孟賁不易勇[1]

人謂孟賁:「生乎? 勇乎?」曰:「勇。」[2]「貴乎? 勇乎?」曰:「勇。」[3] 曰:「富乎? 勇乎?」曰:「勇。」[4] 三者人之所難能, 而皆不足以易勇。此其所以能攝三軍、服猛獸之故也。[5]

1 孟賁不易勇 → 맹분(孟賁)이 용기를 무엇과도 바꾸지 않다
【孟賁(맹분)】: [인명] 전국시대의 이름난 용사.
【易(역)】: 바꾸다, 고치다.

2 人謂孟賁:「生乎? 勇乎?」曰:「勇。」→ 사람들이 맹분(孟賁)에게 물었다:「생명이 중요합니까? 아니면 용기가 중요합니까?」 맹분이 대답했다:「용기요.」
【生乎(생호)? 勇乎(용호)?】: [상황어] 생명이 중요한가? 아니면 용기가 중요한가?

3 「貴乎? 勇乎?」曰:「勇。」→「지위가 중요합니까? 아니면 용기가 중요합니까?」맹분이 대답했다:「용기요.」
【貴(귀)】: 높은 신분, 지위.

4 曰:「富乎? 勇乎?」曰:「勇。」→「재물이 중요합니까? 아니면 용기가 중요합니까?」 맹분이 대답했다:「용기요.」
【富(부)】: 재물.

5 三者人之所難能, 而皆不足以易勇。此其所以能攝三軍、服猛獸之故也。→ 세 가지는 사람들이 얻기 어려운 것들이지만, 모두 용기와 바꾸기에는 부족하다고 여겼다. 이것이 바로 맹분이 삼군을 장악하고 맹수를 제압할 수 있는 까닭이다.
【三者(삼자)】: 세 가지, 즉 생명·지위·재물.
【所難能(소난능)】: 얻기 어려운 것.

번역문

맹분(孟賁)이 용기를 무엇과도 바꾸지 않다

사람들이 맹분(孟賁)에게 물었다.

「생명이 중요합니까? 아니면 용기가 중요합니까?」

맹분이 대답했다.

「용기요.」

「지위가 중요합니까? 아니면 용기가 중요합니까?」

맹분이 대답했다.

「용기요.」

「재물이 중요합니까? 아니면 용기가 중요합니까?」

맹분이 대답했다.

「용기요.」

세 가지는 사람들이 얻기 어려운 것들이지만 모두 용기와 바꾸기에는 부족하다고 여겼다. 이것이 바로 맹분이 삼군을 장악하고 맹수를 제압할 수 있는 까닭이다.

해설

용기는 군인이 필히 갖추어야하는 필수 조건이다. 맹분(孟賁)은 용기를

【不足以(부족이)…】: …하기에 부족하다, …하기에 충분하지 않다.
【其(기)】: [대명사] 그, 즉 맹분.
【所以(소이)…故(고)】: …한 까닭, …한 이유.
【攝(섭)】: 懾(섭), 두려워하다, 겁내다. 여기서는 「제압하다, 장악하다」의 뜻.
【三軍(삼군)】: 옛날의 군대는 우군(右軍) · 중군(中軍) · 좌군(左軍)의 삼군으로 편성했다. 여기서는 「군대의 통칭」을 말한다.
【服(복)】: 굴복시키다, 제압하다.

목숨 · 지위 · 재물 어느 것보다도 귀하게 여겼다. 그래서 능히 삼군(三軍)을 장악하고 맹수를 제압할 수 있었다. 성공의 비결은 이처럼 확고한 목표 의식을 가지고 피나는 노력을 했을 때 비로소 투자한 만큼 대가를 지불받는 것이다.

이 우언은 사람이 어떤 일에 종사하든 맹분과 같은 정신과 일념으로 임할 때 비로소 성공을 거둘 수 있다는 것을 강조한 것이다.

028 장의여의생(張儀與醫生)

《尸子·佚文》

원문 및 주석

張儀與醫生[1]

有醫竘者, 秦之良醫也, 爲宣王割痤, 爲惠王療痔, 皆愈。[2] 張子之背腫, 命竘治之, 謂竘曰 :「背, 非吾背也, 任子制焉。」治之, 遂愈。[3]

1 張儀與醫生 → 장의(張儀)와 의사
【張儀(장의)】: [인명] 진(秦) 혜문왕(惠文王) 때의 재상.
【醫生(의생)】: 의사.

2 有醫竘者, 秦之良醫也, 爲宣王割痤, 爲惠王療痔, 皆愈。→ 구(竘)라는 의사는, 진(秦)나라의 명의로, 선왕(宣王)을 위해 뾰루지를 제거하고, 혜왕(惠王)을 위해 치질을 치료하여, 모두 다 나았다.
【醫竘(의구)】: 구(竘)라는 이름의 의사.
【秦(진)】: [국명] 지금의 섬서성과 감숙성 일대에 있던 주대(周代)의 제후국이었으나, B.C. 221년 진시황(秦始皇)이 전국을 통일하고 진왕조를 건설했다.
【宣王(선왕)】: 진(秦)나라의 군주. ※ 진나라에 「선왕(宣王)」이 없는 것으로 보아 오류인 듯하다.
【割(할)】: 잘라내다, 제거하다.
【痤(좌)】: 뾰루지.
【惠王(혜왕)】: 진(秦) 혜문왕(惠文王). 진효공(秦孝公)의 아들로 27년간(B.C. 337-B.C. 311) 재위했다.
【療(료)】: 고치다, 치료하다.
【痔(치)】: 치질.
【愈(유)】: (병이) 낫다, 치유되다.

3 張子之背腫, 命竘治之, 謂竘曰 :「背, 非吾背也, 任子制焉。」治之, 遂愈。→ 장의(張儀)가 등

鉤誠善治疾也，張子委制焉。夫身與國亦猶此也，必有所委制，然後治矣。[4]

번역문

장의(張儀)와 의사

구(竘)라는 의사는 진(秦)나라의 명의로, 선왕(宣王)을 위해 뾰루지를 제거하고 혜왕(惠王)을 위해 치질을 치료하여 모두 다 나았다. 장의(張儀)가 등창이 나서 구를 청해 치료하도록 하고 구에게 일렀다.

「등은 나의 등이 아니니 그대가 처리하는 대로 맡기겠소.」

구가 이를 치료하여 마침내 다 나았다. 구는 확실히 질병을 잘 다스리기 때문에 장의가 믿고 맡겨 치료한 것이다.

무릇 몸과 나라 역시 이와 같은 것이니, 반드시 (유능한 사람에게) 믿고

창이 나서, 구를 청해 치료하도록 하고, 구에게 일렀다 : 「등은, 나의 등이 아니니, 그대가 처리하는 대로 맡기겠소.」구가 이를 치료하여, 마침내 다 나았다.
【張子(장자)】: 장의(張儀). 〖子〗: 남자에 대한 미칭.
【背腫(배종)】: 등에 나는 종기, 등창.
【命(명)】: 명하다. 여기서는 「청하다」의 뜻.
【任(임)】: 맡기다, 내맡기다.
【子(자)】: 그대, 당신.
【制(제)】: 제지하다, 제어하다. 즉 「치료하다, 처리하다」의 뜻.

4 竘誠善治疾也, 張子委制焉。夫身與國亦猶此也, 必有所委制, 然後治矣。→ 구는 확실히 질병을 잘 다스리기 때문에, 장의가 믿고 맡겨 치료한 것이다. 무릇 몸과 나라 역시 이와 같은 것이니, 반드시 (유능한 사람에게) 믿고 맡겨 처리해야, 그런 연후에 잘 다스려지는 것이다.
【誠(성)】: 실로, 확실히.
【善治(선치)】: 잘 치료하다,
【委制(위제)】: 믿고 맡겨 처리하다.
【夫(부)】: [발어사] 대저, 무릇.
【猶(유)】: 마치 …와 같다.

맡겨 처리해야 그런 연후에 잘 다스려지는 것이다.

해설

구(蚼)는 진(秦)나라 선왕(宣王)과 혜왕(惠王)의 질병을 완치시킨 검증된 명의이다. 이에 장의(張儀)는 등에 종기가 나자 구를 청해 치료하면서 추호의 간섭 없이 구에게 몸을 맡겨 마침내 완치되었다. 만일 장의가 재상의 신분을 내세워 구에게 부담감을 주었다면 소신껏 치료를 하지 못했을 것이다.

이 우언은 신병의 치료를 치국(治國)의 원리와 동일시하여 「사람을 의심하면 채용하지 말고, 채용하면 의심을 하지 않는다.」라는 치국의 기본 원칙을 설명한 것이다.

029 매짐주강(買酖注江)

《尸子 · 佚文》

원문 및 주석

買酖注江[1]

駙馬共爲荊王使於巴, 見擔酖者。[2] 問之 :「是何以?」 曰 :「所以酖人也。」 於是請買之。[3] 金不足, 又益之車馬。已得之, 盡注之於

1 買酖注江 → 짐주(酖酒)를 사서 강물에 쏟아 붓다
【酖(짐)】: 짐주(酖酒). ※ 짐(酖)은 본래 새의 이름이다. 짐새는 뱀을 즐겨 먹는데, 그 깃을 술에 담그면 독주로 변해 사람이 마실 경우 즉사한다.
【注(주)】: 쏟아 붓다.

2 駙馬共爲荊王使於巴, 見擔酖者。→ 부마공(駙馬共)이 초왕(楚王)을 위해 파(巴)나라에 사신으로 가다가, 짐주를 메고 있는 사람을 보았다.
【駙馬共(부마공)】: [인명] 성은 부마(駙馬), 이름은 공(共). ※ 청(淸) 왕계배(汪繼培)는《태평어람(太平御覽)》권419 집문(輯文)의 주(注)에서「부마는 무마의 잘못으로 의심된다(駙馬疑巫馬之譌.)」라고 했다.
【荊王(형왕)】: 초왕(楚王). 〖荊〗: 초(楚)나라의 다른 이름. 초나라는 지금의 호남성 · 호북성과 강서성 · 절강성 및 하남성 남부에 걸쳐 있던 주대(周代)의 제후국.
【使(사)】: 출사하다, 사신으로 가다.
【巴(파)】: 지금의 중경시(重慶市) 악서(鄂西) 일대에 있던 작은 나라.
【擔(담)】: 메다, 짊어지다.

3 問之 :「是何以?」 曰 :「所以酖人也。」 於是請買之。→ 부마공이 그에게 물었다 :「이것은 무엇에 쓰는 물건이오?」 그 사람이 대답했다 :「이것은 사람을 독살하는 데 쓰는 물건입니다.」 그리하여 (부마공이) 그것을 사겠다고 청했다.
【是(시)】: 이, 이것.

江。[4]

번역문

짐주(酖酒)를 사서 강물에 쏟아 붓다

부마공(駙馬共)이 초왕(楚王)을 위해 파(巴)나라에 사신으로 가다가 짐주를 메고 있는 사람을 보았다.

부마공이 그에게 물었다.

「이것은 무엇에 쓰는 물건이오?」

그 사람이 대답했다.

「이것은 사람을 독살하는 데 쓰는 물건입니다.」

그리하여 (부마공이) 그것을 사겠다고 청했다. 돈이 부족하자 여기에 수레와 말을 더 보탰다. 짐주를 사고 나서 그것을 모두 강에 쏟아 부었다.

해설

부마공(駙馬共)은 짐주(酖酒)가 독주(毒酒)라는 것을 알고 나서 가지고 있

....

【何以(하이)】: 何用(하용), 무엇에 쓰는가?
【所以(소이)】: …하기 위해 쓰다, …하는 데 사용하다.
【酖人(짐인)】: 사람을 독살하다.
【於是(어시)】: 이에, 그리하여.
【請(청)】: 요구하다, 청하다.

4 金不足, 又益之車馬。已得之, 盡注之於江。→ 돈이 부족하자, 여기에 수레와 말을 더 보탰다. 짐주를 사고 나서, 그것을 모두 강에 쏟아 부었다.
【金(금)】: 돈.
【益(익)】: 보태다, 추가하다.
【已(이)】: …한 다음, …하고 나서.
【盡(진)】: 모두, 다.

던 돈과 자기가 타고 갈 수레와 말까지 모두 다 주고 그것을 사서 강물에 쏟아 버렸다. 부마공의 이러한 방법은 짐주의 위해(危害)로부터 사람이 희생되는 것을 막기 위한 최상의 선택이었다.

이 우언은 공익(公益)을 위해 헌신한 부마공의 의협정신을 찬양하는 동시에 공공의 안전을 해치는 모든 요인은 해를 끼치기 전에 모든 수단과 방법을 동원하여 신속히 제거해야 한다는 도리를 밝힌 것이다.

《신자申子》 우언

신불해(申不害 : 약 B.C. 385 - B.C. 337)는 전국시대 한(韓)나라 사람으로 15년간 한소후(韓昭侯)의 재상을 지내면서 나라를 안정시키고, 강력한 군대를 보유하여 외세가 감히 한나라를 침략하지 못하도록 했다. 그는 황제(黃帝) 노자(老子)의 도가(道家) 학문에 바탕을 두고 형명(刑名)을 주장하여 법가(法家)의 선구가 되었으며 한비(韓非)와 더불어 「신한(申韓)」이라 불리었다.

《신자(申子)》는 신불해가 지었다. 《한서(漢書) · 예문지(藝文志)》에는 《신자》 6편이라 했으나 원서는 일찍이 망실되었고, 지금은 한(漢) 유향(劉向)의 《신서(新序)》와 송(宋) 이방(李昉)이 편찬한 《태평어람(太平御覽)》 및 청(淸) 마국한(馬國翰)의 《옥함산방집일서(玉函山房輯佚書)》 등에 일부 일문(佚文)이 수록되어 있다.

030 섭공호룡(葉公好龍)

《申子》佚文

원문 및 주석

葉公好龍[1]

葉公子高好龍, 鉤以寫龍, 鑿以寫龍, 屋室雕文以寫龍。[2] 於是天龍聞而下之, 窺頭於牖, 施尾於堂。[3] 葉公見之, 棄而還走, 失其魂

....

1 葉公好龍 → 섭공(葉公)이 용을 좋아하다
【葉公(섭공)】: 초(楚)나라의 귀족으로 성은 심(沈), 이름은 제량(諸梁)이며, 자는 자고(子高)이다. 섭(葉)지방[지금의 하남성 섭현(葉縣)]에 봉해져「섭공」이라 했다. ※「葉」은 지명으로 쓰일 경우「섭」으로 발음한다.
【好(호)】: [동사] 좋아하다.

2 葉公子高好龍, 鉤以寫龍, 鑿以寫龍, 屋室雕文以寫龍。→ 섭공(葉公) 자고(子高)는 용을 좋아하여, 옷의 장식품에 용을 그려 넣고, 술잔에 용을 새겨 넣는가 하면, 방이나 침실 등 무늬를 조각할 수 있는 모든 곳에 용을 그리거나 새겨 넣었다.
【葉公子高(섭공자고)】: 주 1【葉公】참조.
【鉤(구)】: 의복에 다는 일종의 장식품.
【寫(사)】: 그리다. 여기서는「그리거나 새기는 것」을 말한다.
【鑿(착)】: 작(爵), 술잔.
【屋室雕文(옥실조문)】: 방이나 침실 등 무늬를 조각할 수 있는 곳. 〖文〗: 紋(문), 무늬.

3 於是天龍聞而下之, 窺頭於牖, 施尾於堂。→ 그리하여 하늘에 있는 용이 (이 소문을) 듣고 섭공이 사는 곳으로 내려와, 머리는 창문에서 엿보고, 꼬리는 대청에 늘어뜨려 끌고 있었다.
【於是(어시)】: 이에, 그리하여.
【下之(하지)】: 그곳으로 내려오다. 즉 섭공이 사는 곳으로 내려오다.
【窺(규)】: 엿보다, 살피다.

魄, 五色無主。[4] 是葉公非好龍也, 好夫似龍而非龍者也。[5]

번역문

섭공(葉公)이 용을 좋아하다

섭공(葉公) 자고(子高)는 용을 좋아하여 옷의 장식품에 용을 그려 넣고, 술잔에 용을 새겨 넣는가 하면, 방이나 침실 등 무늬를 조각할 수 있는 모든 곳에 용을 그리거나 새겨 넣었다. 그리하여 하늘에 있는 용이 (이 소문을) 듣고 섭공이 사는 곳으로 내려와 머리는 창문에서 엿보고, 꼬리는 대청에 늘어뜨려 끌고 있었다.

섭공은 이를 보자, 모든 것을 포기하고 몸을 돌려 달아나는데 혼비백산하여 얼굴색이 파랗게 변하며 어찌할 줄을 몰랐다. 이는 섭공이 진짜 용을 좋아한 것이 아니라 사이비 용을 좋아한 것이다.

【牖(유)】: 창문.
【施(이)】: 늘어뜨리다, (바닥에 닿아) 끌리다.
【堂(당)】: 대청.

4 葉公見之, 棄而還走, 失其魂魄, 五色無主。→ 섭공은 이를 보자, 모든 것을 포기하고 몸을 돌려 달아나는데, 혼비백산하여, 얼굴색이 파랗게 변하며 어찌할 줄을 몰랐다.
【棄(기)】: 버리다, 포기하다.
【還走(환주)】: 몸을 돌려 달아나다. 〖還〗: 돌다, 회전하다. 〖走〗: 달아나다.
【失其魂魄(실기혼백)】: 혼비백산하다.
【五色無主(오색무주)】: 공포에 사로잡혀 안색이 여러 가지로 변하다, 즉 「낯빛이 파랗게 질려 어쩔 줄 모르다」의 뜻. 〖五色〗: 청(青)·황(黃)·적(赤)·백(白)·흑(黑)의 다섯 가지 색깔. 여기서는 감각기관이 반응하여 붉으락푸르락 얼굴에 나타나는 낯빛을 가리킨다. 〖無主〗: 스스로 제어하지 못하다, 자제력을 잃다, 어찌 할 줄을 모르다.

5 是葉公非好龍也, 好夫似龍而非龍者也。→ 이는 섭공이 진짜 용을 좋아한 것이 아니라, 사이비 용을 좋아한 것이다.
【是(시)】: 이, 이것.
【夫(부)】: [대명사] 그, 저.
【似龍而非龍者(사룡이비룡자)】: 용 같으면서도 용이 아닌 것, 즉 「사이비 용」.

해설

섭공(葉公)은 자신의 주변에 있는 모든 물건에 용을 그리거나 새겨 넣고 용의 형상이 없는 물건은 사용하지 않을 정도로 용을 좋아했으나, 막상 실제로 용이 나타나자 혼비백산하여 달아나며 어쩔 줄을 몰랐다. 이는 진정으로 용을 좋아하지 않고 사이비(似而非) 용을 좋아한 것이다.

이 우언은 바로 표리부동(表裏不同)한 사람의 위선적(僞善的) 행위를 풍자한 것이다.

※ 참고 : 이 고사는 본래 《신자(申子)》 일문(佚文) 중의 일부로 송(宋) 설거(薛據)의 《공자집어(孔子集語)》에 수록되어 있고, 또 유향(劉向)의 《신서(新序)·잡사오(雜事五)》와 《태평어람(太平御覽)》 권37에도 보이는데 여기서는 《공자집어》와 《신서》를 근거로 했다. 그리고 《태평어람》 권37을 출처로 밝힌 마국한(馬國翰)의 《옥함산방집일서(玉函山房輯佚書)》에 수록된 일문은 《공자집어》나 《신서(新序)》와 비교할 때 기본 내용은 일치하나 문자상에서 차이가 많다.

《열자列子》 우언

열자(列子 : B.C. ?-?)는 이름이 구(寇) 또는 어구(御寇)라고 하며 전국시대 정(鄭)나라 사람이다. 그가 언제 살았었는지 확실히 알 수 없으나 장자(莊子) 이전이라고도 하고 장자와 같은 시기라고도 하며, 일설에는 존재하지 않았던 인물로 장자의 우언(寓言)일 뿐 고증할 길이 없다고 말하는 사람도 있다. 어쨌든 「청정무위(清靜無爲)」를 주장한 열자의 사상이 황제(黃帝)·노자(老子)로부터 나와 장자와 함께 도가(道家) 학파의 대표적인 인물로서 세상에 널리 전해진 것을 보면, 비록 열어구(列御寇)라는 사람이 실존하지 않았다 해도《열자》가 중국의 사상과 문학에 끼친 영향은 결코 무시할 수 없는 사실이다.

《열자(列子)》는《한서(漢書)·예문지(藝文志)》에 8편이라 했는데, 후에 망실되어 현재 전하는 것은 진(晋)나라 사람 장담(張湛)이 전설을 모아 편찬한 것이다. 내용이 비록 도가의 허무주의와 자연순응(自然順應) 등 소극적 사상을 선양하고 있지만, 많은 민간고사나 우언(寓言) 및 신화전설을 보존하고 있어 높은 문학적·사상적 가치를 지니고 있다.

031 기인우천(杞人憂天)

《列子 · 天瑞》

원문 및 주석

杞人憂天[1]

杞國有人憂天地崩墜, 身亡所寄, 廢寢食者。[2] 又有憂彼之所憂者, 因往曉之, 曰:「天, 積氣耳, 亡處亡氣。若屈伸呼吸, 終日在天中行止, 奈何憂崩墜乎?」[3] 其人曰:「天果積氣, 日月星宿, 不當墜

1 杞人憂天 → 기(杞)나라 사람이 하늘을 걱정하다
【杞(기)】: [국명] 지금의 하남성 기현(杞縣) 일대에 있던 주대(周代)의 제후국.

2 杞國有人憂天地崩墜, 身亡所寄, 廢寢食者。→ 기(杞)나라에 하늘이 무너져 몸을 기탁할 곳이 없을까 걱정하여, 침식을 전폐하는 사람이 있었다.
【崩墜(붕추)】: 무너지고 꺼지다.
【亡(무)】: 無(무).
【所寄(소기)】: 기탁할 곳, 의탁할 곳.

3 又有憂彼之所憂者, 因往曉之, 曰:「天, 積氣耳, 亡處亡氣。若屈伸呼吸, 終日在天中行止, 奈何憂崩墜乎?」→ 그런데 또 그가 걱정하는 것을 걱정하는 사람이 있어, 곧 그를 찾아가 깨우쳐주며, 말했다:「하늘은, 다만 쌓인 기체일 뿐으로, 기체가 없는 곳이 없습니다. 당신이 (몸을) 구부렸다 폈다 하고 숨을 내쉬고 들이쉬며, 온종일 하늘 속에서 활동하는데, 어찌 무너지고 꺼질까봐 걱정합니까?」
【因(인)】: 곧, 바로.
【曉(효)】: 깨우쳐주다, 알려주다.
【積氣(적기)】: 쌓인 기체.
【耳(이)】: 다만 … 뿐.
【亡處亡氣(무처무기)】: 無處無氣(무처무기), 기(氣)가 없는 곳이 없다. 〖亡〗: 無(무).

耶?」[4] 曉之者曰:「日月星宿, 亦積氣中之有光耀者, 只使墜, 亦不能有所中傷。」[5] 其人曰:「奈地壞何?」[6] 曉者曰:「地, 積塊耳, 充塞四虛, 亡處亡塊。若躇步跐蹈, 終日在地上行止, 奈何憂其壞?」[7] 其人舍然大喜, 曉之者亦舍然大喜。[8]

【若(약)】: 너, 당신.
【天中(천중)】: 하늘 속, 하늘 가운데.
【行止(행지)】: 활동하다.
【奈何(내하)】: 奈何(내하), 어찌, 어째서.

4 其人曰:「天果積氣, 日月星宿, 不當墜耶?」→ 그 사람이 말했다:「하늘이 과연 쌓여있는 기체라면, 해와 달과 별들은, 당연히 떨어지지 않겠지요?」
【果(과)】: 과연.
【星宿(성수)】: 별, 별자리.
【不當(부당)…耶(야)?】: 당연히 …하지 않겠는가?

5 曉之者曰:「日月星宿, 亦積氣中之有光耀者, 只使墜, 亦不能有所中傷。」→ 그를 깨우쳐주려는 사람이 말했다:「해와 달과 별들도, 쌓여있는 기체 안에서 광채가 나는 것이라, 설사 떨어진다 해도, 맞아 다치는 일이 있을 수 없습니다.」
【光耀(광요)】: 빛, 광채.
【只使(지사)】: [가정법] 설사 …라 해도.
【墜(추)】: 떨어지다.
【有所中傷(유소중상)】: 맞아 다치다.

6 其人曰:「奈地壞何?」→ 그 사람이 말했다:「땅이 무너지면 어떻게 하지요?」
【奈(내)…何(하)】: 奈何(내하), 어찌, 어떻게.

7 曉者曰:「地, 積塊耳, 充塞四虛, 亡處亡塊。若躇步跐蹈, 終日在地上行止, 奈何憂其壞?」→ 깨우쳐주려는 사람이 말했다:「땅은, 쌓여 있는 흙덩어리 일 뿐이며, 사면팔방을 가득 채워서, 흙이 없는 곳이 없습니다. 당신이 밟고 걷고 뛰며, 온종일 땅 위에서 활동하는데, 어찌 그것이 무너질까봐 걱정합니까?」
【塊(괴)】: 흙덩이.
【充塞(충새)】: 가득 채우다.
【四虛(사처)】: 사방, 사면팔방.
【亡處亡塊(무처무괴)】: 흙이 없는 곳이 없다. 〖亡〗: 無(무).
【若(약)】: 너, 당신.
【躇步跐蹈(저보차도)】: 밟고 걷고 뛰고 하다.

8 其人舍然大喜, 曉之者亦舍然大喜。→ 그는 비로소 안심하며 매우 기뻐했고, 그를 깨우쳐준 사람 또한 안심하며 매우 기뻐했다.
【舍然(사연)】: 근심을 버리고 안심하는 모양. 〖舍〗: 捨(사), 버리다.

번역문

기(杞)나라 사람이 하늘을 걱정하다

기(杞)나라에 하늘이 무너져 몸을 기탁할 곳이 없을까 걱정하여 침식을 전폐하는 사람이 있었다. 그런데 또 그가 걱정하는 것을 걱정하는 사람이 있어, 곧 그를 찾아가 깨우쳐주며 말했다.

「하늘은 다만 쌓인 기체일 뿐으로 기체가 없는 곳이 없습니다. 당신이 (몸을) 구부렸다 폈다 하고 숨을 내쉬고 들이쉬며 온종일 하늘 속에서 활동하는데, 어찌 무너지고 꺼질까봐 걱정합니까?」

그 사람이 말했다.

「하늘이 과연 쌓여있는 기체라면 해와 달과 별들은 당연히 떨어지지 않겠지요?」

그를 깨우쳐주려는 사람이 말했다.

「해와 달과 별들도 쌓여있는 기체 안에서 광채가 나는 것이라, 설사 떨어진다 해도 맞아 다치는 일이 있을 수 없습니다.」

그 사람이 말했다.

「땅이 무너지면 어떻게 하지요?」

깨우쳐주려는 사람이 말했다.

「땅은 쌓여있는 흙덩어리 일뿐이며 사면팔방을 가득 채워서 흙이 없는 곳이 없습니다. 당신이 밟고 걷고 뛰며 온종일 땅 위에서 활동하는데, 어찌 그것이 무너질까봐 걱정합니까?」

그는 비로소 안심하며 매우 기뻐했고, 그를 깨우쳐준 사람 또한 안심하며 매우 기뻐했다.

해설

하늘이 무너지고 땅이 꺼질까 걱정하여 침식을 전폐하는 것은 실로 무지의 소치이다.

이 우언은 무지로 인해 쓸 데 없이 걱정하는 우매한 사람을 조소하고 풍자한 것이다.

032 위도지도(爲盜之道)

《列子 · 天瑞》

원문 및 주석

爲盜之道[1]

齊之國氏大富, 宋之向氏大貧, 自宋之齊, 請其術。[2] 國氏告之曰 : 「吾善爲盜。始吾爲盜也, 一年而給, 二年而足, 三年大穰。自此以往, 施及州閭。」[3] 向氏大喜, 喩其爲盜之言, 而不喩其爲盜之道。遂

1 爲盜之道 → 도둑질하는 방법
【爲盜(위도)】: 도둑질하다.
【道(도)】: 방법.

2 齊之國氏大富, 宋之向氏大貧, 自宋之齊, 請其術。→ 제(齊)나라의 국씨(國氏)는 매우 부유하고, 송(宋)나라의 향씨(向氏)는 매우 가난했다. (향씨가) 송나라로부터 제나라에 가서, (국씨에게) 돈 버는 기술을 가르쳐 달라고 간청했다.
【齊(제)】: [국명] 지금의 산동성 북부와 하북성 남부에 걸쳐 있던 주대(周代)의 제후국.
【宋(송)】: [국명] 지금의 하남성 상구현(商邱縣) 일대에 있던 주대(周代)의 제후국.
【自(자)…之(지)…】: …로부터 …에 가다.
【請(청)】: 청하다, 요구하다. 여기서는 「가르쳐 달라고 청하다」의 뜻.
【其術(기술)】: 그 기술, 즉 돈을 버는 방법.

3 國氏告之曰 : 「吾善爲盜。始吾爲盜也, 一年而給, 二年而足, 三年大穰。自此以往, 施及州閭。」→ 국씨가 그에게 일러 말했다 : 「나는 도둑질을 잘 합니다. 내가 처음 도둑질을 시작하여, 일 년째는 (겨우) 자급하는 정도였고, 이 년째는 좀 여유가 있었고, 삼 년째는 매우 풍성했습니다. (그리하여) 이후부터는, 마을 사람들에게 베풀었습니다.」
【善(선)】: 잘 하다, 능하다.
【始(시)】: 처음, 최초.

踰垣鑿室, 手目所及, 亡不探也。[4] 未及時, 以贓獲罪, 沒其先居之財。向氏以國氏之謬己也, 往而怨之。[5] 國氏曰 :「若爲盜若何?」向氏言其狀。[6] 國氏曰 :「嘻! 若失爲盜之道至此乎? 今將告若矣。[7] 吾

【給(급)】: 자급하다.
【穰(양)】: 매우 풍성하다.
【自此以往(자차이왕)】: 이후부터.
【施及(시급)…】: …에(에게) 베풀다.
【州閭(주려)】: 옛날에는 가옥 50호(戶)를 려(閭)라 하고, 2500호를 주(州)라 했다. 여기서는 「마을, 마을 사람」을 가리킨다.

4 向氏大喜, 喩其爲盜之言, 而不喩其爲盜之道。遂踰垣鑿室, 手目所及, 亡不探也。→ 향씨는 매우 기뻐하며, 그가 도둑질했다는 말은 분명히 알았으나, 그가 도둑질한 방법은 알지 못했다. 그리하여 남의 집 담장을 넘어 벽을 뚫고 들어가, 손에 잡히고 눈에 보이는 것은, 모두 훔쳤다.
【喩(유)】: 분명히 알다, 이해하다.
【道(도)】: 방법.
【遂(수)】: 이에, 그리하여.
【踰垣(유원)】: 담장을 넘어가다.
【鑿室(착실)】: 집에 구멍을 뚫다.
【手目所及(수목소급)】: 손에 닿고 눈에 보이는 것.
【亡不探(무불탐)】: 취하지 않은 것이 없다, 모두 훔치다. 〖亡〗: 無(무). 〖探〗: 취하다, 훔치다.

5 未及時, 以贓獲罪, 沒其先居之財。向氏以國氏之謬己也, 往而怨之。→ 얼마 후, (향씨는) 장물로 인해 죄를 얻어, 자기의 기존 재산까지 모두 몰수당했다. 향씨는 국씨가 자기를 속였다고 여겨, (국씨를) 찾아가 원망했다.
【未及時(미급시)】: 얼마 안 가서, 오래지 않아, 얼마 후.
【以贓(이장)】: 장물로 인해. 〖以〗: …로 인해. 〖贓〗: 장물, 도둑질한 물건.
【沒(몰)】: [피동용법] 몰수당하다.
【先居之財(선거이재)】: 먼저 지니고 있던 재산, 기존의 재산.
【以國氏之謬己(이국씨지류기)】: 국씨가 자기를 속였다고 생각하다. 〖以〗: 以爲(이위), …라고 여기다, …라고 생각하다. 〖謬〗: 속이다, 기만하다.
【怨(원)】: 원망하다.

6 國氏曰 :「若爲盜若何?」向氏言其狀。→ 국씨가 물었다 :「당신은 어떻게 도둑질을 했습니까?」향씨가 그 상황을 설명했다.
【若(약)】: 너, 당신.
【若何(약하)】: 어떻게, 어떤 방법으로.
【言(언)】: 말하다, 설명하다.
【狀(상)】: 상황.

聞天有時, 地有利。吾盜天地之時利, 雲雨之滂潤, 山澤之產育, 以生吾禾, 殖吾稼, 築吾垣, 建吾舍。[8] 陸盜禽獸, 水盜魚鼈, 亡非盜也。[9] 夫禾稼、土木、禽獸、魚鼈, 皆天之所生, 豈吾之所有? 然吾盜天而亡殃。[10] 夫金玉珍寶、穀帛財貨, 人之所聚, 豈天之所與? 若盜

---

7 國氏曰 : 「譆! 若失爲盜之道至此乎? 今將告若矣。 → 그러자 국씨가 말했다 : 「아! 당신은 이렇게까지 도둑질하는 방법을 어겼습니까? 지금 당장 당신에게 알려드리지요.
【譆(희)】 : [감탄사] 아!
【失(실)】 : 어기다, 위반하다.
【將(장)】 : 곧, 바로, 당장.

8 吾聞天有時, 地有利。吾盜天地之時利, 雲雨之滂潤, 山澤之產育, 以生吾禾, 殖吾稼, 築吾垣, 建吾舍。 → 나는 하늘에 사시(四時)가 있고, 땅에 지리(地利)가 있다고 들었습니다. 나는 하늘의 사시와 땅의 지리를 훔쳐서, 구름과 비가 땅을 촉촉하게 적셔주고, 산과 연못이 낳아 길러주는 이점을 이용하여, 나의 벼를 생장하게 하고, 나의 곡식을 번식시키고, 나의 담장을 쌓고, 나의 집을 지었습니다.
【滂潤(방윤)】 : 촉촉하게 적시다.
【產育(산육)】 : 낳고 기르다.
【生(생)】 : 생장하다.
【殖(식)】 : 번식하다.
【稼(가)】 : 곡식.
【築(축)】 : 쌓다, 축조하다.
【垣(원)】 : 담, 담장.

9 陸盜禽獸, 水盜魚鼈, 亡非盜也。 → 땅에서는 금수를 훔치고, 물에서는 어류를 훔치니, 훔치지 않는 것이 하나도 없습니다.
【禽獸(금수)】 : 날짐승과 들짐승.
【魚鼈(어별)】 : 물고기와 자라 등의 어류.
【亡非(무비)】 : 莫非(막비), …아닌 것이 없다. 〖亡〗 : 無(무).

10 夫禾稼、土木、禽獸、魚鼈, 皆天之所生, 豈吾之所有? 然吾盜天而亡殃。 → 무릇 곡식과 토목(土木)과 금수와 어류는, 모두 하늘이 생산해 낸 것인데, 어찌 나의 것이라 하겠습니까? 그러나 내가 하늘이 생산한 것을 훔쳐도 아무런 재앙이 없습니다.
【夫(부)】 : [발어사] 대저, 무릇.
【豈(기)】 : 어찌.
【然(연)】 : 그러나.
【亡殃(무앙)】 : 재앙이 없다. 〖亡〗 : 無(무).

之而獲罪, 孰怨哉?」[11]

번역문

도둑질하는 방법

제(齊)나라의 국씨(國氏)는 매우 부유하고, 송(宋)나라의 향씨(向氏)는 매우 가난했다. (향씨가) 송나라로부터 제나라에 가서 (국씨에게) 돈 버는 기술을 가르쳐 달라고 간청했다.

국씨가 그에게 일러 말했다.

「나는 도둑질을 잘 합니다. 내가 처음 도둑질을 시작하여 일 년째는 (겨우) 자급하는 정도였고, 이 년째는 좀 여유가 있었고, 삼 년째는 매우 풍성했습니다. (그리하여) 이후부터는 마을 사람들에게 베풀었습니다.」

향씨는 매우 기뻐하며 그가 도둑질했다는 말은 분명히 알았으나 그가 도둑질한 방법은 알지 못했다. 그리하여 남의 집 담장을 넘어 벽을 뚫고 들어가 손에 잡히고 눈에 보이는 것은 모두 훔쳤다. 얼마 후 (향씨는) 장물로 인해 죄를 얻어 자기의 기존 재산까지 모두 몰수당했다. 향씨는 국씨가 자기를 속였다고 여겨 (국씨를) 찾아가 원망했다.

국씨가 물었다.

11 夫金玉珍寶、穀帛財貨, 人之所聚, 豈天之所與? 若盜之而獲罪, 孰怨哉?」→ 무릇 금옥과 같은 보화나 곡식·비단과 같은 재물은, 사람이 모은 것인데, 어찌 하늘이 준 것이라 하겠습니까? 당신이 그것을 훔쳐 죄를 얻었으니, 누구를 원망하겠습니까?」

【珍寶(진보)】: 보화, 진귀한 보물.

【穀帛財貨(곡백재화)】: 곡식과 비단과 재물.

【聚(취)】: 모으다.

【與(여)】: 주다.

【孰怨(숙원)】: 怨孰(원숙), 누구를 원망하다.

「당신은 어떻게 도둑질을 했습니까?」

향씨가 그 상황을 설명했다. 그러자 국씨가 말했다.

「아! 당신은 이렇게까지 도둑질하는 방법을 어겼습니까? 지금 당장 당신에게 알려드리지요. 나는 하늘에 사시(四時)가 있고, 땅에 지리(地利)가 있다고 들었습니다. 나는 하늘의 사시와 땅의 지리를 훔쳐서 구름과 비가 땅을 촉촉하게 적셔주고, 산과 연못이 낳아 길러주는 이점을 이용하여 나의 벼를 생장하게 하고 나의 곡식을 번식시키고, 나의 담장을 쌓고, 나의 집을 지었습니다. 땅에서는 금수를 훔치고 물에서는 어류를 훔치니, 훔치지 않는 것이 하나도 없습니다. 무릇 곡식과 토목(土木)과 금수와 어류는 모두 하늘이 생산해 낸 것인데, 어찌 나의 것이라 하겠습니까? 그러나 내가 하늘이 생산한 것을 훔쳐도 아무런 재앙이 없습니다. 무릇 금옥과 같은 보화나 곡식 · 비단과 같은 재물은 사람이 모은 것인데 어찌 하늘이 준 것이라 하겠습니까? 당신이 그것을 훔쳐 죄를 얻었으니 누구를 원망하겠습니까?」

해설

제(齊)나라의 국씨(國氏)가 부유하게 된 것을 부러워한 송(宋)나라의 향씨(向氏)가 불원천리하고 국씨를 찾아가 부자가 되는 방법을 묻자, 국씨는 천시지리(天時地利)의 이점을 이용하여 자신의 노력으로 부자가 되었다는 것을 도둑질했다는 말로 표현했다. 향씨는 도둑질이란 말의 뜻을 남의 물건을 훔쳤다는 말로 이해하고, 남의 담장을 넘어가 손에 잡히고 눈에 보이는 대로 물건을 훔쳤다가 절도죄로 인해 자신의 모든 재산을 모두 몰수당하는 재앙을 입었다.

이 우언은 상대방이 희극적으로 표현한 말의 참뜻을 이해하지 못하고 곧이곧대로 행동에 옮겼다가 패가망신한 고직식한 사람을 풍자한 것이다.

033 상구개(商丘開)

《列子 · 黃帝》

원문 및 주석

商丘開[1]

范氏有子曰子華, 善養私名, 擧國服之。…子華之門徒, 皆世族也。[2] …與商丘開俱乘高臺, 於衆中漫言曰:「有能自投下者, 賞百金。」衆皆競應。[3] 商丘開以爲信然, 遂先投下, 形若飛鳥, 揚於地,

1 商丘開 → 상구개(商丘開)
【商丘開(상구개)】: [인명].

2 范氏有子曰子華, 善養私名, 擧國服之。…子華之門徒, 皆世族也。→ 범씨(范氏)에게 자화(子華)라는 아들이 있는데, 협객을 양성하는 일에 능하여, 온 나라 사람들이 그에게 복종했다. …자화의 제자들은, 모두 대대로 벼슬을 한 집안의 출신이었다.
【范氏(범씨)】: 범중행(范中行). 진(晉)나라의 대부
【善養(선양)】: 잘 양성하다, 양성하는 일에 능하다.
【私名(사명)】: 협사, 협객.
【擧國(거국)】: 온 나라.
【服(복)】: 탄복하다.
【門徒(문도)】: 제자, 문하생.
【世族(세족)】: 대대로 벼슬을 한 집안.

3 與商丘開俱乘高臺, 於衆中漫言曰:「有能自投下者, 賞百金。」衆皆競應。→ (어느 날) 그들이 상구개와 함께 높은 누대에 올랐다. (이때) 여러 사람 중에 누군가 터무니없는 말을 했다: 「누구든 스스로 뛰어 내릴 수 있는 사람이 있다면, 상으로 백금(百金)을 주겠다.」 여러 사람이 모두 다투어 이에 호응하며 맞장구쳤다.
【俱(구)】: 함께.

肌骨無碨。[4] 范氏之黨以爲偶然，未詎怪也。[5] 因復指河曲之淫隈曰：「彼中有寶珠，泳可得也。」[6] 商丘開復從而泳之，既出，果得珠焉。衆昉同疑。子華昉令豫肉食衣帛之次。[7] 俄而范氏之藏大火。子華曰：

【漫言(만언)】: 터무니없는 말, 멋대로 하는 말.
【投下(투하)】: 아래로 몸을 던지다, 즉 「아래로 뛰어내리다」의 뜻.
【競應(경응)】: 동조하다, 호응하다, 맞장구치다.

4 商丘開以爲信然，遂先投下，形若飛鳥，揚於地，肌骨無碨。→ 상구개는 그들의 말을 진실로 여겼다. 그리하여 먼저 아래로 뛰어내렸는데, 모습이 마치 나는 새처럼, 가볍게 땅에 내려앉으며, 살과 뼈에 전혀 손상을 입지 않았다.
【以爲(이위)】: …라 여기다, …라고 생각하다.
【信然(신연)】: 사실이다, 그렇다.
【遂(수)】: 그리하여.
【形(형)】: 모습, 모양.
【若(약)】: 마치 …같다.
【揚於(양어)…】: …에 가뿐하게 내려앉다.
【肌骨(기골)】: 피부와 뼈. 〖肌〗: 肌(기)의 잘못된 글자.
【碨(훼)】: 毁(훼), 부수다, 훼손하다. 여기서는 「다치다, 손상을 입다」의 뜻.

5 范氏之黨以爲偶然，未詎怪也。→ 범씨의 무리들은 이를 우연이라 여기며, 대수롭지 않게 생각했다.
【未詎怪(미거괴)】: 크게 괴이할 게 없다, 대수롭지 않다, 별거 아니다. 〖詎〗: 巨(거), 大(대)와 통한다. 〖怪〗: 기괴하다, 괴이하다.

6 因復指河曲之淫隈曰：「彼中有寶珠，泳可得也。」→ 그리하여 다시 하곡(河曲)의 깊은 곳을 가리키며 말했다: 「저 속에 보석이 있는데, 헤엄쳐 들어가면 얻을 수 있다.」
【因(인)】: 이로 인해, 그리하여.
【復(부)】: 다시.
【指(지)】: 가리키다
【河曲(하곡)】: 강이 흐르다가 굽은 곳.
【淫隈(음외)】: 물이 깊고 굽은 곳.

7 商丘開復從而泳之，既出，果得珠焉。衆昉同疑。子華昉令豫肉食衣帛之次。→ 상구개는 또 그들의 말에 따라 헤엄쳐 들어갔고, 물에서 나온 후, 과연 보석을 가지고 있었다. 여러 사람은 그제야 비로소 함께 의아하게 생각했고, 자화도 비로소 상구개로 하여금 자기들의 반열에 참여하도록 했다.
【既出(기출)】: 이미 나오다, 즉 「나오고 나서, 나온 후」.
【昉(방)】: 비로소.
【同疑(동의)】: 함께 의아하게 생각하다.

「若能入火取錦者, 從所得多少賞若。」[8] 商丘開往無難色, 入火往還, 埃不漫, 身不焦。[9] 范氏之黨以爲有道, 乃共謝之曰:「吾不知子之有道而誕子, 吾不知子之神人而辱子。[10] 子其愚我也, 子其聾我

【令(령)】: …하여금 …하도록 하다.
【豫(예)】: 참여하다, 참가하다.
【肉食衣帛(육식의백)】: 육식을 하고 비단 옷을 입다, 즉 「호의호식(好衣好食)하다.」 여기서는 「자기들의 반열」을 가리킨다.
【次(차)】: 대열, 반열, 항렬.

8 俄而范氏之藏大火。子華曰:「若能入火取錦者, 從所得多少賞若。」→ 얼마 후 범씨의 창고에 큰 불이 났다. 자화가 (상구개에게) 말했다:「당신이 불 속으로 들어가 비단을 꺼내 올 수 있다면, 소득에서 얼마는 당신에게 상으로 주겠소.」
【俄而(아이)】: 얼마 후.
【藏(장)】: 창고.
【大火(대화)】: [상황어] 큰 불이 나다.
【若(약)】: 너, 당신.
【從(종)】: …에서, …로부터.
【多少(다소)】: 얼마, 어느 정도.

9 商丘開往無難色, 入火往還, 埃不漫, 身不焦。→ 상구개는 조금도 난색을 표하지 않고 가서, 불속으로 드나들기를 반복했는데, 먼지를 덮어 쓰지도 않고, 몸을 그을리지도 않았다.
【往還(왕환)】: 반복하다, 왕복하다.
【埃(애)】: 먼지.
【漫(만)】: 가득하다, 충만하다. 여기서는 「덮어 쓰다」의 뜻.
【焦(초)】: 그을리다.

10 范氏之黨以爲有道, 乃共謝之曰:「吾不知子之有道而誕子, 吾不知子之神人而辱子。→ 범씨의 무리들은 (상구개가) 도술을 지녔다고 여겨, 그제야 모두 함께 사죄하며 말했다:「우리는 당신이 도술을 지닌 것을 모르고 당신을 속이고, 당신이 신인(神人)이라는 것을 모르고 당신을 모욕했습니다.
【以爲(이위)】: …라 여기다, …라고 생각하다.
【道(도)】: 도술.
【乃(내)】: 비로소, 그제야.
【共(공)】: 모두 함께, 다 같이.
【謝(사)】: 사죄하다.
【誕(탄)】: 속이다.
【神人(신인)】: 득도(得道)한 사람.
【辱(욕)】: 모욕하다, 욕되게 하다.

也，子其盲我也。敢問其道。」[11] 商丘開曰：「吾亡道。雖吾之心，亦不知所以。雖然，有一於此，試與子言之。[12] 曩子二客之宿吾舍也，聞譽范氏之勢，能使存者亡，亡者存；富者貧，貧者富。[13] 吾誠之無二心，故不遠而來。[14] 及來，以子黨之言皆實也，唯恐誠之之不至，行之之不及，不知形體之所措，利害之所存也。[15] 心一而已，物亡迕

11 子其愚我也，子其聾我也，子其盲我也。敢問其道。」→ 당신은 아마도 우리를 바보로 여기고, 귀머거리로 여기고, 장님으로 여겼을 것입니다. 그 도술이 무엇인지 감히 여쭙고자 합니다.」
【其(기)】: 아마도.
【愚(우)】: 바보로 여기다.
【聾(농)】: [동사용법] 귀머거리로 여기다.
【盲(맹)】: [동사용법] 장님으로 여기다.

12 商丘開曰：「吾亡道。雖吾之心，亦不知所以。雖然，有一於此，試與子言之。→ 상구개가 말했다 : 「나는 도술이 없습니다. 비록 나의 마음이라 해도, 그런 까닭을 모릅니다. 그렇지만, 이에 대해 한 가지가 있어, 그것을 당신들에게 말해 보겠습니다.
【亡(무)】: 無(무).
【雖(수)】: 비록, 설사.
【所以(소이)】: 까닭, 원인.
【與(여)】: …에게.

13 曩子二客之宿吾舍也，聞譽范氏之勢，能使存者亡，亡者存；富者貧，貧者富。→ 이전에 당신의 문객 두 사람이 나의 집에 묵은 적이 있는데, (그들로부터) 범씨의 권세가, 능히 산 사람을 죽게 하고, 죽은 사람을 살게 하며; 부자를 가난뱅이가 되게 하고, 가난한 사람을 부자가 되게 한다고 칭찬하는 말을 들었습니다.
【曩(낭)】: 과거, 이전.
【宿(숙)】: 묵다, 투숙하다.
【譽(예)】: 칭찬하다.
【使(사)】: …로 하여금 …하게 하다, …을 …하게 하다.

14 吾誠之無二心，故不遠而來。→ 나는 그 말을 믿고 두 마음을 품지 않았습니다. 그래서 불원천리하고 이곳에 왔습니다.
【誠(성)】: 信(신), 믿다.

15 及來，以子黨之言皆實也，唯恐誠之之不至，行之之不及，不知形體之所措，利害之所存也。→ 도착한 후, (나는) 당신들의 말을 모두 사실이라 여겼습니다. 다만 그것을 믿는 마음이 지극하지 못하고, 그것을 수행하여 미치지 못할까 두려운 나머지, 자신의 몸이 처해 있는 곳이나, 이해득실의 존재를 알지 못했습니다.

者, 如斯而已。今昉知子黨之誕我, 我內藏猜慮, 外矜觀聽, 追幸昔日之不焦溺也, 怛然內熱, 惕然震悸矣。水火豈復可近哉?」[16] 自此之後, 范氏門徒, 路遇乞兒馬醫, 弗敢辱也, 必下車而揖之。[17]

··············

【以(이)】: 以爲(이위), …라고 여기다.
【子黨(자당)】: 당신들, 그대들.
【恐(공)】: 두려워하다.
【不至(부지)】: 지극하지 못하다.
【不及(불급)】: 미치지 못하다, 이르지 못하다.
【形體之所措(형체지소조)】: 몸이 처해 있는 곳.
【利害之所存(이해지소존)】: 이해득실의 존재.

16 心一而已, 物亡迕者, 如斯而已。今昉知子黨之誕我, 我內藏猜慮, 外矜觀聽, 追幸昔日之不焦溺也, 怛然內熱, 惕然震悸矣。水火豈復可近哉?」→ 오직 한마음으로 일관하니 다른 사물이 나의 뜻을 거스르는 일이 없이, 바로 이와 같을 뿐이었습니다. 지금 비로소 당신들이 나를 속였다는 것을 알고 나니, 나는 속으로 의심하는 마음을 품게 되고, 밖에서 보고 듣는 것을 조심하는데, 지난날 요행히 불에 그을리거나 물에 빠져 죽지 않은 것을 회상하면, 비통하여 속으로 열이 북받치고, 두려워 몸을 떨게 합니다. 물과 불을 어찌 다시 가까이 할 수 있겠습니까?」
【心一(심일)】: 한마음으로 일관하다.
【而已(이이)】: …뿐.
【物亡迕者(물무오자)】: 사물이 나의 뜻을 거역하는 일은 없다. 〖亡〗: 無(무). 〖迕〗: 거스르다, 방해하다.
【如斯(여사)】: 如此(여차), 이와 같다.
【昉(비로소)】: 비로소.
【藏(장)】: 간직하다, 지니다, 품다.
【猜慮(시려)】: 의심하는 마음.
【矜(긍)】: 조심하다, 신중히 하다, 자중하다.
【追(추)】: 상기하다, 회상하다.
【幸(행)】: 요행, 다행.
【溺(익)】: 물에 빠지다. 여기서는 「익사하다」의 뜻.
【怛然(달연)】: 비통한 모양.
【內熱(내열)】: 속으로 열이 북받치다.
【惕然(척연)】: 두려운 모양.
【震悸(진계)】: 놀라 두려워하다, 두려워 떨게 하다.

17 自此之後, 范氏門徒, 路遇乞兒馬醫, 弗敢辱也, 必下車而揖之。→ 이후부터, 범씨의 제자들은, 길에서 거지나 마의(馬醫)를 보아도, 감히 모욕하지 못하고, 반드시 수레에서 내려 그들에게 읍을 했다.

번역문

상구개(商丘開)

범씨(范氏)에게 자화(子華)라는 아들이 있는데 협객을 양성하는 일에 능하여 온 나라 사람들이 그에게 복종했다. …… 자화의 제자들은 모두 대대로 벼슬을 한 집안의 출신이었다.

(어느 날) 그들이 상구개와 함께 높은 누대에 올랐다. (이때) 여러 사람 중에 누군가 터무니없는 말을 했다.

「누구든 스스로 뛰어 내릴 수 있는 사람이 있다면 상으로 백금(百金)을 주겠다.」

여러 사람이 모두 다투어 이에 호응하며 맞장구쳤다. 상구개는 그들의 말을 진실로 여겼다. 그리하여 먼저 아래로 뛰어내렸는데, 모습이 마치 나는 새처럼 가볍게 땅에 내려앉으며 살과 뼈에 전혀 손상을 입지 않았다. 범씨의 무리들은 이를 우연이라 여기며 대수롭지 않게 생각했다. 그리하여 다시 하곡(河曲)의 깊은 곳을 가리키며 말했다.

「저 속에 보석이 있는데 헤엄쳐 들어가면 얻을 수 있다.」

상구개는 또 그들의 말에 따라 헤엄쳐 들어갔고, 물에서 나온 후 과연 보석을 가지고 있었다. 여러 사람은 그제야 비로소 함께 의아하게 생각했고, 자화도 비로소 상구개로 하여금 자기들의 반열에 참여하도록 했다. 얼마 후 범씨의 창고에 큰불이 났다. 자화가 (상구개에게) 말했다.

....

【遇(우)】: 만나다.
【乞兒(걸아)】: 거지.
【馬醫(마의)】: 말을 치료하는 수의사. ※ 옛날에 마의는 거지 다음으로 낮은 신분이었다.
【弗敢(불감)】: 감히 …하지 못하다. 〖弗〗: 不(불).
【揖(읍)】: 읍하다. ※ 마주잡은 손을 얼굴 앞에 들고 허리를 약간 굽혔다 펴는 인사.
【之(지)】: [대명사] 그들, 즉 거지와 마의(馬醫).

「당신이 불속으로 들어가 비단을 꺼내 올 수 있다면, 소득에서 얼마는 당신에게 상으로 주겠소.」

상구개는 조금도 난색을 표하지 않고 가서 불속으로 드나들기를 반복했는데, 먼지를 덮어 쓰지도 않고 몸을 그을리지도 않았다. 범씨의 무리들은 (상구개가) 도술을 지녔다고 여겨, 그제야 모두 함께 사죄하며 말했다.

「우리는 당신이 도술을 지닌 것을 모르고 당신을 속이고, 당신이 신인(神人)이라는 것을 모르고 당신을 모욕했습니다. 당신은 아마도 우리를 바보로 여기고, 귀머거리로 여기고, 장님으로 여겼을 것입니다. 그 도술이 무엇인지 감히 여쭙고자 합니다.」

상구개가 말했다.

「나는 도술이 없습니다. 비록 나의 마음이라 해도 그런 까닭을 모릅니다. 그렇지만 이에 대해 한 가지가 있어 그것을 당신들에게 말해 보겠습니다. 이전에 당신의 문객 두 사람이 나의 집에 묵은 적이 있는데, (그들로부터) 범씨의 권세가 능히 산 사람을 죽게 하고 죽은 사람을 살게 하며, 부자를 가난뱅이가 되게 하고 가난한 사람을 부자가 되게 한다고 칭찬하는 말을 들었습니다. 나는 그 말을 믿고 두 마음을 품지 않았습니다. 그래서 불원천리하고 이곳에 왔습니다.

도착한 후 (나는) 당신들의 말을 모두 사실이라 여겼습니다. 다만 그것을 믿는 마음이 지극하지 못하고 그것을 수행하여 미치지 못할까 두려운 나머지 자신의 몸이 처해 있는 곳이나 이해득실의 존재를 알지 못했습니다. 오직 한마음으로 일관하니 다른 사물이 나의 뜻을 거스르는 일이 없이 바로 이와 같을 뿐이었습니다.

지금 비로소 당신들이 나를 속였다는 것을 알고 나니, 나는 속으로 의심하는 마음을 품게 되고 밖에서 보고 듣는 것을 조심하는데, 지난날 요행히 불에 그을리거나 물에 빠져 죽지 않은 것을 회상하면 비통하여 속으로 열이 북받치고 두려워 몸을 떨게 합니다. 물과 불을 어찌 다시 가까이 할 수 있겠습니까?」

이후부터 범씨의 제자들은 길에서 거지나 마의(馬醫)를 보아도 감히 모욕하지 못하고 반드시 수레에서 내려 그들에게 읍(揖)을 했다.

해설

자화(子華)는 진(晉)나라 군주의 총애를 받는 아버지 범중행(范中行)의 세도를 배경으로, 그 제자들과 함께 상구개(商丘開)를 능멸하고 희롱하며 갖은 오만을 떨었다. 상구개는 추위와 굶주림에 고난을 당하면서도 자화와 그 제자들이 자기에게 도움을 줄 수 있다고 믿어 자신의 안위(安危)를 제쳐두고 무작정 그들이 말하는 대로 따랐다.

자화와 제자들은 상구개가 높은 누대에서 뛰어내려도 상처를 입지 않고 물속에 들어가거나 불속에 들어가도 익사하거나 그을리지 않는 것을 보자, 비로소 태도를 바꾸어 상구개를 신인(神人)으로 여기고 자신들의 반열에 참여하도록 했다. 상구개는 이러한 과정을 통해 비로소 자화와 그 일당들이 자신을 희롱했다는 사실을 알게 되었고, 이후 다시는 자신의 목숨을 팔지 않았다.

이 우언은 기적이 결코 성실한 마음만으로 나타나는 현상은 아니지만, 무슨 일이든 굳은 결심과 확고한 믿음이 있어야 모든 고난을 극복할 수 있다는 평범한 이치를 설명한 것이다.

034 해상구조(海上漚鳥)

《列子 · 黃帝》

원문 및 주석

海上漚鳥[1]

海上之人有好漚鳥者, 每旦之海上, 從漚鳥游。[2] 漚鳥之至者百住而不止。[3] 其父曰 :「吾聞漚鳥皆從汝游, 汝取來, 吾玩之。」[4] 明日之海上, 漚鳥舞而不下也。[5]

1 海上漚鳥 → 바다 위의 갈매기
【漚鳥(구조)】: 갈매기.

2 海上之人有好漚鳥者, 每旦之海上, 從漚鳥游。→ 바닷가에 사는 사람으로 갈매기를 좋아하는 자가 있었다. 그는 매일 아침 바다로 나가, 갈매기와 함께 놀았다.
【好(호)】: [동사] 좋아하다.
【之海上(지해상)】: 바다로 나가다. 〖之〗: 가다.
【從(종)】: [개사] …과(와) 함께.
【游(유)】: 노닐다.

3 漚鳥之至者百住而不止。→ 그에게 날아오는 갈매기의 수가 백 마리도 넘었다.
【漚鳥之至者(구조지지자)】: 날아오는 갈매기.
【百住而不止(백주이부지)】: 백 마리가 넘다. 〖住〗: 「數(수)」의 오류로 보는 견해가 많다.

4 其父曰 :「吾聞漚鳥皆從汝游, 汝取來, 吾玩之。」→ 그의 아버지가 말했다 :「나는 갈매기가 모두 너와 함께 노닌다고 들었다. 네가 잡아와, 내가 그것을 가지고 놀게 해다오.」
【取來(취래)】: 잡아오다.
【玩(완)】: 가지고 놀다.
【之(지)】: [대명사] 그것, 즉 갈매기.

5 明日之海上, 漚鳥舞而不下也。→ 그 다음날 바다에 나가보니, 갈매기가 (공중에서) 춤을 추

번역문

바다 위의 갈매기

바닷가에 사는 사람으로 갈매기를 좋아하는 자가 있었다. 그는 매일 아침 바다로 나가 갈매기와 함께 놀았다. 그에게 날아오는 갈매기의 수가 백 마리도 넘었다. 그의 아버지가 말했다.

「나는 갈매기가 모두 너와 함께 노닌다고 들었다. 네가 잡아와 내가 그것을 가지고 놀게 해다오.」

그 다음날 바다에 나가보니 갈매기가 (공중에서) 춤을 추며 아래로 내려오지 않았다.

해설

갈매기를 좋아하는 그 사람의 마음이 순수했기 때문에 그가 바다에 나가면 수많은 갈매기가 그의 주변으로 날아든다. 그러나 그의 아버지가 아들에게 갈매기를 잡아와 놀게 해달라고 요구하자, 갈매기들이 공중에서 놀며 아래로 내려오지 않았다.

이 우언은 자연의 동물인 갈매기를 통해 누구든 나쁜 생각을 품으면 모두가 멀리 떠나게 된다는 것을 경계(警戒)한 것이다.

....

며 아래로 내려오지 않았다.
【之(지)】: 至(지), 나가다, 이르다.
【不下(불하)】: 아래로 내려오지 않다.

035 조삼모사(朝三暮四)

《列子・黃帝》

원문 및 주석

朝三暮四[1]

宋有狙公者, 愛狙, 養之成群, 能解狙之意, 狙亦得公之心。[2] 損其家口, 充狙之欲。[3] 俄而匱焉, 將限其食。[4] 恐衆狙之不馴於己也, 先

1 朝三暮四 → 아침에 세 개를 주고 저녁에 네 개를 주다

2 宋有狙公者, 愛狙, 養之成群, 能解狙之意, 狙亦得公之心。→ 송(宋)나라에 저공(狙公)이라는 사람이 있었는데, 원숭이를 좋아하여, 여러 마리의 원숭이를 길렀다. 능히 원숭이의 마음을 간파할 수 있었고, 원숭이 또한 저공의 환심을 얻었다.
【狙公(저공)】: [인명] 원숭이를 기르는 사람이라는 뜻에서 붙여진 이름. 【狙】: 원숭이.
【成群(성군)】: 무리를 이루다. 즉, 여러 마리.
【解(해)】: 이해하다, 간파하다.
【得公之心(득공지심)】: 저공의 환심을 얻다.

3 損其家口, 充狙之欲。→ 저공은 자기 집의 양식을 덜어, 원숭이의 욕구를 채워주었다.
【損(손)】: 덜다, 감하다, 줄이다.
【家口(가구)】: 집안의 양식.

4 俄而匱焉, 將限其食。→ 얼마 후 양식이 모자라게 되자, 앞으로 원숭이의 양식을 제한하려 했다.
【俄而(아이)】: 곧, 얼마 후, 머지않아.
【匱(궤)】: (양식이) 모자라다.
【將(장)】: …하려고 작정하다.
【限(한)】: 제한하다.

誑之曰：「與若芧，朝三而暮四，足乎?」[5] 衆狙皆起而怒。[6] 俄而曰：「與若芧，朝四而暮三，足乎?」[7] 衆狙皆伏而喜。[8]

번역문

아침에 세 개를 주고 저녁에 네 개를 주다

송(宋)나라에 저공(狙公)이라는 사람이 있었는데, 원숭이를 좋아하여 여러 마리의 원숭이를 길렀다. 능히 원숭이의 마음을 간파할 수 있었고, 원숭이 또한 저공의 환심을 얻었다. 저공은 자기 집의 양식을 덜어 원숭이의 욕구를 채워주었다. 얼마 후 양식이 모자라게 되자, 앞으로 원숭이의 양식을 제한하려 했다. (저공은) 원숭이들이 자기에게 순종하지 않을까 두려워 먼저 원숭이들을 속여서 말했다.

「너희들에게 상수리를 주는데 아침에 세 개를 주고, 저녁에 네 개를 주면 만족하겠느냐?」

---

5 恐衆狙之不馴於己也，先誑之曰：「與若芧，朝三而暮四，足乎?」→ (저공은) 원숭이들이 자기에게 순종하지 않을까 두려워, 먼저 원숭이들을 속여서 말했다：「너희들에게 상수리를 주는데, 아침에 세 개를 주고 저녁에 네 개를 주면, 만족하겠느냐?」
【恐(공)】：두려워하다.
【馴(순)】：순종하다, 따르다.
【誑(광)】：속이다, 기만하다.
【與(여)】：주다.
【若(약)】：너, 너희들.
【芧(서)】：상수리.

6 衆狙皆起而怒。→ 원숭이들이 모두 일어나 화를 냈다.

7 俄而曰：「與若芧，朝四而暮三，足乎?」→ 잠시 후 저공이 또 말했다：「너희들에게 상수리를 주는데, 아침에 네 개를 주고 저녁에 세 개를 주면, 만족하겠느냐?」

8 衆狙皆伏而喜。→ 원숭이들이 모두 땅에 엎드리며 매우 좋아했다.
【伏(복)】：엎드리다.

원숭이들이 모두 일어나 화를 냈다. 잠시 후 저공이 또 말했다.

「너희들에게 상수리를 주는데 아침에 네 개를 주고, 저녁에 세 개를 주면 만족하겠느냐?」

원숭이들이 모두 땅에 엎드리며 매우 좋아했다.

해설

저공(狙公)이 원숭이들에게 주는 상수리를 절약하기 위해 「아침에 세 개, 저녁에 네 개」를 주겠다고 하자, 원숭이들이 펄펄 뛰며 반대하여 다시 말을 바꾸어 「아침에 네 개, 저녁에 세 개」를 주겠다고 하자, 원숭이들이 매우 좋아했다. 「아침에 세 개, 저녁에 네 개」를 주는 것이나 「아침에 네 개, 저녁에 세 개」를 주는 것은 말에 약간의 변화를 주었을 뿐 본질은 완전히 똑같다. 그러나 원숭이들은 저공의 술수에 말려들어 달라진 게 없다는 것을 알지 못했다.

이 우언은 간사한 꾀로 남을 속여 희롱하는 행위를 꼬집어 풍자한 것이다.

036 부옹여복인(富翁與僕人)

《列子·周穆王》

원문 및 주석

富翁與僕人[1]

周之尹氏大治産，其下趣役者侵晨昏而弗息。[2] 有老役夫筋力竭矣，而使之彌勤。[3] 晝則呻呼而卽事，夜則昏憊而熟寐。精神荒散，

1 富翁與僕人 → 부자와 하인
【富翁(부옹)】: 부자, 부유한 사람.
【僕人(복인)】: 종, 하인.

2 周之尹氏大治産，其下趣役者侵晨昏而弗息。→ 주(周)나라의 윤씨(尹氏)는 산업을 크게 경영하여, 그 밑에서 일하는 하인들은 이른 새벽부터 저녁 어두울 때까지 쉬지를 못했다.
【周(주)】: [국명] 주나라. 여기서는 동주(東周)의 낙읍(洛邑)[지금의 하남성 낙양(洛陽)]을 가리킨다.
【大治(대치)】: 크게 경영하다.
【趣役者(취역자)】: 일꾼, 역부. 여기서는 「하인」을 가리킨다.
【侵晨(침신)】: 이른 새벽, 날이 아직 밝기 전.
【昏(혼)】: 저녁 어두울 때.
【弗(불)】: 不(불).
【息(식)】: 쉬다, 휴식하다.

3 有老役夫筋力竭矣，而使之彌勤。→ 어느 늙은 하인은 근력이 다하여 힘이 없었다. 그러나 (윤씨는) 그로 하여금 더욱 힘든 일을 하게 했다.
【役夫(역부)】: 일꾼. 여기서는 「하인」을 가리킨다.
【竭(갈)】: 다하다, 소진되다.
【使(사)】: … 로 하여금 …하게 하다, …하도록 시키다.

昔昔夢爲國君。[4] 居人民之上, 總一國之事, 遊燕宮觀, 恣意所欲, 其樂無比。覺則復役。[5] 人有慰喩其懃者, 役夫曰 :「人生百年, 晝夜各分。[6] 吾晝爲僕虜, 苦則苦矣; 夜爲人君, 其樂無比。何所怨哉?」[7] 尹

················

【之(지)】: [대명사] 그, 즉 늙은 하인.
【彌(미)】: 더욱 더, 한층 더.
【勤(근)】: 힘든 일.

4 晝則呻呼而卽事, 夜則昏憊而熟寐。精神荒散, 昔昔夢爲國君。→ (그리하여) 낮에는 신음 소리를 내며 일을 하고, 밤에는 몹시 피곤하여 깊은 잠에 빠졌다. 정신이 산만해지니, 매일 밤마다 자기가 나라의 임금이 되는 꿈을 꾸었다.
【呻呼(신호)】: 끙끙거리다, 신음 소리를 내다.
【卽事(즉사)】: 일에 임하다, 일을 하다.
【昏憊(혼비)】: 몹시 피곤하다.
【熟寐(숙매)】: 숙면하다, 깊은 잠에 빠지다.
【荒散(황산)】: 산만해지다.
【昔昔(석석)】: 夕夕(석석), 매일 밤, 밤마다.
【爲(위)】: 되다.

5 居人民之上, 總一國之事, 遊燕宮觀, 恣意所欲, 其樂無比。覺則復役。→ 백성 위에 자리하여, 한 나라의 일을 총괄하고, 궁중의 누대에서 노닐며 연회를 즐겼다. 마음껏 하고 싶은 대로 하니, 그 즐거움이 비할 데 없었다. 그러나 잠에서 깨면 다시 일을 해야만 했다.
【居(거)】: 거처하다, 자리하다.
【總(총)】: 총괄하다, 통괄하다.
【遊燕(유연)】: 노닐며 연회를 즐기다. 〖燕〗: 宴(연), 연회.
【宮觀(궁관)】: 궁중의 누대. 〖觀〗: 누대.
【恣意所欲(자의소욕)】: 마음껏 하고 싶은 대로 하다.
【覺(각)】: 잠에서 깨다.
【復役(부역)】: 다시 일하다.

6 人有慰喩其懃者, 役夫曰 :「人生百年, 晝夜各分。→ 어떤 사람이 그가 일로 인해 고생하는 것을 위로하자, 늙은 하인이 말했다 :「인생은 백 년인데, 낮과 밤이 각각 절반이요.
【慰喩(위유)】: 위로하다.
【懃(근)】: 勤(근), 일에 힘쓰다. 여기서는「일로 인해 고생하다」의 뜻.

7 吾晝爲僕虜, 苦則苦矣; 夜爲人君, 其樂無比。何所怨哉?」→ 내가 낮에는 노예가 되어, 고생이라면 고생이지만; 밤에는 임금이 되니, 그 즐거움이 비할 데 없소. 그런데 무슨 원망을 하겠소?」
【爲僕虜(위복로)】: 노예가 되다. 〖爲〗: 되다. 〖僕虜〗: 노예.
【人君(인군)】: 임금, 군주.

氏心營世事, 慮鍾家業, 心形俱疲, 夜亦昏憊而寐。[8] 昔昔夢爲人僕, 趨走作役, 無不爲也; 數罵杖撻, 無不至也。[9] 眠中噾囈呻呼, 徹旦息焉。尹氏病之, 以訪其友。[10] 友曰 :「若位足榮身, 資財有餘, 勝人遠矣。夜夢爲僕, 苦逸之復, 數之常也。若欲覺夢兼之, 豈可得邪?」[11]

....

8 尹氏心營世事, 慮鍾家業, 心形俱疲, 夜亦昏憊而寐。→ (한편) 윤씨는 사업을 경영하느라 마음을 쓰고, 가산을 모으느라 골몰하여, 심신이 모두 피로했지만, 밤에도 역시 피곤하게 잠을 잤다.
【心營世事(심영세사)】: 사업을 경영하는 데 마음을 쓰다.
【慮鍾家業(여종가업)】: 가산을 모으는 데 골몰하다. 〖鍾〗: 집중하다.
【心形(심형)】: 마음과 몸, 정신과 육체.
【俱(구)】: 모두, 다.
【疲(피)】: 피로하다.
【寐(매)】: 잠자다.

9 昔昔夢爲人僕, 趨走作役, 無不爲也; 數罵杖撻, 無不至也。→ 밤마다 남의 하인이 되는 꿈을 꾸는데, 분주하게 일을 하며, 안 하는 것이 없고; 항상 욕을 먹고 매를 맞으며, 온갖 수모를 당했다.
【人僕(인복)】: 남의 하인.
【趨走作役(추주작역)】: 분주하게 일하다.
【無不爲(무불위)】: 안 하는 것이 없다.
【數罵杖撻(수매장달)】: 항상 욕을 먹고 매를 맞다. 〖數罵〗: 잘못을 들추어내며 욕하다. 〖杖撻〗: 매질하다.
【無不至(무부지)】: 이르지 않음이 없다. 즉「온갖 수모를 당하다」의 뜻.

10 眠中噾囈呻呼, 徹旦息焉。尹氏病之, 以訪其友。→ 잠결에 잠꼬대를 하고 신음소리를 내며, 꼬박 밤을 세우고 아침이 되어서야 비로소 멈추었다. 윤씨는 이를 괴로워하여, 자기의 친구를 찾아갔다.
【眠中(면중)】: 잠결에, 수면 중에.
【噾囈(암예)】: 잠꼬대하다.
【徹旦(철단)】: 꼬박 밤을 새우고 아침에 이르다, 밤샘하다.
【息(식)】: 멈추다.
【病(병)】: 괴로워하다, 고통으로 느끼다.
【之(지)】: [대명사] 그것, 즉「꿈」.
【訪(방)】: 방문하다, 찾아가다.

11 友曰 :「若位足榮身, 資財有餘, 勝人遠矣。夜夢爲僕, 苦逸之復, 數之常也。若欲覺夢兼之, 豈可得邪?」→ 친구가 말했다 :「그대의 지위는 자신을 영예롭게 하기에 족하고, 재산은

尹氏聞其友言, 寬其役夫之程, 減己思慮之事, 疾並少間。[12]

번역문

부자와 하인

주(周)나라의 윤씨(尹氏)는 산업을 크게 경영하여 그 밑에서 일하는 하인들은 이른 새벽부터 저녁 어두울 때까지 쉬지를 못했다. 어느 늙은 하인은 근력이 다하여 힘이 없었다. 그러나 (윤씨는) 그로 하여금 더욱 힘든 일을 하게 했다. (그리하여) 낮에는 신음 소리를 내며 일을 하고, 밤에는 몹시 피곤하여 깊은 잠에 빠졌다. 정신이 산만해지니 매일 밤마다 자기가 나라

....

여유가 있어, 보통 사람들을 훨씬 초월하고 있네. 그대가 밤에 하인이 되는 꿈을 꾸는 것은, 고통과 안일이 순환하는 것으로, 명운(命運)의 당연한 이치라네. 그대가 생시나 꿈 모두 안락하기를 바란다면, 어찌 그것이 가능하겠는가?」

【若(약)】: 너, 당신.

【榮身(영신)】: 자신을 영예롭게 하다.

【勝(승)】: 초월하다, 능가하다.

【遠(원)】: 멀리, 훨씬.

【苦逸(고일)】: 고생과 안일.

【復(부)】: 순환하다, 되풀이하다.

【數之常(수지상)】: 명운(命運)의 당연한 이치. 〖數〗: 명운.

【欲(욕)】: …하고자 하다, …하기를 바라다.

【覺夢兼之(각몽겸지)】: 깨어 있을 때나 꿈을 꿀 때나 양쪽 모두를 겸하다. 즉「깨어 있을 때나 꿈을 꿀 때나 항상 안락하다」의 뜻. 〖之〗: 그것, 즉「생시와 꿈 모두 안락함」.

【豈(기)】: 어찌.

【可得(가득)】: 가능하다, 할 수 있다.

12 尹氏聞其友言, 寬其役夫之程, 減己思慮之事, 疾並少間。→ 윤씨는 자기 친구의 말을 듣고 나서, 하인들의 노역을 완화해 주고, 자신이 골몰하는 일을 줄이자, 질병도 함께 다소 호전되었다.

【寬(관)】: 관대히 하다, 완화하다.

【程(정)】: 노역의 정도.

【並(병)】: 함께, 아울러.

【少間(소간)】: 좀 나아지다, 약간 호전되다.

의 임금이 되는 꿈을 꾸었다. 백성 위에 자리하여 한 나라의 일을 총괄하고 궁중의 누대에서 노닐며 연회를 즐겼다. 마음껏 하고 싶은 대로 하니 그 즐거움이 비할 데 없었다. 그러나 잠에서 깨면 다시 일을 해야만 했다. 어떤 사람이 그가 고생하는 것을 위로하자, 늙은 하인이 말했다.

「인생은 백 년인데 낮과 밤이 각각 절반이요. 내가 낮에는 노예가 되어 고생이라면 고생이지만, 밤에는 임금이 되니 그 즐거움이 비할 데 없소. 그런데 무슨 원망을 하겠소?」

(한편) 윤씨는 사업을 경영하느라 마음을 쓰고 가산을 모으느라 골몰하여 심신이 모두 피로했지만 밤에도 역시 피곤하게 잠을 잤다. 밤마다 남의 하인이 되는 꿈을 꾸는데 분주하게 일을 하며 안하는 것이 없고 항상 욕을 먹고 매를 맞으며 온갖 수모를 당했다. 잠결에 잠꼬대를 하고 신음소리를 내며 꼬박 밤을 새우고 아침이 되어서야 비로소 멈추었다. 윤씨는 이를 괴로워하여 자기의 친구를 찾아갔다.

친구가 말했다.

「그대의 지위는 자신을 영예롭게 하기에 족하고, 재산은 여유가 있어 보통 사람들을 훨씬 초월하고 있네. 그대가 밤에 하인이 되는 꿈을 꾸는 것은 고통과 안일이 순환하는 것으로 명운(命運)의 당연한 이치라네. 그대가 생시나 꿈 모두 안락하기를 바란다면, 어찌 그것이 가능하겠는가?」

윤씨는 자기 친구의 말을 듣고 나서 하인들의 노역을 완화해 주고 자신이 골몰하는 일을 줄이자 질병도 함께 다소 호전되었다.

해설

늙은 하인은 기력이 다하여 신음소리를 내며 일을 하지만, 밤에는 항상 깊은 잠에 빠져 임금이 되는 꿈을 꾸는데, 나라 일을 총괄하고 연회를 즐기며 자기 싫은 대로 하여 즐거움을 만끽한다. 그리하여 자기를 위로하려는 사람에게 「인생 백 년에 낮과 밤이 각기 절반인데, 낮에는 비록 고달프지만 밤에 잠자리에 들면 항상 꿈에서 임금이 되어 즐거움을 만끽하니 고생과 즐거움이 반반이라 아무런 원망이 없다」라고 말한다.

반면에 윤씨는 낮에 사업을 경영하고 가산을 모으는 일에 골몰하다보니 마음과 육체가 모두 피로한데, 밤에는 또 항상 남의 노예가 되어 바삐 일하며 매 맞고 수모 당하는 꿈을 꾸어 잠을 자도 피곤이 풀리지 않는다. 견디다 못해 친구를 찾아간 윤씨는 친구로부터 「안일과 고통이 상호 순환하는 것은 명운(命運)의 당연한 이치로, 생시나 꿈 모두 안락할 수는 없다.」라는 말을 들었다. 그리하여 자신의 마음을 고쳐 하인들의 노역을 가볍게 해주고 자신이 골몰하는 일을 줄이니 자신의 병도 호전되었다.

이 우언은 열자(列子)가 정신을 수양하여 육체의 피로를 푼다는 「양신안형(養神安形)」의 도가(道家) 철학을 선양하기 위해 인용한 것으로, 고통과 안일(安逸)이 순환하여 상호 보완작용을 한다는 이치를 설명한 것이다.

037 초록(蕉鹿)

《列子 · 周穆王》

원문 및 주석

蕉鹿[1]

鄭人有薪於野者, 遇駭鹿, 御而擊之, 斃之。[2] 恐人見之也, 遽而藏諸隍中, 覆之以蕉, 不勝其喜。[3] 俄而遺其所藏之處, 遂以爲夢焉。[4]

1 蕉鹿 → 파초 잎으로 덮어 숨겨 둔 사슴

2 鄭人有薪於野者, 遇駭鹿, 御而擊之, 斃之。→ 정(鄭)나라 사람으로 들에서 땔나무를 하는 자가 있었는데, 놀란 사슴을 만나, 정면에서 맞아 때려 죽였다.
【鄭(정)】: [국명] 지금의 하남성 신정현(新鄭縣) 일대에 있던 주대(周代)의 제후국.
【薪(신)】: [동사용법] 땔나무를 하다.
【遇(우)】: 만나다.
【駭鹿(해록)】: 놀란 사슴.
【御(어)】: 맞이하다.
【之(지)】: [대명사] 그것, 즉 「놀란 사슴」.
【斃(폐)】: 죽이다.

3 恐人見之也, 遽而藏諸隍中, 覆之以蕉, 不勝其喜。→ 다른 사람이 볼까봐 두려워, 황급히 물이 없는 해자에 감추어 둔 다음, 그것을 파초 잎으로 덮어 놓고, 매우 좋아했다.
【恐(공)】: 두려워하다.
【遽而(거이)】: 황급히, 재빠르게, 서둘러.
【諸(제)】: 之於(지어)의 합음.
【隍(황)】: 물 없는 해자.
【覆(복)】: 덮다, 가리다.
【蕉(초)】: 파초. ※ 혹자는 「蕉」를 「樵(초 : 땔나무)」라고 풀이했다.

順塗而詠其事。傍人有聞者, 用其言而取之。[5] 旣歸, 告其室人曰 : 「向薪者夢得鹿而不知其處, 吾今得之, 彼直眞夢矣。」[6] 室人曰 : 「若將是夢見薪者之得鹿邪? 詎有薪者邪? 今眞得鹿, 是若之夢眞邪!」[7] 夫曰 : 「吾據得鹿, 何用知彼夢我夢邪?」[8] 薪者之歸, 不厭失

【不勝(불승)】: 대단히, 매우, 아주.

4 俄而遺其所藏之處, 遂以爲夢焉。→ (그런데) 잠시 후 감추어 둔 곳을 잊어버렸다. 그리하여 (자기가) 꿈을 꾸었다고 생각했다.
【俄而(아이)】: 잠시 후, 얼마 안가서.
【遺(유)】: 잃다. 여기서는 「잊다, 잊어버리다」의 뜻.
【遂(수)】: 그리하여.
【以爲(이위)】: …라고 여기다, …라고 생각하다.

5 順塗而詠其事。傍人有聞者, 用其言而取之。→ 그는 돌아오면서 그 일을 혼잣말로 중얼거렸다. (그때 마침) 옆에서 듣고 있던 사람이, 그의 말에 따라 몰래 가서 사슴을 찾아냈다.
【順塗(순도)】: 집으로 돌아오는 길에.
【詠(영)】: 읊조리다. 여기서는 「혼잣말로 중얼거리다」의 뜻.
【用(용)】: 按(안), …대로, …에 따라.
【之(지)】: [대명사] 그것, 즉 사슴.

6 旣歸, 告其室人曰 : 「向薪者夢得鹿而不知其處, 吾今得之, 彼直眞夢矣。」→ 그리고 집에 돌아와, 자기 아내에게 말했다 : 「방금 나무꾼이 꿈에 사슴을 잡아 놓고 숨겨 둔 곳을 몰라, 내가 지금 그것을 찾아냈는데, 그 사람 정말 꿈을 꾼 모양이야.」
【旣歸(기귀)】: 돌아온 후, 돌아와서. 【旣】: …후, …하고 나서.
【室人(실인)】: 처, 아내.
【向(향)】: 조금 전에, 방금.
【薪者(신자)】: 나무꾼.
【直眞(직진)】: 정말로. 【直】: 확실히, 정말로.

7 室人曰 : 「若將是夢見薪者之得鹿邪? 詎有薪者邪? 今眞得鹿, 是若之夢眞邪!」→ 그의 아내가 말했다 : 「아마도 당신이 꿈에 나무꾼이 사슴 잡는 걸 보았겠지요? 무슨 나무꾼이 있겠어요? 지금 정말로 사슴을 찾았다면, 이는 당신이 정말로 꿈을 꾼 것이요!」
【若(약)】: 너, 당신.
【將是(장시)】: 아마 …일 것이다.
【詎(거)】: [반문을 나타내는 부사] 어찌, 어디, 무슨.

8 夫曰 : 「吾據得鹿, 何用知彼夢我夢邪?」→ 남편이 말했다 : 「내가 사슴을 점유하고 있는데, 그 사람이 꿈을 꾸었든 내가 꿈을 꾸었든 어찌 알 필요가 있겠소?」

鹿。其夜眞夢藏之之處，又夢得之之主。[9] 爽旦，案所夢而尋得之。遂訟而爭之，歸之士師。[10] 士師曰：「若初眞得鹿，妄謂之夢；眞夢得鹿，妄謂之實。[11] 彼眞取若鹿，而與若爭鹿，室人又謂夢仞人鹿，無人得鹿。今據有此鹿，請二分之。」[12] 以聞鄭君，鄭君曰：「嘻！士師

【據得(거득)】: 점유하다, 차지하다.
【何用(하용)】: 어찌 …할 필요가 있는가?

9 薪者之歸，不厭失鹿。其夜眞夢藏之之處，又夢得之之主。→ 나무꾼은 집에 돌아와, 사슴을 잃어버린 것을 매우 달갑지 않게 생각했다. (그리고는) 그날 밤 정말로 사슴을 숨겨 둔 장소 꿈도 꾸고 또 사슴을 가져간 사람 꿈도 꾸었다.
【不厭(불염)】: 불만스럽게 여기다, 달갑지 않게 생각하다.
【主(주)】: 당사자, 장본인.

10 爽旦，案所夢而尋得之。遂訟而爭之，歸之士師。→ (다음날) 이른 아침, 그는 꿈을 근거로 그것을 찾아냈다. 그리하여 소송을 벌이고 다투다가, 이를 법관에게 넘겼다.
【爽旦(상단)】: 이른 아침.
【案(안)】: 按(안), …대로, …에 따라서, …을 근거로.
【尋得(심득)】: 찾아내다.
【遂(수)】: 이에, 그리하여.
【訟(송)】: 소송을 벌이다.
【歸(귀)】: …으로 귀착하다. 여기서는 「…에게 넘기다」의 뜻.
【士師(사사)】: [관명] 법관. ※ 주대(周代)에 소송 · 형벌을 관장했다.

11 士師曰：「若初眞得鹿，妄謂之夢；眞夢得鹿，妄謂之實。→ 법관이 (나무꾼에게) 말했다 : 「당신은 당초에 정말로 사슴을 잡았는데, 함부로 그것을 꿈이라 말했고; 나중에는 꿈에서 사슴을 잡았는데, 함부로 그것을 사실이라 말했소.
【初(초)】: 당초, 처음.
【妄(망)】: 함부로, 멋대로, 터무니없이.
【實(실)】: 사실.

12 彼眞取若鹿，而與若爭鹿，室人又謂夢仞人鹿，無人得鹿。今據有此鹿，請二分之。」→ 또 그 사람은 정말로 당신의 사슴을 가져가 놓고, 오히려 당신과 그것을 다투고 있는가 하면, 그의 아내 또한 꿈을 꾼 것이라 말하고 남의 사슴이라는 것을 인정했소. 그러니 사슴을 잡은 사람은 아무도 없소. (그런데) 지금 (그가) 이 사슴을 점유하고 있으니, 그것을 둘로 나누어 갖도록 하시오.」
【仞(인)】: 認(인), 인정하다.
【請(청)】: (청컨대) …하십시오(하시오). ※ 상대방에게 부탁이나 권고할 때 사용하는 경어.

將復夢分人鹿乎?」[13]

번역문

파초 잎으로 덮어 숨겨 둔 사슴

정(鄭)나라 사람으로 들에서 땔나무를 하는 자가 있었는데, 놀란 사슴을 만나 정면에서 맞아 때려 죽였다. 다른 사람이 볼까봐 두려워 황급히 물이 없는 해자에 감추어 둔 다음 그것을 파초 잎으로 덮어 놓고 매우 좋아했다. (그런데) 잠시 후 감추어 둔 곳을 잊어버렸다. 그리하여 (자기가) 꿈을 꾸었다고 생각했다. 그는 돌아오면서 그 일을 혼잣말로 중얼거렸다. (그때 마침) 옆에서 듣고 있던 사람이 그의 말에 따라 몰래 가서 사슴을 찾아냈다. 그리고 집에 돌아와 자기 아내에게 말했다.

「방금 나무꾼이 꿈에 사슴을 잡아 놓고 숨겨 둔 곳을 몰라 내가 지금 그것을 찾아냈는데, 그 사람 정말 꿈을 꾼 모양이야.」

그의 아내가 말했다.

「아마도 당신이 꿈에 나무꾼이 사슴 잡는 걸 보았겠지요? 무슨 나무꾼이 있겠어요? 지금 정말로 사슴을 찾았다면, 이는 당신이 정말로 꿈을 꾼 것이요!」

남편이 말했다.

---

13 以聞鄭君, 鄭君曰 :「嘻! 士師將復夢分人鹿乎?」→ 이 이야기를 정나라 군주에게 들려주자, 정나라 군주가 말했다 :「아! 필시 법관도 사람들에게 사슴 나누어주는 꿈을 꾸었겠지?」

【以(이)】: 以之(이지), 이를, 이것을.

【嘻(희)】: [감탄사] 아!

【將(장)】: 필시, 틀림없이.

【復(부)】: 또, 또한.

「내가 사슴을 점유하고 있는데, 그 사람이 꿈을 꾸었든 내가 꿈을 꾸었든 어찌 알 필요가 있겠소?」

나무꾼은 집에 돌아와 사슴을 잃어버린 것을 매우 달갑지 않게 생각했다. (그리고는) 그날 밤 정말로 사슴을 숨겨 둔 장소 꿈도 꾸고 또 사슴을 가져간 사람 꿈도 꾸었다. 다음날 이른 아침 그는 꿈을 근거로 그것을 찾아냈다. 그리하여 소송을 벌이고 다투다가 이를 법관에게 넘겼다. 법관이 (나무꾼에게) 말했다.

「당신은 당초에 정말로 사슴을 잡았는데 함부로 그것을 꿈이라 말했고, 나중에는 꿈에서 사슴을 잡았는데 함부로 그것을 사실이라 말했소. 또 그 사람은 정말로 당신의 사슴을 가져가 놓고 오히려 당신과 그것을 다투고 있는가 하면, 그의 아내 또한 꿈을 꾼 것이라 말하고 남의 사슴이라는 것을 인정했소. 그러니 사슴을 잡은 사람은 아무도 없소. (그런데) 지금 (그가) 이 사슴을 점유하고 있으니 그것을 둘로 나누어 갖도록 하시오.」

이 이야기를 정나라 군주에게 들려주자, 정나라 군주가 말했다.

「아! 필시 법관도 사람들에게 사슴 나누어주는 꿈을 꾸었겠지?」

해설

사슴을 잡은 나무꾼의 말을 엿듣고 나서 사슴을 가로채간 사람과 그의 아내, 그리고 법관과 군주에 이르기까지 모두가 사실을 꿈으로 여기는가 하면, 또한 꿈을 사실로 간주했다. 꿈은 거짓이고 사실은 참이다. 참과 거짓은 마땅히 실질적인 구별이 있어야 하나 여기서는 이러한 구분이 없어졌다.

이 우언은 사람들이 꿈과 사실을 뒤섞어 놓은 것을 통해 인생의 득실이 덧없음을 비유한 것이다.

038 연인환국(燕人還國)

《列子 · 周穆王》

원문 및 주석

燕人還國[1]

燕人生於燕, 長於楚, 及老而還本國。[2] 過晉國, 同行者誑之, 指城曰:「此燕國之城。」其人愀然變容。[3] 指社曰:「此若里之社。」乃喟

1 燕人還國 → 연(燕)나라 사람이 자기 나라로 돌아오다
【燕(연)】: [국명] 지금의 하북성 일대에 있던 주대(周代)의 제후국.
【還國(환국)】: 자기 나라로 돌아오다.

2 燕人生於燕, 長於楚, 及老而還本國。→ 연(燕)나라 사람이 연나라에서 출생하고, 초(楚)나라에서 성장했는데, 노년에 이르자 자기 나라로 돌아왔다.
【楚(초)】: [국명] 지금의 호남성 · 호북성과 강서성 · 절강성 및 하남성 남부에 걸쳐 있던 주대(周代)의 제후국.
【及(급)】: …에 이르다.

3 過晉國, 同行者誑之, 指城曰:「此燕國之城。」其人愀然變容。→ 진(晉)나라를 지나면서, 동행자가 그를 속이고, 성(城)을 가리키며 말했다:「이것이 연나라의 성입니다.」그는 걱정하는 모습으로 얼굴빛이 변했다.
【晉(진)】: [국명] 지금의 산서성 일대에 있던 주대(周代)의 제후국. B.C. 375년 조씨(趙氏) · 한씨(韓氏) · 위씨(魏氏)가 진(晉)의 영토를 삼분하여 각기 조(趙) · 한(韓) · 위(魏) 세 나라로 독립했다.
【過(과)】: 거치다, 지나다.
【誑(광)】: 속이다, 기만하다.
【指(지)】: (손으로) 가리키다.
【愀然(초연)】: 걱정하는 모양.
【變容(변용)】: 얼굴빛이 변하다.

然而歎。[4] 指舍曰：「此若先人之廬。」乃涓然而泣。[5] 指壠曰：「此若先人之冢。」其人哭不自禁。[6] 同行者啞然大笑, 曰：「予昔紿若, 此晉國耳。」其人大慙。[7] 及至燕, 眞見燕國之城社, 眞見先人之廬冢, 悲心更微。[8]

....

4 指社曰 : 「此若里之社。」乃喟然而歎。→ (또) 지신(地神) 사당을 가리키며 말했다 : 「이것이 당신 마을의 지신 사당입니다.」 이에 그는 한숨을 내쉬며 탄식했다.
【社(사)】: 지신(地神) 사당.
【乃(내)】: 이에.
【喟然(위연)】: 한숨을 내쉬는 모양.

5 指舍曰 : 「此若先人之廬。」乃涓然而泣。→ (또) 가옥을 가리키며 말했다 : 「이것이 당신의 조상이 살던 집입니다.」 이에 그는 눈물을 흘리며 울었다.
【舍(사)】: 가옥, 건물.
【廬(려)】: 오두막집. 여기서는 「거주하는 집」을 가리킨다.
【涓然(연연)】: 눈물을 흘리는 모양.

6 指壠曰 : 「此若先人之冢。」其人哭不自禁。→ (또) 무덤을 가리키며 말했다 : 「이것이 당신 조상의 무덤입니다.」 그러자 그는 통곡을 하며 스스로 감정을 억제하지 못했다.
【壠(롱)】: 분묘, 무덤.
【冢(총)】: 무덤, 묘소.

7 同行者啞然大笑, 曰 : 「予昔紿若, 此晉國耳。」其人大慙。→ 동행자가 하하 하고 큰소리로 웃으며, 말했다 : 「앞서 한 말은 내가 당신을 속인 것입니다. 여기는 아직 진나라일 뿐입니다.」 그러자 그는 매우 부끄러워했다.
【啞然(아연)】: 하하 웃는 모양.
【昔(석)】: 앞서, 이전.
【紿(태)】: 속이다.
【耳(이)】: …뿐.
【慙(참)】: 慚(참), 부끄러워하다.

8 及至燕, 眞見燕國之城社, 眞見先人之廬冢, 悲心更微。→ 그리고 연나라에 돌아와, 정말로 연나라의 성과 지신 사당을 보고, 정말로 선조들의 집과 무덤을 보았을 때는, 슬픈 마음이 오히려 훨씬 덜했다.
【更微(경미)】: 약하게 변하다. 즉 「훨씬 덜하다」의 뜻. 『更』: 변경되다, 바뀌다.

번역문

연(燕)나라 사람이 자기 나라로 돌아오다

연(燕)나라 사람이 연나라에서 출생하고 초(楚)나라에서 성장했는데 노년에 이르자 자기 나라로 돌아왔다. 진(晉)나라를 지나면서 동행자가 그를 속이고 성(城)을 가리키며 말했다.

「이것이 연나라의 성입니다.」

그는 걱정하는 모습으로 얼굴빛이 변했다. (또) 지신(地神) 사당을 가리키며 말했다.

「이것이 당신 마을의 지신 사당입니다.」

이에 그는 한숨을 내쉬며 탄식했다. (또) 가옥을 가리키며 말했다.

「이것이 당신의 조상이 살던 집입니다.」

이에 그는 눈물을 흘리며 울었다. (또) 무덤을 가리키며 말했다.

「이것이 당신 조상의 무덤입니다.」

그러자 그는 통곡을 하며 스스로 감정을 억제하지 못했다. 동행자가 하하 하고 큰소리로 웃으며 말했다.

「앞서 한 말은 내가 당신을 속인 것입니다. 여기는 아직 진나라일 뿐입니다.」

그러자 그는 매우 부끄러워했다. 그리고 연나라에 돌아와 정말로 연나라의 성과 지신 사당을 보고, 정말로 선조들의 집과 무덤을 보았을 때는 슬픈 마음이 오히려 훨씬 덜했다.

해설

연(燕)나라에서 출생하고 초(楚)나라에서 성장한 사람이 노년이 되어 자기 나라로 돌아가는 길에 진(晉)나라를 지나면서, 동행자가 그를 속이고 진나라의 성(城) · 지신(地神) 사당 · 가옥 등을 가리킬 때마다 감정이 점점 고조되다가 조상의 묘소를 가리키자 급기야 감정을 억제하지 못하고 통곡을 했다. 그런데 얼마 후 동행자가 고의로 속였다는 것을 알고 부끄러워하더니 막상 실제로 연나라에 도착하여 연나라의 성과 지신 사당과 선조들의 집과 묘소를 보았을 때는 오히려 슬픈 마음이 앞서보다 훨씬 덜했다.

이 우언은 고의적인 거짓말로 사람을 미혹시키는 불량한 행위에 의해 피해를 입지 않도록 주의를 당부한 것이다.

039 우공이산(愚公移山)

《列子 · 湯問》

원문 및 주석

愚公移山[1]

太行、王屋二山, 方七百里, 高萬仞, 本在冀州之南, 河陽之北。[2] 北山愚公者, 年且九十, 面山而居。[3] 懲山北之塞, 出入之迂也, 聚室

1 愚公移山 → 우공(愚公)이 산을 옮기다
【移(이)】: 옮기다, 이동하다.

2 太行、王屋二山, 方七百里, 高萬仞, 本在冀州之南, 河陽之北。→ 태행(太行)과 왕옥(王屋) 두 산은 사방이 칠백 리에, 높이가 만 인(仞)으로, 본래 기주(冀州)의 남쪽과 하양(河陽)의 북쪽에 있었다.
【太行(태행)】: [산 이름] 태행산. 산서성의 고원과 하북성의 평원지대 사이에 있는 산. 일명 오행산(五行山)이라고도 한다. ※ 판본에 따라서는 「行」을 「形(형)」이라 한 경우도 있으나, 여기서는 대부분의 역주본들에 따라 「行」이라 했다.
【王屋(왕옥)】: [산 이름] 산서성 양성현(陽城縣)과 원곡현(垣曲縣) 사이에 있는 산.
【方(방)】: 사방. ※ 사방의 길이로써 면적을 표시하는 단위. 옛날에 면적을 계산할 경우, 통상 긴 쪽을 잘라 짧은 쪽을 채워주는 방법으로, 불규칙한 변의 길이를 먼저 정방형(正方形)으로 고친 다음, 다시 그 길이를 계산했다.
【仞(인)】: [길이 단위] 7-8 척(尺)을 1인(仞)이라 했다.
【冀州(기주)】: [지명] 지금의 하북성 · 산서성 · 하남성의 황하(黃河) 북쪽과 요녕성 요하(遼河) 서쪽 일대.
【河陽(하양)】: 황하(黃河)의 북안. ※ 산의 남쪽 면과 강의 북쪽 면을 「양(陽)」이라 하고, 산의 북쪽 면과 강의 남쪽 면을 「음(陰)」이라 한다.

3 北山愚公者, 年且九十, 面山而居。→ 북산(北山)의 우공(愚公)은, 나이가 곧 아흔이 되어 가는데, 산을 마주하여 살고 있었다.

而謀, 曰 :「吾與汝畢力平險, 指通豫南, 達于漢陰, 可乎?」雜然相許。[4] 其妻獻疑曰 :「以君之力, 曾不能損魁父之丘, 如太行、王屋何? 且焉置土石?」[5] 雜曰 :「投諸渤海之尾, 隱土之北。」[6] 遂率子孫

【且(차)】: 곧 …하려고 하다.
【面(면)】: [동사] 마주하다, 대하다, 향하다.

4 懲山北之塞, 出入之迂也, 聚室而謀, 曰 :「吾與汝畢力平險, 指通豫南, 達于漢陰, 可乎?」雜然相許。→ 산의 북쪽이 막혀 왕래할 때 돌아가는 것이 고생스러워, 가족을 모아놓고 상의했다 :「나와 너희들이 힘을 다해 험준한 산을 평탄하게 고르면, 곧장 예주(豫州)의 남쪽과 통하고, 한수(漢水)의 남쪽에 도달하는데, 할 수 있겠느냐?」그러자 분분히 찬성을 표했다.
【懲(징)】: …하기에 고생스럽다.
【塞(새)】: 막히다.
【迂(우)】: 멀리 돌다, 우회하다.
【聚(취)】: 모으다.
【室(실)】: 가족.
【謀(모)】: 상의하다, 방법을 꾀하다.
【汝(여)】: 너, 너희들.
【畢力(필력)】: 힘을 다하다.
【平(평)】: 평탄하게 고르다.
【險(험)】: 험준하다. 여기서는「험준한 산」을 뜻한다.
【指通(지통)】: 직통, 곧장 통하다.
【豫(예)】: [지명] 예주(豫州). 지금의 하남성 황하(黃河) 남쪽 지방.
【達于(달우)】: …에 이르다.
【漢陰(한음)】: 한수(漢水)의 남쪽. 【漢】: 한수(漢水) 또는 한강(漢江)이라고도 하며 섬서성의 서남쪽에서 발원하여 무한(武漢)에서 장강(長江)으로 흘러 들어간다.
【可乎(가호)】: 되겠느냐? 할 수 있겠느냐?
【雜然(잡연)】: 어지러운 모양, 분분한 모양.
【相許(상허)】: 찬성을 표하다, 동의하다.

5 其妻獻疑曰 :「以君之力, 曾不能損魁父之丘, 如太行、王屋何? 且焉置土石?」→ (다만) 그의 아내가 의문을 제기하며 말했다 :「당신의 힘으로는 이미 괴부(魁父)의 작은 언덕조차도 평탄하게 고를 수 없는데, 태행 · 왕옥과 같은 큰 산을 어찌하겠으며, 또 흙과 돌은 어디에다 처치할 것이요?」
【獻疑(헌의)】: 의문을 제기하다.
【以(이)】: …을 가지고, …로써.
【君(군)】: [상대방에 대한 존칭] 그대, 당신.
【曾不能(증불능)】: 이미 …조차도 할 수 없다.

荷擔者三夫, 叩石墾壤, 箕畚運於渤海之尾。[7] 鄰人京城氏之孀妻有遺男, 始齔, 跳往助之。[8] 寒暑易節, 始一反焉。[9] 河曲智叟笑而止之,

....

【損(손)】: 줄이다, 감소하다. 여기서는 「평탄하게 고르다」의 뜻.
【魁父(괴부)】: 하남성 진류현(陳留縣)에 있는 작은 언덕 이름.
【如(여)…何(하)?】: …을 어찌 하겠는가?
【且(차)】: 또한, 그리고.
【焉(언)】: [의문대명사] 어디, 어찌, 어떻게.
【置(치)】: 놓다, 두다, 처치하다.

6 雜曰: 「投諸渤海之尾, 隱土之北。」 → 여러 사람이 이구동성으로 말했다: 「그것을 발해(渤海)의 변방과 은토(隱土)의 북쪽에 내다 버리면 되지요.」
【雜曰(잡왈)】: 여럿이 함께 말하다, 이구동성으로 말하다.
【諸(제)】: 之於(지어)의 합음.
【渤海之尾(발해지미)】: 발해(渤海)의 변방.
【隱土(은토)】: [지명] 고대 전설에 나오는 중원(中原) 동북쪽.

7 遂率子孫荷擔者三夫, 叩石墾壤, 箕畚運于渤海之尾。 → 그리하여 아들과 손자 중에 짐을 멜 수 있는 세 사람을 데리고, 돌을 깨고 흙을 파내서, 삼태기에 담아 발해의 변방으로 운반했다.
【遂(수)】: 그리하여.
【率(솔)】: 거느리다, 데리다, 인솔하다.
【荷擔者(하담자)】: 짐을 멜 수 있는 자. 〖荷〗: 매다, 짊어지다.
【三夫(삼부)】: 장정 세 사람.
【叩(고)】: 치다, 깨다, 두들기다.
【墾(간)】: (흙을) 파다.
【壤(양)】: 흙.
【箕畚(기분)】: 본래 「삼태기」라는 명사이나, 여기서는 「삼태기에 담다」라는 상황어로 사용되었다.

8 鄰人京城氏之孀妻有遺男, 始齔, 跳往助之。 → 이웃사람 경성씨(京城氏)의 과부에게 아들이 있었는데, 갓 이를 갈기 시작한 어린아이가, 달려와 그들을 도왔다.
【京城(경성)】: 성씨(姓氏).
【孀妻(상처)】: 과부.
【遺男(유남)】: 아버지가 죽은 남자아이.
【始齔(시츤)】: 이를 갈기 시작하다. 즉, 7-8살의 어린 나이. 〖齔〗: 이를 갈다, 젖니가 빠지고 영구치가 나다.
【跳往(도왕)】: 달려가다, 뛰어가다.

9 寒暑易節, 始一反焉。 → 겨울과 여름의 계절이 바뀌는 동안, 겨우 한 번을 왕복했다.
【寒暑(한서)】: 추위와 더위, 겨울과 여름.

曰 :「甚矣! 汝之不惠。以殘年餘力, 曾不能毁山之一毛, 其如土石何?」[10] 北山愚公長息曰 :「汝心之固, 固不可徹, 曾不若孀妻弱子。雖我之死, 有子存焉。[11] 子又生孫, 孫又生子, 子又有子, 子又有孫, 子子孫孫, 無窮匱也。而山不加增, 何苦而不平?」[12] 河曲智叟亡以

【易節(역절)】: 계절이 바뀌다.
【始(시)】: 비로소, 겨우.
【反(반)】: 返(반), 왕복하다.
【焉(언)】: [어조사].

10 河曲智叟笑而止之, 曰 :「甚矣! 汝之不惠。以殘年餘力, 曾不能毁山之一毛, 其如土石何?」→ 하곡(河曲)의 지수(智叟)가 그를 비웃고 제지하며 말했다 :「심하도다! 당신의 지혜롭지 못함이여. 여생의 남은 힘으로는, 이미 산의 초목 하나 조차 제거할 수 없는데, 흙이나 돌 같은 것은 어찌할 것이오?」
【河曲(하곡)】: [지명] 지금의 산서성 예성현(芮城縣) 풍릉도(風陵渡) 일대.
【叟(수)】: 늙은이.
【止(지)】: 말리다, 제지하다.
【之(지)】: [대명사] 그, 즉「우공」.
【甚矣, 汝之不惠(심의, 여지불혜)】:「汝之不惠甚矣」의 도치형태.
【惠(혜)】: 慧(혜), 총명하다, 지혜롭다.
【殘年(잔년)】: 여생(餘生).
【毁(훼)】: 훼손하다. 여기서는「제거하다」의 뜻.
【毛(모)】: 산의 초목.

11 北山愚公長息曰 :「汝心之固, 固不可徹, 曾不若孀妻弱子。雖我之死, 有子存焉。→ 북산의 우공이 길게 탄식하며 말했다 :「당신의 생각은 (너무) 고루하여, 통할 수가 없으니, 실로 과부의 어린 자식만도 못하오. 비록 내가 죽는다 해도, 아들이 있소.
【長息(장식)】: 길게 탄식하다.
【固(고)】: 고루하다, 완고하다.
【徹(철)】: 통하다.
【曾不若(증불약)…】: 실로 …만도 못하다.
【弱子(약자)】: 어린아이.

12 子又生孫, 孫又生子, 子又有子, 子又有孫, 子子孫孫, 無窮匱也。而山不加增, 何苦而不平?」: 아들이 또 손자를 낳고, 손자가 또 아들을 낳고, 아들이 또 아들을 낳고, 아들이 또 손자를 낳으면, 자자손손, 다함이 없소. 그런데 산은 불어나지 않으니, 어찌 평탄하게 고르지 못할 것을 걱정하겠소?」
【窮匱(궁궤)】: 무궁하다, 다함이 없다.

應。[13] 操蛇之神聞之, 懼其不已也, 告之於帝。[14] 帝感其誠, 命夸蛾氏二子負二山, 一厝朔東, 一厝雍南。[15] 自此, 冀之南、漢之陰無隴斷焉。[16]

....

【而(이)】: [연사] 그러나.
【苦(고)】: 걱정하다, 근심하다.

13 河曲智叟亡以應。→ 하곡의 지수는 응대할 말이 없었다.
【亡(무)】: 無(무).
【以(이)】: …로써, …을 가지고.

14 操蛇之神聞之, 懼其不已也, 告之於帝。→ 조사지신(操蛇之神)은 이 말을 듣고, 우공이 멈추지 않을 것을 두려워하여, 이를 천제(天帝)에게 알렸다.
【操蛇之神(조사지신)】: 신화 전설 속의 산신(山神) 이름. 손에 뱀을 잡고 있기 때문에 붙여진 이름이다.
【懼(구)】: 두려워하다, 걱정하다.
【其(기)】: [대명사] 그 사람, 즉 「우공」.
【已(이)】: 멈추다, 그만두다.
【告(고)】: 알리다, 고하다.
【之(지)】: 그것, 즉 「우공이 산을 옮기려는 일」.
【於(어)】: [개사] …에게.
【帝(제)】: 여기서는 천제(天帝)를 가리킨다.

15 帝感其誠, 命夸蛾氏二子負二山, 一厝朔東, 一厝雍南。→ 천제가 우공의 정성에 감동되어, 과아씨(夸蛾氏)의 두 아들에게 명하여 두 산을 짊어지고 하나는 삭동(朔東)에 옮겨놓고, 하나는 옹남(雍南)에 옮겨놓도록 했다.
【夸蛾氏(과아씨)】: 신화에 나오는 힘이 매우 센 신(神)의 이름.
【負(부)】: 짊어지다.
【厝(조)】: 措(조), 처분하다, 갖다 버리다, 안치하다.
【朔東(삭동)】: [지명] 삭방(朔方). 지금의 산서성 영하(寧夏).
【雍南(옹남)】: 옹주(雍州)의 남쪽. 지금의 산서성 · 감숙성 일대로 태행산(太行山) · 왕옥산(王屋山)의 소재지.

16 自此, 冀之南、漢之陰無隴斷焉。→ 이때부터 기주(冀州)의 남쪽과 한수(漢水)의 남쪽에 (앞을) 가로막는 높은 산이 없어졌다.
【冀(기)】: 冀州(기주). ※ 주 2 【冀州(기주)】 참조.
【隴(롱)】: 壟(롱). 산이나 언덕 등의 고지.
【斷(단)】: 가로막다.

번역문

우공(愚公)이 산을 옮기다

태행(太行)과 왕옥(王屋) 두 산은 사방이 칠백 리에 높이가 만 인(仞)으로, 본래 기주(冀州)의 남쪽과 하양(河陽)의 북쪽에 있었다. 북산(北山)의 우공(愚公)은 나이가 곧 아흔이 되어 가는데 산을 마주하여 살고 있었다. 산의 북쪽이 막혀 왕래할 때 돌아가는 것이 고생스러워 가족을 모아놓고 상의했다.

「나와 너희들이 힘을 다해 험준한 산을 평탄하게 고르면, 곧장 예주(豫州)의 남쪽과 통하고 한수(漢水)의 남쪽에 도달하는데 할 수 있겠느냐?」

그러자 분분히 찬성을 표했다. (다만) 그의 아내가 의문을 제기하며 말했다.

「당신의 힘으로는 이미 괴부(魁父)의 작은 언덕조차도 평탄하게 고를 수 없는데, 태행 · 왕옥과 같은 큰 산을 어찌하겠으며, 또 흙과 돌은 어디에다 처치할 것이요?」

여러 사람이 이구동성으로 말했다.

「그것을 발해(渤海)의 변방과 은토(隱土)의 북쪽에 내다 버리면 되지요.」

그리하여 아들과 손자 중에 짐을 멜 수 있는 세 사람을 데리고 돌을 깨고 흙을 파내서 삼태기에 담아 발해의 변방으로 운반했다. 이웃사람 경성씨(京城氏)의 과부에게 아들이 있었는데, 갓 이를 갈기 시작한 어린아이가 달려와 그들을 도왔다. 겨울과 여름의 계절이 바뀌는 동안 겨우 한 번을 왕복했다.

하곡(河曲)의 지수(智叟)가 그를 비웃고 제지하며 말했다.

「심하도다! 당신의 지혜롭지 못함이여. 여생의 남은 힘으로는 이미 산의 초목 하나조차 제거할 수 없는데 흙이나 돌 같은 것은 어찌할 것이오?」

북산의 우공이 길게 탄식하며 말했다.

「당신의 생각은 (너무) 고루하여 통할 수가 없으니 실로 과부의 어린 자식만도 못하오. 비록 내가 죽는다 해도 아들이 있소. 아들이 또 손자를 낳고, 손자가 또 아들을 낳고 아들이 또 아들을 낳고, 아들이 또 손자를 낳으면 자자손손 다함이 없소. 그런데 산은 불어나지 않으니 어찌 평탄하게 고르지 못할 것을 걱정하겠소?」

하곡의 지수는 응대할 말이 없었다.

조사지신(操蛇之神)은 이 말을 듣고 우공이 멈추지 않을 것을 두려워하여 이를 천제(天帝)에게 알렸다. 천제가 우공의 정성에 감동되어 과아씨(夸蛾氏)의 두 아들에게 명하여 두 산을 짊어지고 하나는 삭동(朔東)에 옮겨놓고 하나는 옹남(雍南)에 옮겨놓도록 했다.

이때부터 기주(冀州)의 남쪽과 한수(漢水)의 남쪽에 (앞을) 가로막는 높은 산이 없어졌다.

해설

우공(寓公)은 태행(太行)·왕옥(王屋) 두 산이 길을 막아 우회해야 하는 불편을 해소하기 위해 아흔의 나이에 두 산을 파서 평탄하게 만들겠다고 결심을 한 후, 아들 손자 세 사람을 데리고 삼태기에 돌과 흙을 담아 발해(渤海)의 변방과 은토(隱土)의 북쪽에 내다 버리는데, 겨울과 여름의 계절이 바뀌는 동안 겨우 한 번을 왕복했을 뿐이다. 작업 환경을 볼 때 태행·왕옥의 웅장함과 멀고 먼 운토(運土)의 여정, 그리고 열악한 운송 수단 등 용이한 것이 하나도 없다. 그럼에도 불구하고 우공은 자신을 비난하며 만류하는 하곡(河曲)의 지수(智叟)에 대해 오히려 고루한 사람이라고 비난하며

「고정된 산과 대대손손 이어지는 자손」의 논리로 지수의 말문을 막아버렸다.

우공의 결심은 마침내 산신(山神)으로 하여금 두려운 마음을 갖게 하고 천제(天帝)를 감동시켜 산을 옮기는 데 성공했다.

이 우언은 우공이 산을 옮기는 과정을 통해 사람이 확고한 결심과 두려움 없는 용기를 가지고 부단히 노력하면 언젠가는 반드시 성공할 수 있다는 교훈을 제시한 것이다.

040 양소아변일(兩小兒辯日)

《列子 · 湯問》

원문 및 주석

兩小兒辯日[1]

孔子東游, 見兩小兒辯鬬。[2] 問其故, 一兒曰 :「我以日始出時去人近, 而日中時遠也。」一兒以日初出遠, 而日中時近也。[3] 一兒曰 :「日初出大如車蓋, 及日中則如盤盂, 此不爲遠者小而近者大乎?」[4] 一

1 兩小兒辯日 → 두 아이가 해에 대하여 논쟁을 벌이다
【辯(변)】: 논쟁하다.

2 孔子東游, 見兩小兒辯鬬。→ 공자(孔子)가 동쪽 지방을 유람하다가, 두 아이가 논쟁하는 것을 보았다.
【孔子(공자)】: [인명] 춘추시대 노(魯)나라 사람으로 성은 공(孔), 이름은 구(丘), 자는 중니(仲尼)이며, 유가(儒家) 학파의 창시자.
【辯鬬(변투)】: 논쟁을 벌이다.

3 問其故, 一兒曰 :「我以日始出時去人近, 而日中時遠也。」一兒以日初出遠, 而日中時近也。→ 그 이유를 묻자, 한 아이가 말했다 :「나는 해가 처음 떴을 때 우리들로부터 가깝고, 해가 정오에 이르렀을 때 멀다고 생각합니다.」 그리고 다른 한 아이는 해가 처음 떴을 때 멀고, 해가 정오에 이르렀을 때 가깝다고 생각했다.
【故(고)】: 이유, 원인.
【以(이)】: 以爲(이위), …라고 여기다, …라고 생각하다.
【去(거)】: …로부터.
【日中(일중)】: 정오.

4 一兒曰 :「日初出大如車蓋, 及日中則如盤盂, 此不爲遠者小而近者大乎?」→ 한 아이가 말했

兒曰：「日初出滄滄涼涼, 及其日中, 如探湯, 此不爲近者熱而遠者涼乎?」[5] 孔子不能決也。兩小兒笑曰：「孰爲汝多知乎?」[6]

번역문

두 아이가 해에 대하여 논쟁을 벌이다

공자(孔子)가 동쪽 지방을 유람하다가 두 아이가 논쟁하는 것을 보았다. 그 이유를 묻자, 한 아이가 말했다.

「나는 해가 처음 떴을 때 우리들로부터 가깝고 해가 정오에 이르렀을 때 멀다고 생각합니다.」

다：「해는 처음 떠올랐을 때 크기가 수레의 차양과 같고, 해가 정오에 이르면 접시나 사발과 같은데, 이는 멀면 작게 보이고 가까우면 크게 보이는 것 아닙니까?」
【大如(대여)】：크기가 마치 …와 같다. 〖大〗：[명사] 크기. 〖如〗：마치 …와 같다.
【車蓋(거개)】：수레의 차양.
【及(급)】：이르다, 도달하다.
【盤盂(반우)】：접시와 사발
【則(즉)】：곧, 바로.
【爲(위)】：…이다.
【小(소)】：[상황어] 작게 보이다.
【大(대)】：[상황어] 크게 보이다.

5 一兒曰：「日初出滄滄涼涼, 及其日中, 如探湯, 此不爲近者熱而遠者涼乎?」→ 그러자 다른 한 아이가 말했다：「해는 처음 떠올랐을 때 써늘하고, 정오에 이르면, 마치 뜨거운 물에 손을 담그는 것 같은데, 이는 가까우면 덥고 멀면 써늘한 것 아닙니까?」
【滄滄涼涼(창창량량)】：(기온이) 써늘하다, 쌀쌀하다.
【探湯(탐탕)】：뜨거운 물에 손을 담그다. 〖湯〗：뜨거운 물.

6 孔子不能決也。兩小兒笑曰：「孰爲汝多知乎?」→ 공자는 판단할 수가 없었다. 두 아이가 웃으며 (공자에게) 말했다：「누가 당신을 많이 안다고 말했어요?」
【決(결)】：결정하다, 해결하다, 판단하다.
【孰(숙)】：누구.
【爲(위)】：謂(위), 이르다, 말하다.
【汝(여)】：너, 당신.
【多知(다지)】：많이 알다, 지식이 많다.

그리고 다른 한 아이는 해가 처음 떴을 때 멀고 해가 정오에 이르렀을 때 가깝다고 생각했다. 한 아이가 말했다.

「해는 처음 떠올랐을 때 크기가 수레의 차양과 같고 해가 정오에 이르면 접시나 사발과 같은데, 이는 멀면 작게 보이고 가까우면 크게 보이는 것 아닙니까?」

그러자 다른 한 아이가 말했다.

「해는 처음 떠올랐을 때 써늘하고 정오에 이르면 마치 뜨거운 물에 손을 담그는 것 같은데, 이는 가까우면 덥고 멀면 써늘한 것 아닙니까?」

공자는 판단할 수가 없었다. 두 아이가 웃으며 (공자에게) 말했다.

「누가 당신을 많이 안다고 말했어요?」

해설

두 아이가 해에 관해 논쟁을 벌이며, 해가 막 떠올랐을 때와 정오에 이르렀을 때를 비교하여 원근(遠近)과 크기와 기온의 차이 등에 관해 누가 옳고 그른지를 공자에게 물었다. 공자가 판단을 하지 못하자, 아이들은 공자에게 누가 당신을 해박하다 했느냐며 비웃었다.

어느 누구를 막론하고 모든 방면에서 완전무결한 지식을 얻을 수는 없다. 특히 아이들의 논쟁 대상은 당시로서 해석하기 어려운 천문현상에 관한 분야로 지성(至聖) 공자라 하여 무조건 알 수 있는 문제가 아니다.

이 우언은 학문의 무한함을 도외시하고 어느 편견 하나로 전체를 평가하려는 무지몽매한 행위를 지적한 것이다.

041 첨하조어(詹何釣魚)

《列子·湯問》

원문 및 주석

詹何釣魚[1]

詹何以獨繭絲爲綸, 芒鍼爲鈎, 荊篠爲竿, 剖粒爲餌, 引盈車之魚於百仞之淵, 汩流之中; 綸不絕, 鈎不伸, 竿不撓。[2] 楚王聞而異

1 詹何釣魚 → 첨하(詹何)가 물고기를 낚다
【詹何(첨하)】: [인명] 초(楚)나라 사람으로 낚시질을 잘하여 이름이 났다.
【釣(조)】: 낚다, 낚시질하다.

2 詹何以獨繭絲爲綸, 芒鍼爲鈎, 荊篠爲竿, 剖粒爲餌, 引盈車之魚於百仞之淵, 汩流之中; 綸不絕, 鈎不伸, 竿不撓。→ 첨하(詹何)는 한 가닥의 견사를 낚싯줄로 삼고, 뾰족하고 가늘기가 까끄라기와 같은 침을 낚시 바늘로 삼고, 초(楚)나라에서 나는 가느다란 대나무로 낚싯대를 삼고, 쌀알을 쪼개어 미끼로 삼아, 매우 깊은 못의 급류에서 수레에 가득 찰만한 큰 물고기를 낚아 올렸다. 낚싯줄이 끊어지지 않고, 낚시 바늘이 펴지지도 않았으며, 낚싯대가 휘어지지도 않았다.
【以(이)…爲(위)…】: …으로 …을 삼다.
【獨繭絲(독견사)】: 한 가닥의 명주실. 【獨】: 홑, 하나. 【繭絲】: 견사, 명주실.
【綸(륜)】: 낚싯줄.
【芒鍼(망침)】: 뾰족하고 가늘기가 까끄라기와 같은 침.
【鈎(구)】: 낚싯바늘.
【荊篠(형소)】: 초(楚)나라에서 나는 가느다란 대나무. 【荊】: 초(楚)나라의 별칭. 초나라는 지금의 호남성·호북성과 강서성·절강성 및 하남성 남부에 걸쳐 있던 주대(周代)의 제후국.
【竿(간)】: 낚싯대.
【剖(부)】: 쪼개다, 가르다.

之, 召問其故。[3] 詹何曰 :「臣聞先大夫之言, 蒲且子之弋也, 弱弓纖繳, 乘風振之, 連雙鶬於青雲之際。用心專, 動手均也。[4] 臣因其事,

【粒(입)】: 쌀알.
【餌(이)】: 미끼, 낚싯밥.
【引(인)】: 끌어올리다, 낚아 올리다.
【盈(영)】: 가득 차다.
【百仞之淵(백인지연)】: 깊이가 백 인(仞)이 되는 못. 여기서는 「매우 깊은 못」을 가리킨다.
〖仞〗: [길이의 단위] 1인은 7~8척(尺 : 자).
【汨流(골류)】: 급류.
【伸(신)】: [피동용법] 펴지다.
【撓(뇨)】: 구부러지다, 휘어지다.

3 楚王聞而異之, 召問其故。→ 초왕(楚王)이 이를 듣고 이상히 여겨, 그를 불러 그 까닭을 물었다.
【異(이)】: 이상히 여기다.
【召(소)】: 부르다.
【故(고)】: 이유, 까닭.

4 詹何曰 :「臣聞先大夫之言, 蒲且子之弋也, 弱弓纖繳, 乘風振之, 連雙鶬於青雲之際。用心專, 動手均也。→ 첨하가 대답했다 :「제가 선친의 말씀을 들으니, 포저자(蒲且子)라는 사람은 주살로 새를 쏘아 잡을 때, 당기는 힘이 약한 활과 섬세한 줄을 맨 화살을, 바람의 힘을 빌려 쏘아 보내, 높은 공중에서 두 마리의 꾀꼬리를 꿰뚫는다고 합니다. 이는 마음 씀이 한결같고, 손놀림이 고르기 때문입니다.
【臣(신)】: 신, 저. ※ 군주에 대한 신하나 백성의 자칭.
【先大夫(선대부)】: 선친. ※ 첨하가 돌아가신 자기의 부친이 대부(大夫)를 지냈기 때문에 「선대부」라는 호칭을 사용했다.
【蒲且子(포저자)】: [인명] 포저(蒲且). 옛날 화살을 쏘아 새를 잘 잡던 사람.
【弋(익)】: 줄을 매단 화살로 새를 쏘다.
【弱弓(약궁)】: 당기는 힘이 약한 활.
【纖繳(섬격)】: 화살에 잡아매는 섬세한 줄.
【乘風(승풍)】: 바람을 타다, 바람의 힘을 빌리다.
【振(진)】: 쏘아 보내다.
【連(련)】: 꿰뚫다, 관통하다.
【鶬(창)】: [새 이름] 꾀꼬리.
【青雲之際(청운지제)】: 고공, 높은 공중.
【用心(용심)】: 마음 씀.
【專(전)】: 한결같다.
【動手(동수)】: 손놀림.
【均(균)】: 고르다, 균형을 유지하다.

放而學釣，五年始盡其道。[5] 當臣之臨河持竿，心無雜慮，唯魚之念；投綸沈鉤，手無輕重，物莫能亂。[6] 魚見臣之鉤餌，猶沈埃聚沫，吞之不疑。所以能以弱制彊，以輕致重也。[7] 大王治國誠能若此，則天

5 臣因其事, 放而學釣, 五年始盡其道。→ 저는 그의 방법을 근거로, 모방해서 낚시를 배웠는데, 오 년이 지나 비로소 그 기술을 완전히 터득했습니다.
【因(인)】: 의거하다, 근거하다.
【其事(기사)】: 그의 방법, 즉 「포저자(蒲且子)의 방법」.
【放(방)】: 仿(방), 모방하다.
【始(시)】: 비로소.
【盡(진)】: 다하다. 여기서는 「완전히 터득하다」의 뜻.
【道(도)】: 기술, 방법.

6 當臣之臨河持竿, 心無雜慮, 唯魚之念; 投綸沈鉤, 手無輕重, 物莫能亂。→ 제가 강에 나가 낚싯대를 잡을 때면, 마음에 잡념이 없고, 오직 물고기만 생각합니다. 낚싯줄을 던져 낚싯바늘을 내리면, 손은 가벼웠다 무거웠다 하지 않으며, 외부의 사물은 (나를) 혼란스럽게 하지 못합니다.
【當(당)】: …할 때, …할 적에.
【臨河(임하)】: 강에 나가다, 강에 임하다.
【持竿(지간)】: 낚싯대를 잡다.
【雜慮(잡려)】: 잡념.
【唯(유)】: 오직, 오로지.
【念(념)】: 생각.
【沈鉤(침구)】: [사동용법] 낚싯바늘을 가라앉히다, 즉 「낚시 바늘을 내리다」의 뜻. 〖沈〗: 沉(침), 가라앉히다.
【物(물)】: 외부의 사물.
【莫能(막능)】: 불능(不能), …할 수 없다, …하지 못하다.
【亂(란)】: 어지럽히다, 혼란하게 하다.

7 魚見臣之鉤餌, 猶沈埃聚沫, 吞之不疑。所以能以弱制彊, 以輕致重也。→ 물고기가 제 낚싯바늘의 먹이를 보면, 마치 물에 가라앉은 먼지나 물에 모여 있는 거품으로 여겨, 의심을 하지 않고 그것을 삼켜버립니다. (이것이 제가) 약한 것으로 강한 것을 제압하고 가벼운 것으로 무거운 것을 얻을 수 있는 까닭입니다.
【鉤餌(구이)】: 낚시 바늘의 미끼.
【猶(유)】: 마치 …같다.
【沈埃(침애)】: 물에 가라앉은 먼지.
【聚沫(취말)】: 물에 모여 있는 거품.
【吞(탄)】: 삼키다.

下可運於一握, 將亦奚事哉?」 楚王曰 :「善。」[8]

번역문

첨하(詹何)가 물고기를 낚다

첨하(詹何)는 한 가닥의 견사를 낚싯줄로 삼고, 뾰족하고 가늘기가 까끄라기와 같은 침을 낚싯바늘로 삼고, 초(楚)나라에서 나는 가느다란 대나무로 낚싯대를 삼고, 쌀알을 쪼개어 미끼로 삼아 매우 깊은 못의 급류에서 수레에 가득 찰만한 큰 물고기를 낚아 올렸다. 낚싯줄이 끊어지지 않고 낚싯바늘이 펴지지도 않았으며 낚싯대가 휘어지지도 않았다. 초왕(楚王)이 이를 듣고 이상히 여겨 그를 불러 그 까닭을 물었다.

첨하가 대답했다.

「제가 선친의 말씀을 들으니 포저자(蒲且子)라는 사람은 주살로 새를 쏘아 잡을 때, 당기는 힘이 약한 활과 섬세한 줄을 맨 화살을 바람의 힘을 빌려 쏘아 보내 높은 공중에서 두 마리의 꾀꼬리를 꿰뚫는다고 합니다. 이는 마음 씀이 한결같고 손놀림이 고르기 때문입니다. 저는 그의 방법을 근거로 모방해서 낚시를 배웠는데, 오 년이 지나 비로소 그 기술을 완전히 터득

....

【所以(소이)】: 까닭, 이유, 원인.
【以弱制彊(이약제강)】: 약한 것으로 강한 것을 제압하다. 【彊】: 强(강), 강하다.
【以輕致重(이경치중)】: 가벼운 것으로 무거운 것을 얻다.

8 大王治國誠能若此, 則天下可運於一握, 將亦奚事哉?」 楚王曰 :「善。」 → 대왕께서 나라를 다스리는 것도 실로 이와 같이 할 수 있다면, 천하는 한 손 안에서 통제할 수 있을 것이니, 또한 달리 무슨 일을 할 필요가 있겠습니까?」 초왕이 말했다 :「훌륭하오.」
【誠(성)】: 정말, 실로, 확실히.
【運於一握(운어일악)】: 한 손안에서 통제하다. 【運】: 돌아가다, 움직이다. 여기서는 「통제하다」의 뜻. 【握】: 손 안, 손아귀.
【奚事(해사)】: 무슨 일.

했습니다.

제가 강에 나가 낚싯대를 잡을 때면 마음에 잡념이 없고 오직 물고기만 생각합니다. 낚싯줄을 던져 낚싯바늘을 내리면 손은 가벼웠다 무거웠다 하지 않으며, 외부의 사물은 (나를) 혼란스럽게 하지 못합니다. 물고기가 제 낚싯바늘의 먹이를 보면 마치 물에 가라앉은 먼지나 물에 모여 있는 거품으로 여겨 의심을 하지 않고 그것을 삼켜버립니다. (이것이 제가) 약한 것으로 강한 것을 제압하고 가벼운 것으로 무거운 것을 얻을 수 있는 까닭입니다.

대왕께서 나라를 다스리는 것도 실로 이와 같이 할 수 있다면 천하는 한 손 안에서 통제할 수 있을 것이니, 또한 달리 무슨 일을 할 필요가 있겠습니까?」

초왕이 말했다.

「훌륭하오.」

해설

첨하(詹何)는 포저자(蒲且子)가 주살로 새를 쏘아 잡는 원리를 낚시하는 방법에 응용하여 낚시의 고수가 되었다. 그가 낚시를 할 때는 마음에 잡념이 없고 오직 물고기만 생각하며, 낚싯줄을 던져 낚싯바늘을 내리면 손은 가벼웠다 무거웠다 하지 않고, 외부의 사물로 인해 정신적인 혼란을 일으키지 않는다. 그리하여 물고기가 미끼를 보면 마치 물에 가라앉은 먼지나 물에 모여 있는 거품 정도로 여겨 전혀 의심하지 않고 삼켜버린다.

이 우언은 주살로 새를 잡고 낚시로 물고기 잡는 고사를 통해, 어떤 일을 막론하고 정신을 집중하여 한결같은 마음으로 전심전력한다면, 어떤 방법을 사용해도 반드시 좋은 성과를 거둘 수 있다는 이치를 설명한 것이다.

042 편작환심(扁鵲換心)

《列子 · 湯問》

원문 및 주석

扁鵲換心[1]

魯公扈、趙齊嬰二人有疾, 同請扁鵲求治。[2] 扁鵲治之, 旣同愈, 謂公扈、齊嬰曰:「汝曩之所疾, 自外而干府藏者, 固藥石之所已。[3] 今

1 扁鵲換心 → 편작(扁鵲)이 사람의 심장을 바꾸다
【扁鵲(편작)】: [인명] 전국시대의 명의(名醫). 성은 진(秦), 이름은 월인(越人)이며, 정(鄭)나라 발해군(渤海郡) 막읍(鄚邑) [지금의 하북성 임구현(任丘縣) 북막주진(北鄚州鎭)] 사람이다. 그는 중국 의술에서의 전통 진단법인 사진법(四診法) [망(望) · 문(聞) · 문(問) · 절(切)]의 기초를 닦았다. 그의 의술이 매우 고명했기 때문에 당시 사람들은 그를 황제(黃帝)시대의 명의인 「편작(扁鵲)」에 비유하여 그 이름을 그대로 따서 불렀다.
【換心(환심)】: 심장을 바꾸다.

2 魯公扈、趙齊嬰二人有疾, 同請扁鵲求治。→ 노(魯)나라의 공호(公扈)와 조(趙)나라의 제영(齊嬰) 두 사람이 병이 나서, 함께 편작(扁鵲)에게 치료를 청했다.
【魯(노)】: [국명] 지금의 산동성 남부에 있던 주대(周代)의 제후국.
【公扈(공호)】: [인명].
【趙(조)】: [국명] 지금의 하북성 남부와 산서성 남부 일대에 있던 주대(周代)의 제후국.
【齊嬰(제영)】: [인명].
【求治(구치)】: 치료를 요청하다.

3 扁鵲治之, 旣同愈, 謂公扈、齊嬰曰:「汝曩之所疾, 自外而干府藏者, 固藥石之所已。→ 편작이 이들을 치료하여, 함께 완치된 후, 공호와 제영에게 말했다:「당신들의 종전 질병은, 외부로부터 오장육부에 침범한 것이기 때문에, 본래 약과 침으로 치유가 됩니다.
【旣(기)】: 이미, …하고 나서, …이후.
【愈(유)】: 낫다, 치유되다, 완치되다.

有偕生之疾, 與體偕長, 今爲汝攻之, 何如?」[4] 二人曰 :「願先聞其驗。」[5] 扁鵲謂公扈曰 :「汝志彊而氣弱, 故足於謀而寡於斷。齊嬰志弱而氣彊, 故少於慮而傷於專。若換汝之心, 則均於善矣。」[6] 扁鵲遂飮二人毒酒, 迷死三日, 剖胸探心, 易而置之; 投以神藥, 旣悟如

【汝(여)】: 너, 당신.
【曩(낭)】: 종전, 과거, 이전.
【干(간)】: 침범하다.
【府藏(부장)】: 오장육부(五臟六腑). 〖府〗: 腑(부). ※ 쓸개 · 위 · 방광 · 삼조 · 대장 · 소장을 합쳐 육부(六腑)라 한다. 〖藏〗: 臟(장), 내장. ※ 폐 · 간 · 비장 · 심장 · 신장을 합쳐 오장(五臟)이라 한다.
【固(고)】: 본래, 원래.
【石(석)】: 석침. 옛날의 침은 돌을 갈아서 만들었다.
【已(이)】: 멈추다. 즉 「치유되다」의 뜻.

4 今有偕生之疾, 與體偕長, 今爲汝攻之, 何如?」→ 그런데 지금 당신들의 몸에는 선천적으로 지니고 있는 (다른) 질병이 있어, 몸과 함께 자라고 있습니다. 지금 당신들을 위해 그것을 치료하면, 어떻겠습니까?」
【偕生(해생)】: 태어날 때부터 함께하다. 즉 「태어날 때부터 지니고 있다, 선천적이다」의 뜻. 〖偕〗: 함께.
【攻(공)】: 공격하다. 여기서는 「치료하다」의 뜻.
【何如(여하)?】: 어떠한가?

5 二人曰 :「願先聞其驗。」→ 두 사람이 대답했다 :「먼저 그 증상을 듣고 싶습니다.」
【願(원)】: 원하다, 희망하다, …하고 싶다.
【驗(험)】: 증상.

6 扁鵲謂公扈曰 :「汝志彊而氣弱, 故足於謀而寡於斷。齊嬰志弱而氣彊, 故少於慮而傷於專。若換汝之心, 則均於善矣。」→ 편작이 공호에게 말했다 :「당신은 의지는 강하지만 기가 약합니다. 그래서 지모는 충분하나 결단성이 부족합니다. 제영은 의지는 약하지만 기가 강합니다. 그래서 사려가 부족하고 지나치게 독단적입니다. 만일 당신들의 심장을 서로 바꾼다면, (두 사람이) 고루 좋을 것입니다.」
【彊(강)】: 强(강), 강하다.
【謀(모)】: 지모.
【斷(단)】: 결단성.
【少於慮而傷於專(소어려이상어전)】: 사려가 부족하고 지나치게 독단적이다.
【若(약)】: 만일, 만약.
【汝(여)】: 당신들.
【均於善(균어선)】: 고루 좋아지다.

初。二人辭歸。[7] 於是公扈反齊嬰之室, 而有其妻子, 妻子弗識; 齊嬰亦反公扈之室, 有其妻子, 妻子亦弗識。[8] 二室因相與訟, 求辨於扁鵲。扁鵲辨其所由, 訟乃已。[9]

7 扁鵲遂飮二人毒酒, 迷死三日, 剖胸探心, 易而置之; 投以神藥, 旣悟如初。二人辭歸。→ 그리하여 편작이 두 사람에게 독주를 먹여, 삼 일 동안 혼수상태에 빠졌는데, 가슴을 가르고 심장을 꺼내, 그것을 서로 바꾸어 놓았다. 그리고 신약을 바르자, 깨어난 후에는 마치 수술하기 이전과 똑같았다. 두 사람은 작별 인사를 하고 돌아갔다.

【遂(수)】: 그리하여.
【迷死(미사)】: 의식을 잃다, 혼수상태에 빠지다.
【剖(부)】: 가르다, 쪼개다.
【探(탐)】: 찾다, 뒤지다. 여기서는 「취하다, 끄집어내다」의 뜻.
【易(역)】: 바꾸다, 교환하다.
【置(치)】: 놓다, 두다.
【投(투)】: 투여하다. 여기서는 「(약을) 바르다」의 뜻.
【旣悟(기오)】: 깨어난 후. 〖旣〗: …한 후, …하고 나서.
【初(초)】: 처음, 즉 「수술하기 이전」.
【辭(사)】: 작별을 고하다, 작별인사를 하다.

8 於是公扈反齊嬰之室, 而有其妻子, 妻子弗識; 齊嬰亦反公扈之室, 有其妻子, 妻子亦弗識。→ 이때 공호는 제영의 집으로 돌아와, 제영의 아내와 자식을 만났으나, 제영의 아내와 자식이 그를 알아보지 못했고; 제영도 공호의 집으로 돌아와, 공호의 아내와 자식을 만났으나, 공호의 아내와 자식 또한 그를 알아보지 못했다.

【於是(어시)】: 이때.
【反(반)】: 返(반), 돌아오다.
【弗(불)】: 不(불).
【識(식)】: 알아보다, 식별하다.

9 二室因相與訟, 求辨於扁鵲。扁鵲辨其所由, 訟乃已。→ 이로 인해 두 집은 서로 소송을 벌이고, 편작에게 변별해 줄 것을 요청했다. 편작이 그 까닭을 밝혀주자, 그제야 비로소 소송을 멈추었다.

【因(인)】: 이로 인해, 이로 말미암아.
【相與(상여)】: 서로.
【求(구)】: 요구하다, 요청하다.
【辨(변)】: 판별하다, 변별하다.
【所由(소유)】: 이유, 까닭, 원인.
【乃(내)】: 비로소.
【已(이)】: 그치다, 멈추다.

번역문

편작(扁鵲)이 사람의 심장을 바꾸다

노(魯)나라의 공호(公扈)와 조(趙)나라의 제영(齊嬰) 두 사람이 병이 나서 함께 편작(扁鵲)에게 치료를 청했다. 편작이 이들을 치료하여 함께 완치된 후 공호와 제영에게 말했다.

「당신들의 종전 질병은 외부로부터 오장육부에 침범한 것이기 때문에 본래 약과 침으로 치유가 됩니다. 그런데 지금 당신들의 몸에는 선천적으로 지니고 있는 (다른) 질병이 있어 몸과 함께 자라고 있습니다. 지금 당신들을 위해 그것을 치료하면 어떻겠습니까?」

두 사람이 대답했다.

「먼저 그 증상을 듣고 싶습니다.」

편작이 공호에게 말했다.

「당신은 의지는 강하지만 기가 약합니다. 그래서 지모는 충분하나 결단성이 부족합니다. 제영은 의지는 약하지만 기가 강합니다. 그래서 사려가 부족하고 지나치게 독단적입니다. 만일 당신들의 심장을 서로 바꾼다면 (두 사람이) 고루 좋을 것입니다.」

그리하여 편작이 두 사람에게 독주를 먹여 삼 일 동안 혼수상태에 빠졌는데, 가슴을 가르고 심장을 꺼내 그것을 서로 바꾸어 놓았다. 그리고 신약을 바르자 깨어난 후에는 마치 수술하기 이전과 똑같았다. 두 사람은 작별 인사를 하고 돌아갔다.

이때 공호는 제영의 집으로 돌아와 제영의 아내와 자식을 만났으나, 제영의 아내와 자식이 그를 알아보지 못했고, 제영도 공호의 집으로 돌아와 공호의 아내와 자식을 만났으나, 공호의 아내와 자식 또한 그를 알아보지 못했다.

이로 인해 두 집은 서로 소송을 벌이고 편작에게 변별해 줄 것을 요청했다. 편작이 그 까닭을 밝혀주자, 그제야 비로소 소송을 멈추었다.

해설

편작(扁鵲)이 공호(公扈)와 제영(齊嬰)을 진찰한 결과, 공호는 선천적으로 의지가 강하고 기가 약해 지모는 충분하나 결단성이 부족한 질환이 있고, 제영은 선천적으로 의지가 약하나 기가 강해 사려가 부족하고 지나치게 독단적이라는 질환이 있었다. 그리하여 편작이 두 사람의 동의하에 서로 심장을 교환했다.

인간의 심장은 곧 마음이요, 정신으로 육체를 지배한다. 그리하여 제영이 공호의 몸으로 귀가하니 제영의 아내와 자식이 그를 알아보지 못했고, 공호가 제영의 몸으로 귀가하니 공호의 아내와 자식이 그를 알아보지 못했다. 양가는 이로 인해 서로 소송을 벌여 분쟁이 일었으나 편작의 해명으로 이내 소송을 멈추고 평온을 되찾았다.

이 우언은 편작이 병을 고친 사례를 통해, 사람은 누구나 장점과 단점을 지니고 있기 때문에 남의 장점을 취해 자신의 단점을 보완해야 한다는 이치를 설명한 것이다.

043 정사문학금(鄭師文學琴)

《列子 · 湯問》

원문 및 주석

鄭師文學琴[1]

匏巴鼓琴而鳥舞魚躍。鄭師文聞之, 棄家從師襄游。柱指鈞弦, 三年不成章。[2] 師襄曰 : 「子可以歸矣。」[3] 師文舍其琴, 歎曰 : 「文非

1 鄭師文學琴 → 정(鄭)나라의 사문(師文)이 거문고를 배우다
【鄭(정)】: [국명] 지금의 하남성 신정현(新鄭縣) 일대에 있던 주대(周代)의 제후국.
【師文(사문)】: [인명] 정나라의 악사(樂師).
【學琴(학금)】: 거문고를 배우다.

2 匏巴鼓琴而鳥舞魚躍。鄭師文聞之, 棄家從師襄游。柱指鈞弦, 三年不成章。→ 포파(匏巴)가 거문고를 타면 새가 춤을 추고 물고기가 뛰어올랐다. 정(鄭)나라 사문(師文)은 이 말을 듣자, 가정을 버리고 사양(師襄)을 좇아 거문고를 배웠다. 그는 손가락을 뻣뻣하게 세우고 현을 조율하여, 삼 년 동안 악장(樂章) 하나를 제대로 연주해내지 못했다.
【匏巴(포파)】: [인명] 옛날 거문고를 잘 타던 사람.
【鼓琴(고금)】: 거문고를 타다. 〖鼓〗: (악기를) 타다, 치다.
【躍(약)】: 뛰어오르다.
【棄家(기가)】: 집을 버리다.
【從(종)】: 좇다, 따르다.
【師襄(사양)】: [인명] 옛날 거문고를 잘 타던 악사.
【游(유)】: 유학(遊學)하다. 즉 「거문고를 배우다」의 뜻.
【柱指(주지)】: 손가락을 뻣뻣하게 고추 세우다.
【鈞弦(균금)】: 현을 고르다, 현을 조율하다.
【不成章(불성장)】: 악장을 이루지 못하다, 즉 「악장을 제대로 연주해내지 못하다.」

3 師襄曰 : 「子可以歸矣。」→ 사양이 말했다 : 「너 집에 돌아가도 좋아.」

弦之不能鈞, 非章之不能成。文所存者不在弦, 所志者不在聲。[4] 內不得於心, 外不應於器, 故不敢發手而動弦。且小假之, 以觀其後。」[5] 無幾何, 復見師襄。師襄曰 : 「子之琴何如?」[6] 師文曰 : 「得之矣。請嘗試之。」[7] 於是當春而叩商弦以召南呂, 涼風忽至, 草木成實。[8] 及

【子(자)】: 당신, 그대.

【可以(가이)】: …해도 된다, …해도 좋다.

4 師文舍其琴, 歎曰 : 「文非弦之不能鈞, 非章之不能成。文所存者不在弦, 所志者不在聲。→ 사문은 자기의 거문고를 내려놓고, 탄식하며 말했다 : 「제가 결코 현을 조율하지 못하는 것이 아니고, 악장을 연주해내지 못하는 것도 아닙니다. 제가 마음속으로 생각하는 것은 현에 있지 않고, 추구하는 것도 소리에 있지 않습니다.

【舍(사)】: 捨(사), 버리다. 여기서는 「내려놓다」의 뜻.

【文(문)】: 사문이 「나, 저」라는 의미로 자신의 이름을 사용한 것.

【所存者(소존자)】: 마음속으로 생각하는 것.

【不在(부재)…】: …에 있지 않다.

【所志者(소지자)】: 추구하는 것.

5 內不得於心, 外不應於器, 故不敢發手而動弦。且小假之, 以觀其後。」→ 안으로 마음에서 얻지 못하고, 밖으로 악기에 호응하지 못하기 때문에, 그래서 감히 손을 써서 현을 건드리지 않는 것입니다. 잠시 저에게 얼마간 여가를 주시고 나서, 그 후의 상황을 살펴보아 주십시오.」

【應(응)】: 호응하다, 조화를 이루다.

【故(고)】: 그래서.

【發手(발수)】: 손을 대다, 손을 쓰다.

【動弦(동현)】: 현을 건드리다.

【且(차)】: 잠시.

【小(소)】: 少(소), 조금, 얼마간, 어느 정도.

【假(가)】: 暇(가), 여가, 겨를, 틈.

6 無幾何, 復見師襄。師襄曰 : 「子之琴何如?」 → 얼마 안 가서, (사문이) 다시 사양을 찾아가 만났다. 사양이 말했다 : 「너의 거문고 실력은 어떠냐?」

【無幾何(무기하)】: 얼마 안 가서, 얼마 지나지 않아.

【琴(금)】: [상황어] 여기서는 「거문고 타는 실력」을 가리킨다.

【何如(여하)】: 어떠냐? 어떠한가?

7 師文曰 : 「得之矣. 請嘗試之。」 → 사문이 대답했다 : 「요령을 터득했습니다. 청컨대 제가 그것을 시험하도록 허락해 주십시오.」

【得之(득지)】: 요령을 터득하다. 〖得〗: 찾아내다, 터득하다. 〖之〗: [대명사] 그것, 즉 「요령, 비결.」

【嘗試(상시)】: 시험해 보다.

秋而叩角弦以激夾鐘, 溫風徐迴, 草木發榮。[9] 當夏而叩羽弦以召黃

8 於是當春而叩商弦以召南呂, 涼風忽至, 草木成實。→ 그리하여 (사문이) 봄의 정경을 마주하고 (가을을 상징하는) 상현(商弦)을 타서 남려(南呂)를 연주하니, 서늘한 바람이 갑자기 불어오고, 초목이 열매를 맺었다.

【於是(어시)】: 그리하여.

【當(당)】: …을 마주 대하다, …을 향하다.

【叩(고)】: 두드리다, 치다. 여기서는 「(줄을) 켜다, 타다, 튀기다」의 뜻.

【商弦(상현)】: 상음(商音)을 내는 거문고의 현. 금음(金音)에 속하며, 중추(中秋)인 8월을 상징한다. ※ 옛날에는 오늘날 「도·레·미·솔·라」에 해당하는 「궁(宮)·상(商)·각(角)·치(徵)·우(羽)」의 다섯 음이 있어, 이를 오음(五音)이라 했다.

【召(소)】: 초치하다. 여기서는 거문고 현을 타서 어떤 음률의 곡조를 연주해 내는 것을 가리킨다.

【南呂(남려)】: 십이율(十二律)의 하나. ※ 옛사람들은 지름이 같고 길이가 다른 12개의 죽관(竹管)이나 금관(金管)을 가지고, 이를 불어 음의 고저를 확정하는 기준으로 삼았는데, 저음(低音)의 관(管)부터 수를 세어 기수(奇數 : 홀수)에 해당하는 6개의 관(管) [황종(黃鐘)·태주(太簇)·고선(姑洗)·유빈(蕤賓)·이칙(夷則)·무역(無射)]을 「율(律)」이라 하고, 우수(偶數 : 짝수)에 해당하는 6개의 관(管) [대려(大呂)·협종(夾鐘)·중려(仲呂)·임종(林鐘)·남려(南呂)·응종(應鐘)]을 「려(呂)」라 했다. 이를 합쳐 「율려(律呂)」 또는 「십이율(十二律)」이라 하며, 후에는 악률(樂律) 혹은 음률(音律)을 가리키는 말로 사용했다.

【忽(홀)】: 갑자기.

【成實(성실)】: 열매를 맺다.

※ 옛날의 음양가들은 음률(音律) [오음(五音)과 십이율(十二律)]을 오행(五行)·방위(方位)·사시(四時)에 짝을 지었는데 이를 도표로 나타내면 다음과 같다.

五行	木			火			土	金			水		
方位	東			南			中央	西			北		
四時	春			夏			夏秋之際	秋			東		
孟春	孟春 1月	仲春 2月	季春 3月	孟夏 4月	仲夏 5月	季夏 6月	夏秋	孟秋 7月	仲秋 8月	季秋 9月	孟冬 10月	仲冬 11月	季冬 12월
音	角	角	角	徵	徵	徵	宮	商	商	商	羽	羽	羽
律	太簇	夾鐘	姑洗	仲呂	蕤賓	林鐘	黃鐘	夷則	南呂	無射	應鐘	黃鐘	大呂

9 及秋而叩角弦以激夾鐘, 溫風徐迴, 草木發榮。→ 가을에 이르러 (봄을 상징하는) 각현(角弦)을 타서 협종(夾鐘)을 연주하니, 온화한 (봄)바람이 서서히 감돌아, 초목이 꽃을 피웠다.

【及(급)】: …에 이르다, …이 되다.

【角弦(각현)】: 각음(角音)을 내는 거문고의 현. 목음(木音)에 속하며 중춘(仲春)인 2월을 상징한다.

鐘, 霜雪交下, 川池暴沍。[10] 及冬而叩徵弦以激蕤賓, 陽光熾烈, 堅冰立散。[11] 將終, 命宮而總四弦, 則景風翔, 慶雲浮, 甘露降, 澧泉涌。[12] 師襄乃撫心高蹈曰 : 「微矣, 子之彈也! 雖師曠之淸角, 鄒衍之

....

【激(격)】: 격발하다. ※ 이 역시 주8의 【召】와 마찬가지로 거문고 현을 타서 어떤 음률의 곡조를 연주해 내는 것을 가리킨다.
【夾鐘(협종)】: 십이율의 하나로 중춘(仲春)인 2월에 해당하며 각현(角弦)과 서로 호응한다.
【徐(서)】: 서서히, 천천히.
【迴(회)】: 돌다, 선회하다.
【發榮(발영)】: 꽃을 피우다.

10 當夏而叩羽弦以召黃鐘, 霜雪交下, 川池暴沍。→ 여름의 정경을 마주하고 (겨울을 상징하는) 우현(羽弦)을 타서 황종(黃鐘)을 연주하니, 서리와 눈발이 한꺼번에 내리고, 하천과 연못이 갑자기 얼어버렸다.
【羽弦(우현)】: 우음(羽音)을 내는 거문고의 현. 수음(水音)에 속하며 중동(仲冬)인 11월을 상징한다.
【黃鐘(황종)】: 십이율의 하나로 중동(仲冬)인 11월에 해당하며 우현(羽弦)과 서로 호응한다.
【交下(교하)】: 한꺼번에 내리다.
【暴(폭)】: 갑자기, 별안간.
【沍(호)】: 얼다.

11 及冬而叩徵弦以激蕤賓, 陽光熾烈, 堅冰立散。→ 겨울에 이르러 (여름을 상징하는) 치현(徵弦)을 타서 유빈(蕤賓)을 연주하니, 햇볕이 뜨거워지고, 단단한 얼음이 즉시 녹아버렸다.
【徵弦(치현)】: 치음(徵音)을 내는 거문고의 현. 화음(火音)에 속하며 중하(仲夏)인 5월을 상징한다.
【蕤賓(유빈)】: 십이율의 하나로 중하(仲夏)인 5월에 해당하며 치현(徵弦)과 서로 호응한다.
【熾烈(치열)】: 뜨거워지다.
【堅冰(견빙)】: 단단한 얼음.
【立(입)】: 즉시.
【散(산)】: 용해되다, 녹아버리다.

12 將終, 命宮而總四弦, 則景風翔, 慶雲浮, 甘露降, 澧泉涌。→ 연주가 곧 끝나갈 무렵, 그가 궁음(宮音)으로 하여금 (상 · 각 · 우 · 치) 4현을 총괄하도록 하자, 이내 상서로운 바람이 감돌고, 상서로운 구름이 떠다니는가 하면, 감로가 내리고, 감미로운 샘물이 솟아났다.
【將(장)】: 곧 …하려 하다.
【命(명)】: …로 하여금 …하게 하다.
【總(총)】: 총괄하다.
【四弦(사현)】: 상(商) · 각(角) · 우(羽) · 치(徵) 4현.
【景風(경풍)】: 상서로운 바람.

吹律, 亡以加之。彼將挾琴執管而從子之後耳。」[13]

【翔(상)】: 감돌다.
【慶雲(경운)】: 상서로운 구름.
【浮(부)】: 떠다니다.
【甘露(감로)】: 감로. ※ 천하가 태평할 때에 하늘에서 내린다고 하는 단 이슬.
【澧泉(예천)】: 감미로운 샘물.
【涌(용)】: 솟다, 솟아나다.

13 師襄乃撫心高蹈曰:「微矣, 子之彈也! 雖師曠之淸角, 鄒衍之吹律, 亡以加之。彼將挾琴執管而從子之後耳。」→ 사양은 이에 가슴을 쓸어내리고 기뻐서 춤을 추며 말했다:「너의 거문고 연주는, 정말로 절묘하다! 비록 사광(師曠)이 청각(淸角)을 연주하고 추연(鄒衍)이 율관(律管)을 분다 해도, 이를 능가할 수 없다. 그들은 장차 거문고와 생관(笙管)을 가지고 너의 뒤를 좇을 뿐이다!」
【乃(내)】: 이에.
【撫心(무심)】: 가슴을 쓸어내리다.
【高蹈(고도)】: 기뻐서 춤을 추다.
【微(미)】: 妙(묘), 절묘하다.
【雖(수)】: 비록 …일지라도.
【師曠(사광)】: [인명] 춘추시대 진(晉)나라의 유명한 악사. ※《한비자(韓非子)·십과(十過)》에 의하면, 사광이 진평공(晉平公)을 위해 청각(淸角)을 연주하는데, 연주를 시작하자마자 흰 구름이 서북쪽에서 모여들고, 다시 연주하자 큰 바람이 불더니 비가 내리고, 다시 연주하자 장막이 갈라지고 제기(祭器)가 깨지며 처마의 기와가 날아갔다. 그리하여 진나라는 큰 가뭄이 삼 년간 계속되었다.
【淸角(청각)】: [곡명] 각음(角音)을 가지고 독주하는 악곡으로, 황제(黃帝)가 지었다고 전한다.
【鄒衍(추연)】: [인명] 전국시대 제(齊)나라의 철학자로 음양가의 대표적 인물. ※ 전설에 의하면, 북방에 아름다운 땅이 있는데 기온이 한랭하여 벼가 자라지 않았으나, 추연이 율(律)을 불자 기온이 온난하게 변하여 벼가 자라기 시작했다.
【吹律(취율)】: 율관을 불다. 즉 적(笛)·생(笙)·우(竽) 등의 관악기를 불어 연주하다. 〖律〗: 율관(律管). 주 8【南呂(남려)】 참조.
【亡以加之(무이가지)】: 이를 능가할 것이 없다. 〖亡〗: 無(무).
【彼(피)】: 그들, 즉 사광과 추연.
【將(장)】: 장차 …할 것이다.
【管(관)】: 적(笛), 생관(生管) 등의 관악기.

번역문

정(鄭)나라의 사문(師文)이 거문고를 배우다

포파(匏巴)가 거문고를 타면 새가 춤을 추고 물고기가 뛰어올랐다. 정(鄭)나라 사문(師文)은 이 말을 듣자 가정을 버리고 사양(師襄)을 좇아 거문고를 배웠다. 그는 손가락을 뻣뻣하게 세우고 현을 조율하여 삼 년 동안 악장(樂章) 하나를 제대로 연주해내지 못했다.

사양이 말했다.

「너 집에 돌아가도 좋아.」

사문은 자기의 거문고를 내려놓고 탄식하며 말했다.

「제가 결코 현을 조율하지 못하는 것이 아니고 악장을 연주해내지 못하는 것도 아닙니다. 제가 마음속으로 생각하는 것은 현에 있지 않고 추구하는 것도 소리에 있지 않습니다. 안으로 마음에서 얻지 못하고 밖으로 악기에 호응하지 못하기 때문에, 그래서 감히 손을 써서 현을 건드리지 않는 것입니다. 잠시 저에게 얼마간 여가를 주시고 나서, 그 후의 상황을 살펴보아 주십시오.」

얼마 안 가서 (사문이) 다시 사양을 찾아가 만났다. 사양이 말했다.

「너의 거문고 실력은 어떠냐?」

사문이 대답했다.

「요령을 터득했습니다. 청컨대, 제가 그것을 시험하도록 허락해 주십시오.」

그리하여 (사문이) 봄의 정경을 마주하고 (가을을 상징하는) 상현(商弦)을 타서 남려(南呂)를 연주하니 서늘한 바람이 갑자기 불어오고 초목이 열매를 맺었다. 가을에 이르러 (봄을 상징하는) 각현(角弦)을 타서 협종(夾鐘)

을 연주하니 온화한 (봄)바람이 서서히 감돌아 초목이 꽃을 피웠다. 여름의 정경을 마주하고 (겨울을 상징하는) 우현(羽弦)을 타서 황종(黃鐘)을 연주하니 서리와 눈발이 한꺼번에 내리고 하천과 연못이 갑자기 얼어버렸다. 겨울에 이르러 (여름을 상징하는) 치현(徵弦)을 타서 유빈(蕤賓)을 연주하니 햇볕이 뜨거워지고 단단한 얼음이 즉시 녹아버렸다. 연주가 곧 끝나갈 무렵 그가 궁음(宮音)으로 하여금 (상·각·우·치) 4현을 총괄하도록 하자, 이내 상서로운 바람이 감돌고 상서로운 구름이 떠다니는가 하면 감로가 내리고 감미로운 샘물이 솟아났다. 사양은 이에 가슴을 쓸어내리고 기뻐서 춤을 추며 말했다.

「너의 거문고 연주는 정말로 절묘하다! 비록 사광(師曠)이 청각(淸角)을 연주하고 추연(鄒衍)이 율관(律管)을 분다 해도 이를 능가할 수 없다. 그들은 장차 거문고와 생관(笙管)을 가지고 너의 뒤를 좇을 뿐이다!」

해설

사문(師文)은 사양(師襄)에게 삼 년 동안 거문고를 배웠으나 악장(樂章) 하나를 연주해내지 못하여 사양이 사문에게 배우기를 포기하고 돌아가라고 질책했다. 이에 사문은 자신이 현을 조율하지 못하고 악장을 연주해내지 못한 것을, 마음속으로 생각하는 것이 현(弦)에 있지 않고 추구하는 것도 소리에 있지 않아, 안으로 마음에서 얻지 못하고 밖으로 악기에 호응하지 못하기 때문에 감히 손을 놀려 현을 타지 않는 것이라 자신을 변호하며 얼마간의 말미를 달라고 요청했다.

얼마 후 다시 사양을 찾은 사문은 실로 신출귀몰한 연주로 스승을 놀라게 하여, 사양으로부터 옛 거문고의 달인 사광(師曠)과 율관(律管)의 달인 추연(鄒衍)조차도 장차 사문의 뒤를 따라야 할 것이라는 극찬을 받았다.

이 우언은 사문의 거문고 학습 태도를 통해, 무엇을 배우든 알팍한 지식에 만족하지 않고 피나는 노력으로 사리를 탐구하여 「마음」과 「도구」와 「손」이 결합된 후 이를 바탕으로 장기적인 학습을 거쳐야 성공할 수 있다는 이치를 설명한 것이다.

044 설담학구(薛譚學謳)

《列子 · 湯問》

원문 및 주석

薛譚學謳[1]

薛譚學謳於秦青, 未窮青之技, 自謂盡之, 遂辭歸。[2] 秦青弗止, 餞於郊衢, 撫節悲歌, 聲振林木, 響遏行雲。薛譚乃謝求反, 終身不敢言歸。[3]

1 薛譚學謳 → 설담(薛譚)이 노래를 배우다
【薛譚(설담)】: [인명] 진(秦)나라에서 노래를 잘 부르기로 이름난 가수.
【謳(구)】: 노래, 노래를 부르다.

2 薛譚學謳於秦青, 未窮青之技, 自謂盡之, 遂辭歸。→ 설담(薛譚)이 진청(秦青)에게 노래를 배우는데, 아직 진청의 기교를 다 배우기도 전에, 스스로 그것을 다 배웠다고 말하더니, 바로 작별을 고하고 돌아가고자 했다.
【秦青(진청)】: [인명] 진(秦)나라에서 노래를 잘 부르기로 이름난 가수.
【窮(궁)】: 모두 다 배우다.
【盡(진)】: 모두 다 배우다.
【遂(수)】: 바로, 즉시.
【辭歸(사귀)】: 작별을 고하고 돌아가다.

3 秦青弗止, 餞於郊衢, 撫節悲歌, 聲振林木, 響遏行雲。薛譚乃謝求反, 終身不敢言歸。→ 진청은 만류하지 않고, 교외의 큰 길에서 그를 전송했다. (진청이) 죽절(竹節)을 치며 슬프게 노래를 부르자 그 소리가 숲과 나무를 진동하고, 그 울림이 떠다니는 구름을 멈추게 했다. 이에 설담은 자신의 잘못을 사죄하고 다시 돌아와 배우기를 간청한 후, 종신토록 감히 돌아가겠다는 말을 하지 못했다.
【弗(불)】: 不(불).

번역문

설담(薛譚)이 노래를 배우다

설담(薛譚)이 진청(秦青)에게 노래를 배우는데, 아직 진청의 기교를 다 배우기도 전에 스스로 그것을 다 배웠다고 말하더니 바로 작별을 고하고 돌아가고자 했다. 진청은 만류하지 않고 교외의 큰 길에서 그를 전송했다.

(진청이) 죽절(竹節)을 치며 슬프게 노래를 부르자, 그 소리가 숲과 나무를 진동하고 그 울림이 떠다니는 구름을 멈추게 했다. 이에 설담은 자신의 잘못을 사죄하고 다시 돌아와 배우기를 간청한 후 종신토록 감히 돌아가겠다는 말을 하지 못했다.

해설

설담(薛譚)이 진청(秦青)에게 노래를 배우는데 기교를 익히기도 전에 다 배웠다고 자만하며 돌아갈 것을 청하자, 진청이 만류하지 않고 교외의 큰

....

【止(지)】: 제지하다, 만류하다.
【餞(전)】: 전송하다, 전별하다.
【郊衢(교구)】: 교외의 큰 길.
【撫(무)】: 치다, 두드리다.
【節(절)】: 죽절(竹節). ※ 옛날 대나무를 쪼개 엮어 만든 악기의 일종으로 마치 쓰레받기나 키처럼 생겼는데, 이를 두드려 노래의 반주로 사용했다. ※ 혹자는 「節」을 「절주, 리듬, 박자, 장단」이라 풀이하기도 한다.
【悲歌(비가)】: 슬프게 노래를 부르다.
【振(진)】: 뒤흔들다, 진동하다.
【遏(알)】: 저지하다, 막다. 여기서는 「멈추게 하다」의 뜻.
【行雲(행운)】: 떠다니는 구름.
【乃(내)】: 이에, 그리하여.
【謝(사)】: 사과하다, 사죄하다.
【求(구)】: 요구하다, 청하다.
【反(반)】: 返(반), 돌아오다.

길에서 그를 전송했다. 이때 진청이 죽절(竹節)을 치며 슬프게 노래를 부르니, 그 소리가 숲과 나무를 진동하고 그 울림이 떠다니는 구름을 멈추게 했다. 이에 놀란 설담은 즉시 자신의 잘못을 사죄하고 다시 돌아와 배우기를 간청한 후 종신토록 감히 돌아가겠다는 말을 하지 못했다.

이 우언은 입문하여 초보단계를 벗어나지 못한 상황에서 일천한 지식을 가지고 자만하며 배움을 멈추려는 사람의 경망한 학습 태도를 질책하고 경계한 것이다.

045 한아선가(韓娥善歌)

《列子 · 湯問》

원문 및 주석

韓娥善歌[1]

昔韓娥東之齊, 匱糧, 過雍門, 鬻歌假食。[2] 既去, 而餘音繞梁欐, 三日不絶, 左右以其人弗去。[3] 過逆旅, 逆旅人辱之。韓娥因曼聲哀

1 韓娥善歌 → 한아(韓娥)가 노래를 잘 부르다
【韓娥(한아)】: [인명] 한(韓)나라의 여자 가수. 〖韓〗: [국명] 지금의 하남성 중부 및 산서성 동남부에 있던 주대(周代)의 제후국.
【善歌(선가)】: 노래를 잘 부르다.

2 昔韓娥東之齊, 匱糧, 過雍門, 鬻歌假食。→ 예전에 한아(韓娥)가 동쪽 제(齊)나라에 가다가, 양식이 떨어져, 옹문(雍門)을 지나며, 노래를 팔아 밥을 얻어먹었다.
【齊(제)】: [국명] 지금의 산동성 북부와 하북성 남부에 걸쳐 있던 주대(周代)의 제후국.
【之(지)】: 가다.
【匱(궤)】: 모자라다, 떨어지다.
【過(과)】: 지나다, 경유하다.
【雍門(옹문)】: 제(齊)나라 도성(都城)의 서쪽 문 이름.
【鬻(육)】: 賣(매), 팔다.
【假食(가식)】: 밥을 빌다, 밥을 얻어먹다.

3 既去, 而餘音繞梁欐, 三日不絶, 左右以其人弗去。→ (한아가) 떠난 후, 여음이 들보와 마룻대를 맴돌며, 사흘 동안 멈추지 않자, 주변에서는 그녀가 (이곳을) 떠나지 않았다고 생각했다.
【既(기)】: 이미, …한 후, …하고 나서.
【去(거)】: 떠나다.
【繞(요)】: 맴돌다.
【梁欐(양려)】: 동량(棟樑), 들보와 마룻대.

哭, 一里老幼悲愁, 垂涕相對, 三日不食。[4] 遽而追之。娥還, 復爲曼聲長歌, 一里老幼喜躍抃舞, 弗能自禁, 忘向之悲也。乃厚賂發之。[5]

……………

【左右(좌우)】: 주위, 주변.
【以(이)】: 以爲(이위), …라고 여기다, …라고 생각하다.
【弗(불)】: 不(불).

4 過逆旅, 逆旅人辱之。韓娥因曼聲哀哭, 一里老幼悲愁, 垂涕相對, 三日不食。→ 여관을 지나는데, 여관 사람이 그녀를 모욕했다. 이로 인해 한아가 길게 소리 내어 슬피 우니, 온 마을의 노인과 어린아이들이 슬퍼하고 걱정하며, 서로 눈물로 대하고, 사흘 동안 음식을 먹지 않았다.
【逆旅(역려)】: 여관, 여인숙.
【辱(욕)】: 모욕하다.
【因(인)】: 이로 인해.
【曼聲(만성)】: 소리를 길게 끌다, 길게 소리를 내다.
【一里(일리)】: 온 마을, 마을 전체.
【老幼(노유)】: 노인과 어린 아이.
【悲愁(비수)】: 슬퍼하고 걱정하다.
【垂涕(수체)】: 눈물을 흘리다.

5 遽而追之。娥還, 復爲曼聲長歌, 一里老幼喜躍抃舞, 弗能自禁, 忘向之悲也。乃厚賂發之。→ (이에 사람들이) 황급히 그녀를 뒤쫓아 갔다. 한아가 돌아와, 다시 그들을 위해 길게 노래를 부르자, 온 마을의 노인과 아이들이 좋아서 껑충껑충 뛰고 손뼉을 치며 춤을 추는 등, 자신을 억제하지 못하고, 이전의 슬픔을 깨끗이 잊어버렸다. 그리하여 그녀에게 후한 선물을 주어 떠나보냈다.
【遽(거)】: 황급히, 서둘러.
【還(환)】: 돌아오다.
【復(부)】: 다시.
【喜躍(희약)】: 좋아서 뛰다.
【抃(변)】: 박수 치다, 손뼉 치다.
【弗能自禁(불능자금)】: 자신을 억제하지 못하다. 〖弗〗: 不(불).
【向(향)】: 이전, 과거.
【乃(내)】: 이에, 그리하여.
【厚賂(후뢰)】: 후한 선물.
【發(발)】: 떠나보내다.

번역문

한아(韓娥)가 노래를 잘 부르다

예전에 한아(韓娥)가 동쪽 제(齊)나라에 가다가 양식이 떨어져 옹문(雍門)을 지나며 노래를 팔아 밥을 얻어먹었다. (한아가) 떠난 후 여음이 들보와 마룻대를 맴돌며 사흘 동안 멈추지 않자 주변에서는 그녀가 (이곳을) 떠나지 않았다고 생각했다.

여관을 지나는데 여관 사람이 그녀를 모욕했다. 이로 인해 한아가 길게 소리 내어 슬피 우니 온 마을의 노인과 어린아이들이 슬퍼하고 걱정하며 서로 눈물로 대하고 사흘 동안 음식을 먹지 않았다. (이에 사람들이) 황급히 그녀를 뒤쫓아 갔다.

한아가 돌아와 다시 그들을 위해 길게 노래를 부르자, 온 마을의 노인과 아이들이 좋아서 껑충껑충 뛰고 손뼉을 치며 춤을 추는 등 자신을 억제하지 못하고 이전의 슬픔을 깨끗이 잊어버렸다. 그리하여 그녀에게 후한 선물을 주어 떠나보냈다.

해설

한아(韓娥)가 노래를 부르고 떠난 후에도 그 여음이 동량(棟樑)을 맴돌며 사흘 동안 멈추지 않은 것, 한아가 여관 사람에게 모욕을 당해 슬프게 노래를 부르자 온 마을 사람들이 함께 슬퍼하며 사흘 동안 음식을 먹지 않은 것, 한아를 다시 데려와 한아가 노래를 부르자 온 마을 사람들이 좋아서 어쩔 줄 모르며 이전의 슬픔을 완전히 잊어버렸다는 것은, 한아의 노래 솜씨가 사람들의 감정을 좌지우지할 정도로 최고의 경지에 이르렀음을 보여주는 것이다.

이 우언은 본서 「046. 설담학구(薛譚學謳)」에서 설담(薛譚)이 자신의 잘못을 반성하고 돌아온 후, 스승 진청(秦青)이 재차 설담을 훈계하기 위해 인용한 고사로, 어느 한 분야에서 인정을 받으려면 자만하지 말고 부단히 노력해야 한다는 것을 재차 강조한 것이다.

046 언사헌기(偃師獻技)

《列子 · 湯問》

원문 및 주석

偃師獻技[1]

周穆王西巡狩, 越崑崙, 不至弇山, 反還, 未及中國, 道有獻工人名偃師。[2] 穆王薦之, 問曰 :「若有何能?」[3] 偃師曰 :「臣唯命所試。

1 偃師獻技 → 언사(偃師)가 기예를 진상하다
【偃師(언사)】: [인명] 허구 인물.
【獻(헌)】: 바치다, 진상하다.
【技(기)】: 기예, 재주.

2 周穆王西巡狩, 越崑崙, 不至弇山, 反還, 未及中國, 道有獻工人名偃師。→ 주(周)나라 목왕(穆王)이 서쪽으로 순수를 나가, 곤륜산(崑崙山)을 넘어, 엄산(弇山)에 이르기 전에, 되돌아오다가, 도성(都城) 못미처, 길에서 기예를 진상하겠는 언사(偃師)라는 사람을 만났다.
【周穆王(주목왕)】: 서주(西周)의 제5대 군주. 목왕은 유람을 즐겨하여, 후세 사람들이《목천자전(穆天子傳)》을 지어 그의 유람 역정을 기술했다.
【巡狩(순수)】: 순수하다, 임금이 나라 안을 두루 살피며 돌아다니다.
【越(월)】: 넘다.
【崑崙(곤륜)】: [산 이름] 전설에 나오는 산으로 서왕모(西王母)가 이곳에 살았다고 한다.
【弇山(엄산)】: [산 이름] 전설에 의하면 태양이 지는 곳이라 한다.
【反還(반환)】: 되돌아오다.
【未及(미급)】: 아직 이르지 못하다.
【中國(중국)】: 도성, 도읍.
【獻工人(헌공인)】: 기예를 진상하려는 사람. 〖工〗: 기예, 재주.
【名(명)】: [동사용법] 이름을 …라 하다.

然臣已有所造, 願王先觀之。」[4] 穆王曰 :「日以俱來, 吾與若俱觀之。」[5] 越日, 偃師謁見王, 王薦之曰 :「若與偕來者何人邪?」[6] 對曰 :「臣之所造能倡者。」穆王驚視之, 趣步俯仰, 信人也。[7] 巧夫頷其頤,

……………

3 穆王薦之, 問曰 :「若有何能?」→ 목왕이 그를 접견하고, 물었다 :「당신은 어떤 재능을 가지고 있소?」
【薦(천)】: 접견하다.
【若(약)】: 너, 당신.
【何能(하능)】: 무슨 재능, 어떤 재주.

4 偃師曰 :「臣唯命所試。然臣已有所造, 願王先觀之。」→ 언사가 말했다 :「저는 임금님께서 명하시면 무엇이든 합니다. 그러나 제가 이미 제조한 물건이 있으니, 임금님께서 먼저 그것을 보아주시기 바랍니다.」
【臣(신)】: 신, 저. ※ 신하나 백성의 군주에 대한 자칭.
【唯命所試(유명소시)】: 명하는 대로 모두 시도하다.
【然(연)】: 그러나.
【願(원)】: 원컨대 …하기 바라다.

5 穆王曰 :「日以俱來, 吾與若俱觀之。」→ 목왕이 말했다 :「내일 그것을 데리고 오면, 내가 당신과 함께 보겠소.」
【日(일)】: 다른 날. 여기서는「내일」을 가리킨다.
【俱(구)】: 함께, 같이.
【若(약)】: 너, 당신.

6 越日, 偃師謁見王, 王薦之曰 :「若與偕來者何人邪?」→ 이튿날, 언사가 주목왕을 알현하자, 왕이 그를 접견하고 물었다 :「당신과 함께 온 자는 어떤 사람이요?」
【越日(월일)】: 이튿날, 다음날.
【謁見(알현)】: 뵙다, 알현하다.
【王(왕)】: 여기서는 주목왕(周穆王)을 가리킨다.
【偕來者(해래자)】: 함께 온 자.

7 對曰 :「臣之所造能倡者。」穆王驚視之, 趣步俯仰, 信人也。→ 언사가 대답했다 :「이는 제가 만든 노래를 잘 부르는 자입니다.」목왕이 놀라 그를 바라보니, 달리고 걷고 고개를 숙이고 드는 동작이, 실제로 사람과 똑같았다.
【驚視(경시)】: 놀라서 바라보다.
【趣(취)】: 趨(추), 달리다.
【步(보)】: (걸음을) 걷다.
【俯(부)】: 고개를 숙이다.
【仰(앙)】: 고개를 들다.
【信(신)】: 확실히, 정말로, 실제로.

則歌合律; 捧其手, 則舞應節。千變萬化, 惟意所適。[8] 王以爲實人也, 與盛姬內御並觀之。[9] 技將終, 倡者瞬其目而招王之左右侍妾。王大怒, 立欲誅偃師。[10] 偃師大慴, 立剖散倡者以示王, 皆傅會革、木、膠、漆、白、黑、丹、青之所爲。[11] 王諦料之, 內則肝、膽、心、肺、

8 巧夫鎖其頤, 則歌合律; 捧其手, 則舞應節。千變萬化, 惟意所適。→ 언사가 그 턱을 흔들면, 바로 노래를 부르는데 음률에 잘 부합하고; 그 손을 들어 올리면, 바로 춤을 추는데 절주에 잘 호응했다. 변화가 무궁무진하고, 뜻하는 대로 모두 따라했다.
【巧夫(교부)】: 재주꾼. 여기서는 「언사」를 가리킨다.
【鎖(암)】: 흔들다, 건드려 움직이게 하다.
【頤(이)】: 턱.
【歌(가)】: [동사] 노래를 부르다.
【合律(합률)】: 음률에 부합하다.
【捧(봉)】: 들다, 들어 올리다.
【舞(무)】: [동사] 춤을 추다.
【千變萬化(천변만화)】: 변화가 무궁무진하다.
【惟意所適(유의소적)】: 뜻하는 대로 따라하다.

9 王以爲實人也, 與盛姬內御並觀之。→ 왕은 이를 진짜 사람으로 여겨, 총희 · 시종과 함께 그것을 관람했다.
【以爲(이위)】: …라 여기다, …라고 생각하다.
【盛姬(성희)】: 목왕의 총희.
【內御(내어)】: 궁중에서 왕을 섬기는 시종.
【並(병)】: 함께.

10 技將終, 倡者瞬其目而招王之左右侍妾。王大怒, 立欲誅偃師。→ 연기가 끝나갈 무렵, 광대가 눈을 깜빡거려 목왕 좌우의 시첩(侍妾)을 유혹했다. 왕이 대노하여, 즉시 언사를 죽이려 했다.
【將(장)】: 곧 …하려 하다.
【倡者(창자)】: 광대, 배우.
【瞬(순)】: (눈을) 깜빡이다, 깜빡거리다.
【招(초)】: 집적거리다, 유인하다, 유혹하다.
【立(립)】: 즉시, 바로.
【欲(욕)】: …하려고 하다, …하고자 하다.
【誅(주)】: 죽이다, 주살하다.

11 偃師大慴, 立剖散倡者以示王, 皆傅會革、木、膠、漆、白、黑、丹、青之所爲。→ 언사가 너무 두려워서, 즉시 광대를 해체하여 왕에게 보여주니, 모두가 가죽 · 나무 · 아교 · 생칠과 흰색 · 흑색 · 적색 · 청색 등의 염료를 조합하여 만든 물건이었다.

脾、腎、腸、胃，外則筋、骨、支、節、皮、毛、齒、髮，皆假物也，而無不畢具者。[12] 合會復如初見。王試廢其心，則口不能言；廢其肝，則目不能視；廢其腎，則足不能步。[13] 穆王始悅而歎曰：「人之巧乃可與造化者同功乎?」詔貳車載之以歸。[14] 夫班輸之雲梯，墨翟之飛

【大慴(대섭)】: 매우 두려워하다.
【剖散(부산)】: 해체하다.
【傅會(부회)】: 조합하다, 합성하다, 짜 맞추다, 꿰맞추다.
【膠(교)】: 아교.
【漆(칠)】: 생칠.
【白(백) · 黑(흑) · 丹(단) · 靑(청)】: 흰색 · 흑색 · 적색 · 청색 등의 염료.
【所爲(소위)】: 만든 물건.

12 王諦料之，內則肝、膽、心、肺、脾、腎、腸、胃，外則筋、骨、支、節、皮、毛、齒、髮，皆假物也，而無不畢具者。→ 왕이 그것을 자세히 살펴보니, 내부의 간 · 쓸개 · 심장 · 폐 · 지라 · 콩팥 · 창자 · 위와, 외부의 근육 · 뼈 · 사지 · 관절 · 피부 · 터럭 · 이빨 · 두발이 모두 가짜였으나, 갖추지 않은 것이 하나도 없었다.
【諦料(체료)】: 자세히 살펴보다. 〖諦〗: 자세히, 상세히. 〖料〗: 헤아리다, 살펴보다, 점검하다.
【無不(무불)】: …하지 않음이 없다.
【畢具(필구)】: 모두 다 갖추다.

13 合會復如初見。王試廢其心，則口不能言；廢其肝，則目不能視；廢其腎，則足不能步。→ (이것들을) 다시 조합하자 처음 보았던 것과 같은 모습으로 되돌아왔다. 왕이 시험 삼아 심장을 들어내니, 입은 말을 할 수가 없었고; 간을 들어내니, 눈은 볼 수가 없었으며; 콩팥을 들어내니, 다리가 걸음을 걸을 수 없었다.
【合會(합회)】: 조합하다, 합성하다.
【復(복)】: 회복되다, 복구되다, 되돌아오다.
【廢(폐)】: 폐기하다, 없애다, 들어내다.

14 穆王始悅而歎曰：「人之巧乃可與造化者同功乎?」詔貳車載之以歸。→ 목왕이 비로소 기뻐하며 찬탄하여 말했다 : 「사람의 기술이 마침내 조물주와 같은 능력을 가질 수 있는 것인가?」 말하고 나서 부거(副車)에 명하여 그것을 싣고 돌아갔다.
【始(시)】: 비로소.
【乃(내)】: 마침내.
【造化者(조화자)】: 모든 것을 창조하고 길러내는 대자연. 조물주.
【同功(동공)】: 공을 함께 하다. 즉 「조물주와 같은 능력을 지니다」의 뜻.
【詔(조)】: 명령하다, 영을 내리다.
【貳車(이거)】: 부거(副車). 임금이 외출할 때 여벌로 따라가는 수레.
【載(재)】: 싣다, 적재하다.

鳶, 自謂能之極也。[15] 弟子東門賈、禽滑釐聞偃師之巧以告二子, 二子終身不敢語藝, 而時執規矩。[16]

번역문

언사(偃師)가 기예를 진상하다

주(周)나라 목왕(穆王)이 서쪽으로 순수를 나가 곤륜산(崑崙山)을 넘어 엄산(弇山)에 이르기 전에 되돌아오다가 도성(都城) 못미처 길에서 기예를 진

---

15 夫班輸之雲梯, 墨翟之飛鳶, 自謂能之極也。→ 대저 공수반(公輸班)이 만든 사다리와, 묵적(墨翟)이 만든 솔개는, 그들 스스로 능력의 극치라고 여겼다.
【夫(부)】: [발어사] 대저, 무릇.
【班輸(반수)】: [인명] 공수반(公輸班). 성은 공수(公輸), 이름은 반(班). 춘추시대 노(魯)나라 사람으로 저명한 건축 기술자. 공수반(公輸般) 또는 공수반(公輸盤)이라고도 하며, 노(魯)나라 사람이기 때문에 노반(魯班)이라고도 한다.
【雲梯(운제)】: 옛날 성을 공격할 때 성벽을 올라가기 위해 만든 긴 사다리.
【墨翟(묵적)】: 묵자(墨子)의 본명. 성은 묵(墨), 이름은 적(翟). 춘추시대 묵가(墨家)의 시조.
【飛鳶(비연)】: 솔개. ※ 묵자가 나무로 만든 솔개로 공중을 날 수 있다.
【自謂(자위)】: 스스로 …라 여기다, 스스로 …라 생각하다.
【能之極(능지극)】: 능력의 극치.

16 弟子東門賈、禽滑釐聞偃師之巧以告二子, 二子終身不敢語藝, 而時執規矩。→ (공수반과 묵적의) 제자인 동문가(東門賈)와 금활리(禽滑釐)가 언사의 기교를 듣고 두 스승에게 알렸다. 그러자 공수반과 묵적 두 사람은 평생 동안 두 번 다시 감히 자기의 기예를 말하지 못하고, 항상 그림쇠와 곱자를 잡고 배우고자 힘썼다.
【弟子(제자)】: 여기서는 공수반과 묵자의 제자를 가리킨다.
【東門賈(동문가)】: [인명] 공수반의 제자.
【禽滑釐(금활리)】: [인명] 묵자의 제자.
【二子(이자)】: 두 사람. 여기서는 두 스승, 즉 공수반과 묵적을 가리킨다.
【語(어)】: [동사] 말하다. 여기서는 「자찬하다」의 뜻.
【藝(예)】: 기예.
【而(이)】: 오히려.
【時(시)】: 항상, 늘, 언제나.
【執(집)】: 잡다.
【規矩(규구)】: 그림쇠와 곱자.

상하겠는 언사(偃師)라는 사람을 만났다. 목왕이 그를 접견하고 물었다.

「당신은 어떤 재능을 가지고 있소?」

언사가 말했다.

「저는 임금님께서 명하시면 무엇이든 합니다. 그러나 제가 이미 제조한 물건이 있으니 임금님께서 먼저 그것을 보아주시기 바랍니다.」

목왕이 말했다.

「내일 그것을 데리고 오면 내가 당신과 함께 보겠소.」

이튿날 언사가 주목왕을 알현하자, 왕이 그를 접견하고 물었다.

「당신과 함께 온 자는 어떤 사람이요?」

언사가 대답했다.

「이는 제가 만든 노래를 잘 부르는 자입니다.」

목왕이 놀라 그를 바라보니 달리고 걷고 고개를 숙이고 드는 동작이 실제로 사람과 똑같았다. 언사가 그 턱을 건드리면 바로 노래를 부르는데 음률에 잘 부합하고, 그 손을 들어 올리면 바로 춤을 추는데 절주에 잘 호응했다. 변화가 무궁무진하고 뜻하는 대로 모두 따라했다. 왕은 이를 진짜 사람으로 여겨 총희·시종과 함께 그것을 관람했다.

연기가 끝나갈 무렵 광대가 눈을 깜빡거려 목왕 좌우의 시첩(侍妾)을 유혹했다. 왕이 대노하여 즉시 언사를 죽이려 했다. 언사가 너무 두려워서 즉시 광대를 해체하여 왕에게 보여주니, 모두가 가죽·나무·아교·생칠과 흰색·흑색·적색·청색 등의 염료를 조합하여 만든 물건이었다. 왕이 그것을 자세히 살펴보니, 내부의 간·쓸개·심장·폐·지라·콩팥·창자·위와, 외부의 근육·뼈·사지·관절·피부·터럭·이빨·두발이 모두 가짜였으나 갖추지 않은 것이 하나도 없었다. (이것들을) 다시 조합하자 처음 보았던 것과 같은 모습으로 되돌아왔다. 왕이 시험 삼아 심장을 들어내니 입은 말을 할 수가 없었고, 간을 들어내니 눈은 볼 수가 없었으며, 콩팥을 들어내니 다리가 걸음을 걸을 수 없었다. 목왕이 비로소 기뻐하며 찬탄하여 말했다.

「사람의 기술이 마침내 조물주와 같은 능력을 가질 수 있는 것인가?」

말하고 나서 부거(副車)에 명하여 그것을 싣고 돌아갔다.

대저 공수반(公輸班)이 만든 사다리와 묵적(墨翟)이 만든 솔개는 그들 스스로 능력의 극치라고 여겼다. (공수반과 묵적의) 제자인 동문가(東門賈)와 금활리(禽滑釐)가 언사의 기교를 듣고 두 스승에게 알렸다. 그러자 공수반과 묵적 두 사람은 평생 동안 두 번 다시 감히 자기의 기예를 말하지 못하고 항상 그림쇠와 곱자를 잡고 배우고자 힘썼다.

해설

언사(偃師)가 제작한 어릿광대는 마치 실제의 인간처럼 노래와 춤을 능수능란하게 구사할 뿐 아니라 심지어 주목왕(周穆王)의 시첩에게 유혹의 추파를 던져 목왕을 진노하게 만들었다.

공수반(公輸班)과 묵자(墨子)는 자기들이 제작한 사다리와 솔개를 능력의 극치라고 자찬해 오다가 제자들로부터 언사의 기교를 전해들은 후, 종신토록 감히 자기의 기예를 말하지 못하고 항상 그림쇠와 곱자를 잡고 배우고자 노력했다.

이 우언은 「천외유천(天外有天)」의 교훈을 통해 비록 자신이 교묘한 재능을 지녔다 해도 절대로 자만하면 안 된다는 것을 지적한 것이다.

047 기창학사(紀昌學射)

《列子·湯問》

원문 및 주석

紀昌學射[1]

甘蠅, 古之善射者, 彀弓而獸伏鳥下。[2] 弟子名飛衛, 學射於甘蠅, 而巧過其師。[3] 紀昌者, 又學射於飛衛。飛衛曰:「爾先學不瞬, 而後可言射矣。」[4] 紀昌歸, 偃臥其妻之機下, 以目承牽挺。二年之後, 雖

1 紀昌學射 → 기창(紀昌)이 활쏘기를 배우다
【紀昌(기창)】: [인명] 전설 중의 이름난 궁수.
【射(사)】: 활쏘기, 궁도.

2 甘蠅, 古之善射者, 彀弓而獸伏鳥下。→ 감승(甘蠅)은, 옛날의 이름난 궁수로, 활을 당겼다 하면 짐승이 엎어지고 나는 새가 떨어졌다.
【甘蠅(감승)】: [인명] 전설 중의 이름난 궁수.
【彀(구)】: 당기다.
【伏(복)】: 엎어지다.

3 弟子名飛衛, 學射於甘蠅, 而巧過其師。→ 이름을 비위(飛衛)라고 하는 제자가, 감승에게 활쏘기를 배웠는데, 기교가 자기 스승을 능가했다.
【於(어)】: …에게, …으로부터.
【巧(교)】: 기교, 기술.
【過(과)】: 능가하다.

4 紀昌者, 又學射於飛衛。飛衛曰:「爾先學不瞬, 而後可言射矣。」→ 기창(紀昌)이라는 자는, 또 비위에게 활쏘기를 배웠다. 비위가 (기창에게) 말했다:「너는 먼저 눈 깜빡거리지 않는 것을 배워야, 연후에 활 쏘는 것을 이야기할 수 있다.」
【飛衛(비위)】: [인명] 전설 중의 이름난 궁수.

錐末倒眥, 而不瞬也。[5] 以告飛衛, 飛衛曰 :「未也。必學視而後可。視小如大, 視微如著, 而後告我。」[6] 昌以氂懸虱於牖, 南面而望之。旬日之間, 浸大也; 三年之後, 如車輪焉。[7] 以覩餘物, 皆丘山也。乃

【爾(이)】: 너, 당신.
【瞬(순)】: 눈을 깜빡거리다.
【而後(이후)】: 이후, 그 후.
【可言(가언)】: 말할 수 있다, 이야기할 수 있다.

5 紀昌歸, 偃臥其妻之機下, 以目承牽挺。二年之後, 雖錐末倒眥, 而不瞬也。→ 기창이 집에 돌아와, 아내의 베틀 아래에서 얼굴을 위로 향하고 반듯이 누워, 베틀의 발판을 응시했다. 그리하여 이 년이 지난 뒤에는, 설사 날카로운 송곳의 끝으로 눈언저리를 찌른다 해도, 눈을 깜빡거리지 않았다.
【偃臥(언와)】: 얼굴을 위로하고 반듯이 눕다.
【機(기)】: 베틀.
【承(승)】: 받다, 받아들이다. 여기서는 「응시하다, 똑바로 보다.」의 뜻.
【牽挺(견정)】: 베틀의 발판.
【錐末(추말)】: 송곳의 날카로운 끝.
【倒(도)】: 거꾸로 놓다. 즉 「찌르다」의 뜻.
【眥(제)】: 눈가, 눈언저리.

6 以告飛衛, 飛衛曰 :「未也。必學視而後可。視小如大, 視微如著, 而後告我。」→ (기창이) 이를 비위에게 알리니, 비위가 말했다 :「아직 안 된다. 반드시 보는 법을 배운 뒤라야 비로소 할 수 있다. 작은 것이 큰 것처럼 보이고, 희미한 것이 또렷한 것처럼 보이면, 그 후에 나에게 알려라.」
【如(여)】: …같이, …처럼.
【微(미)】: 희미하다, 흐릿하다.
【著(저)】: 현저하다, 또렷하다, 분명하다.

7 昌以氂懸虱於牖, 南面而望之。旬日之間, 浸大也; 三年之後, 如車輪焉。→ 기창이 야크 꼬리의 긴 털로 이 한 마리를 묶어 창문에 매달아 놓고, (날마다) 남쪽을 향해 그 이를 바라보았다. 열흘 사이에, 점점 크게 보이더니; 삼 년 후에는, 마치 수레바퀴처럼 크게 보였다.
【氂(리)】: 야크 꼬리의 긴 털.
【懸(현)】: 매달다.
【虱(슬)】: [흡혈 기생충] 이.
【牖(유)】: 창, 창문.
【南面(남면)】: 남쪽을 향하다.
【旬日(순일)】: 열흘, 10일.
【浸(침)】: 점점, 점차.
【車輪(거륜)】: 수레바퀴.

以燕角之弧，朔蓬之簳射之，貫虱之心，而懸不絕。[8] 以告飛衛。飛衛高蹈拊膺日：「汝得之矣!」[9]

번역문

기창(紀昌)이 활쏘기를 배우다

감승(甘蠅)은 옛날의 이름난 궁수로 활을 당겼다 하면 짐승이 엎어지고 나는 새가 떨어졌다. 이름을 비위(飛衛)라고 하는 제자가 감승에게 활쏘기를 배웠는데 기교가 자기 스승을 능가했다. 기창(紀昌)이라는 자는 또 비위

8 以覩餘物，皆丘山也。乃以燕角之弧，朔蓬之簳射之，貫虱之心，而懸不絕。→ 이 시력으로 다른 물건들을 보자 모두가 언덕과 산처럼 커 보였다. 그리하여 좋은 활과 화살로 쏘아, 이의 중심 부분을 관통해도 매달아 놓은 실이 끊어지지 않았다.
【以(이)】: 以之(이지), 이로써.
【覩(도)】: 보다.
【餘物(여물)】: (이 이외의) 다른 물건.
【丘山(구산)】: 언덕과 산. 여기서는 상황어로 「언덕과 산처럼 커 보이다」의 뜻.
【乃(내)】: 이에, 그리하여.
【燕角之弧，朔蓬之簳(연각지호，삭봉지간)】: 연(燕) 지방에서 나는 소뿔로 장식한 활과 북쪽 지방의 쑥대로 만든 화살. 즉 「좋은 활과 화살」을 비유하는 말. 〖燕〗: 지금의 하북성 북부 지역. 〖弧〗: 활. 〖朔〗: 북쪽 지방. 일설에는 「삭(朔)」을 「형(荊)」의 오자로 보아 「초(楚)나라」라 했고, 일설에는 「호(胡)」의 오자로 보아 「몽고 일대의 북방」이라 했다. 〖蓬〗: 쑥. 여기서는 「쑥대」를 가리킨다.
【簳(간)】: 화살.
【貫(관)】: 관통하다, 꿰뚫다.
【心(심)】: 중심 부분.

9 以告飛衛。飛衛高蹈拊膺日：「汝得之矣!」→ 이 사실을 비위에게 알렸다. 비위가 기뻐서 펄쩍 펄쩍 뛰고 가슴을 치며 말했다：「네가 그것을 터득했구나!」
【以(이)】: 以之(이지), 이를, 이것을.
【蹈(도)】: 뛰다.
【拊(부)】: 치다, 두드리다.
【膺(응)】: 가슴.
【汝(여)】: 너, 당신.
【得(득)】: 터득하다.

에게 활쏘기를 배웠다. 비위가 (기창에게) 말했다.

「너는 먼저 눈 깜빡거리지 않는 것을 배워야 연후에 활 쏘는 것을 이야기할 수 있다.」

기창이 집에 돌아와 아내의 베틀 아래에서 얼굴을 위로 향하고 반듯이 누워 베틀의 발판을 응시했다. 그리하여 이 년이 지난 뒤에는 설사 날카로운 송곳의 끝으로 눈언저리를 찌른다 해도 눈을 깜빡거리지 않았다. (기창이) 이를 비위에게 알리니 비위가 말했다.

「아직 안 된다. 반드시 보는 법을 배운 뒤라야 비로소 할 수 있다. 작은 것이 큰 것처럼 보이고 희미한 것이 또렷한 것처럼 보이면 그 후에 나에게 알려라.」

기창이 야크 꼬리의 긴 털로 이 한 마리를 묶어 창문에 매달아 놓고 (날마다) 남쪽을 향해 그 이를 바라보았다. 열흘 사이에 점점 크게 보이더니 삼 년 후에는 마치 수레바퀴처럼 크게 보였다. 이 시력으로 다른 물건들을 보자 모두가 언덕과 산처럼 커 보였다. 그리하여 좋은 활과 화살로 쏘아 이의 중심 부분을 관통해도 매달아 놓은 실이 끊어지지 않았다. 이 사실을 비위에게 알렸다. 비위가 기뻐서 펄쩍 펄쩍 뛰고 가슴을 치며 말했다.

「네가 그것을 터득했구나!」

해설

비위(飛衛)는 기창(紀昌)이 활 쏘는 법을 가르쳐달라고 청하자, 활쏘기를 가르치기 전에 먼저 두 가지를 익히도록 지시했다. 하나는 눈을 깜빡거리지 않는 훈련이고, 하나는 작은 물건이 크게 보이도록 하는 훈련이다. 그리하여 기창은 자기 아내의 베틀 아래에서 얼굴을 위로 향하고 누워 베틀 발판을 응시하는 훈련을 계속한 끝에 이 년이 지난 후에는 송곳으로 눈언저리를 찔러도 깜빡거리지 않는 경지에 도달했고, 다음에는 야크(yak)의 꼬리털로 이 한 마리를 묶어 창문에 매달아 바라보는 훈련에 몰두하여 불과 열흘 사이에 점점 크게 보이더니 삼 년 뒤에는 마치 수레바퀴처럼 크게 보였다. 그리하여 화살로 이를 쏘아 이의 중심 부분을 관통해도 매달아 놓은 실이 끊어지지 않았다.

기예를 연마하여 성공을 거두려면 스승의 현명한 지도와 제자의 성실한 태도가 필수적이다. 스승은 핵심을 장악하여 바르게 인도해야 하고, 제자는 항심(恒心)을 가지고 꾸준히 각고 노력해야 한다.

이 우언은 현명한 스승과 성실한 제자의 이상적인 결합이 성공의 비결이라는 것을 비유한 것이다.

048 조보습어(造父習御)

《列子 · 湯問》

원문 및 주석

造父習御[1]

造父之師曰泰豆氏。[2] 造父之始從習御也, 執禮甚卑, 泰豆三年不告。[3] 造父執禮愈謹, 乃告之曰:「古詩言:『良弓之子, 必先爲箕; 良冶之子, 必先爲裘。』[4] 汝先觀吾趣。趣如吾, 然後六轡可持, 六馬可

1 造父習御 → 조보(造父)가 수레 모는 법을 배우다
【造父(조보)】: [인명] 조보는 수레를 잘 몰아 주목왕(周穆王)의 마부가 되었다. ※「父」는 인명으로 쓰일 때「보」로 발음한다.

2 造父之師曰泰豆氏。→ 조보(造父)의 스승은 이름을 태두씨(泰豆氏)라 했다.
【泰豆(태두)】: [인명].

3 造父之始從習御也, 執禮甚卑, 泰豆三年不告。→ 조보가 처음 스승을 좇아 수레 모는 법을 배울 때, 예절을 지켜 매우 겸손했으나, 태두는 삼 년 동안 (기술을) 알려주지 않았다.
【始(시)】: 처음.
【從(종)】: 좇다, 따르다.
【御(어)】: 거마를 몰다.
【執禮(집례)】: 예절을 지키다.
【甚(심)】: 매우.
【卑(비)】: 겸손하다, 자세를 낮추다.

4 造父執禮愈謹, 乃告之曰:「古詩言:『良弓之子, 必先爲箕; 良冶之子, 必先爲裘。』→ 조보가 더욱 신중히 예절을 지키자, (태두가) 마침내 조보에게 말했다:「옛 시에:『화살을 잘 만드는 사람은, 반드시 먼저 키를 만들고; 야금을 잘하는 사람은, 반드시 먼저 갖옷을 만든다.』라고 했네.

御。」[5] 造父曰：「唯命所從。」[6] 泰豆乃立木爲塗。僅可容足，計步而置，履之而行。趣走往還，無跌失也。[7] 造父學之，三日盡其巧。[8] 泰豆

【兪(유)】: 더욱.
【謹(근)】: 삼가다, 신중히 하다.
【乃(내)】: 마침내.
【良弓之子(양궁지자)】: 활을 잘 만드는 사람.
【爲(위)】: 만들다.
【箕(기)】: 키, 쓰레받기.
【良冶之子(양야지자)】: 야금을 잘하는 사람.
【裘(구)】: 갖옷, 가죽 옷.

5 汝先觀吾趣。趣如吾，然後六轡可持，六馬可御。」→ 자네는 먼저 나의 빠른 걸음을 보게. 걸음이 나와 같이 빨라야, 그런 다음에 비로소 (임금의 수레를 끄는) 여섯 마리 말의 고삐를 잡을 수 있고, 여섯 마리의 말을 몰 수 있네.」
【汝(여)】: 너, 당신, 자네.
【趣(취)】: 趨(추), 속보, 빠른 걸음.
【六轡(육비)】: 말 여섯 마리의 고삐. ※ 육비(六轡)는 뒤에 나오는 「六馬(육마)」와 호응하기 위해 사용한 말이다. 즉 어가(御駕 : 천자가 타는 수레)에 여섯 마리의 말을 사용한 것과 호응하기 위해 사용한 말이다.
【持(지)】: 가지다, 지니다. 여기서는 「잡다」의 뜻.
【六馬(육마)】: 여섯 마리의 말. 어가(御駕)는 여섯 마리의 말이 끌었다.

6 造父曰：「唯命所從。」→ 조보가 말했다 : 「오로지 명을 따르겠습니다.」
【唯命所從(유명소종)】: 오로지 명을 따르다, 분부대로 절대 복종하다.

7 泰豆乃立木爲塗。僅可容足，計步而置，履之而行。趣走往還，無跌失也。→ 태두가 곧 나무 말뚝을 세워 길을 만들었다. (말뚝 면의 크기가) 겨우 발 하나를 디딜 수 있는 정도이고, 보폭을 계산하여 (말뚝을) 설치한 다음, 그것을 밟고 걸어 다녔다. 빠른 걸음으로 왕복하는데, 한 번도 실족하여 넘어지지 않았다.
【乃(내)】: 곧, 즉시.
【爲(위)】: 만들다.
【塗(도)】: 途(도), 길.
【僅可容足(근가용족)】: 겨우 발을 용납할 수 있다. 즉 겨우 발을 디딜 수 있을 정도로 작다.
〖僅可〗: 겨우 …할 수 있다.
【計(계)】: 헤아리다, 재다, 계산하다.
【步(보)】: 걸음, 보폭.
【置(치)】: 설치하다.
【履(리)】: 밟다.
【往還(왕환)】: 왕복하다.
【跌失(질실)】: 실족하여 넘어지다.

歎曰：「子何其敏也! 得之捷乎! 凡所御者, 亦如此也。[9] 曩汝之行, 得之於足, 應之於心。[10] 推於御也, 齊輯乎轡銜之際, 而急緩乎脣吻之和; 正度乎胸臆之中, 而執節乎掌握之間。[11] 內得於中心, 而外合

8 造父學之, 三日盡其巧。→ 조보는 그것을 배워, 사흘 만에 그 기교를 다 익혔다.
【盡(진)】: 다 익히다.

9 泰豆歎曰 : 「子何其敏也! 得之捷乎! 凡所御者, 亦如此也。→ 태두가 감탄하여 말했다 : 「자네는 어쩌면 그렇게 총명한가! 정말로 빨리 습득했네! 무릇 거마를 모는 것도, 역시 이와 마찬가지라네.
【敏(민)】: 총명하다, 영리하다.
【得(득)】: 습득하다, 배워서 얻다.
【捷(첩)】: 민첩하다, 재빠르다.
【凡(범)】: 무릇, 대저.

10 曩汝之行, 得之於足, 應之於心。→ 방금 자네의 걸음은, 발에서 습득하고, 마음에서 호응한 것이네.
【曩(낭)】: 접때, 이전, 앞서. 여기서는 「방금」의 뜻.
【應(응)】: 호응하다, 반응하다.

11 推於御也, 齊輯乎轡銜之際, 而急緩乎脣吻之和; 正度乎胸臆之中, 而執節乎掌握之間。→ (이러한 이치를) 거마를 모든 일에 적용한다면, 수레를 모는 말들이 조화를 이루어 질서 정연하게 걷도록 하는 것은 고삐와 재갈을 장악하여 통제하는 기술에 달려 있고, 말의 걸음을 빠르거나 느리게 하는 것은 말을 부리는 고함소리의 적절한 배합에 달려 있네. (이는) 마음에서 말 모는 법도를 단정히 하고, 손에서 진퇴 완급의 리듬을 적절히 통제하는 것과 같은 이치라네.
【推於(추어)】: …에 적용하다, …에 응용하다, …에 운용하다. 〖於〗: [개사] …에.
【齊(제)】: 가지런하다, 나란하다, 정연하다.
【輯(집)】: 조화를 이루다, 호흡을 맞추다.
【乎(호)】: [개사] 於(어), …에.
【轡銜之際(비함지제)】: 고삐와 재갈의 사이.
【急緩(급완)】: 완급을 조절하다.
【脣吻(순문)】: 입술. 여기서는 「말을 부리는 고함소리」를 가리킨다.
【和(화)】: 조화, 적절한 배합.
【正(정)】: 바로잡다, 단정히 하다.
【度(도)】: 법도. 여기서는 「말을 모는 법도」를 가리킨다.
【胸臆之中(흉억지중)】: 가슴속, 마음속.
【執節(집절)】: 리듬을 장악하다, 절주를 통제하다. 즉, 진퇴완급(進退緩急)의 리듬을 적절하게 통제하는 것을 말한다.
【掌握之間(장악지간)】: 손 안, 수중.

於馬志, 是故能進退履繩而旋曲中規矩, 取道致遠而氣力有餘。[12] 誠得其術也, 得之於銜, 應之於轡; 得之於轡, 應之於手; 得之於手, 應之於心。[13] 則不以目視, 不以策驅; 心閑體正, 六轡不亂, 而二十四蹄所投無差; 迴旋進退, 莫不中節。[14] 然後輿輪之外可使無餘轍,

12 內得於中心, 而外合於馬志, 是故能進退履繩而旋曲中規矩, 取道致遠而氣力有餘。→ 안으로 마음에서 얻어, 밖으로 말의 성미에 부합하기 때문에, 그래서 나아가고 물러섬은 먹줄을 밟듯 바르고 돌고 굽음은 그림쇠와 곱자에 들어맞으며, 길을 달려 먼 곳에 이르러도 기력이 남아도는 것이라네.
【馬志(마지)】: 말의 성미.
【是故(시고)】: 그래서.
【履繩(이승)】: 먹줄을 밟다, 즉 「정도(正道)를 걷다」의 뜻.
【旋曲(선곡)】: 돌고 굽음.
【中(중)】: 들어맞다.
【規矩(규구)】: 그림쇠와 곱자
【取道(취도)】: 길에서 달리다.
【致遠(치원)】: 먼 곳에 이르다.

13 誠得其術也, 得之於銜, 應之於轡; 得之於轡, 應之於手; 得之於手, 應之於心。→ 말 모는 기술을 확실히 터득하려면, 그것을 재갈에서 얻어, 고삐와 호응하고; 고삐에서 얻어, 손과 호응하며; 손에서 얻어, 마음과 호응해야 하네.
【誠(성)】: 확실히, 정말로.
【其術(기술)】: 그 기술, 즉 「말을 모는 기술」.

14 則不以目視, 不以策驅; 心閑體正, 六轡不亂, 而二十四蹄所投無差; 迴旋進退, 莫不中節。→ 그러면 눈으로 보지 않고, 채찍으로 몰지 않으며; 마음은 한가롭고 몸은 단정히 앉아 있어도, 여섯 개의 고삐가 혼란하지 않고, 스물네 개의 발굽이 땅을 딛는 데 전혀 착오가 없을 뿐 아니라; 회전하고 나아가고 물러섬에 있어서도 절도에 부합하지 않음이 없다네.
【則(즉)】: 그러면.
【策(책)】: 채찍.
【驅(구)】: 몰다.
【二十四蹄(이십사제)】: 스물 네 개의 발굽. ※ 조보가 배우는 천자의 수레는 여섯 필의 말이 끌기 때문에 스물 네 개의 발굽이라 했다.
【投(투)】: 던지다. 여기서는 「땅을 딛다」의 뜻.
【無差(무차)】: 차질이 없다, 착오가 없다.
【迴旋(회선)】: 돌다, 회전하다.
【莫不(막불)】: …하지 않음이 없다.
【中節(중절)】: 절주에 들어맞다, 절도에 부합하다.

馬蹄之外可使無餘地, 未嘗覺山谷之嶮, 原隰之夷, 視之一也。[15] 吾術窮矣, 汝其識之!」[16]

번역문

조보(造父)가 수레 모는 법을 배우다

조보(造父)의 스승은 이름을 태두씨(泰豆氏)라 했다. 조보가 처음 스승을 쫓아 수레 모는 법을 배울 때 예절을 지켜 매우 겸손했으나 태두는 삼 년 동안 (기술을) 알려주지 않았다. 조보가 더욱 신중히 예절 지키자 (태두가) 마침내 조보에게 말했다.

15 然後輿輪之外可使無餘轍, 馬蹄之外可使無餘地, 未嘗覺山谷之嶮, 原隰之夷, 視之一也。→ 그런 다음에 수레바퀴의 바깥쪽에 바퀴자국을 남길 수 있는 여분의 땅이 전혀 없도록 하고, 말발굽의 바깥쪽에 발굽을 디딜 수 있는 여분의 땅이 전혀 없도록 하여 수레를 몰아도, 결코 산과 계곡의 험준함이나, 평원과 습지의 평탄함을 느끼지 못하고, 그것을 동일한 것으로 보게 된다네.

【輿輪(여륜)】: 수레바퀴.

【可使無餘轍(가사무여철)】: 가히 바퀴자국을 남길 수 있는 여유가 없도록 하다. 〖可使〗: 가히 …하도록 하다.

【馬蹄(마제)】: 말발굽.

【未嘗(미상)】: 결코 …하지 못하다.

【覺(각)】: 느끼다.

【嶮(험)】: 험난하다.

【原隰(원습)】: 평원과 습지.

【夷(이)】: 평탄하다, 평평하다.

【一(일)】: [동사용법] 하나로 보다, 마찬가지로 여기다, 동일하게 생각하다.

16 吾術窮矣, 汝其識之!」→ 나의 기술을 모두 다 전수했으니, 자네는 반드시 그것을 기억하기 바라네!」

【窮(궁)】: 다하다, 즉「모두 다 전수하다」의 뜻.

【汝(여)】: 너, 당신.

【其(기)】: [희망이나 기원을 표시] 반드시.

【識(식)】: 알다, 기억하다.

【之(지)】: [대명사] 그것, 즉「나의 기술」.

「옛 시에 『화살을 잘 만드는 사람은 반드시 먼저 키를 만들고, 야금을 잘하는 사람은 반드시 먼저 갖옷을 만든다.』라고 했네. 자네는 먼저 나의 빠른 걸음을 보게. 걸음이 나와 같이 빨라야, 그런 다음에 비로소 (임금의 수레를 끄는) 여섯 마리 말의 고삐를 잡을 수 있고, 여섯 마리의 말을 몰 수 있네.」

조보가 말했다.

「오로지 명을 따르겠습니다.」

태두가 곧 나무 말뚝을 세워 길을 만들었다. (말뚝 면의 크기가) 겨우 발 하나를 디딜 수 있는 정도이고, 보폭을 계산하여 (말뚝을) 설치한 다음 그것을 밟고 걸어 다녔다. 빠른 걸음으로 왕복하는데 한 번도 실족하여 넘어지지 않았다. 조보는 그것을 배워 사흘 만에 그 기교를 다 익혔다. 태두가 감탄하여 말했다.

「자네는 어쩌면 그렇게 총명한가! 정말로 빨리 습득했네! 무릇 거마를 모는 것도 역시 이와 마찬가지라네. 방금 자네의 걸음은 발에서 습득하고 마음에서 호응한 것이네. (이러한 이치를) 거마를 모든 일에 적용한다면, 수레를 모는 말들이 조화를 이루어 질서정연하게 걷도록 하는 것은 고삐와 재갈을 장악하여 통제하는 기술에 달려 있고, 말의 걸음을 빠르거나 느리게 하는 것은 말을 부리는 고함소리의 적절한 배합에 달려 있네. (이는) 마음에서 말 모는 법도를 단정히 하고 손에서 진퇴 완급의 리듬을 적절히 통제하는 것과 같은 이치라네.

안으로 마음에서 얻어 밖으로 말의 성미에 부합하기 때문에, 그래서 나아가고 물러섬은 먹줄을 밟듯 바르고, 돌고 굽음은 그림쇠와 곱자에 들어맞으며, 길을 달려 먼 곳에 이르러도 기력이 남아도는 것이라네.

말 모는 기술을 확실히 터득하려면 그것을 재갈에서 얻어 고삐와 호응하고, 고삐에서 얻어 손과 호응하며, 손에서 얻어 마음과 호응해야 하네. 그러면 눈으로 보지 않고 채찍으로 몰지 않으며, 마음은 한가롭고 몸은 단정히 앉아 있어도 여섯 개의 고삐가 혼란하지 않고, 스물네 개의 발굽이 땅을 딛는 데 전혀 착오가 없을 뿐 아니라, 회전하고 나아가고 물러섬에 있어서도 절도에 부합하지 않음이 없다네. 그런 다음에 수레바퀴의 바깥쪽에 바퀴자국을 남길 수 있는 여분의 땅이 전혀 없도록 하고, 말발굽의 바깥쪽에 발굽을 디딜 수 있는 여분의 땅이 전혀 없도록 하여 수레를 몰아도 결코 산과 계곡의 험준함이나 평원과 습지의 평탄함을 느끼지 못하고 그것을 동일한 것으로 보게 된다네. 나의 기술을 모두 다 전수했으니, 자네는 반드시 그것을 기억하기 바라네!」

해설

태두(泰豆)는 조보(造父)에게 거마(車馬)를 모는 기술을 가르치기 전에, 옛 시를 인용하여 먼저 이행해야 할 선행 조건을 제시하고 나서 윗면의 크기가 겨우 발 하나를 디딜 수 있는 정도의 나무 말뚝을 보폭에 맞추어 땅에 설치한 다음, 그 위를 빠른 걸음으로 왕복하면서 한 번도 실족하여 넘어지지 않는 시범을 보였다. 조보가 열성을 다해 연습하여 삼 일만에 그 기교를 익히자, 태두는 조보의 총명함을 극찬하며 자신의 기술을 모두 알려주었다.

이 우언은 어마(御馬) 모는 기술을 배우는 과정을 통해, 고도의 기술을 습득하려면 반드시 먼저 기본적인 기술로 기초를 닦은 다음, 이를 기반으로 부단히 노력해야 익숙한 단계에 이를 수 있다는 이치를 설명한 것이다.

049 곤오검여화완포(錕鋙劍與火浣布)

《列子·湯問》

원문 및 주석

錕鋙劍與火浣布[1]

周穆王大征西戎, 西戎獻錕鋙之劍, 火浣之布。[2] 其劍長尺有咫, 練鋼赤刃, 用之切玉如切泥焉。[3] 火浣之布, 浣之必投於火; 布則火

1 錕鋙劍與火浣布 → 곤오검(錕鋙劍)과 화완포(火浣布)
【錕鋙劍(곤오검)】: 곤오산(錕鋙山)의 금속을 가지고 주조한 검으로 곤오검(昆吾劍)이라고도 하며, 옥을 자를 수 있다고 전한다. 〖錕鋙〗: [산 이름] 지금의 신강성 일대에 있는 산. 본래 昆吾(곤오)라고 하는데, 이곳에서 나는 금속을 가지고 검을 제조하기 때문에 錕鋙(곤오)라고도 불렀다. 《산해경(山海經)·중산경(中山經)》에 「昆吾之山, 其上多赤銅。(곤오산 위에 적동이 많이 난다.)」이라 했다.
【火浣布(화완포)】: 석면포(石綿布)의 옛 칭. ※ 불에 타지 않는 특징을 지니고 있어, 오물을 석면포에 놓고 태워 제거하기 때문에 붙여진 이름이다.

2 周穆王大征西戎, 西戎獻錕鋙之劍, 火浣之布。→ 주목왕(周穆王)이 서융(西戎)을 크게 정벌하자, 서융이 곤오검(錕鋙劍)과 화완포(火浣布)를 헌납했다.
【周穆王(주목왕)】: 서주(西周) 시대의 제5대 군주로 55년간(B.C. 1001-B.C. 947) 재위했다.
【征(정)】: (무력으로) 토벌하다, 정벌하다.
【西戎(서융)】: 서쪽의 오랑캐.
【獻(헌)】: 바치다, 헌납하다.

3 其劍長尺有咫, 練鋼赤刃, 用之切玉如切泥焉。→ 그 검은 길이가 한 자 여덟 치에, 강철을 제련하여 칼날이 붉은색을 띠고 있는데, 이 검을 사용하여 옥(玉)을 자르면 마치 진흙을 자르는 듯하다.
【長(장)】: [명사] 길이.
【尺有咫(척유지)】: 한 자 여덟 치. 〖有〗: 又(우), …하고도 또. 〖咫〗: [길이의 단위] 8촌(寸:

色, 垢則布色; 出火而振之, 皓然疑乎雪。[4] 皇子以爲無此物, 傳之者妄。[5] 蕭叔曰:「皇子果於自信, 果於誣理哉!」[6]

....

치). 주대(周代)는 8촌(寸)을 1지(咫)라 했다.
【練鋼(연강)】: 세련한 강철.
【赤刃(적인)】: 붉은색의 칼날.
【切(절)】: 자르다.
【如(여)】: 마치 …같다.
【泥(니)】: 진흙.

4 火浣之布, 浣之必投於火; 布則火色, 垢則布色; 出火而振之, 皓然疑乎雪。→ 화완포는, 세척하려면 반드시 불속에 넣어야 한다. (불에 넣으면) 포는 곧 붉은색으로 변하고, 묻은 때는 그대로 포의 색깔을 띤다. 그것을 불속에서 꺼내어 흔들면, (포가 세척되어) 새하얀 모양이 마치 백설과 같다.
【浣(완)】: 빨다, 닦다, 세탁하다, 세척하다.
【投(투)】: 집어 넣다, 투입하다.
【火色(화색)】: [동사용법] 붉은 색깔로 변하다.
【垢(구)】: 묻은 때.
【布色(포색)】: [동사용법] 포의 색깔을 띠다.
【出火(출화)】: 불속에서 꺼내다.
【振(진)】: 흔들다.
【皓然(호연)】: 새하얀 모양.
【疑(의)】: 마치 …같다
【乎(호)】: [개사] 於(어), …에.

5 皇子以爲無此物, 傳之者妄。→ 황자(皇子)는 이러한 물건이 존재하지도 않는데, 이를 전파한 자가 거짓말을 한 것이라고 여겼다.
【皇子(황자)】: [인명].
【以爲(이위)】: …라 여기다, …라고 생각하다.
【妄(망)】: 망령되다, 거짓말을 하다.

6 蕭叔曰:「皇子果於自信, 果於誣理哉!」→ 소숙(蕭叔)이 말했다:「황자는 지나치게 자신하고, 지나치게 이치에 닿지 않는 말을 한다.」
【果於自信(과어자신)】: 스스로의 믿음에 과감하다. 즉「지나치게 자신하다, 너무 독단적이다」의 뜻. 〖果於…〗: …에 과감하다.
【誣理(무리)】: 이치에 닿지 않는 말을 하다, 사리에 맞지 않게 말하다. 〖誣〗: 왜곡하다, 날조하다.

번역문

곤오검(錕鋙劍)과 화완포(火浣布)

주목왕(周穆王)이 서융(西戎)을 크게 정벌하자 서융이 곤오검(錕鋙劍)과 화완포(火浣布)를 헌납했다. 그 검은 길이가 한 자 여덟 치에 강철을 제련하여 칼날이 붉은색을 띠고 있는데, 이 검을 사용하여 옥(玉)을 자르면 마치 진흙을 자르는 듯하다. 화완포는 세척하려면 반드시 불속에 넣어야 한다. (불에 넣으면) 포는 곧 붉은색으로 변하고 묻은 때는 그대로 포의 색깔을 띤다. 그것을 불속에서 꺼내어 흔들면 (포가 세척되어) 새하얀 모양이 마치 백설과 같다.

황자(皇子)는 이러한 물건이 존재하지도 않는데, 이를 전파한 자가 거짓말을 한 것이라고 여겼다.

소숙(蕭叔)이 말했다.

「황자는 지나치게 자신하고, 지나치게 이치에 닿지 않는 말을 한다.」

해설

세상에는 모르는 일들이 매우 많다. 황자(皇子)는 곤오검(錕鋙劍)과 화완포(火浣布)의 신비한 현상을 전해 듣고, 이를 세상에 존재하지 않는 물건이라 부정하며 전한 자가 거짓말을 한 것이라 여겼다. 그리하여 소숙(蕭叔)은 황자를 독단적이고 이치에 닿지 않는 말을 한다고 비난했다.

이 우언은 자신의 얄팍한 지식을 근거로 자신이 알지 못하는 일을 판단하는 무모한 주관과 독단을 지적하고 비난한 것이다.

050 전부헌폭(田夫獻曝)

《列子 · 楊朱》

원문 및 주석

田夫獻曝[1]

昔者宋國有田夫, 常衣縕黂, 僅以過冬。[2] 曁春東作, 自曝於日, 不知天下之有廣廈隩室, 綿纊狐貉。[3] 顧謂其妻曰 :「負日之暄, 人莫

1 田夫獻曝 → 농부가 햇볕 쬐는 법을 진상하다
【田夫(전부)】: 농부.
【獻(헌)】: 바치다, 진상하다, 헌상하다.
【曝(폭)】: 햇볕을 쬐다.

2 昔者宋國有田夫, 常衣縕黂, 僅以過冬。→ 예전 송(宋)나라에 한 농부가 있었는데, 항상 닳아서 떨어진 삼베옷을 입고, 겨우 겨울을 났다.
【宋(송)】: [국명] 지금의 하남성 상구현(商邱縣) 일대에 있던 주대(周代)의 제후국.
【衣(의)】: [동사] 입다.
【縕黂(온분)】: 닳아서 떨어진 삼베옷, 해진 삼베옷.
【僅(근)】: 겨우.
【過冬(과동)】: 겨울을 나다.

3 曁春東作, 自曝於日, 不知天下之有廣廈隩室, 綿纊狐貉。→ 봄이 되어 동쪽 밭에서 일을 할 때, 스스로 태양 아래에서 햇볕을 쬐며, 천하에 고대광실의 온실난방과, 비단이나 여우·담비 등의 모피로 만든 갖옷이 있다는 것을 알지 못했다.
【曁(기)】: …에 이르다, …이 되다.
【廣廈(광하)】: 고대광실, 넓고 큰 집.
【隩室(오실)】: 온실 난방, 따뜻한 실내.
【綿纊(면광)】: 명주, 비단. 여기서는「명주 비단으로 만든 옷」을 가리킨다.
【狐貉(호학)】: 여우와 담비. 여기서는「여우 · 담비 등의 모피로 만든 갖옷」을 가리킨다.

知者, 以獻吾君, 將有重賞。」[4]

번역문

농부가 햇볕 쬐는 법을 진상하다

예전 송(宋)나라에 한 농부가 있었는데 항상 닳아서 떨어진 삼베옷을 입고 겨우 겨울을 났다. 봄이 되어 동쪽 밭에서 일을 할 때 스스로 태양 아래에서 햇볕을 쬐며 천하에 고대광실의 온실 난방과 비단이나 여우 · 담비 등의 모피로 만든 갖옷이 있다는 것을 알지 못했다. 고개를 돌려 자기 처에게 말했다.

「햇볕을 쬐어 따뜻한 것을 사람들이 모르고 있는데, 이것을 우리 임금께 바치면 반드시 큰 상을 받을 것이오.」

해설

고대광실(高臺廣室)의 온실 난방에 비단 · 모피 옷을 입고 따뜻하게 사는 사람을 본 적이 없어 세상 물정에 어두운 농부가 항상 닳아서 떨어진 삼베옷으로 겨울의 추위를 겪고 나서 봄에 햇살의 따사로움을 느끼자, 마치 자기 혼자서 대단한 것을 발견한 것처럼 착각하고 그것을 임금에게 바쳐

4 顧謂其妻曰 :「負日之暄, 人莫知者, 以獻吾君, 將有重賞。」→ 고개를 돌려 자기 처에게 말했다 :「햇볕을 쬐어 따뜻한 것을, 사람들이 모르고 있는데, 이것을 우리 임금께 바치면, 반드시 큰 상을 받을 것이오.」
【顧(고)】 : 뒤돌아보다, 고개를 돌리다.
【負日(부일)】 : 햇볕을 쬐다.
【暄(훤)】 : 따뜻하다, 온난하다.
【以(이)】 : 以之(이지), 이것을.
【將(장)】 : 반드시.

큰 상을 받으려고 생각했다.

이 우언은 고루하고 무지한 사람이 자기가 모르는 것은 남도 모른다고 여기며 마치 자기 혼자 아는 것처럼 오만을 떨다가 남에게 비웃음을 사는 어리석은 행위를 풍자한 것이다.

051 열자학사(列子學射)

《列子 · 說符》

원문 및 주석

列子學射[1]

列子學射，中矣，請於關尹子。[2] 尹子曰：「子知子之所以中者乎?」對曰：「弗知也。」[3] 關尹子曰：「未可。」退而習之，三年，又以報關尹子。[4] 尹子曰：「子知子之所以中乎?」列子曰：「知之矣。」[5] 關

1 列子學射 → 열자(列子)가 활쏘기를 배우다
【列子(열자)】: [인명] 본문 작자 참조.
【射(사)】: 쏘다. 여기서는 「궁술, 활쏘기」를 가리킨다.

2 列子學射, 中矣, 請於關尹子。→ 열자(列子)가 활쏘기를 배우는데, (과녁에) 명중하자, 관윤자(關尹子)에게 가르침을 청했다.
【中(중)】: 명중하다, 적중하다.
【請於(청어)…】: …에게 청하다. 여기서는 「가르침을 청하다」의 뜻.
【關尹子(관윤자)】: [인명] 윤희(尹喜). 전국시대 진(秦)나라 사람.

3 尹子曰:「子知子之所以中者乎?」對曰:「弗知也。」→ 관윤자가 말했다:「당신은 당신이 명중시킨 까닭을 압니까?」 열자가 대답했다:「모릅니다.」
【子(자)】: 그대, 당신.
【所以(소이)】: 까닭, 원인.
【弗(불)】: 不(불).

4 關尹子曰:「未可。」退而習之, 三年, 又以報關尹子。→ 관윤자가 말했다:「아직 안 됩니다.」 (열자가) 물러나와 연습을 하고, 삼 년이 지나, 다시 이를 관윤자에게 보고했다.
【未可(미가)】: 아직 안 되다.
【以(이)】: 以之(이지), 이를, 이것을.

尹子曰：「可矣, 守而勿失也。非獨射也, 爲國與身亦皆如之。」[6]

번역문

열자(列子)가 활쏘기를 배우다

열자(列子)가 활쏘기를 배우는데 (과녁에) 명중하자 관윤자(關尹子)에게 가르침을 청했다. 관윤자가 말했다.

「당신은 당신이 명중시킨 까닭을 압니까?」

열자가 대답했다.

「모릅니다.」

관윤자가 말했다.

「아직 안 됩니다.」

(열자가) 물러나와 연습을 하고 삼 년이 지나 다시 이를 관윤자에게 보고했다. 관윤자가 말했다.

「당신은 당신이 명중시킨 까닭을 알았습니까?」

열자가 대답했다.

「알았습니다.」

관윤자가 말했다.

【報(보)】: 보고하다, 알리다.

5 尹子曰：「子知子之所以中乎?」 列子曰：「知之矣。」 → 관윤자가 말했다 : 「당신은 당신이 명중시킨 까닭을 알았습니까?」 열자가 대답했다 : 「알았습니다.」

6 關尹子曰：「可矣, 守而勿失也。非獨射也, 爲國與身亦皆如之。」 → 관윤자가 말했다 : 「됐습니다, 잘 지켜서 잃지 않도록 하시오. 비단 활쏘기뿐만 아니라, 나라를 다스리고 자신을 수양하는 것도 역시 이와 마찬가지입니다.」

【非獨(비독)】: 비단 …뿐만 아니라.

【爲國與身(위국여신)】: 나라를 다스리고 자신을 수양하다.

「됐습니다. 잘 지켜서 잃지 않도록 하시오. 비단 활쏘기뿐만 아니라 나라를 다스리고 자신을 수양하는 것도 역시 이와 마찬가지입니다.」

해설

열자(列子)가 활을 쏘아 명중하고 나서 관윤자(關尹子)에게 가르침을 청하자, 관윤자가 왜 명중했는지 그 까닭을 물었다. 열자가 모른다고 대답하자, 그 이유를 알 때까지 가르치는 것을 미루었다. 열자가 물러나와 삼 년이 넘도록 연습하여 마침내 이치를 깨닫고 나서 다시 관윤자를 찾아갔다. 관윤자는 비로소 열자의 청을 받아들이며, 나라를 다스리고 자신을 수양하는 것도 활쏘기와 같은 이치라고 말했다.

이 우언은 일을 처리할 때 먼저 어떻게 해야 하는가를 알아야 하고, 어째서 그렇게 해야 하며, 결과가 어째서 그렇게 되었는가를 이해하는 등 모든 과정을 신중히 검토해야 매사를 원만히 처리할 수 있다는 일 처리에 대한 관건을 설명한 것이다.

052 시씨여맹씨(施氏與孟氏)

《列子 · 說符》

원문 및 주석

施氏與孟氏[1]

魯施氏有二子, 其一好學, 其一好兵。[2] 好學者以術干齊侯, 齊侯納之, 以爲諸公子之傅。[3] 好兵者之楚, 以法干楚王, 王悅之, 以爲軍正。祿富其家, 爵榮其親。[4] 施氏之鄰人孟氏同有二子, 所業亦同,

1 施氏與孟氏 → 시씨(施氏)와 맹씨(孟氏)

2 魯施氏有二子, 其一好學, 其一好兵。→ 노(魯)나라의 시씨(施氏)에게 두 아들이 있는데, 그 중 한 아들은 학문을 좋아하고, 한 아들은 군사(軍事)를 좋아했다.
【魯(노)】: [국명] 지금의 산동성 동남부 일대에 있던 주대(周代)의 제후국.
【好(호)】: [동사] 좋아하다.
【學(학)】: 학문.
【兵(병)】: 군사(軍事). 군대 · 전쟁 따위의 군에 관한 일.

3 好學者以術干齊侯, 齊侯納之, 以爲諸公子之傅。→ 학문을 좋아하는 아들은 학술을 가지고 제후에게 알현을 청해, 제후가 그의 의견을 받아들여, 그를 공자(公子)의 스승으로 삼았다.
【術(술)】: 학술.
【干(간)】: (자신의 재능을 가지고) 알현을 청하다.
【齊(제)】: [국명] 지금의 산동성 북부와 하북성 남부에 걸쳐 있던 주대(周代)의 제후국.
【納(납)】: 받아들이다, 채택하다.
【以爲(이위)】: 이를 …로 삼다.
【公子(공자)】: 왕의 아들을 「왕자」라 하고, 제후의 아들을 「공자」라 한다.
【傅(부)】: 스승.

4 好兵者之楚, 以法干楚王, 王悅之, 以爲軍正。祿富其家, 爵榮其親。→ 군사를 좋아하는 아들은 초(楚)나라에 가서, 병법을 가지고 초왕(楚王)에게 알현을 청해, 초왕이 그것을 좋아하여,

而窘於貧。[5] 羡施氏之有, 因從請進趨之方。二子以實告孟氏。[6] 孟氏之一子之秦, 以術干秦王。[7] 秦王曰 :「當今諸侯力爭, 所務兵食而已。若用仁義治吾國, 是滅亡之道。」遂宮而放之。[8] 其一子之衛, 以

그를 군정(軍正)으로 삼았다.

【之楚(지초)】: 초나라에 가다. 〖之〗: 가다. 〖楚〗: 지금의 호남성 · 호북성과 강서성 · 절강성 및 하남성 남부에 걸쳐 있던 주대(周代)의 제후국.

【法(법)】: 여기서는 「병법」을 가리킨다.

【悅(열)】: 좋아하다.

【軍正(군정)】: 군대의 우두머리.

【祿(록)】: 봉록.

【富(부)】: [동사] 부유하게 만들다.

【爵(작)】: 작위.

【榮(영)】: 영광되게 하다.

【親(친)】: 부모.

5 施氏之鄰人孟氏同有二子, 所業亦同, 而窘於貧。→ 시씨의 이웃인 맹씨도 똑같이 두 아들이 있고, 전공(專攻)도 같았으나, 오히려 가난에 시달렸다.

【同(동)】: 마찬가지로, 똑같이.

【所業(소업)】: 전공(專攻).

【窘(군)】: 곤궁하다, 고생하다, 시달리다.

6 羡施氏之有, 因從請進趨之方。二子以實告孟氏。→ (맹씨는) 시씨의 부유함을 부러워하여, 곧 시씨를 찾아가 출세하는 방법을 가르쳐 달라고 청했다. (시씨의) 두 아들이 실제 상황을 맹씨에게 알려주었다.

【羡(선)】: 부러워하다.

【有(유)】: 부유함.

【因(인)】: 그리하여, 이로 인해, 곧.

【從(종)】: …에게.

【請(청)】: 가르침을 청하다.

【進趨(진추)】: 입신출세하다, 공명(功名)을 구하다..

【方(방)】: 방법.

【以實(이실)】: 실정을, 실제 상황을. 〖以〗: …을.

7 孟氏之一子之秦, 以術干秦王。→ 맹씨의 한 아들이 진(秦)나라에 가서, 학술로써 진왕(秦王)에게 알현을 청했다.

【之秦(지진)】: 진(秦)나라에 가다. 〖之〗: 가다. 〖秦〗: 지금의 섬서성과 감숙성 일대에 있던 주대(周代)의 제후국이었으나, B.C. 221년 진시황(秦始皇)이 전국을 통일하고 진왕조를 건립했다.

8 秦王曰 :「當今諸侯力爭, 所務兵食而已。若用仁義治吾國, 是滅亡之道。」遂宮而放之。→ 진

法干衛侯。[9] 衛侯曰：「吾弱國也，而攝乎大國之間。大國吾事之，小國吾撫之，是求安之道。[10] 若賴兵權，滅亡可待矣。若全而歸之，適於他國，爲吾之患不輕矣。」遂刖之，而還諸魯。[11] 旣反，孟氏之父子

왕이 말했다 :「지금 제후들은 무력으로 (천하를) 다투어, 힘쓰는 바가 오로지 군사와 식량뿐이다. 만일 인의(仁義)를 가지고 우리나라를 다스린다면, 이는 바로 멸망하는 길이다.」그리하여 그를 궁형(宮刑)에 처한 후 석방했다.

【當今(당금)】: 지금, 현재.

【力爭(역쟁)】: 힘으로 다투다, 무력으로 다투다.

【所務(소무)】: 힘쓰는 바.

【兵食(병식)】: 군대와 식량.

【而已(이이)】: …뿐

【若(약)】: 만일, 만약.

【是(시)】: [대명사] 이것, 즉「인의(仁義)를 가지고 우리나라를 다스리는 것」.

【滅亡之道(멸망지도)】: 멸망하는 길. 〖道〗: 길, 방법.

【遂(수)】: 이에, 그리하여.

【宮(궁)】: [동사용법] 궁형(宮刑)에 처하다. ※ 궁형은 옛날 남자 죄인의 생식기를 제거하는 형벌로, 부형(腐刑)이라고도 한다.

【放(방)】: 석방하다.

9 其一子之衛，以法干衛侯。→ 맹씨의 또 한 아들이 위(衛)나라에 가서, 병법(兵法)을 가지고 위후(衛侯)에게 알현을 청했다.

【衛(위)】: [국명] 지금의 하북성 남부와 하남성 북부에 걸쳐 있던 주대(周代)의 제후국.

10 衛侯曰：「吾弱國也，而攝乎大國之間。大國吾事之，小國吾撫之，是求安之道。→ 위후가 말했다 :「우리는 약소국으로, 대국들 사이에 가까이 있다. 대국은 우리가 섬겨야 하고, 소국은 우리가 위무해야 한다. 이것이 우리가 안전을 추구하는 길이다.

【衛侯(위후)】: 위(衛)나라의 군주.

【攝乎(섭호)…】: …에 근접하다, …에 매우 가깝다. 〖乎〗: [개사] 於(어), …에.

【事(사)】: 섬기다.

【撫(무)】: 어루만지다, 위무하다.

【求安之道(구안지도)】: 안전을 추구하는 길.

11 若賴兵權，滅亡可待矣。若全而歸之，適於他國，爲吾之患不輕矣。」遂刖之，而還諸魯。→ 만일 군사책략에 의지한다면, 머지않아 멸망하게 될 것이다. (지금) 만일 당신을 온전하게 돌려보내서, 다른 나라에 가게 되면, 우리에 대한 재앙이 가볍지 않을 것이다.」그리하여 그의 다리를 자른 후, 그를 노(魯)나라로 돌려보냈다.

【若(약)】: 만일, 만약.

【賴(뢰)】: 의지하다, 기대다.

叩胸而讓施氏。[12] 施氏曰：「凡得時者昌，失時者亡。子道與吾同，而功與吾異，失時者也，非行之謬也。[13] 且天下理無常是，事無常非。[14] 先日所用，今或棄之；今之所棄，後或用之。此用與不用，無定是非也。[15] 投隙抵時，應事無方，屬乎智。[16] 智苟不足，使若博如孔

【兵權(병권)】: 군사 책략.
【可待(가대)】: 멀지 않다, 곧 닥치다.
【全而歸(전이귀)】: 온전하게 돌려보내다.
【適(적)】: 가다.
【爲(위)】: …에게, …에 대한.
【患(환)】: 우환, 재난.
【遂(수)】: 이에, 그리하여.
【刖(월)】: [동사용법] 월형(刖刑)에 처하다. ※ 월형(刖刑)은 옛날 죄인의 다리를 자르는 형벌.
【還(환)】: 돌려보내다.
【諸(제)】: 之於(지어)의 합음

12 旣反, 孟氏之父子叩胸而讓施氏。→ (노나라로) 돌아온 후, 맹씨 부자는 가슴을 치며 시씨를 책망했다.
【旣(기)】: 이미, …하고 나서, …이후.
【叩(고)】: 치다, 두드리다.
【讓(양)】: 꾸짖다, 질책하다, 책망하다.

13 施氏曰:「凡得時者昌, 失時者亡。子道與吾同, 而功與吾異, 失時者也, 非行之謬也。→ 시씨가 말했다:「무릇 때를 얻는 자는 번창하고, 때를 잃는 자는 패망합니다. 당신의 방법이 나와 같은데도, 성과가 나와 다른 것은, 때를 잃은 것이지, 시행착오가 아닙니다.
【凡(범)】: [발어사] 대저, 무릇.
【昌(창)】: 번창하다, 창성하다.
【功(공)】: 성과.
【行之謬(행지류)】: 시행착오. 【謬】: 착오, 잘못.

14 且天下理無常是, 事無常非。→ 그리고 세상의 이치는 영원히 옳은 것도 없고, 영원히 그른 것도 없습니다.
【且(차)】: 그리고, 또한, 뿐만 아니라.
【常是(상시)】: 영원히 옳다.
【常非(상비)】: 영원히 그르다.

15 先日所用, 今或棄之; 今之所棄, 後或用之。此用與不用, 無定是非也。→ 과거에 썼던 것을 오늘날 버릴 수도 있고, 오늘날 버린 것을 훗날 쓸 수도 있습니다. 여기에서 쓰고 안 쓰고는, 옳고 그름의 고정된 기준이 없습니다.

丘, 術如呂尙, 焉往而不窮哉?」[17] 孟氏父子舍然無慍容, 曰 :「吾知之矣, 子勿重言!」[18]

....

【或(혹)…或…】: …하거나 …하다, …도 하고 …도 하다.

【無定是非(무정시비)】: 옳고 그름의 고정된 기준이 없다.

16 投隙抵時, 應事無方, 屬乎智。→ 기회를 맞고 시기에 도달했을 때, 사태의 변화에 순응하며 고정된 방법에 구애받지 않는 것이, 지혜입니다.

【投隙抵時(투극저시)】: 기회를 맞고 시기에 도달하다. 〖投〗: 맞이하다. 〖隙〗: 기회. 〖抵〗: 도달하다. 〖時〗: 시기.

【應事無方(응사무방)】: 사물을 대응하는 데 고정된 방법에 구애받지 않다.

【屬乎智(속호지)】: 지혜에 속하다. 즉 「지혜이다」의 뜻. 〖乎〗: [개사] 於(어), …에.

17 智苟不足, 使若博如孔丘, 術如呂尙, 焉往而不窮哉?」→ 만일 지혜가 부족하면, 설사 당신이 공자(孔子)처럼 해박하고, 여상(呂尙)처럼 용병술이 뛰어나다 해도, 어디 간들 궁핍하지 않겠습니까?」

【苟(구)】: 만일, 만약.

【使(사)】: 설사 …라 할지라도.

【若(약)】: 너, 당신.

【如(여)】: …같다.

【孔丘(공구)】: [인명] 공자(孔子). 공자의 성은 공(孔), 이름은 구(丘), 자는 중니(仲尼)이며, 「공자」는 존칭.

【術(술)】: 기술. 여기서는 「용병술」을 가리킨다.

【呂尙(여상)】: [인명] 주(周)나라 초기의 정객. 성은 강(姜), 이름은 상(尙)이며, 속칭 강태공(姜太公)으로 불린다. 그의 선조가 여(呂)지방에 봉해져 여상(呂尙)이라 했다. 주문왕(周文王)의 스승으로 무왕(武王)을 도와 은(殷)의 주왕(紂王)을 토벌하고 천하를 평정한 공으로 제(齊)지방에 봉해져 제(齊)나라의 시조가 되었다.

【焉(언)】: 어디.

18 孟氏父子舍然無慍容, 曰 :「吾知之矣, 子勿重言!」→ 맹씨 부자는 유쾌한 모습으로 얼굴에 노기를 띠지 않고, 말했다 :「내가 그 이치를 알았으니, 다시 말하지 마시오!」

【舍然(사연)】: 마음이 유쾌한 모양.

【慍容(온용)】: 분노한 표정.

【勿(물)】: …하지 말라.

【重言(중언)】: 다시 말하다, 재언하다.

번역문

시씨(施氏)와 맹씨(孟氏)

노(魯)나라의 시씨(施氏)에게 두 아들이 있는데, 그중 한 아들은 학문을 좋아하고 한 아들은 군사(軍事)를 좋아했다. 학문을 좋아하는 아들은 학술을 가지고 제후에게 알현을 청해, 제후가 그의 의견을 받아들여 그를 공자(公子)의 스승으로 삼았다. 군사를 좋아하는 아들은 초(楚)나라에 가서 병법을 가지고 초왕(楚王)에게 알현을 청해, 초왕이 그것을 좋아하여 그를 군정(軍正)으로 삼았다.

시씨의 이웃인 맹씨도 똑같이 두 아들이 있고 전공(專攻)도 같았으나 오히려 가난에 시달렸다. (맹씨는) 시씨의 부유함을 부러워하여 곧 시씨를 찾아가 출세하는 방법을 가르쳐 달라고 청했다. (시씨의) 두 아들이 실제 상황을 맹씨에게 알려주었다. 맹씨의 한 아들이 진(秦)나라에 가서 학술로써 진왕(秦王)에게 알현을 청했다.

진왕이 말했다.

「지금 제후들은 무력으로 (천하를) 다투어 힘쓰는 바가 오로지 군사와 식량뿐이다. 만일 인의(仁義)를 가지고 우리나라를 다스린다면, 이는 바로 멸망하는 길이다.」

그리하여 그를 궁형(宮刑)에 처한 후 석방했다. 맹씨의 또 한 아들이 위(衛)나라에 가서 병법(兵法)을 가지고 위후(衛侯)에게 알현을 청했다.

위후가 말했다.

「우리는 약소국으로 대국들 사이에 가까이 있다. 대국은 우리가 섬겨야 하고 소국은 우리가 위무해야 한다. 이것이 우리가 안전을 추구하는 길이다. 만일 군사책략에 의지한다면 머지않아 멸망하게 될 것이다. (지금) 만일 당신을 온전하게 돌려보내서 다른 나라에 가게 되면 우리에 대한 재앙이 가볍지 않을 것이다.」

그리하여 그의 다리를 자른 후 그를 노(魯)나라로 돌려보냈다. (노나라로) 돌아온 후 맹씨 부자는 가슴을 치며 시씨를 책망했다.

시씨가 말했다.

「무릇 때를 얻는 자는 번창하고 때를 잃는 자는 패망합니다. 당신의 방법이 나와 같은데도 성과가 나와 다른 것은 때를 잃은 것이지 시행착오가 아닙니다. 그리고 세상의 이치는 영원히 옳은 것도 없고 영원히 그른 것도 없습니다. 과거에 썼던 것을 오늘날 버릴 수도 있고, 오늘날 버린 것을 훗날 쓸 수도 있습니다. 여기에서 쓰고 안 쓰고는 옳고 그름의 고정된 기준이 없습니다. 기회를 맞고 시기에 도달했을 때 사태의 변화에 순응하며 고정된 방법에 구애받지 않는 것이 지혜입니다. 만일 지혜가 부족하면 설사 당신이 공자(孔子)처럼 해박하고 여상(呂尙)처럼 용병술이 뛰어나다 해도 어디 간들 궁핍하지 않겠습니까?」

맹씨 부자는 유쾌한 모습으로 얼굴에 노기를 띠지 않고 말했다.

「내가 그 이치를 알았으니 다시 말하지 마시오!」

해설

맹씨(孟氏)는 이웃집 시씨(施氏)의 두 아들이 성공한 것을 부러워하여 시씨를 찾아가 방법을 배운 다음 그대로 따라 했다. 그러나 결과는 정반대로 큰 재앙을 당하고 돌아왔다. 그리하여 다시 시씨를 찾아가 몹시 원망하며 꾸짖었다.

이에 시씨가 맹씨에게 「방법이 같아도 성과가 다른 것은 때를 잃은 것이지 시행착오가 아니며, 또 과거에 필요했지만 오늘날 필요하지 않을 수도 있고, 오늘날 필요하지만 훗날 필요하지 않을 수도 있어 결코 정해진 기준이 없기 때문에, 기회를 맞이했을 때 고정된 방법에 구애되지 말고 지혜롭게 대처해 나가야 한다.」고 알려주자, 맹씨가 마침내 그 이치를 깨닫고 노여움을 풀었다.

이 우언은 일을 처리함에 있어서, 상황은 항상 변화하고 발전하기 때문에 무작정 과거를 답습하지 말고 수시로 시의적절하게 대처해야 한다는 이치를 설명한 것이다.

053 난자진기(蘭子進技)

《列子 · 說符》

원문 및 주석

蘭子進技[1]

宋有蘭子者, 以技干宋元。宋元召而使見其技。[2] 以雙枝長倍其身, 屬其脛, 並趨並馳; 弄七劍迭而躍之, 五劍常在空中。[3] 元君大

1 蘭子進技 → 떠돌이 예인(藝人)이 기예를 진상하다
【蘭子(난자)】: 떠돌이 예인(藝人).
【進(진)】: 진상하다, 바치다.

2 宋有蘭子者, 以技干宋元。宋元召而使見其技。→ 송(宋)나라에 떠돌이 예인이 있었는데, 기예를 가지고 송원군(宋元君)에게 알현을 청했다. 송원군이 불러들여 그 기예를 연기하도록 했다.
【宋(송)】: [국명] 지금의 하남성 상구현(商邱縣) 일대에 있던 주대(周代)의 제후국.
【干(간)】: (자신의 재능을 가지고) 알현을 청하다.
【宋元(송원)】: 송(宋)나라의 군주 송원군(宋元君).
【使(사)】: …하게 하다.
【見(현)】: 나타나다, 드러내다. 여기서는 「연기하다」의 뜻.

3 以雙枝長倍其身, 屬其脛, 並趨並馳; 弄七劍迭而躍之, 五劍常在空中。→ (예인은) 자기 신장의 두 배가 되는 두 개의 긴 나무 막대를, 자기의 양 다리에 묶고, 빨리 걷기도 하고 달리기도 하며; 일곱 자루의 칼을 번갈아 위로 던졌다 받았다 하는데, 다섯 자루는 항상 공중에 있었다.
【枝(지)】: 나무 막대.
【身(신)】: 몸. 여기서는 「키, 신장」을 가리킨다.
【屬(촉)】: 잇다, 연결하다, 연접하다. 여기서는 「묶다」의 뜻.
【脛(경)】: 종아리.

驚, 立賜金帛。[4] 又有蘭子又能燕戲者, 聞之, 復以干元君。[5] 元君大怒曰 : 「昔有異技干寡人者, 技無庸, 適値寡人有歡心, 故賜金帛。彼必聞此而進, 復望吾賞。」[6] 拘而擬戮之, 經月乃放。[7]

【並趨並馳(병추병치)】: 뛰기도 하고 달리기도 하다.
【弄(롱)】: 다루다, 가지고 놀다.
【迭(질)】: 갈마들다, 교체하다, 번갈다.
【躍(약)】: (위로) 던지다. ※ 여기서는 그저 던진다는 의미보다는 던지고 받고 하는 두 가지 동작을 아우르는 의미가 있다.

4 元君大驚, 立賜金帛。→ 원군이 매우 경탄하며, 즉시 금과 비단을 하사했다.
【驚(경)】: 경탄하다.
【立(립)】: 즉시.

5 又有蘭子又能燕戲者, 聞之, 復以干元君。→ 또 다른 떠돌이 예인으로 제비처럼 가뿐하게 기예를 연출하는 자가 있었는데, 이 이야기를 듣고, 그 또한 송원군에게 알현을 청했다.
【燕戲(연희)】: 제비처럼 가뿐하게 연출하는 기예. ※ 잡기의 일종으로 그 동작이 마치 제비처럼 가뿐하다 하여 붙여진 이름이다.

6 元君大怒曰 : 「昔有異技干寡人者, 技無庸, 適値寡人有歡心, 故賜金帛。彼必聞此而進, 復望吾賞。」→ 원군이 매우 화를 내며 말했다 : 「얼마 전 별난 기예로 과인에게 알현을 청한 자가 있었다. 기예란 본래 쓸모가 없는 것이지만, 마침 과인의 마음이 즐거운 때를 만났기 때문에, 그래서 금과 비단을 하사한 것이다. 저 사람은 틀림없이 이 이야기를 듣고 (기예를) 진상하여, 또 내가 포상하기를 바라는 것이다.」
【異技(이기)】: 특이한 기예, 별난 기예.
【寡人(과인)】: 과덕지인(寡德之人)이란 의미로 임금이 자신을 낮추어 부르는 말.
【無庸(무용)】: 쓸모가 없다.
【適値(적치)】: 바로 …때가 되다, 마침 …과 맞닥뜨리다, 마침 …때를 만나다.
【進(진)】: 진상하다, 바치다.
【復(부)】: 또, 다시.
【望(망)】: 바라다, 희망하다.

7 拘而擬戮之, 經月乃放。→ (그리하여) 그를 가두고 죽이려다가, 한 달이 지나 비로소 석방했다.
【拘(구)】: 구류하다, 구금하다, 감금하다, 잡아 가두다.
【擬(의)】: …하려 하다, …할 예정이다.
【戮(륙)】: 죽이다.
【之(지)】: [대명사] 그, 즉 「예인」.
【經月(경월)】: 한 달이 지나다.
【乃(내)】: 비로소.
【放(방)】: 석방하다, 풀어주다.

번역문

떠돌이 예인(藝人)이 기예를 진상하다

송(宋)나라에 떠돌이 예인이 있었는데, 기예를 가지고 송원군(宋元君)에게 알현을 청했다. 송원군이 불러들여 그 기예를 연기하도록 했다. (예인은) 자기 신장의 두 배가 되는 두 개의 긴 나무 막대를 자기의 양 다리에 묶고, 빨리 걷기도 하고 달리기도 하며 일곱 자루의 칼을 번갈아 위로 던졌다 받았다 하는데 다섯 자루는 항상 공중에 있었다. 원군이 매우 경탄하며 즉시 금과 비단을 하사했다.

또 다른 떠돌이 예인으로 제비처럼 가뿐하게 기예를 연출하는 자가 있었는데, 이 이야기를 듣고 그 또한 송원군에게 알현을 청했다. 원군이 매우 화를 내며 말했다.

「얼마 전 별난 기예로 과인에게 알현을 청한 자가 있었다. 기예란 본래 쓸모가 없는 것이지만, 마침 과인의 마음이 즐거운 때를 만났기 때문에, 그래서 금과 비단을 하사한 것이다. 저 사람은 틀림없이 이 이야기를 듣고 (기예를) 진상하여, 또 내가 포상하기를 바라는 것이다.」

(그리하여) 그를 가두고 죽이려다가 한 달이 지나 비로소 석방했다.

해설

어느 떠돌이 예인(藝人)이 자신의 기예로 송원군(宋元君)에게 알현을 청하여 연기를 보여주고 금과 비단을 하사받자, 얼마 후 이를 알게 된 또 다른 떠돌이 예인이 같은 방법으로 송원군에게 알현을 청했다가 기예를 펼쳐보기는커녕 한 달 동안 감금당하고 나서 겨우 풀려났다. 그 이유는 상금을 받은 예인은 송원군의 기분이 좋을 때를 만난 것이고, 감금당한 예인은 상금을 받기 위해 몰염치한 행위를 했다는 것이다.

이 우언은 남이 시도하여 성공한 사례라 하여 때와 장소를 가리지 않고 무작정 모방하는 것은 삼가야 한다는 것을 지적하고, 아울러 덕망을 쌓지 못하고 자신의 기분에 따라 백성을 좌지우지 하는 부도덕한 군주를 풍자한 것이다.

054 구방고상마(九方皐相馬)

《列子 · 說符》

원문 및 주석

九方皐相馬[1]

秦穆公謂伯樂曰 :「子之年長矣, 子姓有可使求馬者乎?」[2] 伯樂對曰 :「良馬可形容筋骨相也。天下之馬者, 若滅若沒, 若亡若失。[3]

1 九方皐相馬 → 구방고(九方皐)가 말을 관찰하다
【九方皐(구방고)】: [인명] 성은 구방(九方), 이름은 고(皐).
【相(상)】: 살피다, 관찰하다.

2 秦穆公謂伯樂曰 :「子之年長矣, 子姓有可使求馬者乎?」→ 진목공(秦穆公)이 백락(伯樂)에게 말했다 :「그대의 나이가 연로한데, 자손 중에 좋은 말을 구하러 파견할 수 있는 사람이 있습니까?」
【秦穆公(진목공)】: 진(秦)나라의 군주로 39년간(B.C. 659 - B.C. 621) 재위했다. 제환공(齊桓公) · 진문공(晉文公) · 초장왕(楚莊王) · 송양공(宋襄公)과 더불어 춘추오패(春秋五霸)의 하나. 〖秦〗: 지금의 섬서성과 감숙성 일대에 있던 주대(周代)의 제후국이었으나, B.C. 221년 진시황(秦始皇)이 전국을 통일하고 진왕조를 건립했다.
【伯樂(백락)】: [인명] 성은 손(孫), 이름은 양(陽)이며, 자는 백락(伯樂)이다. 진목공(秦穆公) 때 사람으로 말의 우열을 가리는데 능하여 이름이 났다. 백락이란 본래 천마(天馬)를 관장하는 별자리 이름인데, 손양이 말을 살피는 데 능하여 백락이라 불렀다.
【子(자)】: 그대, 당신.
【年長(연장)】: 나이가 많다, 연로하다.
【子姓(자성)】: 자손.
【可使求馬者(가사구마자)】: (좋은) 말을 구하러 파견할 수 있는 사람.

3 伯樂對曰 :「良馬可形容筋骨相也。天下之馬者, 若滅若沒, 若亡若失。→ 백락이 대답했다 :「좋은 말은 그 외모와 근골의 특징만 가지고도 살필 수가 있습니다. 그러나 천하의 명마는,

若此者絶塵弭轍。臣之子皆下才也, 可告以良馬, 不可告以天下之馬也。[4] 臣有所與共擔纆薪菜者, 有九方皐, 此其於馬, 非臣之下也。請見之。」穆公見之, 使行求馬。[5] 三月而反, 報曰 :「已得之矣, 在沙丘。」[6] 穆公曰 :「何馬也?」對曰 :「牝而黃。」[7] 使人往取之, 牡而驪。[8]

(그러한 특징이) 잘 드러나지 않습니다.

【可形容筋骨相(가형용근골상)】: 형체 · 용모와 근육 · 뼈대로 살필 수 있다. 즉「외모와 근골의 특징만으로도 살필 수 있다」의 뜻. 〖形容〗: 형체와 용모, 즉 외모.

【天下之馬(천하지마)】: 천하의 명마.

【若滅若沒, 若亡若失(약멸약몰, 약망약실)】: (특징이) 멸몰한 듯하고, 망실한 듯하다. 즉「잘 보이지 않다」의 뜻.

4 若此者絶塵弭轍。臣之子皆下才也, 可告以良馬, 不可告以天下之馬也。→ 이와 같은 말은 달리면서 먼지를 일으키지 않고 말굽 자국을 남기지 않습니다. 저의 자식들은 모두 재능이 모자라, 좋은 말은 알려 드릴 수 있어도, 천하의 명마는 알려 드릴 수가 없습니다.

【若此者(약차자)】: 이와 같은 것, 즉「천하의 명마」.

【絶塵弭轍(절진미철)】: 달리면서 먼지를 일으키지 않고, 말굽 자국을 남기지 않다. ※ 이는 명마가 지극히 경쾌하게 달리는 모습을 형용한 말이다. 〖弭〗: 사라져 없어지다. 〖轍〗: 말굽 자국.

【下才(하재)】: 둔재, 재능이 부족한 사람.

5 臣有所與共擔纆薪菜者, 有九方皐, 此其於馬, 非臣之下也。請見之。」穆公見之, 使行求馬。→ 저와 함께 밧줄을 짊어지고 나무하러 다니던 구방고(九方皐)라는 자가 있는데, 그의 말에 대한 관찰 능력은, 결코 저보다 못하지 않습니다. 청컨대 그를 만나 보십시오.」목공이 그를 접견한 후, 그로 하여금 가서 말을 찾아보도록 했다.

【臣(신)】: 신, 저. ※ 군주에 대한 신하나 백성의 자칭.

【與共(여공)】: 함께 하다.

【擔(담)】: 메다, 짊어지다.

【纆(묵)】: 노끈, 밧줄.

【薪菜(신채)】: 나무 하다.

【於馬(어마)】: 말을 살피는 능력에 있어서.

【非臣之下(비신지하)】: 저의 아래가 아니다. 즉「저보다 못하지 않다」의 뜻.

【使(사)】: …하여금 …하게 하다, …하도록 시키다.

6 三月而反, 報曰 :「已得之矣, 在沙丘。」→ (구방고가) 석 달 만에 돌아와, 보고했다 :「이미 말을 찾았는데, 지금 사구(沙丘)에 있습니다.」

【反(반)】: 返(반), 돌아오다.

【得(득)】: 찾아내다.

穆公不說, 召伯樂而謂之曰 :「敗矣, 子所使求馬者! 色物牝牡尙弗能知, 又何馬之能知也?」[9] 伯樂喟然太息曰 :「一至於此乎! 是乃其所以千萬臣而無數者也。[10] 若皐之所觀, 天機也。得其精而忘其麤, 在其內而忘其外;[11] 見其所見, 不見其所不見; 視其所視, 而遺其所

【沙丘(사구)】: [지명] 지금의 하북성 평향현(平鄕縣) 동남쪽. ※ 일설에는 지금의 하북성 광종현(廣宗縣) 북쪽이라 했다.

7 穆公曰 :「何馬也?」 對曰 :「牝而黃。」 → 목공이 물었다 :「어떤 말이오?」 (구방고가) 대답했다 :「암컷이고 누런색입니다.」
【何馬(하마)】: 어떤 말, 어떻게 생긴 말.
【牝(빈)】: 암컷.

8 使人往取之, 牡而驪。 → 목공이 사람을 파견하여 그 말을 데려와 보니, 수컷에 검은색 말이었다.
【使(사)】: 보내다, 파견하다.
【牡(모)】: 수컷.
【驪(려)】: 검은 말.

9 穆公不說, 召伯樂而謂之曰 :「敗矣, 子所使求馬者! 色物牝牡尙弗能知, 又何馬之能知也?」 → 목공이 불쾌하여, 백락을 불러 말했다 :「일을 그르쳤소, 그대가 추천하여 보낸 말 찾는 사람 말이오! 색깔과 암수도 아직 구별할 줄 모르는데, 또 어찌 말의 능력을 알겠소?」
【說(열)】: 悅(열), 기뻐하다.
【敗(패)】: 망치다, 틀리다, 실패하다.
【色物(색물)】: 색깔. ※「色」은 순수한 색을 가리키고,「物」은 잡색을 가리킨다.
【尙(상)】: 아직.
【弗(불)】: 不(불).
【何馬之能知(하마지능지)】: 何知馬之能의 도치 형태.

10 伯樂喟然太息曰 :「一至於此乎! 是乃其所以千萬臣而無數者也。 → 백락이 길게 탄식하며 말했다 :「마침내 이러한 경지에 도달했군요! 이것이 바로 그가 저를 천만 배 능가하여 헤아릴 수 없는 까닭입니다.
【喟然(위연)】: 탄식하는 모양.
【太息(태식)】: 탄식하다.
【一至於此乎(일지어차호)!】: 마침내 이러한 경지에 이르렀군요!
【是乃(시내)】: 이것이 바로 …이다.
【所以(소이)】: 까닭, 이유, 원인.
【數(수)】: 헤아리다, 계산하다, 세다.

11 若皐之所觀, 天機也。得其精而忘其麤, 在其內而忘其外; → 구방고와 같은 관찰 능력은 천

不視。若皐之相者，乃有貴乎馬者也。」[12] 馬至，果天下之馬也。[13]

번역문

구방고(九方皐)가 말을 관찰하다

진목공(秦穆公)이 백락(伯樂)에게 말했다.

「그대의 나이가 연로한데 자손 중에 좋은 말을 구하러 파견할 수 있는 사람이 있습니까?」

백락이 대답했다.

부적인 오성(悟性)입니다. 정교한 것을 포착하고 조잡한 것을 소홀히 하며, 내실을 장악하고 외형을 소홀히 합니다;

【若(약)】: …와 같은.

【天機(천기)】: 천부적인 지력(智力), 천부적인 오성(悟性).

【得(득)】: 얻다, 즉 「잡다, 포착하다」의 뜻.

【精(정)】: 정교함. 즉 「중요한 것」을 말한다.

【忘(망)】: 잊어버리다, 즉 「소홀히 하다」의 뜻.

【麤(추)】: 조잡하다, 거칠다. 즉 「중요하지 않은 것」을 말한다.

【在(재)】: 장악하다, 배려하다.

12 見其所見，不見其所不見；視其所視，而遺其所不視。若皐之相者，乃有貴乎馬者也。」→ (또한) 볼 필요가 있는 것을 보고, 볼 필요가 없는 것을 보지 않으며; 상세히 관찰할 필요가 있는 것을 상세히 관찰하고, 상세히 관찰할 필요가 없는 것을 버립니다. 구방고와 같은 그러한 관찰 방법은, 오히려 명마보다도 더 고귀한 것입니다.」

【所見(소견)】: 볼 필요가 있는 것.

【所不見(소불견)】: 볼 필요가 없는 것.

【視(시)】: 깊이 관찰하다.

【所視(소시)】: 깊이 관찰할 필요가 있는 것.

【遺(유)】: 버리다.

【若(약)】: …와 같은.

【乃(내)】: 오히려.

【乎(호)】: [개사] 於(어), …보다, …에 비해.

13 馬至，果天下之馬也。→ 말이 도착하여 보니, 과연 천하의 명마였다.

【果(과)】: 과연, 정말.

「좋은 말은 그 외모와 근골의 특징만 가지고도 살필 수가 있습니다. 그러나 천하의 명마는 (그러한 특징이) 잘 드러나지 않습니다. 이와 같은 말은 달리면서 먼지를 일으키지 않고 말굽 자국을 남기지 않습니다. 저의 자식들은 모두 재능이 모자라 좋은 말은 알려 드릴 수 있어도 천하의 명마는 알려 드릴 수가 없습니다. 저와 함께 밧줄을 짊어지고 나무하러 다니던 구방고(九方皐)라는 자가 있는데, 그의 말에 대한 관찰 능력은 결코 저보다 못하지 않습니다. 청컨대 그를 만나 보십시오.」

목공이 그를 접견한 후 그로 하여금 가서 말을 찾아보도록 했다. (구방고가) 석 달 만에 돌아와 보고했다.

「이미 말을 찾았는데, 지금 사구(沙丘)에 있습니다.」

목공이 물었다.

「어떤 말이오?」

(구방고가) 대답했다.

「암컷이고 누런색입니다.」

목공이 사람을 파견하여 그 말을 데려와 보니 수컷에 검은색 말이었다. 목공이 불쾌하여 백락을 불러 말했다.

「일을 그르쳤소. 그대가 추천하여 보낸 말 찾는 사람 말이오! 색깔과 암수도 아직 구별할 줄 모르는데, 또 어찌 말의 능력을 알겠소?」

백락이 길게 탄식하며 말했다.

「마침내 이러한 경지에 도달했군요! 이것이 바로 그가 저를 천만 배 능가하여 헤아릴 수 없는 까닭입니다. 구방고와 같은 관찰 능력은 천부적인 오성(悟性)입니다. 정교한 것을 포착하고 조잡한 것을 소홀히 하며 내실을 장악하고 외형을 소홀히 합니다. (또한) 볼 필요가 있는 것을 보고, 볼 필요가 없는 것을 보지 않으며, 상세히 관찰할 필요가 있는 것을 상세히 관찰하고, 상세히 관찰할 필요가 없는 것을 버립니다. 구방고와 같은 그러한 관찰 방법은 오히려 명마보다도 더 고귀한 것입니다.」

말이 도착하여 보니 과연 천하의 명마였다.

해설

진목공(秦穆公)이 백락(伯樂)의 연로한 모습을 보고 백락의 자손 중에 대를 이을 만한 사람이 있는가를 묻자, 백락은 자식을 제쳐놓고 자기와 함께 나무하러 다니던 구방고(九方皐)를 강력히 추천했다. 이에 진목공이 구방고를 파견하여 명마를 찾아오도록 하여, 구방고가 석 달 만에 돌아와 누런색 암컷이 사구(沙丘)라는 곳에 있다고 보고했다. 목공이 사람을 보내 말을 끌고 와보니 구방고의 말과 달리 검은색의 수컷이었다.

목공이 불쾌하여 백락을 불러 말의 색깔조차 구별하지 못하는 사람을 추천했다고 질책했다. 그러나 백락은 오히려 구방고의 관찰 능력에 탄복하며 그를 극찬했다. 구방고의 관찰 방법은 필요한 실속은 반드시 포착하여 챙기되, 불필요한 외형(外形)은 소홀히 취급하여 잊어버린다는 것이다. 따라서 백락이 생각하는 구방고의 관점은 누런색 암컷이든, 검은색 수컷이든 그것은 별로 중요하지 않은 외형일 뿐이다. 실제로 그 말을 목공과 백락 앞에 끌고 와서 보니 과연 천하의 명마였다.

이 우언은 구방고의 관찰 방법을 통해, 모든 사물은 본질을 정확히 포착하여 바르게 처리하는 것이 중요하며, 본질이 아닌 문제를 위해 필요 이상의 힘을 들일 필요가 없다는 것을 지적한 것이다.

※ 참고 : 이 고사는 한(漢) 유향(劉向) 《회남자(淮南子)·도응훈(道應訓)》에도 보이는데 《열자》와 비교할 때 몇 가지 다른 점이 보인다. 즉 《열자》의 「구방고(九方皐)」를 《한비자》에서

는 「구방인(九方皐)」이라 했고, 《열자》에 「누런색 암컷, 검은색 수컷」이라 한 말을 《한비자》에는 「누런색 수컷, 검은색 암컷」이라 했으며, 이밖에 문자상에서 약간의 출입이 있다. 그러나 진목공과 백락의 대화 줄거리는 완전히 일치한다.

055 기로망양(歧路亡羊)

《列子 · 說符》

원문 및 주석

歧路亡羊[1]

楊子之鄰人亡羊, 旣率其黨, 又請楊子之豎追之。[2] 楊子曰 :「嘻! 亡一羊, 何追者之衆?」 鄰人曰 :「多歧路。」[3] 旣反, 問 :「獲羊乎?」

1 歧路亡羊 → 갈림길에서 양을 잃다
【歧路(기로)】: 갈림길.
【亡(망)】: 잃다.

2 楊子之鄰人亡羊, 旣率其黨, 又請楊子之豎追之。→ 양자(楊子)의 이웃이 양을 잃어버리자 자기의 가족과 친지들을 데리고, 또 여기에 양자의 하인들까지 청하여 뒤를 좇았다.
【楊子(양자)】: [인명] 양주(楊朱). 자는 자거(子居)이며, 일명 양생(陽生)이라고도 한다. 전국시대 위(衛)나라의 철학자. 그는 묵자의 「겸애(兼愛)」와 상반되는 「이기(利己)」를 주장하여 「자신의 터럭 하나를 뽑아 천하를 이롭게 할 수 있다 해도 하지 않는다(拔一毛而利天下不爲)」라고 했다. 그의 저술은 전하는 것이 없고, 그의 사적이 《맹자(孟子)》《장자(莊子)》《순자(荀子)》《한비자(韓非子)》 등에 산견된다.
【旣(기)…又(우)…】: …뿐만 아니라, 또한 ….
【率(솔)】: 거느리다, 데리다, 인솔하다.
【黨(당)】: 가족과 친지.
【豎(수)】: 동복, 하인.
【追(추)】: 좇다, 추적하다.

3 楊子曰 :「嘻! 亡一羊, 何追者之衆?」 鄰人曰 :「多歧路。」 → 양자가 말했다 :「아! 양 한 마리 잃고 뒤를 좇는 사람이 어찌 그렇게 많은가?」 이웃 사람이 말했다 :「갈림길이 많기 때문이오.」
【嘻(희)】: [감탄사] 아!
【衆(중)】: (사람이) 많다.

曰：「亡之矣。」[4] 曰：「奚亡之?」 曰：「歧路之中又有歧焉, 吾不知所之, 所以反也。」[5] 楊子戚然變容, 不言者移時, 不笑者竟日。[6] 門人怪之, 請曰：「羊, 賤畜, 又非夫子之有, 而損言笑者, 何哉?」[7] 楊子不答, 門人不獲所命。[8] 弟子孟孫陽出, 以告心都子。[9] 心都子他日與孟

················

4 旣反, 問：「獲羊乎?」 曰：「亡之矣。」 → (그들이) 돌아온 후, (양자가) 물었다：「양을 찾았습니까?」 (이웃 사람이) 대답했다：「못 찾았습니다.」
【旣反(기반)】：돌아온 후, 돌아오고 나서. 〖旣〗：…이후. 〖反〗：返(반), 돌아오다.
【獲(획)】：얻다, 획득하다. 여기서는 「찾다」의 뜻.
【亡(망)】：잃다. 여기서는 「찾지 못하다」의 뜻.

5 曰：「奚亡之?」 曰：「歧路之中又有歧焉, 吾不知所之, 所以反也。」 → (양자가) 물었다：「어째서 못 찾았습니까?」 (이웃 사람이) 대답했다：「갈림길에 또 갈라지는 곳이 있는데, 내가 가야 할 방향을 몰라서 돌아왔습니다.」
【奚(해)】：어째서, 왜.
【所之(소지)】：갈 곳, 갈 방향. 〖之〗：가다.
【所以(소이)】：그래서.

6 楊子戚然變容, 不言者移時, 不笑者竟日。 → 양자가 슬픈 기색으로 낯빛이 변하더니, 한동안 말을 안 하고, 하루 종일 웃지 않았다.
【戚然(척연)】：슬퍼하는 모양.
【變容(변용)】：낯빛이 변하다.
【不言者移時(불언자이시)】：한 동안 말을 않다. 〖移時〗：한동안.
【不笑者竟日(불소자경일)】：하루 종일 웃지 않다. 〖竟日〗：하루 종일, 온종일.

7 門人怪之, 請曰：「羊, 賤畜, 又非夫子之有, 而損言笑者, 何哉?」 → 제자가 이를 이상히 여겨, 물었다：「양은, 천한 짐승이고, 또 선생님의 소유도 아닌데, 말씀과 웃음을 줄이시는 것은, 무슨 까닭입니까?」
【門人(문인)】：문하생, 제자.
【怪之(괴지)】：이를 이상히 여기다. 〖怪〗：[동사] 이상히 여기다. 〖之〗：[대명사] 이, 이것, 즉 「양자가 슬픈 기색으로 낯빛이 변하더니, 한동안 말을 안 하고, 하루 종일 웃지 않은 것」.
【請曰(청왈)】：[윗사람에 대한 높임말] 묻다.
【夫子(부자)】：[존칭] 선생님.
【有(유)】：소유, 물건.
【損言笑(손언소)】：말과 웃음을 줄이다. 〖損〗：줄이다

8 楊子不答, 門人不獲所命。 → 양자가 대답을 하지 않아, 제자도 양자의 의중을 알지 못했다.
【不獲所命(불획소명)】：답을 얻지 못하다. 즉 「의중을 알지 못하다」의 뜻. 〖所命〗：요지, 의중.

孫陽偕入, 而問曰:「昔有昆弟三人, 游齊、魯之間, 同師而學, 進仁義之道而歸。[10] 其父曰:『仁義之道若何?』伯曰:『仁義使我愛身而後名。』仲曰:『仁義使我殺身以成名。』叔曰:『仁義使我身名並

9 弟子孟孫陽出, 以告心都子。→ 제자 맹손양(孟孫陽)이 밖으로 나와, 이를 심도자(心都子)에게 알려주었다.
【孟孫陽(맹손양)】: [인명] 생애사적 미상.
【以(이)】: 以之(이지), 이를, 이것을.
【心都子(심도자)】: [인명] 생애사적 미상.

10 心都子他日與孟孫陽偕入, 而問曰:「昔有昆弟三人, 游齊、魯之間, 同師而學, 進仁義之道而歸。→ 심도자가 며칠 뒤에 맹손양과 함께 (양자를) 찾아가, 물었다:「옛날에 형제 세 사람이 있었는데, 제(齊)나라와 노(魯)나라에 유학하며, 같은 스승에게서 배워, 유가(儒家)의 인의지도(仁義之道)를 완전히 터득하고 돌아왔습니다.
【偕(해)】: 함께.
【入(입)】: 들어가다. 여기서는「찾아가다」의 뜻.
【昆弟(곤제)】: 형제.
【游(유)】: 유학(遊學)하다.
【齊(제)】: [국명] 지금의 산동성 북부와 하북성 남부에 걸쳐 있던 주대(周代)의 제후국.
【魯(노)】: [국명] 지금의 산동성 일대에 있던 주대(周代)의 제후국.
【同師而學(동사이학)】: 스승을 함께하여 배우다. 즉「같은 스승에게서 배우다」의 뜻.
【進(진)】: 盡(진), 다하다. 여기서는「완전히 터득하다」의 뜻.
【仁義之道(인의지도)】: 인의(仁義)의 도리. 여기서는「유가(儒家)의 인의지도」를 가리킨다.

11 其父曰:『仁義之道若何?』伯曰:『仁義使我愛身而後名。』仲曰:『仁義使我殺身以成名。』叔曰:『仁義使我身名並全。』→ 그 아버지가:『인의지도란 어떤 것이냐?』라고 묻자, 맏이는:『인의(仁義)란 나로 하여금 자신의 몸을 사랑하고 명예를 뒤에 두도록 하는 것입니다.』라고 말했고, 둘째는:『인의란 나로 하여금 자신의 몸을 희생하여 명예를 이루도록 하는 것입니다.』라고 말했고, 셋째는:『인의란 나로 하여금 자신의 몸과 명예를 함께 보전토록 하는 것입니다.』라고 말했습니다.
【若何(약하)】: 어떤, 어떠한.
【伯(백)】: 맏이, 첫째. ※ 옛날에는「백(伯:맏이)·중(仲:둘째)·숙(叔:셋째)·계(季:막내)」로 4형제의 차례를 정했다.
【使(사)】: …로 하여금 …하게 하다.
【仲(중)】: 둘째.
【愛身(애신)】: 자신의 몸을 사랑하다.
【後名(후명)】: 명예를 뒤에 두다.
【叔(숙)】: 셋째.
【並全(병전)】: 함께 보전하다.

全。』[11] 彼三術相反, 而同出於儒。孰是孰非邪?」[12] 楊子曰:「人有濱河而居者, 習於水, 勇於泅, 操舟鬻渡, 利供百口。[13] 裹糧就學者成徒, 而溺死者幾半。[14] 本學泅, 不學溺, 而利害如此。若以爲孰是孰非?」心都子嘿然而出。[15] 孟孫陽讓之曰:「何吾子問之迂, 夫子答

················

12 彼三術相反, 而同出於儒。孰是孰非邪?」→ 그들 세 사람의 견해가 서로 반대되지만, 모두 함께 유가에서 나왔습니다. 누가 옳고 누가 그른 것입니까?」

【術(술)】: 주장, 견해.

【儒(유)】: 유가(儒家). 공자(孔子) 학파의 명칭.

13 楊子曰:「人有濱河而居者, 習於水, 勇於泅, 操舟鬻渡, 利供百口。→ 양자가 말했다:「강을 가까이하고 사는 사람이 있었다. 물에 익숙하고, 수영을 잘해서, 배를 저어 강을 건너 주는 일로 생계를 꾸려가는데, 수입이 백 명의 식구를 부양한다.

【濱河而居(빈하이거)】: 강을 가까이 하고 살다. 〖濱〗: 가까이하다, 근접하다.

【習(습)】: 익숙하다.

【勇於泅(용어수)】: 수영에 능하다. 〖於〗: [개사] …에. 〖泅〗: 헤엄치다, 수영하다.

【操舟(조주)】: 배를 젓다.

【鬻渡(육도)】: 강을 건너 주는 일로 생계를 꾸려 가다.

【利供百口(이공백구)】: 수입이 백 명의 식구를 공양하다. 〖利〗: 이익. 여기서는 「수입」을 말한다. 〖供〗: 공양하다, 부양하다, 먹여 살리다.

14 裹糧就學者成徒, 而溺死者幾半。→ 양식을 휴대하고 찾아와 배우는 자가 무리를 이루지만, (그중) 익사하는 자가 거의 절반에 달한다.

【裹糧(과량)】: 양식을 휴대하다.

【就學(취학)】: 와서 배우다.

【成徒(성도)】: 무리를 이루다.

【幾(기)】: 거의.

15 本學泅, 不學溺, 而利害如此。若以爲孰是孰非?」心都子嘿然而出。→ (그들은) 본래 헤엄을 배웠지, 익사하는 것을 배우지 않았다. 그러나 이익과 손해의 차이가 이처럼 크다. 너희들은 누가 옳고 누가 그르다고 생각하느냐?」심도자는 묵묵히 나가 버렸다.

【溺(익)】: 물에 빠지다. 여기서는 「익사하다, 물에 빠져 죽다」의 뜻.

【若(약)】: 너, 너희들.

【以爲(이위)】: …라고 여기다, …라고 생각하다.

【嘿然(묵연)】: 默然(묵연), 묵묵히 있는 모양.

16 孟孫陽讓之曰:「何吾子問之迂, 夫子答之僻? 吾惑愈甚。」→ 맹손양이 그를 꾸짖어 말했다:「그대는 어째서 에돌려 질문을 하여, 선생님께서 괴이한 대답을 하시도록 했는가? 나는 의혹이 더욱 심해졌네.」

之僻? 吾惑愈甚。」[16] 心都子曰 :「大道以多歧亡羊, 學者以多方喪生。[17] 學非本不同, 非本不一, 而末異若是。唯歸同反一, 爲亡得喪。[18] 子長先生之門, 習先生之道, 而不達先生之況也, 哀哉!」[19]

【讓(양)】: 꾸짖다, 질책하다.
【吾子(오자)】: 그대, 당신.
【問之迂(문지우)】: 질문을 에돌려 하다. 〖迂〗: 굽다, 에돌다.
【答之僻(답지벽)】: 괴이한 대답을 하다. 〖僻〗: 괴이하다, 괴벽하다.
【惑(혹)】: 의혹되다, 미혹되다.
【愈(유)】: 더욱.

17 心都子曰 :「大道以多歧亡羊, 學者以多方喪生。→ 심도자가 말했다 :「큰 길은 갈림길이 많기 때문에 양을 잃고, 배우는 사람은 방술(方術)이 많기 때문에 생명을 잃는 것이오.
【以(이)】: …때문에, …로 인해.
【多歧(다기)】: 갈림길이 많다.
【學者(학자)】: 배우는 사람.
【多方(다방)】: 방술이 많다. 〖方〗: 방술. 즉 옛날 도(道)를 다스리는 방법. ※ 사람마다 도(道)에 대한 이해가 달라 여러 사상의 유파가 형성됨으로 인해 「다방(多方)」이라 표현한 것이다.
【喪生(상생)】: 생명을 잃다.

18 學非本不同, 非本不一, 而末異若是。唯歸同反一, 爲亡得喪。→ 학설은 근본이 다른 것도 아니고, 근본이 불일치하는 것도 아니지만, 결과는 이처럼 다릅니다. 오직 본질로 회귀해야, 비로소 득과 실이 없는 것입니다.
【末(말)】: 결과.
【若是(약시)】: 이와 같다.
【唯(유)】: 오직, 다만.
【歸同反一(귀동반일)】: 같은 방향으로 돌아오고 일치하는 방향으로 돌아오다. 즉 「본질로 회귀하다」의 뜻.
【亡得喪(무득상)】: 득과 실이 없다. 〖亡〗: 無(무). 〖得喪〗: 득실(得失).

19 子長先生之門, 習先生之道, 而不達先生之況也, 哀哉!」→ 당신은 선생님 문하의 연장자로서, 선생님의 도리를 배우고도, 선생님의 비유를 이해하지 못하니, 슬픈 일이요!」
【子(자)】: 그대, 당신.
【長(장)】: 연장자가 되다, 윗사람이 되다. ※ 역주자에 따라서는 「자라다, 성장하다」라고 풀이하기도 한다.
【不達(부달)】: 밝지 못하다.
【況(황)】: 비유.

번역문

갈림길에서 양을 잃다

양자(楊子)의 이웃이 양을 잃어버리자 자기의 가족과 친지들을 데리고, 또 여기에 양자의 하인들까지 청하여 뒤를 쫓았다.

양자가 말했다.

「아! 양 한 마리 잃고 뒤를 쫓는 사람이 어찌 그렇게 많은가?」

이웃 사람이 말했다.

「갈림길이 많기 때문이오.」

(그들이) 돌아온 후 (양자가) 물었다.

「양을 찾았습니까?」

(이웃 사람이) 대답했다.

「못 찾았습니다.」

(양자가) 물었다.

「어째서 못 찾았습니까?」

(이웃 사람이) 대답했다.

「갈림길에 또 갈라지는 곳이 있는데, 내가 가야 할 방향을 몰라서 돌아왔습니다.」

양자가 슬픈 기색으로 낯빛이 변하더니 한동안 말을 안 하고 하루 종일 웃지 않았다. 제자가 이를 이상히 여겨 물었다.

「양은 천한 짐승이고 또 선생님의 소유도 아닌데, 말씀과 웃음을 줄이시는 것은 무슨 까닭입니까?」

양자가 대답을 하지 않아 제자도 양자의 의중을 알지 못했다. 제자 맹손양(孟孫陽)이 밖으로 나와 이를 심도자(心都子)에게 알려주었다. 심도자가 며칠 뒤에 맹손양과 함께 (양자를) 찾아가 물었다.

「옛날에 형제 세 사람이 있었는데, 제(齊)나라와 노(魯)나라에 유학하며 같은 스승에게서 배워 유가(儒家)의 인의지도(仁義之道)를 완전히 터득하고 돌아왔습니다. 그 아버지가 『인의지도란 어떤 것이냐?』라고 묻자, 맏이는 『인의(仁義)란 나로 하여금 자신의 몸을 사랑하고 명예를 뒤에 두도록 하는 것입니다.』라고 말했고, 둘째는 『인의란 나로 하여금 자신의 몸을 희생하여 명예를 이루도록 하는 것입니다.』라고 말했고, 셋째는 『인의란 나로 하여금 자신의 몸과 명예를 함께 보전토록 하는 것입니다.』라고 말했습니다. 그들 세 사람의 견해가 서로 반대되지만 모두 함께 유가에서 나왔습니다. 누가 옳고 누가 그른 것입니까?」

양자가 말했다.

「강을 가까이하고 사는 사람이 있었다. 물에 익숙하고 수영을 잘해서 배를 저어 강을 건너 주는 일로 생계를 꾸려 가는데 수입이 백 명의 식구를 부양한다. 양식을 휴대하고 찾아와 배우는 자가 무리를 이루지만 (그중) 익사하는 자가 거의 절반에 달한다. (그들은) 본래 헤엄을 배웠지 익사하는 것을 배우지 않았다. 그러나 이익과 손해의 차이가 이처럼 크다. 너희들은 누가 옳고 누가 그르다고 생각하느냐?」

심도자는 묵묵히 나가 버렸다. 맹손양이 그를 꾸짖어 말했다.

「그대는 어째서 에돌려 질문을 하여 선생님께서 괴이한 대답을 하시도록 했는가? 나는 의혹이 더욱 심해졌네.」

심도자가 말했다.

「큰 길은 갈림길이 많기 때문에 양을 잃고, 배우는 사람은 방술(方術)이 많기 때문에 생명을 잃는 것이오. 학설은 근본이 다른 것도 아니고 근본이 불일치하는 것도 아니지만 결과는 이처럼 다릅니다. 오직 본질로 회귀해야 비로소 득과 실이 없는 것입니다. 당신은 선생님 문하의 연장자로서 선생님의 도리를 배우고도 선생님의 비유를 이해하지 못하니 슬픈 일이요!」

해설

양자(楊子)의 이웃이 길에서 양을 잃고 뒤를 쫓다가 갈림길이 많아 포기하고 돌아왔다. 양자가 기분이 우울하여 한동안 말을 않고 하루 종일 웃지 않아 제자가 그 이유를 물었으나 대답을 듣지 못했다.

며칠 후 심도자(心都子)가 맹손양(孟孫陽)과 함께 양자를 찾아가, 어느 삼형제가 제(齊)나라와 노(魯)나라에 유학하여 같은 스승에게서 유가(儒家)의 인의지도(仁義之道)를 배웠음에도 인의(仁義)에 대한 세 사람의 해석이 모두 다른 것을 가지고 누구의 해석이 옳은지를 물었다. 양자는 질문에 대한 직답을 피하고 「배를 저어 강을 건너 주는 일로 생계를 꾸려가는 사람」의 고사를 끌어다가 애매모호한 역질문을 했다.

맹손양이 심도자에게 엉뚱한 질문을 하여 의혹을 키웠다고 불만을 표하자, 심도자가 「학설이란 근본이 다른 것이 아니지만 결과는 다르게 나타날 수 있어, 오직 본질로 회귀해야 비로소 득과 실이 없다.」라는 이치로 대응했다.

이 우언은 사람들이 무엇을 학습할 때 마땅히 근본을 추구하고 지엽적인 현상에 미혹되지 말아야 한다는 교훈을 제시한 것이다.

056 양포타구(楊布打狗)

《列子 · 說符》

원문 및 주석

楊布打狗[1]

楊朱之弟曰布, 衣素衣而出, 天雨, 解素衣, 衣緇衣而反。[2] 其狗不知, 迎而吠之。楊布怒, 將扑之。[3] 楊朱曰 : 「子無扑矣! 子亦猶是也。

1 楊布打狗 → 양포(楊布)가 개를 때리다
【楊布(양포)】: [인명] 양주(楊朱)의 동생. ※ 주 2【楊朱(양주)】 참조.

2 楊朱之弟曰布, 衣素衣而出, 天雨, 解素衣, 衣緇衣而反。→ 양주(楊朱)의 동생은 이름을 양포(楊布)라 하는데, (어느 날) 흰 옷을 입고 외출했다가, 비가 내려, 흰옷을 벗고, 검은 옷으로 갈아입고 돌아왔다.
【楊朱(양주)】: [인명] 일명 양생(陽生)이라고도 하며, 자는 자거(子居)이다. 전국시대 위(衛)나라의 철학자로 묵자(墨子)의 「겸애(兼愛)」와 상반되는 「이기(利己)」를 주장하여 「자신의 터럭 하나를 뽑아 천하를 이롭게 할 수 있다 해도 하지 않는다(拔一毛而利天下不爲)」라고 했다. 그의 저술은 전하는 것이 없고, 그의 사적이 《맹자(孟子)》《장자(莊子)》《순자(荀子)》《한비자(韓非子)》 등에 산견된다.
【衣素衣(의소의)】: 흰옷을 입다. 〖衣〗: 앞의 「衣」는 동사로 「입다」의 뜻이고, 뒤의 「衣」는 명사로 「옷」의 뜻. 〖素衣〗: 흰옷.
【雨(우)】: [동사] 비가 내리다.
【解(해)】: 벗다.
【緇衣(치의)】: 검은색 옷.
【反(반)】: 返(반), 돌아오다.

3 其狗不知, 迎而吠之。楊布怒, 將扑之。→ 자기 집 개가 사람을 알아보지 못하고 양포를 향해 달려들며 짖어댔다. 양포가 화가 나서, 개를 때리려 했다.
【迎(영)】: 맞다, 맞이하다. 여기서는 「대들다, 달려들다」의 뜻.

嚮者使汝狗白而往黑而來, 豈能無怪哉?」[4]

번역문

양포(楊布)가 개를 때리다

양주(楊朱)의 동생은 이름을 양포(楊布)라 하는데, (어느 날) 흰옷을 입고 외출했다가 비가 내려 흰옷을 벗고 검은 옷으로 갈아입고 돌아왔다. 자기 집 개가 사람을 알아보지 못하고 양포를 향해 달려들며 짖어댔다. 양포가 화가 나서 개를 때리려 했다. 양주가 말했다.

「자네 (개를) 때리지 말게! 자네도 이와 마찬가지야. 이전에 만일 자네의 개가 흰색으로 나갔다가 검은색으로 변해 돌아왔다면, 어찌 이상하지 않을 수 있었겠는가?」

해설

양주(楊朱)의 아우 양포(楊布)가 흰옷을 입고 외출했다가 비에 옷이 젖어

【吠(폐)】: 짖다.
【將(장)】: 막 …하려 하다.
【扑(복)】: 치다, 때리다.

4 楊朱曰:「子無扑矣! 子亦猶是也。嚮者使汝狗白而往黑而來, 豈能無怪哉?」→ 양주가 말했다:「자네 (개를) 때리지 말게! 자네도 이와 마찬가지야. 이전에 만일 자네의 개가 흰색으로 나갔다가 검은색으로 변해 돌아왔다면, 어찌 이상하지 않을 수 있었겠는가?」
【子(자)】: 당신, 자네, 그대.
【無扑(무복)】: 때리지 말라. 〖無〗: 勿(물), …하지 말라.
【猶(유)】: 마치 …와 같다.
【是(시)】: 이, 이것.
【嚮者(향자)】: 이전.
【使(사)】: 만일, 만약.
【豈能無(기능무)…哉(재)?】: 어찌 …하지 않을 수 있는가? 〖豈〗: 어찌.

검은 옷으로 갈아입고 돌아오자 개가 주인을 몰라보고 짖어댔다. 양포가 화를 내며 개를 때리려 하자, 양주가 만류하면서 역지사지(易地思之)로 만일 너의 개가 흰색으로 나갔다가 검은색으로 돌아온다면 너도 역시 그럴 것이라고 지적했다.

세상의 모든 사물은 발전하고 변화하기 때문에 새로운 관점을 가지고 문제를 보지 않으면 양포의 개처럼 주인을 알아보지 못하는 상황이 벌어진다.

이 우언은 구태의연한 안목으로 새로운 사물을 보지 말고 부단히 출현하는 새로운 사물을 이해할 수 있도록 관념 또한 부단히 경신(更新)해야 한다는 이치를 설명한 것이다.

※ 참고 : 이 고사는 《한비자(韓非子) · 설림하(說林下)》에도 보이는데, 몇 글자가 다를 뿐 내용이 완전히 일치한다.

057 헌구방생(獻鳩放生)

《列子 · 說符》

원문 및 주석

獻鳩放生[1]

邯鄲之民, 以正月之旦獻鳩於簡子, 簡子大悅, 厚賞之。[2] 客問其故。簡子曰 :「正旦放生, 示有恩也。」[3] 客曰 :「民知君之欲放之, 故競而捕之, 死者衆矣。君如欲生之, 不若禁民勿捕。捕而放之, 恩過

1 獻鳩放生 → 비둘기를 바쳐 방생하다
【獻(헌)】: 바치다, 헌상하다.
【鳩(구)】: 비둘기.
【放生(방생)】: 방생하다, 잡은 동물을 놓아 주다.

2 邯鄲之民, 以正月之旦獻鳩於簡子, 簡子大悅, 厚賞之。→ 한단(邯鄲)의 백성들이, 정월 초하룻날 조간자(趙簡子)에게 비둘기를 바치자, 조간자가 매우 기뻐하며, 그들에게 후한 상을 주었다.
【邯鄲(한단)】: [지명] 전국시대 조(趙)나라의 도읍. 지금의 하북성 한단시(邯鄲市).
【正月之旦(정월지단)】: 정월 초하루.
【簡子(간자)】: 조간자(趙簡子). 춘추시대 말기 진(晉)나라의 대부. 조간자는 당시 진나라의 정권을 장악한 권력자.
【悅(열)】: 기뻐하다.
【厚賞(후상)】: 후하게 포상하다, 후한 상을 주다.

3 客問其故。簡子曰 :「正旦放生, 示有恩也。」→ 손님이 그 까닭을 물으니, 조간자가 대답했다 :「정월 초하룻날 방생(放生)하는 것은, 나의 은덕을 보여주는 것입니다.」
【正旦(정단)】: 정월 초하루.

不相補矣。」簡子曰：「然。」[4]

번역문

비둘기를 바쳐 방생하다

한단(邯鄲)의 백성들이 정월 초하룻날 조간자(趙簡子)에게 비둘기를 바치자, 조간자가 매우 기뻐하며 그들에게 후한 상을 주었다. 손님이 그 까닭을 물으니 조간자가 대답했다.

「정월 초하룻날 방생(放生)하는 것은 나의 은덕을 보여주는 것입니다.」

손님이 말했다.

「백성들은 당신께서 방생하고자 하는 것을 알기 때문에 다투어 비둘기를 잡는 것인데 (잡다보면) 죽는 비둘기가 매우 많습니다. 만일 당신께서 비둘기를 살려주고자 하신다면 백성들에게 잡지 못하도록 금하는 것이 오히려 낫습니다. 그것을 잡아다가 놓아주는 것으로는 은덕이 과실을 충분히 보상하지 못합니다.」

4 客曰：「民知君之欲放之, 故競而捕之, 死者衆矣。君如欲生之, 不若禁民勿捕。捕而放之, 恩過不相補矣。」簡子曰：「然。」→ 손님이 말했다：「백성들은 당신께서 방생하고자 하는 것을 알기 때문에 다투어 비둘기를 잡는 것인데, (잡다보면) 죽는 비둘기가 매우 많습니다. 만일 당신께서 비둘기를 살려주고자 하신다면, 백성들에게 잡지 못하도록 금하는 것이 오히려 낫습니다. 그것을 잡아다가 놓아주는 것으로는, 은덕이 과실을 충분히 보상하지 못합니다.」 조간자가 말했다：「그렇습니다.」

【欲(욕)】：…하고자 하다, …하기를 바라다.

【競(경)】：경쟁하다, 다투다, 겨루다.

【捕(포)】：잡다, 포획하다.

【衆(중)】：많다.

【如(여)】：만일, 만약.

【不若(불약)…】：不如(불여)…, …만 못하다, …하는 것이 낫다.

【恩過不相補(은과불상보)】：은덕과 과실이 상호 보완되지 않다. 즉 「은덕이 잘못을 충분히 보상하지 못하다」의 뜻. 〖過〗：과실, 잘못. 〖相補〗：보완하다, 보상하다.

조간자가 말했다.

「그렇습니다.」

해설

진(晉)나라의 백성들은 권력자인 조간자(趙簡子)가 정월 초하룻날 방생(放生)한다는 것을 알고 너도나도 비둘기를 잡아다가 바쳐 후한 상을 받았다. 그리고 조간자는 백성들이 바친 비둘기를 방생하여 자신의 은덕을 표시했다.

그런데 백성들이 조간자에게 바치기 위해 남획하는 과정에서 잡히는 비둘기보다 오히려 죽는 비둘기가 훨씬 더 많았다. 그리하여 어느 빈객이 조간자에게 이러한 사실을 알리고, 만일 방생하여 살려주는 것이 목적이라면 잡아다가 방생하는 것보다는 차라리 잡아오지 못하도록 금하는 것이 낫다고 충고하여 조간자가 받아들였다.

이 우언은 방생을 빙자하여 자신의 거짓 인의(仁義)를 표현하는 방법으로 민심을 농락한 통치자들의 그릇된 행태를 풍자한 것이다.

058 포씨지자(鮑氏之子)

《列子 · 說符》

원문 및 주석

鮑氏之子[1]

齊田氏祖於庭, 食客千人。中坐有獻魚雁者。[2] 田氏視之, 乃歎曰: 「天之於民厚矣! 殖五穀, 生魚鳥, 以爲之用。」衆客和之如響。[3] 鮑

1 鮑氏之子 → 포씨(鮑氏)의 아들
【鮑氏(포씨)】: [성씨] 생애사적 미상.

2 齊田氏祖於庭, 食客千人。中坐有獻魚雁者。→ 제(齊)나라의 대부 전성자(田成子)가 궁중의 뜰에서 제사를 지내는데, 빈객이 천 명에 달했다. 이때 좌중에 생선과 기러기를 바친 사람이 있었다.
【齊(제)】: [국명] 지금의 산동성 북부와 하북성 남부에 걸쳐 있던 주대(周代)의 제후국.
【田氏(전씨)】: 제(齊)나라의 대부인 전성자(田成子)를 가리킨다.
【祖(조)】: 제사지내다. ※ 옛사람들이 조상에게 제사하거나 멀리 출행할 때 노신(路神)에게 안녕을 기원하기 위해 지내는 제사를 「조(祖)」라 했다.
【庭(정)】: 궁중.
【食客(식객)】: 여기서는 「빈객, 손님」을 가리킨다.
【中坐(중좌)】: 좌중(座中).
【獻(헌)】: 바치다, 헌상하다.
【雁(안)】: 기러기.

3 田氏視之, 乃歎曰: 「天之於民厚矣! 殖五穀, 生魚鳥, 以爲之用。」衆客和之如響。→ 전성자가 그것을 보고, 이내 감탄하여 말했다: 「하늘은 백성들에게 후덕합니다! 오곡을 번식시키고, 어류와 날짐승을 생육(生育)하여, 백성들에게 먹거리를 제공합니다.」 그러자 많은 빈객들이 메아리처럼 그의 말에 화답했다.
【乃(내)】: 곧, 바로, 이내.

氏之子年十二, 預於次, 進曰:「不如君言。天地萬物與我並生, 類也。[4] 類無貴賤, 徒以小大智力而相制, 迭相食, 非相爲而生之。[5] 人取可食者而食之, 豈天本爲人生之?[6] 且蚊蚋噆膚, 虎狼食肉, 非天本爲蚊蚋生人、虎狼生肉者哉?」[7]

....

【厚(후)】: 후덕하다.
【殖(식)】: 번식하다.
【生(생)】: 생육하다, 낳아 기르다.
【爲之用(위지용)】: 백성들에게 먹거리를 제공하다. 〖爲〗: 給(급), 주다, 제공하다. 〖之〗: [대명사] 그들, 즉 백성. 〖用〗: 식용, 먹거리.
【和之如響(화지여향)】: 메아리처럼 이에 화답하다. 〖和〗: 호응하다, 화답하다. 〖之〗: [대명사] 그, 즉「전성자」. 〖響〗: 메아리.

4 鮑氏之子年十二, 預於次, 進曰:「不如君言。天地萬物與我並生, 類也。→ 포씨의 아들은 나이가 겨우 열두 살로, 이 자리에 참석했는데, 앞으로 나아가 말했다:「어르신의 말씀처럼 그렇지는 않습니다. 천지만물과 우리 인간은 함께 생존하며, 또한 같은 부류입니다.
【預(예)】: 참석하다, 참여하다.
【次(차)】: 자리. 여기서는「연회석상의 자리」를 말한다.
【君(군)】: 당신. 여기서는「어르신」 정도의 존칭.
【並生(병생)】: 함께 살다, 함께 생존하다.
【類(류)】: 같은 부류, 동류.

5 類無貴賤, 徒以小大智力而相制, 迭相食, 非相爲而生之。→ 같은 부류는 귀천이 없고, 다만 지혜와 힘의 우열을 가지고 서로 견제하며, 번갈아 서로 잡아먹는 것이지, 결코 서로를 위해 그것을 생육하는 것이 아닙니다.
【徒(도)】: 다만.
【小大智力(소대지력)】: 크고 작은 지혜와 힘. 즉「지혜와 힘의 우열」.
【相制(상제)】: 서로 견제하다, 서로 제압하다.
【迭(질)】: 교대하다, 번갈다.
【相食(상식)】: 서로 잡아먹다.
【相爲(상위)】: 서로 위하다.
【之(지)】: [대명사] 그것, 즉「먹거리」.

6 人取可食者而食之, 豈天本爲人生之? → 사람은 먹을 수 있는 것을 취해 그것을 먹고 사는데, 어찌 하늘이 애초부터 인간을 위해 그것을 생육하였겠습니까?
【食(식)】: [동사] 먹다.
【本(본)】: 본래, 애초, 당초.

7 且蚊蚋噆膚, 虎狼食肉, 非天本爲蚊蚋生人、虎狼生肉者哉?」→ 그리고 모기와 파리매는 피

번역문

포씨(鮑氏)의 아들

제(齊)나라의 대부 전성자(田成子)가 궁중의 뜰에서 제사를 지내는데 빈객이 천 명에 달했다. 이때 좌중에 생선과 기러기를 바친 사람이 있었다. 전성자가 그것을 보고 이내 감탄하여 말했다.

「하늘은 백성들에게 후덕합니다! 오곡을 번식시키고 어류와 날짐승을 생육(生育)하여 백성들에게 먹거리를 제공합니다.」

그러자 많은 빈객들이 메아리처럼 그의 말에 화답했다. 포씨의 아들은 나이가 겨우 열두 살로 이 자리에 참석했는데, 앞으로 나아가 말했다.

「어르신의 말씀처럼 그렇지는 않습니다. 천지만물과 우리 인간은 함께 생존하며, 또한 같은 부류입니다. 같은 부류는 귀천이 없고 다만 지혜와 힘의 우열을 가지고 서로 견제하며 번갈아 서로 잡아먹는 것이지, 결코 서로를 위해 그것을 생육하는 것이 아닙니다. 사람은 먹을 수 있는 것을 취해 그것을 먹고 사는데, 어찌 하늘이 애초부터 인간을 위해 그것을 생육하였겠습니까? 그리고 모기와 파리매는 피부를 물고, 호랑이와 이리는 고기를 먹는데, 이 어찌 하늘이 애초부터 모기와 파리매를 위해 사람을 생육하고, 호랑이와 이리를 위해 고기를 생육하였겠습니까?」

부를 물고, 호랑이와 이리는 고기를 먹는데, 이 어찌 하늘이 애초부터 모기와 파리매를 위해 사람을 생육하고, 호랑이와 이리를 위해 고기를 생육하였겠습니까?」

【且(차)】: 그리고, 또한.

【蚊(문)】: 모기.

【蜹(예)】: 파리매.

【嗜(참)】: 물다.

【非(비)】: 「豈(기)」의 잘못된 글자로 보는 견해가 지배적이다.

해설

제(齊)나라의 대부 전성자(田成子)가 자신이 주관하는 제사에 어느 빈객이 바친 생선과 기러기를 보고 감탄하며 하늘의 후덕함을 찬양하자 많은 빈객들이 메아리처럼 이에 화답했다. 이때 좌중에 있던 포씨(鮑氏)의 열두 살 박이 어린 아들이 하룻강아지 범 무서운 줄도 모르고 감히 전성자의 말을 반박하며 자기의 의견을 조목조목 말했다.

포씨 아들의 말은, 인간의 생존에 필요한 모든 먹거리를 하늘이 생육(生育)하여 제공하는 것이 아니라 만물과 인간이 함께 존재하면서 힘과 지혜의 우열에 따라 약육강식의 원리로 살아간다는 것이다.

이 우언은 유물사관(唯物史觀)의 입장에서 사람들이 항상 보고 듣는 자연현상을 근거로 세상과 만물을 하늘이 창조했다고 여기는 유심주의(唯心主意)의 이론을 반박한 것이다.

059 득인유계(得人遺契)

《列子 · 說符》

원문 및 주석

得人遺契[1]

宋人有游於道，得人遺契者，歸而藏之，密數其齒。告鄰人曰：「吾富可待矣!」[2]

1 得人遺契 → 남이 잃어버린 부계(符契)를 습득하다
【遺(유)】: 잃다, 분실하다.
【契(계)】: 부계(符契). 옛날의 계약 증서. ※「契」는 서계(書契), 즉 글로 쓴 계약 내용을 나무판에 새긴 다음 이를 둘로 쪼개어 각기 하나씩 지니고 있다가 이후 계약을 이행할 때 서로 맞추어 진위를 확인하는 증거로 삼았다.

2 宋人有游於道，得人遺契者，歸而藏之，密數其齒。告鄰人曰:「吾富可待矣!」→ 송(宋)나라 사람으로 길에서 노닐다가, 남이 분실한 부계(符契)를 주운 자가 있었다. 집에 돌아와 그것을 감추어 두고, 몰래 그 이빨을 세어 보았다. 그리고 이웃 사람에게 말했다:「내가 머지않아 부자가 될 것이오!」
【宋(송)】: [국명] 지금의 하남성 상구현(商邱縣) 일대에 있던 주대(周代)의 제후국.
【藏(장)】: 감추다.
【密(밀)】: 몰래.
【數(수)】: [동사] (수를) 세다.
【齒(치)】: 계약증서를 새길 때 계약 내용과 함께 여러 개의 이빨 모양을 새긴 다음 그 부분을 갈라 각기 하나씩 소지했다.
【可待(가대)】: 머지않다, 곧 도래하다.

번역문

남이 잃어버린 부계(符契)를 습득하다

송(宋)나라 사람으로 길에서 노닐다가 남이 분실한 부계(符契)를 주운 자가 있었다. 집에 돌아와 그것을 감추어 두고 몰래 그 이빨을 세어 보았다. 그리고 이웃 사람에게 말했다.

「내가 머지않아 부자가 될 것이오!」

해설

어느 송(宋)나라 사람이 남이 분실한 부계(符契)의 절반을 주워 집에 감추어 두고 몰래 부계의 이빨을 세어본 후, 이웃 사람에게 자기가 머지않아 부자가 될 것이라고 말했다. 부계란 계약 당사자 간에 계약을 이행할 때 서로 계약 내용을 확인하기 위해 필요한 증거이지 남의 부계를 습득했다 하여 그것이 자기의 소유가 되는 것이 아니다.

이 우언은 우연한 횡재로 부자가 되기를 바라는 어리석은 사람의 허황된 생각을 꼬집어 풍자한 것이다.

060 실부의린(失鈇疑鄰)

《列子・說符》

원문 및 주석

失鈇疑鄰[1]

人有亡鈇者, 意其鄰之子。[2] 視其行步, 竊鈇也; 顔色, 竊鈇也; 言語, 竊鈇也; 動作態度, 無爲而不竊鈇也。[3] 俄而抇其谷而得其鈇, 他日復見其鄰人之子, 動作態度無似竊鈇者。[4]

1 失鈇疑鄰 → 도끼를 잃어버리고 이웃을 의심하다
【鈇(부)】: 斧(부), 도끼.

2 人有亡鈇者, 意其鄰之子。→ 어떤 사람이 도끼를 잃어버리고, 이웃의 아들을 의심했다.
【亡(망)】: 잃다, 잃어버리다.
【意(의)】: 추측하다. 여기서는 「의심하다」의 뜻.

3 視其行步, 竊鈇也; 顔色, 竊鈇也; 言語, 竊鈇也; 動作態度, 無爲而不竊鈇也。→ 그는 이웃집 아들의 걷는 모습을 보아도, 도끼를 훔친 듯하고; 얼굴 표정을 보아도, 도끼를 훔친 듯하고; 말하는 것을 보아도, 도끼를 훔친 듯하고; 동작이나 태도를 보아도, 어느 하나 도끼를 훔치지 않은 듯한 모습이 없었다.
【行步(행보)】: 걸음걸이, 걷는 모습.
【竊(절)】: 훔치다.
【顔色(안색)】: 얼굴 표정, 낯빛.
【無爲而不(무위이불)】: 닮지 않은 것이 하나도 없다.

4 俄而抇其谷而得其鈇, 他日復見其鄰人之子, 動作態度無似竊鈇者。→ 얼마 후 산골짜기를 파다가 그 도끼를 찾고 나서, 며칠 뒤에 그 이웃집 아들을 다시 보니, 동작이나 태도가 도끼를 훔친 듯한 모습이 전혀 없었다.
【俄而(아이)】: 얼마 후.

번역문

도끼를 잃어버리고 이웃을 의심하다

어떤 사람이 도끼를 잃어버리고 이웃집 아들을 의심했다. 그는 이웃집 아들의 걷는 모습을 보아도 도끼를 훔친 듯하고, 얼굴 표정을 보아도 도끼를 훔친 듯하고, 말하는 것을 보아도 도끼를 훔친 듯하고, 동작이나 태도를 보아도 어느 하나 도끼를 훔치지 않은 듯한 모습이 없었다.

얼마 후 산골짜기를 파다가 그 도끼를 찾고 나서 며칠 뒤에 그 이웃집 아들을 다시 보니 동작이나 태도가 도끼를 훔친 듯한 모습이 전혀 없었다.

해설

도끼를 잃어버리고 이웃집 아들을 의심하니, 이웃집 아들의 걸음걸이나 얼굴 표정, 말하는 모습이나 동작과 태도 등이 모두 자기 도끼를 훔쳐간 사람으로 보였다. 그러나 얼마 후 도끼를 찾고 나서 다시 이웃집 아들을 보니 그의 동작이나 태도 어디서도 도끼를 훔쳐간 사람으로 보이지 않았다.

이 우언은 사람들이 자기만의 선입견을 가지고 사물을 관찰할 경우 흔히 착오가 발생할 수 있다는 것을 비유한 것이다.

※ 참고 : 이 고사는 《여씨춘추(呂氏春秋) · 거왕(去尤)》에도 보이는데, 내용이 《열자》와 완전히 일치한다. 《열자》가 시대적으로 앞서기 때문에 본서에서는 《열자》를 채택했다.

【扫(골)】: 파다, 굴착하다.
【他日(타일)】: 훗날, 며칠 뒤.
【無似(무사)】: 닮은 것이 하나도 없다.

061 제인확금(齊人攫金)

《列子 · 說符》

원문 및 주석

齊人攫金[1]

昔齊人有欲金者, 淸旦衣冠而之市, 適鬻金者之所, 因攫其金而去。[2] 吏捕得之, 問曰 :「人皆在焉, 子攫人之金何?」[3] 對曰 :「取金之時, 不見人, 徒見金。」[4]

1 齊人攫金 → 제(齊)나라 사람이 남의 황금을 가로채다
【齊(제)】: [국명] 지금의 산동성 북부와 하북성 남부에 걸쳐 있던 주대(周代)의 제후국.
【攫(확)】: 가로채다, 탈취하다, 움켜잡다.

2 昔齊人有欲金者, 淸旦衣冠而之市, 適鬻金者之所, 因攫其金而去。→ 옛날 제(齊)나라에 금을 탐하는 자가 있었는데, 이른 아침에 의관을 갖추고 시장에 나가, 금 파는 곳에 가서, 곧장 남의 금을 가로채서 달아났다.
【欲金者(욕금자)】: 황금을 탐하는 사람.
【淸旦(청단)】: 새벽, 이른 아침.
【衣冠(의관)】: [동사] 의관을 갖추다, 옷을 입고 모자를 쓰다.
【之市(지시)】: 시장에 가다. 〖之〗: 가다.
【適(적)】: 가다, 이르다, 도달하다.
【鬻金者之所(육금자지소)】: 금을 파는 곳. 〖鬻〗: 賣(매), 팔다.
【因(인)】: 곧, 바로.

3 吏捕得之, 問曰 :「人皆在焉, 子攫人之金何?」→ 관리가 그를 붙잡아, 물었다 :「사람들이 모두 보고 있는데, 당신은 어째서 남의 금을 가로챘소?」
【焉(언)】: 여기.
【何(하)】: 어째서, 왜.

4 對曰 :「取金之時, 不見人, 徒見金。」→ 그 사람이 대답했다 :「금을 가로챌 때, 사람은 보이지 않고, 오직 금만 보였습니다.」

번역문

제(齊)나라 사람이 남의 황금을 가로채다

옛날 제(齊)나라에 금을 탐하는 자가 있었는데, 이른 아침에 의관을 갖추고 시장에 나가 금 파는 곳에 가서 곧장 남의 금을 가로채서 달아났다. 관리가 그를 붙잡아 물었다.

「사람들이 모두 보고 있는데 당신은 어째서 남의 금을 가로챘소?」

그 사람이 대답했다.

「금을 가로챌 때 사람은 보이지 않고 오직 금만 보였습니다.」

해설

황금을 탐하는 제(齊)나라 사람이 시장의 황금 파는 곳을 찾아가 사람들이 버젓이 보고 있는 가운데 남의 황금을 가로채서 달아나다가 관리에게 붙잡혔다. 관리가 그 이유를 묻자 그는 황금만 보이고 사람은 보이지 않았다고 했다.

사람이 탐욕에 빠져 사고력이 흐려지고 이성을 잃게 되면 주변의 시선이나 범법 자체를 의식하지 못하고 오로지 자신이 미혹된 곳에 정신이 팔려 급기야 어리석은 일을 저지르고 만다.

이 우언은 지나친 사리사욕에 눈이 멀어 패가망신을 자초한 사람의 사례를 통해 탐욕의 위험성을 경계한 것이다.

※ 참고 : 이 고사는 《여씨춘추(呂氏春秋) · 거유(去宥)》에도 보이는데, 문자상 약간의 출입이 있으나 기본 내용은 《열자》와 일치한다. 《열자》가 시대적으로 앞서기 때문에 본서에서는 《열자》를 채택했다.

....

【徒(도)】: 오직, 다만.
【見(견)】: [피동형] 보이다.

《상군서商君書》 우언

상앙(商鞅 : 약 B.C. 390－B.C. 305)은 전국시대 위(衛)나라 사람으로 성은 공손(公孫), 이름은 앙(鞅)이다. 그는 형명학(形名學)을 깊이 연구하고 진(秦)나라에 건너가 변법(變法)을 시행하여 진나라를 일약 전국칠웅(戰國七雄)의 패자로 만들었다. 이로 인해 진효공(秦孝公)에 의해 상(商)에 봉해져 상군(商君), 또는 상앙(商鞅)이라 불렸다. 그러나 진효공이 죽은 후 변법을 반대하는 귀족들에게 원한을 사서 거열(車裂)이란 극형으로 살해되었다.

《상군서(商君書)》는 일명 《상자(商子)》 또는 《농전서(農戰書)》라고도 하며, 내용은 상앙의 법치사상과 변법투쟁의 사적을 기록한 책이다. 작자에 대해서는 설이 분분하나 학자들의 견해는 대체로 상앙 이후 전국시대 말기의 법가(法家)들이 편찬한 것으로 보고 있다. 본래 《한서(漢書) · 예문지(藝文志)》에는 《상군(商君)》 29편이라 했으나 오대(五代) 이후 점차 일실되어 오늘날 판본에 26편이 전하는데, 그 중 제16편과 제21편은 원문이 없어 실제로는 24편이 남아있는 셈이다.

062 동곽창구봉(東郭敞求封)

《商君書 · 徠民》

원문 및 주석

東郭敞求封[1]

齊人有東郭敞者, 猶多願, 願有萬金。[2] 其徒請賙焉, 不與, 曰 : 「吾將以求封也。」 其徒怒而去之宋。[3] 曰 : 「此無益於愛也, 故不如

---

1 東郭敞求封 → 동곽창(東郭敞)이 봉작(封爵)을 구하다
【東郭敞(동곽창)】 : [인명].
【求封(구봉)】 : 봉작(封爵)을 구하다.

2 齊人有東郭敞者, 猶多願, 願有萬金。→ 제(齊)나라 사람으로 동곽창(東郭敞)이라는 자가 있었는데, (부자이면서도) 여전히 원하는 것이 많아, 만량(萬兩)의 황금(萬金)을 소유하고자 원했다.
【齊(제)】 : [국명] 지금의 산동성 북부와 하북성 남부 일대에 걸쳐 있던 주대(周代)의 제후국.
【猶(유)】 : 아직도, 여전히.
【多願(다원)】 : 원하는 것이 많다.

3 其徒請賙焉, 不與, 曰 : 「吾將以求封也。」 其徒怒而去之宋。→ 그의 제자가 그를 찾아가 도와달라고 요청하자, 거절하며, 말했다 : 「나는 장차 이 돈으로 봉작(封爵)을 구할 것이네.」 이에 그의 제자는 화가 나서 그를 떠나 송(宋)나라로 가버렸다.
【徒(도)】 : 문하생, 제자.
【賙(주)】 : 구제하다, 돕다.
【不與(불여)】 : 주지 않다, 거절하다.
【將(장)】 : (장차) …할 것이다, …하려 하다.
【去(거)】 : 떠나다.
【之宋(지송)】 : 송나라로 가다. 〖之〗 : 가다.

與之利也。」[4]

번역문

동곽창(東郭敞)이 봉작(封爵)을 구하다

제(齊)나라 사람으로 동곽창(東郭敞)이라는 자가 있었는데, (부자이면서도) 여전히 원하는 것이 많아 만량(萬兩)의 황금(萬金)을 소유하고자 원했다. 그의 제자가 그를 찾아가 도와 달라고 요청하자 거절하며 말했다.

「나는 장차 이 돈으로 봉작(封爵)을 구할 것이네.」

이에 그의 제자는 화가 나서 그를 떠나 송(宋)나라로 가버렸다.

상군(商君)이 말했다.

「봉작을 구하는 것은 사제지간의 우애보다 무익하다. 그러므로 제자에게 도움을 주어 얻는 이익이 낫다.」

해설

동곽창(東郭敞)은 귀족 신분으로 이미 상당한 부(富)를 누리고 있으면서도 여전히 재물을 탐하여 만량(萬兩)의 황금을 원했다. 어느 날 그의 제자

....

4 曰 : 「此無益於愛也, 故不如與之利也。」 → 상군(商君)이 말했다 : 「봉작을 구하는 것은 사제지간의 우애보다 무익하다. 그러므로 제자에게 도움을 주어 얻는 이익이 낫다.」
※ 판본에 따라서는 「此愛於無也, 故不如以先與之有也。(이는 자신이 아직 소유하지도 않은 만금을 현재 소유하고 있는 제자보다 더 아끼는 것이다. 그러므로 먼저 제자에게 도움을 주겠다고 응낙하는 것이 낫다.)」라고 했다.
【此(차)】 : 이것. 즉 「봉작을 구하는 것」.
【愛(애)】 : 우애. 여기서는 「사제지간의 우애」를 말한다.
【不如(불여)】 : …만 못하다, …이 낫다.
【與之利(여지리)】 : 제자에게 도움을 주어 얻는 이익. 〖與〗 : 주다. 〖之〗 : [대명사] 그, 즉 제자.

가 생활이 곤궁하여 도움을 청하자 동곽창이 단호히 거부하며 그 돈으로 봉작(封爵)을 구할 것이라 했다. 제자는 화가 나서 스승의 곁을 떠나 다른 나라로 가버렸다.

이 우언은 제자에 대한 동곽창의 자린고비 형상을 통해 사제 관계의 중요성을 망각하고 소탐대실한 동곽창의 어리석은 행위를 풍자한 것이다.

《맹자孟子》 우언

맹자(孟子 : B.C. 372-289)는 전국시대 유가(儒家)학파의 대표적 인물로 이름은 가(軻), 자는 자여(子輿) 또는 자거(子車)이며 노(魯)나라 사람이다. 맹자는 어머니가 아들의 좋은 교육환경을 위해 이사를 세 번 했다는 이야기가 전해오듯이 어려서부터 어머니의 세심하고 철저한 교화를 받아 학문적 기초를 다지고, 후에 공자(孔子)의 손자인 자사(子思)의 문하생에게 학문을 전수받아 증자(曾子)·자사(子思)의 계승자가 되었다. 그는 유가의 정통임을 자처하며 양(梁)·제(齊)·송(宋)·노(魯) 등 여러 나라의 제후들에게 왕도(王道)를 시행하도록 설득했으나 끝내 뜻을 이루지 못하고 고향에 돌아와 제자들을 가르치며 학문에 전념했다.

맹자의 사상은 완전히 공자를 계승했는데, 공자가 「인(仁)」을 강조한 반면, 맹자는 「의(義)」를 강조했다. 그러나 실제로는 공자의 「인(仁)」을 더욱 구체적으로 천명한데 불과하다. 그래서 후세 사람들은 공자를 지성(至聖), 맹자를 아성(亞聖)이라 불렀다.

맹자의 사상을 집대성한 《맹자(孟子)》는 제자인 만장(萬章)과 공손추(公孫丑)가 기록하여 정리했다고 전한다. 본래 《한서(漢書)·예문지(藝文志)》에 11편이라 했으나 지금 전하는 것은 7편뿐이다.

《맹자》는 남송(南宋)의 성리학자 주희(朱熹)가 《논어(論語)》·《대학(大學)》·《중용(中庸)》과 함께 「사서(四書)」로 명명한 후, 송(宋)·원(元)·명(明)·청(清)을 거쳐 오늘에 이르기까지 유가의 경전으로 존중되고 있으며 지식인들의 필독서로 읽혀지고 있다.

063 오십보소백보(五十步笑百步)

《孟子 · 梁惠王上》

원문 및 주석

五十步笑百步[1]

梁惠王曰 :「寡人之於國也, 盡心焉耳矣。[2] 河內凶, 則移其民於河東, 移其粟於河內; 河東凶亦然。[3] 察鄰國之政, 無如寡人之用心

1 五十步笑百步 → 오십 보 달아난 자가 백 보 달아난 자를 비웃다

2 梁惠王曰 :「寡人之於國也, 盡心焉耳矣。→ 양혜왕(梁惠王)이 말했다 :「과인은 나라를 다스리는 일에, 마음을 다했을 뿐입니다.

【梁惠王(양혜왕)】: 위혜왕(魏惠王). 전국시대 위(魏)나라의 군주로 52년간(B.C. 370-B.C. 319) 재위했다. 〖梁〗: 위(魏)나라. 위나라는 지금의 하남성 북부와 섬서성 동부 · 산서성 서남부 · 하북성 남부에 걸쳐 있던 주대(周代)의 제후국으로, 본래 진(晉)나라에 속했으나 B.C. 375년 조씨(趙氏) · 한씨(韓氏) · 위씨(魏氏)가 진(晉)의 영토를 삼분하여 각기 조(趙) · 한(韓) · 위(魏) 세 나라로 독립했다. 위나라는 개국 초기 안읍(安邑)에 도읍을 정했다가 혜왕(惠王) 때 대량(大梁)으로 천도하고 국호를 양(梁)이라 했다.

【寡人(과인)】: 과덕지인(寡德之人)이란 의미로 임금이 자신을 낮추어 부르는 말.

【於國(어국)】: 나라를 다스리는 일에.

【焉耳矣(언이의)】: [어조사] 焉 · 耳 · 矣 모두 어조사로서 어기를 강화하기 위해 중첩 사용한 경우이다.

3 河內凶, 則移其民於河東, 移其粟於河內; 河東凶亦然。→ 하내(河內) 지방에 흉년이 들면, 그 백성들을 하동(河東)지방에 이주시킨 다음, 그 곡식을 하내 지방으로 옮기고; 하동 지방에 흉년이 들어도 역시 그렇게 합니다.

【河內(하내)】: 지금의 하남성 황하(黃河) 북쪽 지역.

【凶(흉)】: 흉년이 들다.

【河東(하동)】: 지금의 산서성 황하(黃河) 동쪽 지역.

者。[4] 鄰國之民不加少, 寡人之民不加多, 何也?」[5] 孟子對曰 :「王好戰, 請以戰喩。塡然鼓之, 兵刃旣接, 棄甲曳兵而走。[6] 或百步而後止, 或五十步而後止。以五十步笑百步, 則何如?」[7] 曰 :「不可, 直不

【粟(속)】: 곡식, 양곡.

4 察鄰國之政, 無如寡人之用心者。→ 이웃 나라의 정치를 살펴보면, 과인처럼 마음을 쓰는 사람이 없습니다.
【察(찰)】: 살피다, 관찰하다.
【用心(용심)】: 마음을 쓰다, 관심을 보이다.

5 鄰國之民不加少, 寡人之民不加多, 何也? → (그러나) 이웃 나라의 백성이 더 줄어들지 않고, 과인의 백성들도 늘어나지 않는데, 왜 그렇습니까?」
【加(가)】: 더.
【少(소)】: 감소하다, 줄어들다.
【多(다)】: 증가하다, 늘어나다.

6 孟子對曰 :「王好戰, 請以戰喩。塡然鼓之, 兵刃旣接, 棄甲曳兵而走。→ 맹자(孟子)가 대답했다 :「왕께서 전쟁을 좋아하시니, 전쟁을 가지고 비유하겠습니다. 등등등 북을 울리고, 교전이 벌어지면, 갑옷을 버리고 병기를 끌며 달아납니다.
【好(호)】: [동사] 좋아하다.
【請(청)】: [겸어] 청컨대…하게 해 주십시오. ※ 실제로는 자신의 뜻대로 행하면서 겉으로는 마치 상대방의 동의를 구하는 듯한 형식의 표현법이다.
【以(이)】: …으로써, …을 가지고.
【喩(유)】: 비유하다.
【塡然(전연)】: [의성어] 등등 북소리가 나는 모양.
【鼓(고)】: [동사] 북을 치다, 북을 울리다.
【之(지)】: [어말조사].
【兵刃旣接(병인기접)】: 무기가 이미 맞부딪치다. 즉「교전이 벌어지다, 전투가 시작되다」의 뜻. 〖兵刃〗: 병기, 무기. 〖旣接〗: 이미 맞부딪치다.
【曳(예)】: 끌다.
【走(주)】: 달아나다, 도주하다.

7 或百步而後止, 或五十步而後止。以五十步笑百步, 則何如?」→ 어떤 사람은 백 보를 달아난 후에 멈추고, 어떤 사람은 오십 보를 달아난 후에 멈춥니다. 오십 보를 가지고 백 보를 비웃는다면, 어떻겠습니까?」
【或(혹)】: 어떤 사람.
【而後(이후)】: 이후.
【以(이)】: …로써, …을 가지고.
【笑(소)】: 비웃다.
【何如(여하)】: 如何(여하), 어떠한가?

百步耳, 是亦走也。」[8] 曰 :「王如知此, 則無望民之多於鄰國也。」[9]

번역문

오십 보 달아난 자가 백 보 달아난 자를 비웃다

양혜왕(梁惠王)이 말했다.

「과인은 나라를 다스리는 일에 마음을 다했을 뿐입니다. 하내(河內) 지방에 흉년이 들면 그 백성들을 하동(河東)지방에 이주시킨 다음 그 곡식을 하내 지방으로 옮기고, 하동 지방에 흉년이 들어도 역시 그렇게 합니다. 이웃 나라의 정치를 살펴보면 과인처럼 마음을 쓰는 사람이 없습니다. (그러나) 이웃 나라의 백성이 더 줄어들지 않고 과인의 백성들도 늘어나지 않는데, 왜 그렇습니까?」

맹자(孟子)가 대답했다.

「왕께서 전쟁을 좋아하시니 전쟁을 가지고 비유하겠습니다. 둥둥둥 북을 울리고 교전이 벌어지면 갑옷을 버리고 병기를 끌며 달아납니다. 어떤 사람은 백 보를 달아난 후에 멈추고 어떤 사람은 오십 보를 달아난 후에 멈춥니다. 오십 보를 가지고 백 보를 비웃는다면 어떻겠습니까?」

---

8 曰 :「不可, 直不百步耳, 是亦走也。」→ 왕이 말했다 :「안 됩니다, (오십 보를 달아난 사람도) 다만 백 보를 달아나지 않았을 뿐, 이 역시 달아난 것입니다.」
【直(직)】: 다만, 오직.
【耳(이)】: …뿐.
【是亦(시역)】: 이 역시, 이 또한.

9 曰 :「王如知此, 則無望民之多於鄰國也。」→ 맹자가 말했다 :「왕께서 만일 이러한 이치를 아셨다면, 백성이 이웃나라보다 많아지기를 바라지 마십시오.」
【如(여)】: 만일, 만약.
【此(차)】: [대명사] 이것, 즉 오십 보든 백 보든 달아나긴 마찬가지라는 이치.
【無望(무망)】: 바라지 말라. 【無】: 勿(물), …하지 말라, …해서는 안 된다.

왕이 말했다.

「안 됩니다. (오십 보를 달아난 사람도) 다만 백 보를 달아나지 않았을 뿐, 이 역시 달아난 것입니다.」

맹자가 말했다.

「왕께서 만일 이러한 이치를 아셨다면 백성이 이웃나라보다 많아지기를 바라지 마십시오.」

해설

양혜왕(梁惠王)은 맹자(孟子)를 접견한 자리에서, 자신이 다른 나라의 제후들과 달리 지극한 마음으로 백성을 다스리는데도 불구하고 다른 나라의 인구가 감소하지 않을 뿐만 아니라 자기 나라의 인구가 증가하지 않는다고 안타까워하며 맹자에게 그 까닭을 물었다.

그러나 맹자의 관점에서 볼 때, 인구를 늘려 부국강병의 패도(覇道)를 추구하는 양혜왕의 정책은 본질적으로 다른 제후들과 차이가 없다. 이에 맹자는 「오십보백보(五十步百步)」를 가지고 양혜왕을 다른 제후들과 비유하며 인정(仁政)을 베풀도록 권했다.

이 우언은 수량이나 정도의 차이가 약간 있다 해도 실질적으로 거기서 거기라는 의미로 사물이나 현상을 비유하여 풍자한 것이다.

064 이양역양(以羊易羊)

《孟子 · 梁惠王上》

원문 및 주석

以羊易羊[1]

王坐於堂上, 有牽牛而過堂下者, 王見之, 曰 : 「牛何之?」 對曰 : 「將以釁鐘。」[2] 王曰 : 「舍之! 吾不忍其觳觫, 若無罪而就死地。」 對曰 : 「然則廢釁鐘與?」[3] 曰 : 「何可廢也? 以羊易之!」[4]

1 以羊易羊 → 양으로 양을 바꾸다
【以(이)】 : …으로, …을 가지고.
【易(역)】 : 바꾸다, 교환하다.

2 王坐於堂上, 有牽牛而過堂下者, 王見之, 曰 : 「牛何之?」 對曰 : 「將以釁鐘。」 → 제선왕(齊宣王)이 당상(堂上)에 앉아 있는데, 어떤 사람이 소를 끌고 당하(堂下)를 지나가자, 왕이 그를 보고, 말했다 : 「소를 끌고 어디로 가는가?」 (소를 끌고 온 사람이) 대답했다 : 「이것으로 흔종제(釁鐘祭)를 지내려 합니다.」
【王(왕)】 : 여기서는 제선왕(齊宣王)을 가리킨다.
【牽(견)】 : 끌다.
【過(과)】 : 지나가다.
【何之(하지)】 : 어디로 가는가? 〖之〗 : 가다.
【將(장)】 : (장차) …하려 하다.
【以(이)】 : 以之(이지), 이것으로, 이것을 가지고. 여기서는 「이 소를 잡아 가지고」의 뜻.
【釁鐘(흔종)】 : 흔종제(釁鐘祭)를 지내다. ※ 흔종제는 종(鐘)이나 기타 국가의 중요한 기물을 제작한 후 종묘로 옮겨 처음 사용하기 전에 희생의 피를 발라 신에게 제사하는 의식. 〖釁〗 : 피를 바르다.

3 王曰 : 「舍之! 吾不忍其觳觫, 若無罪而就死地。」 對曰 : 「然則廢釁鐘與?」 → 왕이 말했다 :

번역문

양으로 양을 바꾸다

제선왕(齊宣王)이 당상(堂上)에 앉아 있는데, 어떤 사람이 소를 끌고 당하(堂下)를 지나가자 왕이 그를 보고 말했다.

「소를 끌고 어디로 가는가?」

(소를 끌고 온 사람이) 대답했다.

「이것으로 흔종제(釁鐘祭)를 지내려 합니다.」

왕이 말했다.

「소를 놓아 주어라! 나는 소가 두려워서 벌벌 떨며 마치 아무 죄도 없이 사지(死地)로 가는듯한 모습을 차마 볼 수가 없다.」

(소를 끌고 온 사람이) 대답했다.

「그렇다면 흔종제를 폐하시겠습니까?」

(왕이) 말했다.

「어찌 폐할 수 있겠느냐? 소를 양으로 바꾸어라!」

················

「소를 놓아 주어라! 나는 소가 두려워서 벌벌 떨며, 마치 아무 죄도 없이 사지(死地)로 가는듯한 모습을 차마 볼 수가 없다.」 (소를 끌고 온 사람이) 대답했다 : 「그렇다면 흔종제를 폐하시겠습니까?」

【舍(사)】: 捨(사), 내버려 두다, 놓아 주다.

【不忍(불인)】: 차마 …을 못하다.

【觳觫(곡속)】: 두려워서 벌벌 떠는 모양.

【若(약)】: 마치 …같다.

【就(취)】: 나아가다, 다가가다.

【然則(연즉)】: 그렇다면.

【廢(폐)】: 폐하다, 그만두다.

4 曰 : 「何可廢也? 以羊易之!」 → (왕이) 말했다 : 「어찌 폐할 수 있겠느냐? 소를 양으로 바꾸어라!」

해설

제선왕(齊宣王)은 죽음을 앞둔 소가 두려워서 벌벌 떠는 모습을 보자, 측은지심(惻隱之心)이 발동하여 소를 놓아주도록 명했다. 이에 소를 끌고 온 사람이 흔종제(釁鐘祭)를 폐할 것인가를 묻자, 역시 수락할 수가 없어 궁리 끝에 소를 양으로 바꾸도록 했다. 그러나 양도 소와 똑같은 생명이며 다만 몸집이 소보다 작고 당장 눈에서 보이지 않을 뿐이다. 그렇다면 제선왕의 어진 마음은 어찌 해석해야 하는가?

이 우언은 제선왕의 측은지심이 진정으로 마음속에서 우러나오는 것이 아니라 다분히 전제군주(專制君主)의 가식적인 심리형태라는 것을 풍자한 것이다.

065 알묘조장(揠苗助長)

《孟子 · 公孫丑上》

원문 및 주석

揠苗助長[1]

宋人有閔其苗之不長而揠之者, 芒芒然歸, 謂其人曰 :「今日病矣! 予助苗長矣!」 其子趨而往視之, 苗則槁矣。[2] 天下之不助苗長者寡矣。以爲無益而舍之者, 不耘苗者也; 助之長者, 揠苗者也。[3] 非

1 揠苗助長→ 싹을 뽑아 올려 자라도록 돕다
【揠(알)】: 뽑다.
【長(장)】: 자라다, 성장하다.

2 宋人有閔其苗之不長而揠之者, 芒芒然歸, 謂其人曰 :「今日病矣! 予助苗長矣!」 其子趨而往視之, 苗則槁矣。→ 송(宋)나라 사람으로 벼의 싹이 잘 자라지 않는 것을 안타깝게 여겨 싹을 뽑아 올려놓은 사람이 있었는데, 피곤한 모습으로 집에 돌아와, 집안사람들에게 말했다 :「오늘은 피곤하다! 내가 벼의 싹을 도와 잘 자라게 했다!」 그 아들이 달려가 보니, 싹이 모두 말라 버렸다.
【宋(송)】: [국명] 지금의 하남성 상구현(商邱縣) 일대에 있던 주대(周代)의 제후국.
【閔(민)】: 憫(민), 불쌍히 여기다, 가엾게 여기다, 안타깝게 여기다.
【芒芒然(망망연)】: 피곤해 하는 모습.
【病(병)】: 피곤하다, 지치다.
【趨而往(추이왕)】: 달려서 가다.
【槁(고)】: 마르다.

3 天下之不助苗長者寡矣。以爲無益而舍之者, 不耘苗者也; 助之長者, 揠苗者也。→ 세상에는 싹이 자라도록 돕지 않는 자가 적다. (배양하는 일을) 무익하다고 여겨 방치하는 사람은, (작물을 심고) 김을 매지 않는 사람이고; (원칙을 어기고) 싹이 자라도록 돕는 사람은, 싹을

徒無益, 而又害之。[4]

번역문

싹을 뽑아 올려 자라도록 돕다

송(宋)나라 사람으로 벼의 싹이 잘 자라지 않는 것을 안타깝게 여겨 싹을 뽑아 올려놓은 사람이 있었는데, 피곤한 모습으로 집에 돌아와 집안사람들에게 말했다.

「오늘은 피곤하다! 내가 벼의 싹을 도와 잘 자라게 했다!」

그 아들이 달려가 보니 싹이 모두 말라 버렸다. 세상에는 싹이 자라도록 돕지 않는 자가 적다. (배양하는 일을) 무익하다고 여겨 방치하는 사람은 (작물을 심고) 김을 매지 않는 사람이고, (원칙을 어기고) 싹이 자라도록 돕는 사람은 싹을 뽑아 올리는 사람이다. (그러한 행위는) 비단 이로움이 없을 뿐만 아니라 오히려 싹을 해치는 것이다.

해설

사물이 발전하는 데는 일정한 규율이 있어 이를 거스를 경우 실패를 면치 못한다. 송(宋)나라 사람이 벼의 싹을 잘 자라게 할 생각으로 싹을 뽑아

뽑아 올리는 사람이다.
【寡(과)】: 적다.
【以爲(이위)】: …라고 여기다, …라고 생각하다.
【舍(사)】: 捨(사), 버리다, 내버려 두다, 방치하다.
【耘苗(운묘)】: 김매다, (논밭의) 잡풀을 뽑아내다.

4 非徒無益, 而又害之。→ (그러한 행위는) 비단 이로움이 없을 뿐만 아니라, 오히려 싹을 해치는 것이다.
【徒(도)】: 다만, 비단.
【而又(이우)】: 또한, 오히려.

올려 말라 죽게 한 것은 객관적인 생장규칙을 어긴 것이다.

이 우언은 비록 좋은 발상에서 출발하였다 해도 객관적인 기본원칙을 준수해야 하며, 이를 거스르면 반드시 실패한다는 이치를 설명한 것이다.

066 왕량여폐해(王良與嬖奚)

《孟子 · 滕文公下》

원문 및 주석

王良與嬖奚[1]

昔者趙簡子使王良與嬖奚乘, 終日而不獲一禽。[2] 嬖奚反命曰 : 「天下之賤工也!」 或以告王良。[3] 良曰 : 「請復之。」 强而後可, 一朝

1 王良與嬖奚 → 왕량(王良)과 폐해(嬖奚)
【王良(왕량)】: [인명] 춘추시대 진(晉)나라 사람으로 말을 부리는데 능하여 진나라 대부 조간자(趙簡子)의 수레를 몰았다.
【嬖奚(폐해)】: 총애하는 신하 해(奚). 【嬖】: 총신, 총애하는 신하. 【奚】: [인명].

2 昔者趙簡子使王良與嬖奚乘, 終日而不獲一禽。→ 예전에 조간자(趙簡子)가 왕량(王良)으로 하여금 폐해(嬖奚)와 함께 수레를 몰고 나가 사냥을 하도록 했는데, 하루 종일 새 한 마리를 잡지 못했다.
【昔者(석자)】: 옛날, 이전, 과거.
【趙簡子(조간자)】: 조앙(趙鞅). 춘추시대 진(晉)나라의 대부. 진정공(晉定公) 연간에 집정대신(執政大臣)을 지냈다.
【使(사)】: …로 하여금 …하게 하다.
【乘(승)】: 타다. 여기서는 「수레를 몰고 사냥을 나가다」의 뜻.
【獲(획)】: 잡다, 포획하다.
【禽(금)】: 날짐승, 즉 조류의 총칭.

3 嬖奚反命曰 : 「天下之賤工也!」或以告王良。→ 폐해가 돌아와 (조간자에게) 보고하여 말했다 : 「(왕량은) 세상에서 가장 무능한 마부입니다!」 어떤 사람이 이를 왕량에게 고해 바쳤다.
【反(반)】: 返(반), 돌아오다.
【命(명)】: 보고하다.
【賤工(천공)】: 비천한 공인. 여기서는 「열등한 마부, 무능한 마부」라는 뜻.

而獲十禽。[4] 嬖奚反命曰：「天下之良工也!」 簡子曰：「我使掌與女乘。」[5] 謂王良, 良不可, 曰：「吾爲之範我馳驅, 終日不獲一, 爲之詭遇, 一朝而獲十。[6]《詩》云：『不失其馳, 舍矢如破。』我不貫與小人乘, 請辭!」[7]

【或(혹)】: 어떤 사람.
【以(이)】: 以之(이지), 이를, 이것을.

4 良曰：「請復之。」强而後可, 一朝而獲十禽。→ 그러자 왕량이 (폐해에게) 말했다：「청컨대 다시 한번 해보십시오.」(왕량이) 억지로 권유한 뒤 (폐해가) 동의하여 나가더니, 하루아침에 새 열 마리를 잡았다.
【復(복)】: 거듭하다, 반복하다. 여기서는 「다시 한 번 시험하다」의 뜻.
【强(강)】: 억지로 권유하다.
【而後(이후)】: 이후.
【可(가)】: 승낙하다, 동의하다.

5 嬖奚反命曰：「天下之良工也!」 簡子曰：「我使掌與女乘。」→ 폐해가 돌아와 (조간자에게) 보고하여 말했다：「(왕량은) 세상에서 가장 유능한 마부입니다!」 조간자가 말했다：「(그러면) 내가 왕량으로 하여금 너와 함께 수레 타는 일을 전담하도록 하겠다.」
【良工(양공)】: 양호한 공인. 여기서는 「뛰어난 마부, 유능한 마부」라는 뜻.
【掌(장)】: 전담하다, 관장하다.
【女(여)】: 汝(여), 너.

6 謂王良, 良不可, 曰：「吾爲之範我馳驅, 終日不獲一, 爲之詭遇, 一朝而獲十。→ 그리고 (조간자가) 왕량에게 말하자, 왕량이 거절하며, 말했다：「제가 그에게 규칙에 따라 수레를 몰아주니, 하루 종일 한 마리도 잡지 못했는데, 그에게 규칙을 따르지 않고 수레를 몰아주니, 하루아침에 열 마리를 잡았습니다.
【不可(불가)】: 거절하다, 동의하지 않다.
【爲之(위지)】: 그에게. 〖爲〗: …에게, …을 위해, …을 대신하여. 〖之〗: [대명사] 그, 그 사람, 즉 폐해.
【範我馳驅(범아치구)】: 나를 본보기로 삼아 수레를 몰다. 즉 「규칙에 따라 수레를 몰다」의 뜻. 〖範〗: [동사] 본보기로 삼다. 〖馳驅〗: (수레를) 몰다.
【詭遇(궤우)】: 규칙을 따르지 않고 수레를 내몰다.

7《詩》云：『不失其馳, 舍矢如破。』我不貫與小人乘, 請辭!」→《시경》에 이르길：『규칙에 따라 수레를 모니, 화살을 쏘면 마치 (과녁을) 깨뜨리듯 명중한다.』라고 했습니다. 저는 소인과 함께 수레 타는 것이 익숙하지 않아, 사양하겠습니다!」
※ 인용문은《시경(詩經)·소아(小雅)·거공(車攻)》에 보인다.
【不失其馳(불실기치)】: (수레를 모는 사람이) 달리는 법칙을 위반하지 않다. 즉 「규칙에 따

번역문

왕량(王良)과 폐해(嬖奚)

예전에 조간자(趙簡子)가 왕량(王良)으로 하여금 폐해(嬖奚)와 함께 수레를 몰고 나가 사냥을 하도록 했는데 하루 종일 새 한 마리를 잡지 못했다. 폐해가 돌아와 (조간자에게) 보고하여 말했다.

「(왕량은) 세상에서 가장 무능한 마부입니다!」

어떤 사람이 이를 왕량에게 고해 바쳤다. 그러자 왕량이 (폐해에게) 말했다.

「청컨대, 다시 한번 해보십시오.」

(왕량이) 억지로 권유한 뒤 (폐해가) 동의하여 나가더니 하루아침에 새 열 마리를 잡았다.

폐해가 돌아와 (조간자에게) 보고하여 말했다.

「(왕량은) 세상에서 가장 유능한 마부입니다!」

조간자가 말했다.

「(그러면) 내가 왕량으로 하여금 너와 함께 수레 타는 일을 전담하도록 하겠다.」

그리고 (조간자가) 왕량에게 말하자, 왕량이 거절하며 말했다.

「제가 그에게 규칙에 따라 수레를 몰아주니 하루 종일 한 마리도 잡지 못했는데, 그에게 규칙을 따르지 않고 수레를 몰아주니 하루아침에 열 마리를 잡았습니다. 《시경》에 이르길 『규칙에 따라 수레를 모니 화살을 쏘면

················

라 수레를 몰다」의 뜻. 〖不失〗: 잃지 않다. 즉 「위반하지 않다, 규칙에 따르다」의 뜻.

【舍矢如破(사시여파)】: 화살을 쏘면 깨뜨리듯 명중하다. 〖舍〗: 쏘다. 〖如破〗: 과녁을 깨뜨리듯 하다.

【貫(관)】: 慣(관), 습관이 되다, 익숙해지다.

마치 (과녁을) 깨뜨리듯 명중한다.』라고 했습니다. 저는 소인과 함께 수레 타는 것이 익숙하지 않아 사양하겠습니다!」

해설

수레를 잘 모는 왕량(王良)이 조간자(趙簡子)의 총애하는 신하 폐해(嬖奚)를 수행하여 사냥을 나가 규칙을 준수하여 수레를 몰자, 폐해가 하루 종일 새 한 마리를 잡지 못하고 돌아와 왕량을 무능한 마부라 매도했으나, 왕량이 규칙을 어겨 수레를 몰자, 폐해가 하루아침에 열 마리의 새를 잡고 돌아와 왕량을 유능한 마부라 극찬했다. 본래 군자가 사냥을 하는 목적은 심신을 단련하는데 있기 때문에 정당하게 말을 몰아 달아나는 짐승을 쏘아 잡는데 반해, 소인배가 사냥을 하는 목적은 오로지 짐승을 잡는 데 있기 때문에 몰래 짐승의 길목에 숨어 있다가 짐승의 앞쪽에서 쏘아 잡는다. 그래서 왕량은 조간자가 폐해의 수레 몰이를 전담토록 요구하자, 원칙을 지키지 않는 폐해의 소인배적 행위를 비난하며 단호히 거절했다.

이 우언은 어떤 일을 하든 마땅히 도의(道義)에 합당한 원칙을 지켜야 하며, 정당하지 않은 방법으로 이익을 취하면 예가 아니라는 맹자(孟子)의 인의예지(仁義禮智) 사상을 설명한 것이다.

067 초인학제어(楚人學齊語)

《孟子 · 滕文公下》

원문 및 주석

楚人學齊語[1]

孟子謂戴不勝曰:「…… 有楚大夫於此, 欲其子之齊語也, 則使齊人傳諸? 使楚人傳諸?」曰:「使齊人傳諸。」[2] 曰:「一齊人傳之, 衆楚人咻之, 雖日撻而求其齊也, 不可得矣。[3] 引而置之莊、嶽之間

1 楚人學齊語 → 초(楚)나라 사람이 제(齊)나라 말을 배우다
【楚(초)】: [국명] 지금의 호남성 · 호북성과 강서성 · 절강성 및 하남성 남부에 걸쳐 있던 주대(周代)의 제후국.
【齊(제)】: [국명] 지금의 산동성 북부와 하북성 남부 일대에 걸쳐 있던 주대(周代)의 제후국.

2 孟子謂戴不勝曰:「…… 有楚大夫於此, 欲其子之齊語也, 則使齊人傳諸? 使楚人傳諸?」曰:「使齊人傳諸。」→ 맹자(孟子)가 대불승(戴不勝)에게 물었다:「……여기에 초(楚)나라의 대부가 있는데, 자기 아들이 제(齊)나라 말을 할 수 있길 바랍니다. 그러면 제나라 사람으로 하여금 가르치게 하겠습니까? (아니면) 초나라 사람으로 하여금 가르치게 하겠습니까?」대불승이 대답했다:「제나라 사람으로 하여금 가르치게 할 것입니다.」
【戴不勝(대불승)】: 송(宋)나라의 대부.
【欲(욕)】: …하길 바라다, …하길 희망하다.
【齊語(제어)】: [동사용법] 제나라 말을 하다.
【諸(제)】: 之乎(지호)의 합음.

3 曰:「一齊人傳之, 衆楚人咻之, 雖日撻而求其齊也, 不可得矣。→ 맹자가 말했다:「제나라 사람 한 명이 그를 가르치고, 많은 초나라 사람들이 (주변에서) 떠들어 댄다면, 비록 날마다 매질을 하며 그에게 제나라 말을 하도록 강요한다 해도, (제나라 말을 잘 하기란) 불가능할 것입니다.

數年, 雖日撻而求其<u>楚</u>, 亦不可得矣。」[4]

번역문

초(楚)나라 사람이 제(齊)나라 말을 배우다

맹자(孟子)가 대불승(戴不勝)에게 물었다.

「…… 여기에 초(楚)나라의 대부가 있는데, 자기 아들이 제(齊)나라 말을 할 수 있길 바랍니다. 그러면 제나라 사람으로 하여금 가르치게 하겠습니까? (아니면) 초나라 사람으로 하여금 가르치게 하겠습니까?」

대불승이 대답했다.

「제나라 사람으로 하여금 가르치게 할 것입니다.」

맹자가 말했다.

「제나라 사람 한 명이 그를 가르치고 많은 초나라 사람들이 (주변에서) 떠들어 댄다면, 비록 날마다 매질을 하며 그에게 제나라 말을 하도록 강요

....

【傅(부)】: 스승. 여기서는 동사용법으로 「가르치다」의 뜻.
【咻(휴)】: 시끄럽게 떠들다.
【撻(달)】: 매질하다.
【求其齊(구기제)】: 제나라 말을 하도록 요구하다. 〖齊〗: [동사용법] 제나라 말을 하다.
【不可得(불가득)】: 불가능하다, 할 수 없다.

4 引而置之莊、嶽之閒數年, 雖日撻而求其楚, 亦不可得矣。」→ 그러나 그를 데려다 제나라의 장가(莊街)와 악리(嶽里)에 두고 몇 년 동안 지내게 하면, 비록 날마다 매질을 하며 그에게 초나라 말을 하도록 강요해도, 또한 (초나라 말을 잘 하기란) 불가능할 것입니다.」
【引(인)】: 이끌다, 데리다.
【置(치)】: 놓다, 두다.
【之(지)】: [대명사] 그, 즉 초나라 대부의 아들.
【莊(장)】: [지명] 莊街(장가). 제나라의 거리 이름.
【嶽(악)】: [지명] 嶽里(악리). 제나라의 마을 이름.
【求其楚(구기초)】: 그에게 초나라 말을 하도록 강요하다. 〖求〗: 구하다, 요구하다. 여기서는 「강요하다」의 뜻. 〖楚〗: [동사용법] 초나라 말을 하다.

한다 해도 (제나라 말을 잘 하기란) 불가능할 것입니다. 그러나 그를 데려다 제나라의 장가(莊街)와 악리(嶽里)에 두고 몇 년 동안 지내게 하면, 비록 날마다 매질을 하며 그에게 초나라 말을 하도록 강요해도 또한 (초나라 말을 잘 하기란) 불가능할 것입니다.」

해설

초(楚)나라 대부가 초나라에서 자기 아들에게 제(齊)나라 말을 가르치려 하는데, 스승을 제나라 사람으로 할 것인가, 초나라 사람으로 할 것인가의 문제로 고민에 빠졌다. 만일 초나라에서 제나라 사람을 청해 가르칠 경우, 한 명의 제나라 사람이 가르치는 것에 반해 많은 초나라 사람들이 주변에서 초나라 말을 하기 때문에, 비록 날마다 아들에게 매질을 하며 제나라 말을 하도록 강요한다 해도 제나라 말을 잘 하기란 불가능하다. 그러나 만일 아들을 제나라에 보내 수년 동안 머물게 하면, 비록 날마다 매질을 하며 초나라 말을 하도록 강요해도 역시 초나라 말을 잘 하기란 불가능하다.

사람은 사회적 동물로 항상 주변 환경의 지배를 받는다. 학문을 배우거나, 사업을 하거나, 외국어를 공부하거나 모두 마찬가지다.

이 우언은 맹모삼천지교(孟母三遷之教)의 교훈처럼 좋은 환경 조건이 바로 성공의 비결이라는 점에서 환경 선택의 중요성을 강조한 것이다.

068 양계(攘雞)

《孟子 · 滕文公下》

원문 및 주석

攘雞[1]

今有人日攘其鄰之雞者, 或告之曰 :「是非君子之道。」[2] 曰 :「請損之, 月攘一雞, 以待來年, 然後已。」[3] 如知其非義, 斯速已矣, 何待來年?[4]

1 攘雞 → 닭을 훔치다
【攘(양)】: 훔치다.

2 今有人日攘其鄰之雞者, 或告之曰 :「是非君子之道。」→ 현재 날마다 이웃집 닭을 훔치는 자가 있는데, 어떤 사람이 그에게 말했다 :「이것은 군자의 도리가 아닙니다.」
【日(일)】: 날마다.
【或(혹)】: 어떤 사람.
【是(시)】: 이것, 즉 닭을 훔치는 행위.
【君子之道(군자지도)】: 군자의 행위. 〖君子〗: 품행이 단정하고 덕망을 갖춘 사람. 〖道〗: 도덕, 행위.

3 曰 :「請損之, 月攘一雞, 以待來年, 然後已。」→ 닭을 훔치는 사람이 대답했다 :「그러면 그것을 줄여, 한 달에 닭 한 마리만 훔치고, 내년까지 기다렸다가, 그 다음에 그만두겠습니다.」
【請(청)】: [겸어] 청컨대 …하도록 허락해 주십시오, …할 것을 청하고자 합니다. ※ 화자가 실제로는 자기의 의지대로 행하면서 겉으로 보기에 마치 상대방의 동의를 구하는 듯한 표현 방법.
【已(이)】: 멈추다, 그만두다.

4 如知其非義, 斯速已矣, 何待來年? → 만일 그것이 옳지 않다는 것을 안다면, 이야말로 하루속히 그만두어야지, 어째서 내년까지 기다리는가?

번역문

닭을 훔치다

현재 날마다 이웃집 닭을 훔치는 자가 있는데, 어떤 사람이 그에게 말했다.

「이것은 군자의 도리가 아닙니다.」

닭을 훔치는 사람이 대답했다.

「그러면 그것을 줄여 한 달에 닭 한 마리만 훔치고 내년까지 기다렸다가 그 다음에 그만두겠습니다.」

만일 그것이 옳지 않다는 것을 안다면, 이야말로 하루속히 그만두어야지 어째서 내년까지 기다리는가?

해설

매일 이웃집의 닭을 훔치는 사람이 자신의 옳지 못한 행위를 지적하자, 훔치는 횟수를 매달 한 번으로 줄이고 내년이 되면 그만두겠다고 했다.

이 우언은 폭정을 반대하고 인정(仁政)을 주장한 맹자(孟子)가 폭정을 연장하기 위해 구실을 붙이는 통치자들의 그릇된 행위를 풍자한 것이다.

···············

【如(여)】: 만일, 만약.
【非義(비의)】: 옳지 않은 행위, 정당하지 못한 행위.
【斯(사)】: 이야말로, 이것이야 말로.

069 번간걸식(墦間乞食)

《孟子 · 離婁下》

원문 및 주석

墦間乞食[1]

齊人有一妻一妾而處室者。其良人出, 則必饜酒肉而後反。[2] 其妻問所與飮食者, 則盡富貴也。[3] 其妻告其妾曰 :「良人出, 則必饜酒肉而後反, 問其與飮食者, 盡富貴也, 而未嘗有顯者來, 吾將瞷良人之所之也。」[4] 蚤起, 施從良人之所之, 徧國中無與立談者。[5] 卒之

1 墦間乞食 → 무덤에서 걸식하다
【墦(번)】: 묘지, 무덤.

2 齊人有一妻一妾而處室者。其良人出, 則必饜酒肉而後反。→ 제(齊)나라 사람으로 한 명의 아내와 한 명의 첩을 거느리고 한 집에서 함께 사는 자가 있었다. 남편은 외출하는 날이면, 반드시 술과 고기를 배불리 먹고 돌아왔다.
【齊(제)】: [국명] 지금의 산동성 북부와 하북성 남부 일대에 걸쳐 있던 주대(周代)의 제후국.
【處室(처실)】: 한 집에 살다.
【良人(양인)】: 남편.
【饜(염)】: 실컷 먹다, 배불리 먹다, 포식하다.
【反(반)】: 返(반), 돌아오다.

3 其妻問所與飮食者, 則盡富貴也。→ 아내가 (남편에게) 함께 마시고 먹는 사람을 물어보니, 모두가 부귀한 사람들이었다.
【所與飮食者(소여음식자)】: 함께 마시고 먹는 사람. 〖與〗: 함께.
【盡(진)】: 모두, 다.

4 其妻告其妾曰 :「良人出, 則必饜酒肉而後反, 問其與飮食者, 盡富貴也, 而未嘗有顯者來, 吾

東郭墦閒, 之祭者, 乞其餘, 不足, 又顧而之他。此其爲饜足之道也。[6] 其妻歸, 告其妾曰 :「良人者, 所仰望而終身也, 今若此!」[7] 與

將瞯良人之所之也。」→ 그 아내가 첩에게 말했다 :「남편이 외출하면, 반드시 술과 고기를 실컷 먹고 돌아오기에, 함께 먹는 사람들을 물어보니, 모두가 부귀한 사람들이었네. 그러나 일찍이 귀한 사람이 찾아온 적이 없으니, 내가 남편이 가는 곳을 염탐해 보려하네.」

【未嘗(미상)】: …한 적이 있다.

【顯者(현자)】: 현달한 사람, 지위가 높은 사람.

【將(장)】: 장차 …하려고 한다, 곧 …할 것이다.

【瞯(간)】: 엿보다, 염탐하다, 훔쳐보다.

【所之(소지)】: 가는 곳.

5 蚤起, 施從良人之所之, 徧國中無與立談者。→ (아내가) 일찍 일어나, 남편이 가는 곳을 미행하여 따라가 보니, 성내(城內)를 두루 돌아다니며 함께 서서 이야기하는 사람이 없었다.

【蚤(조)】: 早(조), 일찍.

【施從(이종)】: 미행하다.

【徧(편)】: 두루 돌아다니다.

【國中(국중)】: 도성(都城)의 성내

【與立談者(여립담자)】: 함께 서서 이야기하는 사람.

6 卒之東郭墦閒, 之祭者, 乞其餘, 不足, 又顧而之他。此其爲饜足之道也。→ 최후에 동쪽 성곽 밖으로 가더니, 제사지내는 사람에게 다가가, 남은 음식을 빌어먹고, 부족하면, 또 여기저기 두리번거리다가 다른 곳으로 갔다. 이것이 그가 실컷 배불리 먹는 방법이었다.

【卒(졸)】: 마침내, 최후에.

【之(지)】: 가다.

【東郭(동곽)】: 동쪽 성곽.

【閒(간)】: 間(간).

【乞(걸)】: 빌다, 구하다. 즉「빌어먹다, 걸식하다」의 뜻.

【餘(여)】: 나머지, 즉「제사지내고 남은 음식」.

【顧(고)】: 사방을 둘러보다, 여기저기 두리번거리다.

【之他(지타)】: 다른 곳으로 가다. 〖之〗: 가다.

【爲(위)】: …이다.

【饜足之道(염족지도)】: 실컷 배불리 먹는 방법. 〖道〗: 방법, 수단.

7 其妻歸, 告其妾曰 :「良人者, 所仰望而終身也, 今若此!」→ 그의 아내가 돌아와 첩에게 말했다 :「남편이란, 우러러 바라보며 평생을 의지하는 사람인데, 지금 이와 같은 꼴이라네.」

【仰望(앙망)】: 우러러 바라보다.

【終身(종신)】: 종신, 평생. 여기서는「평생을 의지하다」의 뜻.

【若此(약차)】: 이와 같다.

其妾訕其良人, 而相泣於中庭, 而良人未之知也, 施施從外來, 驕其妻妾。[8] 由君子觀之, 則人之所以求富貴利達者, 其妻妾不羞也, 而不相泣者, 幾希矣。[9]

번역문

무덤에서 걸식하다

제(齊)나라 사람으로, 한 명의 아내와 한 명의 첩을 거느리고 한 집에서 함께 사는 자가 있었다. 남편은 외출하는 날이면 반드시 술과 고기를 배불리 먹고 돌아왔다. 아내가 (남편에게) 함께 마시고 먹는 사람을 물어보니 모두가 부귀한 사람들이었다.

아내가 첩에게 말했다.

---

8 與其妾訕其良人, 而相泣於中庭, 而良人未之知也, 施施從外來, 驕其妻妾。→ (아내가) 첩과 더불어 남편을 헐뜯으며, 뜰에서 함께 울고 있는데, 남편은 그것도 모르고, 의기양양하게 밖에서 돌아와, 자기 아내와 첩에게 교만을 떨었다.
【訕(산)】: 헐뜯다.
【中庭(중정)】: 정중(庭中), 뜰 안.
【相泣(상읍)】: 함께 울다.
【未之(미지)】: (아직) …하지 못하다.
【施施(이이)】: 의기양양한 모습.
【從(종)】: …로부터, …에서.
【驕(교)】: 교만을 떨다, 잘난 체하다.

9 由君子觀之, 則人之所以求富貴利達者, 其妻妾不羞也, 而不相泣者, 幾希矣。→ 군자의 입장에서 볼 때, 사람들이 부귀현달을 추구하는 방법은, 아내와 첩이 부끄러워하지 않고, 함께 울지 않을 일이, 거의 드물다.
【由(유)】: [동작의 주체] …가, …이.
【所以(소이)…者(자)】: …하는 방법.
【求富貴利達(구부귀이달)】: 부귀현달을 추구하다.
【幾(기)】: 거의.
【希(희)】: 稀(희), 드물다.

「남편이 외출하면 반드시 술과 고기를 실컷 먹고 돌아오기에 함께 먹는 사람들을 물어보니 모두가 부귀한 사람들이었네. 그러나 일찍이 귀한 사람이 찾아온 적이 없으니 내가 남편이 가는 곳을 염탐해 보려 하네.」

(아내가) 일찍 일어나 남편이 가는 곳을 미행하여 따라가 보니 성내(城內)를 두루 돌아다니며 함께 서서 이야기하는 사람이 없었다. 최후에 동쪽 성곽 밖으로 가더니 제사지내는 사람에게 다가가 남은 음식을 빌어먹고, 부족하면 또 여기저기 두리번거리다가 다른 곳으로 갔다. 이것이 그가 실컷 배불리 먹는 방법이었다. 그의 아내가 돌아와 첩에게 말했다.

「남편이란 우러러 바라보며 평생을 의지하는 사람인데, 지금 이와 같은 꼴이라네.」

(아내가) 첩과 더불어 남편을 헐뜯으며 뜰에서 함께 울고 있는데, 남편은 그것도 모르고 의기양양하게 밖에서 돌아와 자기 아내와 첩에게 교만을 떨었다.

군자의 입장에서 볼 때, 사람들이 부귀현달을 추구하는 방법은 아내와 첩이 부끄러워하지 않고 함께 울지 않을 일이 거의 드물다.

해설

아내와 첩을 거느리고 한 집에 살면서 자신이 하는 일을 감추고 외출할 때마다 배불리 먹고 돌아와 마치 부귀한 사람들과 교유하는 것처럼 행세한 남편에 대해, 평소 남편 주변에 부귀한 자가 없는 것을 아는 아내가 남편의 뒤를 미행하여 마침내 남편의 마각이 드러났다. 남편의 됨됨이를 한심스럽게 생각하며 울고 있는 아내와 첩 앞에 나타난 남편은 그런 줄도 모르고 여전히 의기양양하게 교만을 떠는 작태를 보였다.

이 우언은 남이 보지 않는 캄캄한 곳에서는 구걸을 하면서, 남이 보는 밝은 대낮에는 잘난 척 허세를 부리는 졸장부의 표리부동한 형상을 풍자한 것이다.

070 교인기자산(校人欺子産)

《孟子 · 萬章上》

원문 및 주석

校人欺子産[1]

昔者有饋生魚於鄭子産, 子産使校人畜之池。[2] 校人烹之, 反命曰:「始舍之, 圉圉焉; 少則洋洋焉, 攸然而逝。」[3] 子産曰:「得其所哉!

1 校人欺子産 → 연못 관리인이 자산(子産)을 속이다
【校人(교인)】: 연못 관리인.
【欺(기)】: 속이다, 기만하다.
【子産(자산)】: [인명] 공손교(公孫僑). 정(鄭)나라의 대부로 이름난 정치가.

2 昔者有饋生魚於鄭子産, 子産使校人畜之池。 → 예전에 정(鄭)나라의 자산(子産)에게 살아 있는 물고기를 선물한 자가 있었는데, 자산이 연못 관리인으로 하여금 그것을 연못에서 기르도록 했다.
【饋(궤)】: 주다, 선물하다.
【生魚(생어)】: 활어, 살아 있는 물고기.
【使(사)】: …로 하여금 …하게 하다.
【畜(축)】: 기르다.

3 校人烹之, 反命曰:「始舍之, 圉圉焉; 少則洋洋焉, 攸然而逝。」 → 연못 관리인이 그것을 삶아 먹고, 결과를 보고했다:「처음에 물고기를 놓아 주자, 지쳐서 무기력한 모습을 보이더니; 잠시 후 활기찬 모습으로, 재빠르게 달아났습니다.」
【烹(팽)】: 삶다. 여기서는「삶아 먹다」의 뜻.
【反命(반명)】: 복명(復命)하다, 결과를 보고하다.
【始(시)】: 처음, 최초.
【舍(사)】: 捨(사), 놓아 주다.
【圉圉焉(어어언)】: 피곤하여 지친 모양, 지쳐서 무기력한 모양.

得其所哉!」[4] 校人出, 曰:「孰謂子産智? 予旣烹而食之, 曰:『得其所哉, 得其所哉。』」[5] 故君子可欺以其方, 難罔以非其道。[6]

번역문

연못 관리인이 자산(子產)을 속이다

예전에 정(鄭)나라의 자산(子產)에게 살아 있는 물고기를 선물한 자가 있었는데, 자산이 연못 관리인으로 하여금 그것을 연못에서 기르도록 했다. 연못 관리인이 그것을 삶아 먹고 결과를 보고했다.

「처음에 물고기를 놓아 주자, 지쳐서 무기력한 모습을 보이더니 잠시 후 활기찬 모습으로 재빠르게 달아났습니다.」

자산이 말했다.

【少(소)】: 조금, 약간. 여기서는 「잠시 후, 조금 지나다」의 뜻.
【洋洋焉(양양언)】: 활기찬 모습.
【攸然(유연)】: 신속한 모습, 재빠른 모습.
【逝(서)】: 가다. 여기서는 「달아나다」의 뜻.

4 子産曰:「得其所哉! 得其所哉!」 → 자산이 말했다:「제자리를 얻었구나! 제자리를 얻었구나!」
【其所(기소)】: 제 자리.

5 校人出, 曰:「孰謂子産智? 予旣烹而食之, 曰:『得其所哉, 得其所哉。』」 → 연못 관리인이 밖으로 나와서, 말했다:「누가 자산을 지혜롭다고 말했는가? 내가 이미 물고기를 삶아 먹었는데, (자산은 그것도 모르고):『제 자리를 얻었구나! 제 자리를 얻었구나!』라고 말하더라.」
【旣(기)】: 이미, 벌써.

6 故君子可欺以其方, 難罔以非其道。 → 그래서 군자는 도리에 맞는 합리적인 방법으로 속일 수는 있어도, 도리에 어긋나는 불합리한 방법으로 속이기는 어렵다.
【欺(기)】: 속이다, 기만하다.
【以(이)】: …로써, …을 가지고.
【其方(기방)】: 합리적인 방법. 〖方〗: 도리, 방법.
【難罔(난망)】: 속이기 어렵다. 〖罔〗: 속이다, 가리다.
【非其道(비기도)】: 도리에 어긋나는 불합리한 방법.

「제자리를 얻었구나! 제자리를 얻었구나!」

연못 관리인이 밖으로 나와서 말했다.

「누가 자산을 지혜롭다고 말했는가? 내가 이미 물고기를 삶아 먹었는데 (자산은 그것도 모르고) 『제자리를 얻었구나! 제자리를 얻었구나!』라고 말하더라.」

그래서 군자는 도리에 맞는 합리적인 방법으로 속일 수는 있어도 도리에 어긋나는 불합리한 방법으로 속이기는 어렵다.

해설

자산(子産)이 선물로 받은 물고기를 연못 관리인으로 하여금 연못에 넣어 기르도록 했으나 연못 관리인이 삶아 먹은 후 그럴듯한 거짓말로 자산을 속였다. 자산은 그의 말을 믿고 물고기가 비로소 제자리를 얻었다고 안도했고, 연못 관리인은 군자를 속였다는 자부심에 뿌듯한 마음을 감추지 못했다.

이 우언은 무슨 일을 막론하고 친히 살펴 확인하지 않으면 왕왕 감언이설이나 거짓말에 속을 수 있다는 것을 경계한 것이다.

071 이인학혁(二人學弈)

《孟子 · 告子上》

원문 및 주석

二人學弈[1]

弈之爲數, 小數也, 不專心致志, 則不得也。[2] 弈秋, 通國之善弈者也。使弈秋誨二人弈, 其一人專心致志, 惟弈秋之爲聽;[3] 一人雖聽

1 二人學弈 → 두 사람이 바둑을 배우다
【弈(혁)】: 바둑. 바둑을 두다.

2 弈之爲數, 小數也, 不專心致志, 則不得也。→ 바둑을 기예로 삼는 경우, (그것이 비록) 작은 기예에 불과하지만, 주의력을 집중하지 않으면, 결코 터득할 수가 없다.
【爲數(위수)】: 기예로 삼다. 〖數〗: 기예(技藝).
【專心致志(전심치지)】: 전심전력으로 몰두하다, 주의력을 총집중하다, 온 힘을 기울이다.

3 弈秋, 通國之善弈者也。使弈秋誨二人弈, 其一人專心致志, 惟弈秋之爲聽; → 혁추(弈秋)는, 나라를 통틀어 바둑을 가장 잘 두는 사람이다. 혁추로 하여금 두 사람에게 바둑을 가르치게 하니, 한 사람은 온 힘을 기울여 배우며, 오로지 혁추가 시키는 대로 따라 했고;
【弈秋(혁추)】: [인명].
【通國(통국)】: 나라를 통틀어, 전국에서.
【善弈者(선혁자)】: 바둑을 잘 두는 사람.
【誨(회)】: 가르치다.
【惟(유)】: 오로지, 다만.
【爲聽(위청)】: 시키는 대로 따르다, 말을 잘 듣다.

4 一人雖聽之, 一心以爲有鴻鵠將至, 思援弓繳而射之, 雖與之俱學, 弗若之矣。→ 다른 한 사람은 비록 말을 듣기는 해도, 마음 한 구석에 백조가 곧 날아올 것이라 여겨, 활을 당겨 쏘려는 생각을 하니, 비록 그와 함께 배웠지만, 그 보다 못했다.

之, 一心以爲有鴻鵠將至, 思援弓繳而射之, 雖與之俱學, 弗若之矣。[4] 爲是其智弗若與? 曰 : 非然也。[5]

번역문

두 사람이 바둑을 배우다

바둑을 기예로 삼는 경우, (그것이 비록) 작은 기예에 불과하지만, 주의력을 집중하지 않으면 결코 터득할 수가 없다.

혁추(弈秋)는 나라를 통틀어 바둑을 가장 잘 두는 사람이다. 혁추로 하여금 두 사람에게 바둑을 가르치게 하니 한 사람은 온 힘을 기울여 배우며 오로지 혁추가 시키는 대로 따라 했고, 다른 한 사람은 비록 말을 듣기는 해도 마음 한 구석에 백조가 곧 날아올 것이라 여겨 활을 당겨 쏘려는 생각을 하니, 비록 그와 함께 배웠지만 그 보다 못했다.

【以爲(이위)】: …라고 여기다, …라고 생각하다.
【鴻鵠(홍곡)】: 백조, 고니.
【將(장)】: 장차 …일 것이다.
【至(지)】: 이르다. 여기서는 「날아오다」의 뜻.
【援弓(원궁)】: 활을 당기다.
【繳(격)】: 주살의 줄. 화살에 잡아매는 가느다란 실줄. ※ 이 줄은 화살이 날아 갈 때 평형을 유지시키는 작용을 할 뿐만 아니라, 새를 쏘아 명중했을 경우, 새가 이 줄을 몸에 달고 날다가 나무 위로 떨어져 가지에 걸리면, 쉽게 달아나지 못한다.
【俱(구)】: 함께, 같이.
【弗若(불약)】: 不如(불여), …만 못하다.

5 爲是其智弗若與? 曰 : 非然也。→ 이를 그의 지혜가 남보다 못한 것이라고 말할 수 있는가? 나는 그렇지 않다고 말한다.
【爲(위)…與(여)?】: …라고 말할 수 있는가? 〖爲〗: 謂(위), 말하다.
【是(시)】: 이것.
【弗若(불약)】: 不如(불여), …만 못하다. 여기서는 「남보다 못하다」의 뜻.
【非然(비연)】: 그렇지 않다.

이를 그의 지혜가 남보다 못한 것이라고 말할 수 있는가? 나는 그렇지 않다고 말한다.

해설

혁추(弈秋)가 두 사람에게 바둑을 가르치는데, 한 사람은 전심전력하여 따라 배우고, 다른 한 사람은 비록 가르치는 사람의 말을 듣기는 해도 마음 한 구석은 다른 생각을 했다. 실력의 차이가 나는 것은 자명한 이치다.

이 우언은 어떠한 일을 막론하고 주의력을 집중하여 전심전력하지 않으면 시간과 정력을 낭비할 뿐 결코 성공할 수 없다는 이치를 설명한 것이다.

072 풍부박호(馮婦搏虎)

《孟子 · 盡心下》

원문 및 주석

馮婦搏虎[1]

晉人有馮婦者, 善搏虎, 卒爲善士。則之野, 有衆逐虎。[2] 虎負嵎, 莫之敢攖。望見馮婦, 趨而迎之。[3] 馮婦攘臂下車, 衆皆悅之, 其爲

1 馮婦搏虎 → 풍부(馮婦)가 호랑이를 때려잡다
【馮婦(풍부)】: [인명].
【搏(박)】: 때려잡다.

2 晉人有馮婦者, 善搏虎, 卒爲善士。則之野, 有衆逐虎。→ 진(晉)나라 사람으로 풍부(馮婦)라는 자가 있었는데, 호랑이를 때려잡는 데 능했지만, 나중에는 착한 선비가 되었다. (어느 날) 한 무리의 사람들이 호랑이를 좇고 있는 것을 보았다.
【晉(진)】: [국명] 지금의 산서성 일대에 있던 주대(周代)의 제후국. B.C. 375년 조씨(趙氏) · 한씨(韓氏) · 위씨(魏氏)가 진(晉)의 영토를 삼분하여 각기 조(趙) · 한(韓) · 위(魏) 세 나라로 독립했다.
【善搏(선박)】: 때려잡는 데 능하다, 잘 때려잡다.
【卒(졸)】: 나중에, 후에.
【爲善士(위선사)】: 착한 선비가 되다. 〖爲〗: …가 되다, …로 변하다. ※ 이는 후에 호랑이 잡는 일을 그만두었다는 것을 의미한다.
【之野(지야)】: 들에 나가다. 〖之〗: 가다.
【有衆(유중)】: 한 무리의 사람들.
【逐(축)】: 좇다.

3 虎負嵎, 莫之敢攖。望見馮婦, 趨而迎之。→ 호랑이가 산모롱이를 등지고 있자, 감히 가까이 다가가는 사람이 없었다. (그들은) 멀리서 풍부를 보고, 달려와 맞이했다.
【負(부)】: 등지다.

士者笑之。[4]

번역문

풍부(馮婦)가 호랑이를 때려잡다

진(晉)나라 사람으로 풍부(馮婦)라는 자가 있었는데, 호랑이를 때려잡는 데 능했지만 나중에는 착한 선비가 되었다. (어느 날) 한 무리의 사람들이 호랑이를 쫓고 있는 것을 보았다. 호랑이가 산모롱이를 등지고 있자, 감히 가까이 다가가는 사람이 없었다. (그들은) 멀리서 풍부를 보고 달려와 맞이했다. 풍부가 팔을 걷어붙이고 수레에서 내리자, 많은 사람들은 모두 그를 좋아했고 선비라는 자들은 그를 비웃었다.

해설

풍부(馮婦)는 본래 호랑이를 잘 때려잡기로 이름난 사람이었으나 후에

【嵎(우)】: 산모롱이.
【莫之敢(막지감)…】: 감히 …하는 사람이 없다.
【攖(영)】: 다가가다, 접근하다.
【望見(망견)】: 멀리서 보다.
【趨(추)】: 빨리 가다, 달리다.
【迎(영)】: 맞다, 맞이하다.

4 馮婦攘臂下車, 衆皆悅之, 其爲士者笑之。→ 풍부가 팔을 걷어붙이고 수레에서 내리자, 많은 사람들은 모두 그를 좋아했고, 선비라는 자들은 그를 비웃었다.
【攘臂(양비)】: 팔을 걷어붙이다. 〖攘〗: 걷어붙이다.
【衆(중)】: 많은 사람들.
【悅(열)】: 좋아하다.
【之(지)】: [대명사] 그, 즉 풍부.
【爲士者(위사자)】: 선비 된 자, 선비 노릇하는 자. 즉 「선비라는 자」.
【笑(소)】: 비웃다.

이 일을 그만두고 착한 선비가 되었다. 어느 날 한 무리의 사람들이 호랑이를 쫓다가 호랑이가 산모롱이를 등지고 저항하자 어느 한 사람도 감히 접근하지 못하고 있을 때, 사람들이 멀리서 풍부를 보고 달려가 그를 맞이하자 풍부가 팔을 걷어붙이고 수레에서 내렸다. 이때 많은 사람들은 풍부의 이러한 모습을 보고 매우 좋아했으나 선비라는 자들은 오히려 그를 비웃었다.

풍부의 행위는 공익(公益)을 위해 자신의 희생을 무릅쓰고 위해(危害)를 제거하려는 의협심의 발로이나, 당시의 지식인들은 무예를 천시하고 오직 독서만을 최선(最善)으로 여겼다.

이 우언은 당시 지식인들의 비현실적이고 그릇된 관념을 질책하고 풍자한 것이다.

《오릉자(於陵子)》 우언

진중자(陳仲子 : B.C. ?-?)는 전국시대 제(齊)나라 사람으로 사서(史書)에는 그에 관한 기록이 없고, 다만《맹자(孟子)·등문공하(滕文公下)》·《순자(荀子)·불구(不茍)》·《회남자(淮南子)·범론훈(氾論訓)》 등에 산견될 뿐이다.《맹자》의 기록에 의하면 진중자의 형이 제(齊)나라의 경상(卿相)을 지냈는데 형의 봉록을 불의라 여겨 의지하던 형의 집을 떠나 오릉(於陵)[지금의 산동성 추평현(雛平縣)]으로 이주해 살았다고 한다.

《오릉자(於陵子)》는 진중자가 지은 책으로 원서는 일찍이 망실되었고, 현재 청(淸) 마국한(馬國翰)의《옥함산방집일서(玉函山房輯佚書)》에 12편의 일문(佚文)이 전하는데,《한서(漢書)·예문지(藝文志)》와《수서(隋書)·경적지(經籍志)》에 보이지 않아 학자들은 이를 후인의 위작으로 의심하고 있다.

073 중주지와(中州之蝸)

《於陵子 · 人間》

원문 및 주석

中州之蝸[1]

昔者泰山與江、漢爭王, 兩京不下, 太山矢曰 : 「弗讓, 吾飄塵以實彼溝澮, 且不爲齊主!」[2] 江、漢亦矢曰 : 「弗汜, 吾餘瀝以蕩彼培

1 中州之蝸 → 중주(中州)의 달팽이
【中州(중주)】: 중원(中原) 지역. 지금의 하남성 일대.
【蝸(와)】: 달팽이.

2 昔者泰山與江、漢爭王, 兩京不下, 太山矢曰 : 「弗讓, 吾飄塵以實彼溝澮, 且不爲齊主!」 → 옛날에 태산(太山)과 장강(長江) · 한수(漢水)가 왕의 자리를 다투어, 이경 년 동안을 서로 버티며 양보하지 않더니, 태산이 맹세하여 말했다 : 「너희들이 양보하지 않으면, 내가 흙먼지를 날려 너희 그 봇도랑을 메워 버릴 것이다. 그렇지 않으면 (앞으로) 제(齊) 지방의 주인노릇을 하지 않겠다.」
【昔者(석자)】: 옛날, 과거, 이전.
【泰山(태산)】: [산 이름] 지금의 산동성에 있는 산으로, 중국 오악(五嶽) 중의 동악(東嶽). ※ 오악은 동악(東嶽) · 서악(西嶽) · 남악(南嶽) · 북악(北嶽) · 중악(中嶽)으로 산동성의 태산(泰山 : 동악), 섬서성의 화산(華山 : 서악), 호남성의 형산(衡山 : 남악), 산서성의 항산(恒山 : 북악), 하남성의 숭산(嵩山 : 중악).
【江(강)、漢(한)】: [강이름] 장강(長江)과 한수(漢水). ※ 한수는 지금의 호북성 무한시(武漢市) 경내에서 장강과 합류한다.
【爭王(쟁왕)】: 왕이 되고자 다투다.
【京(경)】: [만(萬) · 억(億) · 조(兆) · 경(京) 등 수를 세는 단위] 경.
【不下(불하)】: 서로 버티며 양보하지 않다.

塿, 且不爲楚雄。」[3] 於是有中州之蝸, 將起而責其是非。[4] 欲東之太山, 會程三千餘歲; 欲南之江、漢, 亦會程三千餘歲。[5] 因量其齒, 則

....

【太山(태산)】: 泰山(태산). ※ 주 2 참조.
【矢(시)】: 誓(서), 맹세하다.
【弗(불)】: 不(불).
【飄塵(표진)】: 흙먼지를 날리다.
【實(실)】: 채우다, 메우다.
【溝澮(구회)】: 봇도랑. ※ 장강과 한수를 낮추어 부른 말.
【且(차)】: 아니면, 그렇지 않으면.
【不爲(불위)…】: 不謂(불위)…, …라 호칭하지 않다, …라고 부르지 않다.
【齊主(제주)】: 제(齊)지방의 주인.

3 江、漢亦矢曰:「弗汜, 吾餘瀝以蕩彼培塿, 且不爲楚雄。」→ 장강 · 한수도 역시 맹세하여 말했다:「네가 멈추지 않으면, 내가 물방울로 너의 그 작은 언덕을 완전히 없애 버리겠다. 그렇지 않으면 (앞으로) 초(楚) 지방의 영웅노릇을 하지 않겠다.」
【汜(사)】: 멈추다.
【餘瀝(여력)】: 남은 물방울. 여기서는 장강 · 한수가 자신들의 무한한 역량을 과시하는 뜻으로 한 말이다.
【蕩(탕)】: 쓸어버리다, 없애버리다.
【彼(피)】: 그, 저.
【培塿(배루)】: 작은 언덕. ※ 태산을 낮추어 부른 말.
【楚雄(초웅)】: 초(楚) 지방의 영웅.

4 於是有中州之蝸, 將起而責其是非。→ 이때 중주(中州)의 달팽이가 있었는데 장차 자신이 나서 그들의 시비를 문책하려고 생각했다.
【於是(어시)】: 이때.
【將(장)】: 장차 …하려 하다, 장차 …할 생각이다.
【起(기)】: 나서다.
【責(책)】: 꾸짖다, 문책하다.

5 欲東之太山, 會程三千餘歲; 欲南之江、漢, 亦會程三千餘歲。→ 동쪽 태산으로 가려고, 노정(路程)을 계산해 보니 삼천여 년이 걸리고; 남쪽 장강 · 한수로 가려고, 노정을 계산해 보니 역시 삼천여 년이 걸렸다.
【欲(욕)】: …하고자 하다, …하기를 바라다.
【東(동)】: [상황어] 동쪽으로, 동쪽을 향해.
【之太山(지태산)】: 태산으로 가다. 〖之〗: 가다.
【會程(회정)】: 노정(路程)을 계산하다.
【歲(세)】: 년, 해.
【南(남)】: [상황어] 남쪽으로, 남쪽을 향해.

不過旦暮之間。[6] 於是悲憤莫勝, 而枯於蓬蒿之上, 爲螻蟻所笑也。[7]

번역문

중주(中州)의 달팽이

옛날에 태산(太山)과 장강(長江)·한수(漢水)가 왕의 자리를 다투어 이경년 동안을 서로 버티며 양보하지 않더니 태산이 맹세하여 말했다.

「너희들이 양보하지 않으면 내가 흙먼지를 날려 너희 그 봇도랑을 메워버릴 것이다. 그렇지 않으면 (앞으로) 제(齊) 지방의 주인노릇을 하지 않겠다.」

장강·한수도 역시 맹세하여 말했다.

「네가 멈추지 않으면 내가 물방울로 너의 그 작은 언덕을 완전히 없애버리겠다. 그렇지 않으면 (앞으로) 초(楚) 지방의 영웅노릇을 하지 않겠다.」

6 因量其齒, 則不過旦暮之間。→ 그리하여 (자신의) 수명을 헤아려 보니, (겨우) 아침과 저녁 사이에 불과했다.
【因(인)】: 이로 인해, 그리하여.
【量(량)】: 헤아려 보다.
【齒(치)】: 나이, 연령. 여기서는 「수명」을 가리킨다.
【不過(불과)…】: …에 지나지 않다, …에 불과하다.
【旦暮之間(단모지간)】: 조석지간(朝夕之間), 아침과 저녁 사이.

7 於是悲憤莫勝, 而枯於蓬蒿之上, 爲螻蟻所笑也。→ 이에 (달팽이는) 비분한 마음을 견디지 못하고, 쑥갓 위에서 말라 죽어, 땅강아지와 개미 같은 미물들의 웃음거리가 되었다.
【於是(어시)】: 이에, 그리하여.
【悲憤莫勝(비분막승)】: 비분을 참지 못하다. 〖莫勝〗: …을 참지 못하다, …을 견디지 못하다.
【枯(고)】: 마르다. 여기서는 「말라 죽다」의 뜻.
【蓬蒿(봉호)】: 쑥갓.
【爲(위)…所(소)…】: [피동형] …에게 …되다.
【螻蟻(누의)】: 땅강아지와 개미.
【笑(소)】: 비웃다.

이때 중주(中州)의 달팽이가 있었는데 장차 자신이 나서 그들의 시비를 문책하려고 생각했다. 동쪽 태산으로 가려고 노정을 계산해 보니 삼천여 년이 걸리고, 남쪽 장강 · 한수로 가려고 노정을 계산해 보니 역시 삼천여 년이 걸렸다. 그리하여 자신의 수명을 헤아려 보니 (겨우) 아침과 저녁 사이에 불과했다. 이에 (달팽이는) 비분한 마음을 견디지 못하고 쑥갓 위에서 말라 죽어 땅강아지와 개미 같은 미물들의 웃음거리가 되었다.

해설

태산(泰山)과 장강(長江) · 한수(漢水)가 장장 2경년 동안 패권을 다투며 서로 양보하지 않자, 중주(中州)의 달팽이가 가서 그들의 시비를 가려 문책하려고 노정을 계산해 보니 태산(泰山)이나 장강(長江) · 한수(漢水)가 각기 삼천여 년이 걸리는데 반해, 자신의 수명은 겨우 아침과 저녁 사이에 불과했다. 그리하여 비분을 참지 못해 쑥대 위에서 말라 죽었다.

이 우언은 자신의 역량을 헤아리지 않고 무모한 행동을 하려다가 스스로 절망하여 파멸하는 어리석은 행위를 풍자한 것이다.

《장자莊子》 우언

장자(莊子 : B.C. 360-B.C. 280)는 이름이 주(周)이며, 송(宋)나라 몽(蒙)[지금의 하남성 상구현(商邱縣), 또는 안휘성 몽성현(蒙城縣)] 사람이다. 노자(老子) 이후 도가(道家) 학파의 대표적 인물로 노자(老子)와 더불어 「노장(老莊)」이라 병칭한다. 그는 성인(聖人)의 덕으로 인해 아무 일을 하지 않아도 유능한 인재를 얻어 천하가 저절로 다스려진다고 하는 이른바 「무위이치(無爲而治)」를 주장했다.

《장자(莊子)》는 《한서(漢書)·예문지(藝文志)》에 53편이라 했으나 현재 33편이 전한다. 전서(全書)는 내편(內篇) 7편·외편(外篇) 15편·잡편(雜篇) 11편의 세 부분으로 짜여 있는데, 학자들의 견해에 따르면 내편은 장자가 지었고, 외편과 잡편은 대부분 도가의 후학들이 지은 것이라 한다.

《장자》에는 우언이 매우 많고, 내용이나 형식 모두 기이한 특징을 지니고 있다. 신화 고사나 역사 인물 및 동·식물 등 다양한 소재에다 풍부한 상상력과 기발한 묘사기법으로 각양각색의 허구적 스토리를 엮어 자신의 철리를 유감없이 펼치고 있으며, 또한 필치가 유머러스하고 신랄하여 막강한 풍자의 힘을 지니고 있다.

074 곤붕여척안(鯤鵬與斥鴳)

《莊子 · 逍遙游》

원문 및 주석

鯤鵬與斥鴳[1]

窮髮之北有冥海者, 天池也。[2] 有魚焉, 其廣數千里, 未有知其修者, 其名爲鯤。[3] 有鳥焉, 其名爲鵬, 背若太山, 翼若垂天之雲, 搏扶搖羊角而上者九萬里, 絶雲氣, 負靑天, 然後圖南, 且適南冥也。[4] 斥

1 鯤鵬與斥鴳 → 곤붕(鯤鵬)과 메추라기
【斥鴳(척안)】: 메추라기.
【鵬(붕)】: 붕새, 대붕(大鵬). ※ 본래 「곤(鯤)」은 전설 속의 큰 물고기 이름이고, 「붕(鵬)」은 전설 속의 큰 새의 이름인데, 곤이 변해서 붕이 된다고 한다.

2 窮髮之北有冥海者, 天池也。→ 북극지방 불모지의 북쪽에 북해가 있는데, 그것이 바로 천지(天池)이다.
【窮髮(궁발)】: 북극지방의 불모지.
【冥海(명해)】: 북해, 북극 바다.

3 有魚焉, 其廣數千里, 未有知其修者, 其名爲鯤。→ 그곳에 물고기가 있는데, 그 물고기는 폭이 수천 리에 달하고, 그 길이를 아는 사람이 없으며, 이름을 곤(鯤)이라 한다.
【廣(광)】: 넓이, 폭.
【修(수)】: 長(장), 길이.

4 有鳥焉, 其名爲鵬, 背若太山, 翼若垂天之雲, 博扶搖羊角而上者九萬里, 絶雲氣, 負靑天, 然後圖南, 且適南冥也。→ 그곳에는 또 새가 있는데, 이름을 붕(鵬)이라 한다. (붕의) 등은 태산(泰山)과 같고, 날개는 하늘에 드리운 구름과 같다. 날갯짓으로 회오리바람을 치고 위로 구만 리까지 올라, 구름층을 훨씬 벗어난 높은 곳에서, 푸른 하늘을 등진 연후에 남쪽으로 날아가고자 시도하는데, 장차 남극 바다로 가려는 것이다.

鴳笑之曰 :「彼且奚適也? 我騰躍而上, 不過數仞而下, 翺翔蓬蒿之間, 此亦飛之至也。而彼且奚適也?」此小大之辯也。[5]

••••••••••••••••

【太山(태산)】: [산 이름] 태산(泰山). 지금의 산동성에 있는 산으로, 중국 오악(五嶽) 중의 동악(東嶽). ※ 오악은 동악(東嶽) · 서악(西嶽) · 남악(南嶽) · 북악(北嶽) · 중악(中嶽)으로 산동성의 태산(泰山 : 동악), 섬서성의 화산(華山 : 서악), 호남성의 형산(衡山 : 남악), 산서성의 항산(恒山 : 북악), 하남성의 숭산(嵩山 : 중악).

【垂天之雲(수천지운)】: 하늘에 드리운 구름.

【摶(박)】: 날개깃을 치다.

【扶搖(부요)】: 위로 올라가는 폭풍, 회오리바람.

【羊角(양각)】: 회오리바람. ※ 바람이 회전하며 올라가는 것이 마치 양의 뿔과 같다는 의미에서 비롯된 말이다.

【絶雲氣(절운기)】: 운기를 단절하다. 즉「구름층을 훨씬 높이 초월하여 운기를 벗어난 높은 곳」을 말한다.

【負(부)】: 등지다.

【圖南(도남)】: 남쪽으로 날기를 시도하다. 〖圖〗: 시도하다, 계획하다, 꾀하다.

【且(차)】: 장차.

【適(적)】: 往(왕), 가다.

【南冥(남명)】: 남해, 남극 바다.

5 斥鴳笑之曰 :「彼且奚適也? 我騰躍而上, 不過數仞而下, 翺翔蓬蒿之間, 此亦飛之至也。而彼且奚適也?」此小大之辯也。→ 메추라기가 대붕을 비웃으며 말했다 :「저 자는 장차 어디를 가려는 거야? 나는 도약해서 날아오르면, 얼마 오르지 않고 다시 내려와, 쑥대 사이를 이리저리 날아다니지만, 이것 또한 비행의 극치이다. 그런데 저 자는 장차 어디를 가려는 거야?」이것이 바로 작은 것과 큰 것의 구별이다.

【笑(소)】: 비웃다.

【且(차)】: 장차.

【奚(해)】: 어디.

【騰躍(등약)】: 뛰어오르다, 도약하다.

【仞(인)】: [길이 단위] 7척(尺 : 자) 혹은 8척을 1인(仞)이라 했다.

【翺翔(고상)】: 이리저리 날아다니다.

【蓬蒿(봉호)】: 쑥.

【飛之至(비지지)】: 비행의 극치, 비행의 최고 경지.

【辯(변)】: 辨(변), 구별.

번역문

곤붕(鯤鵬)과 메추라기

북극지방 불모지의 북쪽에 북해가 있는데, 그것이 바로 천지(天池)이다. 그곳에 물고기가 있는데, 그 물고기는 폭이 수천리에 달하고, 그 길이를 아는 사람이 없으며, 이름을 곤(鯤)이라 한다.

또 그곳에는 새가 있는데 이름을 붕(鵬)이라 한다. (붕의) 등은 태산(泰山)과 같고 날개는 하늘에 드리운 구름과 같다. 날갯짓으로 회오리바람을 치고 위로 구만 리까지 올라 구름층을 훨씬 벗어난 높은 곳에서 푸른 하늘을 등진 연후에 남쪽으로 날아가고자 시도하는데, 장차 남극 바다로 가려는 것이다.

메추라기가 대붕을 비웃으며 말했다.

「저 자는 장차 어디를 가려는 거야? 나는 도약해서 날아오르면 얼마 오르지 않고 다시 내려와 쑥대 사이를 이리저리 날아다니지만, 이것 또한 비행의 극치이다. 그런데 저 자는 장차 어디를 가려는 거야?」

이것이 바로 작은 것과 큰 것의 구별이다.

해설

붕새는 크기가 등은 태산 같고 날개는 하늘에 드리운 구름과 같은데, 회오리바람을 타고 구만 리 높이의 상공에 올라 푸른 하늘을 등지고 남극 바다를 향해 날아간다. 반면에 메추라기는 펄쩍 뛰어 날아 보았자, 불과 몇 길도 못 오르고 내려와 쑥대 사이를 이리저리 날아다니는 것이 고작이다. 그런데도 메추라기는 하늘 높고 땅 넓은 줄 모르고 자신의 활동을 최선이라고 생각하며 붕새를 비웃는다.

이 우언은 식견이 좁은 사람이 다른 사람의 원대한 포부를 이해하지 못하는 어리석음을 풍자한 것이다.

075 불균수지약(不龜手之藥)

《莊子 · 逍遙游》

원문 및 주석

不龜手之藥[1]

惠子謂莊子曰:「魏王貽我大瓠之種, 我樹之成而實五石。以盛水漿, 其堅不能自擧也。[2] 剖之以爲瓢, 則瓠落無所容。非不呺然大

1 不龜手之藥 → 손이 얼어 터지지 않게 하는 약
【龜手(균수)】: 손이 얼어서 갈라 터지다. 【龜】: [동사용법] 마치 거북의 등처럼 얼어서 갈라 터지다.

2 惠子謂莊子曰:「魏王貽我大瓠之種, 我樹之成而實五石。以盛水漿, 其堅不能自擧也。→ 혜자(惠子)가 장자(莊子)에게 말했다:「위왕(魏王)이 나에게 큰 조롱박의 종자를 주어, 내가 그것을 심었는데 다 자라서 다섯 섬 들이의 열매가 열렸습니다. 그것을 가지고 물이나 술과 같은 액체를 담아 보니, 그 견고성이 자체를 들어 올릴 수 없을 만큼 부실했습니다.
【惠子(혜자)】: [인명] 혜시(惠施). 성은 혜(惠)이고, 이름은 시(施)이며,「혜자(惠子)」는 존칭이다. 송(宋)나라 사람으로 일찍이 양(梁)나라의 재상을 지냈다. 명가(名家)의 대표적 인물로 장자의 절친한 친구라고 알려져 있다.
【魏王(위왕)】: 여기서는 위혜왕(魏惠王)을 가리킨다. 위(魏)나라 초기에는 도읍을 안읍(安邑)에 정했으나 혜왕 때 강대한 진(秦)나라를 두려워하여 도읍을 대량(大梁)으로 옮기고 국호를 양(梁)으로 바꾸었다. 그리하여 위혜왕을 양혜왕(梁惠王)이라고도 부른다.
【貽(이)】: 주다.
【瓠(호)】: 조롱박, 표주박.
【樹(수)】: [동사] 심다.
【成而實(성이실)】: 다 자라서 열매를 맺다.
【五石(오석)】: [용량] 다섯 섬 들이.
【以(이)】: 以之(이지), 이로써, 이것을 가지고.

也, 吾爲其無用而掊之。」[3] 莊子曰 : 「夫子固拙於用大矣! 宋人有善爲不龜手之藥者, 世世以洴澼絖爲事。客聞之, 請買其方百金。[4] 聚族而謀曰 : 『我世世爲洴澼絖, 不過數金, 今一朝而鬻技百金, 請與

【盛(성)】 : 담다, 채우다.
【水漿(수장)】 : 물이나 술과 같은 액체.
【堅(견)】 : 견고성, 견고한 정도.
【自擧(자거)】 : 자체를 들어 올리다.

3 剖之以爲瓢, 則瓠落無所容。非不呺然大也, 吾爲其無用而掊之。」→ (또) 그것을 쪼개서 바가지를 만들었더니, 평탄하고 깊이가 없어 물건을 담을 수가 없었습니다. 엄청나게 크기는 하지만, 나는 그것을 쓸모가 없다고 여겨 부숴버렸습니다.」
【剖(부)】 : 쪼개다, 가르다.
【瓢(표)】 : 바가지.
【瓠落(호락)】 : 평탄하고 깊이가 없다.
【容(용)】 : 담다.
【非不(비불)】 : …하지 않은 것은 아니다, …하기는 하다.
【呺然(효연)】 : 공허하게 큰 모양.
【掊(부)】 : 깨버리다, 부숴버리다.

4 莊子曰 : 「夫子固拙於用大矣! 宋人有善爲不龜手之藥者, 世世以洴澼絖爲事。客聞之, 請買其方百金。→ 장자가 말했다 : 「선생은 확실히 큰 물건을 사용하는 데 서투시군요! 송(宋)나라 사람으로 손이 얼어 터지지 않게 하는 약을 잘 만드는 사람이 있었는데, (이 약에 의존하여) 대대로 솜 빠는 일을 생업으로 삼았습니다. 어느 손님이 그 말을 듣고, 그 비방을 백금에 사겠다고 청했습니다.
【夫子(부자)】 : [존칭] 선생(님).
【固(고)】 : 확실히.
【拙(졸)】 : 서툴다, 옹졸하다, 졸렬하다.
【宋(송)】 : [국명] 지금의 하남성 상구현(商邱縣) 일대에 있던 주대(周代)의 제후국.
【善爲(선위)】 : 잘 만들다.
【世世(세세)】 : 대대로.
【以洴澼絖爲事(이병벽광위사)】 : 솜 빠는 것을 생업으로 삼다. 〖以…爲…〗 : …을 …로 삼다. 〖洴澼〗 : 빨다, 세척하다. 〖絖〗 : 솜, 설면자. 〖事〗 : 일. 여기서는 「생업, 직업」을 가리킨다.
【請買(청매)】 : 사겠다고 요청하다.
【方(방)】 : 비방, 처방.
【金(금)】 : [화폐 단위].

5 聚族而謀曰 : 『我世世爲洴澼絖, 不過數金, 今一朝而鬻技百金, 請與之。』→ (솜 빠는 사람이) 가족들을 모아 놓고 상의하길 : 「우리 집안은 대대로 솜 빠는 일을 하면서, 몇 금을 버는 데 불과했는데, 지금 하루아침에 그 기술을 백금(百金)에 파는 것이니, 팔아 버리자.」라고 했습

之。』[5] 客得之, 以說吳王。越有難, 吳王使之將。[6] 冬, 與越人水戰, 大敗越人, 裂地而封之。[7] 能不龜手, 一也, 或以封, 或不免於洴澼絖, 則所用之異也。[8] 今子有五石之瓠, 何不慮以爲大樽而浮乎江湖, 而憂其瓠落無所容? 則夫子猶有蓬之心也夫!」[9]

....

니다.

【聚(취)】: 모으다, 소집하다.

【謀(모)】: 상의하다.

【鬻(육)】: 賣(매), 팔다.

【技(기)】: 기술, 즉 비방.

【請(청)】: ※ 상대방에게 동의를 구할 때 쓰는 말.

【與(여)】: 주다. 여기서는 「팔다」의 뜻.

6 客得之, 以說吳王。越有難, 吳王使之將。→ 손님은 비방을 얻자, 이것을 가지고 오왕(吳王)에게 유세했습니다. 이때 마침 월(越)나라가 공격해 와서, 오왕은 그로 하여금 군사를 통솔하게 했습니다.

【以(이)】: 以之(이지), 이로써, 이를 가지고.

【說(세)】: 유세하다.

【吳(오)】: [국명] 지금의 강소성 일대에 있던 춘추시대의 제후국.

【越(월)】: [국명] 지금의 절강성 일대에 있던 춘추시대의 제후국.

【有難(유난)】: 난을 일으키다. 즉 「공격해 오다, 침범해 오다.」의 뜻.

【使之將(사지장)】: 그로 하여금 군사를 통솔하게 하다. 〖使〗: …로 하여금 …하게 하다. 〖之〗: [대명사] 그, 즉 손님. 〖將〗: 군사를 통솔하다.

7 冬, 與越人水戰, 大敗越人, 裂地而封之。→ 겨울에, 월나라와 수중전이 벌어졌는데, (이 약을 발라 손이 터지지 않은 덕에) 월나라를 대파하여, (오왕이) 땅을 갈라 그를 봉했습니다.

【大敗(대패)】: 대파하다, 크게 물리치다.

【裂(열)】: 분할하다, 가르다.

8 能不龜手, 一也, 或以封, 或不免於洴澼絖, 則所用之異也。→ 손을 얼어 터지지 않게 할 수 있는 방법은, 마찬가지인데, 어떤 사람은 이로써 봉함을 받고, 어떤 사람은 솜 빠는 일을 면하지 못했습니다. 이것은 바로 사용하는 방법이 서로 달랐기 때문입니다.

【一(일)】: 하나, 한가지, 매한가지, 마찬가지.

【或(혹)】: 어떤 사람.

【則(즉)】: 바로, 곧, 즉.

9 今子有五石之瓠, 何不慮以爲大樽而浮乎江湖, 而憂其瓠落無所容? 則夫子猶有蓬之心也夫!」→ 지금 당신이 다섯 섬들이 표주박을 가지고 있다면, 어째서 이것을 요주(腰舟)로 삼아 강이나 호수에 띄울 생각을 하지 않고, 평탄하고 깊이가 없어 물건을 담을 수 없는 것을 걱정했습니까? 그런즉 선생은 아직도 사리에 통달하지 못한 옹졸한 마음을 지니고 있습니다.」

번역문

손이 얼어 터지지 않게 하는 약

혜자(惠子)가 장자(莊子)에게 말했다.

「위왕(魏王)이 나에게 큰 조롱박의 종자를 주어 내가 그것을 심었는데 다 자라서 다섯 섬 들이의 열매가 열렸습니다. 그것을 가지고 물이나 술과 같은 액체를 담아 보니 그 견고성이 자체를 들어 올릴 수 없을 만큼 부실했습니다. (또) 그것을 쪼개서 바가지를 만들었더니 평탄하고 깊이가 없어 물건을 담을 수가 없었습니다. 엄청나게 크기는 하지만 나는 그것을 쓸모가 없다고 여겨 부숴버렸습니다.」

장자가 말했다.

「선생은 확실히 큰 물건을 사용하는 데 서투시군요! 송(宋)나라 사람으로 손이 얼어 터지지 않게 하는 약을 잘 만드는 사람이 있었는데, (이 약에 의존하여) 대대로 솜 빠는 일을 생업으로 삼았습니다. 어느 손님이 그 말을 듣고 그 비방을 백금(百金)에 사겠다고 청했습니다. (솜 빠는 사람이) 가족들을 모아 놓고 상의하길『우리 집안은 대대로 솜 빠는 일을 하면서 몇 금을 버는 데 불과했는데, 지금 하루아침에 그 기술을 백금에 파는 것이니

················

【慮(려)】: 생각하다, 고려하다.

【以爲大樽(이위대준)】: 이것을 요주(腰舟)로 삼다. 〖以爲…〗: 以(之)爲…, 이것으로 …을 만들다, 이것을 …로 삼다. 〖樽〗: 술통. 술 단지. 여기서는 「요주(腰舟)」를 가리킨다. ※ 사마표가 말하길 : 「준(樽)은 마치 술 단지와 같은 모양으로, 이것을 몸에 묶고 강이나 호수에 띄워서, 스스로 건널 수 있다.(司馬彪曰 : 「樽如酒器, 縛之於身, 浮於江湖, 可以自渡。)」라고 했는데, 옛사람들은 이를 「요주」라 했다.

【浮乎(부호)…】: …에 띄우다. 〖乎〗: [개사] 於(어), …에.

【猶(유)】: 아직, 여전히.

【蓬之心(봉지심)】: 봉심(蓬心), 옹졸한 마음. ※ 봉(蓬 : 쑥)은 줄기가 좁고 굽어 있어, 사람들은 지식이 부족하고 사리에 통달하지 못한 것을 봉심(蓬心)에 비유했다.

팔아 버리자.』라고 했습니다.

손님은 비방을 얻자, 이것을 가지고 오왕(吳王)에게 유세했습니다. 이때 마침 월(越)나라가 공격해 와서 오왕은 그로 하여금 군사를 통솔하게 했습니다. 겨울에 월나라와 수중전이 벌어졌는데 (이 약을 발라 손이 터지지 않은 덕에) 월나라를 대파하여 (오왕이) 땅을 갈라 그를 봉했습니다. 손을 얼어 터지지 않게 할 수 있는 방법은 마찬가지인데, 어떤 사람은 이로써 봉함을 받고 어떤 사람은 솜 빠는 일을 면하지 못했습니다. 이것은 바로 사용하는 방법이 서로 달랐기 때문입니다.

지금 당신이 다섯 섬들이 표주박을 가지고 있다면, 어째서 이것을 요주(腰舟)로 삼아 강이나 호수에 띄울 생각을 하지 않고, 평탄하고 깊이가 없어 물건을 담을 수 없는 것을 걱정했습니까? 그런즉 선생은 아직도 사리에 통달하지 못한 옹졸한 마음을 지니고 있습니다.」

해설

혜자(惠子)는 장자(莊子)에게 자신이 위왕(魏王)으로부터 받은 조롱박 종자를 심어 다섯 섬 들이의 큰 박을 수확한 후, 그것을 갈라 바가지를 만들었으나 크기만 했지 쓸모가 없어 그것을 부숴버렸다는 이야기를 했다.

이 말을 들은 장자는 겨울에 손이 얼어터지지 않는 약을 잘 만드는 사람의 이야기를 예로 들어, 어떤 사람은 이 약을 이용하여 대대로 솜을 빠는 일을 하며 겨우 생계를 유지한 반면, 어떤 사람은 이 약을 이용하여 봉작(封爵)을 받고 공신이 되었다는 이른바 「무용(無用 : 쓸모없음)」, 「소용(小用 : 작게 쓰임)」, 「대용(大用 : 크게 쓰임)」에 관한 이치를 설명했다.

이 우언은 동일한 사물이라도 그것을 활용하는 지혜에 따라 용도가 달라질 수 있음을 비유한 것이다.

076 망량문영(罔兩問景)

《莊子 · 齊物論》

원문 및 주석

罔兩問景[1]

罔兩問景曰 :「曩子行, 今子止; 曩子坐, 今子起。何其无特操與?」[2] 景曰 :「吾有待而然者邪? 吾所待又有待而然者邪? 吾待蛇蚹蜩翼邪? 惡識所以然? 惡識所以不然?」[3]

1 罔兩問景 → 반그림자가 그림자에게 묻다
【罔兩(망량)】: 반영(半影), 반그림자. 즉, 본그림자 주위의 흐릿한 그림자.
【景(영)】: 影(영), 그림자.

2 罔兩問景曰 :「曩子行, 今子止; 曩子坐, 今子起。何其无特操與?」→ 반그림자가 그림자에게 물었다 :「당신은 조금 전에 걷더니, 지금은 멈췄고; 조금 전에 앉아 있더니, 지금은 일어났습니다. 어째서 그렇게 자신의 활동 규칙이 없습니까?」
【曩(낭)】: 전에, 이전, 접때.
【何其(하기)】: [복합허사] 어찌 그렇게.
【特操(특조)】: 독특한 품행. 즉「자신의 활동 규칙」을 가리킨다.
【與(여)】: [어조사].

3 景曰 :「吾有待而然者邪? 吾所待又有待而然者邪? 吾待蛇蚹蜩翼邪? 惡識所以然? 惡識所以不然?」→ 그림자가 말했다 :「내가 의지하는 것이 있어서 그런 것인가요? 내가 의지하는 것도 또 (다른) 의지하는 것이 있어서 그런 것인가요? 내가 (무엇에) 의지하는 것은 뱀이 배 밑의 비늘에 의지하여 걷고 매미가 양쪽 날개에 의지하여 나는 것과 같은 것인가요? 어찌 그러한 까닭을 알겠으며, 어찌 그렇지 않은 까닭을 알겠습니까?」
【待(대)】: 의지하다, 기대다.
【蛇蚹(사부)】: 뱀의 배 밑에 있는 비늘. 여기서는「뱀이 배 밑에 있는 비늘에 의지하여 걷는

번역문

반그림자가 그림자에게 묻다

반그림자가 그림자에게 물었다.

「당신은 조금 전에 걷더니 지금은 멈췄고, 조금 전에 앉아 있더니 지금은 일어났습니다. 어째서 그렇게 자신의 활동 규칙이 없습니까?」

그림자가 말했다.

「내가 의지하는 것이 있어서 그런 것인가요? 내가 의지하는 것도 또 (다른) 의지하는 것이 있어서 그런 것인가요? 내가 (무엇에) 의지하는 것은 뱀이 배 밑의 비늘에 의지하여 걷고, 매미가 양쪽 날개에 의지하여 나는 것과 같은 것인가요? 어찌 그러한 까닭을 알겠으며, 어찌 그렇지 않은 까닭을 알겠습니까?」

해설

반그림자가 형체의 동작에 따라 움직이는 그림자에게 어째서 자신의 독자적인 활동 규칙이 없느냐고 물었다. 이에 그림자는 그 원인을 자신이 의지하는 것이 있기 때문이고, 자신이 의지하는 것 또한 의지하는 것이 있기 때문이라고 생각하지만 결론은 그러한 원인과 그렇지 않은 원인을 알 수 없다고 했다.

....

것」을 의미한다.
【蜩翼(조익)】: 매미의 날개. 여기서는 「매미가 양쪽 날개에 의지하여 나는 것」을 가리킨다.
【惡(오)】: 어찌.
【識(식)】: 알다, 인식하다.
【所以然(소이연)】: 그러한 까닭.
【所以不然(소이불연)】: 그렇지 않은 까닭.

이 우언은 만물이 모두 상호 연계되어 의지하는 것이 있고, 그 의지하는 것으로부터 제약을 받아 독자적으로 고립되어 존재할 수 없다는 이치를 설명하면서, 그러한 원인을 인간의 지혜로 규명할 수 없기 때문에 그 해답을 「도(道)」에 귀착시킨다는 도가(道家)의 입장을 천명한 것이다.

077 장주몽접(莊周夢蝶)

《莊子 · 齊物論》

원문 및 주석

莊周夢蝶[1]

昔者莊周夢爲胡蝶, 栩栩然胡蝶也。自喩適志與, 不知周也。[2] 俄然覺, 則蘧蘧然周也。不知周之夢爲胡蝶, 胡蝶之夢爲周與?[3] 周與胡蝶, 則必有分矣。此之謂「物化」。[4]

1 莊周夢蝶 → 장주(莊周)가 나비 꿈을 꾸다
【莊周(장주)】: [인명] 장자(莊子)의 본명. 성은 장(莊), 이름은 주(周). 「장자」는 존칭.

2 昔者莊周夢爲胡蝶, 栩栩然胡蝶也。自喩適志與, 不知周也。→ 예전에 장주(莊周)가 꿈에 나비로 변했는데, 활기차게 훨훨 나는 한 마리의 나비였다. 스스로 즐겁고 의기양양하여, 자신이 장주라는 것을 알지 못했다.
【栩栩然(허허연)】: 활기차게 훨훨 나는 모양.
【喩(유)】: 愉(유), 유쾌하다.
【適志(적지)】: 의기양양하다.
【與(여)】: [어조사].

3 俄然覺, 則蘧蘧然周也。不知周之夢爲胡蝶, 胡蝶之夢爲周與? → 문득 꿈에서 깨어 보니, 바로 번듯이 누워 있는 장주였다. 장주가 꿈에서 나비로 변한 것인지, 나비가 꿈에 장주로 변한 것인지 알 수가 없었다.
【俄然(아연)】: 문득, 갑자기.
【蘧蘧然(거거연)】: 꼿꼿하게 누워 있는 모양, 번듯이 누워 있는 모양.

4 周與胡蝶, 則必有分矣。此之謂「物化」。→ 장주와 나비는, 반드시 분별이 있다. 이러한 것을 「물화(物化)」라 이른다.
【分(분)】: 분별, 구별.
【物化(물화)】: 변하여 물건이 되는 것. 즉, 물아(物我)가 서로 융합하여 하나가 되는 것.

번역문

장주(莊周)가 나비 꿈을 꾸다

예전에 장주(莊周)가 꿈에 나비로 변했는데 활기차게 훨훨 나는 한 마리의 나비였다. 스스로 즐겁고 의기양양하여 자신이 장주라는 것을 알지 못했다. 문득 꿈에서 깨어 보니 바로 번듯이 누워 있는 장주였다.

장주가 꿈에서 나비로 변한 것인지, 나비가 꿈에 장주로 변한 것인지 알 수가 없었다. 장주와 나비는 반드시 분별이 있다. 이러한 것을 「물화(物化)」라 이른다.

해설

이는 장자의 호접몽(胡蝶夢)이란 우화(寓話)이다. 장자가 꿈에 나비가 되어 날아다녔다는 것은 현실과 꿈의 구별을 배제하고 물아(物我)를 하나로 보는 장자의 「제물아(齊物我)」 이론에 근거한 것이다. 장자의 관점에서 만물은 상호 전화(轉化)하여 하나로 융합될 수 있는데, 이렇게 물아의 한계가 소멸되는 것을 물화(物化)라고 한다.

이 우언은 인간이 공명이록(功名利祿)에 초연할 경우 물아(物我) 모두를 잊고 무아지경(無我之境)에 도달할 수 있다는 도가의 관점을 설명한 것이다.

078 포정해우(庖丁解牛)

《莊子 · 養生主》

원문 및 주석

庖丁解牛[1]

庖丁爲文惠君解牛。[2] 手之所觸, 肩之所倚, 足之所履, 膝之所踦, 砉然嚮然。[3] 奏刀騞然, 莫不中音, 合於《桑林》之舞, 乃中《經首》

1 庖丁解牛 → 포정(庖丁)이 소를 잡아 해체하다
【庖丁(포정)】: 포정에 대해서는 몇 가지 설이 있다. ①「庖」는 요리사, 丁은 이름. ② 요리사. ③ 백정. ※ 여기서는 ①을 따랐다.
【解牛(해우)】: 소를 잡아 해체하다.

2 庖丁爲文惠君解牛。→ 포정(庖丁)이 문혜군(文惠君)을 위해 소를 잡아 해체했다.
【文惠君(문혜군)】: ① 전국시대 양(梁)나라의 혜왕(惠王)이라는 설. ② 미상의 허구적 인물이라는 설.

3 手之所觸, 肩之所倚, 足之所履, 膝之所踦, 砉然嚮然。→ (그의) 손이 닿는 곳이나, 어깨로 기대는 곳이나, 발로 밟는 곳이나, 무릎으로 누르는 곳에서, 훅훅 하는 소리가 났다.
【觸(촉)】: 접촉하다, 닿다.
【倚(의)】: 기대다.
【履(리)】: (발로) 밟다.
【膝(슬)】: 무릎.
【踦(기)】: 지탱하다, 떠받치다. 여기서는 소를 잡을 때, 한쪽 다리를 들어 무릎으로 누르는 것을 가리킨다.
【砉然嚮然(획연향연)】: 훅훅 하는 소리가 나다. 〖砉〗: [의성어] 훅훅. 뼈와 살을 바를 때 나는 소리. 〖嚮〗: 響(향), 소리가 나다.

4 奏刀騞然, 莫不中音, 合於《桑林》之舞, 乃中《經首》之會。→ 칼이 들어갈 때는 쿡쿡 하는

之會。[4] 文惠君曰 :「譆, 善哉! 技蓋至此乎?」[5] 庖丁釋刀對曰 :「臣之所好者道也, 進乎技矣。始臣之解牛之時, 所見无非全牛者, 三年之後, 未嘗見全牛也。[6] 方今之時, 臣以神遇而不以目視, 官知止而

....

소리가 나는데, 음률에 맞지 않음이 없었다.《상림(桑林)》의 춤에도 부합하고, 의외로《경수(經首)》의 음률에도 들어맞았다.
【奏刀(주도)】: 칼이 들어가다. 〖奏〗: 進(진), 들어가다.
【莫不(막불)】: …하지 않음이 없다.
【中音(중음)】: 음률에 들어맞다.
【合(합)】: 부합하다, 합치하다.
【《桑林(상림)》】: 상(商)나라 탕왕(湯王) 때의 무악(舞樂).
【乃(내)】: 뜻밖에도, 의외로.
【《經首(경수)》】: 상고시대 당(唐) 요(堯)임금 시대의 악곡 이름.
【會(회)】: 음률, 리듬.

5 文惠君曰 :「譆, 善哉! 技蓋至此乎?」→ 문혜군이 말했다 :「아, 훌륭하도다! 기술이 어찌면 이러한 경지에까지 이를 수 있는가?」
【譆(희)】: [감탄사] 嘻(희), 아!
【善哉(선재)】: 훌륭하도다!
【技(기)】: 솜씨, 기술.
【蓋(합)】: 盍(합), 어찌, 어떻게.

6 庖丁釋刀對曰 :「臣之所好者道也, 進乎技矣。始臣之解牛之時, 所見无非全牛者, 三年之後, 未嘗見全牛也。→ 포정이 칼을 놓고 대답했다 :「제가 좋아하는 것은 도(道)로서, 이미 보통의 기술을 초월했습니다. 처음에 제가 소를 잡아 해체할 당시에는, 보이는 것이 소의 전체 모습이었으나, 삼 년이 지나고 부터는, 소의 전체 모습을 본적이 없습니다.
【釋(석)】: 놓다.
【臣(신)】: 신, 저. ※ 군주에 대한 신하나 백성의 자칭.
【好(호)】: [동사] 좋아하다.
【道(도)】: 자연의 섭리, 즉 규율.
【進乎(진호)…】: …을 초월하다, …을 넘어서다. 〖乎〗: [개사] 於(어).
【始(시)】: 처음에.
【無非(무비)】: …가 아님이 없다. …이다.
【全牛(전우)】: 소의 전체 모습.
【未嘗(미상)】: …한 적이 없다.

7 方今之時, 臣以神遇而不以目視, 官知止而神欲行。→ 지금, 저는 심신(心神)으로 (소를) 접촉하지 눈으로 보지 않습니다. 감각기관의 역할은 자동적으로 멈추고 대신 심신이 역할을 합니다.

神欲行。[7] 依乎天理, 批大郤, 導大窾, 因其固然, 枝經肯綮之未嘗微礙, 而況大軱乎![8] 良庖歲更刀, 割也; 族庖月更刀, 折也。[9] 今臣之刀

················

【方今(방금)】: 현재, 지금.
【神遇(신우)】: 심신(心神)으로 접촉하다.
【目視(목시)】: 눈으로 보다.
【官知止(관지지)】: 감각기관이 멈출 줄을 알다. 즉「감각기관의 역할이 자동적으로 멈추다.」의 뜻. 〖官〗: 오관(五官: 눈 · 코 · 귀 · 혀 · 피부), 즉「감각기관」.
【神欲行(신욕행)】: 마음이 행동을 하려고 하다. 즉「심신이 역할을 하다」의 뜻.

8 依乎天理, 批大郤, 導大窾, 因其固然, 枝經肯綮之未嘗微礙, 而況大軱乎! → 근육의 타고난 구조에 따라, 큰 틈새를 헤집고 들어가, 뼈마디 사이의 빈곳에 (칼을) 집어넣고, 소의 본래의 신체구조에 따라 칼을 사용하니, 경락이 서로 접한 곳이나 근육과 뼈가 붙어 있는 미세한 곳까지도 전혀 장애가 된 적이 없습니다. 하물며 큰 뼈야 무슨 장애가 되겠습니까!
【依乎(의호)…】: …에 따라서. 〖乎〗: [개사] 於(어).
【天理(천리)】: 자연의 이치, 자연의 섭리. 여기서는「소의 타고난 생리구조」를 말한다.
【批(비)】: 공략하다, 헤집고 들어가다.
【郤(극)】: 隙(극), 틈새, 사이. 여기서는 근육과 뼈의 틈새를 말한다.
【導(도)】: (칼을) 집어넣다.
【窾(관)】: 뼈마디의 빈 곳.
【因其固然(인기고연)】: 그 본래의 신체구조에 따르다, 즉 소의 본래 구조에 따라 칼을 사용하다. 〖因〗: …에 따라. 〖固然〗: 본래의 모습. 여기서는 소의「본래의 신체구조」를 말한다.
【枝經(지경)】: 지맥(枝脈)과 경맥(經脈), 즉「경락(經絡)」. 여기서는「경락이 서로 연접한 곳」을 가리킨다.
【肯綮(긍계)】: 근육과 뼈가 붙어있는 곳.
【未嘗微礙(미상미애)】: 미미한 장애가 된 적이 없다. 즉「전혀 장애가 되지 않다」의 뜻. 〖未嘗〗: …한 적이 없다. 〖微礙〗: 미미한 장애. ※「微礙」 두 글자는 본래 없는 글자이나 여기서는 엄령봉(嚴靈峯)의 설을 근거로 보충했다.
【而況(이황)】: 하물며.
【軱(고)】: 뼈.

9 良庖歲更刀, 割也; 族庖月更刀, 折也。 → 훌륭한 포정은 일 년에 한 번 칼을 바꾸는데, (그것은) 살을 자르기 때문이고; 보통 포정은 한 달에 한 번 칼을 바꾸는데, (그것은) 뼈를 자르기 때문입니다.
【良庖(양포)】: 훌륭한 포정.
【歲(세)】: 한 해, 일 년.
【更(경)】: 바꾸다.
【割(할)】: (살을) 베다, 자르다.
【族庖(족포)】: 보통 포정.
【折(절)】: (뼈를) 부러뜨리다, 꺾다, 자르다.

十九年矣, 所解數千牛矣, 而刀刃若新發於硎。[10] 彼節者有間, 而刀刃者無厚; 以無厚入有閒, 恢恢乎其於遊刃必有餘地矣。[11] 是以十九年而刀刃若新發於硎。[12] 雖然, 每至於族, 吾見其難爲, 怵然爲戒, 視爲止, 行爲遲。[13] 動刀甚微, 謋然已解, 牛不知其死也, 如土委地。[14]

10 今臣之刀十九年矣, 所解數千牛矣, 而刀刃若新發於硎。→ 지금 저의 칼은 십구 년이 되었고, 수천 마리의 소를 해체했지만, 칼날은 마치 새로 숫돌에 갈아 놓은 듯합니다.
【刀刃(도인)】: 칼날.
【發(발)】: 갈다.
【硎(형)】: 숫돌.

11 彼節者有間, 而刀刃者無厚; 以無厚入有間, 恢恢乎其於遊刃必有餘地矣。→ 소의 뼈마디는 틈이 벌어져 있지만, 칼날은 두께가 없고; 두께가 없는 것을 틈이 있는 곳으로 집어넣으니, 널찍하여 칼날을 놀리기에 반드시 여유가 있습니다.
【彼(피)】: [대명사] 그. 즉 소를 가리킨다.
【間(간)】: 間(간), 사이, 틈.
【無厚(무후)】: 두께가 없다.
【以(이)】: …을.
【恢恢乎(회회호)】: 널찍한 모양, 여유 있는 모양.
【遊刃(유인)】: 칼날을 놀리다.
【餘地(여지)】: 여유, 여지.

12 是以十九年而刀刃若新發於硎。→ 그래서 십구 년이 되었어도 칼날이 마치 새로 숫돌에 갈아 놓은 것과 같습니다.
【是以(시이)】: 그래서, 그러므로.

13 雖然, 每至於族, 吾見其難爲, 怵然爲戒, 視爲止, 行爲遲。→ 비록 그렇다 해도, 매번 근육과 뼈가 뒤엉킨 곳에 이르게 되면, 저도 (칼질하기가) 어렵다는 것을 알고, 조심조심 경계하면서, 시선을 집중하고, 손발의 놀림을 천천히 합니다.
【族(족)】: 서로 뒤엉켜 있는 곳. 여기서는 「근육과 뼈가 서로 뒤엉켜 있는 곳」을 가리킨다.
【見(견)】: 알다, 느끼다.
【難爲(난위)】: 하기 어렵다.
【怵然(출연)】: 조심하는 모양, 신중히 하는 모양.
【爲戒(위계)】: 경계하다.
【視爲止(시위지)】: 시선을 집중하다. 〖止〗: 멈추다. 여기서는 「집중하다」의 뜻.
【行爲遲(행위지)】: 동작을 천천히 하다. 〖行〗: 행동. 여기서는 손발의 움직임을 말한다.

14 動刀甚微, 謋然已解, 牛不知其死也, 如土委地。→ (그러면) 칼을 살짝 움직이기만 해도, (뼈와 살이) 후드득 하고 이미 해체되어, 마치 흙덩이가 바닥에 떨어져 쌓이듯 합니다.

提刀而立, 爲之四顧, 爲之躊躇滿志, 善刀而藏之。」[15] 文惠君曰 : 「善哉! 吾聞庖丁之言, 得養生焉。」[16]

번역문

포정(庖丁)이 소를 잡아 해체하다

포정(庖丁)이 문혜군(文惠君)을 위해 소를 잡아 해체했다. (그의) 손이 닿는 곳이나 어깨로 기대는 곳이나, 발로 밟는 곳이나, 무릎으로 누르는 곳에서 훅훅 하는 소리가 났다. 칼이 들어갈 때는 쿡쿡 하는 소리가 나는데 음률에 맞지 않음이 없었다. 《상림(桑林)》의 춤에도 부합하고 의외로 《경수(經首)》의 음률에도 들어맞았다.

문혜군이 말했다.

「아, 훌륭하도다! 기술이 어쩌면 이러한 경지에까지 이를 수 있는가?」

....

【微(미)】: 조금, 약간, 살짝.
【謋然(획연)】: [의성어] 후드득. 뼈와 살이 떨어져 나가는 소리.
【已(이)】: 이미, 벌써.
【委地(위지)】: 바닥에 떨어져 쌓이다.

15 提刀而立, 爲之四顧, 爲之躊躇滿志, 善刀而藏之。」 → (이때) 나는 칼을 들고 서서, 사방을 둘러보고, 만족을 느끼며, 칼을 잘 손질하여 간직해 둡니다.」
【提(제)】: 들다.
【爲之(위지)】: 因此(인차), 이로 인해. 즉 소를 성공적으로 잡은 것으로 인해.
【躊躇(주저)】: 득의한 모양.
【滿志(만지)】: 흡족하다, 만족하다.
【善(선)】: 繕(선), 손질하다.
【藏(장)】: 간직하다.

16 文惠君曰 : 「善哉! 吾聞庖丁之言, 得養生焉。」 → 문혜군이 말했다 : 「훌륭하오! 나는 포정의 말을 듣고, 양생(養生)의 방법을 터득하였소.」
【得(득)】: 얻다, 터득하다.
【養生(양생)】: [명사용법] 양생하는 방법, 몸을 보양하는 방법.

포정이 칼을 놓고 대답했다.

「제가 좋아하는 것은 도(道)로서 이미 보통의 기술을 초월했습니다. 처음에 제가 소를 잡아 해체할 당시에는 보이는 것이 소의 전체 모습이었으나, 삼 년이 지나고 부터는 소의 전체 모습을 본적이 없습니다. 지금 저는 심신(心神)으로 (소를) 접촉하지 눈으로 보지 않습니다. 감각기관의 역할은 자동적으로 멈추고 대신 심신이 역할을 합니다. 근육의 타고난 구조에 따라 큰 틈새를 헤집고 들어가 뼈마디 사이의 빈곳에 (칼을) 집어넣고 소의 본래의 신체구조에 따라 칼을 사용하니, 경락이 서로 접한 곳이나 근육과 뼈가 붙어 있는 미세한 곳까지도 전혀 장애가 된 적이 없습니다. 하물며 큰 뼈야 무슨 장애가 되겠습니까!

훌륭한 포정은 일 년에 한 번 칼을 바꾸는데 (그것은) 살을 자르기 때문이고, 보통 포정은 한 달에 한 번 칼을 바꾸는데 (그것은) 뼈를 자르기 때문입니다. 지금 저의 칼은 십구 년이 되었고, 수천 마리의 소를 해체했지만 칼날은 마치 새로 숫돌에 갈아 놓은 듯합니다. 소의 뼈마디는 틈이 벌어져 있지만 칼날은 두께가 없고, 두께가 없는 것을 틈이 있는 곳으로 집어넣으니 널찍하여 칼날을 놀리기에 반드시 여유가 있습니다. 그래서 십구 년이 되었어도 칼날이 마치 새로 숫돌에 갈아 놓은 것과 같습니다.

비록 그렇다 해도, 매번 근육과 뼈가 뒤엉킨 곳에 이르게 되면, 저도 (칼질하기가) 어렵다는 것을 알고 조심조심 경계하면서 시선을 집중하고 손발의 놀림을 천천히 합니다. (그러면) 칼을 살짝 움직이기만 해도 (뼈와 살이) 후드득하고 이미 해체되어 마치 흙덩이가 바닥에 떨어져 쌓이듯 합니다. (이때) 나는 칼을 들고 서서 사방을 둘러보고 만족을 느끼며 칼을 잘 손질하여 간직해 둡니다.」

문혜군이 말했다.

「훌륭하오! 나는 포정의 말을 듣고 양생(養生)의 방법을 터득하였소.」

해설

포정(庖丁)이 소를 잡아 해체하는 기술은 보통의 기술이 아니고 도(道)가 트인 것이어서 소를 눈으로 보지 않고 심신(心神)으로 접촉한다. 그리하여 감각기관의 역할은 멈추고 심신이 그 역할을 대신한다. 심신의 역할은 자연의 섭리에 순응하기 때문에, 칼질을 할 때 근육의 타고난 구조에 따라 큰 틈새를 헤집고 들어가서 뼈마디 사이의 빈 곳에 칼을 집어넣는다. 본래의 신체구조에 따라 칼을 사용하기 때문에 경락(經絡)이 서로 접한 곳이나 근육과 뼈가 붙어 있는 미세한 곳까지도 전혀 장애가 되지 않는다. 그럼에도 불구하고 매번 근육과 뼈가 뒤엉킨 곳에 이르러서는 어려움을 알기 때문에 시선을 집중하고 손발의 놀림을 천천히 하는 등 신중에 신중을 기한다.

문혜군(文惠君)은 포정의 말을 듣고 비로소 양생(養生)의 방법을 터득했다.

이 우언은 장자가 포정해우(庖丁解牛) 고사를 통해, 일체의 사물은 나름대로 규율을 지니고 있기 때문에 자연의 섭리에 따라야 사태를 장악할 수 있으며, 자연의 섭리에 따르는 것도 결코 용이한 일이 아니기 때문에 신중히 대처해야 한다는 것을 지적하면서, 최종적으로 양생의 방법 역시 자연의 섭리에 순응해야 한다는 결론을 제시한 것이다.

079 역사수(櫟社樹)

《莊子 · 人間世》

원문 및 주석

櫟社樹[1]

匠石之齊, 至於曲轅, 見櫟社樹。[2] 其大蔽數千牛, 絜之百圍, 其高臨山, 十仞而後有枝, 其可以爲舟者旁十數。[3] 觀者如市, 匠伯不顧,

1 櫟社樹 → 지신(地神)으로 모시는 참나무
【櫟(역)】: 참나무, 상수리나무.
【社(사)】: 지신(地神).

2 匠石之齊, 至於曲轅, 見櫟社樹。→ 장석(匠石)이 제(齊)나라로 가다가, 곡원(曲轅)에 이르러, 지신(地神) 사당에서 지신으로 모시는 한 그루의 참나무를 보았다.
【匠石(장석)】: 목공 석씨. 〖匠〗: 목공, 목수. 〖石〗: 목공의 성씨.
【之(지)】: 가다.
【齊(제)】: [국명] 지금의 산동성 북부와 하북성 남부에 걸쳐 있던 주대(周代)의 제후국.
【曲轅(곡원)】: [지명] 소재지 미상.

3 其大蔽數千牛, 絜之百圍, 其高臨山, 十仞而後有枝, 其可以爲舟者旁十數。→ 그 크기는 수천 마리의 소를 가리고, 그 둘레의 굵기를 재보니 백 아름은 되었으며, 그 높이는 산의 정상에 이르렀다. 열 길 위로부터 가지가 났는데, 배를 만들 수 있는 곁가지가 십여 개는 되었다.
【大(대)】: [명사] 크기.
【蔽(폐)】: 덮다, 가리다.
【絜(혈)】: (굵기, 또는 둘레를) 재다.
【圍(위)】: 두 가지 뜻이 있다. ① 원의 둘레 1척(尺 : 자)를 1위(圍)라 한다. ② 두 팔을 벌려 감싸 안을 정도의 굵기. 즉 「한 아름」을 가리킨다.
【臨山(임산)】: 산의 정상에 이르다. 〖臨〗: 이르다, 도달하다.
【仞(인)】: [길이의 단위] 길. 1인은 대략 7~8척(尺 : 자)에 해당한다.

遂行不輟。[4] 弟子厭觀之, 走及匠石, 曰 :「自吾執斧斤以隨夫子, 未嘗見材如此其美也。先生不肯視, 行不輟, 何邪?」[5] 曰 :「已矣, 勿言之矣! 散木也。[6] 以爲舟則沈, 以爲棺槨則速腐, 以爲器則速毁, 以爲門戶則液樠, 以爲柱則蠹。[7] 是不材之木也, 無所可用, 故能若是之

……………

【而後(이후)】: 이후. 여기서는 「…이상, …위로」의 뜻.
【可以爲舟者旁(가이위주자방)】: 배를 만들 수 있는 곁가지. 〖爲〗: 만들다. 〖旁〗: 방지(旁枝), 곁가지.

4 觀者如市, 匠伯不顧, 遂行不輟。→ 구경하는 사람들이 마치 장터와 같았으나, 장석은 돌아보지도 않고, 곧장 걸어가며 걸음을 멈추지 않았다.
【市(시)】: 저자, 시장.
【匠伯(장백)】: 장인의 우두머리. 여기서는 장석을 가리킨다. 〖伯〗: 맏이, 어른.
【顧(고)】: 돌아보다.
【遂行(수행)】: 곧장 걸어가다.
【輟(철)】: 멈추다, 정지하다.

5 弟子厭觀之, 走及匠石, 曰 :「自吾執斧斤以隨夫子, 未嘗見材如此其美也。先生不肯視, 行不輟, 何邪?」→ (장석의) 제자가 그것을 실컷 구경하고 나서 장석한테 좇아가 물었다 :「제가 도끼를 잡고 선생님을 따른 뒤부터, 재목이 이처럼 훌륭한 것을 본 적이 없습니다. 선생님께서는 거들떠보려고도 하지 않고, 발걸음을 멈추지 않으셨는데, 무슨 까닭입니까?」
【厭觀(염관)】: 실컷 구경하다.
【走及(주급)…】: …에게 다가가다, …한테 좇아가다.
【自(자)】: …로부터.
【執(집)】: 잡다, 쥐다.
【斧斤(부근)】: 도끼.
【夫子(부자)】: [스승에 대한 존칭] 선생님.
【未嘗(미상)】: …한 적이 없다.
【美(미)】: 훌륭하다.
【不肯(불긍)】: …하려 들지 않다, …하려 하지 않다.

6 曰 :「已矣, 勿言之矣! 散木也。→ (장석이) 말했다 :「됐다, 다시 말하지 마라! 쓸모없는 나무다.
【已矣(이의)】: 그만 둬라. 됐다.
【勿(물)】: …하지 말라.
【散木(산목)】: 쓸모없는 나무.

7 以爲舟則沈, 以爲棺槨則速腐, 以爲器則速毁, 以爲門戶則液樠, 以爲柱則蠹。→ 그것으로 배를 만들면 가라앉고, 그것으로 관곽(棺槨)을 만들면 속히 썩어버리고, 그것으로 기물(器物)

壽。」[8] 匠石歸, 櫟社見夢曰 :「女將惡乎比予哉? 若將比予於文木邪?[9] 夫柤梨橘柚, 果蓏之屬, 實熟則剝, 剝則辱。大枝折, 小枝泄。[10]

....

을 만들면 속히 부서지고, 그것으로 문짝을 만들면 진액이 흐르고, 그것으로 기둥을 만들면 좀이 슨다.
【以爲(이위)…】: 以之爲(이지위)…, 그것으로 …을 만들다.
【沈(침)】: 가라앉다.
【棺槨(관곽)】: 널, 관곽.
【腐(부)】: 썩다, 부식하다.
【毁(훼)】: 부서지다.
【門戶(문호)】: 문짝.
【液樠(액만)】: [동사용법] 진액이 흐르다. 【樠】: [나무 이름] 소나무와 비슷하며 진액이 흘러나온다.
【蠹(두)】: [동사] 좀먹다, 좀이 슬다.

8 是不材之木也, 無所可用, 故能若是之壽。」→ 이는 재목이 되지 못하는 나무라, 쓸 만한 곳이 없기 때문에, 그래서 이와 같은 수명을 누릴 수 있는 것이다.」
【不材之木(부재지목)】: 재목이 되지 못하는 나무.
【可用(가용)】: 쓸만하다.

9 匠石歸, 櫟社見夢曰 :「女將惡乎比予哉? 若將比予於文木邪? → 장석이 집에 돌아와, (잠을 자는데) 참나무 지신이 꿈에 나타나 말했다 :「당신은 나를 어디에다 비하려는 것인가? 당신은 나를 문목(文木)에 비하려는 것인가?
【見夢(현몽)】: 현몽(現夢), 꿈에 나타나다.
【女(여)】: 汝(여), 당신.
【將(장)】: (장차) …하려 하다.
【惡乎(오호)】: 어찌, 어디에, 무엇에, 어느 곳에.
【若(약)】: 너, 당신.
【文木(문목)】: [나무이름] 문목. 좋은 재목이 되는 나무. ※ 앞의 산목(散木)에 대응한 말.

10 夫柤梨橘柚, 果蓏之屬, 實熟則剝, 剝則辱。大枝折, 小枝泄。→ 대저 아가위나무나 배나무나 귤나무나 유자나무 등, 과일나무에 속하는 것들은, 열매가 익으면 따게 되는데, 따게 되면 곤욕을 당한다. 큰 가지는 꺾이고, 작은 가지는 잡아끌린다.
【柤(차)】: 아가위나무.
【柚(유)】: 유자나무.
【果蓏(과라)】: 과일. ※ 목본(木本) 식물에 열리는 과일을 「과(果)」라 하고, 초본(草本) 식물에 열리는 과일을 「라(蓏)」라 한다.
【剝(박)】: (툭툭) 털다, 치다. 여기서는 「따다」의 뜻.
【辱(욕)】: 욕을 보다, 곤욕을 당하다.
【泄(예)】: 抴(예), 당기다, 잡아끌다.

此以其能苦其生者也，故不終其天年而中道夭，自掊擊於世俗者也。物莫不若是。[11] 且予求無所可用久矣，幾死，乃今得之，爲予大用。使予也而有用，且得有此大也邪?[12] 且也若與予也皆物也，奈何哉其相物也? 而幾死之散人，又惡知散木?」匠石覺而診其夢。[13]

11 此以其能苦其生者也，故不終其天年而中道夭，自掊擊於世俗者也。物莫不若是。→ 이는 자신의 재능으로 인해 자기의 삶을 괴롭히는 일들이다. 그래서 천수(天壽)를 다하지 못하고 중도에 요절하는 것이니, 스스로 세속(世俗)의 타격을 초래한 것이다. 모든 물건은 이와 같지 않은 것이 없다.
【苦(고)】: 괴롭히다.
【不終其天年(부종기천년)】: 자기의 천수를 다하지 못하다. 〖天年〗: 천수(天壽), 타고난 수명.
【夭(요)】: 요절하다.
【掊擊(부격)】: [사동용법] 타격을 초래하다.
【莫不(막불)】: …아닌 것이 없다.
【若是(약시)】: 이와 같다.

12 且予求無所可用久矣，幾死，乃今得之，爲予大用。使予也而有用，且得有此大也邪? → 하물며 나는 쓸만한 곳이 없기를 추구한 지가 오래되었는데, 거의 잘려 죽을 뻔하다, 이제야 비로소 그것을 얻었다. 이것이 나의 대용(大用)이다. 만일 내가 쓸모가 있었다면, 또한 이처럼 크게 자랄 수 있었겠는가?
【且(차)】: 하물며, 더구나, 게다가.
【求(구)】: 추구하다.
【幾(기)】: 거의.
【乃(내)】: 비로소, 겨우.
【得之(득지)】: 그것을 얻다. 〖之〗: [대명사] 그것, 즉 「쓸 만한 곳이 없기를 추구한 것」.
【爲(이)】: …이다.
【大用(대용)】: 크게 쓰이다.
【使(사)】: 만일, 만약.
【得(득)】: 能(능), …할 수 있다.

13 且也若與予也皆物也，奈何哉其相物也? 而幾死之散人，又惡知散木?」匠石覺而診其夢。→ 또한 당신과 나는 모두 똑같은 물건인데, 당신이 어째서 물건을 품평하는가? 그리고 거의 죽어가는 쓸모없는 사람이, 또 어찌 쓸모없는 나무를 알겠는가?」 장석이 잠에서 깨어 그 꿈을 이야기했다.
【且(차)】: 그리고, 또한.
【若(약)】: 당신.
【奈何(내하)】: 어찌하여.
【相(상)】: 품평하다, 평가하다.

弟子曰:「趣取無用, 則爲社何邪?」[14] 曰:「密! 若無言! 彼亦直寄焉, 以爲不知己者詬厲也。不爲社者, 且幾有翦乎![15] 且也, 彼其所保與衆異, 而以義喩之, 不亦遠乎!」[16]

【散人(산인)】: 쓸모없는 사람.
【惡(오)】: 어찌, 어떻게.
【覺(각)】: (잠에서) 깨어나다.
【診(진)】: 고하다, 이야기하다.

14 弟子曰:「趣取無用, 則爲社何邪?」→ 제자가 말했다:「쓸모없기를 추구했다면, 지신이 된 것은 어째서입니까?」
【趣取(취취)】: 추구하다.
【爲社(위사)】: 지신이 되다, 지신 노릇을 하다.
【何(하)】: 왜, 어째서.

15 曰:「密! 若無言! 彼亦直寄焉, 以爲不知己者詬厲也。不爲社者, 且幾有翦乎! → (장석이) 말했다:「쉬! 너는 말하지 마라! 저 참나무도 다만 (신사에) 몸을 기탁하고 있을 뿐이지만, 자기를 이해하지 못하는 사람들이 자기를 욕하고 꾸짖는다고 생각하는 것이다. 만일 지신이 되지 않았다면, 아마도 십중팔구 잘려버렸을 것이다!
【密(밀)!】: 쉬! 조용히 해라! ※ 비밀을 남이 듣지 않도록 하라는 뜻.
【若(약)】: 당신, 너.
【無(무)】: 勿(물), …하지 말라, …해서는 안 된다.
【直寄(직기)】: 다만 (몸을) 기탁하고 있을 뿐이다. 〖直〗: 다만, 오직.
【以爲(이위)】: …라고 여기다, …라고 생각하다.
【不知己者(부지기자)】: 자기를 이해하지 못하는 자.
【詬厲(후려)】: 욕하고 꾸짖다.
【且(차)】: 아마도, 혹은, 어쩌면.
【幾(기)】: 거의, 십중팔구.
【翦(전)】: 자르다, 베다.

16 且也, 彼其所保與衆異, 而以義喩之, 不亦遠乎!」→ 하물며, 저 참나무는 자신을 보존하는 방법이 여럿과 다른데, 네가 다만 평범한 이치를 가지고 그것을 가늠한다면, 또한 거리가 멀지 않겠느냐?」
【且(차)】: 하물며.
【所保(소보)】: 자신을 보전하는 방법.
【義(의)】: 두 가지 설이 있다: ①「義」를「儀(의: 겉모습, 외관)」으로 보는 경우. ② 常理(상리: 평범한 이치, 당연한 이치)로 보는 경우. ※ 본문에서는 후자를 근거로 하였다.
【喩(유)】: 가늠하다, 재다.

번역문

지신(地神)으로 모시는 참나무

장석(匠石)이 제(齊)나라로 가다가 곡원(曲轅)에 이르러 지신(地神) 사당에서 지신으로 모시는 한 그루의 참나무를 보았다. 그 크기는 수천 마리의 소를 가리고, 그 둘레의 굵기를 재보니 백 아름은 되었으며, 그 높이는 산의 정상에 이르렀다. 열 길 위로부터 가지가 났는데 배를 만들 수 있는 곁가지가 십여 개는 되었다. 구경하는 사람들이 마치 장터와 같았으나 장석은 돌아보지도 않고 곧장 걸어가며 걸음을 멈추지 않았다.

(장석의) 제자가 그것을 실컷 구경하고 나서 장석한테 좇아가 물었다.

「제가 도끼를 잡고 선생님을 따른 뒤부터 재목이 이처럼 훌륭한 것을 본 적이 없습니다. 선생님께서는 거들떠보려고도 하지 않고 발걸음을 멈추지 않으셨는데 무슨 까닭입니까?」

(장석이) 말했다.

「됐다. 다시 말하지 마라! 쓸모없는 나무다. 그것으로 배를 만들면 가라앉고, 그것으로 관곽(棺槨)을 만들면 속히 썩어버리고, 그것으로 기물(器物)을 만들면 속히 부서지고, 그것으로 문짝을 만들면 진액이 흐르고, 그것으로 기둥을 만들면 좀이 슨다. 이는 재목이 되지 못하는 나무라 쓸만한 곳이 없기 때문에, 그래서 이와 같은 수명을 누릴 수 있는 것이다.」

장석이 집에 돌아와, (잠을 자는데) 참나무 지신이 꿈에 나타나 말했다.

「당신은 나를 어디에다 비하려는 것인가? 당신은 나를 문목(文木)에 비하려는 것인가? 대저 아가위나무나 배나무나 귤나무나 유자나무 등 과일나무에 속하는 것들은 열매가 익으면 따게 되는데 따게 되면 곤욕을 당한다. 큰 가지는 꺾이고 작은 가지는 잡아끌린다. 이는 자신의 재능으로 인해 자기의 삶을 괴롭히는 일들이다. 그래서 천수(天壽)를 다하지 못하고 중도에 요절하는 것이니 스스로 세속(世俗)의 타격을 초래한 것이다. 모든 물건은 이와 같지 않은 것이 없다. 하물며 나는 쓸만한 곳이 없기를 추구한지가 오래되었는데, 거의 잘려 죽을 뻔하다 이제야 비로소 그것을 얻었다. 이것이 나의 대용(大用)이다. 만일 내가 쓸모가 있었다면 또한 이처럼 크게 자랄 수 있었겠는가? 또한 당신과 나는 모두 똑같은 물건인데 당신이 어째서 물건을 품평하는가? 그리고 거의 죽어가는 쓸모없는 사람이 또 어찌 쓸모없는 나무를 알겠는가?」

장석이 잠에서 깨어 그 꿈을 이야기했다.

제자가 말했다.

「쓸모없기를 추구했다면 지신이 된 것은 어째서입니까?」

장석이 말했다.

「쉬! 너는 말하지 마라! 저 참나무도 다만 (신사에) 몸을 기탁하고 있을 뿐이지만, 자기를 이해하지 못하는 사람들이 자기를 욕하고 꾸짖는다고 생각하는 것이다. 만일 지신이 되지 않았다면 아마도 십중팔구 잘려버렸을 것이다! 하물며 저 참나무는 자신을 보존하는 방법이 여럿과 다른데 네가 평범한 이치를 가지고 그것을 가늠한다면 또한 거리가 멀지 않겠느냐?」

해설

목공 장석(匠石)이 제(齊)나라로 가다가 지신(地神)으로 모시는 어마어마하게 큰 참나무를 보고 그냥 지나치자 제자가 그 까닭을 물었다. 이에 장석이 그 나무로 배를 만들면 가라앉고, 관곽을 만들면 속히 썩어버리고, 기물을 만들면 속히 부서지고, 문짝을 만들면 진액이 흐르고, 기둥을 만들면 좀이 스는 등 전혀 쓸모가 없는 이유를 설명했다.

그날 밤 장석의 꿈에 참나무가 나타나 「과실수는 열매로 인해 가지가 꺾이고 잡아끌리며 곤욕을 당한다.」는 사실을 들고, 자신은 「무용(無用)을 추구했기 때문에 그러한 곤욕을 모면하고 크게 자랄 수 있었다.」는 대용(大用)을 역설하며 장석의 품평을 반박했다.

장석의 꿈 얘기를 들은 제자가 만일 참나무가 쓸모없기를 추구했다면 어째서 지신 노릇을 하느냐고 물었다. 이에 대해 장석은 참나무가 자신을 보존하는 방법이 여럿과 달라 평범한 이치를 가지고 가늠할 수 없다고 했다. 나무는 재목이 되어야 유용(有用)한 것이고, 재목이 되지 못하면 무용(無用)한 것이라는 목수의 입장과 과실수와 같은 유용을 피해 무용을 추구한 참나무 지신의 입장이 서로 다르긴 해도 「무용이 곧 대용」이라는 관점은 서로 일치한다.

이 우언은 장자가 무용에 대한 사회의 편향된 인식을 떠나 재능도 없고 쓸모도 없는 것이 자신을 보전하는 가장 좋은 방법이라는 「무용지용(無用之用)」의 이치를 설명한 것이다.

080 상유이말(相濡以沫)

《莊子 · 大宗師》

원문 및 주석

相濡以沫[1]

泉涸, 魚相與處於陸, 相呴以濕, 相濡以沫, 不如相忘於江湖。[2]

번역문

서로 침을 가지고 적셔주다

샘물이 말라 물고기들이 함께 땅 위에 처하게 되면, 서로 습기를 내뿜어 호흡을 하고 서로 침을 가지고 적셔주지만, (그래도) 강이나 호수에서 서로 잊고 사는 것만 못하다.

1 相濡以沫 → 서로 침을 가지고 적셔주다
【濡(유)】: 젖다, 적시다.
【沫(말)】: 침, 타액.

2 泉涸, 魚相與處於陸, 相呴以濕, 相濡以沫, 不如相忘於江湖。→ 샘물이 말라, 물고기들이 함께 땅 위에 처하게 되면, 서로 습기를 내뿜어 호흡을 하고, 서로 침을 가지고 적셔주지만, (그래도) 강이나 호수에서 서로 잊고 사는 것만 못하다.
【涸(학)】: 마르다.
【呴(구)】: 호흡하다.
【濕(습)】: 습기.
【不如(불여)】: …만 못하다, …이 낫다.

해설

이 우언은 곤경에 처하여 서로 돕고 사는 것보다는 서로 무관심하게 잊고 살더라도 차라리 편안한 세상이 낫다는 비유를 통해, 세상의 모든 시비를 잊어버리고 인간 정신의 최고 경지인 대도(大道)에 융화되어야 한다는 도가(道家)의 주장을 설명한 것이다.

081 혼돈지사(渾沌之死)

《莊子 · 應帝王》

원문 및 주석

渾沌之死[1]

南海之帝爲儵, 北海之帝爲忽, 中央之帝爲渾沌。[2] 儵與忽時相與遇於渾沌之地, 渾沌待之甚善。[3] 儵與忽謀報渾沌之德, 曰 :「人皆有七竅, 以視聽食息, 此獨無有, 嘗試鑿之。」[4] 日鑿一竅, 七日而渾

1 渾沌之死 → 혼돈(渾沌)의 죽음
【渾沌(혼돈)】: 주 2 참조.

2 南海之帝爲儵, 北海之帝爲忽, 中央之帝爲渾沌。→ 남해의 제왕을 숙(儵)이라 하고, 북해의 제왕을 홀(忽)이라 하고, 중앙의 제왕을 혼돈(渾沌)이라 한다.
【儵(숙) · 忽(홀) · 渾沌(혼돈)】: [허구적 형상]. 〖儵〗:「유(有)」를 의미한다. 〖忽〗:「무(無)」를 의미한다. 〖混沌〗: 혼연일체. 만물이 나뉘지 않은 원초의 형태. 즉「비무비유(非無非有)」의「자연(自然)」을 의미한다.

3 儵與忽時相與遇於渾沌之地, 渾沌待之甚善。→ 숙과 홀이 때때로 혼돈의 지역에서 함께 만났는데, 혼돈이 그들에게 매우 잘 대해 주었다.
【時(시)】: 때때로.
【相與(상여)】: 함께.
【待之甚善(대지심선)】: 그들에게 매우 잘 대해주다.

4 儵與忽謀報渾沌之德, 曰 :「人皆有七竅, 以視聽食息, 此獨無有, 嘗試鑿之。」→ 숙과 홀은 혼돈의 은덕을 갚고자 상의하여, 말했다 :「사람은 모두 일곱 개의 구멍이 있어, 이를 가지고 보고 듣고 먹고 숨을 쉬는데, 혼돈만 유독 지니고 있지 않으니, 시험 삼아 그것을 뚫어보자.」
【謀(모)】: 상의하다.

沌死。[5]

번역문

혼돈(渾沌)의 죽음

남해의 제왕을 숙(儵)이라 하고, 북해의 제왕을 홀(忽)이라 하고, 중앙의 제왕을 혼돈(渾沌)이라 한다. 숙과 홀이 때때로 혼돈의 지역에서 함께 만났는데 혼돈이 그들에게 매우 잘 대해 주었다. 숙과 홀은 혼돈의 은덕을 갚고자 상의하여 말했다.

「사람은 모두 일곱 개의 구멍이 있어, 이를 가지고 보고 듣고 먹고 숨을 쉬는데, 혼돈만 유독 지니고 있지 않으니 시험 삼아 그것을 뚫어보자.」

매일 한 구멍씩 뚫어 이레가 되자 혼돈이 죽어버렸다.

해설

숙(儵)과 홀(忽)은 「유위(有爲)」이고, 자연을 뜻하는 혼돈(混沌)은 「무위(無爲)」이다. 「무위」의 혼돈은 본래 아무 탈 없이 잘 살고 있었으나 「유위」의 숙과 홀이 임의로 구멍을 파서 혼돈을 죽음에 이르게 했다.

이 우언은 장자가 도가(道家)의 「무위이치(無爲而治)」를 설명한 것으로,

....

【報(보)】: 갚다, 보답하다.
【七竅(칠규)】: 일곱 개의 구멍. 「눈 · 귀 · 입 · 코」를 가리킨다.
【此(차)】: [대명사] 이것, 즉 혼돈.
【獨(독)】: 홀로, 유독.
【無有(무유)】: 없다, 지니고 있지 않다, 가지고 있지 않다..
【嘗試(상시)】: 시험해 보다.
【鑿(착)】: 뚫다.

5 日鑿一竅, 七日而渾沌死。→ 매일 한 구멍씩 뚫어, 이레가 되자 혼돈이 죽어버렸다.

일을 처리함에 있어서 비록 선의(善意)에서 출발한다 해도 객관적인 규율을 무시하고 주관에만 의존한다면 실패를 면치 못할 뿐만 아니라 심지어 나쁜 결과가 초래될 수 있음을 경계한 것이다.

082 장곡망양(臧穀亡羊)

《莊子 · 騈拇》

원문 및 주석

臧穀亡羊[1]

臧與穀二人相與牧羊而俱亡其羊。[2] 問臧奚事, 則挾筴讀書; 問穀奚事, 則博塞以遊。[3] 二人者, 事業不同, 其於亡羊均也。[4]

1 臧穀亡羊 → 장(臧)과 곡(穀)이 양을 잃어버리다
【臧穀(장곡)】: 옛날 북쪽지방의 풍습에서 하녀를 아내로 맞은 남자를 가리켜 「臧」이라 하고, 동복을 가리켜 「穀」이라 했다. 여기서는 장자가 臧과 穀을 각기 두 사람의 이름으로 설정한 것이다.
【亡(망)】: 잃다.

2 臧與穀二人相與牧羊而俱亡其羊。→ 장(臧)과 곡(穀) 두 사람이 함께 양을 치다가 다 같이 자기의 양을 잃어 버렸다.
【相與(상여)】: 함께.
【牧羊(목양)】: 양을 치다, 양을 방목하다.
【俱(구)】: 모두, 다 같이.

3 問臧奚事, 則挾筴讀書; 問穀奚事, 則博塞以遊。→ 장에게 무엇을 했느냐고 물으니, 죽간(竹簡)을 들고 독서를 했다고 했고; 곡에게 무엇을 했느냐고 물으니, 도박을 하며 놀았다고 했다.
【奚事(해사)】: 무엇을 했는가? 〖奚〗: 무엇, 어떤. 〖事〗: 종사하다.
【挾(협)】: 들다, 가지다.
【筴(책)】: 策(책). 간책(簡策), 죽간(竹簡). ※ 옛날 종이가 없던 시절에 글씨를 쓰던 대나무 조각.
【博塞(박새)】: 옛날 놀이의 일종. ① 장기라는 설과 ② 주사위 놀이라는 설과 ③ 일종의 도박이라는 설이 있다.

4 二人者, 事業不同, 其於亡羊均也。→ 두 사람이, 한 일은 서로 다르지만, 양을 잃었다는 점

번역문

장(臧)과 곡(穀)이 양을 잃어버리다

장(臧)과 곡(穀) 두 사람이 함께 양을 치다가 다 같이 자기의 양을 잃어버렸다. 장에게 무엇을 했느냐고 물으니, 죽간(竹簡)을 들고 독서를 했다고 했고, 곡에게 무엇을 했느냐고 물으니, 도박을 하며 놀았다고 했다.

두 사람이 한 일은 서로 다르지만 양을 잃었다는 점에서는 서로 똑같다.

해설

장(臧)과 곡(穀) 두 사람이 각기 양을 치다가 모두 양을 잃어버렸다. 장은 독서를 하다가 양을 잃었고, 곡은 장기를 두다가 양을 잃었다. 우리의 통념에서 독서는 좋은 일이고 도박은 안 좋은 일이다. 그러나 양을 잃은 것은 마찬가지다. 그래서 일을 처리할 때는 동기보다 결과를 더욱 중시한다.

이 우언은 무슨 일을 하던 한마음으로 전심전력하지 않으면 반드시 실패한다는 것을 경계한 것이다.

에서는 서로 똑같다.
【事業(사업)】: 한 일.
【均(균)】: 서로 같다.

083 위대도적화(爲大盜積貨)

《莊子・胠篋》

원문 및 주석

爲大盜積貨[1]

將爲胠篋探囊發匱之盜而爲守備, 則必攝緘縢, 固扃鐍, 此世俗之所謂知也。[2] 然而巨盜至, 則負匱揭篋擔囊而趨, 唯恐緘縢扃鐍之

1 爲大盜積貨 → 큰 도둑을 위해 재물을 모으다
【積貨(적화)】: 재물을 모으다. 〖積〗: 쌓다, 모으다.

2 將爲胠篋探囊發匱之盜而爲守備, 則必攝緘縢, 固扃鐍, 此世俗之所謂知也。→ 상자를 열고 주머니를 뒤지고 궤짝을 여는 도둑을 방비하기 위해서는, 반드시 끈을 단단히 묶고, 자물쇠를 단단히 채워야 한다. 이것이 세속에서 말하는 지혜이다.
【胠篋(거협)】: 상자를 열다. 〖胠〗: 열다. 〖篋〗: 상자.
【探囊(탐낭)】: 주머니를 뒤지다. 〖探〗: 찾다, 뒤지다. 〖囊〗: 주머니.
【發匱(발궤)】: 궤짝을 열다. 〖匱〗: 櫃(궤), 궤짝.
【守備(수비)】: 대비하다.
【攝(섭)】: 단단히 묶다, 단단히 잡아매다.
【緘縢(함등)】: (물건을 묶는) 줄, 끈.
【固(고)】: 단단히 채우다.
【扃鐍(경휼)】: 자물쇠.
【知(지)】: 智(지), 지혜.

3 然而巨盜至, 則負匱揭篋擔囊而趨, 唯恐緘縢扃鐍之不固也。→ 그러나 큰 도둑이 들면, 궤짝을 짊어지고 주머니를 걸머메고 달아나면서, 오직 끈과 자물쇠가 견고하지 않을까 걱정한다.
【然而(연이)】: 그러나.
【巨盜(거도)】: 큰 도둑.
【負(부)】: 지다, 짊어지다.

不固也。[3] 然則鄕之所謂知者, 不乃爲大盜積者也?[4]

번역문

큰 도둑을 위해 재물을 모으다

상자를 열고 주머니를 뒤지고 궤짝을 여는 도둑을 방비하기 위해서는 반드시 끈을 단단히 묶고 자물쇠를 단단히 채워야 한다. 이것이 세속에서 말하는 지혜이다.

그러나 큰 도둑이 들면 궤짝을 짊어지고 주머니를 걸머메고 달아나면서 오직 끈과 자물쇠가 견고하지 않을까 걱정한다. 그렇다면 종전의 지혜라고 하는 것은 바로 큰 도둑을 위해 (재물을) 모아 놓은 것이 아니겠는가?

해설

예로부터 나라를 훔친 큰 도둑은 성인의 지혜를 이용하여 자신을 보호하는 동시에 백성들을 억압하고 부려먹었다. 장자(莊子)는 도척(盜跖)과 같은 큰 도둑으로부터 이러한 이치를 깨닫고 성인과 큰 도둑이 함께 공존하며 누리는 상황을 폭로했다. 그리하여 장자는 「성인불사, 대도부지(聖人不

【揭(게)】: 들어 올리다.
【擔(담)】: 걸머메다
【唯(유)】: 다만, 오직.
【恐(공)】: 걱정하다, 우려하다.

4 然則鄕之所謂知者, 不乃爲大盜積者也? → 그렇다면 종전의 지혜라고 하는 것은, 바로 큰 도둑을 위해 (재물을) 모아 놓은 것이 아니겠는가?
【然則(연즉)】: 그렇다면, 그러면.
【鄕(향)】: 向(향), 이전, 종전.
【不乃(불내)…也(야)?】: 바로 …이 아니겠는가? 〖乃〗: 바로 …이다.

死, 大盜不止 : 성인이 죽지 않으면, 큰 도둑이 그치지 않는다.)」라고 하며 「절성기지, 대도내지(絶聖棄知, 大盜乃止 : 성인을 단절하고 지혜를 포기해야, 큰 도둑이 비로소 멈춘다.)」라고 주장했다.

이 우언은 장자의 「무위이치(無爲而治)」를 설명한 것이다.

084 황제유주(黃帝遺珠)

《莊子 · 天地》

원문 및 주석

黃帝遺珠[1]

黃帝遊乎赤水之北, 登乎崑崙之丘而南望, 還歸遺其玄珠。[2] 使知

1 黃帝遺珠 → 황제(黃帝)가 진주를 잃어버리다
【黃帝(황제)】: [전설인물] 중국 신화에 나오는 삼황오제(三皇五帝) 중의 한 사람. 소전(少典)의 아들로 성은 공손(公孫)이며, 헌원(軒轅)의 언덕에 살았다 하여 헌원씨(軒轅氏)라 했고, 또 희수(姬水)에 살아 성을 희(姬)씨로 바꾸었다. 판천(阪泉)에서 염제(炎帝)를 물리치고 탁록(涿鹿)의 들판에서 치우(蚩尤)를 죽여, 제후들이 그를 천자로 받들며 신농씨(神農氏)를 대신했다. 토덕(土德)의 상서로움을 지녔다 하여 황제(黃帝)라 호칭했는데, 잠상(蠶桑) · 의약(醫藥) · 주거(舟車) · 궁실(宮室) · 문자(文字) 등은 모두 황제 때부터 비롯되었다고 한다. 《사기(史記) · 오제본기(五帝本紀)》에 이에 관한 기록이 보인다.
【遺(유)】: 잃다.

2 黃帝遊乎赤水之北, 登乎崑崙之丘而南望, 還歸遺其玄珠。→ 황제(黃帝)가 적수(赤水)의 북쪽에서 놀다가, 곤륜(崑崙)의 언덕에 올라 남쪽을 구경하고, 돌아오는 길에 검은 진주를 잃어버렸다.
【遊乎(유호)…】: …에서 놀다. 【乎】: [개사] 於(어), …에서.
【赤水(적수)】: [강 이름] 곤륜산(崑崙山)의 남쪽에 있는 강. 지금의 섬서성 의천현(宜川縣) 북쪽.
【崑崙(곤륜)】: 지금의 신강성과 티베트 사이에 있는 산. 서쪽은 파미르고원과 접하고 동쪽은 청해성 경내로 들어가 있다. 곤륜산에 관한 신화 전설은 《산해경(山海經)》, 《회남자(淮南子)》, 《신이경(神異經)》 등에 보인다.
【南望(남망)】: 남쪽을 바라보다. 여기서는 「남쪽을 구경하다」의 뜻.
【還歸(환귀)】: 돌아오다.
【玄珠(현주)】: 검은 진주. 여기서는 「도(道)」를 비유한 것이다.

索之而不得, 使離朱索之而不得, 使喫詬索之而不得也。乃使象罔, 象罔得之。[3] 黃帝曰 : 「異哉! 象罔乃可以得之乎?」[4]

번역문

황제(黃帝)가 진주를 잃어버리다

황제(黃帝)가 적수(赤水)의 북쪽에서 놀다가 곤륜(崑崙)의 언덕에 올라 남쪽을 구경하고 돌아오는 길에 검은 진주를 잃어버렸다.

지(知)를 보내 그것을 찾아보았으나 찾아내지 못하고, 이주(離朱)를 보내 그것을 찾아보았으나 찾아내지 못하고, 끽구(喫詬)를 보내 그것을 찾아보았으나 찾아내지 못했다. 그리하여 상망(象罔)을 보내니 상망은 그것을 찾아냈다.

황제가 말했다.

「이상하도다! 상망이라야 비로소 그것을 찾을 수 있는가?」

3 使知索之而不得, 使離朱索之而不得, 使喫詬索之而不得也。乃使象罔, 象罔得之。→ 지(知)를 보내 그것을 찾아보았으나 찾아내지 못하고, 이주(離朱)를 보내 그것을 찾아보았으나 찾아내지 못하고, 끽구(喫詬)를 보내 그것을 찾아보았으나 찾아내지 못했다. 그리하여 상망(象罔)을 보내니, 상망은 그것을 찾아냈다.

【使(사)】: 보내다, 파견하다.

【知(지)】: [가설인물] 智(지), 즉 지혜롭다는 뜻의 이름.

【離朱(이주)】: [전설인물] 시력이 뛰어나 백 보 밖의 털끝만한 것도 잘 보았다.

【喫詬(끽구)】: [가설인물] 변론에 뛰어났다는 뜻의 이름.

【乃(내)】: 이에, 그리하여.

【象罔(상망)】: [가설인물] 형상을 이탈하고 지혜를 없애 무형무심(無形無心)의 상태라는 뜻을 지닌 이름.

4 黃帝曰 : 「異哉! 象罔乃可以得之乎?」→ 황제가 말했다 : 「이상하도다! 상망이라야 비로소 그것을 찾을 수 있는가?」

【乃(내)】: 비로소.

【可以(가이)】: …할 수 있다.

해설

황제(黃帝)가 적수(赤水)와 곤륜산(崑崙山)을 유람하고 돌아오다가 검은 구슬을 잃어버리고 지혜가 출중한 지(知)와 시력이 뛰어난 이주(離朱)와 언변에 능한 끽구(喫詬)를 보내 찾아보았으나 찾아내지 못하다가 상망(象罔)을 보내 그것을 찾아냈다.

이름의 의미를 통해 알 수 있듯이, 지(知)와 이주(離朱)와 끽구(喫詬)는 인간 사회에서 능력이 뛰어난 사람들로서 바로 지혜를 상징하며, 상망(象罔)은 도(道)를 깨달은 사람으로서 바로 자연과 융합된 무형무심(無形無心)의 상태를 상징한다.

이 우언은 장자의 관점에서 일반 사람들의 총명한 지혜로는 어떠한 목적도 이룰 수가 없고, 오직 「무위(無爲)」의 경지에 이르러야 비로소 성공할 수 있다는 것을 은유한 것이다.

085 한음장인(漢陰丈人)

《莊子 · 天地》

원문 및 주석

漢陰丈人[1]

子貢南遊於楚, 反於晉, 過漢陰, 見一丈人方將爲圃畦, 鑿隧而入井, 抱甕而出灌, 滑滑然用力甚多而見功寡。[2] 子貢曰 :「有械於

1 漢陰丈人 → 한수(漢水) 남쪽의 노인

【漢陰(한음)】: 한수(漢水)의 남쪽. 한수는 섬서성 영강현(寧羌縣) 북쪽 파총산(嶓冢山)에서 발원하여 동쪽으로 호북성 한양(漢陽)을 지나 장강(長江)으로 흘러 들어간다. ※ 예전에는 강의 남쪽과 산의 북쪽을「음(陰)」이라 하고, 강의 북쪽과 산의 남쪽을「양(陽)」이라 했다.

【丈人(장인)】: 노인.

2 子貢南遊於楚, 反於晉, 過漢陰, 見一丈人方將爲圃畦, 鑿隧而入井, 抱甕而出灌, 滑滑然用力甚多而見功寡。→ 자공(子貢)이 남쪽으로 초(楚)나라를 유람하고, 진(晉)나라로 돌아오다가, 한수의 남쪽을 지나는 길에, 한 노인이 막 채소밭을 가꾸려고 준비하는 것을 보았다. 굴을 파서 우물로 들어가, 항아리를 안고 물을 길러 나와 물 대는 것을 보니, 끙끙대며 힘을 몹시 쓰는데 효과는 적었다.

【子貢(자공)】: [인명] 공자(孔子)의 제자. 춘추시대 위(衛)나라 사람으로 성은 단목(端木), 이름은 사(賜)이며, 자는 자공(子貢)이다.

【楚(초)】: [국명] 지금의 호남성 · 호북성과 강서성 · 절강성 및 하남성 남부에 걸쳐 있던 주대(周代)의 제후국.

【反(반)】: 返(반), 돌아오다.

【晉(진)】: [국명] 지금의 산서성 일대에 있던 주대(周代)의 제후국. B.C. 375년 조씨(趙氏) · 한씨(韓氏) · 위씨(魏氏)가 진(晉)의 영토를 삼분하여 각기 조(趙) · 한(韓) · 위(魏) 세 나라로 독립했다.

【方將(방장)】: 막 …하려 하다.

此, 一日浸百畦, 用力甚寡而見功多, 夫子不欲乎?」[3] 爲圃者仰而視之曰 : 「奈何?」[4] 曰 : 「鑿木爲機, 後重前輕, 挈水若抽, 數如泆湯, 其名爲槔。」[5] 爲圃者忿然作色而笑曰 : 「吾聞之吾師, 有機械者必有機事, 有機事者必有機心。[6] 機心存於胸中, 則純白不備, 純白不備,

················

【圃畦(포휴)】: 채소밭.
【鑿隧(착수)】: 굴을 파다. 〖鑿〗: 파다. 〖隧〗: 굴, 터널.
【甕(옹)】: 항아리, 옹기.
【灌(관)】: 물을 대다, 관개하다.
【滑滑然(골골연)】: 힘이 들어 끙끙대는 모양. ※ 판본에 따라서는 「搰搰然(골골연)」이라 했다.
【用力甚多(용력심다)】: 몹시 힘을 쓰다.
【見功(견공)】: 효과. 효과가 나타나다.
【寡(과)】: 적다.

3 子貢曰 : 「有械於此, 一日浸百畦, 用力甚寡而見功多, 夫子不欲乎?」 → 자공이 말했다 : 「여기에 기계가 있어, 하루에 백 이랑을 관개할 수 있습니다. 힘은 매우 적게 들고 효과가 큰데, 선생은 원하지 않으십니까?」
【浸(침)】: 적시다. 스며들다. 여기서는 「물을 대다, 관개(灌漑)하다」의 뜻.
【畦(휴)】: 이랑.
【夫子(부자)】: [존칭] 선생(님).
【欲(욕)】: 바라다, 원하다.

4 爲圃者仰而視之曰 : 「奈何?」 → 밭일하던 사람이 고개를 들고 자공을 보며 말했다 : 「어떤 방법으로 하는 것이지요?」
【仰(앙)】: 고개를 들다. ※ 판본에 따라서는 「仰」을 「卬(앙)」이라 했다.
【奈何(내하)】: 어떻게, 어떤 방법으로.

5 曰 : 「鑿木爲機, 後重前輕, 挈水若抽, 數如泆湯, 其名爲槔。」 → (자공이) 말했다 : 「나무를 뚫어 기계를 만들었는데, 뒤는 무겁고 앞은 가벼우며, 물을 퍼 올리는 것이 마치 뽑아 올리는 듯하고, 빠르기가 마치 물이 끓어 넘치는 듯합니다. 그 이름을 두레박틀이라고 합니다.」
【鑿(착)】: (구멍을) 뚫다.
【挈(설)】: 들어 올리다. 여기서는 「퍼 올리다」의 뜻.
【抽(추)】: 빨아올리다.
【數(삭)】: 신속하다, 재빠르다.
【泆湯(일탕)】: 끓어 넘치다. ※ 판본에 따라서는 「泆」을 「溢(일)」이라 했다.
【槔(고)】: 두레박틀.

6 爲圃者忿然作色而笑曰 : 「吾聞之吾師, 有機械者必有機事, 有機事者必有機心。 → 밭일하던

則神生不定, 神生不定者, 道之所不載也。[7] 吾非不知, 羞而不爲也。」[8]

번역문

한수(漢水) 남쪽의 노인

자공(子貢)이 남쪽으로 초(楚)나라를 유람하고 진(晉)나라로 돌아오다가 한수(漢水)의 남쪽을 지나는 길에 한 노인이 막 채소밭을 가꾸려고 준비하는 것을 보았다. 굴을 파서 우물로 들어가 항아리를 안고 물을 길러 나와 물 대는 것을 보니 끙끙대며 힘을 몹시 쓰는데 효과는 적었다.

자공이 말했다.

「여기에 기계가 있어 하루에 백 이랑을 관개할 수 있습니다. 힘은 매우

사람이 성난 모습으로 정색을 하고 비웃으며 말했다 : 「내가 우리 스승님의 말씀을 들으니, 기계가 있는 자는 반드시 속이는 일이 있고, 속이는 일이 있는 자는 반드시 속이는 마음이 있다고 합니다.

【忿然(분연)】 : 성난 모습.

【作色(작색)】 : 안색이 변하다, 낯빛이 변하다, 정색을 하다.

【機事(기사)】 : 속이는 일.

【機心(기심)】 : 속이는 마음, 간교한 마음.

7 機心存於胸中, 則純白不備, 純白不備, 則神生不定, 神生不定者, 道之所不載也。 → 속이는 마음이 가슴에 존재하면, 순수하고 결백함이 보전되지 못하고, 순수하고 결백함이 보전되지 못하면, 심신이 안정되지 못하며, 심신이 안정되지 못하면, 성인의 도리가 실리지 않습니다.

【不備(불비)】 : 갖추지 못하다, 보전되지 못하다, 오염되다.

【神生(신생)】 : 마음, 정신. 〖生〗 : 性(성). ※ 오여륜(吳汝綸)은 「生」 독음 역시 「性」으로 읽어야 한다고 했다.

【載(재)】 : [피동용법] 실리다, 즉 「받아들여지다」의 뜻.

8 吾非不知, 羞而不爲也。」 → 나는 몰라서가 아니라, 부끄러워서 안 하는 것입니다.」

【羞(수)】 : 부끄러워하다.

【不爲(불위)】 : 하지 않다.

적게 들고 효과가 큰데 선생은 원하지 않으십니까?」

밭일 하던 사람이 고개를 들고 자공을 보며 말했다.

「어떤 방법으로 하는 것이지요?」

(자공이) 말했다.

「나무를 뚫어 기계를 만들었는데 뒤는 무겁고 앞은 가벼우며 물을 퍼 올리는 것이 마치 뽑아 올리는 듯하고 빠르기가 마치 물이 끓어 넘치는 듯합니다. 그 이름을 두레박틀이라고 합니다.」

밭일하던 사람이 성난 모습으로 정색을 하고 비웃으며 말했다.

「내가 우리 스승님의 말씀을 들으니 기계가 있는 자는 반드시 속이는 일이 있고, 속이는 일이 있는 자는 반드시 속이는 마음이 있다고 합니다. 속이는 마음이 가슴에 존재하면 순수하고 결백함이 보전되지 못하고, 순수하고 결백함이 보전되지 못하면 심신이 안정되지 못하며, 심신이 안정되지 못하면 성인의 도리가 실리지 않습니다. 나는 몰라서가 아니라 부끄러워서 안 하는 것입니다.」

해설

자공(子貢)은 노인이 손수 항아리를 들고 우물에 내려가 물을 길어다가 관개하는 모습을 보고, 안쓰러운 생각에 기계의 이점을 상세하게 설명하며 사용할 것을 권했다. 이에 노인은 자기 스승의 말을 되새기며, 기계를 쓸 줄 몰라서가 아니라 기계에 의해 순수하고 결백한 마음이 파괴되어 성인(聖人)의 도(道)가 실리지 않는 것을 우려하기 때문에 기계를 쓰지 않는 것이라 했다.

기계가 인력을 대신하는 것은 인류사회가 진보 발전하는 일종의 표지(標識)이다. 생산기술의 진보와 생산력의 제고에 따라 인류의 도덕관념도 변화해야 한다. 무작정 구태의연한 도덕관을 근거로 새로운 문명을 거부하고 반대하는 것은 어리석은 일이다.

이 우언은 장자(莊子)가 기계화의 이점을 거부하고 순수한 육체노동을 고수하는 노인의 행위를 통해 만고불변의 도덕관념을 강조하며 새로운 사물을 거부하는 고지식한 사람을 풍자한 것이다.

086 여인생자(厲人生子)

《莊子 · 天地》

원문 및 주석

厲人生子[1]

厲之人夜半生其子, 遽取火而視之, 汲汲然惟恐其似己也。[2]

번역문

문둥이가 자식을 낳다

문둥이가 한밤중에 자식을 낳고 황급히 불을 가져와 비춰 보면서 초조한 모습으로 오직 그 아이가 자기를 닮았을까봐 두려워했다.

1 厲人生子 → 문둥이가 자식을 낳다
【厲人(여인)】: ※주2 참조.

2 厲之人夜半生其子, 遽取火而視之, 汲汲然惟恐其似己也。→ 문둥이가 한밤중에 자식을 낳고, 황급히 불을 가져와 비춰 보면서, 초조한 모습으로 오직 그 아이가 자기를 닮았을까봐 두려워했다.
【厲之人(여지인)】: 문둥이. 〖厲〗: 癩(라). ※《석문(釋文)》에는 「厲」의 독음을 「賴(라, lài)」로 읽어야 한다고 했다.
【夜半(야반)】: 한밤중에, 야밤에.
【遽(거)】: 재빨리, 황급히.
【汲汲然(급급연)】: 초조해 하는 모습.
【惟(유)】: 오직, 다만.

해설

자기 자식이 자기보다 낫기를 바라는 것은 인간의 본성이다. 이러한 현상은 자신의 처지가 열악할수록 더욱 강하게 드러난다. 그래서 문둥이가 한밤중에 자식을 낳고 황급히 불을 비춰보면서 자기를 닮지 않았을까 몹시 두려워한 것이다.

이 사람은 그러한 우려 속에서도 불을 가져와 비춰보는 용기가 있다. 그러나 세상의 많은 사람들은 그릇된 타성에 젖어 있어, 이 사람처럼 진실을 보려는 용기조차 없이 오로지 세속의 여론을 따라 옮겨 다니며 시시비비를 그릇된 세속의 판단에 내맡긴다.

이 우언은 문둥이가 자신의 열악한 입장을 우려하면서도 용기를 잃지 않은 사례를 통해, 추악한 현실을 알면서도 진실을 외면하고 고치기를 꺼려하는 어리석은 사람들을 꼬집어 풍자한 것이다.

【恐(공)】: 두려워하다, 걱정하다.
【似(사)】: 같다, 닮다.

087 윤편작륜(輪扁斲輪)

《莊子 · 天道》

원문 및 주석

輪扁斲輪[1]

桓公讀書於堂上, 輪扁斲輪於堂下, 釋椎鑿而上, 問桓公曰:「敢問, 公之所讀者, 何言邪?」[2] 公曰:「聖人之言也。」[3] 曰:「聖人在

1 輪扁斲輪 → 윤편(輪扁)이 수레바퀴를 깎다

【輪扁(윤편)】: [인명] 수레바퀴 만드는 일을 생업으로 하는 장인의 이름이 편(扁)이기 때문에 「윤편」이라 했다.

【斲(착)】: 깎다. ※ 판본에 따라서는 「斲」을 「斫(작)」이라 했다.

【輪(륜)】: 수레바퀴.

2 桓公讀書於堂上, 輪扁斲輪於堂下, 釋椎鑿而上, 問桓公曰:「敢問, 公之所讀者, 何言邪?」 → 제환공(齊桓公)이 당상(堂上)에서 글을 읽고 있는데, 윤편이 당하(堂下)에서 수레바퀴를 깎다가, 망치와 끌을 내려놓고 올라와, 환공에게 물었다:「감히 여쭙건대, 임금님께서 읽고 계신 것은, 무슨 책입니까?」

【桓公(환공)】: 제환공(齊桓公). 춘추시대 제(齊)나라의 군주. 제희공(齊僖公)의 아들로 이름은 소백(小白)이며, 진문공(晉文公) · 진목공(秦穆公) · 송양공(宋襄公) · 초장왕(楚莊王)과 더불어 춘추오패(春秋五霸)의 하나이다. 43년간(B.C. 685-B.C. 643) 재위했다.

【堂(당)】: 대청, 넓은 홀.

【釋(석)】: 내려놓다.

【椎(추)】: 망치.

【鑿(착)】: 끌.

【何言(하언)】: 무슨 말, 어떤 말.

3 公曰:「聖人之言也。」 → 환공이 대답했다:「성인의 말씀이다.」

乎?」 公曰 : 「已死矣。」[4] 曰 : 「然則君之所讀者, 古人之糟魄已夫!」[5] 桓公曰 : 「寡人讀書, 輪人安得議乎? 有說則可, 无說則死!」[6] 輪扁曰 : 「臣也以臣之事觀之。斲輪, 徐則甘而不固, 疾則苦而不入。[7] 不徐不疾, 得之於手而應於心, 口不能言, 有數存焉於其間。[8] 臣不能

……………

4 曰 : 「聖人在乎?」 公曰 : 「已死矣。」 → (윤편이) 물었다 : 「성인은 살아 계십니까?」 환공이 대답했다 : 「이미 돌아가셨다.」

5 曰 : 「然則君之所讀者, 古人之糟魄已夫!」 → (윤편이) 말했다 : 「그렇다면 임금님께서 읽고 계신 것은, 옛사람의 찌꺼기일 뿐입니다!」

【然則(연즉)】 : 그렇다면.

【糟魄(조박)】 : 糟粕(조박), 찌꺼기. 〖魄〗 : 粕(박)의 가차자(假借字). ※ 옛사람이 이미 다 밝혀서 새로운 의미가 없다는 뜻.

【已(이)】 : …뿐.

6 桓公曰 : 「寡人讀書, 輪人安得議乎? 有說則可, 无說則死!」 → 환공이 말했다 : 「과인이 책을 읽는데, 수레바퀴장인이 어찌 이러쿵저러쿵 말을 할 수가 있는가? 근거가 있으면 괜찮지만, 근거가 없으면 죽여 버릴 것이다.」

【寡人(과인)】 : 과덕지인(寡德之人)이란 의미로 임금이 자신을 낮추어 부르는 말.

【安得(안득)】 : 安能(안능), 어찌 …할 수 있는가? 〖安〗 : 어찌.

【議(의)】 : 이러쿵저러쿵 말하다, 왈가왈부하다.

【說(설)】 : 근거, 도리.

7 輪扁曰 : 「臣也以臣之事觀之。斲輪, 徐則甘而不固, 疾則苦而不入。 → 윤편이 말했다 : 「저는 저의 일을 가지고 그것을 살펴 본 것입니다. 수레바퀴를 깎는데, (바퀴 구멍을) 느슨하게 깎으면 (바퀴 축에 끼웠을 때) 헐렁거려서 견고하지 못하고, 너무 꼭 끼게 깎으면 윤활하지 못해 (바퀴 축에) 잘 들어가지 않습니다.

【斲輪(착륜)】 : 수레바퀴의 구멍을 깎다. ※ 정전성(丁展成) 《장자음의석(莊子音義釋)》 : 「斲輪者, 斲輪孔也.(착륜이란, 수레바퀴의 구멍을 깎는 것이다.)」

【臣(신)】 : 신, 저. ※ 신하나 백성의 군주에 대한 자칭.

【徐則甘而不固(서즉감이불고)】 : (수레바퀴 구멍을) 느슨하게 깎으면 (바퀴 축에 끼웠을 때) 헐렁거려서 견고하지 못하다. 〖徐〗 느슨하다, 헐겁다. 〖甘〗 : 헐렁거리다.

【疾則苦而不入(질즉고이불입)】 : 꼭 끼게 깎으면 윤활하지 못해 (바퀴 축에) 잘 들어가지 않다. 〖疾〗 : 조이다, 꼭 끼다. 〖苦〗 : 윤활하지 못하다.

8 不徐不疾, 得之於手而應於心, 口不能言, 有數存焉於其間。 → 느슨하지 않고 꼭 끼지 않는 것은, 손에서 얻어 마음에서 호응하는 것이어서, 입으로 말할 수 없고, 법도(法度)가 수레바퀴를 깎는 동작 중에 존재하는 것입니다.

【應(응)】 : 호응하다.

以喩臣之子, 臣之子亦不能受之於臣, 是以行年七十而老斲輪。[9] 古之人與其不可傳也死矣, 然則君之所讀者, 古人之糟魄已夫!」[10]

번역문

윤편(輪扁)이 수레바퀴를 깎다

제환공(齊桓公)이 당상(堂上)에서 글을 읽고 있는데 윤편이 당하(堂下)에서 수레바퀴를 깎다가 망치와 끌을 내려놓고 올라와 환공에게 물었다.

「감히 여쭙건대, 임금님께서 읽고 계신 것은 무슨 책입니까?」

환공이 대답했다.

「성인의 말씀이다.」

(윤편이) 물었다.

「성인은 살아 계십니까?」

환공이 대답했다.

「이미 돌아가셨다.」

【數(수)】: 기교, 법도.
【於其間(어기간)】: 그 곳에. 즉 「수레바퀴를 깎는 동작 중에」. 〖於〗: [개사] …에.

9 臣不能以喩臣之子, 臣之子亦不能受之於臣, 是以行年七十而老斲輪。→ 저는 그것을 제 자식에게 설명할 수 없고, 제 자식도 그것을 저에게서 받을 수가 없습니다. 이로 인해 나이 일흔이 되도록 늙어서도 수레바퀴를 깎고 있는 것입니다.
【以(이)】: 以之(이지), 이것을.
【喩(유)】: 설명하다.
【是以(시이)】: 그래서, 이로 인해.

10 古之人與其不可傳也死矣, 然則君之所讀者, 古人之糟魄已夫!」→ 옛사람과 그들이 직접 말로 전할 수 없는 도리는 이미 죽었습니다. 그렇다면 임금님께서 읽고 계시는 것은, 옛날 사람들이 남긴 찌꺼기일 뿐입니다.」
【其不可傳也(기불가전야)】: 그들이 전할 수 없는 도리.
【死(사)】: 죽다, 즉 「사라지다, 소멸되다」의 뜻.

(윤편이) 말했다.

「그렇다면 임금님께서 읽고 계신 것은 옛사람의 찌꺼기일 뿐입니다!」

환공이 말했다.

「과인이 책을 읽는데 수레바퀴 장인이 어찌 이러쿵저러쿵 말을 할 수가 있는가? 근거가 있으면 괜찮지만 근거가 없으면 죽여 버릴 것이다.」

윤편이 말했다.

「저는 저의 일을 가지고 그것을 살펴 본 것입니다. 수레바퀴를 깎는데 (바퀴 구멍을) 느슨하게 깎으면 (바퀴 축에 끼웠을 때) 헐렁거려서 견고하지 못하고, 너무 꼭 끼게 깎으면 윤활하지 못해 (바퀴 축에) 잘 들어가지 않습니다. 느슨하지 않고 꼭 끼지 않는 것은 손에서 얻어 마음에서 호응하는 것이어서 입으로 말할 수 없고, 법도(法度)가 수레바퀴를 깎는 동작 중에 존재하는 것입니다.

저는 그것을 제 자식에게 설명할 수 없고 제 자식도 그것을 저에게서 받을 수가 없습니다. 이로 인해 나이 일흔이 되도록 늙어서도 수레바퀴를 깎고 있는 것입니다. 옛사람과 그들이 직접 말로 전할 수 없는 도리는 이미 죽었습니다. 그렇다면 임금님께서 읽고 계시는 것은, 옛날 사람들이 남긴 찌꺼기일 뿐입니다.」

해설

윤편(輪扁)은 제환공(齊桓公)이 읽고 있는 성인의 말씀을 옛사람들의 찌꺼기라 간주하는 근거로 수레바퀴 깎는 일을 예로 들어 설명했는데, 자기가 수레바퀴 구멍을 깎을 때 헐겁지도 않고 조이지도 않는 것은 손에서 얻어 마음에서 호응하는 것이기 때문에 그것을 입으로 설명하여 자식에게 알려줄 수도 없고, 자식 또한 그것을 자신으로부터 전수 받을 수 없다는 것이다.

이 우언은 도가(道家)에서 말하는 도(道)란, 본래 글이나 말로 표현할 수 없고 오로지 자신의 직접 실천에 의존해야 비로소 터득하는 것인데, 사람들이 글을 통해 얻으려 하기 때문에 장자가 윤편의 고사를 빌려 「실천 경험의 중요성」을 강조한 것이다.

088 추인효빈(醜人效矉)

《莊子 · 天運》

원문 및 주석

醜人效矉[1]

西施病心而矉其里，其里之醜人見之而美之，歸亦捧心而矉其里。[2] 其里之富人見之，堅閉門而不出；貧人見之，挈妻子而去走。[3]

1 醜人效矉 → 추녀(醜女)가 서시(西施)의 찡그린 모습을 흉내 내다
【醜人(추인)】: 추한 사람. 여기서는 「추녀」를 가리킨다.
【效(효)】: 모방하다, 흉내 내다.
【矉(빈)】: 눈살을 찌푸리다, 얼굴을 찡그리다.

2 西施病心而矉其里，其里之醜人見之而美之，歸亦捧心而矉其里。→ 서시(西施)가 가슴의 통증으로 자기네 마을에서 얼굴을 찡그리고 있는데, 이웃 마을의 추녀가 서시의 찡그린 모습을 보고 아름답다고 여겨, 돌아가더니 역시 자기네 마을에서 손으로 가슴을 어루만지며 얼굴을 찡그리고 다녔다.
【西施(서시)】: [인명] 춘추시대 월(越)나라의 미인. ※ 월왕(越王) 구천(句踐)이 오(吳)나라에 패한 후, 서시를 오왕(吳王) 부차(夫差)에게 보냈는데, 부차가 서시에게 빠져 정사를 돌보지 않다가 구천에게 멸망하고 말았다.
【病心(병심)】: 가슴 병을 앓다.
【其里(기리)】: 이 구절에서 「其里」가 세 번 나오는데, 두 번째의 「其里」는 마땅히 「이웃 마을」로 보아야 앞뒤의 문맥이 잘 통한다. 〖里〗: 마을, 동네.
【美(미)】: [동사용법] 아름답다고 여기다.
【捧心(봉심)】: 가슴에 손을 대다, 손으로 가슴을 만지다.

3 其里之富人見之，堅閉門而不出；貧人見之，挈妻子而去走。→ 그 마을의 부자들은 추녀를 보자, 문을 굳게 닫아걸고 밖으로 나오지 않았고; 가난한 사람들은 추녀를 보자, 처자식을 거느리고 그곳을 떠나 다른 곳으로 달아났다.

彼知矉美, 而不知矉之所以美。[4]

번역문

추녀(醜女)가 서시(西施)의 찡그린 모습을 흉내 내다

서시(西施)가 가슴의 통증으로 자기네 마을에서 얼굴을 찡그리고 있는데, 이웃 마을의 추녀가 서시의 찡그린 모습을 보고 아름답다고 여겨 돌아가더니 역시 자기네 마을에서 손으로 가슴을 어루만지며 얼굴을 찡그리고 다녔다.

그 마을의 부자들은 추녀를 보자 문을 굳게 닫아걸고 밖으로 나오지 않았고, 가난한 사람들은 추녀를 보자 처자식을 거느리고 그곳을 떠나 다른 곳으로 달아났다. 추녀는 (서시의) 찡그린 모습이 아름답다는 것만 알고 찡그린 모습이 아름다운 까닭을 알지 못했다.

해설

미모가 뛰어난 여인은 밉게 보이려 해도 아름답고, 못생긴 추녀는 아무리 아름답게 보이려 해도 미운 것이다. 그래서 서시(西施)가 가슴이 아파 얼굴을 찡그렸어도 아름다웠던 것인데, 추녀는 그러한 이치를 모르고 서

【堅閉(견폐)】: 굳게 닫아걸다.
【挈(설)】: 거느리다, 이끌다.
【妻子(처자)】: 처와 자식.
【去走(거주)】: 그곳을 떠나 다른 곳으로 달아나다.

4 彼知矉美, 而不知矉之所以美。→ 추녀는 (서시의) 찡그린 모습이 아름답다는 것만 알고, 찡그린 모습이 아름다운 까닭을 알지 못했다.
【彼(피)】: [대명사] 그, 저, 즉 추녀.
【所以(소이)】: 까닭, 이유.

시의 찡그린 모습만을 아름답게 여겨 흉내를 냈다가 온 마을 사람들이 질시하는 창피를 당했다.

다른 사람을 배우려면 그의 장단점을 이해하고 분석하여 가능성을 타진한 후 실행여부를 결정해야 하는데, 자신의 실제 상황을 고려하지 않고 원인 분석도 하지 않은 채 기계적으로 모방하려 한다면 성공은커녕 오히려 역효과를 낸다.

이 우언은 추녀의 사례처럼 원인이나 실제 상황에 대한 철저한 이해와 분석 없이 무작정 모방했다가 실패를 자초하는 어리석은 행위를 경계한 것이다.

089 망양흥탄(望洋興歎)

《莊子 · 秋水》

원문 및 주석

望洋興歎[1]

秋水時至, 百川灌河。涇流之大, 兩涘渚崖之間, 不辯牛馬。[2] 於是焉河伯欣然自喜, 以天下之美爲盡在己。[3] 順流而東行, 至於北

1 望洋興歎 → 바다를 바라보고 탄식을 자아내다
【望(망)】: 바라보다.
【興歎(흥탄)】: 감탄하다, 탄식을 자아내다.

2 秋水時至, 百川灌河。涇流之大, 兩涘渚崖之間, 不辯牛馬。→ 가을철에는 물이 때에 맞추어 불어나, 모든 하천이 황하(黃河)로 유입된다. 물의 흐름이 광대하여, 황하의 양안과 수중의 모래섬 기슭 사이는, 소와 말을 구별하지 못할 정도이다.
【時至(시지)】: 때에 맞추어 불어나다.
【百川(백천)】: 모든 하천.
【灌(관)】: 유입되다, 흘러들다.
【河(하)】: 황하(黃河).
【涇流(경류)】: 물의 흐름.
【兩涘(양사)】: 양안. 〖涘〗: 岸(안), 물가.
【渚崖(저애)】: 수중의 모래섬 기슭. 〖渚〗: 수중의 작은 모래섬. 〖崖〗: 기슭.
【辯(변)】: 辨(변), 구별하다, 분별하다.

3 於是焉河伯欣然自喜, 以天下之美爲盡在己。→ 그리하여 하백(河伯)은 싱글벙글 스스로 기쁨에 젖어, 천하의 아름다움이 모두 자기에게 집중되어 있다고 여겼다.
【於是(어시)】: 이에, 그리하여.
【焉(언)】: [어조사].
【河伯(하백)】: 황하(黃河)의 신(神).

海, 東面而視, 不見水端。[4] 於是焉河伯始旋其面目, 望洋向若而歎曰 :「野語有之曰 :『聞道百, 以爲莫己若者』, 我之謂也。[5] 且夫我嘗聞少仲尼之聞而輕伯夷之義者, 始吾弗信。[6] 今我睹子之難窮也。吾

················

【欣然(흔연)】: 기뻐하는 모양.
【自喜(자희)】: 스스로 기쁨에 젖다.
【以(이)…爲(위)…】: …을 …로 여기다.
【盡(진)】: 모두

4 順流而東行, 至於北海, 東面而視, 不見水端。→ 그는 물의 흐름을 따라 동쪽으로 가다가, 북해(北海)에 이르러, 동쪽을 향해 바라보니, 수면의 끝이 보이지 않았다.
【順流(순류)】: 흐름을 따르다.
【東面(동면)】: 동쪽을 향하다.
【水端(수단)】: 수면의 끝.

5 於是焉河伯始旋其面目, 望洋向若而歎曰 :「野語有之曰 :『聞道百, 以爲莫己若者』, 我之謂也。→ 이에 하백은 비로소 (의기양양하던) 낯빛을 바꾸어, 대해(大海)를 바라보며 북해의 신(神) 약(若)에게 감탄하여 말했다 :「속담에 :『도리를 좀 들어 알면, 아무도 자기만한 사람이 없다고 여긴다』라는 말이 있는데, 이는 나를 두고 한 말입니다.
【於是(어시)】: 이에, 그리하여.
【始(시)】: 비로소.
【旋面目(선면목)】: 낯빛을 바꾸다, 얼굴 표정을 전환하다. 〖旋〗: 轉(전), 바꾸다, 전환하다. 〖面目〗: 낯빛, 얼굴 표정.
【若(약)】: 북해의 신(神) 이름.
【野語(야어)】: 속담.
【百(백)】: [정도를 나타내는 허수] 좀, 약간. ※「百」은 큰 수치를 나타내는 경우가 많으나, 천 · 만 · 억에 비하면 매우 작은 수에 불과하다. 여기서는 문맥상으로 보아 결코 크거나 많은 것을 나타낸 것이 아니라, 작고 적은 것을 나타낸 말이다.
【以爲(이위)】: …라고 여기다, …라고 생각하다.
【莫己若(막기약)】: 아무도 자기만 못하다, 자기만한 사람이 아무도 없다.
【我之謂(아지위)】: 謂我(위아), 나를 두고 하는 말.

6 且夫我嘗聞少仲尼之聞而輕伯夷之義者, 始吾弗信。→ 또한 나는 일찍이 어떤 사람이 공자(孔子)의 지식을 대단한 것으로 여기지 않고 백이(伯夷)의 절의를 놀라울 만한 일이 아니라고 여긴다는 말을 듣고, 처음에는 믿지 않았습니다.
【且夫(차부)】: 또한.
【嘗(상)】: 일찍이.
【少仲尼之聞(소중니지문)】: 공자의 견문을 얕보다. 여기서는「공자의 지식을 대단한 것으로 여기지 않다」의 뜻. 〖少〗: 얕보다, 경시하다. 〖仲尼〗: 공자(孔子). 성은 공(孔), 이름은 구

非至於子之門則殆矣，吾長見笑於大方之家。」[7] 北海若曰：「井鼃不可以語於海者，拘於虛也；夏蟲不可以語於冰者，篤於時也；曲士不可以語於道者，束於教也。[8] 今爾出於崖涘，觀於大海，乃知爾醜，爾將可與語大理矣。」[9]

……………

(丘), 자는 중니(仲尼). 「공자」는 존칭. 〖聞〗: 견문, 지식, 학문.

【輕伯夷之義(경백이지의)】: 백이의 절의를 경시하다. 여기서는 「백이의 절의를 놀라울 만한 일이 아니라고 여기다」의 뜻. 〖輕〗: 경시하다, 깔보다. 〖伯夷〗: [인명] 고죽국(孤竹國) 군주의 큰아들. ※ 고죽국은 은(殷)나라 때의 제후국으로 지금의 하북성 노룡현(盧龍縣) 일대에 있었다. 《사기(史記)·백이열전(伯夷列傳)》에 의하면, 백이와 숙제는 고죽국 임금의 두 아들로, 임금이 작은 아들 숙제에게 왕위를 물려주려했다. 임금이 죽고 나서 백이는 아버지의 뜻을 따르려 했고, 숙제는 형이 당연히 왕위를 계승해야 한다고 하며 서로 양보하다가 형이 나라를 떠나자 아우도 형을 따라 떠났다. 형제는 덕이 있다는 주(周)나라 문왕(文王)을 찾아가 도움을 청하려 했으나, 문왕이 이미 죽고 마침 문왕의 아우인 무왕(武王)이 은(殷)의 주왕(紂王)을 토벌하기 위해 나서는 것을 보았다. 백이 · 숙제 형제는 이를 불의(不義)라 여겨 극구 만류했으나 무왕이 끝내 은(殷)을 정벌하고 주(周)나라를 세우자 무왕이 다스리는 주나라의 곡식을 먹지 않기로 결심하고 수양산(首陽山)에 들어가 고사리를 캐먹으며 연명하다가 끝내 굶어죽었다. 〖義〗: 절의, 의리.

【始(시)】: 처음, 당초.

【弗(불)】: 不(불).

7 今我睹子之難窮也。吾非至於子之門則殆矣，吾長見笑於大方之家。」→ 지금 나는 당신의 한없이 넓은 모습을 보았습니다. 만일 내가 당신의 문전(門前)에 이르지 않았다면 (각성하지 못하는) 위험한 상황에 처하여, 나는 영원히 덕망이 높고 학문이 해박한 사람들에게 조소를 당했을 것입니다.」

【睹(도)】: 보다, 목격하다.

【子(자)】: 당신, 그대.

【難窮(난궁)】: 끝을 가늠할 수 없다. 즉 「한없이 넓은 모습」을 가리킨다.

【至於子之門(지어자지문)】: 당신의 문전(門前)에 이르다. 〖子〗: 그대, 당신.

【殆(태)】: 위태롭다, 위험하다.

【長(장)】: 오래도록, 영원히.

【見笑(견소)】: 비웃음을 사다, 조소를 당하다. ※ 見+동사=피동형.

【大方之家(대방지가)】: 큰 도리를 아는 사람. 〖大方〗: 대도(大道), 큰 도리.

8 北海若曰：「井鼃不可以語於海者，拘於虛也；夏蟲不可以語於冰者，篤於時也；曲士不可以語於道者，束於教也。→ 북해의 약이 말했다:「우물 안의 개구리에게 바다에 관해 이야기할 수 없는 것은, 공간의 제약을 받기 때문이고; 여름철의 벌레에게 얼음에 관해 이야기할 수 없는 것은, 시간의 제약을 받기 때문이며; 식견이 부족한 시골 선비에게 도(道)에 관해 이야

번역문

바다를 바라보고 탄식을 자아내다

가을철에는 물이 때에 맞추어 불어나 모든 하천이 황하(黃河)로 유입된다. 물의 흐름이 광대하여 황하의 양안과 수중의 모래섬 기슭 사이는 소와 말을 구별하지 못할 정도이다. 그리하여 하백(河伯)은 싱글벙글 스스로 기쁨에 젖어 천하의 아름다움이 모두 자기에게 집중되어 있다고 여겼다. 그는 물의 흐름을 따라 동쪽으로 가다가 북해(北海)에 이르러 동쪽을 향해 바라보니 수면의 끝이 보이지 않았다.

이에 하백은 비로소 (의기양양하던) 낯빛을 바꾸어 대해(大海)를 바라보며 북해의 신(神) 약(若)에게 감탄하여 말했다.

....

기 할 수 없는 것은, 교육환경의 제약을 받기 때문입니다.

【井鼃(정와)】: 우물 안의 개구리. 〖鼃〗: 蛙(와), 개구리. ※ 판본에 따라서는 「鼃」를 「蛙」라 했다.

【語於(어어)…】: …에 관해 이야기하다.

【拘於虛(구어허)】: 공간의 제약을 받다. 〖拘〗: 구속되다, 제약받다. 〖虛〗: 墟(허), 공간.

【篤於時(독어시)】: 시간의 제약을 받다. 〖篤〗: 굳다, 고정되다. 여기서는 「제약을 받다」의 뜻.

【曲士(곡사)】: 식견이 부족한 시골 선비. 〖曲〗: 향곡(鄕曲), 시골, 촌구석.

【束於敎(속어교)】: 교육환경에 속박되다, 교육환경의 제약을 받다. 〖束〗: 속박되다, 묶이다.

9 今爾出於崖涘, 觀於大海, 乃知爾醜, 爾將可與語大理矣。」 → 지금 당신은 황하(黃河)의 양안과 수중의 모래섬 기슭을 벗어나, 바다를 살펴보고, 비로소 당신의 식견이 좁은 것을 알았는데, 당신은 이제 함께 큰 도리를 이야기 할 수 있을 것입니다.」

【爾(이)】: 너, 당신.

【崖涘(애사)】: 황하의 양안과 수중의 모래섬 기슭 사이. ※ 이는 앞에서 말한 「兩涘渚崖之間(양사저애지간)」을 가리킨다.

【乃(내)】: 비로소.

【醜(추)】: 누추하다. 여기서는 「지식이 천박하다, 식견이 좁다」의 뜻.

【將可(장가)…】: 장차 …할 수 있을 것이다.

【與語(여어)】: 더불어 이야기 하다.

【大理(대리)】: 큰 도리.

「속담에 『도리를 좀 들어 알면 아무도 자기만한 사람이 없다고 여긴다.』라는 말이 있는데, 이는 나를 두고 한 말입니다. 또한 나는 일찍이 어떤 사람이 공자(孔子)의 지식을 대단한 것으로 여기지 않고 백이(伯夷)의 절의를 놀라울 만한 일이 아니라고 여긴다는 말을 듣고 처음에는 믿지 않았습니다. 지금 나는 당신의 한없이 넓은 모습을 보았습니다. 만일 내가 당신의 문전(門前)에 이르지 않았다면 (각성하지 못하는) 위험한 상황에 처하여, 나는 영원히 덕망이 높고 학문이 해박한 사람들에게 조소를 당했을 것입니다.」

북해의 약이 말했다.

「우물 안의 개구리에게 바다에 관해 이야기할 수 없는 것은 공간의 제약을 받기 때문이고, 여름철의 벌레에게 얼음에 관해 이야기할 수 없는 것은 시간의 제약을 받기 때문이며, 식견이 부족한 시골 선비에게 도(道)에 관해 이야기 할 수 없는 것은 교육환경의 제약을 받기 때문입니다. 지금 당신은 황하(黃河)의 양안과 수중의 모래섬 기슭을 벗어나 바다를 살펴보고 비로소 당신의 식견이 좁은 것을 알았는데, 당신은 이제 함께 큰 도리를 이야기 할 수 있을 것입니다.」

해설

황하(黃河)의 신 하백(河伯)은 황하를 여러 하천들과 비교하여 의기양양해 하며 오만을 떨다가 한없이 넓은 북해(北海)를 보고 나서 북해의 신 약(若)에게 부끄러운 마음을 감추지 못했다. 이에 북해의 신은 겸손한 태도로 황하에게 「이제는 함께 큰 도리를 이야기 할 수 있을 것입니다.」라고 일러주었다.

북해의 신이 하백의 오만한 모습과 달리 겸손한 태도를 보인 것은 자신보다 더 큰 천지가 있다는 것을 알기 때문이다. 누구를 막론하고 자신이 비록 뛰어난 능력을 갖추었다 해도 결코 자만해서는 안 되며, 배워도 끝이 없는 학문은 더더욱 그렇다.

이 우언은 장자(莊子)가 만물상대론(萬物相對論)의 관점을 설명한 것으로, 「뛰는 놈 위에 나는 놈 있다」라는 격언을 되새겨 항상 자만하지 말고 겸손해야 한다는 이치를 설명한 것이다.

090 감정지와(埳井之鼃)

《莊子 · 秋水》

원문 및 주석

埳井之鼃[1]

埳井之鼃……謂東海之鱉曰 :「吾樂與! 吾跳梁乎井幹之上, 入休乎缺甃之崖。[2] 赴水則接腋持頤, 蹶泥則沒足滅跗。還視虷蟹與科斗, 莫吾能若也。[3] 且夫擅一壑之水, 而跨跱埳井之樂, 此亦至矣。

1 埳井之鼃 → 얕은 우물 안의 개구리
【埳井(감정)】: 坎井(감정). 얕은 우물. 〖埳〗: 구덩이. 여기서는 깊이가 얕은 것을 의미한다.
【鼃(와)】: 개구리. ※ 판본에 따라서는 「鼃」를 「蛙(와)」라 했다.

2 埳井之鼃……謂東海之鱉曰 :「吾樂與! 吾跳梁乎井幹之上, 入休乎缺甃之崖。→ 얕은 우물 안의 개구리가 …… 동해(東海)의 자라에게 말했다 :「나는 정말 즐겁습니다! 나는 우물의 난간에 뛰어오르기도 하고, 벽돌이 빠진 우물 벽의 가장자리에 들어가 쉬기도 합니다.
【鱉(별)】: 자라.
【與(여)】: [어조사].
【跳梁(도량)】: 도약하다, 뛰어오르다.
【乎(호)】: [개사] 於(어). …에.
【井幹(정간)】: 井欄(정란), 우물의 난간. ※ 사마표(司馬彪)는 幹(간)의 독음을 「幹(한, hán)」이라 했다.
【入休(입휴)】: 들어가서 쉬다.
【缺甃之崖(결추지애)】: 벽돌이 빠진 우물 벽의 가장자리. 〖缺〗: 이지러지다, 결손되다, 빠지다. 〖甃〗: 벽돌로 쌓은 우물의 벽. 〖崖〗: 변두리, 가장자리.

3 赴水則接腋持頤, 蹶泥則沒足滅跗。還視虷蟹與科斗, 莫吾能若也。→ 물에 들어가면 물이 겨드랑이와 턱에 겨우 찰 정도로 얕고, 진흙을 밟으면 발등만 잠길 정도로 깊지 않습니다. 장구벌레나 게와 올챙이를 둘러봐도, 능히 나와 견줄 만 한 자가 없습니다.

夫子奚不時來入觀乎?」[4] 東海之鱉左足未入, 而右膝已縶矣。[5] 於是逡巡而卻, 告之海曰 : 「夫千里之遠, 不足以擧其大; 千仞之高, 不

【赴水(부수)】: 물에 들어가다.
【接腋持頤(접액지이)】: (수면이) 겨드랑이에 닿고 턱을 떠받치다. 즉 「물이 겨우 겨드랑이와 턱에 찰 정도로 깊지 않다.」의 뜻. 〖接〗: 닿다, 접하다. 〖腋〗: 겨드랑이. 〖持〗: 지탱하다, 떠받치다. 〖頤〗: 턱.
【蹶(궐)】: 밟다, 디디다.
【泥(니)】: 진흙.
【沒足滅跗(몰족멸부)】: 발등이 잠기다. 즉 「발등만 잠길 정도로 깊지 않다」의 뜻. 〖跗〗: 발등.
【還視(환시)】: 둘러보다. ※ 원문에는 본래 「視」자가 없으나 여기서는 마서륜(馬叙倫)의 설에 따라 첨가했다.
【虷(간)】: 장구벌레.
【蟹(해)】: 게.
【科斗(과두)】: 蝌蚪(과두), 올챙이.
【莫吾能若(막오능약)】: [莫能若吾의 도치형태] 능히 나와 같을 수 있는 자가 없다. 즉 「능히 나와 견줄만한 자가 없다.」의 뜻. 〖莫〗: 없다.

4 且夫擅一壑之水, 而跨跱埳井之樂, 此亦至矣。夫子奚不時來入觀乎?」 → 그리고 한 웅덩이의 물을 독차지하여, 얕은 우물에서 뛰고 멈추고 하며 유유자적하는 즐거움이 있는데, 이 또한 기분 만점입니다. 선생께서는 어찌 때때로 들어와 구경하지 않으십니까?」
【且夫(차부)】: [복합허사] 그리고, 또한, 하물며.
【擅(천)】: 독점하다.
【壑(학)】: 개울, 골짜기. 여기서는 「웅덩이」를 가리킨다.
【跨跱(과치)】: 뛰고 멈추고 하다. 즉 「유유자적하다」의 뜻. ※「두 다리를 벌리고 서다, 즉 점거하다.」라고 풀이한 경우도 있다. 그러나 바로 앞에서 「독점」이란 말이 나오기 때문에, 여기서 「점거」라는 말이 나오면 문맥상 중복의 모순이 있다.
【至(지)】: 최고의 기분, 기분 만점.

5 東海之鱉左足未入, 而右膝已縶矣。 → 동해의 자라는 왼쪽 발이 아직 들어가기도 전에, 오른쪽 무릎이 이미 걸려버렸다.
【膝(슬)】: 무릎.
【縶(집)】: 걸리다.

6 於是逡巡而卻, 告之海曰 : 「夫千里之遠, 不足以擧其大; 千仞之高, 不足以極其深。 → 그리하여 멈칫멈칫 뒷걸음쳐서 물러나와, 개구리에게 바다 이야기를 해주었다 : 「대저 천 리의 먼 거리도, 그 광대한 넓이를 설명하기에 충분하지 않고; 천 길의 높이도, 그 깊이를 다 재기에 충분하지 않다네.
【於是(어시)】: 이에, 그리하여.
【逡巡(준순)】: 멈칫멈칫 뒷걸음치다.

足以極其深。[6] 禹之時十年九潦, 而水弗爲加益; 湯之時八年七旱, 而崖不爲加損。[7] 夫不爲頃久推移, 不以多少進退者, 此亦東海之大樂也。」[8] 於是埳井之鼃聞之, 適適然驚, 規規然自失也。[9]

……………

【卻(각)】: 후퇴하다, 물러나다.
【夫(부)】: [발어사] 대저, 무릇.
【擧(거)】: 게시하다, 제시하다. 여기서는 「설명하다」의 뜻.
【仞(인)】: [길이의 단위] 길. 1인(仞)은 7~8척(尺 : 자)에 해당한다.
【極(극)】: 다하다. 여기서는 「다 측량하다」의 뜻.

7 禹之時十年九潦, 而水弗爲加益; 湯之時八年七旱, 而崖不爲加損。→ 우(禹)임금 시절에 십 년 동안 아홉 번이나 물난리가 났지만, 그로 인해 물이 불어나지 않았고; 탕왕(湯王) 시절에 팔 년 동안 일곱 번이나 가뭄이 들었지만, 그로 인해 수위가 더 줄어들지 않았다네.
【禹(우)】: 상고시대 하(夏)의 우임금.
【潦(료)】: 물난리가 나다, 홍수가 나다.
【弗(불)】: 不(불).
【爲(위)】: 因(인), …로 인해.
【加益(가익)】: 더 많아지다, 더 불어나다. 〖加〗: 더, 더욱. 〖益〗: 많아지다, 불어나다, 보태지다.
【湯(탕)】: 탕왕. 상(商)나라의 건립자.
【旱(한)】: 가뭄이 들다.
【崖(애)】: 물가. 여기서는 「물가의 수위(水位)」를 가리킨다.
【加損(가손)】: 더 줄어들다. 〖損〗: 줄다, 줄어들다, 감소하다.

8 夫不爲頃久推移, 不以多少進退者, 此亦東海之大樂也。」→ 무릇 시간의 길고 짧음으로 인해 변화하지 않고, 빗물의 많고 적음으로 인해 불어나거나 줄어들지 않으니, 이것 또한 동해의 큰 즐거움이라네.」
【夫(부)】: [발어사] 대저, 무릇.
【爲(위)】: 因(인), …로 인해.
【頃久(경구)】: 시간의 길고 짧음. 〖頃〗: 짧은 시간. 〖久〗: 긴 시간.
【推移(추이)】: 변화하다, 변천하다.
【多少(다소)】: 많고 적음. 여기서는 「빗물의 많고 적음」을 가리킨다.
【進退(진퇴)】: 나아가고 물러나다. 여기서는 「바닷물이 불어나고 줄어드는 것」을 가리킨다.

9 於是埳井之鼃聞之, 適適然驚, 規規然自失也。→ 그리하여 얕은 우물 안의 개구리는 이 말을 듣고, 깜짝 놀라, 망연자실했다.
【於是(어시)】: 이에, 그리하여.
【適適然(적적연)】: 놀라서 넋을 잃는 모양.
【規規然自失(규규연자실)】: 망연자실하다. 〖規規然〗: 멍한 모양, 얼빠진 모양. 〖自失〗: 자신을 잃은 듯 얼이 빠지다.

번역문

얕은 우물 안의 개구리

얕은 우물 안의 개구리가……동해(東海)의 자라에게 말했다.

「나는 정말 즐겁습니다! 나는 우물의 난간에 뛰어오르기도 하고 벽돌이 빠진 우물 벽의 가장자리에 들어가 쉬기도 합니다. 물에 들어가면 물이 겨드랑이와 턱에 겨우 찰 정도로 얕고, 진흙을 밟으면 발등만 잠길 정도로 깊지 않습니다. 장구벌레나 게와 올챙이를 둘러봐도 능히 나와 견줄만한 자가 없습니다. 그리고 한 웅덩이의 물을 독차지하여 얕은 우물에서 뛰고 멈추고 하며 유유자적하는 즐거움이 있는데, 이 또한 기분 만점입니다. 선생께서는 어찌 때때로 들어와 구경하지 않으십니까?」

동해의 자라는 왼쪽 발이 아직 들어가기도 전에 오른쪽 무릎이 이미 걸려버렸다. 그리하여 멈칫멈칫 뒷걸음쳐서 물러나와 개구리에게 바다 이야기를 해주었다.

「대저 천 리의 먼 거리도 그 광대한 넓이를 설명하기에 충분하지 않고, 천 길의 높이도 그 깊이를 다 재기에 충분하지 않다네. 우(禹)임금 시절에 십 년 동안 아홉 번이나 물난리가 났지만 그로 인해 물이 불어나지 않았고, 탕왕(湯王) 시절에 팔 년 동안 일곱 번이나 가뭄이 들었지만 그로 인해 수위가 더 줄어들지 않았다네. 무릇 시간의 길고 짧음으로 인해 변화하지 않고 빗물의 많고 적음으로 인해 불어나거나 줄어들지 않으니, 이것 또한 동해의 큰 즐거움이라네.」

그리하여 얕은 우물 안의 개구리는 이 말을 듣고 깜짝 놀라 망연자실(茫然自失)했다.

해설

개구리는 고작 자신의 겨드랑이와 턱밑 밖에 차지 않는 얕은 물에 살면서 마치 천상천하유아독존(天上天下唯我獨尊)인 듯이 기고만장하며 자라에게 자기 우물에 들어와 구경할 것을 청했다. 자라가 우물에 들어가려고 왼쪽 발을 들여놓는 순간 오른쪽 무릎이 걸려 들어갈 수가 없었다. 자라가 개구리에게 한없이 넓은 바다 이야기를 해 주자 개구리는 그만 놀라서 망연자실했다.

이 우언은 학문이 천박하고 견문이 좁아 세상물정에 어두운 사람이 세상 넓은 줄 모르고 혼자 잘난 척하는 무지몽매(無知蒙昧)한 행위를 풍자한 것이다.

091 한단학보(邯鄲學步)

《莊子・秋水》

원문 및 주석

邯鄲學步[1]

子獨不聞夫壽陵餘子之學行於邯鄲與? 未得國能, 又失其故行矣, 直匍匐而歸耳。[2]

1 邯鄲學步 → 한단(邯鄲)에서 걸음걸이를 배우다
【邯鄲(한단)】: [지명] 전국시대 조(趙)나라의 도읍. 지금의 하북성 한단시(邯鄲市).
【步(보)】: 걸음걸이.

2 子獨不聞夫壽陵餘子之學行於邯鄲與? 未得國能, 又失其故行矣, 直匍匐而歸耳。→ 그대는 그래 그 연(燕)나라 수릉(壽陵)의 소년이 조(趙)나라 한단(邯鄲)에서 걸음걸이를 배웠다는 얘기를 듣지 못했단 말인가? 그는 한단 사람들의 우아한 걸음걸이를 배우지도 못하고, 또 자기 본래의 걸음걸이도 잊어버려 오직 기어서 돌아오는 수밖에 없었다네.
【子(자)】: 당신, 그대.
【獨(독)…與(여)?】: [고정격식] 그래 …란 말인가? 설마 …겠는가? 어찌 …겠는가?
【夫(부)】: [지시대명사] 그.
【壽陵(수릉)】: [지명] 전국시대 연(燕)나라의 도읍. 지금의 하북성 북쪽.
【餘子(여자)】: 소년.
【學行(학행)】: 걸음걸이를 배우다.
【未得(미득)】: 터득하지 못하다, 배우지 못하다.
【國能(국능)】: 국기(國技), 그 나라 특유의 기능. 여기서는 「한단(邯鄲) 사람들이 걷는 우아한 걸음걸이」를 가리킨다.
【故行(고행)】: 본래의 걸음걸이.
【直(직)】: 다만, 오직.
【匍匐(포복)】: 포복하다, 바닥에 엎드려 기다.
【耳(이)】: …뿐.

번역문

한단(邯鄲)에서 걸음걸이를 배우다

그대는 그래 연(燕)나라 수릉(壽陵)의 소년이 조(趙)나라 한단(邯鄲)에서 걸음걸이를 배웠다는 얘기를 듣지 못했단 말인가?

그는 한단 사람들의 우아한 걸음걸이를 배우지도 못하고, 또 자기 본래의 걸음걸이도 잊어버려 오직 기어서 돌아오는 수밖에 없었다네.

해설

걸음걸이란 능히 걸을 수 있는가 없는가의 여부가 우선이고, 걷는 모습이 아름답고 아름답지 않고는 부차적인 문제이다. 수릉(壽陵)의 소년은 한단(邯鄲) 사람들의 우아한 걸음걸이를 배우려다 자기의 본래 걸음걸이마저 잊어버려 어쩔 수 없이 엉금엉금 기어서 돌아왔다.

다른 사람의 장점을 배우는 것은 나의 단점을 보완하기 위한 것이다. 만일 자기의 본연을 돌보지 않고 다른 사람의 장점만을 맹종하다가 두 가지를 모두 잃는 것은 가장 경계해야할 일이다.

이 우언은 근본을 저버리고 허세를 부리려다가 모두를 상실한 무모하고 부질없는 행위를 풍자한 것이다.

※ 참고 : 이 고사는 반고(班固) 《한서(漢書) · 서전상(敍傳上)》에도 보이는데, 양자를 비교할 때 문자상의 출입은 있으나 기본 내용은 같다.

092 예미도중(曳尾塗中)

《莊子 · 秋水》

원문 및 주석

曳尾塗中[1]

莊子釣於濮水, 楚王使大夫二人往先焉, 曰 : 「願以竟內累矣!」[2] 莊子持竿不顧, 曰 : 「吾聞楚有神龜, 死已三千歲矣, 王以巾笥而藏之廟堂之上。[3] 此龜者, 寧其死爲留骨而貴乎? 寧其生而曳尾於塗

1 曳尾塗中 → 진흙 속에서 꼬리를 끌다
【曳尾(예미)】: 꼬리를 끌다. 〖曳〗: 끌다.
【塗(도)】: 진흙.

2 莊子釣於濮水, 楚王使大夫二人往先焉, 曰 : 「願以竟內累矣!」 → 장자(莊子)가 복수(濮水)에서 낚시를 하고 있는데, 초왕(楚王)이 대부 두 사람을 보내 장자에게 가서 먼저 뜻을 전하여, 말했다 : 「나라 안의 정사(政事)로 폐를 끼치고자 합니다.」
【釣(조)】: 낚시하다, 낚시질하다.
【濮水(복수)】: [강 이름] 지금의 산동성 복현(濮縣)을 흐르는 강.
【楚王(초왕)】: 여기서는 「초위왕(楚威王)」을 가리킨다. 〖楚〗: [국명] 지금의 호남성 · 호북성과 강서성 · 절강성 및 하남성 남부에 걸쳐 있던 주대(周代)의 제후국.
【使(사)】: 보내다, 파견하다.
【往先焉(왕선언)】: (장자에게) 가서 먼저 뜻을 전하다.
【願(원)】: 바라다, 원하다, …하고자 하다.
【以(이)】: …로써, …을 가지고.
【竟內(경내)】: 국내의 정사(政事).
【累(루)】: 누를 끼치다, 폐를 끼치다.

3 莊子持竿不顧, 曰 : 「吾聞楚有神龜, 死已三千歲矣, 王以巾笥而藏之廟堂之上。 → 장자가 낚

中乎?」[4] 二大夫曰:「寧生而曳尾塗中。」[5] 莊子曰:「往矣! 吾將曳尾於塗中。」[6]

번역문

진흙 속에서 꼬리를 끌다

장자(莊子)가 복수(濮水)에서 낚시를 하고 있는데 초왕(楚王)이 대부 두 사람을 보내 장자에게 가서 먼저 뜻을 전하여 말했다.

「나라 안의 정사(政事)로 폐를 끼치고자 합니다.」

장자가 낚싯대를 잡은 채 돌아보지도 않고 말했다.

「나는 초(楚)나라에 죽은 지 이미 삼천 년이 된 신령스런 거북이 있는데 왕이 그것을 천으로 싸서 대나무 상자에 넣어 묘당(廟堂) 위에 보관한다고

싯대를 잡은 채 돌아보지도 않고, 말했다:「나는 초(楚)나라에 죽은 지 이미 삼천 년이 된 신령스런 거북이 있는데, 왕이 그것을 천으로 싸서 대나무 상자에 넣어 묘당(廟堂) 위에 보관한다고 들었습니다.

【持(지)】: 들다, 잡다.

【顧(고)】: 돌아보다.

【神龜(신귀)】: 신령스런 거북. ※ 점복에 쓰이는 귀갑(龜甲: 거북의 등딱지)을 가리킨다.

【巾笥(건사)】: [상황어] 천으로 싸서 대나무 상자에 담다. 〖巾〗: 천. 〖笥〗: 대나무 상자.

【廟堂(묘당)】: 종묘, 사당.

4 此龜者, 寧其死爲留骨而貴乎? 寧其生而曳尾於塗中乎?」→ 이 거북이, 죽어서 뼈로 남아 귀하게 되기를 원하겠습니까? 아니면 차라리 살아서 진흙 속에 꼬리를 끌고 다니길 원하겠습니까?」

【寧(녕)…寧…】: …을 원하겠는가 아니면 차라리 …을 원하겠는가?

5 二大夫曰:「寧生而曳尾塗中。」→ 두 대부가 말했다:「차라리 살아서 진흙 속에 꼬리를 끌고 다니길 원할 것입니다.」

6 莊子曰:「往矣! 吾將曳尾於塗中。」→ 장자가 말했다:「그러면 돌아들 가시지요! 나도 장차 진흙 속에 꼬리를 끌고 다닐 것입니다.」

【往(왕)】: 가다. 여기서는「돌아가다」의 뜻.

들었습니다. 이 거북이 죽어서 뼈로 남아 귀하게 되기를 원하겠습니까? 아니면 차라리 살아서 진흙 속에 꼬리를 끌고 다니길 원하겠습니까?」

두 대부가 말했다.

「차라리 살아서 진흙 속에 꼬리를 끌고 다니길 원할 것입니다.」

장자가 말했다.

「그러면 돌아들 가시지요! 나도 장차 진흙 속에 꼬리를 끌고 다닐 것입니다.」

해설

장자(莊子)는 초왕(楚王)이 대부 두 사람을 자기에게 보내 정사(政事)를 맡아달라고 요청하자, 초왕이 묘당(廟堂)에 간직하고 있는 신령스런 거북 이야기를 꺼내 비유하며, 대부들에게 거북이 죽어서 귀하게 되는 것과 살아서 진흙 속에 꼬리를 끌고 다니는 것 중 어느 것을 원하겠느냐고 물었다. 대부들이 살아서 진흙 속에 살기를 원할 것이라 하자, 장자도 이에 동의하며 대부들을 돌려보냈다.

장자는 자신이 초왕의 요청을 수락하여 높은 벼슬을 한다면, 그것은 마치 묘당의 거북처럼 존귀하기는 하나 자유를 잃은 생명과 다름없다고 여겼기 때문에 단연코 자유를 선택한 것이다.

이 우언은 무위(無爲)를 주장하는 장자가 존귀한 자리에서 자유를 속박당하는 것보다 차라리 자연 속에서 자유를 만끽하며 살아가려는 자신의 낭만적인 인생관을 반영한 것이다.

093 원추여치(鵷鶵與鴟)

《莊子 · 秋水》

원문 및 주석

鵷鶵與鴟[1]

惠子相梁, 莊子往見之。[2] 或謂惠子曰:「莊子來, 欲代子相。」於是惠子恐, 搜於國中三日三夜。[3] 莊子往見之, 曰:「南方有鳥, 其名

1 鵷鶵與鴟 → 원추(鵷鶵)와 부엉이
【鵷鶵(원추)】: [새 이름] 봉황(鳳凰)의 일종.
【鴟(치)】: [새 이름] 부엉이.

2 惠子相梁, 莊子往見之。→ 혜자(惠子)가 양(梁)나라의 재상을 지낼 때, 장자(莊子)가 혜자를 만나러 갔다.
【惠子(혜자)】: [인명] 혜시(惠施). 성은 혜(惠), 이름은 시(施),「혜자」는 존칭이다. 전국시대 명가(名家)의 대표적 인물로 일찍이 양혜왕(梁惠王)의 재상을 지냈으며, 장자와 절친한 사이라고 알려져 있다.
【相(상)】: [동사용법] 재상을 지내다.
【往見(왕견)】: 가서 만나다. 여기서는「만나러 가다」의 뜻.
【之(지)】: [대명사] 그, 즉 혜자.

3 或謂惠子曰:「莊子來, 欲代子相。」於是惠子恐, 搜於國中三日三夜。→ 어떤 사람이 혜자에게 말했다:「장자가 오는 것은, 당신을 대신하여 재상이 되기를 바라는 것입니다.」이에 혜자가 두려워하며, (장자를 찾아) 사흘 밤낮 동안 온 도성(都城) 안을 수색했다.
【或(혹)】: 어떤 사람.
【子(자)】: 그대, 당신.
【欲(욕)】: …하고자 하다, …하기를 바라다.
【於是(어시)】: 이에, 그리하여.
【恐(공)】: 두려워하다.

鵷鶵，子知之乎？[4] 夫鵷鶵，發於南海而飛於北海，非梧桐不止，非練實不食，非醴泉不飮。[5] 於是鴟得腐鼠，鵷鶵過之，仰而視之曰：『嚇！』今子欲以子之梁國而嚇我邪？」[6]

번역문

원추(鵷鶵)와 부엉이

혜자(惠子)가 양(梁)나라의 재상을 지낼 때 장자(莊子)가 혜자를 만나러

【搜(수)】: 뒤지다, 수색하다.
【國中(국중)】: 도성(都城) 안.

4 莊子往見之, 曰:「南方有鳥, 其名鵷鶵, 子知之乎? → 장자가 가서 혜자를 만나, 말했다:「남쪽 지방에 원추라는 새가 있는데, 그대는 그 새를 아는가?

5 夫鵷鶵, 發於南海而飛於北海, 非梧桐不止, 非練實不食, 非醴泉不飮。→ 그 원추라는 새는, 남해에서 출발하여 북해까지 날아가는데, 오동나무가 아니면 머물지를 않고, 대나무 열매가 아니면 먹지를 않으며, 감천이 아니면 마시지를 않는다네.
【夫(부)】: [지시대명사] 그.
【發於(발어)…】: …에서 출발하다.
【止(지)】: 멈추다, 머무르다.
【練實(연실)】: 대나무 열매.
【醴泉(예천)】: 감천(甘泉).

6 於是鴟得腐鼠, 鵷鶵過之, 仰而視之曰:『嚇!』今子欲以子之梁國而嚇我邪?」→ 이때 부엉이가 썩은 쥐를 가지고 있다가, 원추가 그곳을 날아 지나가자, 고개를 들어 원추를 바라보고:『헉!』하고 소리를 질렀다네. 지금 그대는 양나라의 재상 자리로 인해 나에게「헉!」하고 소리를 지르려 하는가?」
【於是(어시)】: 이때.
【鴟(치)】: 부엉이.
【過(과)】: (날아) 지나가다.
【仰而視(앙이시)】: 고개를 들어 바라보다.
【嚇(혁)】: [의성어] 헉! 하고 화내는 소리. 여기서는 동사용법으로「헉! 하고 화내는 소리를 지르다」의 뜻.
【欲(욕)】: …하고자 하다, …하려고 생각하다.
【以(이)】: 因(인), …로 인해, …때문에.
【梁國(양국)】: 양(梁)나라. 여기서는「양나라의 재상 자리」를 의미한다.

갔다. 어떤 사람이 혜자에게 말했다.

「장자가 오는 것은 당신을 대신하여 재상이 되기를 바라는 것입니다.」

이에 혜자가 두려워하며 (장자를 찾아) 사흘 밤낮 동안 온 도성(都城) 안을 수색했다. 장자가 가서 혜자를 만나 말했다.

「남쪽 지방에 원추라는 새가 있는데, 그대는 그 새를 아는가? 그 원추라는 새는 남해에서 출발하여 북해까지 날아가는데, 오동나무가 아니면 머물지를 않고, 대나무 열매가 아니면 먹지를 않으며, 감천이 아니면 마시지를 않는다네. 이때 부엉이가 썩은 쥐를 가지고 있다가 원추가 그곳을 날아지나가자, 고개를 들어 원추를 바라보고 『헉!』 하고 소리를 질렀다네. 지금 그대는 양나라의 재상 자리로 인해 나에게 「헉!」 하고 소리를 지르려 하는가?」

해설

장자(莊子)가 양(梁)나라의 재상으로 있는 친구 혜자(惠子)를 만나러 가자, 혜자는 장자가 자신의 재상 자리를 탐내서 온다는 어떤 사람의 참언을 믿고, 장자를 의심하여 사흘 밤낮동안 온 도성 안을 샅샅이 뒤졌다. 이 말을 들은 장자는 직접 혜자를 찾아가 자신과 혜자를 원추와 부엉이에 비유하여 부엉이가 썩은 쥐[재상 자리]로 인해 원추를 경계하듯 참언을 믿고 자신을 의심한 혜자의 소인배적 행위를 질타했다.

이 우언은 원추와 부엉이의 선명한 두 가지 형상을 통해, 재상의 자리에 연연하여 친구의 순수한 우의마저 시샘으로 받아들이는 혜자의 소인배적 작태를 비웃는 동시에 부귀공명을 천시하는 장자의 청고(淸高)한 사상을 밝힌 것이다.

094 안지어락(安知魚樂)

《莊子 · 秋水》

원문 및 주석

安知魚樂[1]

莊子與惠子遊於濠梁之上。莊子曰:「鯈魚出遊從容, 是魚之樂也。」[2] 惠子曰:「子非魚, 安知魚之樂?」[3] 莊子曰:「子非我, 安知我不知魚之樂?」[4] 惠子曰:「我非子, 固不知子矣; 子固非魚也, 子之

1 安知魚樂 → 어찌 물고기의 즐거움을 아는가?
【安(안)】: 어찌, 어떻게.

2 莊子與惠子遊於濠梁之上。莊子曰:「鯈魚出遊從容, 是魚之樂也。」→ 장자(莊子)와 혜자(惠子)가 호수(濠水)의 다리 위에서 노닐었다. 장자가 말했다:「피라미가 나와 유유히 헤엄치는데, 이것이 물고기의 즐거움이야.」
【惠子(혜자)】: [인명] 혜시(惠施). 성은 혜(惠), 이름은 시(施),「혜자」는 존칭이다. 전국시대 명가(名家)의 대표적 인물로 일찍이 양혜왕(梁惠王)의 재상을 지냈으며, 장자와 절친한 사이라고 알려져 있다.
【濠(호)】: [강 이름] 호수(濠水). 지금의 안휘성 봉양현(鳳陽縣) 북쪽을 흐르는 강.
【鯈魚(조어)】: 피라미.
【出遊(출유)】: 나와 헤엄치다.
【從容(종용)】: 여유롭다, 유유하다.
【是(이)】: [대명사] 이것.

3 惠子曰:「子非魚, 安知魚之樂?」→ 혜자가 말했다:「그대는 물고기가 아닌데, 어떻게 물고기의 즐거움을 아는가?」
【子(자)】: 그대, 당신.

4 莊子曰:「子非我, 安知我不知魚之樂?」→ 장자가 말했다:「그대는 내가 아닌데, 어떻게 내가 물고기의 즐거움을 알지 못한다는 것을 아는가?」

不知魚之樂, 全矣!」[5] 莊子曰 :「請循其本。子曰『汝安知魚樂?』云者, 旣已知吾知之而問我。我知之濠上也。」[6]

번역문

어찌 물고기의 즐거움을 아는가?

장자(莊子)와 혜자(惠子)가 호수(濠水)의 다리 위에서 노닐었다.

장자가 말했다.

「피라미가 나와 유유히 헤엄치는데, 이것이 물고기의 즐거움이야.」

혜자가 말했다.

「그대는 물고기가 아닌데, 어떻게 물고기의 즐거움을 아는가?」

장자가 말했다.

「그대는 내가 아닌데, 어떻게 내가 물고기의 즐거움을 알지 못한다는 것을 아는가?」

혜자가 말했다.

5 惠子曰 :「我非子, 固不知子矣; 子固非魚也, 子之不知魚之樂, 全矣!」 → 혜자가 말했다 :「나는 그대가 아니니, 본래 그대를 알지 못하고; 그대는 본래 물고기가 아니니, 그대가 물고기의 즐거움을 알지 못하는 것은, 매우 분명한 일이야.」
【固(고)】: 본래.
【全(전)】: 완전하다. 여기서는 「매우 분명하다」의 뜻.

6 莊子曰 :「請循其本。子曰『汝安知魚樂?』云者, 旣已知吾知之而問我。我知之濠上也。」 → 장자가 말했다 :「청컨대 그 문제의 근본을 좇아가 보세. 그대가 『당신은 어떻게 물고기의 즐거움을 아는가?』라고 운운한 것은, 이미 내가 그것을 안다는 것을 알고 나에게 물은 것이네. 나는 그것을 호수의 다리 위에서 알았네.」
【循(순)】: 좇다, 따르다.
【其本(기본)】: (현재 논하고 있는) 화제의 근본, 문제의 근본.
【汝(여)】: 너, 당신.
【旣已(기이)】: 이미.

「나는 그대가 아니니 본래 그대를 알지 못하고, 그대는 본래 물고기가 아니니 그대가 물고기의 즐거움을 알지 못하는 것은 매우 분명한 일이야.」

장자가 말했다.

「청컨대 그 문제의 근본을 좇아가 보세. 그대가 『당신은 어떻게 물고기의 즐거움을 아는가?』라고 운운한 것은 이미 내가 그것을 안다는 것을 알고 나에게 물은 것이네. 나는 그것을 호수의 다리 위에서 알았네.」

해설

장자(莊子)가 물고기의 즐거움을 언급하자, 혜자(惠子)가 장자에게 당신이 물고기가 아닌데 어찌 물고기의 즐거움을 아느냐고 꼬집었고, 이에 장자는 혜자가 자신에게 「당신은 어떻게 물고기의 즐거움을 아는가?」라고 운운한 것 자체가 물고기의 즐거움을 안다는 전제하에 질문한 것이라고 강변했다.

혜자는 명가(名家)의 대표적 인물이고, 장자는 도가(道家)의 대표적 인물이다. 두 사람은 친구이긴 하지만 자주 논쟁을 벌인다. 혜자와 장자의 이 논쟁은 각기 다른 관점을 가지고 각기 다른 시각에서 출발했기 때문에 자연히 서로 다른 결론이 도출될 수밖에 없다.

이 우언은 본래 장자의 만물제일(萬物齊一)의 관점을 밝히고 사람이 자연만물과 소통할 수 있다는 것을 설명한 것이나 고사 내용으로 보아 견강부회(牽强附會)한 느낌이 강하다.

095 장자고분(莊子鼓盆)

《莊子 · 至樂》

원문 및 주석

莊子鼓盆[1]

莊子妻死, 惠子弔之, 莊子則方箕踞鼓盆而歌。[2] 惠子曰 : 「與人居, 長子, 老身死。不哭亦足矣, 又鼓盆而歌, 不亦甚乎!」[3] 莊子曰 :

1 莊子鼓盆 → 장자(莊子)가 질항아리를 두드리다
【鼓(고)】: 치다, 두드리다.
【盆(분)】: 와부(瓦缶), 질항아리. ※ 일설에는 「옛날 악기의 일종」이라고도 한다.

2 莊子妻死, 惠子弔之, 莊子則方箕踞鼓盆而歌。→ 장자(莊子)의 아내가 죽어, 혜자(惠子)가 그에게 문상하러 가보니, 장자는 마침 두 다리를 뻗어 벌리고 앉아 질항아리를 두드리며 노래를 부르고 있었다.
【弔(조)】: 조문하다, 문상하다.
【方(방)】: 마침.
【箕踞(기거)】: 두 다리를 뻗어 벌리고 앉다. ※ 마치 두 다리를 키 모양으로 뻗어 벌리고 앉은 모습을 가리킨다.
【歌(가)】: [동사용법] 노래를 부르다.

3 惠子曰 : 「與人居, 長子, 老身死。不哭亦足矣, 又鼓盆而歌, 不亦甚乎!」→ 혜자가 말했다 : 「그 사람과 함께 살았고, (당신의) 자식을 낳아 길렀는데, (이제) 몸이 늙어서 죽었소. 울지 않는 것만으로도 족하거늘, 또 질항아리까지 두드리며 노래를 부르고 있으니, 너무 심하지 않는가?」
【人(인)】: 그 사람. 여기서는 「처, 아내」를 가리킨다.
【長子(장자)】: 자식을 낳아 기르다.
【哭(곡)】: 곡을 하다.
【不亦(불역)…乎(호)!】: 너무 …하지 않은가!

「不然。是其始死也, 我獨何能无概然![4] 察其始而本无生, 非徒无生也而本無形, 非徒無形也而本無氣。[5] 雜乎芒芴之間, 變而有氣, 氣變而有形, 形變而有生。[6] 今又變而之死, 是相與爲春秋冬夏四時行也。[7] 人且偃然寢於巨室, 而我噭噭然隨而哭之, 自以爲不通乎命, 故止也。」[8]

....

4 莊子曰 : 「不然。是其始死也, 我獨何能无概然! → 장자가 말했다 : 「그렇지 않네. 아내가 막 숨을 거두었을 당시에는, 어찌 나 홀로 슬퍼하지 않을 수 있었겠는가?
【其(기)】: [대명사] 그, 즉 아내.
【始死(시사)】: 막 숨을 거두었을 당시.
【獨(독)】: 홀로, 혼자서, 유독.
【概然(개연)】: 슬퍼하는 모습. 〖概〗: 慨(개), 슬퍼하다, 개탄하다.

5 察其始而本无生, 非徒无生也而本無形, 非徒無形也而本無氣。→ 그러나 그의 시초를 살펴보면 본래 생명이 없었고, 비단 생명이 없었을 뿐만 아니라 본래 형체도 없었으며, 비단 형체가 없었을 뿐만 아니라 본래 기운(氣運)조차도 없었네.
【非徒(비도)】: 非但(비단), 다만 …뿐만 아니라.
【氣(기)】: 기운(氣運).

6 雜乎芒芴之間, 變而有氣, 氣變而有形, 形變而有生。→ 흐리멍덩한 혼돈(混沌) 사이에 섞여 있다가, 변해서 기운이 생기고, 기운이 변해서 형체가 생기고, 형체가 변해서 생명이 생겨난 것이네.
【雜乎(잡호)…】: …에 섞여 있다. 〖乎〗: [개사] 於(어), …에.
【芒芴之間(망홀지간)】: 흐리멍덩한 사이. 〖芒芴〗: 흐리멍덩하다, 있는 듯 없는 듯하다. 즉 「혼돈상태」를 가리킨다. ※ 혹자는 「芒芴」의 독음을 「恍惚(황홀)」로 읽어야 한다고 했다.

7 今又變而之死, 是相與爲春秋冬夏四時行也。→ 지금 또다시 변해서 죽음으로 돌아간 것이니, 이는 마치 춘하추동 네 계절이 운행하는 것과 같은 이치라네.」
【之死(지사)】: 죽음으로 돌아가다. 〖之〗: 가다.
【是(시)】: [대명사] 이것, 즉 「낳고 죽는 변화」.

8 人且偃然寢於巨室, 而我噭噭然隨而哭之, 自以爲不通乎命, 故止也。」→ 그 사람은 바야흐로 천지간에 편안히 잠들어 있는데, 내가 훌쩍거리며 그 뒤를 따라 우는 것은, 나 스스로 생명의 이치에 통달하지 못한 것을 자인하는 일이기에, 그래서 울음을 멈추었네.
【且(차)】: 바야흐로.
【偃然(언연)】: 편안한 모양.
【寢(침)】: 잠자다.
【巨室(거실)】: 거대한 방. 여기서는 「천지자연」을 가리킨다.

번역문

장자(莊子)가 질항아리를 두드리다

장자(莊子)의 아내가 죽어 혜자(惠子)가 그에게 문상하러 가보니 장자는 마침 두 다리를 뻗어 벌리고 앉아 질항아리를 두드리며 노래를 부르고 있었다.

혜자가 말했다.

「그 사람과 함께 살았고 (당신의) 자식을 낳아 길렀는데, (이제) 몸이 늙어서 죽었소. 울지 않는 것만으로도 족하거늘, 또 질항아리까지 두드리며 노래를 부르고 있으니 너무 심하지 않는가?」

장자가 말했다.

「그렇지 않네. 아내가 막 숨을 거두었을 당시에는 어찌 나 홀로 슬퍼하지 않을 수 있었겠는가? 그러나 그의 시초를 살펴보면 본래 생명이 없었고, 비단 생명이 없었을 뿐만 아니라 본래 형체도 없었으며, 비단 형체가 없었을 뿐만 아니라 본래 기운(氣運)조차도 없었네. 흐리멍덩한 혼돈(混沌) 사이에 섞여 있다가 변해서 기운이 생기고, 기운이 변해서 형체가 생기고, 형체가 변해서 생명이 생겨난 것이네. 지금 또다시 변해서 죽음으로 돌아간 것이니, 이는 마치 춘하추동 네 계절이 운행하는 것과 같은 이치라네.」

그 사람은 바야흐로 천지간에 편안히 잠들어 있는데, 내가 훌쩍거리며 그 뒤를 따라 우는 것은 나 스스로 생명의 이치에 통달하지 못한 것을 자인하는 일이기에, 그래서 울음을 멈추었네.

【噭噭然(교교연)】: 훌쩍훌쩍 애절하게 우는 모양.
【隨而(수이)】: 뒤이어, 뒤를 따라. 즉 「편히 잠들어 있는 그 뒤를 따라」의 뜻.
【自以爲(자이위)】: 자인하다, 스스로 …라고 인정하다, 스스로 …라 여기다.
【不通乎命(불통호명)】: 생명의 이치에 통달하지 못하다. 〚乎〛: [개사] 於(어), …에, …에 대해.

해설

혜자(惠子)가 장자(莊子) 아내의 장례에 문상을 갔다가 곡을 하지 않고 질항아리를 두드리며 노래하는 장자를 보고 예(禮)가 아님을 지적했다. 이에 대해 장자는 아내가 막 숨을 거두었을 때 인간으로서 슬프지 않을 수 없었지만, 그 시초를 살펴보면 본래 생명이 없었고 형체도 없었으며, 기운조차도 없었던 것이 혼돈상태에 섞여 있다가 변해서 기운이 생기고, 기운이 변해서 형체가 생기고, 형체가 변해서 생명이 생겨난 것이 지금 다시 변해서 죽음으로 돌아가는 것이라 하며, 만일 아내의 죽음을 슬퍼하여 운다면 이는 자기 스스로 생명의 이치에 통달하지 못했음을 자인하는 일이기 때문에 울지 않는다고 했다.

도가(道家)에서는 무(無)가 유(有)로 변하고, 유가 다시 무로 변하는 것을 자연의 변화현상으로 인식하여 삶과 죽음도 동일한 것으로 보는데, 이 우언은 바로 아내의 죽음마저도 예외가 될 수 없는 장자의 확고한 「만물제일(萬物齊一)」 사상을 보여준 것이다.

096 장자여촉루(莊子與髑髏)

《莊子 · 至樂》

원문 및 주석

莊子與髑髏[1]

莊子之楚, 見空髑髏, 髐然有形。[2] 撽以馬捶, 因而問之, 曰 :「夫子貪生失理, 而爲此乎? 將子有亡國之事, 斧鉞之誅, 而爲此乎?[3]

1 莊子與髑髏 → 장자(莊子)와 해골
【髑髏(촉루)】: 해골, 죽은 사람의 머리 뼈.

2 莊子之楚, 見空髑髏, 髐然有形。→ 장자(莊子)가 촉(蜀)나라로 가다가, 속이 텅 빈 해골을 보았다. 바싹 마른 상태로 (사람의) 형상이 드러나 있었다.
【之(지)】: 가다.
【楚(초)】: [국명] 지금의 호남성 · 호북성과 강서성 · 절강성 및 하남성 남부에 걸쳐 있던 주대(周代)의 제후국.
【空(공)】: 속이 비다.
【髐然(효연)】: 뼈가 바싹 마른 모양.

3 撽以馬捶, 因而問之, 曰 :「夫子貪生失理, 而爲此乎? 將子有亡國之事, 斧鉞之誅, 而爲此乎? → 말채찍으로 툭툭 치며, 그에게 물었다 :「선생은 삶을 탐하다가 도리(道理)를 잃어, 이렇게 된 것이요? 아니면 나라가 망하는 일이 있어, 도끼로 처형을 당해, 이렇게 된 것이요?
【撽(교)】: 툭툭 치다.
【馬捶(마추)】: 말채찍. 〖捶〗: 箠(추), 채찍.
【夫子(부자)】: [상대방에 대한 존칭] 선생(님).
【貪生失理(탐생실리)】: 삶을 탐하고 도리를 잃다.
【爲此(위차)】: 이렇게 되다.
【將(장)】: 아니면, 그렇지 않으면.
【斧鉞之誅(부월지주)】: 도끼로 처형하는 것. 〖斧鉞〗: 도끼. 〖誅〗: 죽이다, 처형하다.

將子有不善之行, 愧遺父母妻子之醜, 而爲此乎?[4] 將子有凍餒之患, 而爲此乎? 將子之春秋故及此乎?」[5] 於是語卒, 援髑髏, 枕而臥。[6] 夜半, 髑髏見夢曰 :「子之談者似辯士。視子所言, 皆生人之累也, 死則无此矣。子欲聞死之說乎?」 莊子曰 :「然。」[7] 髑髏曰 :「死,

4 將子有不善之行, 愧遺父母妻子之醜, 而爲此乎? → 아니면 그대가 착하지 못한 행동을 하고, 부모처자에게 남긴 추태를 부끄럽게 여겨, 이렇게 된 것이요?
【不善之行(불선지행)】: 착하지 못한 행위.
【愧(괴)】: 부끄럽게 여기다.
【遺(유)】: 남기다.
【醜(추)】: 추태, 추행.

5 將子有凍餒之患, 而爲此乎? 將子之春秋故及此乎?」 아니면 그대가 추위와 굶주림의 환난을 당해, 이렇게 된 것이오? 아니면 그대의 나이가 본래 수명을 다하기에 이른 것이오?」
【凍餒(동뇌)】: 추위와 굶주림.
【患(환)】: 우환, 환난.
【春秋(춘추)】: 나이, 연세.
【故(고)】: 固(고), 본래.
【及此(급차)】: 여기에 이르다, 즉 「수명을 다하기에 이르다」의 뜻.

6 於是語卒, 援髑髏, 枕而臥。→ 그리하여 말을 마치고, 해골을 끌어다, 베고 누워 잤다.
【於是(어시)】: 이에, 그리하여.
【語卒(어졸)】: 말이 끝나다, 말을 마치다.
【援(원)】: 끌어당기다.
【枕(침)】: 베다, 베개 삼아 베다.

7 夜半, 髑髏見夢曰 :「子之談者似辯士。視子所言, 皆生人之累也, 死則无此矣。子欲聞死之說乎?」 莊子曰 :「然。」 → 한밤중에, 해골이 꿈에 나타나 말했다 :「그대의 말은 마치 변사(辯士)와 흡사하오. 그대가 말하는 것을 보니, 그것은 모두 살아 있는 사람의 우환이오. 죽으면 이런 일이 없소. 그대는 죽음의 즐거움에 대해 듣기를 원합니까?」 장자가 말했다 :「그렇소.」
【夜半(야반)】: 한밤중, 야밤.
【見夢(현몽)】: 현몽(現夢)하다, 꿈에 나타나다.
【似(사)】: 마치 …과 흡사하다.
【辯士(변사)】: 말재주가 좋은 사람.
【累(루)】: 고통, 우환, 번민
【欲(욕)】: …하고자 하다, …을 원하다.
【說(열)】: 悅(열), 즐거움.

无君於上, 无臣於下; 亦无四時之事, 從然以天地爲春秋, 雖南面王樂, 不能過也。」[8] 莊子不信, 曰:「吾使司命復生子形, 爲子骨肉肌膚, 反子父母妻子閭里知識, 子欲之乎?」[9] 髑髏深矉蹙頞曰:「吾安能棄南面王樂而復爲人間之勞乎!」[10]

8 髑髏曰:「死, 无君於上, 无臣於下; 亦无四時之事, 從然以天地爲春秋, 雖南面王樂, 不能過也。」→ 해골이 말했다:「죽으면, 위에 임금이 없고, 아래에 신하가 없으며; 또한 사계절의 일이 없이, 모두 자기 마음대로 하며 천지와 함께 수(壽)를 누리기 때문에, 비록 임금이 누리는 즐거움이라 해도, 이를 능가할 수 없습니다.」

【從然(종연)】: 縱然(종연), 아무 속박 없이 자기 마음대로 하는 모양, 자유자재로 하는 모양.

【以天地爲春秋(이천지위춘추)】: 천지를 나이로 삼다. 즉 「천지와 나이를 함께하다, 천지와 함께 수를 누리다」의 뜻. 〖以…爲…〗: …을 …로 삼다, …을 …로 여기다.

【南面王樂(남면왕락)】: 임금이 누리는 즐거움.

【不能過(불능과)】: 능가할 수 없다, 능가하지 못하다. 〖過〗: 능가하다, 초월하다.

9 莊子不信, 曰:「吾使司命復生子形, 爲子骨肉肌膚, 反子父母妻子閭里知識, 子欲之乎?」→ 장자가 이를 믿지 않고, 말했다:「내가 사명(司命)으로 하여금 당신의 육체를 다시 살려낸 후, 당신에게 뼈와 살과 피부를 갖추어, 당신의 부모처자와 마을의 친한 친구들에게 돌려보내게 한다면, 당신은 그것을 원하겠소?」

【使(사)】: …로 하여금 …하게 하다.

【司命(사명)】: 인간의 수명을 관장하는 신(神) 이름.

【復生(부생)】: 다시 살아나다.

【反(반)】: 返(반), 돌려보내다.

【閭里(여리)】: 동네, 마을.

【知識(지식)】: 마음을 아는 절친한 친구.

10 髑髏深矉蹙頞曰:「吾安能棄南面王樂而復爲人間之勞乎!」→ 해골은 눈살을 잔뜩 찌푸리고 말했다:「내가 어찌 임금이 누리는 즐거움을 버리고 인간의 고생을 다시 하겠소?」

【深矉蹙頞(심빈축알)】: 눈살을 잔뜩 찌푸리다. 〖深〗: 깊이, 잔뜩. 〖矉〗: 顰(빈), 눈살을 찌푸리다, 미간을 찡그리다. 〖蹙〗: 찌푸리다, 찡그리다. 〖頞〗: 額(액), 이마.

【安(안)】: 어찌, 어떻게.

【棄(기)】: 버리다, 포기하다.

【復爲(부위)…】: 다시 …을 하다, …다시 하다.

【勞(로)】: 노고, 고생.

번역문

장자(莊子)와 해골

장자(莊子)가 촉(蜀)나라로 가다가 속이 텅 빈 해골을 보았다. 바싹 마른 상태로 (사람의) 형상이 드러나 있었다. 말채찍으로 툭툭 치며 그에게 물었다.

「선생은 삶을 탐하다가 도리(道理)를 잃어 이렇게 된 것이요? 아니면 나라가 망하는 일이 있어 도끼로 처형을 당해 이렇게 된 것이요? 아니면 그대가 착하지 못한 행동을 하고 부모처자에게 남긴 추태를 부끄럽게 여겨 이렇게 된 것이요? 아니면 그대가 추위와 굶주림의 환난을 당해 이렇게 된 것이오? 아니면 그대의 나이가 본래 수명을 다하기에 이른 것이오?」

그리하여 말을 마치고 해골을 끌어다 베고 누워 잤다. 한밤중에 해골이 꿈에 나타나 말했다.

「그대의 말은 마치 변사(辯士)와 흡사하오. 그대가 말하는 것을 보니, 그것은 모두 살아 있는 사람의 우환이오. 죽으면 이런 일이 없소. 그대는 죽음의 즐거움에 대해 듣기를 원합니까?」

장자가 말했다.

「그렇소.」

해골이 말했다.

「죽으면 위에 임금이 없고 아래에 신하가 없으며, 또한 사계절의 일이 없이 모두 자기 마음대로 하며 천지와 함께 수(壽)를 누리기 때문에, 비록 임금이 누리는 즐거움이라 해도, 이를 능가할 수 없습니다.」

장자가 이를 믿지 않고 말했다.

「내가 사명(司命)으로 하여금 당신의 육체를 다시 살려낸 후 당신에게 뼈와 살과 피부를 갖추어 당신의 부모처자와 마을의 친한 친구들에게 돌려보내게 한다면, 당신은 그것을 원하겠소?」

해골은 눈살을 잔뜩 찌푸리고 말했다.

「내가 어찌 임금이 누리는 즐거움을 버리고 인간의 고생을 다시 하겠소?」

해설

장자(莊子)가 초(楚)나라에 가다가 길에 내던져 있는 해골을 보고 이러쿵저러쿵 길에 버려지게 된 연유를 물은 후 그 해골을 끌어다가 베고 잠을 잤다. 그러자 그 해골이 꿈에 나타나 장자가 낮에 한 말에 대해 반박하여, 그것은 살아 있는 사람들의 우환일 뿐이며 죽으면 위에 임금이 없고, 아래에 신하가 없을 뿐만 아니라 사계절의 번거로운 일도 없고, 모두 자기 마음대로 하며 천지와 함께 수를 누린다는 등 자유로운 죽음의 세계를 말했다. 장자가 그 말을 믿지 않고 다시 해골에게 만일 생명을 관장하는 사명(司命)에게 청하여 인간으로 되돌아오게 한다면 원하겠느냐고 묻자, 해골이 눈살을 찌푸리며 단호히 거절했다.

이 우언은 장자와 해골의 대화를 빌려 삶과 죽음을 동일시하는 도가(道家)의 「제생사(齊生死)」 관념을 선양한 것이다.

097 노후양조(魯侯養鳥)

《莊子・至樂》

원문 및 주석

魯侯養鳥[1]

昔者海鳥止於魯郊, 魯侯御而觴之于廟, 奏《九韶》以爲樂, 具太牢以爲膳。[2] 鳥乃眩視憂悲, 不敢食一臠, 不敢飮一杯, 三日而死。[3]

....

1 魯侯養鳥 → 노(魯)나라 군주가 새를 기르다
【魯侯(노후)】: 노(魯)나라의 군주. 〖魯〗: [국명] 지금의 산동성 일대에 있던 주대(周代)의 제후국.

2 昔者海鳥止於魯郊, 魯侯御而觴之于廟, 奏《九韶》以爲樂, 具太牢以爲膳。→ 옛날에 바닷새가 노(魯)나라 도성(都城)의 교외에 내려와 둥지를 틀자, 노나라 군주가 그 새를 종묘에 맞아들여 술을 따라 주고,《구소(九韶)》를 연주하여 즐기도록 해주는가 하면, 소와 양과 돼지를 잡아 먹이로 제공했다.
【止(지)】: 멈추다, 머물다. 여기서는「둥지를 틀다」의 뜻.
【魯郊(노교)】: 노나라 도성(都城)의 교외.
【御(어)】: 맞이하다.
【觴(상)】: 술잔. 여기서는 동사용법으로「술을 따라주다」의 뜻.
【廟(묘)】: 종묘.
【奏(주)】: 연주하다.
【《九韶(구소)》】: 우(虞)나라 순(舜)임금 시대의 악곡 이름.
【以爲(이위)…】: 以之爲(이지위)…, 이를 …으로 삼다.
【具(구)】: 갖추다.
【太牢(태뢰)】: 옛날 제사 때 소・양・돼지를 갖추어 제물로 바치는 것.
【以爲膳(이위선)】: 이를 식사로 삼다. 즉「이를 식사로 제공했다」의 뜻. 〖膳〗: 식사.

3 鳥乃眩視憂悲, 不敢食一臠, 不敢飮一杯, 三日而死。→ 이에 새는 눈이 어지럽고 근심과 슬

此以己養養鳥也, 非以鳥養養鳥也。[4] 夫以鳥養養鳥者, 宜栖之深林, 遊之壇陸, 浮之江湖, 食之鰌鰷, 隨行列而止, 委蛇而處。[5]

번역문

노(魯)나라 군주가 새를 기르다

옛날에 바닷새가 노(魯)나라 도성(都城)의 교외에 내려와 둥지를 틀자, 노나라 군주가 그 새를 종묘에 맞아들여 술을 따라 주고 《구소(九韶)》를 연

....

픈 마음에, 고기 한 조각을 먹지 못하고, 술 한 잔을 마시지 못하더니, 사흘 만에 죽어버렸다.
【乃(내)】: 이에, 그리하여.
【眩視(현시)】: 눈이 어지럽다.
【憂悲(우비)】: 걱정하고 슬퍼하다.
【臠(련)】: 작은 조각으로 썬 고기.

4 此以己養養鳥也, 非以鳥養養鳥也。→ 이는 (노나라 군주가) 자기를 보양(保養)하는 방법으로 새를 양육한 것이지, 새를 양육하는 방법으로 새를 양육한 것이 아니다.
【己養(기양)】: 자신을 양육하는 방법.
【鳥養(조양)】: 새를 양육하는 방법.

5 夫以鳥養養鳥者, 宜栖之深林, 遊之壇陸, 浮之江湖, 食之鰌鰷, 隨行列而止, 委蛇而處。→ 대저 새를 양육하는 방법으로 새를 양육하는 것이란, 마땅히 그 새를 깊은 숲속에 서식하게 하고, 광활한 대지에서 노닐게 하고, 강이나 호수에 떠다니게 하고, 미꾸라지나 피라미 같은 작은 물고기를 잡아먹게 하고, (새무리의) 행렬을 따라 머물게 하며, 조용히 자기 멋대로 살게 하는 것이다.
【夫(부)】: [발어사] 대저, 무릇.
【宜(의)】: 마땅히.
【栖(서)】: [사동용법] 깃들게 하다, 서식하게 하다.
【之(지)】: [대명사] 그것, 즉 「새」.
【壇陸(단륙)】: 광활한 대지.
【浮(부)】: [사동용법] 떠다니게 하다.
【食(식)】: [사동용법] 먹게 하다.
【鰌(추)】: 미꾸라지.
【鰷(조)】: 피라미.
【止(지)】: 멈추다, 머물다.
【委蛇而處(위이이처)】: 조용히 자기 멋대로 살다.

주하여 즐기도록 해주는가 하면 소와 양과 돼지를 잡아 먹이로 제공했다. 이에 새는 눈이 어지럽고 근심과 슬픈 마음에 고기 한 조각을 먹지 못하고, 술 한 잔을 마시지 못하더니 사흘 만에 죽어버렸다.

이는 (노나라 군주가) 자기를 보양(保養)하는 방법으로 새를 양육한 것이지, 새를 양육하는 방법으로 새를 양육한 것이 아니다.

대저 새를 양육하는 방법으로 새를 양육하는 것이란 마땅히 그 새를 깊은 숲 속에 서식하게 하고, 광활한 대지에서 노닐게 하고, 강이나 호수에 떠다니게 하고, 미꾸라지나 피라미 같은 작은 물고기를 잡아먹게 하고, (새무리의) 행렬을 따라 머물게 하며 조용히 자기 멋대로 살게 하는 것이다.

해설

노(魯)나라 군주가 도성(都城)의 교외에 둥지를 튼 새를 종묘(宗廟)에 맞아들여 술과 최상의 음식을 제공하고 음악까지 연주하며 극진히 모셨다. 그러나 새는 아무것도 먹지 못하고 사흘 만에 죽어 버렸다. 노나라 군주의 새에 대한 극진한 예우는 본래 호의에서 출발한 것이나, 결과적으로는 무지한 소치로 인해 옳지 않은 방법을 사용함으로써 엄청난 역효과를 초래한 것이다.

이 우언은 노나라 군주가 새의 서식환경을 고려하지 않고 자신을 돌보는 방법으로 새를 돌보다가 죽음에 이르게 한 어리석은 행위를 통해, 군주가 나라를 다스리면서 백성을 위한다는 명분으로 막강한 권한을 잘못 행사할 경우 왕왕 예기치 못한 큰 재난이 야기될 수 있음을 지적한 것이다.

098 구루승조(痀僂承蜩)

《莊子 · 達生》

원문 및 주석

痀僂承蜩[1]

仲尼適楚, 出於林中, 見痀僂者承蜩, 猶掇之也。[2] 仲尼曰:「子巧乎! 有道邪?」[3] 曰:「我有道也。五六月, 累丸二而不墜, 則失者錙銖; 累三而不墜, 則失者十一; 累五而不墜, 猶錙之也。[4] 吾處身也,

1 痀僂承蜩 → 꼽추가 끈끈이로 매미를 잡다
【痀僂(구루)】: 곱사등이, 꼽추. ※ 판본에 따라서는 「痀」를 「佝(구)」라 했다.
【承蜩(승조)】: 죽간(竹竿) 끝에 끈끈이를 발라 매미를 달라붙게 하여 잡는 것을 말한다.

2 仲尼適楚, 出於林中, 見痀僂者承蜩, 猶掇之也。→ 공자(孔子)가 초(楚)나라로 가는 길에, 숲 속을 나오다가, 꼽추가 끈끈이로 매미 잡는 것을 보니, 마치 매미를 줍는 것과 같았다.
【仲尼(중니)】: 공자(孔子)의 자. 공자의 성은 공(孔), 이름은 구(丘), 자는 중니(仲尼). 유가(儒家) 학파의 창시자.
【適(적)】: 往(왕), 가다.
【楚(초)】: [국명] 지금의 호남성 · 호북성과 강서성 · 절강성 및 하남성 남부에 걸쳐 있던 주대(周代)의 제후국.
【猶(유)】: 마치 …같다.
【掇(철)】: 줍다.
【之(지)】: [대명사] 그것, 즉 「매미」.

3 仲尼曰:「子巧乎! 有道邪?」→ 공자가 말했다:「당신은 정말 교묘하군요! 무슨 비결이라도 있습니까?」
【巧(교)】: 교묘하다.
【道(도)】: 도리, 방법, 비결.

4 曰:「我有道也。五六月, 累丸二而不墜, 則失者錙銖; 累三而不墜, 則失者十一; 累五而不墜,

若橛株枸; 吾執臂也, 若槁木之枝。[5] 雖天地之大, 萬物之多, 而唯蜩翼之知。[6] 吾不反不側, 不以萬物易蜩之翼, 何爲而不得?」[7] 孔子

猶錙之也。→ 꼽추가 말했다 :「나는 비결이 있습니다. 오뉴월에 (대나무 장대에) 두 개의 완자를 포개 얹어 떨어뜨리지 않으면, (매미를 잡을 때) 실수하는 경우가 비교적 적었고; 세 개를 포개 얹어 떨어뜨리지 않으면, 실수하는 경우가 열 번에 한 번 정도였으며; 다섯 개를 포개 얹어 떨어뜨리지 않으면, (매미를 잡는 것이) 마치 매미를 줍는 것과 같이 쉬웠습니다.

【五六月(오뉴월)】: 오월과 유월. 매미가 활동하는 시기를 가리킨다. ※「五六月」 5~6개월의 훈련기간이라 풀이한 경우도 있다.

【累(루)】: 겹쳐 쌓다.

【丸(환)】: 완자, 작고 둥근 물건.

【墜(추)】: 떨어뜨리다.

【錙銖(치수)】: [중량단위] 1량(兩)의 4분의 1을 1치(錙), 1량(兩)의 24분의 1을 1수(銖)라 하여 본래 무게가 매우 가벼운 것을 가리키나, 여기서는「비교적 적다, 몇 번 안 되다.」의 뜻으로 사용했다.

【十一(십일)】: 열 번에 한 번.

【猶(유)】: 마치 …같다.

5 吾處身也, 若橛株枸; 吾執臂也, 若槁木之枝。→ 내가 몸을 자리에 고정하면, 마치 말뚝이나 나무의 밑동가리와 같이 꼼짝을 않고; 내가 (대나무 장대를 잡은) 팔을 들면, 마치 마른 나무의 가지와 같이 움직이지 않습니다.

【處身(처신)】: 몸을 자리에 고정하다.

【若(약)】: 마치 …같다.

【橛(궐)】: 마무 말뚝. ※ 판본에 따라서는「橛」을「厥(궐)」이라 했다.

【株枸(주구)】: 나무의 기둥 부분과 뿌리 부분. 즉 나무의 밑동가리를 가리킨다. 〖枸〗: 나무의 뿌리 부분. ※ 판본에 따라서는「枸」를「拘(구)」라 했다.

【執臂(집비)】: 팔을 들다. 즉「죽간을 잡은 팔을 들다」의 뜻. 〖執〗: 擧(거), 들다, 들어 올리다.

【槁木(고목)】: 마른 나무.

6 雖天地之大, 萬物之多, 而唯蜩翼之知。→ 비록 천지가 크고, 만물이 많다 해도, 오직 매미의 날개에 관심을 집중합니다.

【唯(유)】: 오직, 오로지.

【蜩翼之知(조익지지)】: 매미의 날개에 관심을 집중하다.

7 吾不反不側, 不以萬物易蜩之翼, 何爲而不得?」→ 나는 몸을 돌리지도 않고 옆으로 기울이지도 않으며, 어떤 사물로 인해 매미의 날개에 대한 관심을 돌리지 않습니다. 그러니 어찌 매미를 잡지 못하겠습니까?」

【不反不側(불반불측)】: 몸을 돌리지도 않고 옆으로 기울이지도 않다. 〖反〗: 반대로 돌리다. 〖側〗: 좌우 옆으로 기울이다.

【不以萬物易蜩之翼(불이만물역조지익)】: 만물로 인해 매미의 날개에 대한 관심을 바꾸지 않

顧謂弟子曰 :「用志不分, 乃凝於神, 其痀僂丈人之謂乎!」[8]

번역문

꼽추가 끈끈이로 매미를 잡다

꼽추가 끈끈이로 매미를 잡다

공자(孔子)가 초(楚)나라로 가는 길에 숲 속을 나오다가 꼽추가 끈끈이로 매미 잡는 것을 보니 마치 매미를 줍는 것과 같았다.

공자가 말했다.

「당신은 정말 교묘하군요! 무슨 비결이라도 있습니까?」

꼽추가 말했다.

「나는 비결이 있습니다. 오뉴월에, (대나무 장대에) 두 개의 완자를 포개 얹어 떨어뜨리지 않으면 (매미를 잡을 때) 실수하는 경우가 비교적 적었고, 세 개를 포개 얹어 떨어뜨리지 않으면 실수하는 경우가 열 번에 한

다. 즉 「어떤 사물로 인해 매미의 날개에 대한 관심을 돌리지 않다.」의 뜻. 【以】: 因(인), …으로 인해.

【何爲(하위)】: 어찌.

【不得(부득)】: 잡지 못하다.

8 孔子顧謂弟子曰 :「用志不分, 乃凝於神, 其痀僂丈人之謂乎!」 → 공자가 돌아보며 제자들에게 일러 말했다 :「마음이 분산되지 않아야 비로소 정신을 집중할 수 있는데, 그것은 바로 꼽추 노인과 같은 경우를 두고 이르는 말이니라!」

【顧(고)】: 돌아보다.

【用志(용지)】: 용심(用心), 마음을 쓰는 것.

【乃(내)】: 비로소.

【凝於神(응어신)】: 정신을 집중하다, 주의력을 집중하다. ※ 왕숙민(王叔岷)의 《장자교석(莊子校釋)》에는 「凝」을 「擬(의)」로 보아 「凝於神」을 「신에 비교되다」라고 풀이했다.

【丈人(장인)】: 노인.

【…之謂(지위)】: …을 두고 이르는 말.

번 정도였으며, 다섯 개를 포개 얹어 떨어뜨리지 않으면 (매미를 잡는 것이) 마치 매미를 줍는 것과 같이 쉬웠습니다.

내가 몸을 자리에 고정하면 마치 말뚝이나 나무의 밑동가리와 같이 꼼짝을 않고, 내가 (대나무 장대를 잡은) 팔을 들면 마치 마른 나무의 가지와 같이 움직이지 않습니다. 비록 천지가 크고 만물이 많다 해도 오직 매미의 날개에 관심을 집중합니다. 나는 몸을 돌리지도 않고 옆으로 기울이지도 않으며, 어떤 사물로 인해 매미의 날개에 대한 관심을 돌리지 않습니다. 그러니 어찌 매미를 잡지 못하겠습니까?」

공자가 돌아보며 제자들에게 일러 말했다.

「마음이 분산되지 않아야 비로소 정신을 집중할 수 있는데, 그것은 바로 꼽추 노인과 같은 경우를 두고 이르는 말이니라!」

해설

꼽추노인이 대나무 장대의 끝부분에 끈끈이를 발라 매미를 붙여 잡는 기술은 천부적으로 타고난 재능이 아니라 오랜 훈련을 통해 습득한 것이다. 그는 이 기술을 터득하기 위해 고도의 기능훈련과 정신훈련을 병행했다. 기능훈련은 장대 끝에 동그란 완자를 포개 얹고 이를 떨어뜨리지 않도록 부동자세를 연마하는 것이고, 정신훈련은 오직 매미의 날개에만 관심을 집중하여 다른 사물로 인해 주의력이 분산되지 않도록 하는 것이다. 그 결과 꼽추노인이 매미를 잡는 장소에 임해 자리를 잡고 준비를 끝내면, 몸은 말뚝처럼 꼼짝도 않고 팔은 나뭇가지처럼 움직이지 않는다. 매미는 꼽추노인이 자기를 잡으려 한다는 것을 전혀 눈치 채지 못하고, 결국 꼽추노인이 잡고 있는 장대의 끈끈이에 달라붙어 잡히고 만다. 그리하여 꼽추노인이 매미를 잡는 일은 마치 매미를 주워 담는 것처럼 쉬워보였다.

이 우언은 정신을 집중하면 어떠한 어려운 일도 극복할 수 있고, 비록 어려운 기술이라 해도 부지런히 배우고 훈련을 거듭하면 반드시 높은 경지에 도달할 수 있음을 비유한 것이다.

099 조주여신(操舟如神)

《莊子 · 達生》

원문 및 주석

操舟如神[1]

顔淵問仲尼曰：「吾嘗濟乎觴深之淵, 津人操舟若神。[2] 吾問焉, 曰：『操舟可學邪?』 曰：『可。善游者數能。若乃夫沒人, 則未嘗見舟而便操之也。』[3] 吾問焉而不吾告, 敢問何謂也?」[4] 仲尼曰：「善游

1 操舟如神 → 배를 젓는 솜씨가 마치 신(神)과 같다
【操舟(조주)】: 배를 젓다, 배를 몰다.

2 顔淵問仲尼曰：「吾嘗濟乎觴深之淵, 津人操舟若神。→ 안연(顔淵)이 공자(孔子)에게 물었다: 「제가 일찍이 상심(觴深)이라는 못을 건넌 적이 있는데, 사공의 배 젓는 솜씨가 마치 신과 같았습니다.
【顔淵(안연)】: [인명] 안회(顔回). 공자(孔子)의 제자. 춘추시대 노(魯)나라 사람으로 자는 자연(子淵). 일명 안연(顔淵)이라고도 한다.
【仲尼(중니)】: 공자(孔子)의 자. 공자의 성은 공(孔), 이름은 구(丘), 자는 중니(仲尼). 유가(儒家) 학파의 창시자.
【濟(제)】: (강을) 건너다.
【觴深(상심)】: 못 이름.
【津人(진인)】: 사공, 뱃사공

3 吾問焉, 曰：『操舟可學邪?』 曰：『可。善游者數能。若乃夫沒人, 則未嘗見舟而便操之也。』→ (그리하여) 제가 : 『배 젓는 것을 배울 수 있습니까?』라고 물으니, 그가 : 『배울 수 있습니다. 헤엄을 잘 치는 사람은 속히 배울 수 있습니다. 잠수를 할 줄 아는 사람으로 말하면, 일찍이 배를 본 적이 없어도 바로 배를 저을 수 있습니다.』라고 말했습니다.
【善游者(선유자)】: 헤엄을 잘 치는 사람.

者數能, 忘水也。若乃夫沒人之未嘗見舟而便操之也, 彼視淵若陵, 視舟之覆, 猶其車却也。[5] 覆却萬方陳乎前而不得入其舍, 惡往而不暇!」[6]

【數能(삭능)】: 속히 배울 수 있다. 〖數〗: 속히. 빨리. ※ 마서륜(馬敍倫)은 「數」을 「速(속)」의 가차(假借)라 했고, 엄복(嚴復)은 「數能」을 「速成(속성)」이라 풀이했다.
【若乃(약내)】: …으로 말하면.
【夫(부)】: [지시대명사] 그.
【沒人(몰인)】: 잠수할 줄 아는 사람.
【未嘗(미상)】: …한 적이 없다.

4 吾問焉而不吾告, 敢問何謂也?」→ 제가 (그 까닭을) 물었으나 (그가) 저에게 알려주지 않기에, 무슨 뜻인지 감히 (선생님께) 여쭙고자 합니다.」
【不吾告(불오고)】: 不告吾의 도치형태.
【何謂(하위)】: 무슨 말? 무슨 뜻?

5 仲尼曰:「善游者數能, 忘水也。若乃夫沒人之未嘗見舟而便操之也, 彼視淵若陵, 視舟之覆, 猶其車却也。→ 공자가 말했다:「헤엄을 잘 치는 사람이 속히 배울 수 있는 것은, 물을 두려워하지 않기 때문이다. 잠수를 잘하는 사람이 일찍이 배를 본 적이 없어도 배를 잘 저을 수 있는 것은, 깊은 못을 구릉처럼 보고, 배가 뒤집히는 것을, 마치 수레가 뒤로 물러나는 것처럼 보기 때문이다.
【忘水(망수)】: 물을 잊다. 즉 「자기가 물에 있다는 것을 잊고 있다」 또는 「물에 대해 두려움을 느끼지 않다」의 뜻.
【視淵若陵(시연약릉)】: 못을 구릉처럼 보다.
【舟之覆(주지복)】: 배가 전복되는 것, 배가 뒤집히는 것.
【猶(유)】: 마치 …과 같다.
【却(각)】: 뒤로 물러나다.

6 覆却萬方陳乎前而不得入其舍, 惡往而不暇!」→ 배가 뒤집히고 수레가 물러나는 등 온갖 현상이 눈앞에 벌어져도 마음에 영향을 주지 않으니, 어디 간들 여유롭지 않겠는가!」
【萬方(만방)】: 온갖 현상, 여러 가지 상황.
【陳乎前(진호전)】: 눈앞에 벌어지다, 눈앞에 전개되다. 〖乎〗: [개사] 於(어), …에.
【不得入其舍(부득입기사)】: 그 마음속에 들어가지 못하다. 즉 「마음에 영향을 주지 않다.」의 뜻. 〖不得〗: 不能(불능), …하지 못하다, …할 수 없다. 〖舍〗: 心(심), 마음.
【惡往(오왕)】: 어디를 가든. 〖惡〗: 何(하).
【暇(가)】: 여유, 겨를, 틈. 여기서는 동사용법으로 「여유롭다, 느긋하다」의 뜻.

번역문

배를 젓는 솜씨가 마치 신(神)과 같다

안연(顔淵)이 공자(孔子)에게 물었다.

「제가 일찍이 상심(觴深)이라는 못을 건넌 적이 있는데, 사공의 배 젓는 솜씨가 마치 신과 같았습니다. (그리하여) 제가 『배 젓는 것을 배울 수 있습니까?』라고 물으니, 그가 『배울 수 있습니다. 헤엄을 잘 치는 사람은 속히 배울 수 있습니다. 잠수를 할 줄 아는 사람으로 말하면 일찍이 배를 본 적이 없어도 바로 배를 저을 수 있습니다.』라고 말했습니다. 제가 (그 까닭을) 물었으나 (그가) 저에게 알려주지 않기에 무슨 뜻인지 감히 (선생님께) 여쭙고자 합니다.」

공자가 말했다.

「헤엄을 잘 치는 사람이 속히 배울 수 있는 것은 물을 두려워하지 않기 때문이다. 잠수를 잘하는 사람이 일찍이 배를 본 적이 없어도 배를 잘 저을 수 있는 것은 깊은 못을 구릉처럼 보고 배가 뒤집히는 것을 마치 수레가 뒤로 물러나는 것처럼 보기 때문이다. 배가 뒤집히고 수레가 물러나는 등 온갖 현상이 눈앞에 벌어져도 마음에 영향을 주지 않으니, 어디 간들 여유롭지 않겠는가!」

해설

안연(顔淵)이 뱃사공의 배 젓는 솜씨에 탄복하여 그 기술을 배울 수 있는가를 물으니, 뱃사공은 헤엄을 잘 치는 사람은 속히 배울 수 있고, 잠수를 할 줄 아는 사람은 배를 본 적이 없어도 곧 배를 저을 수 있다고 말했다. 안연이 그 의미를 이해할 수 없어 공자에게 가르침을 청하자, 공자는 헤엄을 잘 치는 사람이 속히 배울 수 있는 것은 물을 두려워하지 않기 때문이고, 잠수를 잘하는 사람이 배를 잘 저을 수 있는 것은 깊은 못을 구릉과 같이 보고, 배가 뒤집히는 것을 마치 수레가 뒤로 물러나는 것처럼 여겨 사태가 눈앞에 벌어져도 마음에 영향을 주지 않기 때문이라고 했다.

배 젓는 기술을 속히 배우기 위해서는 육체적, 정신적으로 기본 조건을 잘 갖추는 것이 매우 중요하다. 몸이 건강하여 운동신경이 발달한 사람이나 수영을 잘 하고 잠수에 능한 사람은 당연히 허약한 사람에 비해 육체적으로 유리한 조건인 동시에 물을 두려워하지 않는다는 정신적 안정감도 있다.

이 우언은 모든 일에 있어서 자신의 능력을 발휘하여 성공을 거두기 위해서는 무엇보다도 기본조건을 구비함으로써 정신적으로 일에 대한 부담감 없이 안정을 유지하는 것이 절대적으로 중요하다는 이치를 설명한 것이다.

100 축종인설체(祝宗人說彘)

《莊子 · 達生》

원문 및 주석

祝宗人說彘[1]

祝宗人玄端以臨牢筴, 說彘曰 : 「汝奚惡死? 吾將三月豢汝, 十日戒, 三日齊, 藉白茅, 加汝肩尻乎雕俎之上, 則汝爲之乎?」[2] 爲彘

1 祝宗人說彘 → 제관(祭官)이 돼지에게 말하다
【祝宗人(축종인)】: 제관(祭官). 옛날 종묘의 제사를 주관하던 관리.
【彘(체)】: 돼지.

2 祝宗人玄端以臨牢筴, 說彘曰 : 「汝奚惡死? 吾將三月豢汝, 十日戒, 三日齊, 藉白茅, 加汝肩尻乎雕俎之上, 則汝爲之乎?」 → 제관(祭官)이 예복을 입고 돼지우리에 가서, 돼지에게 물었다 : 「너는 어째서 죽는 것을 싫어하느냐? (만일) 내가 장차 석 달 동안 너를 길러, (제사 지내기 전) 열흘 동안 부정(不淨)한 일을 경계하고, 사흘 동안 몸과 마음을 청결하게 한 후, (제사 지낼 때) 하얀 띠풀을 깔고, 너의 어깨와 엉덩이 살코기를 무늬가 새겨진 제기(祭器)에 올려놓는다면, 너는 그렇게 하겠느냐?」
【玄端(현단)】: 제복(祭服). 제사 때 입는 예복으로 색깔이 검고 단정하다는 뜻에서 붙인 이름이다. ※ 판본에 따라서는 「玄」을 「元(원)」이라 했다.
【臨(림)】: 다가가다.
【牢筴(뇌책)】: 돼지우리.
【汝(여)】: 너, 당신.
【奚(해)】: 어찌, 어째서.
【惡(오)】: 싫어하다, 증오하다.
【將(장)】: 장차 …할 것이다, 장차 …할 생각이다.
【豢(환)】: 豢(환), (곡식을) 먹여 기르다, 사육하다.
【戒(계)】: (부정한 일을) 경계하다, 주의하고 삼가다.

謀, 曰不如食以糠糟而錯之牢筴之中; 自爲謀, 則苟生有軒冕之尊, 死得於腞楯之上、聚僂之中, 則爲之。[3] 爲彘謀則去之, 自爲謀則取之, 所異彘者何也?[4]

················

【齊(재)】: 齋(재), 재계(齋戒)하다, 몸과 마음을 청결하게 하다. ※ 옛날 사람들은 제사 지내기 전에 또는 의식을 거행하기 전에 몸과 마음을 청결하게 하고 부정한 일을 멀리하여 존경을 표시했다.
【藉(자)】: 깔다.
【白茅(백모)】: 하얀 띠풀.
【加(가)】: 놓다.
【肩(견)】: 어깨.
【尻(고)】: 엉덩이.
【乎(호)】: [개사] 於(어), …에.
【雕俎(조조)】: 무늬를 조각한 제기. 〖俎〗: 제기(祭器).
【爲之乎(위지호)?】: 그렇게 하겠느냐?

3 爲彘謀, 曰不如食以糠糟而錯之牢筴之中; 自爲謀, 則苟生有軒冕之尊, 死得於腞楯之上、聚僂之中, 則爲之。→ 돼지를 위해 타산(打算)할 때는, 겨와 지게미를 먹이며 우리에 두는 것이 낫다고 말하고; 자신을 위해 타산할 때는, 살아있는 동안 존귀한 신분을 갖고, 죽은 뒤에 호화스런 영구차 위의 화려한 널 속에 안치되기를 바란다.
【謀(모)】: 타산(打算)하다, 따져 헤아리다.
【不如(불여)…】: …이 낫다, …만 못하다.
【糠糟(강조)】: 지게미.
【錯(조)】: 措(조), 두다, 놓다.
【軒冕之尊(헌면지존)】: 수레를 타고 예모를 쓰는 존귀함. 즉 「존귀한 신분」을 가리킨다. 〖軒〗: 옛날 귀족들이 타는 수레. 〖冕〗: 옛날 귀족들이 쓰는 예모(禮貌).
【腞楯(전순)】: 호화스런 영구차.
【聚僂(취루)】: 화려하게 장식한 널[관곽].

4 爲彘謀則去之, 自爲謀則取之, 所異彘者何也? → 돼지를 위해 타산할 때는 하얀 띠풀과 무늬를 조각한 제기를 포기하고, 자신을 위해 타산할 때는 존귀한 신분과 호화스런 영구차를 취하고자 한다면, 돼지와 다른 점이 무엇인가?
【去之(거지)】: 흰 띠풀과 무늬를 조각한 제기를 포기하다. 〖之〗: [대명사] 그것, 즉 「흰 띠풀과 무늬를 조각한 제기」.
【取之(취지)】: 존귀한 신분과 호화스런 영구차를 취하다. 〖之〗: [대명사] 그것, 즉 「존귀한 신분과 호화스런 영구차」.
【所異彘者(소이체자)】: 돼지와 다른 점.

번역문

제관(祭官)이 돼지에게 말하다

제관(祭官)이 예복을 입고 돼지우리에 가서 돼지에게 물었다.

「너는 어째서 죽는 것을 싫어하느냐? (만일) 내가 장차 석 달 동안 너를 길러 (제사 지내기 전) 열흘 동안 부정(不淨)한 일을 경계하고, 사흘 동안 몸과 마음을 청결하게 한 후, (제사 지낼 때) 하얀 띠풀을 깔고 너의 어깨와 엉덩이 살코기를 무늬가 새겨진 제기(祭器)에 올려놓는다면, 너는 그렇게 하겠느냐?」

돼지를 위해 타산(打算)할 때는 겨와 지게미를 먹이며 우리에 두는 것이 낫다고 말하고, 자신을 위해 타산할 때는 살아있는 동안 존귀한 신분을 갖고 죽은 뒤에 호화스런 영구차 위의 화려한 널 속에 안치되기를 바란다. 돼지를 위해 타산할 때는 하얀 띠풀과 무늬를 조각한 제기를 포기하고, 자신을 위해 타산할 때는 존귀한 신분과 호화스런 영구차를 취하고자 한다면 돼지와 다른 점이 무엇인가?

해설

사람이나 돼지나 자기 본성대로 살기를 원하는 것은 마찬가지다. 그러나 사람의 마음은 마치 촛불과 같아서 남을 비추어 볼 수는 있어도 자신을 비추어 볼 수가 없다.

이 우언은 탐욕에 현혹되어 자기의 입장만 생각하고 남의 입장을 고려하지 않는 이기적인 사람의 옹졸한 행위를 풍자한 것이다 .

101 제환공우귀(齊桓公遇鬼)

《莊子 · 達生》

원문 및 주석

齊桓公遇鬼[1]

桓公田於澤, 管仲御, 見鬼焉。公撫管仲之手曰 :「仲父何見?」[2] 對曰 :「臣无所見。」[3] 公反, 誒詒爲病, 數日不出。[4] 齊士有皇子告敖

1 齊桓公遇鬼 → 제(齊)나라 환공(桓公)이 귀신을 만나다

【齊桓公(제환공)】: 춘추시대 제(齊)나라의 군주. 제희공(齊僖公)의 아들로 이름은 소백(小白)이며, 43년간(B.C. 685 - B.C. 643) 재위했다. 진문공(晉文公) · 진목공(秦穆公) · 송양공(宋襄公) · 초장왕(楚莊王)과 더불어 춘추오패(春秋五霸)의 하나.

2 桓公田於澤, 管仲御, 見鬼焉。公撫管仲之手曰 :「仲父何見?」 → 제환공(齊桓公)이 늪지대로 사냥을 나가, 관중(管仲)이 수레를 몰고 있는데, (환공이 돌연) 귀신을 보았다. 환공이 관중의 손을 잡으며 말했다 :「중부(仲父)께서도 무엇을 보셨습니까?」

【田(전)】: 사냥하다.

【澤(택)】: 늪.

【管仲(관중)】: [인명] 춘추시대 제(齊)나라의 재상으로, 성은 관(管), 이름은 이오(夷吾), 자는 중(仲)이며, 제환공을 보필하여 환공으로 하여금 제후의 맹주가 되게 했다. 환공은 그를 존중하여 중부(仲父)라 불렀다.

【御(어)】: 수레를 몰다.

【撫(무)】: 잡다.

【仲父(중부)】: 제환공이 관중에 대해 존경하는 뜻으로 부른 호칭.

3 對曰 :「臣无所見。」 → (관중이) 대답했다 :「저는 아무것도 본 것이 없습니다.」

【臣(신)】: 신, 저. ※ 군주에 대한 신하나 백성의 자칭.

【无(무)】: 無(무)의 옛글자.

4 公反, 誒詒爲病, 數日不出。 → 환공은 돌아오자, 넋을 잃고 병이 들어, 여러 날 동안 외출을

者曰：「公則自傷，鬼惡能傷公![5] 夫忿滀之氣，散而不反，則爲不足；上而不下，則使人善怒；下而不上，則使人善忘；不上不下，中身當心，則爲病。」[6] 桓公曰：「然則有鬼乎?」[7] 曰：「有。沈有履，竈有髻。戶內之煩壤，雷霆處之；東北方之下者，倍阿鮭蠪躍之；西北方之下者，則泆陽處之。[8] 水有罔象，丘有峷，山有夔，野有彷徨，澤有委

하지 못했다.

【反(반)】: 返(반), 돌아오다.

【誒詒(희이)】: 넋을 잃다, 실성(失性)하다. ※「誒詒」의 발음에 대해서는 중국학자들 사이에서도 설이 분분하다.「誒」의 발음을「xì」「éi」「ê」라 한 경우가 있고,「詒」의 발음을「yì」「dài」「tài」라 한 경우가 있다. 따라서 우리 발음도「희이」,「희태」 등으로 발음될 수 있다.

5 齊士有皇子告敖者曰：「公則自傷，鬼惡能傷公! → 제(齊)나라의 선비 황자고오(皇子告敖)가 (환공을 찾아와) 말했다：「공께서는 스스로 몸을 상하게 하신 것입니다. 귀신이 어찌 공을 상하게 할 수 있겠습니까!

【皇子告敖(황자고오)】: [인명] 제(齊)나라의 현인(賢人). 성은 황자(皇子), 자는 고오(告敖).

【自傷(자상)】: 스스로 몸을 상하게 하다.

【惡(오)】: 어찌.

6 夫忿滀之氣，散而不反，則爲不足；上而不下，則使人善怒；下而不上，則使人善忘；不上不下，中身當心，則爲病。」→ 대저 맺힌 기운은 흩어져서 돌아오지 않으면, 기력이 부족하게 되고; 위로 올라가서 아래로 내려오지 않으면, 사람으로 하여금 화를 잘 내게 하고; 아래로 내려가서 올라오지 않으면, 사람으로 하여금 잘 잊게 하고; 위로 올라가지도 내려오지도 않고, 가슴속에 쌓여 있으면, 바로 병이 됩니다.」

【夫(부)】: [발어사] 대저, 무릇.

【忿滀(분축)】: (가슴에) 맺히다, 엉기다.

【反(반)】: 返(반), 돌아오다.

【使(사)】: …로 하여금 …하게 하다.

【善怒(선노)】: 화를 잘 내다.

【善忘(선망)】: 잘 잊어버리다.

【中身當心(중신당심)】: 신체의 중심 부분. 여기서는「가슴속에 집중되다」의 뜻.

7 桓公曰：「然則有鬼乎?」→ 환공이 물었다：「그렇다면 귀신은 있는 것이오?」

【然則(연즉)】: 그렇다면, 그러면.

8 曰：「有。沈有履，竈有髻。戶內之煩壤，雷霆處之；東北方之下者，倍阿鮭蠪躍之；西北方之下者，則泆陽處之。→ (황자고오가) 대답했다：「있습니다. 진흙 속에는 이(履)라는 귀신이 있고, 부엌에는 결(髻)이라는 귀신이 있습니다. 집안의 떠들썩한 곳에는, 뇌정(雷霆)이라는 귀신이 살고; 동북쪽 모퉁이의 담장 아래에는, 배아해룡(倍阿鮭蠪)이라는 귀신이 활약하고; 서

蛇。」[9] 公曰 :「請問, 委蛇之狀何如?」[10] 皇子曰 :「委蛇, 其大如轂, 其長如轅, 紫衣而朱冠。其爲物也, 惡聞雷車之聲, 則捧其首而立。見之者殆乎霸。」[11] 桓公冁然而笑曰 :「此寡人之所見者也。」於是正

쪽 모퉁이의 담장 아래에는, 일양(泆陽)이라는 귀신이 살고 있습니다.
【沈(침)】: 시궁창의 진흙
【履(이)】: 귀신 이름.
【竈(조)】: 부엌. ※ 판본에 따라서는 「竈」를 「灶(조)」라 했다.
【髻(결)】: [귀신이름] 부엌 귀신으로 모습은 붉은 옷을 입고, 아름다운 여인을 닮았다.
【戶內(호내)】: 집안.
【煩壤(번양)】: 두 가지 설이 있다. ① 시끌벅적한 곳, 떠들썩한 곳, 소란한 곳. ② 분토(糞土).
【處(처)】: 살다, 거처하다.
【東北方之下者(동북방지하자)】: 동북쪽 모퉁이의 담장 아래.
【倍阿鮭蠪(배아해룡)】: 귀신 이름.
【躍(약)】: 활약하다.
【泆陽(일양)】: 귀신 이름. 모습은 표범 머리에 말 꼬리를 하고 있다.

9 水有罔象, 丘有峷, 山有夔, 野有彷徨, 澤有委蛇。」→ 물에는 망상(罔象)이라는 귀신이 있고, 언덕에는 신(峷)이라는 귀신이 있고, 산에는 기(夔)라는 귀신이 있고, 들에는 방황(彷徨)이라는 귀신이 있고, 늪에는 위사(委蛇)라는 귀신이 있습니다.」
【罔象(망상)】: 물귀신 이름. 모습은 어린 아이와 같고, 검붉은 색깔에 빨간 손톱과 큰 귀와 긴 팔을 가지고 있다.
【峷(신)】: 귀신 이름. 모습은 개와 같으나 뿔이 달렸고 5색의 문신(文身)을 하고 있다.
【夔(기)】: 귀신 이름.
【彷徨(방황)】: 귀신 이름. 뱀 모양에 머리가 두 개이고 5색의 무늬가 있다.
【委蛇(위사)】: 귀신 이름.

10 公曰 :「請問, 委蛇之狀何如?」→ 환공이 물었다 :「한 가지 물어봅시다. 위사라는 귀신은 모양이 어떻게 생겼소?」
【狀(상)】: 모양, 모습, 생김새.
【何如(하여)】: 如何(여하), 어떤가? 어떻게 생겼는가?

11 皇子曰 :「委蛇, 其大如轂, 其長如轅, 紫衣而朱冠。其爲物也, 惡聞雷車之聲, 則捧其首而立。見之者殆乎霸。」→ 황자(皇子)가 대답했다 :「위사는 굵기가 마치 수레바퀴통과 같고, 길이는 수레의 길다란 끌채와 같으며, 자주색 옷을 입고 붉은색 관모를 썼습니다. 그 귀신의 됨됨이는, 천둥소리를 듣기 싫어하여, (천둥소리를 들으면) 두 손으로 머리를 떠받치고 그 자리에 서 버립니다. 이 귀신을 본 사람은 곧 패자(霸者)가 됩니다.」
【大(대)】: [명사] 크기. 여기서는 「굵기」를 말한다.
【如(여)】: 마치 …같다.

衣冠與之坐, 不終日而不知病之去也。[12]

번역문

제(齊)나라 환공(桓公)이 귀신을 만나다

제환공(齊桓公)이 늪지대로 사냥을 나가 관중(管仲)이 수레를 몰고 있는데, (환공이 돌연) 귀신을 보았다. 환공이 관중의 손을 잡으며 말했다.

「중부(仲父)께서도 무엇을 보셨습니까?」

(관중이) 대답했다.

「저는 아무것도 본 것이 없습니다.」

환공은 돌아오자 넋을 잃고 병이 들어 여러 날 동안 외출을 하지 못했

【轂(곡)】: 수레바퀴통.
【轅(원)】: 끌채.
【紫衣(자의)】: [동사용법] 자주색 옷을 입다.
【朱冠(주관)】: [동사용법] 붉은 관모를 쓰다.
【爲物(위물)】: 귀신의 됨됨이.
【惡(오)】: 싫어하다.
【雷車(뇌거)】: 천둥, 우레.
【捧(봉)】: 두 손으로 받쳐 들다.
【殆乎霸(태호패)】: 패자에 접근하다. 즉 「곧 패자가 되다」의 뜻. 〖殆〗: 접근하다. 〖乎〗: [개사] 於(어), …에.

12 桓公囅然而笑曰 :「此寡人之所見者也。」 於是正衣冠與之坐, 不終日而不知病之去也。→ 환공은 기뻐서 웃으며 말했다 :「이것이 바로 과인이 본 것이오.」 그리하여 의관을 바로하고 그와 함께 앉아 이야기했는데, 하루가 지나지 않아 자신도 모르게 병이 다 나아버렸다.
【囅然(진연)】: 기뻐서 웃는 모양.
【寡人(과인)】: 과덕지인(寡德之人)이라는 의미로 임금이 자신을 낮추어 부른 말.
【於是(어시)】: 이에, 그리하여.
【正衣冠(정의관)】: 의관을 바로하다, 의관을 갖추다.
【與之坐(여지좌)】: 그와 더불어 앉아 이야기하다.
【不終日(부종일)】: 하루가 되지 않아.
【不知病之去(부지병지거)】: 병이 제거된 것을 알지 못하다. 즉 「자신도 모르게 병이 낫다.」의 뜻. 〖去〗: 제거되다, 없어지다.

다. 제(齊)나라의 선비 황자고오(皇子告敖)가 (환공을 찾아와) 말했다.

「공께서는 스스로 몸을 상하게 하신 것입니다. 귀신이 어찌 공을 상하게 할 수 있겠습니까! 대저 맺힌 기운은 흩어져서 돌아오지 않으면 기력이 부족하게 되고, 위로 올라가서 아래로 내려오지 않으면 사람으로 하여금 화를 잘 내게 하고, 아래로 내려가서 올라오지 않으면 사람으로 하여금 잘 잊게 하고, 위로 올라가지도 내려오지도 않고 가슴속에 쌓여 있으면 바로 병이 됩니다.」

환공이 물었다.「그렇다면 귀신은 있는 것이오?」

(황자고오가) 대답했다.

「있습니다. 진흙 속에는 이(履)라는 귀신이 있고, 부엌에는 결(髻)이라는 귀신이 있습니다. 집안의 떠들썩한 곳에는 뇌정(雷霆)이라는 귀신이 살고, 동북쪽 모퉁이의 담장 아래에는 배아해룡(倍阿鮭蠪)이라는 귀신이 활약하고, 서쪽 모퉁이의 담장 아래에는 일양(泆陽)이라는 귀신이 살고 있습니다. 물에는 망상(罔象)이라는 귀신이 있고, 언덕에는 신(峷)이라는 귀신이 있고, 산에는 기(夔)라는 귀신이 있고, 들에는 방황(彷徨)이라는 귀신이 있고, 늪에는 위사(委蛇)라는 귀신이 있습니다.」

환공이 물었다.

「한 가지 물어봅시다. 위사라는 귀신은 모양이 어떻게 생겼소?」

황자(皇子)가 대답했다.

「위사는 굵기가 마치 수레바퀴통과 같고, 길이는 수레의 길다란 끌채와 같으며, 자주색 옷을 입고 붉은색 관모를 썼습니다. 그 귀신의 됨됨이는 천둥소리를 듣기 싫어하여 (천둥소리를 들으면) 두 손으로 머리를 떠받치고 그 자리에 서 버립니다. 이 귀신을 본 사람은 곧 패자(覇者)가 됩니다.」

환공은 기뻐서 웃으며 말했다.

「이것이 바로 과인이 본 것이오.」

그리하여 의관을 바로하고 그와 함께 앉아 이야기했는데, 하루가 지나지 않아 자신도 모르게 병이 다 나아버렸다.

해설

제환공(齊桓公)은 늪으로 사냥을 나가다가 귀신을 보고 놀라 환궁한 후 병이 나서 여러 날 동안 외출을 하지 못했다. 이때 제(齊)나라의 선비 황자고오(皇子告敖)가 환공을 찾아가 귀신은 사람을 해칠 수 없고 병이 난 것은 환공 스스로 몸을 상하게 한 것이라 하고, 여러 종류의 귀신에 대한 이야기를 들려주었다. 환공은 늪의 귀신 위사(委蛇)의 형상에 대해 물어 황자고오가 상세히 알려주면서 이 귀신을 본 사람은 머지않아 천하를 제패한다고 말하자, 환공은 자신이 본 귀신이 바로 그것이라며 싱글벙글 기쁜 마음에 하루가 가기도 전에 병이 나아버렸다.

사람은 심신이 허약할 때 헛것이 보이고 마음의 병을 얻기도 하는데, 환공의 경우처럼 그 원인을 찾아 다스리면 두려움이 제거되고 심리적으로 안정을 찾아 치유될 수 있다. 이것이 양생(養生)의 방법이다.

이 우언은 장자(莊子)가 귀신에 대한 고사를 통해 양생의 중요한 이치를 설명한 것이다.

102 기성자양투계(紀渻子養鬪鷄)

《莊子 · 達生》

원문 및 주석

紀渻子養鬪鷄[1]

紀渻子爲王養鬪雞。[2] 十日而問 : 「雞可鬪已乎?」 曰 : 「未也, 方虛矯而恃氣。」[3] 十日又問, 曰 : 「未也, 猶應嚮景。」[4] 十日又問, 曰 :

1 紀渻子養鬪鷄 → 기성자(紀渻子)가 싸움닭을 훈련하다
【紀渻子(기성자)】: [인명] 성은 기(紀), 이름은 성자(渻子).
【養(양)】: 기르다. 여기서는 「훈련하다」의 뜻.
【鬪鷄(투계)】: 싸움닭.

2 紀渻子爲王養鬪雞。 → 기성자(紀渻子)가 주선왕(周宣王)을 위해 싸움닭을 훈련했다.
【王(왕)】: 여기서는 「주선왕(周宣王)」을 가리킨다. ※《열자(列子) · 황제편(黃帝篇)》 참조.

3 十日而問 : 「雞可鬪已乎?」 曰 : 「未也, 方虛矯而恃氣。」 → 열흘이 지나 (왕이) 물었다 : 「닭이 싸울 수 있도록 훈련을 마쳤는가?」(기성자가) 대답했다 : 「아직 안 됩니다, 지금은 한창 교만하여 원기를 믿고 있습니다.」
【已(이)】: 마치다, 끝내다. 여기서는 「훈련을 마치다」의 뜻.
【方(방)】: 한창, 바야흐로.
【虛憍(허교)】: 자만하다, 교만하다. 【憍】: 驕(교).
【恃氣(시기)】: 원기를 믿다, 혈기에 의존하다. 【恃】: 믿다.

4 十日又問, 曰 : 「未也, 猶應嚮景。」 → 열흘이 지나 (왕이) 또 묻자, (기성자가) 대답했다 : 「아직 안 됩니다, 아직도 어떤 소리나 그림자에 반응하고 있습니다.」
【猶(유)】: 아직도, 여전히.
【應(응)】: 반응하다, 반응을 보이다.
【嚮(향)】: 響(향), 음향, 소리.
【景(영)】: 影(영), 그림자.

「未也, 猶疾視而盛氣。」[5] 十日又問, 曰 :「幾矣。雞雖有鳴者, 已无變矣。望之似木雞矣, 其德全矣。異雞无敢應者, 見者反走矣。」[6]

번역문

기성자(紀渻子)가 싸움닭을 훈련하다

기성자(紀渻子)가 주선왕(周宣王)을 위해 싸움닭을 훈련했다. 열흘이 지나 (왕이) 물었다.

「닭이 싸울 수 있도록 훈련을 마쳤는가?」

(기성자가) 대답했다.

「아직 안 됩니다. 지금은 한창 교만하여 원기를 믿고 있습니다.」

열흘이 지나 (왕이) 또 묻자, (기성자가) 대답했다.

「아직 안 됩니다. 아직도 어떤 소리나 그림자에 반응하고 있습니다.」

열흘이 지나 (왕이) 또 묻자, (기성자가) 대답했다.

5 十日又問, 曰 :「未也, 猶疾視而盛氣。」→ 열흘이 지나 (왕이) 또 묻자, (기성자가) 대답했다 : 「아직 안 됩니다, 아직도 질시(疾視)하며 원기가 너무 왕성합니다.」
【疾視(질시)】: 질시하다, 밉게 보다, 쏘아보다, 노려보다.
【盛氣(성기)】: 왕성한 기운, 즉 「기가 왕성하다」의 뜻.

6 十日又問, 曰 :「幾矣。雞雖有鳴者, 已无變矣。望之似木雞矣, 其德全矣。異雞无敢應者, 見者反走矣。」→ 열흘이 지나 (왕이) 또 묻자, (기성자가) 대답했다 :「대충 됐습니다. 비록 다른 닭이 소리를 내도, 전혀 태도 변화가 없습니다. 이 닭을 바라보면 마치 나무로 깎아 만든 닭과 같고, 덕(德)이 완전히 갖추어졌습니다. 다른 닭이 감히 대응하지 못하고, 이 닭을 보는 놈은 머리를 돌려 달아날 것입니다.」
【幾(기)】: 거의. 여기서는 「거의 되다, 대충 되다」의 뜻.
【已无(이무)】: 조금도 …하지 않다, 전혀 …함이 없다. 〖无〗: 無(무)의 옛글자.
【似(사)】: 마치 …과 같다.
【德全(덕전)】: 덕이 완전하다. 즉 「침착하게 싸울 정신이 이미 갖추어지다」의 뜻.
【敢應(감응)】: 감히 대응하다, 감히 덤벼들다.
【反走(반주)】: 머리를 돌려 달아나다.

「아직 안 됩니다. 아직도 질시(疾視)하며 원기가 너무 왕성합니다.」

열흘이 지나 (왕이) 또 묻자, (기성자가) 대답했다.

「대충 됐습니다. 비록 다른 닭이 소리를 내도 전혀 태도 변화가 없습니다. 이 닭을 바라보면 마치 나무로 깎아 만든 닭과 같고 덕(德)이 완전히 갖추어졌습니다. 다른 닭이 감히 대응하지 못하고 이 닭을 보는 놈은 머리를 돌려 달아날 것입니다.」

해설

기성자(紀渻子)가 주선왕(周宣王)을 위해 싸움닭을 훈련하는데, 왕이 열흘 간격으로 네 번에 걸쳐 닭이 싸울 수 있도록 훈련을 마쳤는가를 물어, 기성자가 세 번을 안 된다고 대답하다가 네 번째에 비로소 가능하다는 대답을 했다. 이때 싸움닭의 상태는 다른 닭이 소리를 내도 태도에 전혀 동요하지 않고 마치 나무를 깎아 만든 닭처럼 침착하게 싸울 자세를 갖추고 있어, 다른 닭이 보면 감히 대응하지 못하고 머리를 돌려 달아날 정도가 되었다고 했다. 완벽한 상태를 만들기 위해 그만큼 철저히 대비한 것이다.

본래 덕망과 재능을 고루 갖추고 학식이 풍부한 사람은 성숙하고 노련하여 반드시 속에 품고 겉으로 나타내지 않는다. 그러나 세상에는 이렇다 할 재능과 학식도 없으면서 유달리 사람을 능멸하고 안하무인격으로 자기만 잘났다고 뽐내는 사람이 있다.

이 우언은 어떤 일을 해도 경솔하거나 교만한 태도를 버리고 각고노력하며 단계적으로 하나하나 쌓아 나갈 때 비로소 목적하는 단계에 도달할 수 있다는 도가(道家)의 양생법을 우회적으로 설명한 것이다.

103 여량장부(呂梁丈夫)

《莊子 · 達生》

원문 및 주석

呂梁丈夫[1]

孔子觀於呂梁, 縣水三十仞, 流沫四十里, 黿鼉魚鼈之所不能游也。[2] 見一丈夫游之, 以爲有苦而欲死也, 使弟子並流而拯之。[3] 數百

1 呂梁丈夫 → 여량(呂梁)의 장부(丈夫)
【呂梁(여량)】: 지명 또는 하천 이름으로 보이나, 무엇을 가리키는지 확실치 않다. 일설에는 서하(西河)[지금의 산서성 이석현(離石縣)]에 있다고 했고, 일설에는 또 팽성(彭城)[지금의 강소성 동산현(銅山縣)]에 있다고 했다.
【丈夫(장부)】: 옛날 성인 남자에 대한 통칭.

2 孔子觀於呂梁, 縣水三十仞, 流沫四十里, 黿鼉魚鼈之所不能游也。→ 공자(孔子)가 여량(呂梁)에서 구경을 하는데, 폭포가 삼십 길 높이에서 떨어지고, 격류가 물거품을 끌고 사십 리를 흘러가 큰 자라 · 악어 · 물고기 · 보통 자라 모두 헤엄을 칠 수가 없었다.
【孔子(공자)】: [인명] 성은 공(孔), 이름은 구(丘), 자는 중니(仲尼). 유가(儒家)학파의 창시자.
【縣水(현수)】: 懸水(현수), 폭포.
【仞(인)】: [길이 단위] 길. 1인은 7~8척(尺 : 자).
【流沫(유말)】: 물거품.
【黿(원)】: 큰 자라.
【鼉(타)】: 악어.
【鼈(별)】: 자라.

3 見一丈夫游之, 以爲有苦而欲死也, 使弟子並流而拯之。→ 공자는 한 성년 남자가 그곳에서 헤엄치는 것을 보고, 무슨 고충이 있어 자살하려는 줄로 여겨, 제자로 하여금 흐름을 따라 내려가 그를 구해 주도록 했다.
【以爲(이위)】: …라 여기다, …라고 생각하다.

步而出, 被髮行歌而游於塘下。[4] 孔子從而問焉, 曰:「吾以子爲鬼, 察子則人也。請問, 蹈水有道乎?」[5] 曰:「亡, 吾无道。吾始乎故, 長乎性, 成乎命。與齊俱入, 與汨偕出, 從水之道而不爲私焉。此吾所以蹈之也。」[6] 孔子曰:「何謂始乎故, 長乎性, 成乎命?」[7] 曰:「吾生於陵而安於陵, 故也; 長於水而安於水, 性也; 不知吾所以然而然,

....

【欲死(욕사)】: …죽으려 하다.
【使(사)】: …로 하여금 …하게 하다.
【並流(병류)】: 흐름을 따라가다.
【拯(증)】: 구하다, 구조하다.

4 數百步而出, 被髮行歌而游於塘下。→ (그러나 그는) 수백 보를 잠수하여 나아간 뒤에 물 위로 나와, 머리를 풀어헤치고 노래를 부르며 강둑 아래까지 헤엄쳐 왔다.
【被髮(피발)】: 披髮(피발), 머리를 풀어헤치다.
【行歌(행가)】: 노래를 부르다. ※「마치 땅에서 걷듯이 물속에서 걸으며 노래하다.」라고 풀이한 경우도 있다.
【塘(당)】: 강둑, 제방.

5 孔子從而問焉, 曰:「吾以子爲鬼, 察子則人也。請問, 蹈水有道乎?」→ 공자가 좇아가, 그에게 물었다:「나는 당신을 귀신이라 생각했는데, 자세히 살펴보니 사람이구려. 실례지만, 헤엄을 잘 치는데 무슨 비결이 있는지요?」
【以(이)】: …라고 여기다.
【蹈水(도수)】: 헤엄치다. ※「물을 밟다, 물을 밟고 걷다.」라고 풀이한 경우도 있다.
【道(도)】: 방법, 비결.

6 曰:「亡, 吾无道。吾始乎故, 長乎性, 成乎命。與齊俱入, 與汨偕出, 從水之道而不爲私焉。此吾所以蹈之也。」→ (그 남자가) 대답했다:「없습니다, 저는 비결이 없습니다. 제가 수영을 처음 시작할 때는 본성에 따라 했고, 성장한 후에는 습성에 따라 했으며, 헤엄을 익히고 나서는 순순히 자연법칙에 따라 했습니다. 소용돌이와 함께 물속으로 들어갔다가, 솟구치는 물살과 함께 위로 나오며, 수세(水勢)를 따를 뿐 제 맘대로 행동하지 않습니다. 이것이 제가 여량의 험한 물살에서 능히 헤엄을 칠 수 있는 까닭입니다.」
【亡(무)】: 無(무).
【始乎故(시호고)】: (수영을) 처음 시작할 때는 선천적인 본능에 따라 하다. 〖始〗: 처음 시작할 때, 유소년시절. 〖乎〗: [개사] 於(어), …에. 〖故〗: 선천적 본능, 천성.
【長乎性(장호성)】: 성장한 후에는 습성에 따라하다. 〖長〗: 성장한 후, 자라고 나서. 〖性〗: 습성.
【成乎命(성호명)】: 헤엄을 익히고 나서는 순순히 자연법칙에 따라 하다. 〖成〗: 이루고 난 후, 즉「헤엄을 익히고 나서」. 〖命〗: 천명, 자연법칙.

命也。」[8]

번역문

여량(呂梁)의 장부(丈夫)

공자(孔子)가 여량(呂梁)에서 구경을 하는데 폭포가 삼십 길 높이에서 떨어지고 격류가 물거품을 끌고 사십 리를 흘러가 큰 자라 · 악어 · 물고기 · 보통 자라 모두 헤엄을 칠 수가 없었다. 공자는 한 성년 남자가 그곳에서 헤엄치는 것을 보고, 무슨 고충이 있어 자살하려는 줄로 여겨 제자로 하여금 흐름을 따라 내려가 그를 구해 주도록 했다. (그러나 그는) 수백 보를 잠수하여 나아간 뒤에 물 위로 나와 머리를 풀어헤치고 노래를 부르며 강둑 아래까지 헤엄쳐 왔다. 공자가 좇아가 그에게 물었다.

【齊(제)】: 臍(제), 소용돌이.
【俱(구)】: 함께.
【汨(골)】: 솟구치는 물살, 위로 솟아오르는 물살.
【偕(해)】: 함께.
【從水之道(종수지도)】: 물길을 따르다. 즉 「수세(水勢)를 따르다」의 뜻.
【不爲私(불위사)】: 자기 맘대로 하지 않다, 내 맘대로 하지 않다.
【所以(소이)】: 까닭, 이유, 원인.
【蹈之(도지)】: 이곳을 헤엄치다. 〖之〗: [대명사] 이곳, 즉 「여량(呂梁)의 험한 물살」.

7 孔子曰 : 「何謂始乎故, 長乎性, 成乎命?」 → 공자가 물었다 : 「처음 시작할 때 본성에 따라 하고, 성장한 후에 습성에 따라 하고, 익히고 나서 자연법칙에 따라 했다고 하는 것은 무엇을 이르는 말인지요?」
【何謂(하위)】: 무엇을 말하는 것인가? 무엇을 이르는 말인가?

8 曰 : 「吾生於陵而安於陵, 故也; 長於水而安於水, 性也; 不知吾所以然而然, 命也。」 → (그 남자가) 대답했다 : 「제가 구릉에서 태어나 구릉에 편안함을 느끼는 것은, 본능이고; 물가에서 성장하여 물에 편안함을 느끼는 것은, 습성이며; 제가 능숙하게 헤엄을 잘 치게 된 까닭을 알지 못하면서 능숙하게 헤엄을 잘 치는 것은, 자연법칙에 순응하는 것입니다.」
【安於(안어)…】: …에 편안함을 느끼다. 〖於〗: [개사] …에.
【不知吾所以然而然(부지오소이연이연)】: 그렇게 된 까닭을 알지 못하면서 그렇게 하는 것, 즉 「능숙하게 헤엄을 잘 치는 까닭을 알지 못하면서 능숙하게 헤엄을 잘 치는 것」.

「나는 당신을 귀신이라 생각했는데 자세히 살펴보니 사람이구려. 실례지만 헤엄을 잘 치는데, 무슨 비결이 있는지요?」

(그 남자가) 대답했다.

「없습니다. 저는 비결이 없습니다. 제가 수영을 처음 시작할 때는 본성에 따라 했고, 성장한 후에는 습성에 따라 했으며, 헤엄을 익히고 나서는 순순히 자연법칙에 따라 했습니다. 소용돌이와 함께 물속으로 들어갔다가 솟구치는 물살과 함께 위로 나오며 수세(水勢)를 따를 뿐 제 맘대로 행동하지 않습니다. 이것이 제가 여량의 험한 물살에서 능히 헤엄을 칠 수 있는 까닭입니다.」

공자가 물었다.

「처음 시작할 때 본성에 따라 하고, 성장한 후에 습성에 따라 하고, 익히고 나서 자연법칙에 따라 했다고 하는 것은 무엇을 이르는 말인지요?」

(그 남자가) 대답했다.

「제가 구릉에서 태어나 구릉에 편안함을 느끼는 것은 본능이고, 물가에서 성장하여 물에 편안함을 느끼는 것은 습성이며, 제가 능숙하게 헤엄을 잘 치게 된 까닭을 알지 못하면서 능숙하게 헤엄을 잘 치는 것은 자연법칙에 순응하는 것입니다.」

해설

공자(孔子)가 큰 자라와 악어, 물고기와 자라까지 헤엄을 칠 수 없는 삼십 길 높이 폭포수 아래의 소용돌이 격류에서 헤엄을 치는 한 남자를 보고, 처음에는 고통으로 인해 죽으려는 사람으로 생각하여 제자를 시켜 구해주려 했으나, 사실은 귀신으로 오인할 만큼 능숙하게 헤엄을 잘 치는 사람이었다. 그리하여 공자가 그에게 다가가 무슨 비결이 있는가를 물으니 그의 대답은 즉, 비결은 없고 다만 자기가 어린 시절 처음 헤엄을 시작할 때는 본능에 따라 하고, 장성한 이후에는 습성에 따라 하고, 능숙한 이후에는 순순히 자연법칙에 따라 했다는 것이었다. 이에 대해 공자가 다시 무엇이 본능이고, 무엇이 습성이며, 무엇이 자연법칙에 순응하는 것이냐고 묻자, 그는 자신이 구릉에서 태어나 구릉에 편안함을 느끼는 것이 본능이고, 물가에서 성장하여 물에 편안함을 느끼는 것은 습성이며, 자신이 능숙하게 헤엄을 잘 치게 된 까닭을 알지 못하면서 능숙하게 헤엄을 잘 치는 것이 자연법칙에 순응하는 것이라 했다.

이 우언은 장자(莊子)가 수영에 능숙한 성년 남자의 실천 경험을 통해, 자연에 순응하고 사사로이 인위적인 행위를 가하지 말아야 성공할 수 있다는 양생(養生) 과정을 설명한 것이다.

※ 참고 : 이 고사는 《열자(列子) · 황제편(黃帝篇)》에도 보인다.

104 재경위거(梓慶爲鐻)

《莊子 · 達生》

원문 및 주석

梓慶爲鐻[1]

梓慶削木爲鐻, 鐻成, 見者驚猶鬼神。[2] 魯侯見而問焉, 曰 :「子何術以爲焉?」[3] 對曰 :「臣工人, 何術之有! 雖然, 有一焉。臣將爲鐻, 未嘗敢以耗氣也, 必齊以靜心。[4] 齊三日, 而不敢懷慶賞爵祿; 齊五

1 梓慶爲鐻 → 재경(梓慶)이 거(鐻)를 만들다
【梓慶(재경)】: 노(魯)나라의 유명한 목공. 「梓」는 목공, 「慶」은 목공의 이름.
【爲鐻(위거)】: 거를 만들다. 〖爲〗: 만들다. 〖鐻〗: 옛날 악기의 일종.

2 梓慶削木爲鐻, 鐻成, 見者驚猶鬼神。→ 재경(梓慶)이 나무를 깎아 거(鐻)라는 악기를 만드는데, 거가 완성되자, 이를 본 사람들은 놀라며 마치 귀신의 솜씨 같다고 여겼다.
【削(삭)】: 깎다.
【猶(유)】: 마치 …같다.

3 魯侯見而問焉, 曰 :「子何術以爲焉?」→ 노후(魯侯)가 그것을 보고 물었다 :「그대는 어떤 도술로써 그것을 만들었는가?」
【魯侯(노후)】: 노(魯)나라의 군주. 〖魯〗: 지금의 산동성 일대에 있던 주대(周代)의 제후국.
【子(자)】: 그대, 당신.
【術(술)】: 도술, 법술.

4 對曰 :「臣工人, 何術之有! 雖然, 有一焉。臣將爲鐻, 未嘗敢以耗氣也, 必齊以靜心。→ (재경이) 대답했다 :「저는 목공인데, 무슨 도술을 가지고 있겠습니까? 비록 그렇지만, 한 가지는 있습니다. 제가 장차 거를 만들려고 준비할 때는, 감히 기(氣)를 소모하지 않고, 반드시 재계(齋戒)하여 마음을 고요하게 만듭니다.
【將(장)】: 장차 …하려고 하다.

日, 不敢懷非譽巧拙; 齊七日, 輒然忘吾有四枝形體也。[5] 當是時也, 无公朝, 其巧專而外骨消。[6] 然後入山林, 觀天性; 形軀至矣, 然後成見鐻, 然後加手焉; 不然則已。[7] 則以天合天, 器之所以疑神者,

【未嘗(미상)】: …한 적이 없다.
【耗氣(모기)】: 기를 소모하다.
【靜心(정심)】: 마음을 고요하게 만들다, 마음을 가라앉히다.

5 齊三日, 而不敢懷慶賞爵祿; 齊五日, 不敢懷非譽巧拙; 齊七日, 輒然忘吾有四枝形體也。→ 사흘 동안 재계하고 나면, 감히 축하(祝賀)나 포상(褒賞)이나 작위(爵位)나 봉록(俸祿)을 생각하지 않게 되고; 닷새 동안 재계하고 나면, 감히 비난과 칭찬이나 정교하고 졸렬함을 생각하지 않게 되며; 이레를 재개하고 나면, 문득 나에게 사지와 몸통이 있다는 것을 잊게 됩니다.
【齊(재)】: 齋(재), 재계(齋戒)하다.
【懷(회)】: (마음을) 품다, 생각하다.
【慶賞爵祿(경상작록)】: 축하와 포상과 작위와 봉록.
【非譽巧拙(비예교졸)】: 비난과 칭찬과 정교함과 졸렬함.
【輒然(첩연)】: 두 가지 해석이 있다: ① 꼿꼿하게 서서 움직이지 않는 모양. ② 문득, 갑자기, 돌연.
【四枝形體(사지형체)】: 사지와 몸통. 〖四枝〗: 四肢사지, 두 팔과 두 다리. 〖形體〗: 몸통.

6 當是時也, 无公朝, 其巧專而外骨消。→ 이때는, 조정(朝廷)도 안중에 없고, 조각하는 일에 주의력을 온통 집중하여 외부의 혼란이 사라집니다.
【无(무)】: 無(무)의 옛글자.
【公朝(공조)】: 조정(朝廷). 즉 「공명(功名)과 이록(利祿)」을 의미한다.
【巧專(교전)】: 주의력을 조각하는 기교에 온통 집중하다.
【外骨(외골)】: 외부의 혼란. 〖骨〗: 滑(골), 혼란.
【消(소)】: 사라지다, 소멸하다.

7 然後入山林, 觀天性; 形軀至矣, 然後成見鐻, 然後加手焉; 不然則已。→ 그런 다음에 산림(山林)으로 들어가 나무의 질을 관찰하고, 모양이 악기 제작의 요건에 가장 적합하다고 여기면, 그 다음에 악기의 형태를 머리에 떠올리고, 그 다음에 제작에 착수합니다. 그렇지 않으면 아예 그만둡니다.
【天性(천성)】: 나무의 타고난 성질.
【形軀(형구)】: 모양.
【至(지)】: 이르다, 도달하다. 즉 「악기 제작의 요건에 도달하다」의 뜻.
【成見(성현)】: 머리에 떠올리다.
【加手(가수)】: 손을 대다. 즉 「제작에 착수하다」의 뜻.
【不然(불연)】: 그렇지 않으면.
【已(이)】: 그만두다, 멈추다, 끝내다.

其是與!」[8]

번역문

재경(梓慶)이 거(鐻)를 만들다

재경(梓慶)이 나무를 깎아 거(鐻)라는 악기를 만드는데, 거가 완성되자, 이를 본 사람들은 놀라며 마치 귀신의 솜씨 같다고 여겼다. 노후(魯侯)가 그것을 보고 물었다.

「그대는 어떤 도술로써 그것을 만들었는가?」

(재경이) 대답했다.

「저는 목공인데, 무슨 도술을 가지고 있겠습니까? 비록 그렇지만 한 가지는 있습니다. 제가 장차 거를 만들려고 준비할 때는 감히 기(氣)를 소모하지 않고 반드시 재계(齋戒)하여 마음을 고요하게 만듭니다. 사흘 동안 재계하고 나면 감히 축하(祝賀)나 포상(褒賞)이나 작위(爵位)나 봉록(俸祿)을 생각하지 않게 되고, 닷새 동안 재계하고 나면 감히 비난과 칭찬이나 정교하고 졸렬함을 생각하지 않게 되며, 이레를 재개하고 나면 문득 나에게 사지와 몸통이 있다는 것을 잊게 됩니다.

이때는 조정(朝廷)도 안중에 없고 조각하는 일에 주의력을 온통 집중하

....

8 則以天合天, 器之所以疑神者, 其是與!」→ 이는 바로 저의 천성을 나무의 천성에 맞추는 것인데, 저의 악기가 신이 만든 것이라 의심하는 까닭은, 아마도 이 때문일 것입니다.」

【以天合天(이천합천)】: 천성을 천성에 맞추다. 즉「자신의 천성을 나무의 천성에 맞추다.」의 뜻.

【所以(소이)】: 까닭, 이유.

【疑神(의신)】: 신의 솜씨라 의심하다, 신이 만들었다고 의심하다.

【其(기)】: 아마도.

【是(시)】: 이 때문. 즉「以天合天(이천합천)」.

【與(여)】: [어조사].

여 외부의 혼란이 사라집니다. 그런 다음에 산림(山林)으로 들어가 나무의 질을 관찰하고, 모양이 악기 제작의 요건에 가장 적합하다고 여기면, 그 다음에 악기의 형태를 머리에 떠올리고, 그 다음에 제작에 착수합니다. 그렇지 않으면 아예 그만둡니다. 이는 바로 저의 천성을 나무의 천성에 맞추는 것인데, 저의 악기가 신이 만든 것이라 의심하는 까닭은 아마도 이 때문일 것입니다.」

해설

재경(梓慶)이 거(鐻)라는 악기를 만들려고 준비할 때는 미리부터 기(氣)를 소모하지 않고 재계(齋戒)하여 마음을 고요하게 만든다. 이를 위해 사흘 동안 재계하고 나면 축하(祝賀)·포상(褒賞)·작위·봉록 같은 것을 염두에 두지 않게 되고, 닷새 동안 재계하고 나면 비난·칭찬·정교함·졸렬함을 생각하지 않게 되며, 이레 동안을 재개하고 나면 갑자기 자신에게 사지(四肢)와 몸통이 있다는 것을 잊는다.

악기를 만드는 재경의 솜씨가 신의 경지에 이르듯 탁월한 것은, 이처럼 일체의 개인적인 이해관계나 외부의 모든 혼란을 마음에 두지 않고 오로지 악기를 제작하는 객관적인 규율에 따라 일을 처리하기 때문이다.

이 우언은 어떠한 일을 막론하고 최선의 결과를 얻으려면 일체의 불필요한 잡념을 버리고 오로지 일사불란한 정신을 견지해야 한다는 이치를 설명한 것이다.

105 동야직패마(東野稷敗馬)

《莊子 · 達生》

원문 및 주석

東野稷敗馬[1]

東野稷以御見莊公, 進退中繩, 左右旋中規。[2] 莊公以爲文弗過也, 使之鉤百而反。[3] 顔闔遇之, 入見曰 :「稷之馬將敗。」公密而不

1 東野稷敗馬 → 동야직(東野稷)이 말을 지쳐 쓰러지게 하다
【東野稷(동야직)】: [인명] 성은 동야(東野), 이름은 직(稷). 옛날의 유명한 말몰이꾼.
【敗馬(패마)】: 말을 지쳐 쓰러지게 하다. 〖敗〗: 지쳐 쓰러지게 하다.

2 東野稷以御見莊公, 進退中繩, 左右旋中規。→ 동야직(東野稷)이 수레 모는 기술을 가지고 장공(莊公)을 알현했는데, (그의 기술은) 나아가고 물러나는 것이 마치 먹줄을 친 듯이 곧았고, 좌우로 회전하는 것이 마치 그림쇠로 원을 그린 듯이 동그랬다.
【御(어)】: 수레를 몰다. 여기서는「수레 모는 기술」을 가리킨다.
【莊公(장공)】: 춘추전국시대에는 장공이란 이름의 군주가 여럿인데, 어느 나라인지 밝히지 않아 여러 설이 난무한다. 노장공(魯莊公) 또는 위장공(衛莊公)이라는 설이 있고, 노정공(魯定公)의 잘못이라는 설도 있다.
【中繩(중승)】: 먹줄에 들어맞다. 즉「먹줄을 친 듯이 곧다」의 뜻. 〖中〗: 들어맞다, 부합하다. 〖繩〗: 먹줄.
【旋(선)】: 돌다, 회전하다.
【中規(중규)】: 그림쇠에 들어맞다. 즉「그림쇠로 원을 그린 듯이 동그랗다」의 뜻. 〖規〗: 그림쇠, 컴퍼스.

3 莊公以爲文弗過也, 使之鉤百而反。→ 장공은 조보(造父)조차도 이를 능가하지 못할 것이라 생각하고, 그로 하여금 백 바퀴를 돌고 오도록 했다.
【以爲(이위)】: …라 여기다, …라고 생각하다.
【文(문)】: 紋(문), 무늬. ※ 전대흔(錢大昕)은「文」을「父(보)」의 오류로 보아 조보(造父)라 했

應。[4] 少焉, 果敗而反。公曰 :「子何以知之?」曰 :「其馬力竭矣, 而猶求焉, 故曰敗。」[5]

번역문

동야직(東野稷)이 말을 지쳐 쓰러지게 하다

동야직(東野稷)이 수레 모는 기술을 가지고 장공(莊公)을 알현했는데, (그의 기술은) 나아가고 물러나는 것이 마치 먹줄을 친 듯이 곧았고, 좌우

다. 조보는 옛날에 수레를 잘 몰던 사람 이름.
【弗過(불과)】: 능가하지 못하다. 〖弗〗: 不(불). 〖過〗: 능가하다, 초월하다.
【使(사)】: …로 하여금 …하게 하다.
【鉤百(구백)】: 백 바퀴를 돌다. 〖鉤〗: 轉(전), 돌다. ※「百」을 「陌(맥 : 밭두렁)」이라 풀이한 경우도 있다.
【反(반)】: 返(반), 돌아오다. ※「反」을 「거꾸로 반복하다, 다시 반대 방향으로 돌다」라고 풀이한 경우도 있다.

4 顔闔遇之, 入見曰 :「稷之馬將敗。」公密而不應。→ 안합(顔闔)이 그를 만나보고 나서, 들어와 (장공을) 알현하고 말했다 :「동야직의 말은 곧 지쳐 쓰러질 것입니다.」 장공은 (못들은 척) 침묵하고 대답하지 않았다.
【顔闔(안합)】: [인명] 노(魯)나라의 현인.
【遇(우)】: 만나다.
【將(장)】: 곧 …할 것이다.
【密而不應(밀이불응)】: 침묵하고 대답하지 않다. 〖密〗: (못들은 척) 침묵하다, 입을 다물다.

5 少焉, 果敗而反。公曰 :「子何以知之?」曰 :「其馬力竭矣, 而猶求焉, 故曰敗。」→ 잠시 후, 과연 (그 말이) 지쳐 쓰러져 돌아왔다. 장공이 물었다 :「그대는 어떻게 그것을 알았소?」 (안합이) 대답했다 :「그 말의 힘이 다했는데도, 여전히 계속 달리기를 요구했습니다. 그래서 지쳐 쓰러진다고 말한 것입니다.」
【少焉(소언)】: 잠시 후, 조금 있다가.
【子(자)】: 그대, 당신.
【何以(하이)】: 어떻게.
【力竭(역갈)】: 힘이 다하다.
【猶(유)】: 여전히.
【求(구)】: 요구하다. 즉 「계속 달리기를 요구하다.」의 뜻.

로 회전하는 것이 마치 그림쇠로 원을 그린 듯이 동그랬다. 장공은 무늬를 그려도 이를 능가하지 못할 것이라 생각하고, 그로 하여금 백 바퀴를 돌고 오도록 했다. 안합(顔闔)이 그를 만나보고 나서 들어와 (장공을) 알현하고 말했다.

「동야직의 말은 곧 지쳐 쓰러질 것입니다.」

장공은 (못들은 척) 침묵하고 대답하지 않았다. 잠시 후 과연 (그 말이) 지쳐 쓰러져 돌아왔다. 장공이 물었다.

「그대는 어떻게 그것을 알았소?」

(안합이) 대답했다.

「그 말의 힘이 다했는데도 여전히 계속 달리기를 요구했습니다. 그래서 지쳐 쓰러진다고 말한 것입니다.」

해설

동야직(東野稷)은 말이 힘을 다해 지쳐 쓰러진다는 생각을 못하고, 오로지 자신의 말몰이 솜씨만을 과시하고자 했다. 사물은 모두 그 나름의 한계가 있어 한계를 초월하면 버틸 수가 없다.

이 우언은 일을 처리함에 있어서 적절히 분수를 지키고 무리한 행위를 삼가도록 경계한 것이다.

106 대수여안아(大樹與雁鵝)

《莊子 · 山木》

원문 및 주석

大樹與雁鵝[1]

莊子行於山中, 見大木, 枝葉盛茂, 伐木者止其旁而不取也。問其故, 曰 :「无所可用。」[2] 莊子曰 :「此木以不材得終其天年夫!」[3] 夫子出於山, 舍於故人之家。故人喜, 命豎子殺雁而烹之。[4] 豎子請曰 :

1 大樹與雁鵝 → 큰 나무와 거위
【雁鵝(안아)】: 거위.

2 莊子行於山中, 見大木, 枝葉盛茂, 伐木者止其旁而不取也。問其故, 曰 :「无所可用。」→ 장자(莊子)가 산속에서 거닐다가, 큰 나무를 보니, 가지와 잎이 무성했다. 그러나 벌목하는 사람이 그 곁에 머물면서도 그 나무를 베지 않았다. 그 까닭을 묻자, 벌목하는 사람이 대답했다 :「쓸만한 곳이 없습니다.」
【盛茂(성무)】: 무성하다.
【止(지)】: 머물다.

3 莊子曰 :「此木以不材得終其天年夫!」→ 장자가 말했다 :「이 나무는 재목이 되지 못함으로 말미암아 그 수명을 다 누릴 수 있구나!」
【以(이)】: 因(인), …로 인해, …로 말미암아.
【不材(부재)】: 재목이 못되다.
【得終(득종)】: 다 누릴 수 있다, 끝까지 누릴 수 있다.
【天年(천년)】: 수명, 천수.

4 夫子出於山, 舍於故人之家。故人喜, 命豎子殺雁而烹之。→ 장자는 산에서 나와, 친구의 집에 투숙했다. 친구가 기뻐하며, 동복(童僕)에게 명하여 거위를 잡아 삶도록 했다.
【夫子(부자)】: [존칭] 선생님. 여기서는 「장자」를 가리킨다.

「其一能鳴, 其一不能鳴, 請奚殺?」[5] 主人曰 : 「殺不能鳴者。」[6] 明日, 弟子問於莊子曰 : 「昨日山中之木, 以不材得終其天年; 今主人之雁, 以不材死, 先生將何處?」[7] 莊子笑曰 : 「周將處乎材與不材之間。」[8]

번역문

큰 나무와 거위

장자(莊子)가 산속에서 거닐다가 큰 나무를 보니 가지와 잎이 무성했다. 그러나 벌목하는 사람이 그 곁에 머물면서도 그 나무를 베지 않았다. 그 까닭을 묻자, 벌목하는 사람이 대답했다.

·················

【舍(사)】: 투숙하다, 유숙하다.
【故人(고인)】: 오랜 친구, 옛 친구.
【豎子(수자)】: 사내아이 종, 동복.
【烹(팽)】: 삶다.

5 豎子請曰 : 「其一能鳴, 其一不能鳴, 請奚殺?」 → 동복이 여쭈었다 : 「그중 한 마리는 울 줄을 알고, 한 마리는 울 줄을 모르는데, 어떤 놈을 잡을까요?」
【請(청)】: 윗사람에게 분부 또는 지시를 청하는 뜻으로 사용하는 말.
【奚(해)】: 어떤 것.

6 主人曰 : 「殺不能鳴者。」 → 주인이 말했다 : 「울지 못하는 놈을 잡아라.」

7 明日, 弟子問於莊子曰 : 「昨日山中之木, 以不材得終其天年; 今主人之雁, 以不材死, 先生將何處?」 → 다음날, 제자가 장자에게 물었다 : 「어제 산속의 나무는, 재목이 되지 못함으로 인해 그 수명을 다할 수 있었고; 오늘 주인의 거위는, 재능이 없음으로 인해 죽었는데, 선생님께서는 장차 어느 쪽에 계시겠습니까?」
【明日(명일)】: 다음 날.
【將何處(장하처)?】: 장차 어느 쪽에 계시겠습니까? 〖將〗: 장차 …하려 하다. 〖處〗: 처하다, 거처하다. 여기서는 「있다, 계시다.」의 뜻.

8 莊子笑曰 : 「周將處乎材與不材之間。」 → 장자가 웃으며 말했다 : 「나는 재목이 되는 쪽과 재목이 못되는 쪽의 중간에 있겠다.」
【周(주)】: 장주가 자기의 이름을 「나」라는 의미로 사용한 것.
【乎(호)】: [개사] 於(어), …에.

「쓸만한 곳이 없습니다.」

장자가 말했다.

「이 나무는 재목이 되지 못함으로 말미암아 그 수명을 다 누릴 수 있구나!」

장자는 산에서 나와 친구의 집에 투숙했다. 친구가 기뻐하며 동복(童僕)에게 명하여 거위를 잡아 삶도록 했다.

동복이 여쭈었다.

「그중 한 마리는 울 줄을 알고 한 마리는 울 줄을 모르는데, 어떤 놈을 잡을까요?」

주인이 말했다.

「울지 못하는 놈을 잡아라.」

다음날 제자가 장자에게 물었다.

「어제 산속의 나무는 재목이 되지 못함으로 인해 그 수명을 다할 수 있었고, 오늘 주인의 거위는 재능이 없음으로 인해 죽었는데, 선생님께서는 장차 어느 쪽에 계시겠습니까?」

장자가 웃으며 말했다.

「나는 재목이 되는 쪽과 재목이 못되는 쪽의 중간에 있겠다.」

해설

큰 나무는 재목이 되지 못함으로 인해 천수를 다했고, 거위는 재목이 되지 못함으로 인해 죽음을 당했다. 장자(莊子)의 관점에서 「유용(有用)」과 「무용(無用)」은 고정 불변하는 것이 아니라 시간과 장소와 조건에 따라 변하는 것이다.

이 우언은 문제를 도(道)에 따라 적절히 융통성 있게 대처해야 어려운 상황에서 벗어나 자유로울 수 있다는 것을 비유한 것이다.

107 임회기벽(林回棄璧)

《莊子 · 山木》

원문 및 주석

林回棄璧[1]

假人之亡與, <u>林回</u>棄千金之璧, 負赤子而趨。[2] 或曰 : 「爲其布與? 赤子之布寡矣; 爲其累與? 赤子之累多矣。棄千金之璧, 負赤子而趨, 何也?」[3] <u>林回</u>曰 : 「彼以利合, 此以天屬也。」[4] 夫以利合者, 迫窮

1 林回棄璧 → 임회(林回)가 벽옥(璧玉)을 버리다
【林回(임회)】: [인명] 가(假)나라의 선비.
【棄(기)】: 버리다.
【璧(벽)】: 벽옥.

2 假人之亡與, 林回棄千金之璧, 負赤子而趨。→ 가(假)나라가 망해서 사람들이 도망을 가는데, 임회(林回)는 천금의 값이 나가는 벽옥을 포기하고, 젖먹이 아이를 등에 업고 내달렸다.
【假(가)】: [국명] 가(假)나라. ※ 혹자는 가(假)를 주대(周代)의 작은 제후국으로 진(晉)나라에 멸망했다고 했고, 혹자는 임회가 은(殷)나라에서 도망했다는 사마표(司馬彪)의 말에 따라 가(假)는 은(殷)의 오류라고 했다.
【亡(망)】: 도망하다.
【負(부)】: (등에) 업다.
【赤子(적자)】: 젖먹이 아이.
【趨(추)】: 내달리다, 빨리 달리다.

3 或曰 : 「爲其布與? 赤子之布寡矣; 爲其累與? 赤子之累多矣。棄千金之璧, 負赤子而趨, 何也?」→ 어떤 사람이 그에게 물었다 : 「가치 때문이라면, 젖먹이 아이의 가치는 적고; 거추장스러운 것 때문이라면, 젖먹이 아이는 매우 거추장스럽습니다. 천금의 벽옥을 버리고, 젖먹이 아이를 업고 달리는 것은, 무슨 까닭입니까?」

禍患害相棄也; 以天屬者, 迫窮禍患害相收也。[5] 夫相收之與相棄亦遠矣。[6] 且君子之交淡若水, 小人之交甘若醴; 君子淡以親, 小人甘以絶。[7] 彼无故以合者, 則无故以離。[8]

················

【爲(위)】: …때문에, …으로 인해, …으로 말미암아.
【布(포)】: 옛날의 화폐. 여기서는 「가치」를 뜻한다.
【累(루)】: 거추장스러운 것, 번거로운 것.

4 林回曰: 「彼以利合, 此以天屬也。」 → 임회가 대답했다: 「벽옥은 이익으로 인해 (나와) 맺어진 것이고, 젖먹이 아이는 천륜(天倫)으로 인해 (나와) 맺어진 것입니다.」
【彼(피)】: [대명사] 저것, 즉 벽옥.
【以(이)】: 因(인), …로 인해.
【合(합)】: 합치다. 여기서는 「관련을 맺다.」의 뜻.
【此(차)】: [대명사] 이것, 즉 「젖먹이 아이」.
【天(천)】: 하늘. 여기서는 「천륜」을 가리킨다.
【屬(촉)】: 잇다, 연결하다. 즉 「관련을 맺다」의 뜻.

5 夫以利合者, 迫窮禍患害相棄也; 以天屬者, 迫窮禍患害相收也。 → 대저 이익으로 인해 맺어진 것은, 곤궁과 재해를 만나면 서로 버리고; 천륜으로 인해 맺어진 것은, 곤궁과 재해를 만나면 서로 거둔다.
【夫(부)】: [발어사] 대저, 무릇.
【迫(박)】: 닥치다, 당하다, 만나다.
【窮禍患害(궁화환해)】: 곤궁과 재해.
【相棄(상기)】: 서로 버리다, 서로 포기하다.
【相收(상수)】: 서로 거두다.

6 夫相收之與相棄亦遠矣。 → 서로 거두는 것과 서로 버리는 것은 실로 거리가 멀다.
【亦(역)】: 실로, 정말

7 且君子之交淡若水, 小人之交甘若醴; 君子淡以親, 小人甘以絶。 → 또한 군자 간의 교류는 담박하기가 마치 물과 같고, 소인배 간의 교류는 달콤하기가 마치 단술과 같다. 군자는 담박하지만 더욱 친해지고, 소인배는 달콤하지만 쉽게 끊어진다.
【且(차)】: 그리고, 또한.
【淡(담)】: 담박하다.
【若(약)】: 마치 …같다.
【醴(예)】: 단술, 감주.

8 彼无故以合者, 則无故以離。 → 그처럼 아무 이유 없이 맺어진 것은, 또한 아무 연고 없이 갈라지게 되는 것이다.
【故(고)】: 연고, 까닭, 이유.
【離(리)】: 갈라지다, 헤어지다, 떨어지다.

번역문

임회(林回)가 벽옥(璧玉)을 버리다

가(假)나라가 망해서 사람들이 도망을 가는데, 임회(林回)는 천금의 값이 나가는 벽옥을 포기하고 젖먹이 아이를 등에 업고 내달렸다. 어떤 사람이 그에게 물었다.

「가치 때문이라면 젖먹이 아이의 가치는 적고, 거추장스러운 것 때문이라면 젖먹이 아이는 매우 거추장스럽습니다. 천금의 벽옥을 버리고 젖먹이 아이를 업고 달리는 것은 무슨 까닭입니까?」

임회가 대답했다.

「벽옥은 이익으로 인해 (나와) 맺어진 것이고, 젖먹이 아이는 천륜(天倫)으로 인해 (나와) 맺어진 것입니다.」

대저 이익으로 인해 맺어진 것은 곤궁과 재해를 만나면 서로 버리고, 천륜으로 인해 맺어진 것은 곤궁과 재해를 만나면 서로 거둔다. 서로 거두는 것과 서로 버리는 것은 실로 거리가 멀다.

또한 군자 간의 교류는 담박하기가 마치 물과 같고, 소인배 간의 교류는 달콤하기가 마치 단술과 같다. 군자는 담박하지만 더욱 친해지고 소인배는 달콤하지만 쉽게 끊어진다. 그처럼 아무 이유 없이 맺어진 것은 또한 아무 연고 없이 갈라지게 되는 것이다.

해설

나라가 망해 백성들이 도망가는 와중에 임회(林回)는 천금이 나가는 값진 벽옥(璧玉)을 버리고 젖먹이 아이를 업고 달아났다. 어떤 사람이 그 광경을 보고 벽옥의 가치를 논하며, 거추장스러운 아이를 버리지 않고 벽옥을 버린 까닭을 묻자, 임회는 「벽옥은 이익으로 인해 맺어진 것이고, 젖먹이 아이는 천륜(天倫)으로 인해 맺어진 것」이라 대답했다. 이는 도의(道義)를 중시하는 군자와 이익을 중시하는 소인배를 비유한 것이다. 이해관계로 결합한 경우는 이해관계가 끝나면 더 이상 지속될 수 없지만, 도의(道義)를 바탕으로 형성된 사람의 관계는 그렇지 않다. 하물며 천명에 따라 맺어진 천륜이란 도의의 극치로서 생사를 함께 한다는 외에 더 이상의 말이 필요 없다.

이 우언은 이해관계를 경시하고 도의를 중시해야 한다는 인간관계의 중요성을 강조한 것이다.

108 등원(騰猿)

《莊子 · 山木》

원문 및 주석

騰猿[1]

「王獨不見夫騰猿乎?[2] 其得枏梓豫章也, 攬蔓其枝而王長其間, 雖羿、蓬蒙不能眄睨也。[3] 及其得柘棘枳枸之間也, 危行側視, 振動

1 騰猿 → 나무 타는 원숭이
【騰(등)】: 타다, 오르다.

2 王獨不見夫騰猿乎? → 임금님께서 어찌 나무 타는 원숭이를 보지 못하셨겠습니까?
【王(왕)】: 여기서는 「양혜왕(梁惠王)」을 가리킨다.
【獨(독) …乎(호)?】: [고정격식] 그래 …란 말인가? 설마 …겠는가? 어찌 …겠는가?
【夫(부)】: [지시대명사] 그.

3 其得枏梓豫章也, 攬蔓其枝而王長其間, 雖羿、蓬蒙不能眄睨也。→ 원숭이가 남나무와 가래나무와 예장나무 같은 큰 나무를 얻어, 가지를 움켜잡고 그 사이에서 자유자재로 활동하면, 비록 예(羿)나 봉몽(蓬蒙)같은 활잡이라도 겨냥하여 쏠 수가 없습니다.
【得(득)】: 얻다. 여기서는 「살다, 생활하다」의 뜻.
【枏(남)】: 柟(남), 남나무.
【梓(재)】: 가래나무.
【豫章(예장)】: 예장나무.
【攬蔓(남만)】: 움켜잡다.
【王長(왕장)】: 군림하다, 왕 노릇 하다. 여기서는 「자유자재로 활동하다.」의 뜻.
【羿(예) · 蓬蒙(봉몽)】: [인명] 두 사람 모두 이름난 활잡이이며, 봉몽은 예의 제자이다.
【眄睨(면예)】: 곁눈질하다, 흘겨보다. 여기서는 「조준하다, 겨냥하다」의 뜻.

悼慄, 此筋骨非有加急而不柔也, 處勢不便, 未足以逞其能也。」[4]

번역문

나무 타는 원숭이

「임금님께서 어찌 나무 타는 원숭이를 보지 못하셨겠습니까? 원숭이가 남나무와 가래나무와 예장나무 같은 큰 나무를 얻어, 가지를 움켜잡고 그 사이에서 자유자재로 활동하면, 비록 예(羿)나 봉몽(逢蒙) 같은 활잡이라도 겨냥하여 쏠 수가 없습니다.

그러나 그 원숭이가 산뽕나무 · 멧대추나무 · 탱자나무 · 구기자나무 등과 같은 가시 돋친 나무숲 사이에 이르면, 신중하게 행동하고 조심스럽게 주변을 살피면서 물체가 조금만 흔들려도 두려워서 벌벌 떱니다.

이는 근육과 뼈가 더욱 굳어져서 유연하지 못한 것이 아니라 처한 상황이 불편하여 자기의 능력을 충분히 발휘하지 못하기 때문입니다.」

....

4 及其得柘棘枳枸之間也, 危行側視, 振動悼慄, 此筋骨非有加急而不柔也, 處勢不便, 未足以逞其能也。」→ 그러나 그 원숭이가 산뽕나무 · 멧대추나무 · 탱자나무 · 구기자나무 등과 같은 가시 돋친 나무숲 사이에 이르면, 신중하게 행동하고 조심스럽게 주변을 살피면서, 물체가 조금만 흔들려도 두려워서 벌벌 떱니다. 이는 근육과 뼈가 더욱 굳어져서 유연하지 못한 것이 아니라, 처한 상황이 불편하여, 자기의 능력을 충분히 발휘하지 못하기 때문입니다.」

【及(급)】: …에 이르다.

【柘棘枳枸(자극지구)】: 산뽕나무 · 멧대추나무 · 탱자나무 · 구기자나무. 모두 가시가 있는 관목이다. 〖柘〗: 산뽕나무. 〖棘〗: 멧대추나무. 〖枳〗: 탱자나무. 〖枸〗: 구기자나무.

【危行(위행)】: 신중하게 행동하다.

【側視(측시)】: 조심스럽게 주변을 살피다.

【悼慄(도율)】: 두려워서 벌벌 떨다.

【加急(가급)】: 더욱 굳어지다. 〖加〗: 더욱. 〖急〗: 긴장하다. 여기서는 「굳어지다」의 뜻.

【處勢(처세)】: 처한 상황, 형세.

【未足以(미족이)…】: 충분히 …할 수 없다, …하기에

【逞(정)】: 과시하다, 발휘하다, 드러내 보이다.

해설

원숭이가 큰 나무숲에서는 자유자재로 활동하지만, 작은 가시나무숲에서는 두려워 벌벌 떨며 위축되는데, 그것은 환경 때문이지 결코 재능이 없어서가 아니다. 사람 역시 이와 마찬가지다. 재능 있는 사람이 마음껏 자기 능력을 발휘하기 위해서는 환경 조건이 결정적인 작용을 한다.

장자(莊子)가 말하는 곤경이란 선비가 자신의 재능을 실행하지 못하는 것을 가리키며, 지금의 혼미한 임금과 어지러운 신하들 사이에 처해있는 자신이 바로 원숭이가 작은 가시나무숲에 처해 있는 상황과 같다는 것이다.

이 우언은 본래 위왕(魏王)이 장자의 초라한 모습을 보고 어째서 그토록 곤경에 빠졌느냐고 묻자, 장자가 자신은 가난한 것이지 곤경에 빠진 것이 아니라며 곤경을 설명하는 과정에서 자신을 원숭이에 비유하여, 사람이 자기의 능력을 발휘함에 있어서 절대적으로 영향을 주는 객관적 환경의 중요성을 강조한 것이다.

109 장주석이작(莊周釋異鵲)

《莊子·山木》

원문 및 주석

莊周釋異鵲[1]

莊周遊於雕陵之樊, 覩一異鵲自南方來者。[2] 翼廣七尺, 目大運寸, 感周之顙而集於栗林。[3] 莊周曰:「此何鳥哉? 翼殷不逝, 目大不覩。」[4] 蹇裳躩步, 執彈而留之。[5] 覩一蟬, 方得美蔭而忘其身; 螳螂執

1 莊周釋異鵲 → 장주(莊周)가 기이한 까치를 놓아주다
【莊周(장주)】: [인명] 장자(莊子)의 본명. 성은 장(莊), 이름은 주(周). 「장자」는 존칭.
【釋(석)】: 놓아주다.
【異鵲(이작)】: 기이한 까치.

2 莊周遊於雕陵之樊, 覩一異鵲自南方來者。 → 장주(莊周)가 조릉 밤나무동산의 울안에서 노닐다가, 남쪽에서 날아오는 기이한 까치 한 마리를 보았다.
【雕陵(조릉)】: [구릉 이름] 밤나무 동산의 소재지.
【樊(번)】: 藩(번), 울타리. 여기서는 「울안」을 가리킨다.
【覩(도)】: 보다, 목격하다.

3 翼廣七尺, 目大運寸, 感周之顙而集於栗林。 → 날개의 넓이가 일곱 자에, 눈의 크기가 직경 한 치나 되는데, 장주의 이마를 스치고 밤나무 숲에 내려앉았다.
【運寸(운촌)】: 직경 1치. 〖寸〗: [길이 단위] 치.
【感(감)】: 스치다, 접촉하다, 부딪치다.
【顙(상)】: 이마.
【集(집)】: 내려앉다.
【栗林(율림)】: 밤나무 숲.

4 莊周曰:「此何鳥哉? 翼殷不逝, 目大不覩。」 → 장주가 말했다:「이것이 무슨 새인가? 날개

翳而搏之, 見得而忘其形; 異鵲從而利之, 見利而忘其眞。[6] 莊周怵然曰 :「噫! 物固相累, 二類相召也。」[7] 捐彈而反走, 虞人逐而誶之。

················

는 큰데, 멀리 날지를 못하고, 눈은 큰데 멀리 보지를 못한다.」
【殷(은)】: 크다.
【逝(서)】: 가다. 여기서는「멀리 날다」의 뜻.
【覩(도)】: 보다. 여기서는「멀리 보다」의 뜻.

5 蹇裳躩步, 執彈而留之。→ (장주가) 옷을 추어올리고, 재빨리 걸어가서, 탄궁(彈弓)을 들고 그 새의 동정을 살폈다.
【蹇裳(건상)】: 옷을 추어올리다. 〖蹇〗: 褰(건), 걷어 올리다, 추어올리다.
【躩步(곽보)】: 재빨리 걸어가다, 빠른 걸음으로 걷다.
【執彈(집탄)】: 탄궁(彈弓)을 잡다. 〖彈〗: 탄궁.
【留(류)】: 살피다, 엿보다.

6 覩一蟬, 方得美蔭而忘其身; 螳螂執翳而搏之, 見得而忘其形; 異鵲從而利之, 見利而忘其眞。→ (이때) 한 마리의 매미를 보니, 마침 좋은 나무 그늘에 앉아 자신의 위험을 잊고 있었고; 사마귀 한 마리는 나뭇잎으로 몸을 숨기고 그 매미를 잡으려 하며, 소득을 생각하다가 자기 몸의 위험을 잊고 있었으며; 또 기이한 까치는 사마귀의 뒤를 좇아 그것을 잡으려 하며, 이익을 생각하다가 자신의 목숨이 위험하다는 것을 잊고 있었다.
【蟬(선)】: 매미.
【方(방)】: 마침.
【美蔭(미음)】: 좋은 나무 그늘.
【螳螂(당랑)】: 사마귀.
【執翳(집예)】: 나뭇잎으로 몸을 숨기다.
【搏(박)】: 잡다.
【見得(견득)】: 소득을 생각하다.
【從(종)】: 뒤를 좇다.
【見利(견리)】: 이익을 생각하다.
【眞(진)】: 목숨, 생명.

7 莊周怵然曰 :「噫! 物固相累, 二類相召也。」→ 장주가 두려워하며 말했다 :「아! 만물은 본래 서로 해를 끼치는데, 이는 다른 부류가 서로 상대방의 탐심(貪心)을 불러들여 빚어지는 것이다.」
【怵然(출연)】: 두려워하는 모양.
【噫(희)!】: [감탄사] 아!
【固(고)】: 본래, 원래.
【相累(상루)】: 서로 누를 끼치다, 서로 해를 끼치다.
【二類(이류)】: 다른 부류.
【相召(상소)】: 서로 불러들이다. 즉「서로 상대방의 탐심을 불러들여 해를 끼치다.」의 뜻.

莊周反入，三日不庭。[8]

번역문

장주(莊周)가 기이한 까치를 놓아주다

장주(莊周)가 조릉 밤나무 동산의 울 안에서 노닐다가 남쪽에서 날아오는 기이한 까치 한 마리를 보았다. 날개의 넓이가 일곱 자에 눈의 크기가 직경 한 치나 되는데, 장주의 이마를 스치고 밤나무 숲에 내려앉았다.

장주가 말했다.

「이것이 무슨 새인가? 날개는 큰데 멀리 날지를 못하고, 눈은 큰데 멀리 보지를 못한다.」

(장주가) 옷을 추어올리고 재빨리 걸어가서 탄궁(彈弓)을 들고 그 새의 동정을 살폈다. (이때) 한 마리의 매미를 보니 마침 좋은 나무 그늘에 앉아 자신의 위험을 잊고 있었고, 사마귀 한 마리는 나뭇잎으로 몸을 숨기고 그 매미를 잡으려 하며 소득을 생각하다가 자기 몸의 위험을 잊고 있었으며, 또 기이한 까치는 사마귀의 뒤를 좇아 그것을 잡으려 하며 이익을 생각하다가 자신의 목숨이 위험하다는 것을 잊고 있었다.

8 捐彈而反走，虞人逐而誶之。莊周反入，三日不庭。→ 그리하여 탄궁을 버리고 되돌아 걸어 나오는데, 밤나무 동산 관리인이 (밤을 훔친 도둑으로 여기고) 좇아와 장주를 꾸짖었다. 장주는 집에 돌아와, 사흘 동안 불쾌한 마음이 가시지 않았다.
【捐(연)】: 버리다.
【反走(반주)】: 되돌아 걸어 나오다. 〖反〗: 返(반), 돌아오다.
【虞人(우인)】: 밤나무 동산을 관리하는 낮은 벼슬아치, 관리인.
【逐(축)】: 뒤를 좇다.
【誶(수)】: 욕하다, 꾸짖다.
【之(지)】: [대명사] 그, 즉 장주.
【反入(반입)】: 집에 돌아오다. 〖反〗: 返(반), 돌아오다.
【庭(정)】: 逞(정), 유쾌하다.

장주가 두려워하며 말했다.

「아! 만물은 본래 서로 해를 끼치는데, 이는 다른 부류가 서로 상대방의 탐심(貪心)을 불러들여 빚어지는 것이다.」

그리하여 탄궁을 버리고 되돌아 걸어 나오는데 밤나무 동산 관리인이 (밤을 훔친 도둑으로 여기고) 쫓아와 장주를 꾸짖었다. 장주는 집에 돌아와 사흘 동안 불쾌한 마음이 가시지 않았다.

해설

장자(莊子)는 밤나무 동산을 거닐다가 그곳에 내려앉은 기이한 까치 한 마리를 보았다. 그리하여 탄궁을 가지고 가까이 다가가 기회를 엿보던 중, 마침 나무 그늘에 앉아있는 매미와 이를 노리는 사마귀, 또 사마귀를 노리는 기이한 까치와 이 까치를 노리는 자신을 발견했다. 매미와 사마귀와 기이한 까치와 장자 자신이 모두 눈앞의 이익만 생각하고 몸이 위험에 처해 있다는 사실을 잊고 있었다.

불현듯 이를 깨달은 장자가 두려운 생각에 탄궁을 버리고 돌아서 밤나무 동산을 나오는데, 관리인이 쫓아와 장자를 도둑으로 간주하고 욕설을 퍼부었다. 이로 인해 장자는 마음이 상해서 사흘 동안 유쾌하지 않았다.

이 우언은 자신의 이익을 추구하기 위해 뒤를 돌보지 않고 오직 남을 해치려는 생각만 하며 자신이 그러한 상황에 처해 있다는 것을 모르는 사람의 어리석은 행위를 풍자한 것이다.

110 악귀미천(惡貴美賤)

《莊子 · 山木》

원문 및 주석

惡貴美賤[1]

陽子之宋, 宿於逆旅。逆旅人有妾二人, 其一人美, 其一人惡, 惡者貴而美者賤。[2] 陽子問其故, 逆旅小子對曰:「其美者自美, 吾不知其美也; 其惡者自惡, 吾不知其惡也。」[3] 陽子曰:「弟子記之! 行

1 惡貴美賤 → 못생긴 자가 총애를 받고 잘생긴 자가 천대를 받다
【惡(악)】: 추악하다, 못생기다.
【貴(귀)】: 귀히 여기다. 여기서는 「총애를 받다」의 뜻.
【美(미)】: 아름답다, 잘생기다.
【賤(천)】: 천대를 받다.

2 陽子之宋, 宿於逆旅。逆旅人有妾二人, 其一人美, 其一人惡, 惡者貴而美者賤。→ 양자(陽子)가 송(宋)나라에 가서, 여관에 투숙했다. 여관 주인에게 두 명의 첩이 있었다. 하나는 잘생겼고, 하나는 못생겼는데, 못생긴 자가 총애를 받고 잘생긴 자가 천대를 받고 있었다.
【陽子(양자)】: [인명] 양주(楊朱). 자는 자거(子居)이며, 일명 양생(陽生)이라고도 한다. 전국시대 위(衛)나라의 철학자. 그는 묵자(墨子)의 「겸애(兼愛)」와 상반되는 「이기(利己)」를 주장하여 「자신의 터럭 하나를 뽑아 천하를 이롭게 할 수 있다 해도 하지 않는다.(拔一毛而利天下不爲.)」라고 했다. 그의 저술은 전하는 것이 없고, 그의 사적이 《맹자(孟子)》《장자(莊子)》《순자(荀子)》《한비자(韓非子)》 등에 산견된다.
【之(지)】: 가다.
【宋(송)】: [국명] 지금의 하남성 상구현(商邱縣) 일대에 있던 주대(周代)의 제후국.
【宿(숙)】: 묵다, 투숙하다.
【逆旅(역려)】: 여관, 여인숙.

3 陽子問其故, 逆旅小子對曰:「其美者自美, 吾不知其美也; 其惡者自惡, 吾不知其惡也。」→

賢而去自賢之心, 安往而不愛哉?」[4]

번역문

못생긴 자가 총애를 받고 잘생긴 자가 천대를 받다

양자(陽子)가 송(宋)나라에 가서 여관에 투숙했다. 여관 주인에게 두 명의 첩이 있었다. 하나는 잘생겼고 하나는 못생겼는데 못생긴 자가 총애를 받고 잘생긴 자가 천대를 받고 있었다.

양자가 그 까닭을 묻으니 여관의 심부름하는 아이가 대답했다.

「잘생긴 여자는 스스로 잘생겼다고 여기는데 나는 그녀가 잘생겼다는 것을 모르겠고, 못생긴 여자는 스스로 못생겼다고 여기는데 나는 그녀가 못생겼다는 것을 모르겠습니다.」

양자가 말했다.

「제자들은 기억해 두어라! 품행이 어질되 스스로 어질다고 여기는 마음을 버린다면 어디를 가도 사랑을 받지 않겠느냐?」

···············

양자가 그 까닭을 물으니, 여관의 심부름하는 아이가 대답했다:「잘생긴 여자는 스스로 잘생겼다고 여기는데, 나는 그녀가 잘생겼다는 것을 모르겠고; 못생긴 여자는 스스로 못생겼다고 여기는데, 나는 그녀가 못생겼다는 것을 모르겠습니다.」
【故(고)】: 이유, 까닭.
【小子(소자)】: 동자, 심부름하는 아이.
【自美(자미)】: 스스로 잘생겼다고 여기다.
【自惡(자악)】: 스스로 못생겼다고 여기다. 〖惡〗: 추악하다, 못생기다.

4 陽子曰:「弟子記之! 行賢而去自賢之心, 安往而不愛哉?」→ 양자가 말했다:「제자들은 기억해 두어라! 품행이 어질되 스스로 어질다고 여기는 마음을 버린다면, 어디를 가도 사랑을 받지 않겠느냐?」
【記(기)】: 기억하다.
【去(거)】: 버리다.
【安往(안왕)】: 어디를 가든지, 어디를 가도.
【愛(애)】: [피동용법] 사랑을 받다.

해설

잘생긴 첩은 스스로 잘생겼다고 우쭐대고, 못생긴 첩은 스스로 못생겼다고 몸을 움츠렸다. 그러나 이를 아는 주변 사람들은 못생긴 첩을 총애하고 오히려 잘생긴 첩을 천대했다.

세상의 인심은 본래 자기가 아무리 총명하고 잘났다 해도 스스로 과시하고 오만을 부리면 결코 사람들로부터 호평을 받지 못한다.

이 우언은 훌륭한 조건을 구비한 사람일수록 벼가 익으면 고개를 숙이듯이 겸손한 태도를 견지해야 존경받을 수 있다는 자기 수양의 중요성을 강조한 것이다.

111 노국소유(魯國少儒)

《莊子 · 田子方》

원문 및 주석

魯國少儒[1]

莊子見魯哀公, 哀公曰:「魯多儒士, 少爲先生方者。」[2] 莊子曰:「魯少儒。」哀公曰:「擧魯國而儒服, 何謂少乎?」[3] 莊子曰:「周聞之, 儒者冠圜冠者, 知天時:履句屨者, 知地形; 緩佩玦者, 事至而

1 魯國少儒 → 노(魯)나라에 유생(儒生)이 적다
【魯(노)】: [국명] 지금의 산동성 일대에 있던 주대(周代)의 제후국.
【儒(유)】: 유생(儒生), 유가(儒家).

2 莊子見魯哀公, 哀公曰:「魯多儒士, 少爲先生方者。」→ 장자(莊子)가 노(魯)나라 애공(哀公)을 만나자, 애공이 말했다:「노나라에는 유생이 많은데, 선생의 도가(道家) 학설을 학습하는 사람들은 적습니다.」
【儒士(유사)】: 유생.
【爲(위)】: 배우다, 학습하다, 탐구하다.
【方(방)】: 도술(道術), 즉 장자가 선양하는「도가학설(道家學說)」을 가리킨다.

3 莊子曰:「魯少儒。」哀公曰:「擧魯國而儒服, 何謂少乎?」→ 장자가 말했다:「노나라에는 유생이 적습니다.」애공이 말했다:「노나라의 모든 사람들이 유가(儒家)의 옷차림을 하고 있는데, 어째서 적다고 말합니까?」
【擧魯國(거노국)】: 온 노나라, 노나라 전체. 여기서는「노나라의 모든 사람들」을 가리킨다.
【儒服(유복)】: [동사용법] 유가의 복장을 착용하다.

4 莊子曰:「周聞之, 儒者冠圜冠者, 知天時:履句屨者, 知地形; 緩佩玦者, 事至而斷。→ 장자가 말했다:「제가 듣건대, 유생(儒生)으로서 둥근 모자를 쓰고 있는 사람은, 천문(天文)을 알고; 모난 신발을 신고 있는 사람은 지리(地理)를 알고; 오색 실로 패옥을 꿰어 차고 있는 사람은,

斷。[4] 君子有其道者, 未必爲其服也; 爲其服者, 未必知其道也。[5] 公固以爲不然, 何不號於國中曰 :『无此道而爲此服者, 其罪死!』」[6] 於是哀公號之五日, 而魯國无敢儒服者, 獨有一丈夫儒服而立乎公

일이 닥치면 결단성이 있다고 하였습니다.

【周(주)】: 장주가 「나」라는 의미로 자신의 이름을 사용했다.

【冠圜冠者(관환관자)】: 둥근 모자를 쓴 사람. ※ 앞의 「冠」은 동사로 「(모자를) 쓰다.」의 뜻이고, 뒤의 「冠」은 명사로 「모자」라는 뜻. 〖圜〗: 圓(원), 둥글다.

【天時(천시)】: 천체 현상과 사계절의 변화 규율. 즉 「천문(天文)」을 가리킨다.

【履(리)】: [동사] (신발을) 신다.

【句屨(구구)】: 모난 신발. 〖句〗: 모나다. 〖屨〗: 신발.

【地形(지형)】: 지리. 전국 하천과 육지의 특징.

【緩佩玦(완패결)】: 오색 명주실로 패옥을 꿰어 차다. 〖緩〗: 綬(수), 패옥을 꿰는 오색의 명주실. 여기서는 동사용법으로 「오색 명주실로 꿰다」의 뜻. 〖佩玦〗: 오색 띠에 다는 둥글고 한쪽이 이지러진 모양의 패옥.

【事至(사지)】: 일이 닥치다, 일을 만나다.

【斷(단)】: 결단성이 있다.

5 君子有其道者, 未必爲其服也; 爲其服者, 未必知其道也。→ 군자로서 그러한 도(道)를 지닌 사람이라면, 반드시 그러한 옷차림을 하지 않을 것이고; 그러한 옷차림을 한 사람이, 반드시 그러한 도를 아는 것은 아닐 것입니다.

【未必(미필)】: 반드시 …한 것은 아니다.

【爲其服(위기복)】: 그러한 복장을 하다. 〖服〗: 복장, 옷차림.

6 公固以爲不然, 何不號於國中曰 :『无此道而爲此服者, 其罪死!』」→ 공께서 결단코 그렇지 않다고 여기신다면, 어째서 나라 안에 :『이러한 도술을 지니지 않고 이러한 옷차림을 한 사람은, 장차 사형에 처할 것이다.』라고 명을 내리시지 않습니까?」

【固(고)】: 단호히, 결단코.

【以爲(이위)】: …라고 여기다, …라고 생각하다.

【不然(불연)】: 그렇지 않다.

【號(호)】: 호령하다, 명을 내리다.

【其(기)】: 장차 …할 것이다.

【罪死(죄사)】: 죽을죄로 다스리다, 사형에 처하다.

7 於是哀公號之五日, 而魯國无敢儒服者, 獨有一丈夫儒服而立乎公門。→ 그리하여 애공이 명을 내리고 닷새가 지나자, 노나라에는 감히 유가의 옷차림을 한 사람이 없었고, 다만 한 남자가 유가의 옷차림을 하고 애공의 궁문 앞에 서 있었다.

【於是(어시)】: 이에, 그리하여.

【獨(독)】: 다만, 오직.

門。[7] 公卽召而問以國事, 千轉萬變而不窮。[8] 莊子曰 :「以魯國而儒者一人耳, 可謂多乎?」[9]

번역문

노(魯)나라에 유생(儒生)이 적다

장자(莊子)가 노(魯)나라 애공(哀公)을 만나자 애공이 말했다.

「노나라에는 유생이 많은데, 선생의 도가(道家) 학설을 학습하는 사람들은 적습니다.」

장자가 말했다.

「노나라에는 유생이 적습니다.」

애공이 말했다.

「노나라의 모든 사람들이 유가(儒家)의 옷차림을 하고 있는데 어째서 적

【丈夫(장부)】: 성년 남자.
【乎(호)】: [개사] 於(어), …에.
【公門(공문)】: 애공의 궁문(宮門).

8 公卽召而問以國事, 千轉萬變而不窮。→ 애공이 곧 그를 불러들여 나라 일을 물으니, 어떤 질문을 해도 대답이 무궁무진했다.
【卽(즉)】: 곧, 바로.
【召(소)】: 불러들이다.
【千轉萬變(천전만변)】: 수없이 바뀌다, 끊임없이 변화하다. 즉「질문이 수없이 바뀌어도, 어떤 질문을 해도」의 뜻.
【不窮(불궁)】: 궁하지 않다, 무궁무진하다.

9 莊子曰 :「以魯國而儒者一人耳, 可謂多乎?」→ 장자가 말했다 :「노나라로 말하면 유가는 한 사람 뿐인데, 많다고 말할 수 있습니까?」
【以(이)】: …를 가지고, …로써.
【一人(일인)】: 한 사람. ※ 혹자는 이를「공자(孔子)」라 했다.
【耳(이)】: …뿐.
【可謂(가위)】: …라고 말할 수 있다.

다고 말합니까?」

장자가 말했다.

「제가 듣건대, 유생(儒生)으로서 둥근 모자를 쓰고 있는 사람은 천문(天文)을 알고, 모난 신발을 신고 있는 사람은 지리(地理)를 알고, 오색 실로 패옥을 꿰어 차고 있는 사람은 일이 닥치면 결단성이 있다고 하였습니다. 군자로서 그러한 도(道)를 지닌 사람이라면 반드시 그러한 옷차림을 하지 않을 것이고, 그러한 옷차림을 한 사람이 반드시 그러한 도를 아는 것은 아닐 것입니다. 공께서 결단코 그렇지 않다고 여기신다면 어째서 나라 안에 『이러한 도술을 지니지 않고 이러한 옷차림을 한 사람은 장차 사형에 처할 것이다.』라고 명을 내리시지 않습니까?」

그리하여 애공이 명을 내리고 닷새가 지나자 노나라에는 감히 유가의 옷차림을 한 사람이 없었고, 다만 한 남자가 유가의 옷차림을 하고 애공의 궁문 앞에 서 있었다. 애공이 곧 그를 불러들여 나라 일을 물으니, 어떤 질문을 해도 대답이 무궁무진했다.

장자가 말했다.

「노나라로 말하면 유가는 한 사람 뿐인데 많다고 말할 수 있습니까?」

해설

노(魯)나라 애공(哀公)이 장자(莊子)에게 노나라에 유가(儒家)의 복장을 하고 다니는 사람이 많다는 것을 근거로 노나라에는 유가(儒家)가 많고 도가(道家)가 적다고 했다. 이에 장자는 유가의 조건을 조목조목 들어 유가의 옷차림만으로 유생이라고 할 수 없다고 반박하며, 이를 증명하기 위해 유가가 아니면서 유가의 복장을 한 사람은 사형에 처할 것이라는 어명을 내리도록 애공에게 요청했다. 애공이 장자의 요청에 따라 전국에 명을 내리자 닷새 후에는 유가의 복장을 한 사람이 오직 한 사람뿐이었다.

이 우언은 도가의 입장에서 유가를 폄하하기 위해 지어낸 것으로, 명실상부하게 학덕을 겸비한 진정한 유가는 드물고 유생이 아니면서 유가 행세를 하는 「사이비 유생」이 많다는 것을 풍자한 것이다.

112 진화사(眞畫師)

《莊子 · 田子方》

원문 및 주석

眞畫師[1]

宋元君將畫圖, 衆史皆至, 受揖而立, 舐筆和墨, 在外者半。[2] 有一史後至者, 儃儃然不趨, 受揖不立, 因之舍。公使人視之, 則解衣槃

1 眞畫師 → 진정한 화공(畫工)
【畫師(화사)】: 화공(畫工). 오늘날의 「화가」.

2 宋元君將畫圖, 衆史皆至, 受揖而立, 舐筆和墨, 在外者半。→ 송원군(宋元君)이 장차 (화공을 선발하여) 그림을 그리려 하자, 많은 화공들이 모두 조정에 모여들었다. 명을 받고 읍을 한 후 한쪽에 서서, 붓을 핥고 먹을 가는데, (너무 많아 안에 들어오지 못하고) 밖에 있는 사람들이 절반에 달했다.
【宋元君(송원군)】: 송원공(宋元公). 춘추시대 송(宋)나라의 군주로 이름은 좌(佐)이며, 15년간(B.C. 531-B.C. 517) 재위했다. 〖宋〗: 지금의 하남성 상구현(商邱縣) 일대에 있던 주대(周代)의 제후국.
【將(장)】: 장차 …을 하려 하다.
【畫圖(화도)】: 그림을 그리다.
【衆史(중사)】: 여러 화공(畫工). 〖史〗: 화공.
【受(수)】: 명(命)을 받다.
【揖(읍)】: 읍하다. ※ 맞잡은 손을 얼굴 앞으로 들고 허리를 굽혔다 펴면서 하는 인사.
【舐筆(지필)】: (입으로) 붓을 빨다. 즉 입으로 붓을 빨아 적시는 것을 말한다. 〖舐〗: 핥다, 빨다.
【和墨(화묵)】: 먹을 갈다.
【在外者半(재외자반)】: 밖에 있는 자가 절반이다. ※ 이는 몰려든 화공의 수가 너무 많아 다 들어오지 못하고 절반이 실외에서 서있는 상황을 이른 말이다.

礴羸。[3] 君曰：「可矣，是眞畫者也。」[4]

번역문

진정한 화공(畫工)

송원군(宋元君)이 장차 (화공을 선발하여) 그림을 그리려 하자, 많은 화공들이 모두 조정에 모여들었다. 명을 받고 읍을 한 후 한쪽에 서서 붓을 핥고 먹을 가는데 (너무 많아 안에 들어오지 못하고) 밖에 있는 사람들이 절반에 달했다.

뒤늦게 도착한 어느 화공 한 사람이 편안하고 한가로운 모습으로 천천히 와서, 명을 받고 읍을 한 후 한쪽에 서있지 않고 곧장 집으로 돌아갔다. 애공이 사람을 파견하여 그를 살펴보도록 하니, 그는 옷을 벗은 채 책상다리를 하고 앉아 알몸 상태로 있었다.

원군이 말했다.

「됐다. 이 사람이 진정한 화공이다.」

3 有一史後至者，儃儃然不趨，受揖不立，因之舍。公使人視之，則解衣槃礴羸。→ 뒤늦게 도착한 어느 화공 한 사람이, 편안하고 한가로운 모습으로 천천히 와서, 명을 받고 읍을 한 후 한쪽에 서있지 않고, 곧장 집으로 돌아갔다. 애공이 사람을 파견하여 그를 살펴보도록 하니, 그는 옷을 벗은 채 책상다리를 하고 앉아 알몸 상태로 있었다.
【儃儃然(탄탄연)】: 편안하고 한가로운 모양.
【趨(추)】: 빨리 걷다.
【因(인)】: [연사] 곧, 바로, 곧장, 즉시.
【之舍(지사)】: 숙소로 돌아가다. 〖之〗: 가다.
【使(사)】: 파견하다, 보내다.
【槃礴(반박)】: 책상다리를 하고 앉다. 「두 다리를 쭉 뻗고 앉다.」라고 풀이한 경우도 있다.
※ 판본에 따라서는 「槃」을 「般(반)」이라 했다.
【羸(라)】: 裸(라), 발가벗다, 알몸을 드러내다.

4 君曰：「可矣，是眞畫者也。」→ 원군이 말했다：「됐다, 이 사람이 진정한 화공이다.」
【是(시)】: 이, 이사람.

해설

송원군(宋元君)은 그림을 그리기 위해 모여든 수많은 화공들을 거들떠보지 않고, 느긋한 모습으로 한참 뒤늦게 나타나 입실(入室)하라는 명을 받고도 관심이 없다는 듯 집으로 돌아가 책상다리를 하고 앉아 알몸 상태로 있던 사람을 진정한 화공이라 칭찬했다. 그 이유는 행동거지가 아무런 구속을 받지 않고 자유분방해야 상상의 나래를 펴서 진정한 작품을 창작해 낼 수 있다고 여겼기 때문이다.

이 우언은 진정한 문학예술의 창작을 위해서는 반드시 낡은 규칙과 낡은 관습의 구속으로부터 벗어나 작가의 자유로운 창작정신과 상상력을 발휘해야 한다는 점을 강조한 것이다.

113 도지소재(道之所在)

《莊子 · 知北遊》

원문 및 주석

道之所在[1]

東郭子問於莊子曰 : 「所謂道, 惡乎在?」 莊子曰 : 「無所不在。」[2] 東郭子曰 : 「期而後可。」 莊子曰 : 「在螻蟻。」[3] 曰 : 「何其下邪?」 曰 : 「在稊稗。」[4] 曰 : 「何其愈下邪?」 曰 : 「在瓦甓。」[5] 曰 : 「何其愈甚

1 道之所在 → 도(道)가 존재하는 곳

2 東郭子問於莊子曰 : 「所謂道, 惡乎在?」 莊子曰 : 「無所不在。」 → 동곽자(東郭子)가 장자(莊子)에게 물었다 : 「이른바 도(道)라는 것은, 어디에 존재합니까?」 장자가 대답했다 : 「존재하지 않는 곳이 없습니다.」
【東郭子(동곽자)】 : 동곽에 사는 선비.
【所謂(소위)】 : 이른바.
【惡(오)】 : 어디.

3 東郭子曰 : 「期而後可。」 莊子曰 : 「在螻蟻。」 → 동곽자가 말했다 : 「있는 곳을 지적해 주십시오.」 (장자가) 말했다 : 「개미에게도 있습니다.」
【期而後可(기이후가)】 : 있는 곳을 지적해 주십시오, 예들 들어 주십시오. 〖期〗 : 정하다, 지적하다. 〖而後〗 : 이후에, …하고 나서. 〖可〗 : 가능하다.

4 曰 : 「何其下邪?」 曰 : 「在稊稗。」 → (동곽자가) 물었다 : 「어찌 그렇게 격이 낮습니까?」 (장자가) 대답했다 : 「돌피와 피에도 있습니다.」
【何其(하기)】 : [복합허사] 어찌 그렇게.
【下(하)】 : 격이 낮다.
【稊稗(제패)】 : 돌피와 피. 모두 볏과에 속하는 한해살이 식물. 〖稊〗 : 돌피. 〖稗〗 : 피.

5 曰 : 「何其愈下邪?」 曰 : 「在瓦甓。」 → (동곽자가) 물었다 : 「어찌 그렇게 더욱 격이 낮습니

邪?」曰:「在屎溺。」東郭子不應。[6] 莊子曰:「夫子之問也, 固不及質。正獲之問於監市履狶也, 每下愈況。[7] 汝唯莫必, 无乎逃物。至道若是, 大言亦然。周徧咸三者, 異名同實, 其指一也。」[8]

까?」(장자가) 대답했다:「기와나 벽돌에도 있습니다.」
【愈(유)】: 더욱.
【甓(벽)】: 벽돌.

6 曰:「何其愈甚邪?」曰:「在屎溺。」東郭子不應。→ (동곽자가) 물었다:「어째서 그렇게 갈수록 더욱 격이 낮아집니까?」(장자가) 대답했다:「똥과 오줌에도 있습니다.」 동곽자가 더 이상 대응하지 않았다.
【愈甚(유심)】: 갈수록 다욱 심해지다.
【屎溺(시뇨)】: 똥과 오줌.
【不應(불응)】: 대응하지 않다.

7 莊子曰:「夫子之問也, 固不及質。正獲之問於監市履狶也, 每下愈況。→ 장자가 말했다:「선생의 질문은, 애당초 본질에 접근하지 않았습니다. 이름을 획(獲)이라고 하는 시장(市場)의 관리 책임자가 시장을 감독하는 사람에게 큰 돼지를 발로 밟아 살찐 정도를 검사하는 방법을 물으면, 매번 아래로 밟아 내려갈수록 그 정도를 더욱 분명하게 설명한다는 것입니다.
【固(고)】: 본래, 원래, 애당초.
【及(급)】: …에 이르다, …에 미치다, …에 접근하다.
【質(질)】: 실질, 본질.
【正獲(정획)】: [관직] 이름을 획(獲)이라고 하는 시장(市場) 관리 책임자. 〖正〗: 시장 관리 책임자. 〖獲〗: 관리책임자의 이름.
【監市(감시)】: 시장을 감독하는 사람.
【履狶(이희)】: 돼지의 다리를 발로 밟아 살찌고 마른 정도를 검사하다. 〖履〗: 밟다. 〖狶〗: 큰 돼지.
【下(하)】: [동사용법] 아래로 내려가다.
【愈(유)】: …할수록 더욱.
【況(황)】: 비교하다, 견주다. 여기서는「분명하게 설명하다」의 뜻.

8 汝唯莫必, 无乎逃物。至道若是, 大言亦然。周徧咸三者, 異名同實, 其指一也。」→ 다만 당신이 도(道)의 소재를 한정하지 않아도 되는 것은, 도가 물건을 떠나는 일이 없기 때문입니다. 가장 높은 도는 이와 같은 것이고, 가장 위대한 말 또한 그러한 것입니다.『두루[周(주)]』,『널리[徧(편)]』,『모두[咸(함)]』세 가지는, 명칭은 달라도 실질은 똑같고, 그 가리키는 의미도 한가지입니다.」
【唯(유)】: 다만, 오직.
【莫(막)】: …하지 말라, …해서는 안된다.
【必(필)】: 지정하다, 한정하다, 지적하여 밝히다.
【周(주)】: 두루.

번역문

도(道)가 존재하는 곳

동곽자(東郭子)가 장자(莊子)에게 물었다.

「이른바 도(道)라는 것은 어디에 존재합니까?」

장자가 대답했다.

「존재하지 않는 곳이 없습니다.」

동곽자가 말했다.

「있는 곳을 지적해 주십시오.」

(장자가) 말했다.

「개미에게도 있습니다.」

(동곽자가) 물었다.

「어찌 그렇게 격이 낮습니까?」

(장자가) 대답했다.

「돌피와 피에도 있습니다.」

(동곽자가) 물었다.

「어찌 그렇게 더욱 격이 낮습니까?」

(장자가) 대답했다.

「기와나 벽돌에도 있습니다.」

(동곽자가) 물었다.

【徧(편)】: 널리.
【咸(함)】: 모두.
【異名同實(이명동실)】: 이름은 달라도 실질은 같다.
【指(지)】: 가리키는 의미.
【一(일)】: 한가지, 마찬가지.

「어째서 그렇게 갈수록 더욱 격이 낮아집니까?」

(장자가) 대답했다.

「똥과 오줌에도 있습니다.」

동곽자가 더 이상 대응하지 않았다.

장자가 말했다.

「선생의 질문은 애당초 본질에 접근하지 않았습니다. 이름을 획(獲)이라고 하는 시장(市場)의 관리 책임자가 시장을 감독하는 사람에게 큰 돼지를 발로 밟아 살찐 정도를 검사하는 방법을 물으면, 매번 아래로 밟아 내려갈수록 그 정도를 더욱 분명하게 설명한다는 것입니다. 다만 당신이 도(道)의 소재를 한정하지 않아도 되는 것은 도가 물건을 떠나는 일이 없기 때문입니다. 가장 높은 도는 이와 같은 것이고, 가장 위대한 말 또한 그러한 것입니다. 『두루[周]』, 『널리[徧]』, 『모두[咸]』 세 가지는 명칭은 달라도 실질은 똑같고 가리키는 의미도 한가지입니다.」

해설

도(道)는 도리(道理)를 말하며 규율을 내포하고 있다는 뜻이다. 모든 사물은 크게는 우주나 인류로부터, 작게는 개미나 기와 · 벽돌과 같은 것에 이르기까지 모두 하나의 도리가 내재되어 있고, 동시에 모두가 일정한 규율의 지배를 받고 있다. 그렇기 때문에 도는 존재하지 않는 곳이 없다.

이 우언은 장자(莊子)가 도의 격을 낮추어 알기 쉽게 비유하여 당시 일반 사람들의 도에 대한 신비관념을 타파하고, 도는 결코 사람의 의지에 따라 변화하지 않는다는 이치를 설명한 것이다.

114 장석운근(匠石運斤)

《莊子 · 徐無鬼》

원문 및 주석

匠石運斤[1]

莊子送葬, 過惠子之墓, 顧謂從者曰:「郢人堊漫其鼻端, 若蠅翼, 使匠人斲之。[2] 匠石運斤成風, 聽而斲之, 盡堊而鼻不傷, 郢人立不

1 匠石運斤 → 장석(匠石)이 도끼를 휘두르다
【匠石(장석)】: 석(石)씨 성의 장인.
【運斤(운근)】: 도끼를 휘두르다. 〖運〗: 휘두르다. 〖斤〗: 도끼.

2 莊子送葬, 過惠子之墓, 顧謂從者曰:「郢人堊漫其鼻端, 若蠅翼, 使匠人斲之。→ 장자(莊子)가 영구를 전송하는 길에, 혜자(惠子)의 묘소를 지나다가, 고개를 돌려 따르는 사람들에게 말했다:「어느 영(郢) 사람이 자기의 코끝에 마치 파리의 날개처럼 작고 얇게 백토(白土)를 칠하고 나서, 장인(匠人)으로 하여금 그것을 깎아내도록 했다.
【送葬(송장)】: 죽은 사람의 영구를 전송하다.
【過(과)】: 거치다, 지나다.
【惠子(혜자)】: [인명] 혜시(惠施). 성은 혜(惠), 이름은 시(施)이며,「혜자」는 존칭이다. 송(宋)나라 사람으로 일찍이 양(梁)나라의 재상을 지냈다. 명가(名家)의 대표적 인물로, 장자(莊子)의 절친한 친구라고 알려져 있다.
【顧(고)】: 고개를 돌리다.
【郢(영)】: [지명] 초(楚)나라의 도읍 이름. 초나라는 지금의 호남성 · 호북성과 강서성 · 절강성 및 하남성 남부에 걸쳐 있던 주대(周代)의 제후국.
【堊(악)】: 백토, 하얀 진흙.
【漫(만)】: 墁(만), 칠하다, 바르다. ※ 판본에 따라서는「漫」을「慢(만)」이라 했다.
【鼻端(비단)】: 코끝.
【若(약)】: 마치 …같다.

失容。[3] 宋元君聞之, 召匠石曰 : 『嘗試爲寡人爲之。』 匠石曰 : 『臣則嘗能斲之。 雖然, 臣之質死久矣。』[4] 自夫子之死也, 吾无以爲質矣, 吾无與言之矣。」[5]

【蠅翼(승익)】 : 파리의 날개.

【使(사)】 : …로 하여금 …하게 하다.

【斲之(착지)】 : 백토를 깎아내다. 〖斲〗 : 斫(작), 깎다, 깎아내다. 〖之〗 : [대명사] 그것, 즉 코끝에 바른 백토. ※ 판본에 따라서는 「斲」을 「斫」이라 했다.

3 匠石運斤成風, 聽而斲之, 盡堊而鼻不傷, 郢人立不失容。 → 장석이 도끼를 휘둘러 바람을 일으키며, 마음대로 그것을 깎았는데, 백토를 다 제거하고도 코는 전혀 다치지 않았고, 영 사람은 서 있는 채로 안색이 조금도 변하지 않았다.

【成風(성풍)】 : 바람을 일으키다.

【聽(청)】 : 마음대로, 임의로, 멋대로.

【盡(진)】 : 다 제거하다.

【失容(실용)】 : 안색이 변하다.

4 宋元君聞之, 召匠石曰 : 『嘗試爲寡人爲之。』 匠石曰 : 『臣則嘗能斲之。 雖然, 臣之質死久矣。』 → 송원군(宋元君)이 이 말을 듣고, 장석을 불러 말하길 : 『시험 삼아 과인(寡人)에게 한 번 해 보게.』라고 하니, 장석이 말하길 : 『제가 전에는 그것을 깎아 낼 수 있었습니다. 비록 그렇기는 하지만, 저의 대상이 죽어버린 지 오래되었습니다.』라고 했다.

【宋元君(송원군)】 : 송원공(宋元公). 춘추시대 송(宋)나라의 군주로 15년간(B.C. 531 – B.C. 517) 재위했다. 〖宋〗 : 지금의 하남성 상구현(商邱縣) 일대에 있던 주대(周代)의 제후국.

【嘗試爲寡人爲之(상시위과인위지)】 : 시험 삼아 과인에게 그것을 해보다. 〖嘗試〗 : 시험해보다. 〖앞의 爲〗 : …에게, …을 위해. 〖뒤의 爲〗 : …을 하다. 〖寡人〗 : 과덕지인(寡德之人)이란 의미로 임금이 자신을 낮추어 부르는 말.

【質(질)】 : 대상.

5 自夫子之死也, 吾无以爲質矣, 吾无與言之矣。」 → 혜자가 죽은 뒤로부터, 나도 맞수로 삼을 사람이 없고, 더불어 이야기할 사람이 없어졌다.」

【自(자)】 : …로부터.

【夫子(부자)】 : 여기서는 「혜자」를 가리킨다.

【无(무)】 : 無(무)의 옛글자.

【以爲(이위)…】 : 이로써 …를 삼다.

【與言(여언)】 : 더불어 이야기하다.

번역문

장석(匠石)이 도끼를 휘두르다

장자(莊子)가 영구를 전송하는 길에 혜자(惠子)의 묘소를 지나다가 고개를 돌려 따르는 사람들에게 말했다.

「어느 영(郢) 사람이 자기의 코끝에 마치 파리의 날개처럼 작고 얇게 백토(白土)를 칠하고 나서 장인(匠人)으로 하여금 그것을 깎아내도록 했다. 장석이 도끼를 휘둘러 바람을 일으키며 마음대로 그것을 깎았는데, 백토를 다 제거하고도 코는 전혀 다치지 않았고, 영 사람은 서 있는 채로 안색이 조금도 변하지 않았다. 송원군(宋元君)이 이 말을 듣고 장석을 불러 말하길, 『시험 삼아 과인(寡人)에게 한 번 해 보게.』라고 하니, 장석이 말하길, 『제가 전에는 그것을 깎아 낼 수 있었습니다. 비록 그렇기는 하지만 저의 대상이 죽어버린 지 오래되었습니다.』라고 했다. 혜자가 죽은 뒤로부터 나도 맞수로 삼을 사람이 없고, 더불어 이야기할 사람이 없어졌다.」

해설

장석(匠石)이 도끼를 휘둘러 영인(郢人)의 코끝에 칠한 백토(白土)를 깎아 내는데, 조금도 상처를 내지 않고 영인 또한 전혀 두려워하지 않았다. 만일 영인이 장석의 재주를 신뢰하지 않고 두려운 마음을 가졌다면 장석으로서도 자기의 기술을 마음껏 발휘할 수가 없을 것이다. 이는 바로 장석의 기술과 영인의 신뢰가 이루어낸 조합의 극치를 의미한다.

장자(莊子)는 장석의 고사를 가지고 혜자(惠子)가 죽은 뒤 자신의 단짝으로 삼아 이야기할 대상이 없어졌다는 것을 비유했다. 혜자는 명가(名家)의 대표적 인물이고 장자는 도가(道家)의 대표적 인물이다. 그들은 서로 관점이 달라 자주 논쟁을 벌이며 서로 비난과 풍자를 서슴지 않았다. 그러나 그들의 이러한 논쟁은 오히려 학술의 발전을 촉진했고, 이러한 과정을 통해 서로 절친한 사이가 되었다. 그래서 장자는 혜자가 세상을 떠난 후 친구이자 더불어 논쟁을 벌일 수 있는 대상이 사라진 것을 너무 아쉬워했다.

이 우언은 매사에 있어서 서로 조화를 이룬다는 것이 얼마나 중요하고, 진정한 지기(知己)를 얻는다는 것이 얼마나 어려운 일인가를 비유한 것이다.

115 벌교조극(伐巧遭殛)

《莊子·徐無鬼》

원문 및 주석

伐巧遭殛[1]

吳王浮於江，登乎狙之山。衆狙見之，恂然棄而走，逃於深蓁。[2] 有一狙焉，委蛇攫搔，見巧乎王。[3] 王射之，敏給搏捷矢。王命相者

1 伐巧遭殛 → 재주를 뽐내다가 죽음을 맞다
【伐巧(벌교)】: 재주를 뽐내다. 〖伐〗: 뽐내다, 자랑하다. 〖巧〗: 기교, 재주.
【遭殛(조극)】: 죽음을 맞다. 〖遭〗: 맞다, 만나다, 당하다. 〖殛〗: 죽이다. 여기서는 명사용법으로 「죽음」의 뜻.

2 吳王浮於江，登乎狙之山。衆狙見之，恂然棄而走，逃於深蓁。→ 오왕(吳王)이 배를 타고 강에서 유람하다가, 원숭이 산에 올라갔다. 많은 원숭이들이 오왕을 보자, 놀라 허둥대며 서로 내팽개치고 달아나, 깊은 가시덤불로 도망쳤다.
【吳(오)】: [국명] 지금의 강소성 일대에 있던 춘추시대의 제후국. 주문왕(周文王)의 백부 태백(太白)이 세운 나라.
【浮於江(부어강)】: 배를 타고 강에서 유람하다.
【登乎(등호)…】: …에 오르다. 〖乎〗: [개사] 於(어), …에.
【狙之山(저지산)】: 원숭이 산. ※ 산에 원숭이가 많아서 붙여진 이름이다. 〖狙〗: 원숭이의 일종.
【恂然(순연)】: 놀라는 모양.
【棄(기)】: 포기하다. 여기서는 「서로 내팽개치다」의 뜻.
【蓁(진)】: 가시덤불.

3 有一狙焉，委蛇攫搔，見巧乎王。→ 그중 한 마리의 원숭이가, 태연자약하게 이리 뛰고 저리 뛰며, 오왕에게 기교를 드러내 보였다.
【委蛇(위이)】: 태연하다, 천연스럽다, 태연자약하다.
【攫搔(확소)】: 이리 뛰고 저리 뛰다.
【見巧(현교)】: 기교를 드러내 보이다. 〖見〗: 現(현), 드러내 보이다.

趨射之, 狙執死。[4] 王顧謂其友顔不疑曰 :「之狙也, 伐其巧, 恃其便以敖予, 以至此殛也。戒之哉! 嗟乎, 无以汝色驕人哉!」[5] 顔不疑歸而師董梧, 以鋤其色, 去樂辭顯, 三年而國人稱之。[6]

4 王射之, 敏給搏捷矢。王命相者趨射之, 狙執死。→ 오왕이 활로 원숭이를 쏘자, (원숭이가) 빠른 화살을 민첩하게 잡아버렸다. 오왕이 조수에게 명하여 재빨리 그 원숭이를 쏘게 하니, 원숭이는 즉시 죽어버렸다.
【射(사)】: 활로 쏘다.
【敏給(민급)】: 민첩하게, 재빨리.
【搏(박)】: 잡다.
【捷矢(첩시)】: 빠른 화살.
【相者(상자)】: 왕의 사냥을 돕는 사람, 조수(助手).
【趨射(추사)】: 재빨리 쏘다, 급히 서둘러 쏘다.
【執(집)】:《태평어람(太平御覽)》 745에는 「執」을 「旣(기)」라 했는데, 여러 학자들은 이를 근거로 「執」을 「旣」 또는 「卽(즉)」의 오류라 보고 있다.

5 王顧謂其友顔不疑曰 :「之狙也, 伐其巧, 恃其便以敖予, 以至此殛也。戒之哉! 嗟乎, 无以汝色驕人哉!」→ 오왕이 고개를 돌려 자기의 친구 안불의(顔不疑)를 보고 말했다 :「이 원숭이는, 자기 재주를 뽐내며, 자신의 민첩한 행동을 믿고 나에게 오만하다가, 이처럼 죽음에 이르렀네. 그것을 경계해야 하네! 아, 자네의 표정이나 자태로 남에게 오만하게 굴지 말게!」
【顧(고)】: 돌아보다.
【顔不疑(안불의)】: [인명] 성은 안(顔), 불의(不疑)는 이름 또는 자.
【之狙(지저)】: 이 원숭이. 〖之〗: [지시대명사] 此(차), 이.
【恃(시)】: 믿다, 의지하다.
【便(편)】: 날렵함, 민첩함.
【敖(오)】: 傲(오), 오만하다, 거만하다.
【嗟乎(차호)】: [감탄사] 아!
【无(무)】: [無의 옛글자] 勿(물), …하지 말라.
【色(색)】: 낯빛, 표정, 자태, 태도.
【驕(교)】: 교만하게 굴다.

6 顔不疑歸而師董梧, 以鋤其色, 去樂辭顯, 三年而國人稱之。→ 안불의가 돌아와 동오(董梧)를 스승으로 삼고, 자기의 교만한 태도를 고치는 한편, 음락(淫樂)을 버리고 높은 지위에서 물러나니, 삼 년이 지나 나라 사람들이 그를 칭찬했다.
【師(사)】: [동사] 스승으로 삼다.
【董梧(동오)】: [인명] 성은 동(董), 이름은 오(梧). 오(吳)나라의 현인.
【鋤(서)】: 없애다, 제거하다. 즉 「고치다」의 뜻.
【去樂辭顯(거락사현)】: 음락을 버리고 높은 지위를 사퇴하다. 〖去〗: 내버리다, 포기하다.

번역문

재주를 뽐내다가 죽음을 맞다

오왕(吳王)이 배를 타고 강에서 유람하다가 원숭이 산에 올라갔다. 많은 원숭이들이 오왕을 보자 놀라 허둥대며 서로 내팽개치고 달아나 깊은 가시덤불로 도망쳤다. 그중 한 마리의 원숭이가 태연자약하게 이리 뛰고 저리 뛰며 오왕에게 기교를 드러내 보였다. 오왕이 활로 원숭이를 쏘자, (원숭이가) 빠른 화살을 민첩하게 잡아버렸다. 오왕이 조수에게 명하여 재빨리 그 원숭이를 쏘게 하니 원숭이는 즉시 죽어버렸다.

오왕이 고개를 돌려 자기의 친구 안불의(顔不疑)를 보고 말했다.

「이 원숭이는 자기 재주를 뽐내며 자신의 민첩한 행동을 믿고 나에게 오만하다가 이처럼 죽음에 이르렀네. 그것을 경계해야 하네! 아, 자네의 표정이나 자태로 남에게 오만하게 굴지 말게!」

안불의가 돌아와 동오(董梧)를 스승으로 삼고 자기의 교만한 태도를 고치는 한편 음락(淫樂)을 버리고 높은 지위에서 물러나니 삼 년이 지나 나라 사람들이 그를 칭찬했다.

해설

원숭이들이 오왕(吳王) 일행을 보자 모두 달아났는데, 유독 한 마리가 태연자약하게 한껏 재주를 뽐내며 오왕 앞에서 오만하게 굴다가 결국 화살에 맞아 죽었다. 오왕은 자기 친구 안불의(顔不疑)에게 이 원숭이의 불행을

....

〖樂〗: 즐거움. 여기서는 여색을 즐기는 「음락(淫樂)」을 가리킨다. 〖辭〗: 사직하다, 그만두다, 물러나다. 〖顯〗: 높은 지위.

【稱(칭)】: 칭찬하다, 찬양하다.

교훈으로 삼아 남을 대할 때 절대로 오만하지 말도록 당부했다. 이에 안불의는 오왕의 충고를 받아들여 자신의 음락(淫樂)을 삼가고 높은 지위에서 물러남으로써 나라 안의 많은 사람들로부터 칭찬을 받았다.

이 우언은 자기의 재주를 과시하다 죽음을 당한 원숭이의 이야기를 통해, 재주를 믿고 경거망동하는 오만한 태도를 경계한 것이다.

116 촉만지전(觸蠻之戰)

《莊子 · 則陽》

원문 및 주석

觸蠻之戰[1]

戴晉人曰 :「有所謂蝸者, 君知之乎?」 曰 :「然。」[2]「有國於蝸之左角者曰觸氏; 有國於蝸之右角者曰蠻氏, 時相與爭地而戰, 伏尸數萬, 逐北旬有五日而後反。」[3] 君曰 :「噫! 其虛言與?」 曰 :「臣請

1 觸蠻之戰 → 촉씨(觸氏)와 만씨(蠻氏)의 전쟁

2 戴晉人曰 :「有所謂蝸者, 君知之乎?」 曰 :「然。」 → 대진인(戴晉人)이 말했다 :「달팽이라는 놈이 있는데, 임금님께서는 그것을 아십니까?」 (임금이) 대답했다 :「알고 있소.」
【戴晉人(대진인)】: [인명] 양(梁)나라의 현인으로 성은 대(戴), 자는 진인(晉人).
【所謂(소위)】: 이른바.
【蝸(와)】: 달팽이.
【君(군)】: 임금. 여기서는 위왕(魏王), 즉 양혜왕(梁惠王)을 가리킨다. ※ 양혜왕(梁惠王)은 전국시대 위(魏)나라의 군주로 52년간(B.C. 370 – B.C. 319) 재위했다. 위나라는 지금의 하남성 북부와 섬서성 동부 · 산서성 서남부 · 하북성 남부에 걸쳐 있던 주대(周代)의 제후국으로 본래 진(晉)나라에 속했으나 B.C. 375년 조씨(趙氏) · 한씨(韓氏) · 위씨(魏氏)가 진(晉)의 영토를 삼분하여 각기 조(趙) · 한(韓) · 위(魏) 세 나라로 독립했다. 위나라는 개국 초기 안읍(安邑)에 도읍을 정했다가 혜왕(惠王) 때 대량(大梁)으로 천도하고 국호를 양(梁)이라 했다. 따라서 양혜왕은, 곧 위혜왕을 가리킨다.
【然(연)】: 그렇소, 알고 있소.

3「有國於蝸之左角者曰觸氏; 有國於蝸之右角者曰蠻氏, 時相與爭地而戰, 伏尸數萬, 逐北旬有五日而後反。」→ (대진인이 말했다) :「달팽이의 왼쪽 뿔에는 촉씨(觸氏)라는 나라가 있었고; 달팽이의 오른쪽 뿔에는 만씨(蠻氏)라는 나라가 있었습니다. (이 두 나라는) 항상 서로

爲君實之。君以意在四方上下有窮乎?」君曰:「無窮。」[4] 曰:「知遊心於無窮, 而反在通達之國, 若存若亡乎?」君曰:「然。」[5] 曰:「通

땅을 빼앗으려고 전쟁을 벌여, 엎어진 시체가 수만에 이르고, 패하여 달아나는 군사를 쫓아가면 보름이 지난 뒤에야 돌아왔습니다.」

【時(시)】: 때때로, 항상.

【相與(상여)】: 상호, 서로.

【伏尸(복시)】: 엎어진 시체.

【逐北(축배)】: 패배하여 달아나는 자를 뒤쫓다. 〖逐〗: 뒤쫓다, 추격하다. 〖北〗: 패하다, 패배하다.

【旬有五日(순유오일)】: 십 일하고도 또 오 일. 즉「보름, 십오 일」. 〖旬〗: 열흘, 십 일. 〖有〗: 又(우), 또.

【而後(이후)】: …이후, …뒤에.

【反(반)】: 返(반), 돌아오다.

4 君曰:「噫! 其虛言與?」曰:「臣請爲君實之。君以意在四方上下有窮乎?」君曰:「無窮。」→ 임금이 말했다:「아! 그것은 거짓말이겠지요?」(대진인이) 말했다:「제가 임금님께 그것을 증명해 보여드리겠습니다. 임금님의 생각으로는 우주 천지에 끝이 있다고 생각하십니까?」임금이 말했다:「끝이 없소.」

【噫(희)!】: [감탄사] 아!

【虛言(허언)】: 거짓말, 빈말.

【臣(신)】: 신, 저. ※ 군주에 대한 신하나 백성의 자칭.

【請(청)】: 청컨대 …하도록 허락해 주십시오. ※ 실제로는 자신의 뜻대로 하면서도 마치 상대방의 허락을 받는 것처럼 하는 옛 중국인의 겸어 형식.

【實(실)】: 실증하다, 증명하다.

【君以意(군이의)】: [以君意의 도치형태] 임금님의 생각으로는.

【在(재)】: 視(시), 보다, 여기다.

【四方上下(사방상하)】: 우주 천지.

【窮(궁)】: 끝, 한계.

5 曰:「知遊心於無窮, 而反在通達之國, 若存若亡乎?」君曰:「然。」→ (대진인이) 말했다:「끝이 없는 우주 공간에서 마음껏 상상의 나래를 펼치다가, 돌이켜 사통팔달할 수 있는 나라들의 한정된 공간에 있다는 것을 알면, (이 나라들이) 마치 있는 듯 없는 듯 미미한 존재라는 것을 느끼겠지요?」임금이 말했다:「그렇소.」

【遊心(유심)】: 마음을 노닐게 하다, 상상의 나래를 펴다.

【反(반)】: 返(반), 돌이키다, 되돌아가다.

【通達之國(통달지국)】: 사통팔달할 수 있는 나라들의 한정된 공간.

【若存若亡(약존약망)】: 있는 듯 없는 듯 미미하다.

達之中有魏, 於魏中有梁, 於梁中有王。王與蠻氏, 有辯乎?」 君曰 : 「無辯。」[6] 客出而君惝然若有亡也。[7]

번역문

촉씨(觸氏)와 만씨(蠻氏)의 전쟁

대진인(戴晉人)이 말했다.

「달팽이라는 놈이 있는데, 임금님께서는 그것을 아십니까?」

(임금이) 대답했다.

「알고 있소.」

(대진인이 말했다.)

「달팽이의 왼쪽 뿔에는 촉씨(觸氏)라는 나라가 있었고, 달팽이의 오른쪽 뿔에는 만씨(蠻氏)라는 나라가 있었습니다. (이 두 나라는) 항상 서로 땅을 빼앗으려고 전쟁을 벌여 엎어진 시체가 수만에 이르고, 패하여 달아나는 군사를 쫓아가면 보름이 지난 뒤에야 돌아왔습니다.」

---

6 曰 : 「通達之中有魏, 於魏中有梁, 於梁中有王。王與蠻氏, 有辯乎?」 君曰 : 「無辯。」 → (대진인이 말했다) : 「이 사통팔달할 수 있는 나라들 중에 위(魏)나라가 있고, 위나라 안에 대량(大梁)이 있으며, 대량 안에 임금님이 계십니다. (그렇다면) 임금님과 만씨는, 구별이 있습니까?」 임금이 말했다 : 「구별이 없소.」

【魏(위)】 : [국명] 지금의 하남성 북부 · 섬서성 동부 · 산서성 서남부 및 하북성 남부 일대에 있던 周代(주대)의 제후국. ※ 주 2 【君(군)】 참조.

【梁(양)】 : [지명] 대량(大梁). 양(梁)나라의 도읍.

【辯(변)】 : 辨(변), 구별, 분별. ※ 판본에 따라서는 「辯」을 「辨」이라 했다.

7 客出而君惝然若有亡也。 → 대진인이 나가자 임금은 멍하니 마치 무엇을 잃어버린 듯했다.

【客(객)】 : 손님. 여기서는 「대진인」을 가리킨다.

【惝然(창연)】 : 멍한 모습.

【若有亡(약유망)】 : 마치 무엇을 잃은 듯하다.

임금이 말했다.

「아! 그것은 거짓말이겠지요?」

(대진인이) 말했다.

「제가 임금님께 그것을 증명해 보여드리겠습니다. 임금님의 생각으로는 우주 천지에 끝이 있다고 생각하십니까?」

임금이 말했다.

「끝이 없소.」

(대진인이) 말했다.

「끝이 없는 우주 공간에서 마음껏 상상의 나래를 펼치다가, 돌이켜 사통팔달할 수 있는 나라들의 한정된 공간에 있다는 것을 알면, (이 나라들이) 마치 있는 듯 없는 듯 미미한 존재라는 것을 느끼겠지요?」

임금이 말했다.

「그렇소.」

(대진인이 말했다).

「이 사통팔달할 수 있는 나라들 중에 위(魏)나라가 있고, 위나라 안에 대량(大粱)이 있으며, 대량 안에 임금님이 계십니다. (그렇다면) 임금님과 만씨는 구별이 있습니까?」

임금이 말했다.

「구별이 없소.」

대진인이 나가자 임금은 멍하니 마치 무엇을 잃어버린 듯했다.

해설

장자(莊子)의 관점에서 나라 안에 한정되어 있는 인류사회는 끝없는 우주에 비하면 실로 보잘것없는 달팽이의 뿔에 지나지 않는다. 그러나 이러한 달팽이 뿔에 세워진 나라들이 서로 영토를 다투어 끊임없이 전쟁을 벌여 서로가 죽고 죽임으로써 백성들에게 엄청난 재난을 가져다준다.

이 우언은 당시 천하를 재패하려는 강대국의 제후들을 「달팽이 뿔 속의 주인」에 비유하여 야욕으로 인해 백성들의 고통을 생각하지 않는 그들의 만행을 꼬집어 풍자한 것이다.

117 학철지부(涸轍之鮒)

《莊子 · 外物》

원문 및 주석

涸轍之鮒[1]

莊周家貧, 故往貸粟於監河侯。[2] 監河侯曰 :「諾。我將得邑金, 將貸子三百金。可乎?」[3] 莊周忿然作色曰 :「周昨來, 有中道而呼者。周顧視, 車轍中有鮒魚焉。[4] 周問之曰 :『鮒魚來, 子何爲者邪?』對

1 涸轍之鮒 → 물이 마른 수레바퀴 자국 속의 붕어
【涸轍(학철)】: 물 마른 수레바퀴 자국.
【鮒(부)】: 붕어.

2 莊周家貧, 故往貸粟於監河侯。→ 장주(莊周)는 집이 가난했다. 그래서 감하후(監河侯)에게 곡식을 꾸러 갔다.
【莊周(장주)】: [인명] 장자(莊子). ※ 본문 작자 참조.
【貸(대)】: 꾸다, 빌리다.
【粟(속)】: 좁쌀. 여기서는 「곡식」을 가리킨다.
【監河侯(감하후)】: ① 위문후(魏文侯)라는 설[《설원(說苑)》]. ② 하천 감독관이라는 설[임희일(林希逸)].

3 監河侯曰 :「諾。我將得邑金, 將貸子三百金。可乎?」→ 감하후가 말했다 :「그러지요, 내가 장차 봉지(封地)의 부세(賦稅)를 받아, 그대에게 삼백 금을 빌려주려고 하는데, 괜찮겠소?」
【諾(락)】: [동의표시] 예, 그러지요, 좋아요.
【邑金(읍금)】: 제후가 자기의 영지(領地)에서 거두어드리는 부세 수입.
【子(자)】: 그대, 당신.

4 莊周忿然作色曰 :「周昨來, 有中道而呼者。周顧視, 車轍中有鮒魚焉。→ 장주가 화가 나서 얼굴을 붉히며 말했다 :「내가 어제 오는데, 길 가운데서 (나를) 부르는 자가 있었습니다. 내

曰 :『我, 東海之波臣也。君豈有斗升之水而活我哉?』[5] 周曰 :『諾。我且南遊吳、越之王, 激西江之水而迎子, 可乎?』[6] 鮒魚忿然作色曰 :『吾失我常與, 我无所處。吾得斗升之水然活耳, 君乃言此, 曾不如早索我於枯魚之肆!』」[7]

················

가 돌아다보니, 수레바퀴 자국 속에 붕어가 있었습니다.
【忿然(분연)】: 화내는 모양.
【作色(작색)】: 안색이 변하다, 얼굴을 붉히다.
【周(주)】: 장주가 자기의 이름을 「나, 저」라는 의미로 사용한 것.
【中道(중도)】: 길 가운데.
【顧視(고시)】: 돌아보다.

5 周問之曰 :『鮒魚來, 子何爲者邪?』 對曰 :『我, 東海之波臣也。君豈有斗升之水而活我哉?』 → 내가 붕어에게 :『붕어야, 너는 무엇 하는 놈이냐?』라고 물으니, 붕어가 대답하길 :『저는 동해(東海)의 파도를 관리하는 신하입니다, 선생께서 물을 가지고 계시면 저를 좀 살려주시겠습니까?』라고 했습니다.
【之(지)】: [대명사] 그것, 즉 붕어.
【來(래)】: [어조사].
【何爲者(하위자)】: 무엇 하는 자(놈).
【波臣(파신)】: 파도를 관리하는 신하.
【君(군)】: [타인에 대한 경칭] 당신, 선생.
【豈(기)】: [어조사].
【斗升之水(두승지수)】: 소량의 물, 약간의 물. 【升】: [용량단위] 되. 【斗】: [용량단위] 말.

6 周曰 :『諾。我且南遊吳、越之王, 激西江之水而迎子, 可乎?』 → 내가 :『그래. 내가 곧 남쪽으로 가서 오왕(吳王)과 월왕(越王)을 설득하여, 서강(西江)의 물을 끌어다가 너를 맞이하면, 되겠느냐?』라고 말했습니다.
【且(차)】: 장차 …하려 하다.
【遊(유)】: 유세하다, 권하다.
【吳(오)】: [국명] 지금의 강소성 일대에 있던 춘추시대의 제후국.
【越(월)】: [국명] 지금의 절강성 일대에 있던 춘추시대의 제후국.
【激(격)】: 끌어오다, 흘러들게 하다.

7 鮒魚忿然作色曰 :『吾失我常與, 我无所處。吾得斗升之水然活耳, 君乃言此, 曾不如早索我於枯魚之肆!』」 → 붕어는 화가 나서 얼굴을 붉히며 말하길 :『나는 내가 항상 의지하는 물을 잃어서, 거처할 곳이 없습니다. 나는 약간의 물만 얻으면 살 수 있는데, 선생은 오히려 이런 말을 하니, 차라리 일찌감치 건어물전에 가서 나를 찾는 편이 나을 것입니다.』라고 했습니다.」

번역문

물이 마른 수레바퀴 자국 속의 붕어

장주(莊周)는 집이 가난했다. 그래서 감하후(監河侯)에게 곡식을 꾸러 갔다.

감하후가 말했다.

「그러지요. 내가 장차 봉지(封地)의 부세(賦稅)를 받아 그대에게 삼백 금을 빌려주려고 하는데 괜찮겠소?」

장주가 화가 나서 얼굴을 붉히며 말했다.

「내가 어제 오는데 길 가운데서 (나를) 부르는 자가 있었습니다. 내가 돌아다보니 수레바퀴 자국 속에 붕어가 있었습니다. 내가 붕어에게 『붕어야, 너는 무엇 하는 놈이냐?』라고 물으니, 붕어가 대답하길 『저는 동해(東海)의 파도를 관리하는 신하입니다. 선생께서 물을 가지고 계시면 저를 좀 살려주시겠습니까?』라고 했습니다. 내가 『그래. 내가 곧 남쪽으로 가서 오왕(吳王)과 월왕(越王)을 설득하여 서강(西江)의 물을 끌어다가 너를 맞이하면 되겠느냐?』라고 말했습니다. 붕어는 화가 나서 얼굴을 붉히며 말하길『나는 내가 항상 의지하는 물을 잃어서 거처할 곳이 없습니다. 나는 약간의 물만 얻으면 살 수 있는데 선생은 오히려 이런 말을 하니, 차라리 일찌감치 건어물전에 가서 나를 찾는 편이 나을 것입니다.』라고 했습니다.」

....

【常與(상여)】: 항상 함께하는 물건. 여기서는 「물」을 가리킨다.
【然(연)】: [연사] 而(이).
【乃(내)】: 오히려, 반대로.
【曾不如(증불여)…】: 차라리 …하는 게 낫다.
【索(색)】: 찾다.
【枯魚之肆(고어지사)】: 건어물상. 〖枯魚〗: 마른 생선, 건어물. 〖肆〗: 시장, 점포.

해설

멀리 있는 물은 가까운 목마름을 해결하지 못한다. 현실적으로 급한 처지에 있는 사람에게 요원한 기약(期約)은 그것이 비록 찬란하다 해도 아무 쓸모가 없다. 봉건사회에서는 왕왕 통치계층이 백성들을 기아로 몰아넣어 굶주려 죽는다 해도 구제할 생각보다는 허황되고 그럴싸한 말로 얼버무려 잔인한 본성을 은폐하려는 경우가 많았다.

이 우언은 본래 급한 처지를 외면하고 권력을 이용해 사리사욕을 채우는 통치계층의 부도덕한 행위를 폭로하고 풍자한 것이나, 후에는 곤궁한 처지를 비유하는 말로 사용했다.

118 임공자조대어(任公子釣大魚)

《莊子・外物》

원문 및 주석

任公子釣大魚[1]

任公子爲大鉤巨緇, 五十犗以爲餌, 蹲乎會稽, 投竿東海, 旦旦而釣, 期年不得魚。[2] 已而大魚食之, 牽巨鉤, 錎沒而下, 騖揚而奮鬐,

1 任公子釣大魚 → 임공자(任公子)가 큰 물고기를 낚다

【任公子(임공자)】: 임나라 제후의 아들. 〖任〗: [국명] 지금의 산동성 제녕시(濟寧市) 부근에 있던 춘추시대의 작은 나라. 〖公子〗: 왕의 아들을 「왕자」라 하고, 제후의 아들을 「공자」라 한다.

【釣(조)】: 낚다, 낚시를 하다.

2 任公子爲大鉤巨緇, 五十犗以爲餌, 蹲乎會稽, 投竿東海, 旦旦而釣, 期年不得魚。→ 임공자(任公子)가 큰 낚시와 굵은 검정색 줄을 만들었다. 오십 마리의 불친소를 미끼로 삼아, 회계산(會稽山)에 쪼그리고 앉아, 낚싯대를 동해(東海)에 던지고, 날마다 낚시를 했으나, 일 년이 되도록 물고기를 잡지 못했다.

【爲(위)】: 만들다.

【鉤(구)】: 낚시.

【巨緇(거치)】: 굵은 검정색 줄. 〖緇〗: 검정색 줄.

【五十犗以爲餌(오십개이위이)】: [以五十犗爲餌의 도치형태] 오십 마리의 불친소를 미끼로 삼다. 〖犗〗: 불친소, 거세한 소. 〖以…爲…〗: …을 …로 삼다. 〖餌〗: 미끼.

【蹲(준)】: 웅크리고 앉다, 쪼그리고 앉다.

【乎(호)】: [개사] 於(어), …에.

【會稽(회계)】: 회계산. 지금의 절강성 소홍현(紹興縣)에 있는 산 이름.

【投竿(투간)】: 낚싯대를 던지다.

【旦旦(단단)】: 매일, 날마다.

【期年(기년)】: 일 년.

白波若山, 海水震蕩, 聲侔鬼神, 憚赫千里。[3] 任公子得若魚, 離而腊之, 自制河以東, 蒼梧已北, 莫不厭若魚者。[4] 已而後世輇才諷說之徒, 皆驚而相告也。夫揭竿累, 趣灌瀆, 守鯢鮒, 其於得大魚難矣。[5]

3 已而大魚食之, 牽巨鉤, 錎沒而下, 騖揚而奮鬐, 白波若山, 海水震蕩, 聲侔鬼神, 憚赫千里。→ 후에 큰 물고기가 미끼를 먹어, 거대한 낚시를 끌고, 물속에 잠겨 아래로 내려갔다가, 결사적으로 몸부림치며 물위로 올라와 등지느러미를 힘껏 흔들어댔다. 하얀 파도가 산더미처럼 솟고, 바닷물이 진동하면서, 천 리 밖까지 위세를 떨쳤다.

【已而(이이)】: 그 뒤, 후에.
【食之(식지)】: 미끼를 먹다.
【牽(견)】: 끌다.
【錎沒(함몰)】: 함몰(陷沒)하다, 물속에 잠기다.
【騖揚(무양)】: 결사적으로 몸부림치며 물위로 올라오다.
【奮鬐(분기)】: 등지느러미를 힘껏 흔들어대다. ※ 물고기가 낚시에서 벗어나려고 힘쓰는 것을 형용한 말. 〖奮〗: 힘껏 흔들다. 〖鬐〗: 등지느러미.
【震蕩(진탕)】: 진동하다.
【侔(모)】: 같다, 동등하다.
【憚赫(탄혁)】: 두려움에 놀라게 하다, 위세를 떨치다.

4 任公子得若魚, 離而腊之, 自制河以東, 蒼梧已北, 莫不厭若魚者。→ 임공자는 이 물고기를 잡아가지고, 그것을 갈라 포를 떠서, 제하(制河) 동쪽으로부터 창오(蒼梧) 북쪽에 이르기까지, 이 물고기를 실컷 먹지 않은 사람이 없었다.

【若魚(약어)】: 이 물고기. 〖若〗: 此(차), 이.
【離(리)】: 가르다, 쪼개다.
【腊(석)】: [동사용법] 포를 만들다.
【自(자)…以東(이동)】: …으로부터 동쪽.
【制河(제하)】: [강 이름] 절강(浙江). 지금의 절강성 경내. ※「制」와「浙」의 고음(古音)은 같으며, 하천을 남방 사람들은「강(江)」이라 하고, 북방 사람들은「하(河)」라 했다.
【蒼梧(창오)】: [산 이름] 구의산(九疑山). 지금의 호남성 영원현(寧遠縣) 동남쪽에 있다.
【已北(이북)】: 이북(以北), 북쪽.
【莫不(막불)】: …하지 않은 사람이 없다, 모두 …하다.
【厭(염)】: 실컷 먹다, 물리도록 먹다, 배불리 먹다.

5 已而後世輇才諷說之徒, 皆驚而相告也。夫揭竿累, 趣灌瀆, 守鯢鮒, 其於得大魚難矣。→ 그 뒤로 재능이 천박하고 풍자하기 좋아하는 말세의 무리들이, 모두 놀라 서로 말을 전했다. 대저 작은 낚싯대와 가느다란 낚싯줄을 들고, 개울에 나가, 송사리나 붕어 같은 작은 물고기를 지키면서, 큰 물고기를 잡는다는 것은 불가능한 일이다.

【已而(이이)】: 그 뒤, 그 후.

번역문

임공자(任公子)가 큰 물고기를 낚다

임공자(任公子)가 큰 낚시와 굵은 검정색 줄을 만들었다. 오십 마리의 불친소를 미끼로 삼아 회계산(會稽山)에 쪼그리고 앉아 낚싯대를 동해(東海)에 던지고 날마다 낚시를 했으나 일 년이 되도록 물고기를 잡지 못했다. 후에 큰 물고기가 미끼를 먹어 거대한 낚시를 끌고 물속에 잠겨 아래로 내려갔다가 결사적으로 몸부림치며 물위로 올라와 등지느러미를 힘껏 흔들어댔다. 하얀 파도가 산더미처럼 솟고 바닷물이 진동하면서 천 리 밖까지 위세를 떨쳤다.

임공자는 이 물고기를 잡아가지고 그것을 갈라 포를 떠서, 제하(制河) 동쪽으로부터 창오(蒼梧) 북쪽에 이르기까지 이 물고기를 실컷 먹지 않은 사람이 없었다. 그 뒤로 재능이 천박하고 풍자하기 좋아하는 말세의 무리들이 모두 놀라 서로 말을 전했다.

대저 작은 낚싯대와 가는다란 낚싯줄을 들고 개울에 나가 송사리나 붕어 같은 작은 물고기를 지키면서 큰 물고기를 잡는다는 것은 불가능한 일이다.

……………

【後世(후세)】: 말세(末世).
【輇才(전재)】: 작은 재주, 천박한 재능.
【諷說(풍설)】: 풍자하는 말.
【相告(상고)】: 서로 말을 전하다, 서로 알리다.
【夫(부)】: [발어사] 대저, 무릇.
【揭(게)】: 들다.
【竿累(간루)】: 작은 낚싯대와 가느다란 줄. 여기서는 「보통의 낚시 도구」를 가리킨다.
【趣(취)】: 趨(추), …에 가다.
【灌瀆(관독)】: 도랑, 개울.
【鯢鮒(예부)】: 작은 물고기.
【難(난)】: 어렵다. 실제로는 「불가능하다」의 뜻.

해설

임공자(任公子)는 거대한 낚시 도구를 만들어 가지고 오십 마리의 불친소를 미끼로 달아 회계산(會稽山)에 앉아 동해(東海)에 낚싯줄을 던지고 날마다 지켜보기를 일 년 동안 계속하다가 마침내 거대한 물고기를 낚아 올렸다. 그리하여 이 물고기를 갈라 포를 떠서 백성들에게 실컷 먹였다.

이 우언은 사람이 크게 성공을 거두기 위해서는 반드시 원대한 포부를 지니되 일조일석에 속히 이루기를 추구하지 말고 약정한 목표에 따라 시종일관 꾸준히 견지해 나가야 한다는 도리를 설명한 것이다.

119 유이시례발총(儒以詩禮發冢)

《莊子 · 外物》

원문 및 주석

儒以詩禮發冢[1]

儒以《詩》、《禮》發冢。大儒臚傳曰：「東方作矣，事之何若?」[2] 小儒曰：「未解裙襦，口中有珠。」[3]「《詩》固有之曰：『青青之麥，生於陵

1 儒以詩禮發冢 → 유생(儒生)이 《시경(詩經)》과 《예기(禮記)》에 의거하여 무덤을 도굴하다
【儒(유)】: 유생(儒生).
【以(이)】: 의거하다, 근거하다.
【詩(시)】: 《시경(詩經)》
【禮(예)】: 《예기(禮記)》
【發冢(발총)】: 무덤을 도굴하다.

2 儒以《詩》、《禮》發冢。大儒臚傳曰：「東方作矣，事之何若?」 → 유생(儒生)이 《시경(詩經)》과 《예기(禮記)》에 의거하여 무덤을 도굴했다. 큰 유생이 무덤 위에서 아래의 무덤 속을 향해 작은 유생에게 말을 전했다：「동방(東方)이 밝아오는데, 일이 어찌 되었느냐?」
【臚傳(여전)】: 위쪽에서 아래쪽으로 말을 전하다.
【東方作(동방작)】: 동방이 밝아오다, 새벽이 밝아오다.
【事之何若(사지하약)?】: 일이 어찌 되었느냐? 즉 「도굴하는 일의 진행 상태가 어떠한가?」의 뜻. 【事】: 도굴하는 일. 【何若】: [若何의 도치 형태] 如何(여하), 어떠한가?

3 小儒曰：「未解裙襦，口中有珠。」 → 작은 유생이 대답했다：「아직 수의(壽衣)를 풀지 못했는데, 입속에 구슬이 있습니다.」
【解(해)】: 풀다.
【裙襦(군유)】: 치마와 저고리. 여기서는 송장에 입히는 「수의(壽衣)」를 가리킨다.

陂。生不佈施, 死何含珠爲?』[4] 接其鬢, 壓其顪, 而以金椎控其頤, 徐別其頰, 无傷口中珠。」[5]

번역문

유생(儒生)이 《시경(詩經)》과 《예기(禮記)》에 의거하여 무덤을 도굴하다

유생(儒生)이 《시경(詩經)》과 《예기(禮記)》에 의거하여 무덤을 도굴했다. 큰 유생이 무덤 위에서 아래의 무덤 속을 향해 작은 유생에게 말을 전했다.

....

4 「《詩》固有之曰 : 『青青之麥, 生於陵陂。生不佈施, 死何含珠爲?』→ (큰 유생이 말했다) : 「《시경》에 본래 : 『푸릇푸릇한 보리가 구릉의 비탈에서 자란다. 살았을 때 보시(布施)를 안 했는데 죽은 뒤에 어찌 구슬을 물고 있는가?』라고 한 말이 있다.

※ 여기에 인용한 구절은 오늘날의 《시경》에 없는 것으로 보아, 아마도 작자가 유생(儒生)을 풍자할 목적으로 날조한 것이라 여겨진다.

【固(고)】: 본래, 원래.

【陵陂(능파)】: 구릉의 비탈.

【佈施(포시)】: 재물을 가난한 사람들에게 주다. ※ 판본에 따라서는 「佈」를 「布(포)」라 했다.

【何含珠爲(하함주위)】: [爲何含珠의 도치형태] 어찌하여 구슬을 물고 있는가? 〖含〗: 머금다.

5 接其鬢, 壓其顪, 而以金椎控其頤, 徐別其頰, 无傷口中珠。」→ 양쪽 살쩍을 꽉 잡고, 턱수염을 누른 다음, 쇠망치로 그의 턱을 살살 두들기고, 다시 그의 양쪽 뺨을 천천히 벌려서, 입 속의 구슬을 손상하지 말아야 한다.」

【接(접)】: 꽉 잡다.

【鬢(빈)】: 살쩍.

【壓(압)】: 누르다.

【顪(훼)】: 턱수염.

【金椎(금추)】: 쇠망치.

【控(공)】: 치다, 두들기다.

【頤(이)】: 턱.

【徐(서)】: 서서히, 천천히.

【別(별)】: 벌리다, 벌어지게 하다.

【頰(협)】: 뺨.

【无(무)】: [無의 옛글자] 勿(물), …하지 말라.

「동방(東方)이 밝아오는데, 일이 어찌 되었느냐?」

작은 유생이 대답했다.

「아직 수의(壽衣)를 풀지 못했는데 입속에 구슬이 있습니다.」

(큰 유생이 말했다.)

「《시경》에 본래 『푸릇푸릇한 보리가 구릉의 비탈에서 자란다. 살았을 때 보시(布施)를 안 했는데, 죽은 뒤에 어찌 구슬을 물고 있는가?』라고 한 말이 있다. 양쪽 살쩍을 꽉 잡고 턱수염을 누른 다음 쇠망치로 그의 턱을 살살 두들기고, 다시 그의 양쪽 뺨을 천천히 벌려서 입속의 구슬을 손상하지 말아야 한다.」

해설

유생(儒生)이 남의 무덤을 도굴하는 것은 분명 용서할 수 없는 악랄한 행위이다. 그러나 그들은 자신의 도굴 행위에 유가(儒家)의 경전인 《시경(詩經)》과 《예기(禮記)》를 인용하고 있다. 이들이 인용한 《시경》의 구절이 지금 전하는 판본에 보이지 않는 것으로 미루어 보면, 이는 아마도 노장학파(老莊學派)가 유가학파(儒家學派)를 헐뜯기 위해 지어낸 것으로 볼 수도 있다.

어쨌거나 진위(眞僞)를 떠나 고사 내용만을 가지고 본다면, 이 우언은 나쁜 일을 하면서도 적당한 근거를 찾아 자신을 변호하는 비양심적인 사람의 그릇된 행위를 풍자한 것이다.

120 신귀피곤(神龜被困)

《莊子 · 外物》

원문 및 주석

神龜被困[1]

宋元君夜半而夢人被髮闚阿門, 曰 :「予自宰路之淵, 予爲清江使河伯之所, 漁者余且得予。」[2] 元君覺, 使人占之, 曰 :「此神龜

1 神龜被困 → 신령스런 거북이 곤욕을 당하다
【神龜(신귀)】: 신령스런 거북.
【被困(피곤)】: 곤욕을 당하다.

2 宋元君夜半而夢人被髮闚阿門, 曰 :「予自宰路之淵, 予爲清江使河伯之所, 漁者余且得予。」→ 송원군(宋元君)이 한밤중에 꿈을 꾸는데 어떤 사람이 머리를 풀어헤치고 옆문에서 엿보며, 말했다 :「저는 재로(宰路)의 못에서 왔습니다. 저는 장강(長江)의 수신(水神)을 대신하여 황하(黃河)의 수신인 하백(河伯)의 처소에 사신으로 나가는데, 어부 여저(余且)가 저를 잡았습니다.」
【宋元君(송원군)】: 송원공(宋元公). 춘추시대 송(宋)나라의 군주로 이름은 좌(佐)이며, 15년간(B.C. 531－B.C. 517) 재위했다. 〖宋〗: 지금의 하남성 상구현(商邱縣) 일대에 있던 주대(周代)의 제후국.
【被髮(피발)】: 머리를 풀어헤치다.
【闚(규)】: 엿보다, 훔쳐보다.
【阿門(아문)】: 옆문, 곁문.
【自(자)】: …으로부터.
【宰路(재로)】: 못 이름.
【爲(위)】: …을 위해, …을 대신해.
【清江(청강)】: 장강(長江). 여기서는「장강의 수신(水神)」을 가리킨다. ※ 長江이 맑기 때문에「清江」이라 했다.

也。」[3] 君曰:「漁者有余且乎?」左右曰:「有。」[4] 君曰:「令余且會朝。」[5] 明日, 余且朝, 君曰:「漁何得?」對曰:「且之網得白龜焉, 其圓五尺。」[6] 君曰:「獻若之龜。」龜至, 君再欲殺之, 再欲活之, 心疑, 卜之。曰:「殺龜以卜, 吉。」[7] 乃刳龜以卜, 七十二鑽而无遺筴。[8] 仲

【使(사)】: 출사하다, 사신으로 나가다.
【河伯(하백)】: 황하(黃河)의 수신(水神).
【漁者(어자)】: 어부.
【余且(여저)】: [인명].

3 元君覺, 使人占之, 曰:「此神龜也。」→ 원군이 잠에서 깨어나, 사람을 시켜 점을 보게 하니, (점쟁이가) 말했다:「이는 신령스런 거북입니다.」
【覺(각)】: 잠을 깨다.
【使(사)】: …로 하여금 …하게 하다, …하도록 시키다.

4 君曰:「漁者有余且乎?」左右曰:「有。」→ 원군이 물었다:「어부 중에 여저라는 사람이 있는가?」측근 신하들이 대답했다:「있습니다.」
【左右(좌우)】: 측근 신하.

5 君曰:「令余且會朝。」→ 원군이 말했다:「여저로 하여금 조회(朝會)에 참석토록 하라.」
【令(령)】: …로 하여금 …하게 하다.
【會朝(회조)】: 조회에 참석하다.

6 明日, 余且朝, 君曰:「漁何得?」對曰:「且之網得白龜焉, 其圓五尺。」→ 다음날, 여저가 입조(入朝)하자, 임금이 물었다:「고기를 잡다가 무엇을 얻었는가?」(여저가) 대답했다:「저의 어망에 흰 거북이 잡혔는데, 거북의 둘레가 다섯 자에 달합니다.」
【明日(명일)】: 다음날, 이튿날.
【朝(조)】: 입조하다.
【圓(원)】: 여기서는「거북 등의 둘레」를 가리킨다. ※「거북 등의 직경」이라 풀이한 경우도 있다.

7 君曰:「獻若之龜。」龜至, 君再欲殺之, 再欲活之, 心疑, 卜之。曰:「殺龜以卜, 吉。」→ 원군이 말했다:「너의 거북을 헌상하라.」거북이 도착하자, 원군이 다시 그것을 죽이려다가, 또다시 그것을 살려주려고 하며, 마음이 오락가락 결단을 내리지 못해, 점을 치니, (점쟁이가) 말했다:「거북을 죽여 그것을 가지고 점을 치면, 길합니다.」
【獻(헌)】: 헌상하다, 바치다.
【若(약)】: 너, 당신.
【欲(욕)】: …하고자 하다, …하려고 마음먹다.
【心疑(심의)】: 마음이 오락가락 결단을 못 내리다.
【以(이)】: 以之(이지), 그것으로, 그것을 가지고.

尼曰:「神龜能見夢於元君, 而不能避余且之網; 知能七十二鑽而无遺筴, 不能避刳腸之患。[9] 如是, 則知有所困, 神有所不及也。雖有至知, 萬人謀之。」[10]

번역문

신령스런 거북이 곤욕을 당하다

송원군(宋元君)이 한밤중에 꿈을 꾸는데 어떤 사람이 머리를 풀어헤치고 옆문에서 엿보며 말했다

「저는 재로(宰路)의 못에서 왔습니다. 저는 장강(長江)의 수신(水神)을 대

8 乃刳龜以卜, 七十二鑽而无遺筴。→ 그리하여 거북의 내장을 도려낸 후 이를 가지고 점을 쳤는데, 일흔 두 번이나 점을 쳐서 들어맞지 않은 것이 없었다.
【乃(내)】: 이에, 그리하여.
【刳(고)】: 도려내다, 발라내다.
【鑽(찬)】: 구멍을 뚫다. 여기서는 「점을 치다」의 뜻. ※ 옛날의 점치는 방법은 거북의 등뼈에 구멍을 뚫고, 그 구멍에 불을 놓아 갈라진 모양을 보고 길흉을 판단했다.
【无(무)】: 無(무)의 옛글자.
【遺筴(유책)】: 실책, 착오, 들어맞지 않음.

9 仲尼曰:「神龜能見夢於元君, 而不能避余且之網; 知能七十二鑽而无遺筴, 不能避刳腸之患。→ 공자가 말했다:「신령스런 거북은 원군의 꿈에 나타날 수는 있었어도, 여저의 그물을 피할 수 없었고; (그 거북의) 지혜가 일흔 두 번이나 점을 쳐서 들어맞지 않음이 없었어도, 창자를 도려내는 환난을 피할 수 없었다.
【仲尼(중니)】: 공자(孔子)의 자. 공자의 이름은 구(丘), 자는 중니(仲尼)이며, 「공자」는 존칭.
【見夢(현몽)】: 현몽(現夢)하다, 꿈에 나타나다. 〖見〗: 現(현).
【知(지)】: 智(지), 지혜, 기지.

10 如是, 則知有所困, 神有所不及也。雖有至知, 萬人謀之。」→ 이와 같으니, 지혜롭다 해도 곤란을 당하는 경우가 있고, 신령이라 해도 미치지 못하는 경우가 있다. 설사 최고의 지혜를 지녔다 해도, 만인(萬人)의 지모를 능가하지는 못한다.」
【不及(불급)】: 미치지 못하다.
【至知(지지)】: 최고의 지혜.
【萬人謀之(만인모지)】: 만 명의 사람이 그를 도모하다. 즉 「만인의 지모를 능가하지 못하다」의 뜻.

신하여 황하(黃河)의 수신인 하백(河伯)의 처소에 사신으로 나가는데 어부 여저(余且)가 저를 잡았습니다.」

원군이 잠에서 깨어나 사람을 시켜 점을 보게 하니 (점쟁이가) 말했다.

「이는 신령스런 거북입니다.」

원군이 물었다.

「어부 중에 여저라는 사람이 있는가?」

측근 신하들이 대답했다.

「있습니다.」

원군이 말했다.

「여저로 하여금 조회(朝會)에 참석토록 하라.」

다음날 여저가 입조(入朝)하자 임금이 물었다.

「고기를 잡다가 무엇을 얻었는가?」

(여저가) 대답했다.

「저의 어망에 흰 거북이 잡혔는데 거북의 둘레가 다섯 자에 달합니다.」

원군이 말했다.

「너의 거북을 헌상하라.」

거북이 도착하자 원군이 다시 그것을 죽이려다가 또다시 그것을 살려주려고 하며, 마음이 오락가락 결단을 내리지 못해 점을 치니 (점쟁이가) 말했다.

「거북을 죽여 그것을 가지고 점을 치면 길합니다.」

그리하여 거북의 내장을 도려낸 후 이를 가지고 점을 쳤는데, 일흔 두 번이나 점을 쳐서 들어맞지 않은 것이 없었다.

공자가 말했다.

「신령스런 거북은 원군의 꿈에 나타날 수는 있었어도 여저의 그물을 피할 수 없었고, (그 거북의) 지혜가 일흔두 번이나 점을 쳐서 들어맞지 않음이 없었어도 창자를 도려내는 환난을 피할 수 없었다. 이와 같으니 지혜롭다 해도 곤란을 당하는 경우가 있고, 신령이라 해도 미치지 못하는 경우가 있다. 설사 최고의 지혜를 지녔다 해도 만인(萬人)의 지모를 능가하지는 못한다.」

해설

지혜로운 사람도 흐리멍덩할 때가 있고, 신령도 미치지 못하는 일이 있어 살신(殺身)의 화를 당한다. 따라서 특출한 지혜나 신령도 보통사람의 집단적인 지모를 능가하지는 못한다.

이 우언은 개인의 지혜나 신령의 한계성을 부정하며 개인의 작은 지혜를 포기해야 비로소 그러한 한계성을 돌파할 수 있다는 도가(道家)의 허무주의 사상을 선양한 것이다.

121 외영오적(畏影惡跡)

《莊子 · 漁父》

원문 및 주석

畏影惡跡[1]

人有畏影惡迹而去之走者, 擧足愈數而迹愈多, 走愈疾而影不離身, 自以爲尙遲, 疾走不休, 絶力而死。[2] 不知處陰以休影, 處靜以息

1 畏影惡跡 → 자기의 그림자를 두려워하고 발자국을 싫어하다
【畏(외)】: 겁내다, 두려워하다.
【惡(오)】: 싫어하다.
【迹(적)】: 족적, 발자국.

2 人有畏影惡迹而去之走者, 擧足愈數而迹愈多, 走愈疾而影不離身, 自以爲尙遲, 疾走不休, 絶力而死。→ 자기의 그림자를 두려워하고 발자국을 싫어하여 그것을 떠나 달아나려고 하는 사람이 있었다. 발을 드는 횟수가 잦을수록 발자국이 더욱 많아지고, 달리는 속도가 빠를수록 그림자가 몸에서 떨어지지 않았다. 스스로 (속도가) 아직 더디기 때문이라 여기고, 질주하며 쉬지 않다가, 힘이 다하여 죽고 말았다.
【去(거)】: 떠나다.
【走(주)】: 달리다.
【擧足(거족)】: 발을 들어 올리다.
【愈(유)…愈…】: …할수록 더욱 …하다.
【數(삭)】: 빈번하다, 잦다.
【疾(질)】: 빠르다.
【離身(이신)】: 몸을 떠나다, 몸에서 떨어지다. 〖離〗: 떠나다, 떨어지다, 이탈하다.
【以爲(이위)】: …라고 여기다, …라고 생각하다.
【尙(상)】: 아직.
【遲(지)】: 더디다, 느리다.
【絶力(절력)】: 힘이 다하다.

迹, 愚亦甚矣。[3]

번역문

자기의 그림자를 두려워하고 발자국을 싫어하다

자기의 그림자를 두려워하고 발자국을 싫어하여 그것을 떠나 달아나려고 하는 사람이 있었다. 발을 드는 횟수가 잦을수록 발자국이 더욱 많아지고, 달리는 속도가 빠를수록 그림자가 몸에서 떨어지지 않았다. 스스로 (속도가) 아직 더디기 때문이라 여기고 질주하며 쉬지 않다가 힘이 다하여 죽고 말았다.

그늘로 가서 그림자를 보이지 않게 하고 가만히 있으면 발자국이 없어진다는 것을 모르니 어리석음이 정말로 심하다.

해설

이 우언은 본래 도가(道家)의 입장에서 유가(儒家)들이 사회의 위기를 구제하고자 애처롭게 동분서주하는 행위를 풍자하면서 도가의 「무위(無爲)」 관념을 선양한 것으로, 어떤 난제를 제거하려면 반드시 근본부터 철저하게 뜯어 고쳐야 한다는 것을 지적한 것이다.

3 不知處陰以休影, 處靜以息迹, 愚亦甚矣。→ 그늘로 가서 그림자를 보이지 않게 하고, 가만히 있으면 발자국이 없어진다는 것을 모르니, 어리석음이 정말로 심하다.
【處陰(처음)】: 그늘로 가다.
【休影(휴영)】: 그림자를 보이지 않게 하다.
【處靜(처정)】: 움직이지 않고 가만히 있다.
【息迹(식적)】: 발자국을 사라지게 하다.
【愚(우)】: 어리석다, 우매하다.
【亦(역)】: 정말.

122 학도룡지기(學屠龍之技)

《莊子 · 列御寇》

원문 및 주석

學屠龍之技[1]

朱泙漫學屠龍於支離益, 單千金之家, 三年技成而无所用其巧。[2]

번역문

용 잡는 기술을 배우다

주평만(朱泙漫)은 지리익(支離益)에게서 용을 잡는 기술을 배우느라 천금이 나가는 집을 탕진하고 삼 년 만에 기술을 습득했으나 그 기교를 쓸 곳이 없었다.

1 學屠龍之技 → 용 잡는 기술을 배우다
【屠(도)】: 도살하다, 잡다.

2 朱泙漫學屠龍於支離益, 單千金之家, 三年技成而无所用其巧。→ 주평만(朱泙漫)은 지리익(支離益)한테서 용을 잡는 기술을 배우느라, 천금이 나가는 집을 탕진하고, 삼 년 만에 기술을 습득했으나 그 기교를 쓸 곳이 없었다.
【朱泙漫(주평만)】: [인명] 성은 주평(朱泙), 이름은 만(漫). ※ 혹자는 성이 주(朱), 이름이 평만(泙漫)이라 했다.
【支離益(지리익)】: [인명] 성은 지리(支離), 이름은 익(益).
【單(단)】: 殫(단), 다 쓰다, 탕진하다.
【技成(기성)】: 기술을 터득하다, 기술을 습득하다.

해설

세상에는 용(龍)이 없기 때문에 용을 잡는 기술이 필요 없다. 기술의 가치란 실용에 있는 것이다. 그러므로 현실에 맞지 않게 이상만 높아봐야 아무런 쓸모가 없다.

이 우언은 필요 없는 일에 재물과 정력과 시간을 낭비하는 어리석은 행위를 경계한 것이다.

123 지치득거(舐痔得車)

《莊子 · 列御寇》

원문 및 주석

舐痔得車[1]

宋人有曹商者, 爲宋王使秦。其往也, 得車數乘; 王說之, 益車百乘。[2] 反於宋, 見莊子曰 : 「夫處窮閭阨巷, 困窘織屨, 槁項黃馘者,

1 舐痔得車 → 혀로 치질을 핥고 수레를 얻다
【舐痔(지치)】: 혀로 치질을 핥다. 〖舐〗: (혀로) 빨다, 핥다. 〖痔〗: 치질.

2 宋人有曹商者, 爲宋王使秦。其往也, 得車數乘; 王說之, 益車百乘。→ 송(宋)나라 사람으로 조상(曹商)이란 자가 있었는데, 송왕(宋王)을 위해 진(秦)나라에 사신으로 갔다. 그는 떠날 때, (송왕으로부터) 수레 몇 대를 받았는데; (진나라에 도착하자) 진왕이 그를 좋아하여, 백 대의 수레를 더 주었다.
【宋(송)】: [국명] 지금의 하남성 상구현(商邱縣) 일대에 있던 주대(周代)의 제후국.
【曹商(조상)】: [인명].
【宋王(송왕)】: 여기서는 「송(宋)나라 언왕(偃王)」을 가리킨다.
【說(열)】: 悅(열), 좋아하다.
【益(익)】: 보태다, 더하다. 여기서는 「더 주다」의 뜻.

3 反於宋, 見莊子曰 : 「夫處窮閭阨巷, 困窘織屨, 槁項黃馘者, 商之所短也; 一悟萬乘之主而從車百乘者, 商之所長也。」→ (조상이) 송나라에 돌아와 장자(莊子)를 만나 말했다 : 「가난한 마을의 비좁은 골목에 살면서, 생활이 곤궁하여 신발이나 짜고, 깡마른 목과 누렇게 뜬 얼굴을 하는 것은, 내가 할 줄 모르는 일이고; 큰 나라의 군주를 깨우쳐 백 대의 수레를 따르게 하는 것은 내가 잘하는 일입니다.」
【反(반)】: 返(반), 돌아오다.
【夫(부)】: [어조사].

商之所短也; 一悟萬乘之主而從車百乘者, 商之所長也。」[3] 莊子曰 : 「秦王有病召醫, 破癰潰痤者得車一乘, 舐痔者得車五乘, 所治愈下, 得車愈多。子豈治其痔邪? 何得車之多也? 子行矣!」[4]

【處(처)】: 살다, 거처하다.
【窮閭阨巷(궁려액항)】: 가난한 마을의 비좁은 골목. 〚窮閭〛: 가난한 마을. 〚阨巷〛: 비좁은 골목.
【困窘(곤군)】: 곤궁하다.
【織屨(직구)】: 신발을 짜다.
【槁項黃馘(고항황괵)】: 깡마른 목과 누렇게 뜬 얼굴. 〚槁〛: 마르다. 〚項〛: 목. 〚馘〛: 낯, 얼굴.
【商(상)】: 조상이 자기의 이름을 「나, 저」라는 의미로 사용한 것.
【所短(소단)】: 잘하지 못하는 것, 할 줄 모르는 것, 미숙한 것.
【悟(오)】: 깨우치다, 깨닫게 하다.
【萬乘之主(만승지주)】: 큰 나라의 군주. 여기서는 「진왕(秦王)」을 가리킨다. 〚萬乘〛: 만 대의 수레. ※ 옛날에는 강대한 나라만이 만 대의 병거(兵車)를 가지고 있었기 때문에 만승지주는 곧 큰 나라의 군주를 가리키는 말이다. 〚乘〛: [양사], 대, 량.
【從車百乘(종거백승)】: 수레 백 대가 따르다.
【所長(소장)】: 잘 하는 것, 능숙한 것.

4 莊子曰 : 「秦王有病召醫, 破癰潰痤者得車一乘, 舐痔者得車五乘, 所治愈下, 得車愈多。子豈治其痔邪? 何得車之多也? 子行矣!」 → 장자가 말했다 : 「진왕(秦王)이 병이 나서 의원을 부르면, 악성 종기를 제거해주는 자에게는 수레 한 대를 주고, 혀로 치질을 핥는 자에게는 수레 다섯 대를 주었는데, 치료하는 부위가 천할수록, 하사하는 수레가 더 많았소. 당신이 그래 진왕의 치질을 핥기라도 했단 말이오? 어째서 하사받은 수레가 그렇게 많소? 당신 썩 물러가시오!」
【破癰潰痤(파옹궤좌)】: 악성 종기를 제거하다. ※ 「癰」 「痤」 모두 악성 종기의 일종.
【所治(소치)】: 치료하는 곳, 치료하는 부위.
【愈(유)…愈…】: …할수록 더욱 …하다.
【下(하)】: 몸의 아래 부분. 여기서는 「낮다, 천하다」의 뜻.
【子豈治其痔邪(자기치기치사)?】: 당신이 그래 진왕의 치질을 치료해 주었다는 거요? ※ 여기서는 앞의 문맥으로 보아 「당신이 그래 진왕의 치질을 핥기라도 했단 말이오?」라는 뜻. 〚子〛: 당신, 그대. 〚豈〛: 그래 …이란 말인가? 〚其〛: [대명사] 그, 즉 진왕.

번역문

혀로 치질을 핥고 수레를 얻다

송(宋)나라 사람으로 조상(曹商)이란 자가 있었는데 송왕(宋王)을 위해 진(秦)나라에 사신으로 갔다. 그는 떠날 때 (송왕으로부터) 수레 몇 대를 받았는데 (진나라에 도착하자) 진왕이 그를 좋아하여 백 대의 수레를 더 주었다. (조상이) 송나라에 돌아와 장자(莊子)를 만나 말했다.

「가난한 마을의 비좁은 골목에 살면서 생활이 곤궁하여 신발이나 짜고 깡마른 목과 누렇게 뜬 얼굴을 하는 것은 내가 할 줄 모르는 일이고, 큰 나라의 군주를 깨우쳐 백 대의 수레를 따르게 하는 것은 내가 잘하는 일입니다.」

장자가 말했다.

「진왕(秦王)이 병이 나서 의원을 부르면, 악성 종기를 제거해주는 자에게는 수레 한 대를 주고, 혀로 치질을 핥는 자에게는 수레 다섯 대를 주었는데, 치료하는 부위가 천할수록 하사하는 수레가 더 많았소. 당신이 그래 진왕의 치질을 핥기라도 했단 말이오? 어째서 하사받은 수레가 그렇게 많소? 당신 썩 물러가시오!」

해설

조상(曹商)은 권력자에게 갖은 아첨을 떨어 영리를 취하는 후안무치(厚顔無恥)의 행동을 하면서도 양심에 전혀 거리낌 없이 지극히 당연하다는 듯이 말했다. 이에 장자(莊子)는 「눈에는 눈, 이에는 이」로 응대하듯 격한 어조로 조상을 꾸짖었다.

이 우언은 권력자에게 아첨하며 정당하지 못한 방법으로 이익을 취하면서도 그것을 마치 자기의 장점인 것처럼 여기는 자들의 몰염치한 행위를 조소하고 풍자한 것이다.

중국선진우언(상)
中 國 先 秦 寓 言

초판 인쇄 2016년 7월 20일
초판 발행 2016년 7월 25일

역　　주 | 최봉원
발행자 | 김동구
디자인 | 이명숙 · 양철민
발행처 | 명문당(1923. 10. 1 창립)
주　　소 | 서울시 종로구 윤보선길 61(안국동)
우체국 010579-01-000682
전　　화 | 02)733-3039, 734-4798(영), 733-4748(편)
팩　　스 | 02)734-9209
Homepage | www.myungmundang.net
E-mail | mmdbook1@hanmail.net
등　　록 | 1977. 11. 19. 제1~148호

ISBN 979-11-85704-73-9 (03820)
25,000원